Victoria Holt

Der Teufel zu Pferde

Victoria Holt

Der Teufel zu Pferde

Roman

Aus dem Englischen von
Margarete Längsfeld

Bechtermünz Verlag

Die englische Originalausgabe erschien unter dem Titel
The Devil on Horseback by William Collins Sons & Co. Ltd., London.

Von Victoria Holt sind im Bechtermünz Verlag außerdem erschienen:

Die Gefangene des Paschas
Meine Freundin, die Königin

Genehmigte Lizenzausgabe
für Weltbild Verlag GmbH, Augsburg 2000

Umschlaggestaltung: Studio Höpfner-Thoma, München
Umschlagmotiv: Rudolf Koller, Der Reiter
(ARTOTHEK Hinrichs, Peissenberg)
Gesamtherstellung: Clausen & Bosse, Leck
Printed in Germany
ISBN 3-8289-6733-7

Inhalt

Gut Derringham

1

Es war eine Verkettung unglücklicher Umstände, die mich zum Château Silvaine führte. Mein Vater war Kapitän zur See gewesen und war mit seinem Schiff untergegangen, als ich fünf Jahre alt war, und meine Mutter, all ihr Leben an hinlänglichen Komfort gewöhnt, sah sich nun gezwungen, den Unterhalt für sich und ihre Tochter selbst zu verdienen. Eine Frau ohne einen Pfennig Geld, so pflegte meine Mutter zu sagen, müsse sich entweder mittels ihres Scheuertuches oder ihrer Nähnadel ernähren, es sei denn, sie verfüge über eine gewisse Bildung, die sich zu solchem Behufe verwenden ließe. Da meine Mutter zu dieser Kategorie von Frauen gehörte, standen ihr zwei Wege offen: Sie konnte entweder junge Menschen unterrichten oder den älteren als Gesellschafterin dienen. Sie wählte die erstere dieser Möglichkeiten. Sie war eine Frau von starkem Charakter und zum Erfolg entschlossen. Mit den äußerst geringen Mitteln, die ihr zur Verfügung standen, mietete sie ein kleines, auf dem Grundbesitz von Sir John Derringham gelegenes Häuschen in Sussex und gründete dort eine Schule für junge Mädchen.
Wenn diese auch anfangs noch nicht recht florierte, so reichten die Einkünfte doch aus, uns während der Anfangsjahre mit allem, was zum Leben nötig war, zu versorgen. Als Schülerin meiner Mutter hatte ich eine ausgezeichnete Erziehung genossen – als Gegenleistung sollte ich sie, das stand von Anfang an fest, als Lehrerin unterstützen, und das hatte ich während der letzten drei Monate auch getan.

»Dies alles hier«, sagte ich, »gehört Ihnen ..., vom Tag Ihrer Geburt an ..., einfach, weil Sie hier geboren sind. Was haben Sie für ein Glück gehabt! Stellen Sie sich vor, Sie wären in einer der Hütten auf Ihren Gütern geboren!«

»Aber mit anderen Eltern wäre ich doch nicht ich selbst«, hielt er mir entgegen.

»Angenommen, zwei Babys wären vertauscht worden, und eines aus der Hütte wäre als Joel Derringham aufgewachsen, Sie dagegen als das Hüttenkind. Würde jemand den Unterschied merken, wenn sie erwachsen wären?«

»Ich glaube, ich bin meinem Vater sehr ähnlich.«

»Aber nur, weil Sie hier groß geworden sind.«

»Ich sehe aus wie er.«

»Ja, das stimmt ...«

»Umgebung ..., Geburt ..., was mag das bewirken? Die Gelehrten setzen sich seit Jahren mit dieser Frage auseinander. Diese Frage kann man nicht in ein paar Augenblicken beantworten.«

»Ich fürchte, ich habe mich ziemlich ungehörig betragen. Ich habe laut gedacht.«

»Aber nicht doch. Es ist eine interessante Theorie.«

»Das Haus hat mich überwältigt.«

»Ich freue mich, daß es einen derartigen Eindruck auf Sie gemacht hat. Sie haben seine altehrwürdige Vergangenheit gespürt ..., die Geister meiner verstorbenen Ahnen.«

»Ich kann nur sagen, daß es mir leid tut.«

»Aber warum? Ihre Offenheit gefällt mir. Darf ich Sie jetzt hinaufbegleiten? Sie werden gewiß bereits erwartet.«

Von der Halle führte eine Treppe nach oben. Wir gingen hinauf und kamen zu einer mit Porträts behangenen Galerie. Dann erklommen wir eine Wendeltreppe bis zu einem Absatz, auf den mehrere Türen hinausgingen. Joel öffnete eine davon, und sogleich hörte ich Sybils Stimme. »Sie ist da. Komm herein, Minella. Wir warten schon.«

Der Raum war ein sogenanntes Solarium, so konstruiert, daß die

»Du dürftest hier dein gutes Auskommen finden, Minella«, pflegte meine Mutter zu sagen.

Sie hatte mich nach sich selbst Wilhelmina genannt. Der Name paßte zu ihr, aber ich war nie der Meinung, daß er mir ebensogut zu Gesicht stand. Als Baby hatte man mich Minella gerufen, und diesen Namen hatte ich beibehalten.

Ich glaube, den größten Vorteil an der Schule sah meine Mutter in der Tatsache, daß sie meine Zukunft sicherte. Ihre Hauptsorge war stets gewesen, daß wir keine Familie im Hintergrund hatten, die mir im Notfall hätte beistehen können. Meine Mutter und ich waren ganz auf uns selbst angewiesen. Die Derringham-Mädchen Sybil und Maria besuchten unsere Schule, und das führte dazu, daß auch andere Familien ihre Töchter zu uns schickten. Das ersparte ihnen eine Gouvernante im Haus, pflegten sie zu sagen. Wenn Logiergäste ihre Kinder mit nach Derringham brachten, so wurden auch sie vorübergehend in unsere Schule aufgenommen. Zusätzlich zu den drei Grundfächern lehrte meine Mutter auch Umgangsformen und gab Anstands-, Tanz- und Französischunterricht, was in der Tat sehr ungewöhnlich war.

Sir John, ein großzügiger und gütiger Mann, war eifrig bedacht, einer Frau wie meiner Mutter, die er bewunderte, behilflich zu sein. Er besaß ausgedehnte Ländereien, von einem schmalen, doch wunderschönen Flüßchen bewässert, in welchem sich Forellen tummelten. Viele reiche Leute – darunter gar einige vom Königshof – pflegten auf das Gut zu kommen, um zu fischen, Fasanen zu schießen, zu reiten oder zu jagen. Dies waren wichtige Zeiten für uns, da sich der Ruf von der Schule meiner Mutter in den Kreisen Sir Johns verbreitet hatte. Diejenigen Familien, die sich nicht von ihren Kindern trennen wollten, brachten sie mit, und da die Schule meiner Mutter von Sir John wärmstens empfohlen wurde, machten sie mit Vergnügen Gebrauch davon. Diese Kinder, die nur für kurze Zeit zu uns kamen, waren, wie meine Mutter in ihrer unumwundenen Art zu sagen pflegte, der Belag auf unserem Brot. Wir konnten zwar von den langfristigen Schülerinnen leben, doch wurden für kurzzeitigen Unterricht natürlich höhere Gebühren erhoben – und deshalb waren uns diese Kinder höchst willkommen. Ich war sicher, daß Sir John dies wußte und daß er deshalb ein solches Vergnügen darin empfand, sie zu uns zu schicken.

Dann kam ein Tag, der sich als bedeutend für mein weiteres Leben herausstellen sollte. Die Familie Fontaine Delibes kam aus Frankreich auf das Gut Derringham. Der Comte Fontaine Delibes war ein Mann, gegen den ich zunächst eine Abneigung hegte. Er wirkte nicht nur hochmütig und arrogant, sondern schien sich von allen anderen menschlichen Lebewesen zu distanzieren, indem er sich ihnen in jeder Hinsicht überlegen fühlte. Die Comtesse war anders geartet, doch sie bekam man kaum zu Gesicht. In ihrer Jugend mußte sie sehr schön gewesen sein – nicht daß sie jetzt alt gewesen wäre, aber in meiner Unreife hielt ich jeden für alt, der über dreißig war. Margot war zu dieser Zeit sechzehn Jahre alt, ich war achtzehn. Später hörte ich, daß Margot ein Jahr nach der Vermählung des Comte und der Comtesse, als diese selbst erst siebzehn Jahre alt war, geboren wurde. Über diese Ehe erfuhr ich eine ganze Menge von Margot, die natürlich auf den Rat des gütigen Sir John auf unsere Schule geschickt wurde.

Margot und ich fühlten uns von Anbeginn zueinander hingezogen. Das mag wohl auch an der Tatsache gelegen haben, daß ich einen natürlichen Hang zu Sprachen besaß und mit ihr französisch plaudern konnte – ungezwungener selbst als mit meiner Mutter oder mit Sybil und Maria, deren sprachliche Fortschritte, wie meine Mutter sich ausdrückte, eher einer Schildkröte als einem Hasen glichen.

Aus unseren Unterhaltungen gewann ich den Eindruck, daß Margot nicht sicher war, ob sie ihren Vater liebte oder haßte. Sie gestand, daß sie sich vor ihm fürchtete. Er regierte sein Hauswesen in Frankreich sowie die angrenzenden Ländereien (welche er zu besitzen schien) wie ein Feudalherr aus dem Mittelalter. Jedermann erzitterte in Ehrfurcht vor ihm. Zeitweise konnte er wohl auch recht heiter und großzügig sein, sein hervorstechendster Charakterzug war jedoch seine Unberechenbarkeit. Margot erzählte mir, daß er an einem Tag einen Diener auspeitschen lassen konnte, um ihm tags darauf einen Beutel voller Geld zuzustecken. Diese beiden Begebenheiten aber hätten nichts miteinander zu tun. Der Comte empfand niemals Bedauern über eine Grausamkeit – oder jedenfalls nur selten –, und seine Äußerungen von Güte entsprangen keineswegs der Reue. »Nur einmal«, deutete Margot geheimnisvoll an, doch als ich sie vorsichtig auszuhorchen versuchte, wollte sie weiter nichts dazu sagen. Mit einem gewissen Stolz fügte sie jedoch hinzu, daß man ihren Vater (natürlich nur hinter seinem Rücken) als *Le Diable* bezeichnete.

Auf eine finstere, satanische Art sah er sehr gut aus. Seine Erscheinung entsprach durchaus dem, was ich über ihn gehört hatte. Ich erblickte ihn erstmals in der Nähe der Schule. Auf einem Rappen sitzend, ähnelte er wirklich einer Sagengestalt. *Der Teufel zu Pferde,* so nannte ich ihn sogleich, und mit diesem Namen bedachte ich ihn lange Zeit. Er war prachtvoll gekleidet. Die Franzosen waren natürlich von unübertroffener Eleganz, und obgleich Sir John der Welt eine tadellose Erscheinung bot, hielt er einem Vergleich mit »Graf Satan« nicht stand. Die Halskrause dieses Teufels bestand aus einem Geriesel erlesener Spitzen, ebenso die Rüschen an seinen Handgelenken. Sein Rock war von flaschengrüner Farbe, desgleichen sein Reiterhut. Er trug eine Perücke aus glattem weißem Haar, und zwischen den Spitzen um seinen Hals glitzerten diskret Diamanten auf. Er bemerkte mich nicht, so daß ich stehenbleiben und ihn anstarren konnte.

Natürlich war meine Mutter nie auf Gut Derringham zu Gast. Selbst dem vorurteilslosen Sir John wäre es nicht im Traum eingefallen, eine Schulmeisterin in sein Haus einzuladen, und obgleich er uns stets höflich und zuvorkommend behandelte (was seiner Natur entsprach), betrachtete man uns selbstverständlich nicht als sozial gleichgestellt.

Nichtsdestotrotz wurde meine Freundschaft mit Margot gefördert, weil diese Beziehung als vorteilhaft für ihr Englisch angesehen wurde, und als ihre Eltern nach Frankreich zurückkehrten, blieb Margot hier, um ihre Kenntnisse unserer Sprache zu vervollkommnen. Dies erfreute meine Mutter, durfte sie dadurch doch eine ihrer besser zahlenden Schülerinnen über einen längeren Zeitraum als üblich behalten. Margots Eltern – vor allem aber ihr Vater – statteten dem Gut hier und da einen kurzen Besuch ab, und es war bei einer solchen Gelegenheit, daß folgendes geschah:

Margot und ich waren ständig beisammen, und als Gegenleistung, obgleich dies durchaus nicht als üblich angesehen wurde, lud man mich eines Tages auf das Gut zum Tee ein, damit ich dort ein paar Stunden mit unseren Schülerinnen verbringe. Meine Mutter war hocherfreut. Als die Schule am Tag vor der Visite zu Ende war, wusch und bügelte sie das einzige Gewand, das nach ihrer Ansicht für diese Gelegenheit in Frage kam – eine blaue Leinenrobe, mit leidlich feiner Spitze umsäumt, die einst meiner Großmutter väterlicherseits gehört hatte. Während sie bügelte, schnurrte meine Mutter gleichsam vor Stolz in dem sicheren Gefühl, daß ihre Tochter ihren Platz unter den Mächtigen mit Leichtigkeit behaupten konnte. Wußte sie etwa nicht genau, was sich geziemte? War sie etwa nicht so gebildet, daß sie sich den Hochgestellten ebenbürtig erweisen konnte? Wußte sie nicht mehr für ihr Alter als irgend jemand unter ihnen? (Allerdings.) War sie nicht hübsch und gut gekleidet? (Ich fürchtete, dies entsprang ihrem Mutterstolz und entsprach keineswegs den Tatsachen.)

Gerüstet mit dem Vertrauen meiner Mutter und mit meiner Entschlossenheit, sie nicht zu blamieren, machte ich mich auf den Weg. Während ich durch den Tannenwald schritt, empfand ich keinerlei übermäßige Erregung. Ich war mit Sybil, Maria und Margot in der Schule so oft zusammen gewesen, daß ich an ihre Gesellschaft gewöhnt war. Nur der Schauplatz würde ein anderer sein. Doch als ich aus dem Wald hervortrat und hinter dem üppigen Rasen das Haus aufragen sah, konnte ich mich, da ich es nun bald betreten sollte, eines Gefühls der Vorfreude nicht erwehren. Graue Steinmauern, durch Pfosten unterteilte Fenster. Von dem ursprünglichen Gebäude hatten Cromwells Mannen nur die Außenmauern übriggelassen. Nach der Restauration hat man den Originalzustand mehr oder weniger wiederhergestellt. Daniel Derringham, der für die Sache des Königs gekämpft hatte, wurde dafür mit dem Barontitel und mit Ländereien entlohnt.

Ein steinerner Pfad führte quer über den Rasen, auf dem ein paar uralte Eiben wuchsen, welche die Puritaner überlebt haben mußten, da man ihnen ein Alter von zweihundert Jahren zuschrieb. In der Mitte einer der Rasenflächen befand sich eine Sonnenuhr, und ich konnte der Versuchung nicht widerstehen, das Gras zu überqueren, um sie mir anzuschauen. Eine sorgfältig eingemeißelte Inschrift, von der Zeit fast ausgelöscht, war sehr schwer zu entziffern.

»Genieße jede Stunde«, konnte ich lesen, doch der Rest der Schrift war von grünem Moos bedeckt. Ich rieb es mit meinem Finger ab und betrachtete dann bestürzt den grünen Fleck darauf. Meine Mutter würde mich dafür tadeln. Wie anders als makellos konnte ich auf Gut Derringham erscheinen!

»Das ist schwierig zu lesen, nicht wahr?«

Ich drehte mich erschrocken um. Hinter mir stand Joel Derringham. Ich war so in die Betrachtung der Sonnenuhr vertieft gewesen, daß ich sein Näherkommen auf dem weichen Gras nicht bemerkt hatte.

»Es ist soviel Moos über die Worte gewachsen«, entgegnete ich. Ich hatte zuvor kaum mit Joel Derringham gesprochen. Er war der einzige Sohn, etwa einundzwanzig Jahre alt. Er sah Sir John schon jetzt sehr ähnlich und würde genau wie er aussehen, wenn er in sein Alter käme. Er hatte das gleiche hellbraune Haar und die gleichen blaßblauen Augen, die nämliche Adlernase und den gütigen Mund. Wenn ich über Sir John und seinen Sohn nachdenke, kommt mir das Attribut »liebenswürdig« in den Sinn. Sie waren gütig und teilnahmsvoll, ohne Schwäche zu zeigen, und wenn ich es recht überlege, dann ist dies wohl das größte Kompliment, das ein menschliches Wesen einem anderen machen kann.

Joel lächelte mir zu. »Ich kann Ihnen sagen, was da steht:

›Genieße jede Stunde,
Verweile nicht im Gestern.
Koste aus jeden Tag,
Es kann dein letzter sein.‹«

»Eine ziemlich traurige Mahnung«, sagte ich.

»Aber ein vernünftiger Rat.«

»Ja, das mag wohl stimmen.« Mir schien, daß ich meine Anwesenheit erklären müßte. »Ich bin Wilhelmina Maddox«, fuhr ich daher fort, »und ich bin zum Tee eingeladen.«

»Ich weiß natürlich, wer Sie sind«, sagte er. »Erlauben Sie, daß ich Sie zu meinen Schwestern bringe.«

»Danke, gern.«

»Ich habe Sie in der Nähe der Schule gesehen«, fügte er hinzu, während wir über den Rasen schritten. »Mein Vater betont oft, welchen Wert die Schule für unsere Umgebung hat.«

»Es ist erfreulich, auch noch von Nutzen zu sein, während man sich seinen Lebensunterhalt verdient.«

»Oh, da stimme ich Ihnen zu, Fräulein ... hm ... Wilhelmina. Wenn Sie erlauben, der Name ist etwas zu steif für Sie.«

»Man nennt mich Minella.«

»Das klingt schon besser, Fräulein Minella, viel besser.«

Wir waren beim Haus angelangt. Die schwere Pforte stand angelehnt. Er stieß sie weit auf, und wir gingen in die Halle. Die hohen Fenster, der gepflasterte Boden, die wunderbar gewölbte Balkendecke – das alles entzückte mich. In der Mitte befand sich ein großer eichener Eßtisch mit Zinntellern und Pokalen. An den steinernen Wänden mit den herausgemeißelten Sitzbänken hingen Rüstungen. Die Stühle waren karolingisch, und ein riesengroßes Porträt von Charles II. beherrschte die Halle. Ich verweilte einige Sekunden, um die ernsten und sinnlichen Gesichtszüge zu betrachten, die ohne die belustigten Augen und den milden Schwung der Lippen vielleicht grob zu nennen gewesen wären.

»Der Wohltäter der Familie«, sagte Joel Derringham.

»Ein wundervolles Porträt.«

»Eine persönliche Gabe des Monarchen, nachdem er bei uns zu Gast war.«

»Sie hängen gewiß sehr an Ihrem Heim.«

»Nun, das ist wohl wahr. Das kommt daher, daß die Familie all die Jahre hindurch hier gelebt hat. Wenn es während der Restauration auch fast gänzlich neu erbaut wurde, stammen doch Teile des Hauses noch aus der Zeit der Plantagenet.«

Neid gehört nicht zu meinen Untugenden, aber jetzt regte er sich doch in mir. Einem solchen Haus, einer solchen Familie anzugehören, das mußte einem doch ein mächtig stolzes Gefühl verleihen. Für Joel Derringham war das alles selbstverständlich. Ich bezweifle, daß er dieser Tatsache viele Gedanken widmete. Er hatte es wohl stets als gegeben akzeptiert, in diesem Haus geboren zu sein und es eines Tages auch zu erben. Er war schließlich der einzige Sohn und infolgedessen der unangefochtene Erbe. »Ich nehme an«, äußerte ich impulsiv, »das ist es, was man als ›mit einem Silberlöffel im Mund geboren‹ bezeichnet.«

Er machte ein betroffenes Gesicht, und mir wurde klar, daß ich meinen Gedanken in einer Weise Ausdruck verlieh, welche meine Mutter gewiß nicht gebilligt hätte.

Sonne voll hereinschien. An einem Ende befand sich eine Stikkerei auf einem Rahmen, an der, wie ich herausfand, Lady Derringham arbeitete. Am anderen Ende des Raumes gab es ein Spinnrad. Ich fragte mich, ob es wohl von irgend jemandem benutzt wurde. In der Mitte stand ein großer Tisch, auf dem eine Handarbeit lag. Später erfuhr ich, daß die Mädchen in diesem Zimmer daran arbeiteten. Ein Cembalo und ein Spinett waren auch vorhanden, und ich konnte mir ausmalen, wie anders das Zimmer aussehen würde, wenn man es zum Tanzen ausräumte. Ich stellte mir die in den Leuchtern flackernden Kerzen und die Damen und Herren in ihren kostbaren Gewändern vor.

Margot rief in ihrem akzentuierten Englisch: »Steh doch nicht so glotzäugig herum, Minelle!« Sie übertrug unsere Namen stets in ihre Muttersprache. »Hast du noch nie ein Sonnenzimmer gesehen?«

»Ich vermute«, meinte Maria, »daß Minella hier einen großen Unterschied im Vergleich zu ihrem Schulhaus feststellt.«

Maria meinte es gut, doch in ihrer Nettigkeit war oft ein Stachel herauszuspüren. Sie war die affektiertere der Derringham-Schwestern.

Joel sagte: »Ich lasse euch Mädchen jetzt wohl besser allein. Auf Wiedersehen, Fräulein Maddox.«

Als sich die Tür hinter ihm schloß, fragte Maria: »Wo hast du Joel getroffen?«

»Auf dem Weg zum Haus. Er hat mich hierher begleitet.«

»Joel meint stets, er müsse aller Welt helfen«, bemerkte Maria. »Er würde selbst einem Küchenmädchen den Korb tragen helfen, wenn er fände, daß er zu schwer für sie sei. Mama findet, das sei entwürdigend, und dieser Meinung bin ich auch. Joel sollte es wirklich besser wissen.«

»Und mit seiner aristokratischen Nase auf die Lehrerin herabblicken«, ergänzte ich spitz, »denn schließlich steht sie so tief unter ihm, daß es ein Wunder ist, daß er sie überhaupt bemerkt.«

Margot lachte kreischend auf. »Bravo, Minelle!« rief sie. »Und wenn Joel es besser wissen sollte, dann solltest du es auch, Marie. Kreuze deine Klinge nie ..., sagt man so?« Ich nickte. »Kreuze deine Klinge nie mit Minelle, denn sie wird dich immer schlagen, und ist sie auch die Tochter der Schulmeisterin, und du bist die des Gutsbesitzers ... was besagt das schon. Die Klügere ist sie.«

»O Margot«, rief ich aus, »du bist zu komisch.« Doch ich wußte, daß mein Tonfall ihr dafür dankte, daß sie mir zu Hilfe gekommen war.

»Da du jetzt hier bist, werde ich nach dem Tee läuten«, ließ sich Sybil vernehmen, die sich ihrer Pflichten als Gastgeberin erinnerte. »Er wird im Studierzimmer serviert.«

Während wir uns unterhielten, schaute ich mich um, nahm meine Umgebung in mich auf und dachte daran, wie angenehm meine Begegnung mit Joel Derringham gewesen und wieviel liebenswürdiger er war als seine Schwestern.

Der Tee wurde, wie Sybil gesagt hatte, im Studierzimmer serviert. Es gab dünngeschnittene Butterbrote, Kirschkuchen und kleine runde Kümmelbrötchen dazu. Ein Diener stand untätig herum, während Sybil den Tee einschenkte. Anfangs waren wir ein wenig förmlich, aber bald schon plapperten wir drauflos wie in der Schule; denn obwohl ich seit kurzem die Rolle der Lehrerin übernommen hatte, war ich doch vor nicht allzu langer Zeit eine Schülerin wie sie gewesen.

Margot verblüffte mich mit dem Vorschlag, Verstecken zu spielen, denn das war höchst kindisch. Sie hielt sich doch sonst soviel auf ihre Weltgewandtheit zugute.

»Immer schlägst du dieses alberne Spiel vor«, klagte Sybil, »und dann verschwindest du, und wir können dich nirgendwo finden.«

Margot zog die Schultern hoch. »Es amüsiert mich eben«, sagte sie.

Die Derringham-Mädchen schwiegen resigniert. Ich vermute,

man hatte ihnen beigebracht, daß sie ihren Gast zu unterhalten hätten.
Margot wies auf den Fußboden. »Da unten haben wohl jetzt alle ihren Mittagsschlaf beendet und trinken im Malzimmer ihren Tee. Das Spiel macht mir Spaß. Obwohl es abends noch lustiger ist, wenn die Gespenster in der Dunkelheit erscheinen.«
»Es gibt keine Gespenster«, widersprach Maria entschieden.
»O doch, Marie«, neckte Margot sie. »Hier spukt doch diese Dienstmagd herum, die sich erhängt hat, weil der Mundschenk sie verlassen hatte. Nur du siehst sie nicht. Wie sagt man bei euch? Sie weiß, wo sie ihren Platz hat.«
Maria murmelte errötend: »Margot schwätzt immer solchen Unsinn.«
»Laßt uns doch Verstecken spielen«, bettelte Margot.
»Das ist Minella gegenüber nicht fair«, protestierte Sybil. »Sie kennt das Haus doch noch gar nicht.«
»Oh, aber wir wollen doch nur hier oben spielen. Man würde es uns gewiß übelnehmen, wenn wir den Gästen unten in die Arme liefen. Ich werde mich jetzt verstecken.«
Die Vorfreude ließ Margots Augen funkeln, was mich erstaunte. Doch der Gedanke, das Haus zu erforschen, auch wenn man sich auf das oberste Geschoß beschränken mußte, erregte mich so sehr, daß ich meine Überraschung über Margots unerwartete Kindlichkeit beiseite schob. Eigentlich war Margot unberechenbar, und schließlich war sie wirklich noch nicht so alt.
Maria grollte. »So ein albernes Spiel. Ich frage mich, warum sie es so gerne mag. Ratespiele wären weit angenehmer. Ich möchte wissen, wohin sie läuft. Wir finden sie nie. Und immer muß *sie* diejenige sein, die sich verstecken darf.«
»Vielleicht gelingt es uns diesmal, mit Minellas Hilfe, sie zu finden«, sagte Sybil.
Wir verließen das Studierzimmer und begaben uns zu einem Treppenabsatz. Maria öffnete eine Tür, Sybil öffnete eine andere. Ich schloß mich Sybil an. Der Raum, den wir betraten, war

als Schlafzimmer eingerichtet. Hier schliefen Maria und Sybil. Zwei halbüberdachte Himmelbetten standen soweit wie möglich voneinander entfernt in separaten Ecken des Zimmers.
Ich trat auf den Treppenabsatz zurück, Maria war nirgends zu sehen, und es überkam mich ein unwiderstehlicher Drang, auf eigene Faust auf die Suche zu gehen. Ich ging in das Solarium zurück. Es kam mir jetzt anders vor, da ich allein dort war. So ist es immer mit großen Häusern: Sie veränderten sich mit der Gegenwart von Menschen, als wären sie selbst lebendig.
Wie sehr verlangte es mich, im Haus umherzuwandern und es zu erforschen! Wie gern hätte ich erfahren, was sich gerade darin abspielte, und was sich in der Vergangenheit hier ereignet hatte.
Margot hätte das vielleicht verstanden. Die Derringham-Mädchen dagegen würden es nie verstehen. Sie würden wohl annehmen, die Tochter der Schulmeisterin sei von der Umgebung überwältigt worden.
An Margots kindischen Spielen war ich nicht interessiert. Es war klar, daß sie sich im Sonnenzimmer nicht befand. Ich entdeckte nichts, wo sie sich hätte verstecken können.
Ich hörte Marias Stimme auf dem Treppenabsatz, und flink durchquerte ich den Raum. Im Solarium war mir eine zweite Tür aufgefallen. Ich öffnete sie und stand vor einer Wendeltreppe. Ohne zu zögern, stieg ich hinab. Nach schier endlosen Windungen gelangte ich nach unten. Vor mir erstreckte sich ein breiter Korridor. Schwere Samtportieren hingen an den Fenstern. Ich blickte hinaus. Ich sah den Rasen mit der Sonnenuhr und wußte, daß ich mich im vorderen Flügel des Hauses befand.
An dem Korridor lagen mehrere Türen. Ganz behutsam öffnete ich eine von ihnen. Die Läden in dem Raum waren geschlossen, damit die Sonne nicht hereindrang, und es dauerte ein paar Sekunden, bis meine Augen sich an das Halbdunkel gewöhnt hatten. Dann erblickte ich eine schlafende Gestalt auf der Chaiselongue. Es war die Comtesse, Margots Mutter. Rasch und

leise schloß ich die Tür. Wenn die Comtesse aufgewacht wäre und mich hier gesehen hätte! Ich wäre sofort in Ungnade gefallen. Meine Mutter wäre gekränkt und enttäuscht, und ich würde nie wieder nach Gut Derringham eingeladen. Aber das würde ich vielleicht ohnehin nicht. Dies war das erste und höchstwahrscheinlich auch das letzte Mal. Also mußte ich es voll ausnutzen. Meine Mutter sagte oft, daß ich um Rechtfertigungen nie verlegen war, wenn ich etwas Fragwürdiges zu tun wünschte. Was für eine Entschuldigung hatte ich aber dafür, daß ich im Haus umherwanderte, aus purer Neugier ..., denn mehr war es doch nicht? Joel Derringham hatte sich gefreut, daß mir das Haus gefiel. Ich war sicher, daß er nichts gegen meinen Forschungsdrang einzuwenden hatte. Sir John gewiß auch nicht. Und dies war vielleicht die einzige Möglichkeit.
Ich ging den Korridor entlang. Zu meiner Freude entdeckte ich eine Tür, die nur angelehnt war. Ich stieß sie ein wenig weiter auf und spähte in das Zimmer. Es glich demjenigen, in welchem die Comtesse auf ihrer Chaiselongue lag, mit Ausnahme eines Himmelbettes mit schweren Vorhängen. Wundervolle Gobelins zierten die Wände.
Ich konnte nicht widerstehen. Auf Zehenspitzen schlich ich hinein.
Mein Herz tat einen erschreckten Sprung, als ich hörte, daß sich die Tür hinter mir schloß. Noch nie im Leben hatte ich solche Angst verspürt. Jemand hatte die Tür hinter mir zugemacht. Ich befand mich in einer unerträglich peinlichen Lage. Meistens hatte ich in derlei Situationen schnell eine Ausrede parat, und gewöhnlich konnte ich mich aus allen Unannehmlichkeiten herauswinden, doch in diesem Augenblick war ich wirklich erschrocken. Wir hatten manchmal von übernatürlichen Dingen gesprochen, und nun kam es mir vor, daß ich solchen gegenüberstand.
Dann sprach eine Stimme hinter mir in akzentuiertem Englisch: »Guten Tag. Es ist mir ein Vergnügen, Sie kennenzulernen.«

Ich drehte mich heftig um. »Graf Satan« stand mit verschränkten Armen gegen die Tür gelehnt. Seine Augen – sehr dunkel, beinahe schwarz – durchbohrten mich, sein Mund verzog sich zu einem Lächeln, das zu seiner ganzen Erscheinung paßte, und das ich nur als diabolisch bezeichnen konnte.

Ich stammelte: »Ich bitte um Verzeihung, daß ich hier eingedrungen bin.«

»Suchen Sie jemanden?« fragte er. »Sicher nicht meine Gemahlin, denn Sie haben sie nach einem Blick in ihr Zimmer verschmäht. Vielleicht halten Sie aber nach mir Ausschau?«

Jetzt fiel mir auf, daß es zwischen den beiden Zimmern eine Verbindung gab. Er mußte sich in dem gleichen Raum befunden haben, in welchem ich die schlafende Comtesse erblickt hatte. Er war rasch in dieses Zimmer gegangen, um mir eine Falle zu stellen, sobald ich eingetreten war.

»Nein, nein«, sagte ich. »Es handelt sich um ein Spiel. Margot hat sich versteckt.«

Er nickte. »Nehmen Sie doch Platz!«

»Nein danke. Ich hätte nicht hierher kommen sollen. Ich wäre wohl besser oben geblieben.«

Mutigen Schrittes ging ich zur Tür, doch er gab sie nicht frei. Ich blieb stehen und blickte ihn hilflos und doch fasziniert an, neugierig, was er wohl tun würde. Da trat er vor und ergriff meinen Arm.

»Sie dürfen nicht so schnell fortgehen«, sagte er. »Da Sie mich nun einmal aufgesucht haben, müssen Sie schon ein Weilchen bleiben.«

Er musterte mich eindringlich, und sein forschender Blick machte mich verlegen.

»Ich glaube aber, ich muß gehen«, sagte ich ungezwungen, so gut ich es konnte. »Ich werde gewiß schon vermißt.«

»Aber Margot hat sich doch versteckt. Man wird sie so schnell nicht finden. Das große Haus bietet viele Möglichkeiten, sich zu verbergen.«

»Oh, man wird sie finden. Sie darf sich ja nur im oberen Stockwerk ...«

Ich brach betreten ab – ich hatte mich verraten.

Er lachte triumphierend auf. »Und was tun Sie dann hier unten, Mademoiselle?«

»Ich bin zum erstenmal in diesem Haus. Ich habe mich verlaufen.«

»Und Sie haben in diese Räume geschaut, um Ihre Orientierung wiederzufinden?«

Ich schwieg. Er schob mich zum Fenster und zog mich zu sich herunter. Ich war ganz nah bei ihm, nahm den schwachen Sandelholzduft des Leinens wahr und sah den großen Siegelring, den er am kleinen Finger seiner rechten Hand trug.

»Sie sollten sich mir vorstellen«, verlangte er.

»Ich bin Minella Maddox.«

»Minella Maddox«, wiederholte er. »Ich weiß, Sie sind die Tochter der Schulmeisterin.«

»Ja. Aber ich hoffe, Sie werden niemandem erzählen, daß ich hier heruntergekommen bin.«

Er nickte ernsthaft. »Sie haben also die Anordnungen mißachtet...«

»Ich habe mich verirrt«, behauptete ich. »Ich möchte nicht, daß die anderen erfahren, daß ich so töricht war.«

»Sie bitten mich also um einen Gefallen?«

»Ich schlage lediglich vor, daß Sie diese lächerliche Angelegenheit nicht erwähnen.«

»Für mich ist sie nicht lächerlich, Mademoiselle.«

»Ich verstehe Sie nicht, Monsieur le Comte.«

»Sie kennen mich?«

»Jedermann in der Umgebung kennt Sie.«

»Ich wüßte gern, *wie* gut Sie mich kennen.«

»Ich weiß nur, wer Sie sind, daß Sie Margots Vater sind und daß Sie von Zeit zu Zeit aus Frankreich nach Derringham zu Besuch kommen.«

»Meine Tochter hat von mir erzählt, nicht wahr?«
»Hin und wieder.«
»Sie hat Ihnen wohl viel erzählt von meinen ..., wie sagt man?«
»Lastern, meinen Sie? Wenn Sie lieber französisch sprechen möchten ...«
»Ich sehe, Sie haben sich bereits eine Meinung über mich gebildet. Ich bin ein Sünder, der Ihre Sprache nicht so gut spricht, wie Sie die meine sprechen.« Er redete sehr schnell auf französisch, in der Hoffnung, das war mir bewußt, daß ich ihn nicht verstehen würde, aber ich hatte einen ausgezeichneten Unterricht gehabt, und außerdem ließ meine Furcht allmählich nach. Zudem konnte ich trotz meiner schwierigen Lage, und obwohl er sicherlich nicht der Mann war, der mich ritterlich daraus befreien würde, eine gewisse Belustigung nicht unterdrücken. Auf französisch erwiderte ich, daß ich glaubte, er habe nach demselben Wort gesucht, das ich genannt hatte, und falls er etwas anderes meine, so möge er es mir auf französisch sagen – ich würde es gewiß verstehen.
»Ich sehe«, sagte er, immer noch sehr schnell sprechend, »daß Sie eine geistreiche junge Dame sind. Wir werden uns also verstehen. Sie suchen meine Tochter Marguerite, die Sie Margot nennen. Sie versteckt sich im oberen Geschoß des Hauses. Sie wissen das, und doch suchen Sie hier unten nach ihr. Ah, Mademoiselle, Sie haben gar nicht nach Marguerite gesucht, sondern es gelüstete Sie, Ihre Neugier zu befriedigen. Kommen Sie, gestehen Sie es!« Er runzelte die Stirn in einer Weise, die ganz sicher dazu angetan war, demjenigen, dem es galt, einen Schrecken einzujagen.
»Ich kann Leute nicht leiden, die mir die Unwahrheit sagen.«
»Nun ja«, lenkte ich ein, entschlossen, mich nicht einschüchtern zu lassen, »dies ist mein erster Besuch in einem derartigen Haus, und ich gebe eine gewisse Neugier durchaus zu.«
»Natürlich, das ist sehr natürlich. Sie haben sehr hübsches

Haar, Mademoiselle. Ich würde fast sagen, es hat die Farbe von Korn im August, finden Sie nicht auch?«

»Es gefällt Ihnen, mir zu schmeicheln.«

Mit einer Hand ergriff er eine Strähne meines Haares, das, von meiner Mutter sorgsam gekräuselt, mit einem zu meinem Kleid passenden blauen Band zurückgebunden war.

Obwohl ich mich unbehaglich fühlte, hielt die Belustigung an. Da er an meinen Haaren zog, war ich gezwungen, noch näher an ihn heranzurücken. Ich konnte sein Gesicht ganz deutlich sehen, die Schatten unter den leuchtenden dunklen Augen, die dichten, wohlgeformten Brauen. Noch nie hatte ich einen Mann von solch markantem Äußeren gesehen.

»Und jetzt«, sagte ich, »muß ich gehen.«

»Sie sind hierhergekommen, wann es Ihnen beliebte«, erinnerte er mich, »und ich finde es nur höflich, daß Sie erst gehen, wenn es mir beliebt.«

»Da wir uns um Höflichkeit bemühen, werden Sie mich nicht gegen meinen Willen zurückhalten.«

»Es geht hier nur um die Höflichkeit, die *Sie mir schulden.* Ich stehe nicht in Ihrer Schuld, vergessen Sie das nicht! Sie sind der Eindringling! Oh, Mademoiselle, in mein Schlafgemach zu spähen! So neugierig zu sein! Schämen Sie sich!«

Seine Augen sprühten. Mir fiel ein, was Margot mir über seine Unberechenbarkeit erzählt hatte. Im Augenblick machte es ihm Spaß. Doch das konnte sich bald ändern.

Mit einem Ruck zog ich meine Haare aus seiner Hand und stand auf.

»Ich bitte für meine Neugier um Verzeihung«, sagte ich. »Es war höchst ungehörig von mir. Sie müssen tun, was Sie in dieser Angelegenheit für angemessen halten. Falls Sie Sir John davon unterrichten möchten ...«

»Ich danke Ihnen für die Erlaubnis«, sagte er. Er trat neben mich, und zu meinem Schrecken legte er seine Arme um mich und drückte mich an sich. Einen Finger unter meinem Kinn, hob er mein Gesicht. »Wenn wir eine Missetat begehen«, fuhr er fort, »müssen wir für unsere Sünden büßen. Dies ist die Buße, die ich verlange.« Damit nahm er mein Gesicht zwischen seine Hände und küßte mich auf die Lippen – nicht einmal, sondern viele Male.

Ich war entsetzt. Nie zuvor war ich auf eine solche Art geküßt worden.

Ich riß mich los und rannte davon.

In meinem Kopf spukte der Gedanke, daß er mich wie eine Dienstmagd behandelt hatte. Ich war empört. Dabei war ich selbst schuld daran.

Ich taumelte aus dem Zimmer, erreichte die Wendeltreppe, und als ich emporzusteigen begann, vernahm ich hinter mir eine Bewegung. Einen Augenblick lang dachte ich, der Comte verfolge mich, und ich war starr vor Schreck. Es war jedoch Margot, die mich fragte: »Was tust du hier unten, Minelle?«

Ich drehte mich um. Ihr Gesicht war gerötet, und ihre Augen flackerten.

»Wo bist du gewesen?« wollte ich wissen.

»Wo warst du?« Sie legte die Finger auf die Lippen.

»Komm, laß uns nach oben gehen.«

Wir stiegen die Treppe hinauf. Oben angekommen, wandte sich Margot nach mir um und lachte. Zusammen betraten wir das Solarium.

Maria und Sybil waren bereits dort.

»Minelle hat mich gefunden«, sagte Margot.

»Wo?« verlangte Sybil zu wissen.

»Glaubt ihr, das verrate ich?« gab Margot zurück. »Vielleicht möchte ich mich dort noch einmal verstecken.«

So fing es an. Er war auf mich aufmerksam geworden, und ich sollte ihn sicherlich nicht so schnell vergessen. Den ganzen Rest des Nachmittags ging er mir nicht mehr aus dem Sinn. Während wir bei einem Ratespiel im Sonnenzimmer saßen, erwartete ich ständig, daß er hereinkäme und mich denunzierte. Aber es war wahrscheinlicher, so glaubte ich, daß er Sir John davon unterrichtet hatte. Mir war ganz unbehaglich bei dem Gedanken an die Art, wie er mich geküßt hatte. Was hatte er sich nur dabei gedacht? Ich wußte, daß meine Mutter dauernd darum besorgt war, daß ich tugendhaft bleibe und eine gute Ehe eingehe. Sie wollte das Beste für mich. Ein Arzt wäre als Ehemann angemessen, hatte sie einmal gesagt, aber der einzige Arzt, den wir kannten, war fünfundfünfzig Jahre lang unverheiratet geblieben, und es war kaum wahrscheinlich, daß er sich jetzt eine Frau nehmen würde; und selbst wenn er sich dazu entschlösse, mir die Ehe anzutragen, so hätte ich es abgelehnt.

»Wir stehen mitten zwischen zwei Welten«, sagte meine Mutter. Damit meinte sie, daß die Dorfbewohner weit unter uns, die Bewohner des großen Hauses dagegen weit über uns standen. Dies war der Grund, weshalb sie so eifrig darauf bedacht war, mir eine florierende Schule zu hinterlassen. Doch ich muß gestehen, daß die Vorstellung, mein ganzes Leben mit der Unterrichtung der Abkömmlinge des Adels zu verbringen, welche in den nächsten Jahren auf Gut Derringham zu Besuch weilen würden, keinen sonderlichen Reiz für mich besaß.

Es war der Comte, der meine Gedanken in diese Richtung gelenkt hatte. In meinem Zorn wurde ich mir darüber klar, daß er es niemals gewagt hätte, eine junge Dame aus guter Familie auf diese Art zu küssen. Oder doch? Natürlich hätte er es gewagt. Er würde stets tun, was ihm beliebte. Er hätte zweifelsohne auch sehr unangenehm werden können. Er konnte Sir John erzählen, daß ich in sein Schlafgemach eingedrungen war. Statt dessen hatte er mich behandelt wie eine ..., ja, wie eigentlich? Wie konnte ich das wissen?

Ich wußte lediglich, daß meine Mutter, wenn sie es erführe, entsetzt sein würde.

Sie erwartete mich voller Neugier, als ich zurückkam.

»Du siehst so erhitzt aus«, schalt sie zärtlich, aber zugleich auch ein wenig vorwurfsvoll. Ihr wäre es lieber gewesen, ich hätte so gleichgültig ausgesehen, als gehörte es zu meinen täglichen Erlebnissen, den Tee auf Gut Derringham zu nehmen. »Hat es dir gefallen? Wie war es?«

Ich erzählte ihr, was es zum Tee gegeben hatte und wie die Mädchen gekleidet waren.

»Sybil war die Gastgeberin«, sagte ich, »und danach haben wir Spiele gemacht.«

»Was für Spiele?« wollte sie wissen.

»Ach, nur so ein kindisches Versteckspiel und Städte und Flüsse raten.«

Sie nickte. Dann runzelte sie die Stirn. Mein Kleid sah ausgesprochen schäbig aus.

»Am liebsten würde ich dir ein neues Kleid nähen lassen«, meinte sie. »Etwas wirklich Hübsches, vielleicht aus Samt.«

»Aber Mama, wann sollte ich das tragen?«

»Wer weiß? Vielleicht wirst du wieder eingeladen.«

»Das bezweifle ich. Einmal im Leben ist der Ehre genug.«

Es muß bitter geklungen haben, denn sie machte ein trauriges Gesicht. Es tat mir leid, und ich trat zu ihr und legte meinen Arm um sie. »Gräme dich nicht, Mama«, sagte ich. »Wir sind doch auch hier glücklich, nicht wahr? Und die Schule geht doch recht gut.« Dann fiel mir ein, was ich bis dahin vergessen hatte. »O Mama, ich habe unterwegs Joel Derringham getroffen.«

Ihre Augen leuchteten auf. Sie sagte: »Das hast du mir ja gar nicht erzählt.«

»Ich hatte es vergessen.«

»Vergessen ..., daß du Joel Derringham getroffen hast! Eines Tages wird er Sir John sein. Alles wird ihm gehören. Wie kam es dazu, daß du ihm begegnet bist?«

Ich schilderte es ihr und wiederholte Wort für Wort, was wir gesprochen hatten. »Er scheint liebenswert zu sein«, sagte sie.

»Ja, das ist er allerdings – und er ist Sir John so ähnlich. Das ist

wirklich amüsant. Man könnte sagen, das ist Sir John ... vor dreißig Jahren.«
»Er war gewiß sehr freundlich zu dir.«
»Er hätte nicht freundlicher sein können.«
Ich konnte sehen, wie sie in Gedanken Pläne schmiedete.

Zwei Tage später kam Sir John zum Schulhaus. Es war Sonntag, ein Tag also, an dem kein Unterricht stattfand. Meine Mutter und ich hatten zu Mittag gegessen und, wie wir es am Sonntag häufig zu tun pflegten, bis nahezu drei Uhr am Tisch gesessen, um den Lehrplan der kommenden Woche zu besprechen.
Obwohl meine Mutter normalerweise eine ganz und gar prosaische Frau war, konnte sie romantisch träumen wie ein junges Mädchen, wenn ihr Herz an einer Sache hing. Ich wußte, daß sie sich in den Kopf gesetzt hatte, ich solle viele Einladungen auf das Gut erhalten, um dort jemanden kennenzulernen – jemanden von nicht unbedingt hohem Stand, der aber wenigstens in der Lage war, mir mehr zu bieten, als ich erhoffen konnte, wenn ich meine Tage im Schulhaus verbrachte. Vorher war sie entschlossen gewesen, mir die bestmögliche Ausbildung angedeihen zu lassen, um mir meine Zukunft als Lehrerin zu sichern. Jetzt aber waren ihre Gedanken von gewagteren Phantasien beflügelt, die, da sie eine an Erfolg gewöhnte Frau war, keine Grenzen kannten.
Durch das Fenster unseres kleinen Speisezimmers sah sie, wie Sir John sein Pferd an der Eisenstange festband, die eigens für diesen Zweck dort angebracht war. Mir wurde ganz kalt. Es ging mir sogleich durch den Kopf, daß der heimtückische Graf es für richtig erachtet hatte, sich über mein Benehmen zu beklagen. Ich hatte ihn einfach stehenlassen und ihm auf unmißverständliche Weise gezeigt, daß ich sein Verhalten mißbilligte. Dies nun mochte seine Rache sein.
»Oh, da kommt Sir John«, sagte meine Mutter. »Was mag er nur ...«

»Vielleicht eine neue Schülerin ...«, hörte ich mich sagen.
Er wurde in unsere Wohnstube geleitet, und ich stellte erleichtert fest, daß er lächelte, wohlwollend wie immer.
»Guten Tag, Mrs. Maddox ... und Minella. Lady Derringham hat eine Bitte an Sie. Uns fehlt ein Gast für die Soiree und das heutige Abendessen. Die Comtesse Fontaine Delibes ist an ihr Zimmer gefesselt, und ohne sie würden wir dreizehn in der Zahl sein. Sie kennen ja den Aberglauben, daß dreizehn eine Unglückszahl ist, und einige unter unseren Gästen könnten deswegen beunruhigt sein. Ich fragte mich, ob ich Sie wohl überreden könnte, Ihrer Tochter zu gestatten, uns Gesellschaft zu leisten.«
Dies entsprach so sehr den Träumen, welche meine Mutter während der letzten zwei Tage beschworen hatte, daß sie die Einladung ohne mit der Wimper zu zucken akzeptierte, als sei sie die natürlichste Sache von der Welt.
»Aber selbstverständlich wird sie Ihnen Gesellschaft leisten«, antwortete sie.
»Aber Mama«, protestierte ich, »ich habe doch gar kein passendes Kleid dafür.«
Sir John lachte. »Auch daran hat Lady Derringham bereits gedacht, als wir die Angelegenheit besprachen. Eines von den Mädchen wird Ihnen etwas borgen – wenn es weiter nichts ist.«
Er wandte sich zu mir. »Kommen Sie heute nachmittag zum Gutshaus. Dann können Sie das Kleid auswählen, und die Näherin kann die notwendigen Änderungen vornehmen. Es ist sehr gütig von Ihnen, Mrs. Maddox, uns Ihre Tochter zu überlassen.« Er lächelte mir zu. »Wir werden uns also später sehen.«
Als er gegangen war, nahm meine Mutter mich in ihre Arme und liebkoste mich.
»Ich habe es *herbeigewünscht«,* rief sie aus. »Dein Vater pflegte stets zu sagen, ich bekäme alles, was ich mir in den Kopf setze. Weil ich so fest daran glaubte, würde ich es herbeiführen.«
»Ich finde es nicht sehr erhebend, mich mit fremden Federn zu schmücken.«

»Unsinn. Das weiß doch niemand.«
»Sybil und Maria wissen es, und Maria wird mich bei der ersten Gelegenheit daran erinnern, daß ich nur als Lückenbüßer dort bin.«
»Solange sie es niemand anderem sagt, kann es dir doch nichts ausmachen.«
»Mama, warum bist du eigentlich so aufgeregt?«
»Weil jetzt das eingetreten ist, was ich mir immer ersehnt habe.«
»Hast du der Comtesse die Krankheit gewünscht?«
»Vielleicht.«
»Damit deine Tochter auf den Ball gehen kann!«
»Das ist kein Ball!« rief sie betroffen aus. »Dafür müßtest du doch ein richtiges Ballkleid haben.«
»Ich habe mich nur metaphorisch ausgedrückt.«
»Wie recht ich doch hatte, dich so gründlich auszubilden. Deine musikalischen Kenntnisse werden denen der anderen Anwesenden ebenbürtig sein. Ich denke, wir sollten dein Haar auf dem Kopf auftürmen. Das bringt die Farbe voll zur Geltung.« Ich hörte eine zynische Stimme murmeln: »Wie Korn im August.«
»Dein Haar ist dein größter Vorzug, mein Liebes. Wir müssen das Beste daraus machen. Ich hoffe, das Kleid wird blau sein, weil das die Farbe deiner Augen betonen wird. Dieses Kornblumenblau kommt ziemlich selten vor ..., so intensiv wie bei dir, meine ich.«
»Du machst aus einer angehenden Schulmeisterin eine Prinzessin, Mama.«
»Warum sollte eine angehende Schulmeisterin nicht ebenso schön und anmutig sein wie irgendeine von den Damen im Lande?«
»Gewiß, vor allem, wenn sie deine Tochter ist.«
»Du mußt deine Zunge heute abend im Zaum halten, Minella. Du sprichst immer alles aus, was dir gerade in den Sinn kommt.«
»Ich werde ich selbst sein, und wenn es denen nicht behagt ...«
»Dann werden sie dich nicht wieder einladen.«

»Warum sollten sie auch? Findest du nicht, daß du dies alles viel zu wichtig nimmst? Sie haben mich eingeladen, weil ihnen ein Gast fehlt. Es ist nicht das erste Mal, daß jemand gebeten wird, der vierzehnte zu sein. Wenn sich der vierzehnte schließlich doch noch zu kommen entschiede, würde man mir wohl höflich zu verstehen geben, daß meine Anwesenheit nicht mehr erforderlich sei.«

In Wirklichkeit aber arbeitete mein Geist ebenso fieberhaft wie der meiner Mutter. Warum war die Einladung (so dachte ich nämlich darüber) so bald nach meinem Besuch auf dem Gutshof erfolgt? Wer hatte sie veranlaßt? Und war es nicht ein merkwürdiges Zusammentreffen, daß ausgerechnet die Gemahlin des Comte indisponiert war? Hatte er möglicherweise vorgeschlagen, daß ich die Lücke ausfüllen sollte? Welch ausgefallener Gedanke! Warum? Weil er mich wiedersehen wollte? Immerhin hatte er von meinem schlechten Benehmen nichts erzählt. Ich erinnerte mich, was er über mein Haar gesagt hatte, als er leicht daran zupfte, und dann ... diese Küsse. Er war so unverschämt. Hatte er befohlen: »Schafft mir das Mädchen ins Gutshaus«? So pflegte ein Mann wie er sich unter seinesgleichen zu benehmen. Ich dachte an das sogenannte *droit de seigneur,* welches besagte, daß ein Mädchen, das kurz vor der Hochzeit stand und dessen Aussehen dem Gutsherrn gefiel, von diesem für eine Nacht in sein Bett geholt wurde – manchmal auch für mehr als eine Nacht, wenn sie sich als zufriedenstellend erwies –, und erst danach überließ man sie ihrem Bräutigam. Wenn der Herr großzügig war, fiel wohl auch ein Geschenk dabei ab. Ich konnte mir gut ausmalen, wie dieser Comte von einem solchen Recht Gebrauch machte.

Was hatte ich nur für Einfälle? Ich war keine Braut, und Sir John würde ein solches Gebaren auf seinem Besitz niemals dulden. Ich schämte mich meiner Gedanken. Die Unterhaltung mit dem Comte übte eine tiefere Wirkung auf mich aus, als ich zunächst angenommen hatte.

Meine Mutter sprach ständig von Joel Derringham. Ich mußte ihr wiederholen, was er zu mir gesagt hatte. Wieder war sie von ihren romantischen Träumen erfüllt. Oh, das war zu töricht. Sie redete sich ein, daß die Indisponiertheit eine Erfindung sei, daß Joel, der meine nähere Bekanntschaft zu machen wünschte, meine Einladung für diesen Abend bei seinen Eltern durchgesetzt habe. O Mama, dachte ich, liebe Mama, immer dann verlor sie den Kopf, wenn es um ihre Tochter ging. Nur dann, wenn sie mich auskömmlich versorgt sehe, könnte sie glücklich sterben. Aber sie schwelgte in den unsinnigsten Phantasien.

Margot kam zu mir ins Schulhaus. Sie war erregt.

»Wie schön!« rief sie aus. »Du wirst also heute abend kommen. Meine liebe Minelle, Marie hat ein Kleid für dich ausgesucht, aber mir gefällt es nicht. Du mußt eines von meinen tragen ..., von einer Pariser *Couturière*. Blau, wegen deiner Augen. Maries Kleid ist braun – abscheulich! Ich sage nein, nein, nein! Nicht für Minelle, denn wenn du auch keine wahre Schönheit bist – im Vergleich zu mir, meine ich –, so hast du doch deine Vorzüge. O ja, und ich werde darauf bestehen, daß du *mein* Kleid trägst.«

»O Margot«, sagte ich, »es ist also dein Wunsch, daß ich komme!«

»Aber natürlich. Es wird bestimmt ein Vergnügen. Maman wird den Abend in ihrem Zimmer verbringen. Sie hat heute nachmittag geweint. Daran war wieder mein Vater schuld. Oh, er ist boshaft, aber ich glaube, sie liebt ihn. Ich möchte nur wissen, warum?«

»Deine Mutter ist nicht wirklich krank, nicht wahr?«

Margot zog die Schultern hoch. »Es ist Melancholie. Das behauptet *Le Diable* jedenfalls. Vielleicht hat es Streit gegeben. Sie würde es nicht wagen, mit ihm zu zanken. Der Streit geht immer von ihm aus. Wenn sie weint, wird er noch wütender. Er haßt weinende Frauen.«

»Und weint sie oft?«

»Ich weiß es nicht. Ich denke, ja. Sie ist schließlich mit ihm verheiratet.«

»Margot, wie kannst du nur so gemein von deinem Vater sprechen!«

»Wenn du die Wahrheit nicht hören willst ...«

»Das möchte ich schon, aber ich weiß nicht, wie du wissen kannst, wo die Wahrheit liegt. Schließt sie sich immer ein? Auch bei euch zu Hause?«

»Ich glaube schon.«

»Aber du mußt es doch *wissen.«*

»Ich sehe sie nicht oft, weißt du. Nou-Nou behütet sie; und immer heißt es, sie darf nicht gestört werden. Aber warum reden wir eigentlich über die *anderen.* Ich bin so froh, daß du kommst, Minelle. Ich glaube, es wird dir Spaß machen. Der Teebesuch bei uns hat dir doch gefallen, nicht wahr?«

»Ja, das war lustig.«

»Was hast du auf der Stiege gemacht? Gestehe, daß du spioniert hast!«

»Und was hast *du* gemacht, Margot?«

Sie kniff die Augen zusammen und lachte.

»Komm, sag es mir!« beharrte ich.

»Wenn ich es dir sage, erzählst du mir dann auch, was du gemacht hast? Aber nein, das ist kein fairer Handel. Du hast dir ja nur das Haus angeschaut.«

»Margot, wovon sprichst du eigentlich?«

»Ach laß nur.«

Ich war froh, daß das Thema fallengelassen wurde, aber meine den Comte und die Comtesse betreffende Neugier blieb bestehen. Sie fürchtete sich vor ihm. Das konnte ich verstehen. Sie schloß sich ein und flüchtete sich in ihre Krankheit. Das tat sie sicher nur, um ihm zu entkommen. Das alles war sehr mysteriös. Margot nahm mich mit in ihr Zimmer im Gutshaus. Es war hübsch möbliert und erinnerte mich an das Schlafgemach des Comte. Nur das Himmelbett war nicht ganz so prächtig verziert.

Die Vorhänge waren aus schwerem blauem Samt, und eine Wand war mit einem Gobelin in dem gleichen, im ganzen Raum vorherrschenden Farbton verziert.
Das Kleid, das ich tragen sollte, lag auf dem Bett ausgebreitet.
»Ich bin ein wenig rundlicher als du«, sagte Margot. »Das erleichtert die Änderung. Du bist ein wenig größer. Aber schau, hier ist ein breiter Saum. Ich habe ihn gleich von der Näherin auftrennen lassen. Probiere es jetzt an, dann lasse ich sie kommen, um die Änderungen vorzunehmen. Ich werde sie gleich rufen lassen.«
»Margot«, sagte ich, »du bist eine wahre Freundin.«
»Aber ja«, stimmte sie zu. »Du interessierst mich eben. Sybil ..., Marie ... *Pouf!«* Sie blies das Wort zwischen den Lippen hervor. »Die sind so geistlos. Ich weiß schon, was sie sagen werden, bevor sie es aussprechen. Du bist anders, ganz anders. Und außerdem bist du die Tochter der Schulmeisterin.«
»Was hat das damit zu tun?«.
Wieder lachte sie und wollte nichts weiter sagen. Ich zog das Kleid an. Es stand mir ausgesprochen gut. Margot läutete die Glocke, und die Näherin erschien mit Steck- und Nähnadeln. In weniger als einer Stunde war mein Kleid fertig.
Maria und Sybil kamen, um mich zu begutachten. Maria rümpfte die Nase.
»Nun?« fragte Margot. »Was paßt dir nicht?«
»Es ist nicht besonders kleidsam«, kritisierte Maria.
»Wieso nicht?« rief Margot aus.
»Das braune wäre besser gewesen.«
»Besser für dich, nicht wahr? Hast du Angst, daß sie schöner aussehen wird als du? So ist das also.«
»Welch eine Narretei!« widersprach Maria.
Margot schmunzelte. »Es stimmt aber.«
Daraufhin erwähnte Maria die Unkleidsamkeit des Gewandes nicht mehr. Margot bestand darauf, mein Haar zu frisieren. Dabei plapperte sie unentwegt. »Schau, Chérie, ist das nicht

hübsch? O ja, es stimmt, du hast ein gewisses Flair. Du solltest nicht dazu verdammt sein, dein Leben damit zu verbringen, dumme Kinder zu unterrichten.« Sie beobachtete meine Reaktion. »Kornblondes Haar«, bemerkte sie. »Kornblumenblaue Augen und Lippen wie Mohn.«

Ich lachte. »Du machst ja ein ganzes Weizenfeld aus mir.«

»Ebenmäßige weiße Zähne«, fuhr sie fort. »Die Nase ein wenig ..., wie sagt man bei euch ..., aggressiv? Volle Lippen ..., sie können lächeln, sie können ernst sein. Ich weiß, Minelle, meine Freundin, was zu Attraktivität verhilft. Der Kontrast ist es. Die Augen sind sanft und fügsam. Aha, aber dann ..., sieh dir diese Nase an! Sieh dir den Mund an! O ja, man sagt, ich sehe gut aus ..., ich bin leidenschaftlich ..., aber warte ein wenig. Kein Unsinn, bitte!«

»Ja bitte«, gab ich zurück, »nichts mehr von diesem Unsinn. Und wenn ich eine Beschreibung meines Aussehens und meines Charakters wünsche, werde ich darum bitten.«

»Das würdest du nie tun, denn auch das gehört zu deinem Charakter, Minelle. Du denkst, du weißt immer ein wenig mehr als alle anderen, und du kannst alle Fragen soviel besser beantworten. O ja, du hast mich in der Schule immer überflügelt ..., uns alle ..., und das ist recht so und geziemt sich für die Tochter der Lehrerin; und jetzt unterrichtest du uns und erklärst uns, was wir richtig oder falsch machen. Aber laß dir von mir gesagt sein, meine kluge Minelle, du mußt noch viel lernen.«

Ich blickte in ihr dunkles, lachendes Gesicht mit den schönen, fast schwarzen, funkelnden Augen, die denen ihres Vater so ähnlich waren, den vollen Brauen, dem dichten, dunklen Haar. Sie war sehr anziehend, und sie hatte etwas Geheimnisvolles an sich. Ich dachte daran, wie wir uns auf der Wendeltreppe getroffen hatten. Wo mochte sie gewesen sein?

»Etwas, das *du* bereits gelernt hast?« fragte ich.

»Manche von uns werden mit diesem Wissen geboren«, sagte sie.

»Und du gehörst zu denen, welche diese Gabe besitzen?«
»O ja.«

Auf der Galerie musizierte ein kleines Orchester.
Lady Derringham, eine anmutige Erscheinung in malvenfarbener Seide, drückte mir die Hand und murmelte: »Wie lieb von Ihnen, uns auszuhelfen, Minella.« Obschon die Bemerkung gutgemeint war, erinnerte sie mich doch augenblicklich daran, warum ich hier war.
Als der Comte erschien, kam mir der Verdacht, daß er für meine Anwesenheit verantwortlich sei! Er blickte sich im Musikzimmer um, bis seine Augen auf mir haften blieben. Dann machte er von der anderen Seite des Raumes herüber eine Verbeugung, und ich sah, wie er jedes Detail meiner Erscheinung auf eine Weise in sich aufnahm, die ich als beleidigend empfand. Hochmütig erwiderte ich seinen Blick, was ihn zu amüsieren schien.
Lady Derringham hatte es so arrangiert, daß ich mit ihren Töchtern und Margot zusammensaß – wie um den Gästen anzudeuten, daß wir trotz unserer Teilnahme an dieser Veranstaltung noch nicht formell in die Gesellschaft eingeführt waren. Wir waren keine Kinder mehr und durften deshalb bei der Soiree und dem anschließenden Mahl zugegen sein; doch sobald dies vorüber war, würde man uns entlassen.
Für mich war das ein ungeheuer aufregendes Ereignis. Ich liebte Musik, besonders die Werke von Mozart, die bei diesem Konzert vornehmlich gespielt wurden. Ich lauschte hingerissen und dachte, wie mir ein solch angenehmes Leben gefallen würde und wie viele meiner Schülerinnen es führten. Mir schien es ungerecht, daß das Schicksal mich davon ausgeschlossen hatte, ohne mich jedoch so weit davon entfernt zu haben, daß ich nicht ab und zu einen Blick darauf werfen konnte und merkte, was mir entging.
Während der Konzertpause wandelten die Menschen auf der

Galerie umher und begrüßten alte Freunde. Joel kam zu mir herüber.

»Ich freue mich, daß Sie gekommen sind, Fräulein Maddox«, sagte er.

»Glauben Sie wirklich, es wäre aufgefallen, wenn ich nicht gekommen wäre? Würden die Leute sich wahrhaftig gegenseitig zählen und sich wegen der unglücksbringenden Dreizehn von Verderbnis bedroht fühlen?«

»Das können wir nicht wissen, da eine solche Situation vermieden wurde ..., auf höchst angenehme Weise, wenn Sie diese Bemerkung erlauben. Ich hoffe, dies ist die erste von vielen Gelegenheiten, bei denen Sie unser Gast sein werden.«

»Sie können nicht erwarten, daß ein vierzehnter Gast im letzten Augenblick absagt, nur um mir eine Gefälligkeit zu erweisen.«

»Ich finde, Sie messen diesem Anlaß zu viel Bedeutung bei.«

»Das muß ich wohl, denn andernfalls wäre ich nicht hier.«

»Vergessen wir das und freuen wir uns, daß Sie da sind. Wie fanden Sie das Konzert?«

»Vorzüglich.«

»Sie mögen Musik?«

»Über alle Maßen.«

»Derartige Konzerte gibt es häufig bei uns. Sie müssen öfter kommen.«

»Sie sind sehr gütig.«

»Dieses hier findet zu Ehren des Comte statt. Er hegt eine besondere Vorliebe für Mozart.«

»Habe ich meinen Namen gehört?« fragte der Comte.

Er setzte sich auf den Stuhl neben mir, und ich spürte seinen intensiv musternden Blick auf mir.

»Ich erzählte Fräulein Maddox soeben, Comte, daß Sie Mozart lieben und daß dieses Konzert Ihnen zu Ehren gegeben wird. Ich darf Sie mit Fräulein Maddox bekannt machen.«

Der Comte stand auf und verbeugte sich. »Es ist mir ein Vergnü-

gen, Sie hier zu treffen, Mademoiselle.« Er wandte sich an Joel. »Mademoiselle Maddox und ich sind uns bereits begegnet.«
Ich fühlte, wie mir das Blut ins Gesicht schoß. Jetzt würde er mich bloßstellen. Er würde Joel erzählen, wie ich in sein Schlafgemach gespäht hatte, während man mich oben vermutete, und er würde darauf hinweisen, wie unklug es war, Leute meines Standes in höhere Kreise mitzubringen. Welch einen Augenblick hatte er dafür gewählt! Ich war sicher, daß dies für ihn bezeichnend war.
Er betrachtete mich mit einem sardonischen Blick und las dabei meine Gedanken.
»In der Tat?« fragte Joel überrascht.
»In der Nähe der Schule«, sagte der Comte. »Ich kam dort vorbei und sah Mademoiselle Maddox. Ich dachte mir, das ist die vortreffliche Lehrerin, welche meiner Tochter so viel Gutes angedeihen ließ. Ich freue mich, daß ich nun Gelegenheit habe, meine Dankbarkeit zum Ausdruck zu bringen.«
Er lächelte mich an, und natürlich bemerkte er mein Erröten, das ihm gewiß verriet, daß ich jener Küsse und meines würdelosen Abgangs gedachte.
»Mein Vater singt beständig Loblieder auf Frau Maddox' Schule«, sagte der gute Joel. »Sie hat uns die Anstellung einer Gouvernante erspart.«
»Gouvernanten können sehr schwierig sein«, meinte der Comte, während er sich neben mich setzte. »Sie sind nicht von unserem Stand, und doch gehören sie nicht zur Dienerschaft. Es ist verdrießlich, wenn Menschen im Zwischenreich schweben. Nicht für uns, sondern für sie selbst. Sie werden sich ihrer Stellung zu sehr bewußt. Man sollte die Klassenunterschiede ignorieren, finden Sie nicht auch, Joel? Und Sie, Fräulein Maddox? Als unserem verstorbenen König Louis XV. einmal von einem seiner Freunde, einem Herzog, vorgehalten wurde, daß seine Mätresse die Tochter eines Kochs sei, erwiderte er: ›Ach wirklich? Das habe ich gar nicht bemerkt. Ihr steht nämlich alle

so tief unter mir, daß ich den Unterschied zwischen einem Herzog und einem Koch nicht erkennen kann.‹«

Joel lachte, und ich konnte mich nicht enthalten, mit scharfer Zunge zu entgegnen; »Ist das auch bei Ihnen so, Monsieur le Comte? Könnten auch *Sie* den Unterschied zwischen einem Koch und einem Herzog nicht erkennen?«

»Ich bin zwar nicht so hochgestellt wie der König, aber ich stehe immerhin hoch genug, und ich könnte den Unterschied zwischen den Töchtern von Sir John und denen der Schulmeisterin nicht wahrnehmen.«

»Dann, so scheint es, bin ich nicht völlig unwillkommen.«

Seine Augen schienen sich glühend in die meinen zu bohren. »Mademoiselle, Sie sind höchst willkommen, das versichere ich Ihnen.«

Joel sah betreten aus. Er fand diese Unterhaltung sicherlich geschmacklos, aber ich merkte, daß der Comte, ebenso wie ich selbst, einen unwiderstehlichen Gefallen daran fand.

»Ich glaube«, sagte Joel, »die Pause ist fast vorüber, und wir sollten unsere Plätze wieder einnehmen.«

Die Mädchen kamen zurück. Margot sah amüsiert aus, Maria wirkte ein wenig verstimmt und Sybil machte einen unbeteiligten Eindruck.

»Man wird auf dich aufmerksam, Minelle«, flüsterte Margot. »Gleich zwei der bestaussehenden Männer unter den Anwesenden haben einen Blick auf dich geworfen. Du bist eine Sirene.«

»Ich habe sie nicht zu mir gebeten.«

»Das tun Sirenen nie. Sie strahlen einfach ihre Faszination aus.«

Während des zweiten Teils des Konzerts dachte ich über den Comte nach. Auf irgendeine Art fand er mich anziehend. Und ich wußte, auf welche. Er liebte Frauen, und obwohl ich noch nicht voll entwickelt war, reifte ich rasch heran. Daß seine Absichten unehrenhafter Natur waren, war nicht zu verkennen. Aber das Erschreckende war, daß ich, anstatt zu erzürnen, davon fasziniert war.

Unten im Speisesaal, wo kalte Gerichte für das Abendmahl angerichtet waren, kam ein Lakai – prächtig anzuschauen in der Derringhamschen Livrée – hinein, suchte die Augen Sir Johns und ging unauffällig zu ihm. Ich sah ihn ein paar Worte flüstern. Sir John nickte und ging zum Comte, welcher, wie ich nicht ohne eine leichte Kränkung bemerkte, mit Lady Eggleston plauderte, der flatterhaften jungen Gattin eines gichtgeplagten Gemahls, der das mittlere Alter schon lange überschritten hatte. Sie lächelte ein wenig geziert, und ich konnte mir den Verlauf ihrer Unterhaltung wohl vorstellen.

Sir John sprach mit dem Comte, und nach einer Weile verließen sie zusammen den Raum.

Joel trat an meine Seite.

»Kommen Sie zum Buffet«, sagte er. »Dort können Sie wählen, was Ihnen beliebt. Danach suchen wir uns einen kleinen Tisch.«

Ich war ihm dankbar. Es sprach so viel Güte aus ihm. Er glaubte, daß ich, die ich niemanden hier kannte, einen Beschützer brauchte.

Es gab Fische jeder Sorte und verschiedenes kaltes Fleisch. Ich nahm nur wenig davon. Ich verspürte nicht den geringsten Hunger.

Wir fanden einen kleinen, durch Pflanzen ein wenig abgeschirmten Tisch, und Joel sagte zu mir: »Ich darf wohl annehmen, daß Sie den Comte etwas ungewöhnlich fanden.«

»Nun ja ..., er ist kein Engländer.«

»Ich dachte, er hätte Sie ein wenig verstimmt.«

»Ich glaube, er ist ein Mann, der es gewöhnt ist, seine eigenen Wege zu gehen.«

»Zweifelsohne. Sie sahen ihn mit meinem Vater fortgehen. Einer seiner Diener ist mit einer Botschaft aus Frankreich gekommen, die anscheinend sehr wichtig ist.«

»Das muß sie wohl sein, wenn der Diener deswegen so weit gereist ist.«

»Aber sie kam nicht ganz unerwartet. Es ist Ihnen gewiß bekannt, daß die Lage in Frankreich schon seit geraumer Zeit sehr gespannt ist. Ich hoffe, es ist kein Unglück geschehen.«

»Die Situation dort ist allerdings betrüblich«, bemerkte ich. »Man fragt sich, wie das enden wird.«

»Vor zwei Jahren besuchte ich mit meinem Vater den Comte, und schon damals war im ganzen Land eine gewisse Unruhe zu verspüren. Den Leuten dort fiel das allerdings nicht so stark auf wie mir. Wenn man in der nächsten Nähe von etwas lebt, wird man sich dessen oft weniger bewußt.«

»Ich habe von der Verschwendungssucht der Königin gehört.«

»Sie ist höchst unbeliebt. Die Franzosen mögen die Ausländer nicht, und sie ist weiß Gott eine Fremde.«

»Trotzdem ist sie eine charmante und schöne Frau, glaube ich jedenfalls.«

»O ja. Der Comte hat uns ihr vorgestellt. Ich erinnere mich, daß sie eine vorzügliche Tänzerin ist, und sie war wundervoll gekleidet. Ich glaube, der Comte ist doch ein wenig besorgter, als er zugibt.«

»Diesen Eindruck macht er aber ganz und gar nicht ...; doch ich rede vielleicht unbesonnen. Ich kenne ihn ja kaum.«

»Er ist kein Mann, der seine Gefühle zur Schau stellt. Falls es Schwierigkeiten geben sollte, hätte er eine Menge zu verlieren. Neben anderen Besitztümern gehören ihm das Château Silvaine, etwa vierzig Meilen südlich von Paris gelegen, sowie das Hôtel Delibes, ein Palast in der Hauptstadt. Er stammt aus einer sehr alten Familie, die mit den Capets verwandt ist, und geht bei Hofe ein und aus.«

»Ich verstehe. Ein sehr einflußreicher Herr.«

»Ja, das ist er in der Tat. Das kommt auch in seinem Auftreten zum Ausdruck, finden Sie nicht?«

»Es scheint ihm viel daran zu liegen, von jedermann beachtet zu werden. Ich bin sicher, es würde ihn sehr verdrießen, wenn man es daran fehlen ließe.«

»Sie dürfen ihn nicht zu streng beurteilen, Fräulein Maddox. Er ist ein französischer Aristokrat, und Aristokratie ist eine Lebensart, der man in Frankreich weit mehr Gewicht beimißt als hier bei uns.«

»Selbstverständlich steht es mir nicht zu, ihn zu verurteilen. Wie ich schon sagte, ich weiß ja gar nichts über ihn.«

»Ich bin sicher, daß er beunruhigt ist. Als er sich gestern abend mit meinem Vater unterhielt, erwähnte er den Aufruhr, der vor ein paar Jahren losbrach; als Märkte überfallen und die Schiffe auf der Oise, welche mit Getreide für Paris beladen waren, geentert und die Getreidesäcke in den Fluß geworfen wurden. Der Comte sagte etwas, das meinen Vater zutiefst beeindruckte. Er sprach von einer ›Generalprobe für eine Revolution‹. Aber ich langweile Sie sicherlich mit dieser öden Konversation.«

»Aber keineswegs. Meine Mutter hat stets darauf bestanden, daß wir uns mit der Geschichte der Gegenwart ebenso vertraut machten wie mit jener der Vergangenheit. Für den Unterricht beziehen wir französische Zeitungen. Die heben wir auf, um sie immer wieder zu lesen. Deshalb weiß ich über jene unruhigen Zeiten Bescheid. Immerhin konnte das Schlimmste verhütet werden.«

»Ja, aber ich kann die Worte des Comte nicht vergessen: ›Eine Generalprobe.‹ Und immer wenn so etwas geschieht wie jetzt ..., wenn Diener mit Sonderbotschaften eintreffen ..., dann habe ich ein ungutes Gefühl.«

»Ah, da ist Minella!« Es waren Maria und Sybil mit einem jungen Mann. Sie trugen Teller. »Wir leisten euch Gesellschaft«, sagte Maria.

Joel stellte mir den jungen Mann vor. »Darf ich Sie mit Tom Fielding bekannt machen. Tom, dies ist Fräulein Maddox.«

Tom Fielding verbeugte sich und fragte, ob mir die Musik gefallen habe. Ich antwortete ihm, daß ich sie ausgezeichnet fand.

»Der Lachs ist gut«, sagte er. »Haben Sie ihn probiert?«

»Joel«, warf Maria ein, »falls du dich um unsere Gäste kümmern möchtest, wird Minella dich gewiß entschuldigen.«
»Das würde sie sicher, falls ich den Wunsch danach verspürte«, erwiderte Joel und lächelte mir zu. »Aber das ist nicht der Fall.«
»Vielleicht wäre es besser, wenn du ...«
»Heute abend widme ich mich ausschließlich dem Vergnügen.«
Mein Gefühl erwärmte sich für ihn. Ich wußte, daß Maria ihm zu verstehen gab, daß er die Tochter der Schulmeisterin nicht wie einen normalen Gast behandeln dürfe, was für sie bezeichnend war. Ob er ihre Absicht durchschaute oder nicht, blieb mir verborgen, aber ich mochte ihn wegen seiner Art, wie er darauf reagierte.
Die Unterhaltung drehte sich um Trivialitäten, und ich merkte, daß Joel, ein ausgesprochen ernsthafter junger Mann, eine Fortsetzung unserer Diskussion vorgezogen hätte.
Sybil verkündete: »Mama sagt, wenn du gehst, Minella, wird sie jemanden schicken, der dich zum Schulhaus begleitet. Du brauchst nicht allein heimzugehen.«
»Das ist sehr gütig von ihr«, gab ich zurück.
»Ich werde Miss Maddox nach Hause bringen«, ließ sich Joel rasch vernehmen.
»Ich glaube, du wirst hier gebraucht«, warf Maria ein.
»Du überschätzest meine Bedeutung, Schwester. Alles wird ebenso glatt verlaufen, ob ich nun hier bin oder nicht.«
»Ich denke, Mama erwartet ...«
Joel sagte. »Tom, du mußt das Marzipan probieren. Unsere Köchin ist sehr stolz darauf.«
Nachdem Maria mir den Gedanken in den Kopf gesetzt hatte, fragte ich mich nun, ob es wohl an der Zeit für mich war, zu gehen. Es war halb elf, und ich durfte nicht die letzte unter den Aufbrechenden sein.
Ich wandte mich an Joel. »Es ist sehr freundlich von Ihnen, mir Ihre Begleitung anzubieten. Ich danke Ihnen.«
»Ich habe *Ihnen* zu danken, daß Sie es mir gestatten«, entgeg-

nete er galant. »Ich sollte jetzt vielleicht Lady Derringham aufsuchen, um ihr Dank zu sagen.«
»Ich bringe Sie zu ihr«, sagte Joel.
Lady Derringham nahm meinen Dank huldvoll entgegen, und Sir John meinte, es sei außerordentlich lieb von mir gewesen, so kurzfristig zuzusagen.
Den Comte konnte ich nirgends entdecken, und ich fragte mich, ob er wohl nicht zurückgekehrt sei, nachdem er mit Sir John fortgegangen war. Aber ich sah Margot. Sie fühlte sich sichtlich wohl in Gesellschaft eines jungen Mannes, der von ihr ebenso entzückt zu sein schien wie sie von ihm.
Joel und ich wanderten die halbe Meile vom Gutshaus bis zur Schule.
Der Halbmond am Himmel warf ein blasses unheimliches Licht auf die Sträucher. Ich kam mir vor wie in einem Traum. Ich war spätabends hier draußen mit Joel Derringham, der mir deutlich zeigte, daß er an meiner Gesellschaft Gefallen fand. Dies war unverkennbar, andernfalls wäre Maria nicht so verstimmt gewesen. Ich war neugierig, was meine Mutter sagen würde, die gewiß noch aufblieb, um auf mich zu warten. Sie rechnete sicherlich damit, daß ein Diener vom Gutshof mich heimbegleitete, und ich konnte mir ihre Erregung vorstellen, wenn sie merken würde, daß es der Sohn und Erbe persönlich war.
Es bedeutete nichts ..., absolut nichts. Es war wie mit den Küssen des Comte. Das mußte ich mir vergegenwärtigen, und ich mußte meine Mutter zu derselben Einsicht bringen.
Joel bemerkte, welch ein angenehmer Abend dies gewesen sei. Seine Eltern gaben diese musikalischen Soireen ziemlich häufig, aber an diese eine würde er sich immer erinnern.
»Und ich werde mich erst recht daran erinnern«, erwiderte ich leichthin. »Für mich ist es die erste und einzige.«
»Die erste vielleicht«, meinte er. »Sie lieben Musik, das weiß ich. Welch ein Himmel! Er ist selten so klar. Doch der Mond läßt die Sterne ein wenig verblassen. Schauen Sie, die Plejaden dort

drüben im Nordwesten. Wußten Sie, daß ihr Erscheinen das Ende des Sommers ankündigt? Aus diesem Grunde sind sie nicht willkommen. Ich habe mich schon immer für die Sterne interessiert. Bleiben Sie einen Augenblick still stehen. Schauen Sie hinauf. Hier stehen wir, zwei kleine Menschen, und blicken in die Ewigkeit. Es ist sehr überwältigend, finden Sie nicht auch?«

Als ich so stand und mit ihm zum Himmel hinaufsah, empfand ich eine tiefe Rührung. Der Abend war so ungewohnt gewesen – so ganz anders als alles, was ich bis dahin gekannt hatte –, und irgend etwas sagte mir, daß sich große Ereignisse über mir zusammenballten, daß ich das Ende einer Straße, einer Stufe in meiner Entwicklung erreicht hatte und daß Joel und vielleicht sogar der Comte keine flüchtigen Bekanntschaften waren, sondern daß meine Zukunft auf eine seltsame Art mit der ihren verknüpft wäre. Und heute hatte sie begonnen.

Joel fuhr fort: »Sie sollen die sieben Töchter von Atlas und Plejone darstellen – die jungfräulichen Gefährtinnen der Artemis –, welche von dem Jäger Orion verfolgt wurden. Als sie die Götter anflehten, sie vor Orions lüsternen Umarmungen zu retten, wurden sie in Tauben verwandelt und in den Himmel gesetzt.«

»Ein Schicksal, das vermutlich demjenigen vorzuziehen ist, von dem man sagt, es sei schlimmer als der Tod«, bemerkte ich.

Joel lachte. »Es war nett, Sie kennenzulernen«, sagte er. »Sie sind so anders als die Mädchen, denen ich sonst zu begegnen pflege.« Er schaute immer noch zum Himmel hinauf. »Alle Plejaden haben Götter geheiratet, mit Ausnahme einer einzigen, Merope, die sich mit einem Sterblichen vermählte. Aus diesem Grunde wurde ihr Licht getrübt.«

»Also gibt es auch im Himmel soziale Unterschiede!«

»Es ist ja nur eine Legende.«

»Ich finde, sie wird dadurch zerstört. Mir wäre lieber gewesen, wenn Merope heller erstrahlt wäre, weil sie wagemutiger und unabhängiger als ihre Schwestern war. Aber darin werden Sie vermutlich nicht mit mir übereinstimmen.«

»Aber durchaus«, versicherte er.

Ich war erheitert und angeregt, und das Gefühl, daß ich mich an der Schwelle zu ungeahnten Abenteuern befand, verstärkte sich.

»Sie dürfen sich nicht verspäten«, mahnte ich Joel, »sonst wird man sich wundern, wo Sie bleiben.«

Wir schwiegen, während wir zum Schulhaus weitergingen.

Wie ich erwartet hatte, wartete meine Mutter auf mich. Ihre Augen weiteten sich vor Vergnügen, als sie meinen Begleiter erkannte.

Er lehnte es ab, hereinzukommen; doch er übergab mich ihr, als sei ich ein kostbarer Gegenstand, den man mit größter Vorsicht behandeln mußte.

Dann wünschte er »Gute Nacht« und verschwand.

Ich mußte noch lange aufbleiben, um meiner Mutter jede Einzelheit zu berichten. Ich unterließ es jedoch, den Comte zu erwähnen.

2

Die Aufregung im Schulhaus hielt an. Meine Mutter wanderte mit abwesendem Blick umher, ein zufriedenes Lächeln auf den Lippen.

Ich wußte sehr wohl, was in ihrem Kopf vorging, und ihr Übermut erschreckte mich ein wenig.

Tatsache war doch, daß Freundlichkeit zu Joel Derringhams Charakter gehörte. Ich war achtzehn Jahre alt und schien trotz mangelnder Welterfahrung recht reif und gebildet. Vermutlich verdankte ich das meinem Naturell, da ich ernsthafter veranlagt war als die Derringham-Töchter – und ganz gewiß ernsthafter als Margot. Es war mir stets nahegelegt worden, daß ich die bestmögliche Bildung erhalten mußte, da ich durch sie meinen Unterhalt zu verdienen hätte. Dies hatte mir meine Mutter seit dem Tod meines Vaters dermaßen eingeschärft, daß ich es als selbstverständlich für mein Leben akzeptiert hatte. Ich hatte eifrig alles gelesen, was mir in die Hand kam. Ich hatte es für meine Pflicht gehalten, über jedes Thema, das angeschnitten werden mochte, etwas zu wissen, und dies war es zweifellos, weshalb Joel mich für anders als die übrigen Mädchen hielt. Seit unserer ersten Begegnung hatte er meine Nähe gesucht. Begab ich mich auf meinen bevorzugten Spaziergang über die Weiden, so fand ich ihn auf einem Zaungatter sitzend, das ich durchqueren mußte, und dann begleitete er mich auf meinem Weg. Er ritt häufig am Schulhaus vorbei und schaute auch gelegentlich herein. Meine Mutter empfing ihn wohlwollend, doch ohne Aufhebens, und nur die Blässe ihrer Wangen verriet mir ihre innere Erregung. Sie war entzückt. Diese prosaischste aller Frauen war nur dort empfindlich, wo es ihre Tochter betraf, und es wurde auf geradezu peinliche Weise offensichtlich, daß sie es sich in den Kopf gesetzt hatte, Joel Derringham sollte mich heiraten. Statt im Schulhaus sollte sich meine Zukunft auf Gut Derringham abspielen.

Dies war ein höchst gewagter Traum; denn selbst wenn Joel es in Erwägung zöge, würde seine Familie es niemals gestatten.

Doch wir waren innerhalb einer Woche zu guten Freunden geworden. Ich genoß unsere Zusammenkünfte, die nie verabredet waren, sondern sich wie von selbst zu ergeben schienen, obschon ich den Verdacht hegte, daß er sie absichtlich herbeiführte. Erstaunlich, wie oft ich ausging und ihn traf. Ich ritt auf Jenny, unserem kleinen Pferd, das den Einspänner, unser einziges Beförderungsmittel, zu ziehen pflegte. Sie war nicht mehr jung, aber fügsam, und meine Mutter hatte darauf geachtet, daß ich gut ritt. Wenn ich mit Jenny unterwegs war, begegnete ich hin und wieder Joel auf einem der edlen Jagdpferde aus den Derringhamschen Stallungen. Dann ritt er neben mir her, und

es traf sich jedesmal, daß der Weg, den ich einschlug, zufällig auch der seine war. Er war ebenso gütig und charmant wie anregend, und ich fand seine Gesellschaft interessant. Ich fühlte mich auch geschmeichelt, weil er meine Nähe suchte.
Margot erzählte mir, ihre Eltern hätten England wegen der Zustände in Frankreich verlassen. Sie selbst schien nicht sonderlich verstört, war vielmehr entzückt, allein in England zurückbleiben zu können. Zwar wunderte ich mich insgeheim über Margot, welche an einem Tag äußerst fröhlich und von übertriebener Lustigkeit sein konnte, am anderen dagegen ernst und niedergeschlagen. Ihre Stimmungsumschwünge waren nie vorhersehbar, doch da ich in meine eigenen Angelegenheiten vertieft war, schrieb ich das alles ihrem gallischen Temperament zu und dachte nicht weiter über Margot nach.
Joel klärte mich über den Grund der plötzlichen Abreise des Comte auf. Ich war auf Jenny ausgeritten, da ich sie gewöhnlich am späten Nachmittag nach der Schule auszureiten pflegte. Meistens wurde es jedoch Abend, bis ich endlich Zeit fand, auszureiten. Unweigerlich sah ich die hohe Gestalt zwischen den Bäumen auf mich zukommen, und häufig ertappte ich mich dabei, daß ich geradezu darauf wartete.
Joel machte ein sehr ernstes Gesicht, während er über die Abreise des Comte sprach.
»Am französischen Hofe braut sich ein großer Skandal zusammen«, berichtete er. »Mehrere Mitglieder des Hochadels scheinen darin verwickelt zu sein, und der Comte hielt es für klug, unverzüglich zurückzukehren. Es handelt sich unter anderem um ein Diamantenhalsband, welches die Königin mit Hilfe eines Kardinals erworben haben soll, und es geht das Gerücht, daß er als Gegenleistung für seine Dienste hofft, ihr Liebhaber zu werden ..., es vielleicht gar schon geworden ist. Natürlich bestreitet die Königin dies, und der Kardinal de Rohan ist mitsamt seinen Komplizen verhaftet worden. Es scheint daraus eine *cause célèbre* zu entstehen.«

»Und betrifft diese auch den Comte Fontaine Delibes?«

»Alle Anzeichen sprechen dafür, daß sie ganz Frankreich betreffen könnte. Die königliche Familie kann sich zu diesem Zeitpunkt keinen Skandal leisten. Vielleicht irre ich mich ..., das hoffe ich sehr. Mein Vater meint, daß ich übertreibe; aber wie ich Ihnen schon sagte, spürte ich eine wachsende Unruhe im Lande, als ich dort war. Es gibt so viel Verschwendung dort. Die Reichen sind so reich, und die Armen sind so arm.«

»Ist das nicht überall der Fall?«

»Ja, ich denke schon, doch in Frankreich scheint sich jetzt der Verdruß überall auszubreiten. Ich glaube, der Comte ist darüber genauestens informiert. Aus diesem Grunde entschloß er sich, unverzüglich zurückzukehren. Noch am Abend der Soiree begann er mit den Vorbereitungen für die Rückreise.«

Ich dachte über seine überstürzte Abreise nach und vermutete, daß er mich deswegen keines weiteren Gedankens gewürdigt hätte. Jener Abend, so sprach ich zu mir selbst, war wohl die letzte Gelegenheit, bei der ich diesen vornehmen Herrn zu Gesicht bekommen hatte, und das sei nicht einmal so schlecht. Irgend etwas sagte mir, daß seine Bekanntschaft mir nichts Gutes bringen würde. Ich mußte ihn mir aus dem Kopf schlagen. Das durfte mir nicht schwerfallen, genoß ich doch zur Zeit die sehr angenehme Freundschaft des begehrtesten jungen Mannes der Umgebung.

Danach sprachen wir nicht mehr viel über den Comte. Joel nahm an den Vorgängen im eigenen Lande lebhaften Anteil und hoffte, eines Tages ins Parlament einzuziehen. Seine Eltern waren davon keineswegs angetan. »Sie finden, daß ich als der einzige Sohn mich den Gütern widmen sollte.«

»Und Sie haben ganz andere Vorstellungen.«

»Oh, ich interessiere mich durchaus für unsere Güter, aber das reicht doch nicht, um das Leben eines Mannes auszufüllen. Diese Aufgaben kann man den Verwaltern überlassen. Warum sollte ein Mann nicht fortgehen, um sich für die Geschicke des Landes einzusetzen?«

»Man kann wohl sagen, daß Mr. Pitt aufgrund seiner Laufbahn als Parlamentarier vollauf beschäftigt ist.«

»Er ist ja auch Premierminister.«

»Sie streben doch gewiß ebenfalls das höchste Amt an.«

»Vielleicht.«

»Und Sie wollen die Gutsgeschäfte mehr und mehr Ihren Verwaltern überlassen?«

»Möglicherweise. Oh, ich liebe das Land. Die Aufgaben, die es bietet, interessieren mich durchaus, doch wir leben in schwierigen und gefahrvollen Zeiten, Fräulein Maddox. Wenn es jenseits des Kanals zum Aufruhr kommt ...«

»Was für ein Aufruhr?« fragte ich schnell.

»Sie erinnern sich doch, daß ich jene ›Generalprobe‹ erwähnte. Wie, wenn das tatsächlich eine Generalprobe für eine kommende Vorstellung mit voller Besetzung gewesen war?«

»Sie meinen, eine Art Bürgerkrieg?«

»Ich meine, daß sich die Bedürftigen gegen die Wohlhabenden erheben könnten ..., die Hungernden gegen die Verschwender. Ich halte das immerhin für möglich.«

Ich erschauerte, als ich mir den Comte stolz in seinem Château vorstellte. Und der Pöbel marschierte ..., der blutrünstige Pöbel ...

Meine Mutter meinte immer, ich ließe meiner Phantasie zu freien Lauf. »Die Phantasie ist wie das Feuer«, pflegte sie zu sagen. »Ein guter Freund, aber auch ein unerbittlicher Feind. Du mußt lernen, sie so zu lenken, wie sie dir am besten dienen kann.«

Ich fragte mich, wieso es mich eigentlich kümmerte, was mit jenem Mann geschah. Ich war überzeugt, daß es ihm recht geschehe, wenn ihn ein böses Schicksal ereilte, aber ich konnte mir vorstellen, daß kein übles Los ihm je etwas anhaben würde. Er würde stets Sieger bleiben.

Joel fuhr fort: »Mein Vater tadelt mich jedesmal, wenn ich von diesen Dingen rede. Er glaubt, daß es sich zum größten Teil um unbedeutende Spekulationen handelt. Vermutlich hat er recht. Aber der Comte hielt es immerhin für angebracht, zurückzukehren.«

»Hat es etwas zu bedeuten, daß er seine Tochter hier zurückließ?«

»Nicht im geringsten. Ihm kommt es nur auf ihren Englisch-Unterricht an. Er sagt, seit sie Ihre Schule besucht, spricht sie viel besser englisch als er. Er wünscht, daß sie es vervollkommnet. Sie können noch ein weiteres Jahr mit ihr rechnen.«

»Meine Mutter wird erfreut sein.«

»Und Sie?« fragte er.

»Ich habe eine Schwäche für Margot. Sie ist sehr amüsant.«

»Sie ist sehr … jung …«

»Sie wächst schnell heran.«

»… und leichtsinnig«, fügte er hinzu.

Das konnte man von Joel kaum behaupten, sinnierte ich. Er nahm das Leben ausgesprochen ernst. Er liebte es, mit mir über Politik zu reden, da ich über die Vorgänge im Lande Bescheid wußte. Meine Mutter und ich lasen jede Zeitung, deren wir habhaft werden konnten. Joel hegte eine warme Bewunderung für Mr. Pitt, unseren jüngsten Premier, und er sprach begeistert von dessen Klugheit. Nie sei das Land besser regiert worden, fand er. Joel glaubte, daß der von Pitt gegründete *Sinking Fund* unsere nationale Verschuldung allmählich reduzieren würde.

Als ein Anschlag auf das Leben des Königs verübt wurde, kam Joel wahrhaftig zum Schulhaus, um uns davon zu berichten. Meine Mutter war entzückt, ihn zu sehen, und holte eine Flasche ihres selbstgemachten Weines, den sie für besondere Anlässe aufbewahrte, sowie etwas von dem Weingebäck, auf das sie besonders stolz war.

Sie schnurrte nahezu, als wir uns am Tisch in unserer guten Stube niederließen, und Joel erzählte uns von der wahnsinnigen

Alten, die unter dem Vorwand, eine Petition überreichen zu wollen, auf den König gewartet hatte, als er am Gartentor von St. James aus seiner Kutsche stieg. Und dann hatte sie versucht, ihm ein Messer, das sie verborgen gehalten hatte, in die Brust zu stoßen.

»Gottlob«, sagte Joel, »gelang es den Wachen Seiner Majestät, ihr rechtzeitig in den Arm zu fallen. Der König betrug sich genau so, wie man es von ihm erwartet. Seine Sorge galt der armen Frau. ›Ich bin nicht verletzt‹, rief er, ›man kümmere sich um sie.‹ Er sagte, sie sei verrückt und daher für ihr Tun nicht verantwortlich.«

»Ich habe sagen hören«, warf meine Mutter ein, »daß Seine Majestät von natürlichem Mitleid für die dermaßen Heimgesuchten beseelt ist.«

»Oh, ich möchte schwören, Sie haben Gerüchte über seinen eigenen Gesundheitszustand gehört«, sagte Joel.

»Sicher ist Ihnen bekannt«, erwiderte meine Mutter, »ob etwas Wahres daran ist.«

»Ich weiß von den Gerüchten, doch die Wahrheit steht auf einem anderen Blatt.«

»Glauben Sie, die Frau handelte aus eigenem Antrieb, oder gehörte sie einer Bande an, welche dem König Schaden zuzufügen beabsichtigte?« fragte ich.

»Man kann fast als sicher annehmen, daß ersteres der Fall ist.«

Joel nippte an seinem Wein, machte meiner Mutter ein Kompliment darüber und über ihr Gebäck und bezauberte uns dann mit Anekdoten vom Hofe, uns, deren Leben sich so weit davon entfernt abspielte.

Es war ein angenehmer Besuch, und nachdem er gegangen war, glühte meine Mutter vor Stolz. Mit ihrer zärtlichen, unmelodischen Stimme hörte ich sie »Heart of Oak« singen, und da sie dies immer tat, wenn sie mit dem Leben besonders zufrieden war, wußte ich, was sich in ihrem Kopfe abspielte.

Im September hatte ich Geburtstag – in jenem Jahr, 1786, wurde ich neunzehn –, und als ich zu unserem kleinen Anbau, der als Stall diente, hinausging, um Jenny zu satteln, erwartete mich dort eine bildschöne Fuchsstute. Ich erstarrte vor Staunen. Dann vernahm ich eine Bewegung hinter mir. Ich drehte mich um und erblickte meine Mutter. Seit mein Vater tot war, hatte ich sie noch nie so glücklich strahlen sehen.

»Nun«, sagte sie, »wenn du jetzt mit Joel Derringham ausreitest, siehst du wenigstens anständig aus.«

Ich warf mich in ihre Arme, und wir liebkosten uns. Sie hatte Tränen in den Augen, als sie mich losließ.

»Wie hast du das nur ermöglichen können?« fragte ich.

»Ach!« Sie nickte weise. »So etwas fragt man nicht, wenn man ein Geschenk bekommt.«

Dann dämmerte mir die Wahrheit. »Die Mitgift!« rief ich entsetzt. Meine Mutter hatte, wie sie sich ausdrückte, »für Notzeiten« gespart, und das Geld wurde in einer alten Aussteuertruhe aus der Tudorzeit aufbewahrt, die sich seit vielen Jahren im Besitz der Familie befand. Diese Ersparnisse nannten wir »die Mitgift«.

»Nun, ich dachte, ein Pferd im Stall wäre besser als ein paar Goldstücke im Beutel. Du hast noch nicht alles gesehen. Komm mit nach oben.«

Stolz führte sie mich in ihr Schlafzimmer, und dort lag eine komplette Reitgarderobe auf dem Bett – dunkelblauer Rock mit Jacke, dazu ein hoher Hut von der gleichen Farbe.

Ich konnte es nicht erwarten, alles anzuprobieren, und natürlich paßte es perfekt.

»Wie gut es dir steht«, murmelte meine Mutter. »Dein Vater wäre so stolz gewesen. Jetzt schaust du aus, als gehörtest du wirklich zu …«

»Gehören! Zu wem?«

»Du siehst in jeder Hinsicht genauso herrschaftlich aus wie die Gäste drüben im Gutshaus.«

Ich verspürte einen Anflug von Beklemmung. Ich begriff vollkommen, wohin ihre Gedanken strebten. Meine Freundschaft mit Joel Derringham hatte ihr den Verstand geraubt. Für sie stand es unzweifelhaft fest, daß er mich heiraten würde, und aus diesem Grunde war sie bereit, Geld aus der Aussteuertruhe zu nehmen, das ihr, soweit ich zurückdenken konnte, nahezu heilig gewesen war. Ich konnte mir vorstellen, wie sie sich einredete, daß Pferd und Ausstattung keine Verschwendung seien. Sie verkündeten der Welt, daß ihre Tochter würdig war, in die Reihen des Adels aufzusteigen.

Ich sagte nichts, aber die Freude an meinem neuen Pferd und den Kleidern war beträchtlich getrübt.

Als ich ausritt, beobachtete sie mich aus dem Fenster des Obergeschosses, und ich empfand eine große Welle der Zärtlichkeit für sie, doch gleichzeitig war ich ziemlich sicher, daß sie enttäuscht werden würde.

Ein paar Wochen lang ging das Leben weiter wie bisher. Es wurde Oktober. Die Schule war weniger stark besucht als letztes Jahr um diese Zeit. Meine Mutter war stets beunruhigt, wenn Schülerinnen ausblieben. Sybil und Maria kamen natürlich nach wie vor, und mit ihnen Margot, aber selbstverständlich würde Margot eines Tages zu ihren Eltern zurückkehren, und Sybil und Maria würden wahrscheinlich mit ihr gehen, um eine Schule in der Nähe von Paris zu besuchen, die ihnen den letzten Schliff verleihen sollte.

Trotz aller Widrigkeiten konnte ich nicht umhin, Vergnügen an meiner neuen Stute zu empfinden. Die arme Jenny war endlich von mir entlastet, und die Stute, welche ich Dower, Mitgift, genannt hatte, brauchte viel Bewegung; also ritt ich häufig aus. Und immer kam Joel mir entgegen. Samstags und sonntags, wenn kein Unterricht stattfand, unternahmen wir ausgedehnte Spazierritte.

Wir sprachen über Politik, über die Sterne, über das Landleben und über andere beliebige Themen, und von allem schien er eine Menge zu wissen. Er war von einem stillen Enthusiasmus beseelt, den ich liebenswert fand, aber obwohl ich ihn sehr gerne mochte, fühlte ich mich durch seine Gesellschaft nicht besonders erregt. Dies wäre mir wohl nie aufgefallen, wenn meine Begegnung mit dem Comte nicht stattgefunden hätte. Selbst nachdem soviel Zeit vergangen war, ließ die Erinnerung an seine Küsse mich erschaudern. Ich hatte angefangen, von ihm zu träumen, und obwohl diese Träume ziemlich erschrekkend sein konnten, erwachte ich stets voller Bedauern und wünschte, ich könnte mich in sie zurückversetzen. Ich träumte, daß ich mich in einer peinlichen Situation befand, und immer war der Comte da und beobachtete mich mit rätselhaftem Blick, so daß ich nie sicher sein konnte, was er tun würde.

Das war höchst närrisch und lächerlich, und eine ernsthafte junge Dame meines Alters hätte nicht so naiv sein dürfen. Ich suchte vor mir selbst nach Entschuldigungen. Ich hatte ein wohlbehütetes Leben geführt und war nie in die Welt hinausgekommen. Manchmal kam es mir vor, als teilte meine Mutter meine Naivität. Wie hätte sie sonst glauben können, daß Joel Derringham mich heiraten würde?

Ich war so in meine eigenen Angelegenheiten vertieft, daß ich nur am Rande wahrnahm, welche Veränderung mit Margot vorging. Ihre Überschwenglichkeit hatte nachgelassen. Gelegentlich war sie sogar regelrecht bedrückt. Daß sie ein launenhaftes Geschöpf war, hatte ich immer gewußt, doch nie war es so stark zum Ausdruck gekommen wie jetzt. Zeitweise war sie von fast hysterischer Fröhlichkeit, und ein anderes Mal konnte sie beinahe morbid sein.

Sie war unaufmerksam im Unterricht, und ich wartete, bis wir einmal allein waren, um ihr Vorwürfe zu machen.

»Englische Verben!« rief sie aus, indem sie die Hände zusammenschlug. »Wie langweilig! Wem macht es schon etwas aus, ob ich englisch spreche wie du oder wie ich ..., solange man mich versteht.«

»Mir macht es etwas aus«, hielt ich ihr vor. »Meiner Mutter macht es etwas aus und deiner Familie auch.«

»Denen ist es doch einerlei. Sie würden den Unterschied ohnehin nicht merken.«

»Dein Vater hat dir erlaubt hierzubleiben, weil er von deinen Fortschritten angetan war.«

»Er hat mir erlaubt hierzubleiben, weil man mich nicht im Weg haben wollte.«

»Solch einen Unsinn glaube ich nicht«

»Minelle, du bist ..., wie sagt man ..., eine Heuchlerin. Du tust so, als seist du weiß Gott wie gut. Du hast all deine Verben gelernt, das bezweifle ich nicht ... und doppelt so schnell wie alle anderen. Und jetzt reitest du auf deinem neuen Pferd ... in deinen eleganten Kleidern ..., und wer wartet in den Wäldern auf dich? Sag es mir!«

»Ich habe dich hierher gebeten, um ernsthaft mit dir zu reden, Margot.«

»Gibt es etwas Ernsteres als das hier, hm? Joel mag dich, Minelle. Er hat dich sehr gern. Ich bin froh, weil ...– soll ich dir etwas sagen? Sie hatten ihn für mich bestimmt. Oh, das überrascht dich, ja? Mein Vater und Sir John haben darüber gesprochen. Ich weiß es, weil ich gelauscht habe ..., am Schlüsselloch. Oh, wie ungezogen! Mein Vater sähe es gern, wenn ich in England ansässig würde. Er glaubt, daß Frankreich vorläufig nicht sicher ist. Wenn ich Joel heiraten würde ..., sein Besitz ... und sein Titel ..., das ist durchaus zu erwägen. Er stammt natürlich nicht aus einer so alten Familie wie wir ..., aber wir sind bereit, darüber hinwegzusehen. Und jetzt kommst du mit deinem neuen Pferd daher, mit deinen eleganten Reitkleidern, und Joel scheint mich überhaupt nicht mehr zu bemerken. Er hat nur Augen für dich.«

»Ich habe nie jemanden solchen Unsinn reden hören wie dich, wenn du schlechter Laune bist.«

»Angefangen hat es, nicht wahr, als du zum Tee kamst. Du hast ihn auf dem Rasen bei der Sonnenuhr getroffen. Du sahst sehr anziehend aus, als du da standest. Wie schön dein Haar in der Sonne aussieht, dachte ich. Und er dachte das gleiche. Bist du in ihn verliebt, Minelle?«

»Margot, ich wünsche, daß du deinen Lektionen mehr Aufmerksamkeit widmest.«

»Und ich wünsche, daß du mir deine Aufmerksamkeit widmest! Aber das tust du ja. Du bist ganz schön rot geworden, als die Rede auf Joel Derringham kam. Du kannst dich mir getrost anvertrauen, denn du weißt …«

»Da gibt es nichts anzuvertrauen. Also Margot, du *mußt* intensiver an deinem Englisch arbeiten, andernfalls hat es gar keinen Sinn, daß du hier bist. Dann könntest du ebensogut auf dem Château deines Vaters weilen.«

»Ich bin nicht wie du, Minelle. Ich verstelle mich nicht.«

»Wir diskutieren nicht über die Verschiedenheit unserer Charaktere, sondern über die Notwendigkeit zu arbeiten.«

»Oh, Minelle, du machst einen ganz krank! Ich möchte nur wissen, warum Joel dich mag.«

»Wer sagt, daß er mich mag?«

»Ich. Marie sagt es und Sybil. Und ich nehme an, alle anderen sagen es auch. Du kannst nicht so häufig mit einem jungen Mann ausreiten, ohne daß es den Leuten auffällt. Und sie ziehen ihre Schlüsse daraus.«

»Das ist sehr niederträchtig von ihnen!«

»Man wird nicht zulassen, daß er dich heiratet, Minelle.«

Mir wurde kalt vor Angst – und ich dachte dabei nicht an Joel oder gar an mich, sondern an meine Mutter.

»Es ist wirklich komisch …«

Sie fing zu lachen an. Bei einer solchen Gelegenheit war es, daß mir erstmals bange um sie wurde. Sie verlor die Kontrolle über ihr Gelächter, und als ich sie bei den Schultern packte, begann sie zu weinen. Sie lehnte sich an mich und umklammerte mich,

während ihr schlanker Körper von Schluchzen geschüttelt wurde.
»Margot, Margot«, rief ich. »Was fehlt dir?«
Aber ich konnte nichts aus ihr herausbekommen.

Im November schneite es. Es war einer der kältesten Novembermonate, an die ich mich erinnerte, Maria und Sybil konnten nicht vom Gutshaus zur Schule kommen, und unsere Klassen waren sehr klein geworden. Wir gaben uns alle Mühe, das Haus warm zu halten, doch obwohl in jedem Zimmer ein Holzfeuer brannte, schien der bitterkalte Ostwind durch jede Ritze einzudringen. Meine Mutter bekam »eine von ihren Erkältungen«, wie sie sich ausdrückte. Sie hatte jeden Winter darunter zu leiden, deshalb schenkten wir auch dieser anfangs kaum Beachtung. Aber sie hielt an, und ich bestand darauf, daß meine Mutter das Bett hütete, während ich die Schule weiterführte. Das war nicht sonderlich schwierig, da so viele Schülerinnen fortblieben.
Meine Mutter fing an, nachts zu husten, und als es schlimmer wurde, hielt ich es für angebracht, einen Arzt zu holen; aber sie wollte nichts davon hören. Es würde zuviel kosten, meinte sie.
»Aber es muß sein«, beharrte ich. »Wir haben doch die Mitgift.«
Sie schüttelte den Kopf. Ich zögerte noch ein paar Tage, aber als sie im Fieber irre zu reden begann, bat ich den Arzt zu kommen. Sie hätte eine Lungenblutung, stellte er fest.
Das war eine ernsthafte Krankheit – keineswegs nur eine winterliche Erkältung. Ich machte die Schule zu und widmete mich von da an ganz der Pflege meiner Mutter.
Dies waren wohl die unglücklichsten Tage, die ich je erlebt hatte. Sie dort liegen zu sehen, auf Kissen gestützt, ihre Haut heiß und trocken, mit glasigen Augen, die mich mit fiebrigglänzendem Blick betrachteten – das alles erfüllte mich mit Jammer. Ich hatte die schreckliche Vermutung, daß ihre Genesungschancen gering waren.

»Liebste Mama«, rief ich, »sag mir, was ich tun soll! Ich will alles tun ..., alles ..., wenn es dir nur besser gehen sollte!«
»Bist du es, Minella?« hauchte sie.
Ich kniete neben ihrem Bett und ergriff ihre Hände. »Ich bin hier, Liebste. Ich habe dich nicht verlassen, seit du krank bist. Ich werde immer bei dir bleiben ...«
»Minella, ich gehe zu deinem Vater. Ich habe letzte Nacht von ihm geträumt. Er stand am Bug seines Schiffes und streckte mir seine Hände entgegen. Ich sagte zu ihm: ›Ich komme zu dir.‹ Da hat er gelächelt und mir zugenickt. Ich sagte: ›Ich muß unsere kleine Tochter zurücklassen‹; und er antwortete: ›Für sie ist gesorgt, das weißt du doch.‹ Dann überkam mich ein tiefer Friede, und ich wußte, daß alles gut werden würde.«
»Nichts wird gut sein, wenn du nicht hier bist.«
»Aber ja doch, mein Liebes. Du wirst dein eigenes Leben leben. Er ist ein guter Mensch. Ich habe oft davon geträumt ...« Ihre Stimme wurde fast unhörbar. »Er ist gütig ..., wie sein Vater ... Er wird gut zu dir sein. Und du wirst zu ihm passen, daran ist nicht zu zweifeln. Du bist ebensogut wie einer von ihnen. Nein, sogar besser ... Denke daran, mein Kind ...«
»Oh, liebste Mama, ich möchte nur, daß du gesund wirst. Alles andere ist mir gleichgültig.«
Sie schüttelte den Kopf. »Für jeden von uns kommt einmal die Zeit, Minella. Für mich ist sie jetzt gekommen. Aber ich gehe ... glücklich ..., denn du hast ja ihn.«
»Hör zu«, bedrängte ich sie, »du wirst wieder gesund werden. Dann schließen wir die Schule für einen Monat. Wir gehen zusammen fort ..., nur wir zwei. Wir werden die Aussteuertruhe plündern.«
Ihre Lippen verzogen sich. Sie schüttelte den Kopf. »Gut angelegt«, murmelte sie. »Es war gut angelegtes Geld.«
»Sprich nicht, Liebste. Du mußt dich schonen.«
Sie nickte und lächelte mich an, in ihren Augen einen solchen

Reichtum an Liebe, daß ich meine Tränen kaum zurückhalten konnte.

Sie schloß die Augen, und nach einer Weile begann sie leise zu murmeln.

Ich beugte mich vor, um zu lauschen. »Sie ist es wert«, flüsterte sie. »Mein Kind ..., warum nicht? Sie ist so gut wie eine von ihnen ... Sie wird es schaffen, ihren Platz unter ihnen einzunehmen. Wie ich es immer gewünscht habe. Wie die Erhörung eines Gebetes ... Gott, ich danke dir. Jetzt kann ich glücklich gehen ...«

Ich saß am Bett, voller Verständnis für ihre Gedanken, die, wie immer seit dem Tod meines Vaters, nur mir galten. Sie würde sterben, das wußte ich, und keine Selbsttäuschung konnte mich darüber hinwegtrösten. Doch sie war glücklich; glaubte sie doch, daß Joel Derringham mich liebte und um meine Hand anhalten würde.

O geliebte, törichte Mutter! Wie weltfremd sie doch war! Selbst ich, die ich ein solch wohlbehütetes Leben hatte, wußte mehr vom Laufe der Welt als sie. Vielleicht war sie auch blind vor Liebe. Sie sah ihre Tochter als einen Schwan unter Gänsen ..., auserkoren, die Aufmerksamkeit auf sich zu ziehen.

Für eines jedenfalls konnte ich dankbar sein: Sie starb glücklich ..., sie glaubte, meine Zukunft sei gesichert.

Sie wurde an einem bitterkalten Dezembertag auf dem Kirchhof von Derringham begraben – zwei Wochen vor Weihnachten. Während ich in dem kalten Wind stand und die Erdklumpen auf den Sarg meiner Mutter fallen hörte, fühlte ich mich von Verlassenheit überwältigt. Sir John hatte seinen Butler geschickt, um ihn zu vertreten – einen sehr würdevollen Mann, hochgeschätzt von allen, die für die Derringhams arbeiteten. Mrs. Callan, die Wirtschafterin, war ebenfalls gekommen. Es waren noch ein oder zwei weitere Trauergäste vom Gut anwesend, aber außer meiner Trauer nahm ich kaum etwas wahr.

Beim Verlassen des Kirchhofes sah ich Joel. Er stand am Tor, den Hut in der Hand. Er sprach kein Wort. Er nahm einfach meine Hand und hielt sie einen Augenblick. Ich entzog sie ihm, ich konnte jetzt mit niemandem sprechen. Ich wollte nur allein sein.
Im Schulhaus war es totenstill. Ich konnte den Geruch des eichenen Sarges noch spüren, der bis zu diesem Morgen auf Böcken in unserer Wohnstube gestanden hatte. Jetzt wirkte das Zimmer leer. Überall war nichts als Leere ..., im Haus, und erst recht in meinem Herzen.
Ich ging in mein Schlafzimmer, legte mich auf das Bett und dachte an sie, wie wir zusammen gelacht und Pläne geschmiedet hatten, und welche Erleichterung es für sie war, daß ich nach ihrem Ableben die Schule haben würde – bis sie sich später in den Kopf setzte, daß Joel Derringham mich heiraten sollte, und sie sich in Betrachtungen über meine glanzvolle und sichere Zukunft erging.
Ich blieb den ganzen restlichen Tag dort liegen, allein mit meinem Jammer.

Ich hatte eine Weile geschlafen, denn ich war sehr erschöpft gewesen; und als ich am nächsten Tage aufstand, fühlte ich mich ein wenig erholt. Die Zukunft starrte mir leer ins Gesicht – ohne meine Mutter konnte ich sie mir nicht vorstellen. Ich würde wohl mit der Schule fortfahren, so wie sie es immer beabsichtigt hatte, bis ...
Jeden Gedanken an Joel Derringham verscheuchte ich. Natürlich hatte ich ihn gern, doch selbst wenn er mich gebeten hätte, ihn zu heiraten – ich war nicht sicher, ob ich es wollte. Was mich an meiner Freundschaft mit Joel so beunruhigte war allein das Wissen, daß es meiner Mutter das Herz gebrochen hätte, wenn sie einsehen müßte, daß ich ihn nicht heiraten konnte.
Die Derringhams würden die Heirat niemals zulassen, selbst wenn Joel und ich es wünschten. Margot hatte mir erzählt, daß

er ihr zugedacht war, und dies wäre auch eine standesgemäße Verbindung. Diese Enttäuschung mußte meine Mutter wenigstens nicht erleben.
Was sollte ich nur tun? Mein Leben mußte weitergehen. Deshalb hielt ich es für geraten, mit der Schule fortzufahren. Außerdem besaß ich den Inhalt der Aussteuertruhe, die im Schlafzimmer meiner Mutter stand. Diese Truhe hatte ihrer Ururgroßmutter gehört und war jeweils auf die älteste Tochter der Familie vererbt worden. Vom Tage der Geburt eines Mädchens an wurde Geld dort hineingelegt, und bis sie heiratsfähig war, würde sich eine stattliche Summe angesammelt haben. Der Schlüssel wurde an einer Kette aufbewahrt, die meine Mutter um die Taille getragen hatte, und dieses *Chatelaine* war, zusammen mit der Truhe, an die weiblichen Familienmitglieder weitergegeben worden.
Ich nahm den Schlüssel und öffnete die Truhe.
Es befanden sich lediglich fünf Guineen darin.
Ich war bestürzt, denn ich hatte damit gerechnet, mindestens hundert vorzufinden. Das Pferd und die Reitkleidung mußten weit mehr gekostet haben, als ich angenommen hatte.
Später fand ich auch noch Stoffbahnen im Kleiderschrank meiner Mutter, und als Jilly Barton mit einer Samtrobe zu mir kam, die sie für mich angefertigt hatte, wußte ich, was geschehen war. Die Mitgift war zur Anschaffung von Kleidern für mich verwendet worden, auf daß ich mich als würdige Gefährtin von Joel Derringham erweisen möge.

Am ersten Weihnachtstag erwachte ich, ganz allein, mit einem Gefühl großer Verlassenheit. Ich lag im Bett und erinnerte mich an all die anderen Weihnachtsfeste. Meine Mutter war, mit geheimnisvollen Päckchen beladen, in mein Zimmer gekommen und hatte »Fröhliche Weihnachten, mein Liebling!« gerufen, und ich hatte meine Geschenke für sie hervorgekramt. Welch einen Spaß hatten wir gehabt, als wir das Einwickelpapier über das ganze Bett verstreuten und überraschte Schreie ausstießen (die häufig gespielt waren, weil stets praktisches Denken die Wahl unserer Geschenke bestimmte). Doch wenn wir, wie es häufig geschah, erklärten: »Das ist genau das, was ich mir gewünscht habe!«, dann entsprach dies durchaus der Wahrheit, wußte doch jeder von uns genau, was dem anderen fehlte. Und jetzt war ich allein. Es war zu plötzlich gekommen. Wäre sie eine geraume Zeit krank gewesen, so hätte ich mich langsam an die Erkenntnis gewöhnen können, daß ich sie verlieren mußte, und das hätte die Härte des Schlages vielleicht gemildert. Sie war noch nicht alt gewesen. Ich haderte mit dem grausamen Schicksal, das mich des einzigen geliebten Menschen beraubt hatte.

Dann war mir, als hörte ich ihre mahnende Stimme. Ich mußte weiterleben. Ich mußte mein Dasein erfolgreich gestalten, und das würde mir nie gelingen, wenn ich mich der Bitterkeit hingab. Gerade an Festtagen ist Trauer besonders schwer zu ertragen. Der Grund dafür ist Selbstmitleid. So würde meine Mutter argumentiert haben. Man dürfe sich nicht elend fühlen, nur weil andere Menschen ihr Leben genossen.

Ich stand auf und kleidete mich an. Die Mansers, welche einen Teil der Derringhamschen Güter bewirtschafteten, hatten mich eingeladen, den Tag bei ihnen zu verbringen. Meine Mutter und ich hatten jahrelang mit ihnen zusammen Weihnachten gefeiert, und wir waren gute Freunde. Alle sechs Töchter von ihnen hatten die Schule besucht – die beiden jüngsten kamen auch jetzt noch: zwei großgewachsene, dralle Mädchen, zu Ehefrauen von Landwirten wie geboren. Die Mansers hatten auch einen Sohn. Jim, ein paar Jahre älter als ich, war bereits die rechte Hand seines Vaters. Der Hof der Mansers war uns stets als Stätte des Wohlstandes erschienen. Sie schickten uns häufig Lamm und Schweinefleisch, und meine Mutter pflegte zu sagen, sie ernährten uns mit Milch und Butter. Mrs. Mansers Dankbarkeit für die Ausbildung ihrer Töchter kannte keine Grenzen. Es hätte die Mittel dieser Familie weit überstiegen, die Kinder auf eine entfernte Schule zu schicken – und sie gehörten nicht zu den Kreisen, die eine Gouvernante beschäftigen –, und als meine Mutter in umittelbarer Nähe ihre Schule eröffnete, meinten die Mansers, dies sei wie eine Erhörung ihrer Gebete gewesen. Einige andere Familien empfanden das ebenso, und aus diesem Grunde hatten wir genug Schülerinnen, um die Schule zu unterhalten.

Ich ritt auf Dower zu den Mansers und wurde von allen mit besonders rührender Herzlichkeit empfangen. Ich bemühte mich, meinen Kummer nicht zu zeigen und so lebhaft zu sein, wie es mir unter diesen Umständen nur möglich war. Von dem Gänsebraten, den Mrs. Manser mit solch liebevoller Sorgfalt zubereitet hatte, konnte ich kaum etwas essen, doch ich tat mein Bestes, um an diesem Tag keine Schwermut aufkommen zu lassen. Nach dem Essen beteiligte ich mich an den Spielen, und Mrs. Manser wußte es zu bewerkstelligen, daß mir Jim als Partner zugeteilt wurde. Ich merkte, was in ihrem Kopf vorging. Wäre ich nicht in solch trauriger Stimmung gewesen, so hätte mich die Beobachtung amüsiert, wie eifrig sich die Menschen, denen etwas an mir lag, bemühten, mich versorgt zu sehen.

Ich glaubte nicht, daß ich mich zur Landfrau eignete, doch immerhin mochten sich Mrs. Mansers Absichten eher verwirklichen lassen als die hochfliegenden Träume, denen meine Mutter sich hingegeben hatte.

Am späten Nachmittag des folgenden Tages kam ich nach Hause. Zu Beginn der kommenden Woche sollte der Unterricht wieder aufgenommen werden, und ich mußte den Lehrplan ausarbeiten. Die Stille im Haus, der leere Sessel meiner Mutter, die leeren Räume waren fast nicht zu ertragen. Ich wünschte sehnlichst, gleich wieder fortzugehen.

Ich war noch keine Stunde daheim, als Joel kam.

Er ergriff meine Hände und blickte mir mit solch tiefem Mitleid

ins Gesicht, daß ich meinen Kummer kaum zurückhalten konnte.
»Ich weiß nicht, was ich Ihnen sagen soll, Minella.«
Ich antwortete: »Bitte, sagen Sie am besten gar nichts. Sprechen Sie …, sprechen Sie über alles, aber nicht …«
Er nickte und ließ meine Hände los. Er erzählte mir, er sei am Weihnachtsmorgen herübergekommen und habe mich nicht angetroffen. Ich erklärte, wo ich gewesen war und berichtete ihm, wie liebevoll sich die Mansers um mich bemüht hatten.
Er zog ein Kästchen aus seiner Tasche und sagte, er habe ein kleines Geschenk für mich. Ich öffnete es. Auf schwarzem Samt lag eine Brosche – ein Saphir, von rosa Diamanten umgeben.
»Der Saphir hatte es mir angetan«, sagte er. »Ich finde, die Farbe paßt zu Ihren Augen.«
Ich war von Bewegung übermannt. Die Brosche war wunderschön.
»Wie lieb von Ihnen, an mich zu denken«, sagte ich. »Ich habe sehr viel an Sie gedacht …, die ganze Zeit … seit …«
Ich nickte und wandte mich ab. Dann nahm ich die Brosche heraus, und er sah zu, wie ich sie an mein Kleid steckte.
»Danke«, sagte ich. »Ich werde sie stets in Ehren halten.«
»Minella, ich möchte mit Ihnen sprechen.«
Seine Stimme klang weich und ein wenig verlegen. Vor meinem geistigen Auge erschien das Lächeln in den Augen meiner Mutter, der fröhliche Schwung ihrer Lippen. Konnte es wirklich wahr sein?
Panischer Schrecken ergriff mich. Ich brauchte Zeit, um nachzudenken …, um mich an meine Einsamkeit, an mein Unglück zu gewöhnen.
»Ein andermal«, begann ich.
Er sagte: »Ich komme morgen wieder. Vielleicht können wir zusammen ausreiten.«
»Ja«, erwiderte ich, »bitte.«
Er ging, und ich saß lange Zeit da und starrte vor mich hin.

Es lag eine Heiterkeit im Hause, fast, als ob meine Mutter anwesend wäre.

Während einer schlaflosen Nacht überlegte ich, was ich sagen sollte, wenn Joel mich bat, seine Frau zu werden. Die Brosche sollte wahrscheinlich seine Absichten symbolisieren, welche, dessen war ich sicher, ehrenhafter Natur waren.
Ich schien die Stimme meiner Mutter zu hören, die mich dringend mahnte, nicht zu zögern, denn das wäre eine Torheit. Ich bildete mir ein, sie wäre bei mir, und wir besprächen die Angelegenheit gemeinsam. »Ich liebe ihn nicht so, wie man einen Mann, den man heiratet, lieben sollte.« Ich konnte sehen, wie sie den Mund spitzte, was ich sie so oft hatte tun sehen, wenn sie ihre Verachtung über eine Ansicht ausdrückte. »Du weißt nichts von Liebe, mein Kind. Das kommt noch. Er ist ein guter Mensch. Er kann dir alles geben, was ich mir immer für dich gewünscht habe. Komfort, Sicherheit und genug Liebe für euch beide … für den Anfang. Du wirst einen solchen Mann ganz von selbst lieben lernen. Ich sehe eure Kleinen schon auf dem Rasen bei der Sonnenuhr spielen, wo ihr euch zum erstenmal nähergekommen seid. Oh, welch eine Freude machen Kinder! Ich hatte nur eines, aber nach dem Tode deines Vaters war es mein ein und alles.«
»Du liebste aller Mütter, bist du auch diesmal, wie so oft, im Recht? Weißt du, was das Beste für mich ist?«
Niemals hätte ich ihr erzählen können, was ich empfand, als der Comte mich an sich gerissen und geküßt hatte. Ich hatte innerlich einen Aufruhr gespürt, der mich erschreckte und dem ich mich doch nicht zu entziehen vermochte. Dies hatte mich zu der Erkenntnis geführt, daß es etwas gab, von dem ich noch nichts wußte, das ich jedoch erfahren mußte, bevor ich in den Ehestand trat. Durch den Comte hatte ich begriffen, daß von Joel niemals eine solche Wirkung ausgehen würde. Das war alles.

Ich konnte das sanfte Lachen meiner Mutter hören. »Der Comte! Ein notorischer Schürzenjäger. Ein höchst unliebenswürdiger und unangenehmer Mensch! Daß er sich so benehmen konnte, ist ein Beweis für seine Bosheit! Und währenddessen schlief seine Gattin nebenan! Denke du lieber an den anständigen Joel, der niemals etwas Unehrenhaftes tun würde und der dir alles geben könnte, was ich mir immer für dich gewünscht habe.«

»Alles, was ich mir immer für dich gewünscht habe« – diese Worte gingen mir nicht aus dem Sinn.

3

Das Drama nahm mit dem folgenden Tag seinen Lauf. Es begann damit, daß Sir John zum Schulhaus geritten kam.

»Miss Maddox«, rief er, und sein verstörter Blick versetzte mich in Erstaunen, »ist sie hier? Ist Margot hier?«

»Margot?« fragte ich. »Nein! Ich habe sie schon seit ein paar Tagen nicht mehr gesehen.«

»O mein Gott, was mag mit ihr geschehen sein?«

Ich starrte ihn fragend an, und er fuhr fort: »Seit gestern abend hat sie niemand mehr gesehen. Ihr Bett ist unberührt. Sie hatte den Mädchen gesagt, sie ginge früh schlafen, da sie Kopfweh hätte. Das war das letzte Mal, daß sie gesehen wurde. Haben Sie eine Ahnung, wohin sie gegangen sein könnte?«

Ich schüttelte den Kopf und versuchte, mir meine letzte Unterhaltung mit Margot ins Gedächtnis zurückzurufen. Nichts hatte auf eine Fluchtabsicht hingedeutet.

Als Sir John zum Gutshaus zurückkehrte, hatte ich ein sehr unbehagliches Gefühl. Ich redete mir ein, es handele sich um einen Streich. Margot würde wieder zum Vorschein kommen und uns alle auslachen. Doch zuweilen war etwas Geheimnisvolles um Margot gewesen. Ich hätte dem mehr Beachtung schenken sollen, doch ich war zu sehr in meine eigenen Angelegenheiten vertieft gewesen.

Ich war zu abgelenkt, um mich mit irgend etwas zu beschäftigen, und am frühen Nachmittag gab ich meinem inneren Drang nach und ging zum Gutshaus, um zu erfahren, ob es Neuigkeiten gab.

Ich wartete in der Halle, und als Maria und Sybil mit vor Aufregung gespannten Gesichtern zu mir herunterkamen, spürte ich, daß die allgemeine Verwirrung sie ergötzte.

»Ich glaube, sie ist mit jemandem durchgebrannt«, sagte Maria in aller Offenheit.

»Durchgebrannt? Mit wem?«

»Das müssen wir eben herausfinden. Joel ist ganz geknickt.« Maria blickte mich an. »Sie sollten nämlich heiraten.«

»Sie kann gar nicht durchgebrannt sein«, meinte Sybil. »Es gibt doch niemanden, mit dem sie hätte ausreißen können. Außerdem wußte sie, daß Joel sie heiraten würde, sobald sie alt genug war. Deshalb war es doch so wichtig, daß sie Englisch lernte und daß es ihr hier bei uns gefiel.«

»Hat man die Dienerschaft gefragt?« wollte ich wissen.

»Jedermann ist befragt worden«, erwiderte Maria, »aber niemand weiß etwas. Papa ist außer sich, und Mama natürlich auch. Er sagt, er wird den Comte und die Comtesse benachrichtigen müssen, wenn Margot bis morgen nicht gefunden wird.«

»Sie stand unter Papas Obhut«, sagte Sybil. »Es ist entsetzlich für ihn. Wir dachten, sie hätte sich vielleicht dir anvertraut. Sie war ja mehr mit dir als mit uns befreundet.«

»Sie hat mir nichts anvertraut«, gab ich zurück, und dabei überlegte ich, bei wie vielen Gelegenheiten ich sicher gewesen war, ein Geheimnis in ihren Augen entdeckt zu haben. Ich hätte sie fragen sollen, was in ihr vorging. Vielleicht hätte sie es gerne erzählt. Margot gehörte nicht zu den Mädchen, die ein Geheimnis für sich behalten.

»Können wir irgend etwas …«, begann ich.

»Wir können nur abwarten«, unterbrach mich Sybil.

Als ich gerade gehen wollte, kam ein Reitknecht in die Halle und zog einen jungen Stallburschen hinein, der so erschrocken aussah, daß er schier den Verstand zu verlieren schien.
»Fräulein Maria«, sagte der Reitknecht, »ich denke, ich muß auf der Stelle ein Wort mit Sir John reden.«
»Handelt es sich um Mademoiselle Fontaine Delibes?« fragte Maria.
»Um die junge Dame aus Frankreich, jawohl, Fräulein Maria.«
Sybil rannte sogleich los, um ihren Vater zu suchen, während Maria die Glocke zog, um einen Diener nach ihm auszuschikken. Glücklicherweise fand man ihn bald, und er kam eilends in die Halle. Ich wußte, daß es sich für mich nicht schickte, noch länger zu bleiben, doch ich war so um Margot besorgt, daß ich hartnäckig blieb.
Der Reitknecht platzte heraus: »Tim hat Ihnen etwas zu sagen, Sir John. Komm, Tim, sag, was du weißt.«
»Unser James, Sir«, sagte Tim. »Er ist nicht nach Hause gekommen. Er ist mit der jungen Französin auf und davon, Sir. Er hat uns erzählt, daß er weggehen wolle, aber wir haben ihm nicht geglaubt.«
»O mein Gott«, stöhnte Sir John leise. Er kniff die Augen zusammen, als wollte er sich davon überzeugen, daß dies alles nicht wirklich geschah. Ich kannte James. Er gehörte zu der Sorte junger Männer, an die man sich einfach erinnern mußte: groß, auffallend gutaussehend – ein prahlerischer, arroganter Bursche, dessen außergewöhnliche Erscheinung ihm zu einem ungeheuren Selbstbewußtsein verholfen haben mußte.
Sir John lebte sichtlich auf. Er blickte den Stallburschen streng an und forderte ihn auf: »Berichte mir alles, was du weißt.«
»Ich weiß nichts, bloß daß er fort ist, Sir. Ich weiß nur, daß er gesagt hat, er würde in die Gesellschaft einheiraten und …«
»Was!« rief Sir John aus.
»Jawohl, Sir, er sprach davon, daß er zu irgendeinem Ort in

Schottland fliehen wollte. Dort würden sie heiraten, und danach würde er zum Landadel gehören.«
Sir John sagte: »Wir dürfen keine Zeit verlieren. Ich muß ihnen nach. Ich muß Margot zurückbringen, bevor es zu spät ist.«

Ich kehrte zum Schulhaus zurück, denn es gab nun keinen Grund mehr, aus dem ich hätte bleiben sollen. Ich bildete mir ein, daß sowohl Maria wie auch Sybil annahmen, ich hätte bei Margots boshaftem Tun eine Rolle gespielt; denn sie waren überzeugt, daß sie sich mir anvertraut hatte. Ich hätte ihnen versichern können, daß dies nicht der Fall war – doch das würde Margot schon selbst tun, wenn sie zurückgebracht würde.
Ich saß im Wohnzimmer und dachte über Margot nach, die sich auf ein solch törichtes Abenteuer eingelassen hatte. Wenn sie den Stallknecht nun wirklich heiratete? Wie würde der Comte darauf reagieren? Er würde es uns nie verzeihen, daß wir es dazu kommen ließen. Margot würde ganz gewiß verstoßen werden; denn könnte der stolze Comte einen Stallknecht etwa als Schwiegersohn anerkennen? Wie konnte Margot nur so etwas tun? Sie war erst sechzehn Jahre alt, und sie vergaffte sich in einen Stallknecht! Das sah ihr so ähnlich! Zweifellos fand sie das anfangs amüsant. Sie war wirklich kindisch. Aber wie würde eine solche Affäre enden?
Mrs. Manser kam herüber. Sie brachte mir ein paar Eier, doch der wahre Anlaß für ihren Besuch war das Bedürfnis, ein wenig zu klatschen. Sie saß am Tisch, die Augen vor Aufregung weit aufgerissen.
»So eine Bescherung! Diese kleine Madam ... Läuft mit James Wedder auf und davon! Ach du meine Güte! Das werden sie im Gutshaus nie verwinden.«
»Sir John wird sie zurückbringen.«
»Wenn er es rechtzeitig schafft. James Wedder war schon immer hinter den Mädchen her. Der ist regelrecht in sich selbst vernarrt, so einer ist das. Wie dem auch sei, er ist ein ansehn-

liches Mannsbild. Man sagt, daß er ganz weitläufig mit den Derringhams verwandt sei. Sir Johns Großvater war, glaube ich, ein rechter Taugenichts. Ob Damen oder Dienstmädchen ..., er machte da kaum einen Unterschied, und deswegen gab es hier in der Gegend eine Menge Derringhamsches Blut ..., auch wenn es andere Namen trug. Es heißt, eines der Wedder-Mädchen hatte zwei Bastarde von ihm, und von einem davon stammt James. Er hat schon immer so ein vornehmes Getue gehabt. Und dann läuft er einfach davon!«

»Sie können nicht weit gekommen sein.«

»Sie haben einen Vorsprung, wissen Sie. Es kann sein, daß man sie zurückbringt ..., und was dann?« Sie blickte mich bedeutsam an. »Ich habe gehört, daß sie Joel heiraten sollte. Deshalb sei sie hierhergebracht worden ... – das erzählt man sich jedenfalls. Was wird aber nun geschehen ..., wer weiß?«

»Sie ist noch sehr jung«, sagte ich. »Ich kenne sie gut ... durch die Schule. Ich glaube, sie neigt zu unbesonnenem Handeln, und hinterher bereut sie es. Ich hoffe sehr, daß Sir John sie rechtzeitig einholt.«

»Man erzählt sich, der junge Herr Joel ist entschlossen, diese Heirat zu verhindern. Er ist mit seinem Vater zusammen aufgebrochen. Die beiden werden der Sache ein Ende bereiten, darauf können Sie sich verlassen. Aber ach, welch ein Skandal für das Gutshaus.«

So begierig ich auch nach jeder Auskunft war, die ich erhaschen konnte, war ich doch froh, als Mrs. Manser mich verließ. Ich glaube, sie versuchte mich versteckt zu warnen, denn es war nicht unbemerkt geblieben, daß ich ab und zu mit Joel ausritt. Obgleich die Kluft zwischen uns nicht so tief war wie zwischen Margot und ihrem Stallburschen, so war die Kluft doch immerhin vorhanden.

Mrs. Manser hielt es für klug, wenn ich dem Werben ihres Sohnes Jim nachgeben würde und mich darauf vorbereitete, die Frau eines Bauern zu werden.

Ein ganzer Tag und eine Nacht vergingen mit bangen Vermutungen, und dann kehrten Sir John und Joel mit Margot zurück. Ich bekam sie nicht zu sehen. Sie war erschöpft und überaus erregt und wurde sogleich zu Bett gebracht. Niemand kam vom Gutshaus herüber, um mir Bescheid zu geben, und wieder einmal war es Mrs. Manser, von der ich die Neuigkeiten erfuhr.
»Sie haben sie rechtzeitig aufgespürt. Sie haben sie regelrecht verfolgt. Sie hatten schon mehr als siebzig Meilen zurückgelegt. Das weiß ich von Tom Harris, dem Reitknecht, der Sir John begleitet hat. Tom trinkt gerne hin und wieder einen Krug unseres Selbstgebrauten bei uns in der Stube. Er sagt, die beiden waren zu Tode erschrocken, und der junge Herr James war gar nicht mehr so tollkühn, als er Sir John gegenüberstand. Er wurde auf der Stelle verbannt. Es würde mich nicht wundern, wenn wir nie wieder etwas von James Wedder zu hören bekämen. Es sieht Sir John gar nicht ähnlich, einen Mann davonzujagen, der nicht weiß, wohin er gehen soll, aber dieses Mal war es etwas anderes, glaube ich. Das wird James eine Lehre sein.«
»Haben Sie etwas von Mademoiselle gehört?«
»Tom Harris sagte, sie habe geweint, als hätte es ihr das Herz gebrochen, aber man hat sie zurückgebracht ..., und jetzt ist es für sie aus mit James Wedder.«
»Wie konnte sie nur so töricht sein!« rief ich. »Das hätte sie sich doch denken können.«
»Oh, er ist ein forscher junger Bursche, und verliebte junge Mädchen denken nicht viel über die Folgen nach.«
Wieder spürte ich, daß sie mich warnen wollte.

Das Leben veränderte sich so rasch. Meine Mutter war für immer von mir gegangen, und neue Pflichten brachen über mich herein. Auch die Schule war nicht mehr dieselbe; sie hatte die Würde eingebüßt, die meine Mutter ihr verliehen hatte. Ich hatte die beste Ausbildung genossen und war fähig, Unterricht zu erteilen, aber ich schien wohl zu jung und erweckte nicht das gleiche Vertrauen, das man in meine Mutter gesetzt hatte. Ich war erst neunzehn Jahre alt, das vergaßen die Leute nicht. Es war schwieriger als früher für mich, die Stunden abzuhalten: ich spürte eine gewisse Aufsässigkeit. Margot war nicht wieder erschienen, obschon Maria und Sybil weiterhin zur Schule kamen. Maria eröffnete mir jedoch, daß sie und ihre Schwester zu Beginn des Sommers eine abschließende Schule in der Schweiz besuchen würden.

Es wurde mir bange ums Herz. Ohne die Derringham-Mädchen würde die Schule sämtliche Schülerinnen verlieren, die vom Gutshaus kamen – den Belag auf unserem Brot, wie meine Mutter sie genannt hatte. Aber es war weniger der Belag, um den ich mich sorgte, als das Brot selbst.

»Man spricht davon, daß unser Bruder eine Europareise machen soll«, erzählte mir Maria hämisch. »Papa meint, daß ihn das sehr bilden wird, und alle jungen Männer seines Standes machen eine solche Reise. Er soll bald aufbrechen.«

Es war, als hätte Margots Abenteuer mit dem Stallburschen etwas in Gang gesetzt, dessen Ziel es war, alles zu verändern.

Ich sehnte mich plötzlich nach Joels Gesellschaft – seine stete Ausgeglichenheit wirkte so beruhigend. Wenn er eine Europareise unternahm, so bedeutete dies, daß er möglicherweise zwei Jahre lang fortbleiben würde. Was konnte sich nicht alles in zwei Jahren ereignen! Die einst so blühende kleine Schule konnte bis dahin bankrott gehen. Ohne die Derringhams ..., was sollte ich nur tun? Ich spürte, daß man mir die Schuld an Margots Unbesonnenheit gab. Wie oft hatte man hervorgehoben, daß Margot und ich gute Freundinnen seien. Vielleicht hieß es auch, ich hätte mich erkühnt, mich zu eng mit Joel Derringham anzufreunden – eine Liaison, die freilich kein ehrenhaftes Ende finden könnte und die einen schlechten Einfluß auf Margot ausgeübt hätte.

Die Ankündigung zweier Mädchen von einem der großen Landhäuser in der Nachbarschaft, daß auch sie abreisen würden, um

eine abschließende Schule zu besuchen, erschien mir wie ein flackerndes Warnlicht am Ende eines Tunnels.
Ich unternahm einen langen Ritt auf Dower, in der Hoffnung, Joel zu begegnen und aus seinem eigenen Munde zu hören, daß er fortginge. Doch ich traf ihn nicht, und das war wie ein Vorzeichen.
An einem Sonntagmorgen besuchte er mich. Mein Herz klopfte schneller, als ich beobachtete, wie er sein Pferd anband. Als er ins Wohnzimmer trat, machte er ein sehr ernstes Gesicht.
»Ich gehe in Kürze fort«, eröffnete er mir.
Das Schweigen wurde nur durch das Ticken der Uhr unterbrochen.
»Maria hat es bereits erwähnt«, hörte ich mich sagen.
»Nun, das gehört selbstverständlich zur Bildung.«
»Wohin werden Sie reisen?«
»Europa ... Italien, Frankreich, Spanien: die große Rundreise.«
»Das wird gewiß höchst interessant.«
»Ich würde lieber hier bleiben.«
»Und warum gehen Sie dann fort?«
»Mein Vater besteht darauf.«
»Aha, und Sie müssen gehorchen.«
»Das habe ich stets getan.«
»Und Sie können natürlich jetzt den Gehorsam nicht verweigern. Doch warum möchten Sie das überhaupt?«
»Weil ..., ich habe einen Grund, aus dem ich nicht fortgehen möchte.« Er blickte mich ernsthaft an. »Ich habe unsere Freundschaft sehr geschätzt.«
»Sie war schön.«
»Sie *ist* schön. Ich komme wieder, Minella.«
»In ferner Zukunft.«
»Aber ich werde zurückkommen. Dann werde ich mit Ihnen sprechen ... über etwas sehr Ernstes.«
»Wenn Sie zurückkommen, und ich bin noch hier, dann werde ich mit Interesse anhören, was Sie mir zu sagen haben.«

Er lächelte, und ich fragte ruhig: »Wann brechen Sie auf?«
»In zwei Wochen.«
Ich nickte. »Darf ich Ihnen ein Glas Wein anbieten? Die Spezialität meiner Mutter. Sie war stolz auf ihren Wein. Ich habe auch Schlehenlikör, der schmeckt sehr gut.«
»Das glaube ich gern, aber ich möchte jetzt nichts. Ich bin nur gekommen, um mich mit Ihnen zu unterhalten.«
»Sie werden großartige Kunst- und Bauwerke zu sehen bekommen. Sie werden den nächtlichen Himmel über Italien erleben können. Sie werden alles über die Politik jener Länder erfahren, durch die Sie reisen werden. Sie werden sich wahrhaft bilden.«
Der Blick, mit dem er mich ansah, war beinahe mitleiderregend. Ich hatte das Gefühl, wenn ich jetzt eine bestimmte Bewegung machte, so würde er ohne zu zögern zu mir kommen, seine Arme um mich legen und mich bedrängen, ebenso töricht und unbesonnen zu handeln wie Margot und ihr Stallknecht. Ich dachte: Nein, es ist nicht an mir, den ersten Schritt zu tun. Wenn er es ehrlich wünscht, so muß er den Anfang machen. Ich fragte mich, was die Derringhams wohl tun würden, wenn Joel ihnen mitteilte, daß er mich heiraten wollte.
Noch eine Katastrophe, und dazu der ersten so ähnlich! Eine *Mesalliance* würden sie das nennen.
O meine liebe Mutter, wie sehr hast du dich geirrt!
»Ich muß Sie noch einmal sehen, bevor ich abreise«, sagte Joel. »Lassen Sie uns zusammen ausreiten. Es gibt noch vieles, worüber ich mit Ihnen sprechen möchte.«
Nachdem er gegangen war, blieb ich am Tisch sitzen und dachte über Joel nach. Ich wußte, was er mir sagen wollte. Seine Familie, auf sein Interesse an mir aufmerksam geworden, schickte ihn fort. Margots Episode hatte ihnen die Gefahr verdeutlicht.
Über dem Kaminsims hing das Bild meiner Mutter, das mein Vater im ersten Jahr ihrer Ehe hatte malen lassen. Es war ihr auf wundervolle Weise ähnlich. Ich blickte auf diese ernsten

Augen, den resoluten Mund. »Du hast zuviel geträumt«, sagte ich. »Es hat von vornherein nichts daraus werden sollen.«
Und ich war nicht sicher, ob ich es überhaupt wollte. Ich wußte nur, daß die Welt um mich herum zusammenbrach. Ich sah, wie die Schülerinnen von dannen zogen. Ich fühlte mich einsam, und ein leichtes Angstgefühl befiel mich.

Joel reiste ab, und die Tage kamen mir lang vor. Ich war froh, wenn die Schule vorüber war, obgleich ich die langen Abende fürchtete, wenn ich die Lampen anzündete und versuchte, mich auf den Unterricht des folgenden Tages vorzubereiten. Zwar war ich dankbar für die häufige Gesellschaft der Mansers, doch war ich mir stets der Erwartungen bewußt, die sie in Jim und mich setzten. Ich stellte mir Mrs. Manser vor, wie sie ihrem Gatten erzählte, ich sei zur Vernunft gekommen und denke nicht mehr an Joel Derringham.
Ich empfand tiefes Bedauern über den Verlust unserer Ersparnisse. Im Schlafzimmer meiner Mutter befanden sich mehrere Bahnen kostspieliger Stoffe. Ich aber mußte an die Kosten für Dowers Unterhalt denken. Da ich mich der guten Jenny, die uns so treu gedient hatte, nicht entledigen konnte, hatte ich zwei Tiere zu versorgen.
Maria und Sybil sprachen ständig über ihre bevorstehende Abreise in die Schweiz, und ich war von der Furcht gequält, daß ich nicht in der Lage sein würde, die Schule in Gang zu halten. Nachts, wenn ich allein war, stellte ich mir vor, meine Mutter sei bei mir, und ich sprach mit ihr. Ich bildete mir ein, ihre Stimme zu hören, die aus dem Nichts, das die Toten von den Lebenden scheidet, zu mir herüberdrang und mich tröstete.
»Wenn eine Tür zufällt, geht eine andere auf.« Sie hatte einen ganzen Vorrat solcher abgedroschenen Binsenwahrheiten, die sie bei jeder passenden Gelegenheit anzubringen wußte, und ich hatte sie deswegen oft geneckt. Jetzt fielen sie mir wieder ein, und ich hatte meine Freude daran.

Was mich am allermeisten verunsicherte, war die kühle Gleichgültigkeit, die Sir John und Lady Derringham mir neuerdings entgegenbrachten. Sie fanden es höchst ungehörig von mir, daß ich ihrem Sohn gestattet hatte, sich zu mir hingezogen zu fühlen. Ich hätte es mir denken können, daß sie mir die Schuld geben würden. Ich war sicher, daß sie mich für eine intrigante Abenteurerin hielten. Obschon sie Joel auf seine Europareise geschickt hatten, waren sie entschlossen, mir nicht mehr die geringste Chance zur Durchführung meines Ränkespiels zu bieten, und das bedeutete natürlich den Entzug ihres Wohlwollens. Dies war die besorgniserregendste Seite an meiner Situation. Meine Mutter hatte ständig darauf hingewiesen, wieviel Gutes uns durch die Derringhams widerfahren war, und ich fragte mich, wie lange ich die Schule würde halten können, wenn sie keinen Gewinn mehr einbrachte.

An einem stürmischen Märztag kam Margot, um mir Lebewohl zu sagen. Sie sah blaß aus, und in ihren Augen entdeckte ich ein unheilverkündendes Funkeln.

Es war Sonntag – ein Tag also, an dem kein Unterricht stattfand, und ich vermutete, daß sie den Tag aus eben diesem Grunde für ihren Besuch gewählt hatte.

»Guten Tag, Minelle«, sagte sie. »Ich reise nächste Woche nach Hause. Ich bin gekommen, um dir Lebewohl zu sagen.«

Ich fühlte mich plötzlich ganz elend. Ich war in Margot vernarrt gewesen, und ihr Abschied bedeutete, daß mir alle Dinge und alle Menschen, an denen ich hing, nach und nach entglitten.

»Diese kleine Episode« – sie breitete die Arme aus, als wolle sie das Schulhaus, mich und ganz England umfangen – »ist vorüber.«

»Nun, es war gewiß ein Erlebnis für dich.«

»Ja. Traurig, glücklich und … amüsant. Nichts auf der Welt ist nur eines auf einmal, nicht wahr? In allem steckt ein wenig von allem. Der arme James. Ich frage mich oft, wo er wohl sein mag.

In Ungnade gefallen und verstoßen. Doch er wird eine neue Heimat finden ... und andere Mädchen lieben.«

»Und du?«

»Ich werde darüber hinwegkommen.«

»Es war sehr töricht von dir, Margot.«

»Ja, nicht wahr? Wie bei den meisten Abenteuern machte es auch diesmal mehr Spaß, es zu planen als es auszuführen. Wir lagen immer im Gebüsch unter der Hecke und schmiedeten Pläne. Das war das beste von allem. Es war so schön gefährlich. Ich rannte in jedem nur möglichen Augenblick davon, um James zu treffen.«

»Selbst dann, wenn du Verstecken spieltest«, bemerkte ich.

Sie nickte und lachte mich an. »Wir hätten jederzeit von jedermann entdeckt werden können. Aber das war uns einerlei.«

»Du hast dich doch sicher gefürchtet vor dem, was geschehen könnte.«

»O ja. Aber es *gefällt* mir, mich zu fürchten. Dir etwa nicht? Aber nein, du bist viel zu rechtschaffen. Doch wie steht es um dich und Joel, hm? In gewisser Hinsicht befinden wir uns in derselben Lage ..., zwei von der gleichen Sorte, so sagt man doch, nicht wahr? Wir haben beide unseren Geliebten verloren.«

»Joel war nicht mein Geliebter.«

»Aber er hoffte es zu werden. Und du hofftest es auch. Ich mußte so lachen: Du ..., die Lehrerin. Ich ... und der Stallbursche. Es war ein Reigen ..., der Reigen der Klassen. Komisch, findest du nicht?«

»Nein, nicht im geringsten.«

»Du bist eine echte Schulmeisterin geworden, Minelle. Aber wir hatten viel Spaß zusammen – und jetzt kehre ich nach Frankreich zurück. Sir John und Lady Derringham konnten es kaum noch erwarten, mich loszuwerden, und nun gehe ich.«

»Ich finde es schade. Ich werde dich sehr vermissen.«

»Ich werde dich auch vermissen, Minelle. Dich habe ich stets von allen hier am liebsten gemocht. Mit Maria und Sybil kann ich mich nicht unterhalten. Sie rümpfen ihre albernen Nasen, als hätte ich die Pest ... – nur, weil ich ihnen eine Erfahrung voraus habe, die sie höchstwahrscheinlich niemals machen werden. Vielleicht kommst du mich mal in Frankreich besuchen.«

»Ich wüßte nicht, wie sich das ermöglichen ließe.«

»Ich könnte dich doch einladen.«

»Das ist lieb von dir, Margot.«

»Minelle, ich habe Sorgen.«

»Sorgen? Weswegen?«

»Ich weiß nicht, was ich tun soll.«

»Vielleicht erklärst du das erst einmal genauer.«

»Als James und ich unter der Hecke im Gebüsch lagen, haben wir nicht nur Pläne geschmiedet.«

»Wie meinst du das?«

»Ich bekomme ein Kind, Minelle.«

»Margot!«

»Die allergrößte Schande!« rief sie aus. »Nicht was man tut ist schlimm, sondern dabei ertappt zu werden. Schau, James hätte ruhig mein Liebhaber sein können – ein bedauernswerter Vorfall, den man vertuschen und vergessen kann. Aber wenn es einen lebenden Beweis für unsere Liaison gibt, was dann? Schmach und Schande. Ja, so weit ist es mit mir gekommen, Minelle. Was soll ich nur tun?«

»Wissen Sir John und Lady Derringham schon davon?«

»Niemand weiß es, außer dir ... und mir.«

»Margot, was *kannst* du tun?«

»Das ist es ja, was du mir raten sollst.«

»Wozu kann man da schon raten? Du wirst ein Kind bekommen, und das wirst du nicht verbergen können.«

»Wir werden es verheimlichen. Früher haben die Menschen auch illegitime Kinder bekommen und es verheimlicht.«

»Wie willst du das bewerkstelligen?«

»Das muß ich mir eben überlegen.«

»Margot, wie kann *ich* dir dabei helfen?«

»Deswegen bin ich ja gekommen, um mit dir darüber zu reden.«

Jetzt entdeckte ich die Furcht in ihren Augen. »Ich habe Angst, nach Hause zu kommen ... in diesem Zustand. Bald werden es alle sehen, nicht wahr? Und mein Vater ...«

Vor meinem inneren Auge erstand er so deutlich, wie ich ihn beim ersten Mal auf Gut Derringham erblickt hatte. Wieder spürte ich seine Lippen, die sich fest auf die meinen preßten.

»Vielleicht wird er es verstehen«, meinte ich.

Margot lachte bitter auf. »Er hat seine Bastarde, daran zweifle ich nicht. Das ist gar nichts ..., eine Bagatelle. Aber was für einen Mann wie meinen Vater akzeptabel ist, das ist für seine Tochter die allergrößte Schmach.«

»Das ist so ungerecht.«

»Natürlich ist es ungerecht, Minelle, aber was soll ich machen? Wenn ich daran denke, daß ich meinem Vater gegenübertreten soll, dann ist mir, als stiege ich auf einen hohen Turm, um mich hinabzustürzen.«

»Sag so etwas nicht.«

»Ich würde es natürlich nie tun. Ich bin immer so neugierig, was als nächstes folgt. Minelle, laß uns fliehen ..., du und ich! Die Schule geht nicht besonders gut, nicht wahr? Ich habe darüber reden hören. Joel ist fort. Der Freier, der seinen Eltern gehorchen mußte, anstatt sich zu seiner Liebe zu bekennen! *Pouf!«* Sie schnippte mit den Fingern, »James ..., der hatte Mut. ›Wir werden leben wie die Zigeuner‹, hat er gesagt. ›Ich werde mein Glück machen, und dann wohnen wir in einem Schloß, so groß wie das Schloß deines Vaters ...‹ Und dann kommt Sir John, und James wird ganz winzig und ist nur mehr ein eingeschüchterter kleiner Junge. Ich bin nicht so ein Schwächling wie er. Und du auch nicht. Wir gehören nicht zu den Menschen, die etwas nur deshalb tun, weil man es aus Tradition tut. Wir können zu unseren Entschlüssen stehen. Wir können kämpfen.«

»Du redest dummes Zeug, Margot.«
»Was soll ich aber tun?«
»Da gibt es nur eines: Du mußt Sir John sagen, daß du ein Kind erwartest. Er ist gütig. Er wird dir helfen. Er wird wissen, was zu tun ist.«
»Ich würde es lieber ihm erzählen als meinem Vater.«
»Vielleicht kann deine Mutter dir helfen.«
Margot lachte. »Meine Mutter würde es nicht wagen, irgend etwas zu unternehmen. Sie würde es nur *ihm* berichten, und das könnte ich dann auch ebensogut selbst besorgen.«
»Was glaubst du, was er tun wird?«
»Er wird außer sich vor Zorn sein. Ich bin das einzige eheliche Kind. Das allein macht ihn schon wütend. Kein Sohn, der den großen Namen weiterträgt. Meine Mutter ist zu schwach und so leidend, daß die Ärzte darauf bestehen, daß sie keine Kinder mehr haben darf. So ruht denn alle Hoffnung der Familie auf mir. Ich muß eine erstklassige Ehe eingehen. Wenn auch von Joel und mir die Rede war, ich glaube nicht, daß mein Vater diese Verbindung für ideal hält. Er hat sie nur wegen der Unruhen in Frankreich in Betracht gezogen, und er glaubt, daß Besitztümer in England sich in der Zukunft als nützlich erweisen könnten. Und nun wird die Hoffnung der Familie einen Bastard zur Welt bringen, dessen Vater ein Stallknecht ist!«
Sie brach in schallendes Gelächter aus, das mich erschreckte; denn ich erkannte, daß Margot sich trotz ihres leichtfertigen Geredes an der Grenze zur Hysterie befand. Die arme Margot! Sie war weiß Gott in einer unglücklichen Lage, und nach meiner Ansicht gab es nur einen Ausweg. Sie mußte sich Sir John anvertrauen und ihn um Hilfe bitten.
Sie war ganz und gar dagegen und fuhr fort, mir ihre irrsinnigen Pläne für unsere gemeinsame Flucht auseinanderzusetzen, aber letzten Endes konnte ich sie davon überzeugen, daß diese ebensowenig gelingen würde wie ihr Davonlaufen zuvor. Als sie mich verließ, erschien sie mir ein wenig ruhiger. Ich glaubte, sie hatte

eingesehen, daß ihr nichts anderes übrigblieb, als ihre mißliche Lage zu bekennen.
Als ich am folgenden Tag nach dem Unterricht die Bücher wegräumte und versuchte, gegen die Depression anzukämpfen, die mich befiel, weil zwei weitere Schülerinnen mir an diesem Morgen ihren Abgang zum Ende des Halbjahres angekündigt hatten, kam Margot vorbei.
Sie war den ganzen Weg vom Gutshaus gelaufen und war völlig außer Atem. Ich hieß sie sich niedersetzen und reichte ihr ein Glas von dem Stärkungsmittel meiner Mutter; erst wenn sie getrunken hätte, sei ich bereit, sie anzuhören.
Sie sei zu Sir John gegangen und habe es ihm erzählt, sagte sie. »Ich dachte, er würde vor Schreck *sterben*. Obwohl wir uns liebten und heiraten wollten, sei es ganz unmöglich, daß wir uns auf ›diese unverantwortliche Art‹, wie er sich ausdrückte, betragen haben. Anfangs wollte er es nicht wahrhaben. Er denkt wohl, ich bin ein Unschuldsengel und glaube an den Klapperstorch. Ständig wiederholte er: ›Das kann nicht wahr sein! Es ist ein Irrtum!‹ Ich habe ihm gesagt, ich wäre alt genug, um ein Baby zu bekommen und vorher das zu tun, was nötig ist, um es zu zeugen. Wie er mich angeguckt hat! Ich hätte lachen können, wenn ich nicht ein wenig Angst gehabt hätte. Ich wußte, was dann kommen würde: ›Ich muß sofort Ihre Eltern benachrichtigen.‹ Da siehst du, was du angerichtet hast, Minelle. Durch deinen Rat ist genau das eingetreten, was wir vermeiden wollten.«
»Es wäre doch unmöglich zu vermeiden gewesen, Margot. Wie wolltest du so etwas vor deinen Eltern geheimhalten? Es geht ja nicht nur darum, ein Baby zu *bekommen*. Nach der Geburt ist das Kind ja schließlich da. Wie wolltest du damit fertig werden, ohne daß deine Eltern es wissen?« Margot schüttelte den Kopf. Dann blickte sie mich ernst an, ihre riesigen dunklen Augen funkelten wie grelle Lampen in ihrem blassen Gesicht: »Ich habe Angst, ihm gegenüberzutreten«, sagte sie.

Das glaubte ich gern, und ich tat mein Bestes, um sie zu trösten. Es lag in ihrer Natur, daß sie sich tiefster Verzweiflung hingeben konnte, um kurz darauf vor *joie de vivre* zu sprühen. Sie lachte viel, doch oft lag Hysterie in ihrem Lachen, und ich wußte, daß sie sich vor ihrem Vater fürchtete. Sie trat ihre Heimreise nach Frankreich nicht zum ursprünglich vorgesehenen Zeitpunkt an und kam zum Schulhaus, um mir zu berichten, daß ihr Vater auf dem Wege nach England sei und sie auf dem Gut bleiben solle, bis er dort eintreffe. Sie umhüllte sich mit prahlerischem Maulheldentum, doch ich fragte mich, wie dick diese Kruste sein mochte. Arme Margot! Sie war in einer wirklich üblen Lage.

Von Mrs. Manser erfuhr ich, daß der Comte auf dem Gutshof angekommen war.

»Ich schätze«, sagte sie, »er ist gekommen, um Mademoiselle nach Hause zu holen. Er wird ihr eine gehörige Standpauke halten. Man stelle sich die Empörung des Comte vor: Seine Tochter geht mit einem Stallknecht auf und davon!«

»Das kann ich mir allerdings gut vorstellen.«

»Meiner Treu! Dieser Herr hat einen unbeugsamen Stolz. Man brauchte ja nur zu sehen, wie er dahergeritten kam. Und *seine* Tochter will James Wedder heiraten! So etwas habe ich noch nie erlebt. Das kann nicht gutgehen, müssen Sie wissen. Gott stellt einen an seinen Platz, und dort sollte man auch bleiben, finde ich.«

Ich war nicht in der Stimmung, mir ihre Moralpredigten anzuhören, und als sie mich zum Abendessen einlud, gab ich vor, daß ich zuviel Arbeit für die Schule hätte.

»Wie geht es mit der Schule, Minella?« Ihre Stirn runzelte sich in besorgte Falten, doch ihr Mund verriet eine gewisse Genugtuung. Ihrer Meinung nach schickte es sich nicht für eine Frau, etwas anderes als Ehefrau zu sein, und je weniger die Schule einbrachte, um so eher würde ich zur Besinnung kommen. Sie wollte ihren Jim mit einer Frau ihrer Wahl versorgt sehen (und seltsamerweise hatte sie mich dazu auserkoren) und wünschte

sich Enkel, die auf dem Hof herumliefen und lernten, die Kühe zu melken und die Hühner zu füttern. Ich lächelte, als ich mir die Mißbilligung meiner Mutter vorstellte.
Bald nachdem Mrs. Manser gegangen war, kam ein Bote vom Gutshaus. Meine Anwesenheit sei dort erwünscht, und Sir John und Lady Derringham würden sich freuen, wenn ich unverzüglich kommen könnte. Es war beinahe eine Vorladung.
Ich dachte mir, es müsse damit zusammenhängen, daß Maria und Sybil die Schule verlassen wollten und daß sie damit vielleicht nicht mehr bis zum Ende des Halbjahres warten würden.
Bei dem Gedanken, daß der Comte dort sein würde, zitterte ich ein wenig, doch hielt ich eine Begegnung für unwahrscheinlich. Ich überquerte den Rasen, kam an der Sonnenuhr vorbei und trat in die Halle. Ein Diener teilte mir mit, Sir John erwarte mich im blauen Malzimmer, und er werde mich sogleich dorthin führen. Er öffnete die Tür und meldete mich an, und ich sah Sir John mit dem Rücken zum Kaminfeuer stehen. Mein Herz zuckte zusammen und begann heftig zu klopfen, denn am Fenster stand der Comte und blickte hinaus.
»Ah, Fräulein Maddox«, sagte Sir John.
Der Comte fuhr herum und verbeugte sich.
»Gewiß wundert es Sie, warum wir Sie hergebeten haben«, sprach Sir John. »Es betrifft diese peinliche Angelegenheit, in welche Marguerite verstrickt ist. Der Comte hat Ihnen einen Vorschlag zu machen, und ich lasse Sie jetzt mit ihm allein, damit er es Ihnen erklären kann.«
Er wies auf einen hochlehnigen Stuhl gegenüber dem Fenster, und ich setzte mich.
Als die Tür sich hinter Sir John schloß, nahm der Comte auf der Bank am Fenster Platz, verschränkte die Arme und blickte mich ernst an.
»Da Sie, Mademoiselle Maddox, meine Sprache ein wenig besser beherrschen als ich die Ihre, halte ich es für angebracht,

diese Unterhaltung auf französisch zu führen. Ich wünsche, daß Sie meinen Vorschlag genau verstehen.«

»Falls mir etwas unklar sein sollte, werde ich es sagen«, erwiderte ich.

Ein schwaches Lächeln erschien auf seinen Lippen. »Sie werden alles verstehen, Mademoiselle, denn Sie sind sehr vernünftig. Diese betrübliche Affäre meiner Tochter, welch eine Schmach! Welch eine Schande für unser edles Geschlecht!«

»Es ist gewiß bedauerlich.«

Er spreizte die Finger, und wieder bemerkte ich den kunstvollen Siegelring und die erlesenen weißen Spitzen an den Ärmelkanten.

»Ich beabsichtige nicht, das Mißgeschick mit mehr Bedauern zu betrachten, als unbedingt nötig. Sie müssen wissen, daß ich keinen Sohn habe. Meine Tochter wird unseren edlen Namen fortpflanzen müssen. Das darf durch nichts verhindert werden. Doch zuerst muß sie diesen ... Bastard zur Welt bringen ..., diesen Sohn eines Stallknechtes. *Der* wird unseren edlen Namen nicht tragen.«

Ich hielt ihm entgegen, daß das Kind ein Mädchen sein könnte.

»Das wollen wir inständig hoffen. Eine Tochter würde weniger Schwierigkeiten bereiten. Doch zunächst müssen wir überlegen, was zu tun sei. Das Kind muß in aller Heimlichkeit zur Welt gebracht werden. Das kann ich arrangieren. Marguerite wird an einen Ort gehen, den ich für sie aussuchen werde. Sie wird als Madame ... Soundso ... auftreten, und sie wird eine Gesellschafterin bei sich haben. Marguerite wird eine Witwe in einer bedauernswerten Lage sein, da ihr junger Gemahl bei einem Unfall ums Leben kam. Ihre liebe Cousine wird sich um sie kümmern. Das Kind wird geboren und zu Pflegeeltern gegeben, Marguerite wird nach Hause zurückkehren, und es wird sein, als hätte es diese unglückselige Affäre nie gegeben.«

»Das scheint eine einfache Lösung zu sein.«

»Ganz so einfach nicht. Sie erfordert wohlüberlegtes Planen. Ich liebe derartige Familiengeheimnisse nicht. Dies ist ja nicht das Ende der Geschichte ..., schließlich wird es ein Kind geben, das irgendwo leben wird. Wie Sie sehen, Mademoiselle, ist mir gar nicht wohl zumute.«

»Das verstehe ich natürlich.«

»Sie sind eine sehr verständige junge Dame. Das wußte ich schon bei unserer ersten Begegnung.« Ein Lächeln umspielte seine Lippen, und er schwieg ein paar Augenblicke. Dann fuhr er fort: »Ich sehe, Sie sind verwirrt. Sie fragen sich, was Sie damit zu tun haben. Das will ich Ihnen sagen. Sie werden die Cousine sein.«

»Welche Cousine?«

»Marguerites Cousine natürlich. Sie werden sie zu dem Ort begleiten, den ich auswählen werde. Sie werden sich um sie kümmern. Sie werden bei ihr sein und darauf achten, daß sie keine neuen Dummheiten begeht. Ich weiß, daß sie bei Ihnen in guten Händen ist.«

Ich war so verblüfft, daß ich stammelte: »Das ..., das ist unmöglich.«

»Unmöglich! Das ist ein Wort, das ich nicht leiden kann. Wenn die Leute ›unmöglich‹ sagen, dann pflege ich ihnen zu beweisen, daß es doch möglich ist.«

»Ich habe meine Schule.«

»Ach, Ihre Schule macht mich ganz traurig. Ich höre, sie geht nicht so gut, wie sie es sollte.«

»Wie meinen Sie das?«

Er breitete die Arme aus, und irgendwie bewerkstelligte er es, mich wissen zu lassen, daß mein Mißgeschick ihn betrübte, während das Kräuseln seiner Lippen mir gleichzeitig zeigte, daß meine Zwangslage ihn amüsierte ..., daß er sogar ein wenig Genugtuung darüber empfand. »Lassen Sie uns offen miteinander reden«, sagte er. »Mademoiselle Maddox, ich habe Sorgen, und Sie haben Sorgen. Was wollen Sie tun, wenn die Schule zu einer Belastung wird, statt Gewinn abzuwerfen, hm?«

»So weit wird es nicht kommen.«
»Aber, aber, wir wollten doch aufrichtig miteinander reden. Verzeihen Sie mir meine Offenheit, aber Sie sind nicht die ausgereifte Persönlichkeit, die Ihre Mutter war. Die Leute zaudern. Soll ich meine Tochter auf eine Schule schicken, deren Vorsteherin – und die einzige Lehrerin – fast selbst noch ein Kind ist? Sie sehen doch, was geschieht. Eine Ihrer Schülerinnen brennt mit einem Stallburschen durch. Wäre das auch vorgekommen, wenn Ihre Mutter die Aufsicht gehabt hätte?«
»Die Flucht Ihrer Tochter hat mit der Schule nichts zu tun.«
»Meine Tochter hat während der Schulzeit viele Stunden mit Ihnen verbracht. Sie hat zweifellos geplaudert und über ihre Liebesgeheimnisse geschwätzt. Dann reißt sie mit einem Stallknecht aus. Eine Schande für sie ..., für uns ..., für Sie und die Schule. Zumal mir auch noch zu Ohren gekommen ist, daß der Sohn der Derringhams Ihretwegen so überstürzt zu seiner Europareise aufbrechen mußte.«
»Sie sind ... unverschämt.«
»Ich weiß. Um die Wahrheit zu sagen, das gehört zu meinem Charme. Ich kultiviere es. Es ist um vieles attraktiver als Schmeichelei. Vor allem, da ich die Wahrheit spreche, und das heißt, daß Sie, meine liebe Mademoiselle, in einer unangenehmen Situation sind ..., genau wie ich. Lassen Sie uns Freunde sein und uns gegenseitig helfen. Was wollen Sie anfangen, wenn die Schule Ihnen Ihren Unterhalt nicht mehr verschaffen kann? ich möchte schwören, Sie werden Gouvernante, und ein paar verhaßte Kinder machen Ihnen das Leben zur Hölle. Sie könnten allerdings auch heiraten. Vielleicht werden Sie die Frau eines Bauern ..., und gestatten Sie mir, daß ich Ihnen sage: Dies wäre die allergrößte Tragödie.«
»Sie scheinen eine ganze Menge über meine Privatangelegenheiten zu wissen.«
»Es ist mein Prinzip, alles zu erfahren, was mich interessiert.«
»Aber ich kann Ihren Vorschlag nicht annehmen.«

»Für eine so kluge junge Dame sagen Sie manchmal recht närrische Dinge. Doch da ich weiß, daß Sie es so nicht meinen, ändert das nichts an meiner Ansicht über Sie. Sie interessieren mich, Mademoiselle. Sie haben die Verantwortung für meine Tochter und werden noch mehr Einfluß auf sie gewinnen, ist es nicht so? Ich wünsche, daß Sie so bald wie möglich aufbrechen, aber ich weiß, daß Sie zuvor Ihre Angelegenheiten regeln müssen. Ich habe Verständnis dafür. Ich möchte Sie nicht zu allzu großer Eile antreiben. Glücklicherweise bleibt uns ein wenig Zeit.«

»Sie sind mir zu schnell.«

»So bin ich immer. Auf diese Weise kommt man am besten voran. Sie werden schon noch feststellen, daß es durchaus nicht zu schnell ist. Genau die richtige Geschwindigkeit. Damit wäre die Sache also abgemacht, und wir können zu den Einzelheiten übergehen.«

»Die Sache ist alles andere als abgemacht. Angenommen, ich erkläre mich einverstanden ..., angenommen, ich bleibe bei Margot, bis das Kind geboren ist – was dann?«

»Es ließe sich eine Stellung in meinem Hauswesen für Sie finden.«

»Eine Stellung? Was für eine Stellung?«

»Das können wir später entscheiden. Solange Sie sich in dem Haus aufhalten, in das ich Sie beide schicken werde, treten Sie als Margots Cousine auf. Vielleicht könnten Sie auch später dabei bleiben. Ich war schon immer der Meinung, daß es am besten ist, an einer einmal begangenen Täuschung festzuhalten. Man muß dabei freilich der Wahrheit so nahe wie möglich kommen, um die Täuschung glaubhaft zu machen. Wirklichkeit und Erfindung müssen so geschickt miteinander verwoben sein, daß sie den Eindruck absoluter Wahrheit erwecken, und wenn Sie einmal als Cousine eingeführt sind, wäre es möglicherweise von Vorteil für Sie, diese Rolle auch weiterhin zu spielen. Ihre Herkunft macht noch Schwierigkeiten. Wir müssen es so darstellen. Die Tochter eines Ururgroßvaters hat nach England geheiratet, und Sie stammen aus diesem Zweig der Familie. Infolgedessen sind Sie eine Cousine, wenn auch eine entfernte. Sie werden Marguerites Gesellschafterin sein und sich um sie kümmern. Sie braucht jemanden, der auf sie aufpaßt, das hat diese Episode bewiesen. Ist das nicht ein guter Vorschlag? Er hilft Ihnen aus Ihren Schwierigkeiten und mir aus meinen.«

»Er scheint mir arg überspannt.«

»Das hat er mit den besten Dingen im Leben gemein. Ich werde mich unverzüglich an die Vorbereitungen begeben.«

»Ich habe noch nicht zugestimmt.«

»Aber Sie werden zustimmen, denn Sie sind ein vernünftiges Mädchen. Sie machen Fehler, wie die meisten von uns, aber Sie wiederholen Sie nicht. Das weiß ich, und ich wünsche, daß Sie einen guten Einfluß auf Marguerite ausüben. Sie ist ein eigensinniges Kind, fürchte ich.« Er erhob sich und trat vor meinen Stuhl. Ich stand ebenfalls auf. Er legte seine Hände auf meine Schultern, und das rief eine lebhafte Erinnerung an jene Szene in seinem Schlafzimmer in mir wach. Ich glaube, auch er mußte daran gedacht haben; er spürte, wie ich zusammenzuckte, und das amüsierte ihn.

»Es ist stets ein Fehler, sich vor dem Leben zu fürchten«, bemerkte er.

»Wer sagt, daß ich mich fürchte?«

»Ich kann Ihre Gedanken lesen.«

»Dann müssen Sie aber sehr geschickt sein.«

»Sie werden schon noch entdecken, wie geschickt ... – mit der Zeit, vielleicht. Jetzt aber will ich ebenso nett wie geschickt sein. Dies ist alles zu plötzlich über Sie gekommen. Sie hatten keine Ahnung, was für einen Vorschlag ich Ihnen unterbreiten würde, und ich sehe, wie Sie die Gedanken in Ihrem Kopf hin- und herwälzen. Meine liebe Mademoiselle, blicken Sie den Tatsachen ins Auge. Mit der Schule geht es abwärts; diese Affäre meiner Tochter hat die Mitglieder des Landadels abgeschreckt.

Sie mögen zwar sagen, daß Sie damit nichts zu tun hatten, aber Marguerite war schließlich auf Ihrer Schule, und unglücklicherweise fühlte sich auch noch der Erbe von Derringham zu Ihnen hingezogen. Sie können nichts für Ihren Charme, doch nicht alle Leute sind so feinfühlig wie ich. Man wird sagen, Sie hätten Ihre Fänge nach Joel Derringharn ausgeworfen, und seine Eltern hätten es beizeiten gemerkt und ihn fortgeschickt. Ungerecht, finden Sie. Es war nicht Ihre Absicht, diesen jungen Mann einzufangen. Aber es kommt nicht immer auf die Wahrheit an. Ich gebe der Schule noch sechs Monate ..., vielleicht acht ..., und was dann? Kommen Sie, seien Sie vernünftig. Spielen Sie Marguerites Cousine. Ich werde dafür sorgen, daß Sie nie wieder in finanzielle Not geraten. Verlassen Sie das Schulhaus mit seinen traurigen Erinnerungen. Ich weiß, wie sehr Sie Ihre Mutter geliebt haben. Was werden Sie hier anderes tun als grübeln? Lassen Sie den Klatsch und das Gerede hinter sich! Mademoiselle, diese unglückseligen Affären können Ihnen zu einem neuen Leben verhelfen.«

Es war so viel Wahres an dem, was er sagte. Ich hörte mich murmeln: »Ich kann mich nicht sofort entschließen.«

Er gab einen Seufzer der Erleichterung von sich.

»Nein, nein. Das wäre zuviel verlangt. Sie haben heute und morgen Zeit, sich zu entscheiden. Sie werden darüber nachdenken und dabei die mißliche Lage meiner Tochter im Auge behalten. Sie ist vernarrt in Sie. Als ich ihr von meinem Vorschlag erzählte, war sie glücklich. Sie hat Sie gern, Mademoiselle. Denken Sie an ihr Mißgeschick. Und denken Sie an Ihre eigene Zukunft.«

Er küßte mir die Hand. Ich schämte mich der Gefühle, die sich dabei in mir regten, und ich verabscheute mich, weil ich mich von einem solchen Schürzenjäger, der er meiner Ansicht nach war, dermaßen beeindrucken ließ.

Dann verbeugte er sich und ließ mich allein.

In Gedanken versunken kehrte ich zum Schulhaus zurück.

In dieser Nacht blieb ich lange auf und sah die Bücher durch. Ich wußte, daß ich ohnehin nicht schlafen konnte. Die Wirkung, welche dieser Mann auf mich ausübte, bestürzte mich. Er stieß mich ab und zog mich gleichzeitig an. Er ging mir nicht aus dem Sinn. In seinem Hause zu sein …, dort eine Stellung zu bekleiden … als eine Art Cousine! Ich sollte Margot wohl als »arme Verwandte« Gesellschaft leisten. Und wenn ich ablehnte, was würde dann aus mir werden?
Man brauchte mich nicht darauf hinzuweisen, daß es mit der Schule abwärts ging. Die Leute gaben mir die Schuld an Margots Unbesonnenheit. War es wahr, daß man munkelte, ich hätte versucht, Joel Derringham als Ehemann einzufangen? Die Schneiderin wußte von den Kleidern, die meine Mutter hatte nähen lassen. Vermutlich hatte sie auch die Stoffe im Schrank gesehen. Ich hatte ein neues Pferd, um mit Joel ausreiten zu können. Oh, ich konnte mir vorstellen, was diese Leute redeten. Ich sehnte mich verzweifelt nach dem besonnenen Zuspruch meiner Mutter, und auf einmal wußte ich, daß ich ohne sie in diesem Schulhaus niemals glücklich sein würde. Alles steckte voller Erinnerungen. Wo ich auch hinsah, hatte ich deutlich ihr Bild vor Augen.
Ich wollte fort von hier. Ja, der Comte hatte recht, ich mußte der Wahrheit ins Gesicht blicken. Der Gedanke, nach Frankreich zu gehen, bis zur Geburt des Kindes bei Margot zu bleiben und dann im Hause des Comte zu leben, erregte mich und lenkte mich so sehr von meinem Gefühl der Verlassenheit und von meiner Trauer ab, wie ich es nie für möglich gehalten hatte.
Kein Wunder, daß ich nicht schlafen konnte.
Den ganzen Tag über, während ich meine Unterrichtsstunden abhielt, war ich wie geistesabwesend. Es war so viel einfacher gewesen, als meine Mutter und ich uns die Schülerinnen geteilt hatten. Sie hatte die älteren unterrichtet, und es hatte mir keine Mühe gemacht, mit den jüngeren fertig zu werden. Bevor ich die Rolle einer Lehrerin übernommen hatte, war meine Mutter

ganz gut allein zurechtgekommen, doch sie hatte zugegeben, welch ein Segen es war, daß wir dann zu zweit waren. Sie war die geborene Lehrerin. Ich war alles andere als das.

Den ganzen Tag dachte ich daran, was für eine Gelegenheit sich mir da bot, und allmählich schien sie mir wie ein Abenteuer, das meine Lust am Leben wieder erwecken konnte.

Nach der Schule suchte Margot mich auf. Sie warf sich in meine Arme und umklammerte mich.

»O Minelle, du kommst also mit mir! Alles scheint nur halb so schlimm, wenn du bei mir bist. Papa hat es mir erzählt. Er sagte: ›Mademoiselle Maddox wird sich um dich kümmern. Sie überlegt es sich noch, aber ich bezweifle nicht, daß sie zustimmen wird.‹ So froh bin ich schon lange nicht mehr gewesen.«

»Es steht noch keineswegs fest«, bemerkte ich. »Ich habe mich noch nicht entschieden.«

»Aber du wirst doch mitkommen, nicht wahr? O Minelle, was soll ich nur tun, wenn du nein sagst?«

»Ich bin für den Plan nicht unbedingt vonnöten. Du wirst aufs Land ziehen, um dein Kind zur Welt zu bringen. Dann wird es zu Pflegeeltern gegeben, und du wirst in das Haus deines Vaters zurückkehren und weiterleben, so als ob nichts geschehen wäre. Ich glaube, in solchen Familien wie der euren ist das nichts Ungewöhnliches.«

»Oh, wie kaltblütig! Wie präzise! Du bist genau das, was ich brauche. Ach, liebe, *liebe* Minelle, ich muß mein Leben lang dieses schlimme, *düstere* Geheimnis mit mir herumtragen. Ich brauche einen Halt. Ich brauche *dich*. Papa sagt, du sollst meine Cousine sein. Cousine Minelle! Hört sich das nicht famos an? Und wenn diese schreckliche Geschichte vorüber ist, werden wir zusammenbleiben. Du bist der einzige Grund, weshalb es mir hier gefällt.«

»Und was ist mit James Wedder?«

»Ach, das hat eine Weile Spaß gemacht, aber sieh doch nur, wohin ich dadurch kam. Es ist nicht ganz so schlimm, wie ich

anfangs befürchtet habe. Ich meine, Papa ..., zuerst hat er getobt ..., er hat mich verachtet ..., nicht, weil ich eine Affäre hatte, weißt du, sondern weil ich so dumm war, schwanger zu werden. Er sagte, er hätte es sich denken können, daß ich etwas von einer Dirne in mir habe. Aber wenn du nur mit mir kommst, Minelle, dann wird alles gut, das weiß ich. Du kommst mit, nicht wahr? Du *mußt* mitkommen!«
Sie war auf die Knie gefallen und faltete die Hände wie zum Gebet. »Bitte, *bitte*, lieber Gott, mach, daß Minelle mit mir kommt.«
»Steh auf, sei nicht so albern!« sagte ich. »Dies ist wahrhaftig nicht die Zeit, um Theater zu spielen.«
Sie brach in schallendes Gelächter aus, das, wie ich anmerkte, einer gefallenen Frau schwerlich anstand.
»Ich brauche dich, Minelle!« rief sie aus. »Du bringst mich zum Lachen. Du bist so *seriös* ..., und doch auch wieder nicht. Ich kenne dich, Minelle. Du versuchst, die Schulmeisterin hervorzukehren, aber du wirst nie eine richtige Lehrerin werden. Das habe ich schon immer gewußt. Joel war ein Narr. Mein Vater sagt, er ist mit Sägemehl ausgestopft ..., er hat kein richtiges Blut in sich.«
»Wie kommt er dazu, so über Joel zu sprechen?«
»Weil er fortging, als Papa Derringham es verlangte. Für so etwas kann Papa nur Hohn und Spott empfinden.«
»Verspottet er dich auch, weil du dorthin gehst, wohin er dich schickt?«
»Das ist etwas anderes. Joel war nicht schwanger.« Wieder schüttelte sie sich vor Lachen. Ich konnte nicht erkennen, ob dies Hysterie oder pure Hilflosigkeit war. Doch meine Sinne waren durch ihr zusammenhangloses Geschwätz alarmiert. Als sie mich anflehte, mit ihr zu gehen, trat ein Ausdruck echter Panik in ihre Augen.
»Ich kann alles ertragen, wenn du bei mir bist«, sagte sie nun etwas ernsthafter. »Das kann sogar ein Vergnügen werden –

beinahe. Ich bin die junge verheiratete Frau, deren Gatte ganz plötzlich gestorben ist. Meine treffliche Cousine – Engländerin, doch aufgrund einer Mesalliance vor vielen Jahren immerhin meine Cousine – nimmt sich meiner an. Sie ist genau die Richtige dafür, denn sie ist so ruhig und besonnen und ein klein wenig streng. O Minelle, komm doch mit. Du mußt einfach.«

»Margot, ich muß darüber nachdenken. Dies ist ein schwerwiegendes Unterfangen, und ich habe mich noch nicht entschieden.«

»Papa wird wütend, wenn du ablehnst.«

»Seine Gefühle interessieren mich nicht.«

»Aber mich. Im Augenblick nimmt er die ganze Sache auf die leichte Schulter. Er ist zu einer Lösung gekommen, in die er dich einbezogen hat. Komm doch mit, Minelle! Ich weiß, daß du mitkommst. Wenn du ablehnst, sterbe ich vor Verzweiflung!«

Sie plapperte weiter, ihre Augen glitzerten. Sie hätte nicht die Spur von Angst, sagte sie, wenn ich mit ihr käme. Sie sprach, als stünden wir kurz vor dem Aufbruch zu einer wundervollen Ferienreise. Es war verrückt, aber allmählich färbte ihre Erregung auf mich ab.

Ich wußte – hatte es vielleicht die ganze Zeit gewußt, daß ich diese Herausforderung annehmen würde. Diesem Haus mußte ich entfliehen, da es ohne die sonnige Gegenwart meiner Mutter so düster geworden war. Ich mußte dem Schatten der Armut entrinnen, der hier einzudringen drohte. Doch es war ein Schritt ins Unbekannte.

In jener Nacht träumte ich wieder, daß ich draußen vor dem Schulhaus stand. Aber ich sah nicht die vertraute Szenerie. Vor mir erstreckte sich ein Wald ..., die Bäume standen ganz dicht beieinander. Ich glaubte, der Wald sei verzaubert, und ich schickte mich an, ihn zu durchwandern. Dann erblickte ich den Comte. Er winkte mir zu.

Ich erwachte. Meine Entscheidung war endgültig gefallen.

Zwischenstation in Petit Montlys

1

Petit Montlys war eine bezaubernde kleine Stadt, die etwa hundert Meilen südlich von Paris im Schatten ihrer größeren Schwesterstadt Grand Montlys lag. Wir kamen Ende April dort an. Mit der Hilfe von Sir John hatte ich meine Möbel verkauft. Jenny hatte ich zu den Mansers gegeben, mit der Bitte, für sie zu sorgen. Sir John hatte mir einen guten Preis für Dower bezahlt und versprochen, sie mir für die gleiche Summe, die meine Mutter für sie aufgewendet hatte, wieder zu verkaufen, sobald ich nach England zurückkäme. Der Comte würde mir ein sehr ansehnliches Gehalt zahlen, und erst als diese Last von meinen Schultern genommen war, wurde mir bewußt, wie sehr meine finanzielle Lage mich bedrückt hatte. Mrs. Manser schüttelte mißbilligend den Kopf über meinen Entschluß. Sie wußte natürlich nicht, daß Margot schwanger war, sie dachte vielmehr, ich würde eine Stellung als Gesellschafterin im Hause des Comte antreten. Dies war die Version, welche die Derringhams verbreiteten.

»Sie werden zurückkommen«, prophezeite sie. »Ich gebe Ihnen höchstens ein paar Monate. Bei uns wird immer Platz für Sie sein. Bis dahin werden Sie wissen, auf welcher Seite Ihr Brot mit Butter bestrichen ist.«

Ich küßte sie und bedankte mich bei ihr. »Sie waren mir und meiner Mutter stets eine gute Freundin«, sagte ich.

»Es gefällt mir gar nicht, wenn eine kluge Frau den falschen Weg einschlägt«, meinte sie. »Doch ich weiß, woran das liegt. Das macht die ganze Aufregung wegen Joel Derringham. Ich verstehe, was das für Sie bedeutet hat, und sehe ein, daß Sie für eine Weile von hier fort wollen.«

Ich ließ es dabei bewenden. Sollte sie nur glauben, daß sie recht hatte. Ich wollte ihr nicht zeigen, wie wohl mir zumute war.

Wir fuhren mit der Postkutsche bis zur Küste und nahmen von dort ein Schiff nach Frankreich. Glücklicherweise hatten wir eine angenehme Überfahrt. Als wir auf der anderen Seite ankamen, wurden wir von einem Ehepaar mittleren Alters empfangen – offensichtlich treue Diener des Comte –, das uns auf unserer Reise begleiten sollte.

Wir kamen nicht durch Paris. Wir übernachteten in kleinen Gasthöfen, und nach mehreren Tagen erreichten wir schließlich Petit Montlys, wo man uns zum Haus von Madame Grémond brachte, die uns während der kommenden Monate beherbergen sollte.

Sie empfing uns aufs wärmste und bedauerte Margot, die nun Madame le Brun war, weil sie in ihrem Zustand eine solche Reise hatte auf sich nehmen müssen. Ich war froh, meinen eigenen Namen behalten zu dürfen.

Ich muß schon sagen, Margot schien ihre Rolle zu genießen. Sie hatte immer schon Gefallen am Theaterspiel gefunden, und dies war sicherlich der wichtigste Part, den sie je verkörpert hatte.

Die Geschichte war folgende: Margots Gatte, Pierre le Brun, der den umfangreichen Besitz eines einflußreichen Edelmannes in Nordfrankreich verwaltet hatte, war bei dem Versuch, den Wolfshund seines Herrn aus den Fluten zu retten, ertrunken. Seine Frau hatte entdeckt, daß sie schwanger war, und da sie über den Tod ihres Gatten untröstlich war, hatte ihre Cousine sie auf Anraten ihres Arztes vom Schauplatz der Tragödie fortgebracht, damit sie die Geburt ihres Babys in Ruhe erwarten konnte.

Margot vertiefte sich aus vollem Herzen in ihre Rolle. Sie sprach liebevoll von Pierre, vergoß Tränen über seinen Tod und schilderte selbst den Wolfshund in aller Lebendigkeit. »Der gute, anhängliche Chon-Chon. Er war meinem Pierre so treu ergeben«, sagte sie. »Wer hätte gedacht, daß Chon-Chon eines Tages den Tod meines Liebsten verursachen würde.« Dann sprach sie davon, wie tragisch es sei, daß Pierre sein Kind niemals sehen würde. Ich hätte gern gewußt, ob sie dabei an James Wedder dachte. Die Reise war wahrlich anstrengend gewesen, und es war gut, daß wir sie zu diesem Zeitpunkt unternommen hatten; denn ein paar Wochen später wäre sie für Margot erst recht beschwerlich geworden.

Madame Grémond entpuppte sich als eine höchst diskrete Frau, und während der folgenden Wochen fragte ich mich oft, ob sie wohl die Wahrheit kannte. Sie war eine hübsche Person und mußte in ihrer Jugend äußerst attraktiv gewesen sein. Jetzt war sie etwa Mitte Vierzig, und mir kam der Gedanke, ob das, was sie tat, nicht wohl einem alten Freund – dem Comte natürlich – zuliebe war. Falls ich recht hatte, so war sie eine Frau, der er vertrauen konnte. Selbstredend kam mir auch der Gedanke, daß sie eine seiner zahlreichen Geliebten gewesen sein mochte, die er, dessen war ich sicher, gehabt hatte.

Das Haus war angenehm. Es war nicht groß, stand mitten in einem Garten und war über eine Auffahrt zu erreichen. Obgleich es in der Stadt lag, verliehen ihm die Bäume, die es umgaben, eine gewisse Abgeschiedenheit. Margot und mir wurden im rückwärtigen Trakt des Hauses nebeneinanderliegende Zimmer zugewiesen, von wo aus man den Garten überblicken konnte. Sie waren nicht luxuriös, aber hinreichend möbliert. Es gab zwei Hausmädchen, Jeanne und Emilie Dupont, deren Aufgabe es war, uns zu bedienen. Jeanne neigte zu Schwatzhaftigkeit, während Emilie eher mürrisch war und kaum ein Wort sagte, wenn sie nicht angesprochen wurde. Jeanne nahm regen Anteil an uns; ihre kleinen dunklen Augen waren wie bei einem Affen, dachte ich – voll lebhafter Neugier. Sie scharwenzelte geschäftig um Margot herum, eifrig auf deren Bequemlichkeit bedacht.

Margot, die es liebte, im Mittelpunkt zu stehen, schloß sie bald in ihr Herz. Ich sah sie oft miteinander schwätzen.
»Sei vorsichtig!« warnte ich. »Du könntest leicht etwas verraten.«
»Ich werde gar nichts verraten«, protestierte sie. »Du mußt nämlich wissen, manchmal wache ich nachts auf und weine fast um Pierre. Da siehst du, wie sehr ich mich in meine Rolle vertieft habe. Es ist fast so, als wäre er *wirklich* mein Ehemann gewesen.«
»Ich vermute, er sah ziemlich genau wie James Wedder aus.«
»Und ob. Ich fand, so ließe es sich am besten spielen ..., indem man der Wahrheit so nahe wie möglich bleibt. Schließlich ist James der Vater des Babys, und ich habe ihn plötzlich verloren – nur auf eine andere Weise.«
»Das war wahrhaftig ein anderer Abgang«, bemerkte ich und schnitt eine Grimasse.
Doch ich nahm mit Freude wahr, wie Margot sich von ihrem ersten Schock erholte. Sie war fröhlich und ergötzte sich an ihrer Situation, was schwerlich für denjenigen zu verstehen gewesen wäre, der Margots Temperament nicht kannte.
Besonders ein Charakterzug kam ihr zu Hilfe: Sie konnte völlig in der Gegenwart aufgehen, egal, wie bedrohlich die Zukunft auch aussehen mochte. Ich gebe zu, daß ich mich zeitweise von ihr anstecken ließ. Dann erschienen mir die Vorgänge als fröhliches Abenteuer und nicht als die ernste Angelegenheit, die sie in Wirklichkeit waren.
Das Wetter war vortrefflich. Den ganzen Juni hindurch genossen wir den Sonnenschein. Wir saßen unter dem Ahornbaum und plauderten, während wir nähten. Es bereitete uns viel Freude, Babykleidung anzufertigen, obschon keine von uns, das muß ich gestehen, ein großes Licht im Umgang mit der Nadel war. Margot verlor oft die Geduld, bevor sie mit einem Kleidungsstück fertig war. Emilie dagegen war eine geschickte Näherin, und mehr als einmal erwies sie sich als Retterin und vollendete

ein Teil, das sie zudem mit wunderschönen Zierstichen versah, die sie meisterhaft beherrschte. Sie nahm das angefangene Kleidungsstück fort, und wir fanden es später fertig und säuberlich zusammengelegt in einem unserer Zimmer vor. Wenn wir uns bei ihr bedankten, wurde sie ganz verlegen. Ich fand den Umgang mit ihr wirklich schwierig.

»Das kommt daher, weil Jeanne viel hübscher ist«, erklärte mir Margot.

»Die arme Emilie! Sie ist wahrhaftig keine Schönheit, findest du nicht auch?«

»Aber sie ist fleißig.«

»Das mag wohl sein, aber verhilft ihr das zu einem Mann? Jeanne möchte später Gaston, den Gärtner, heiraten. Sie hat mir alles erzählt. Madame Grémond hat ihnen einen der Schuppen versprochen, den sie sich zu einer Hütte umbauen können. Gaston ist ein sehr geschickter Handwerker.«

Ich wiederholte meine Warnung: »Glaubst du nicht, daß du zuviel mit Jeanne redest?«

»Warum sollte ich nicht mit ihr plaudern? Das hilft, die Zeit zu vertreiben.«

»Madame Grémond könnte sich beklagen, daß Jeanne mit dir schwätzt, anstatt zu arbeiten.«

»Madame liegt doch alles daran, daß wir es behaglich haben, denke ich.«

»Ich möchte wissen, wieso man uns ausgerechnet zu ihr geschickt hat.«

»Das hat mein Vater arrangiert.«

»Glaubst du, daß sie seine Freundin ist – oder war?«

Margot zog die Schultern hoch. »Das ist schon möglich. Er hat viele Freundinnen.«

Wenn ich am Morgen erwachte, schien die Sonne, und ich zog die Jalousien hoch, die sich an sämtlichen Fenstern befanden, weil die Sonne manchmal unangenehm stechen konnte. Dann sah ich in den Garten hinaus, auf den weichen Rasen, die

Korbsessel unter dem Ahornbaum, den Teich mit den badenden Vögeln darin. Es war ein Bild vollkommenen Friedens.
Während der ersten Wochen schlenderten wir häufig durch die Stadt und kauften, wonach es uns gelüstete. Man kannte uns als Madame le Brun, die blutjunge Witwe, die durch ein tragisches Schicksal ihren Gatten verloren hatte, der sein Kind niemals sehen würde, mit ihrer englischen Cousine. Ich wußte, daß die Leute über uns redeten. Manchmal konnten sie es kaum erwarten, bis wir den Laden verlassen hatten. Unsere Ankunft war für das verschlafene Petit Montlys freilich ein Ereignis, und manchmal bezweifelte ich, daß der Comte klug daran getan hatte, uns hierher zu schicken. In einer größeren Stadt wären wir uns vielleicht verloren vorgekommen, aber hier waren wir im Mittelpunkt des Geschehens.
Manchmal machten wir kleinere Besorgungen für Madame Grémond, und ich kaufte mit Vergnügen die heißen Brotlaibe, die direkt aus dem glühenden gemauerten Ofen kamen. Der Bäcker zog sie mit langen Zangen heraus und legte sie vor uns hin, so daß wir diejenigen aussuchen konnten, die uns am meisten zusagten. Hell gebacken, dunkel gebacken, mittel gebacken, man hatte die Wahl. Und was für ein köstliches Brot das war!
Wir schlenderten über den Markt, der jeden Mittwoch abgehalten wurde. An diesen Tagen brachten die Bauern aus der Umgebung ihre Erzeugnisse auf Eseln herbei und boten sie auf dem Marktplatz an. Die Hausfrauen von Petit Montlys feilschten mit ihnen um jeden Heller, und es machte mir Spaß, ihnen dabei zuzuhören. Der Markt gefiel uns so gut, daß wir Madame Grémond baten, uns auch ihre Einkäufe dort erledigen zu lassen. Manchmal kamen Jeanne und Emilie mit uns, weil Madame Grémond meinte, die Bauern würden beim Anblick der trauernden Witwe und ihrer englischen Cousine höhere Preise verlangen.
Gegen Ende Juni hatten wir beide das Gefühl, als wären wir

schon seit Monaten in Petit Montlys. Manchmal machte mich all die Fremdartigkeit betroffen: Mein Leben hatte sich so drastisch verändert. Letztes Jahr um diese Zeit hatte meine Mutter noch gelebt, und ich ahnte nicht, daß ich jemals etwas anderes tun würde als meine Laufbahn als Lehrerin fortzusetzen, die meine Mutter für mich ausersehen hatte.

Jeder Tag schien fast genauso zu verlaufen wie der vorhergehende, und es gab nichts als dieses friedliche, freundliche Einerlei, das die Zeit unbemerkt dahingleiten ließ.

Margots Zustand war nun sichtbar. Wir fertigten weite, lose Kleider für sie, und sie lachte über ihr Spiegelbild.

»Wer hätte je gedacht, daß ich einmal so aussehen würde?«

»Wer hätte je gedacht, daß du es dazu kommen ließest?« gab ich zurück.

»So spricht eine spröde und anständige Cousine. O Minelle, weißt du, ich habe dich wirklich gern. Ich mag deine ernste Art ..., wie du mich tadelst, wenn ich es verdiene. Es hat zwar nicht die geringste Wirkung auf mich, aber es gefällt mir.«

»Margot«, sagte ich, »manchmal finde ich, du solltest etwas ernster sein.«

Ihr Gesicht legte sich plötzlich in Falten. »Nein, bitte mich lieber nicht darum. Es liegt an dem Baby, Minelle. Jetzt, da es sich bewegt, scheint es Wirklichkeit, scheint es lebendig zu sein.«

»Es ist Wirklichkeit. Es ist lebendig. Das ist es die ganze Zeit gewesen.«

»Ich weiß. Aber jetzt ist es ein Mensch. Was geschieht, wenn es geboren ist?«

»Das hat dein Vater doch erklärt. Es wird weggegeben. Es bekommt eine Ziehmutter.«

»Und ich werde es nie wiedersehen.«

»Du weißt, daß es so abgemacht war.«

»Damals schien das eine einfache Lösung zu sein, doch neuerdings ... Minelle, ich fange an, es mir zu wünschen ..., es zu lieben ...«

»Du wirst tapfer sein müssen, Margot.«
»Ich weiß.«
Mehr sagte sie nicht, aber ich sah, daß sie sinnierte. Meine leichtsinnige kleine Margot kam zu der Erkenntnis, daß sie Mutter würde. Ich war um sie besorgt, und es wäre mir beinahe lieber gewesen, wenn sie ihr leichtfertiges, widersprüchliches Wesen beibehalten hätte; denn falls sie sich um das Kind grämte, so würde sie sehr unglücklich werden.
Eines Tages kam es in der Stadt zu einem recht unerfreulichen Vorfall, der den fröhlichen Verlauf jener Tage trübte. Margot begleitete mich jetzt nur noch selten, da sie, schwerfällig geworden, es vorzog, sich im Garten Bewegung zu verschaffen. Ich hatte Bänder gekauft, um ein Babykleidchen zu verzieren, und als ich aus dem Laden trat, rumpelte eine Kutsche vorüber, ein elegantes Gefährt, von zwei prächtigen Schimmeln gezogen. Hinten stand ein junger Mann, seine Livree erstrahlte in den Farben von Pfauenfedern und war mit goldener Tresse verbrämt.
Eine Gruppe Buben stand an der Straßenecke und verspottete den jungen Mann, und einer warf einen Stein nach ihm. Er beachtete es nicht, und die Kutsche fuhr weiter. Die Jungen plapperten aufgeregt. Ich hörte sie das Wort »Aristokraten« verächtlich ausspucken, und meine Unterhaltungen mit Joel Derringham kamen mir in den Sinn.
Mehrere Leute traten aus ihren Ladentüren und riefen sich gegenseitig zu: »Hast du die feine Kutsche gesehen?«
»Ja. Und die hochnäsigen Herrschaften darin. Gucken verächtlich auf uns herab, wie? Hast du das gesehen?«
»Ja. Aber das wird nicht immer so bleiben!«
»Nieder mit ihnen! Warum sollen sie im Luxus leben, wenn wir hungern!«
Ich hatte in Petit Montlys keine Anzeichen von Entbehrung gesehen, doch ich wußte, daß diejenigen, die ein kleines Stück Land beackerten, nur schwer ihr Auskommen fanden.

Der Vorfall war damit nicht zu Ende. Unglücklicherweise fiel den Insassen der Kutsche ein, daß sie ein paar von den Käselaiben brauchten, die sie wohl in einem der Läden erspäht hatten, und sie schickten den jungen Lakai, um sie zu kaufen.
Sein Anblick in der prachtvollen Livree war zuviel für die Kinder. Sie rannten schreiend hinter ihm her und versuchten, die Tressen von seinem Jackett zu rupfen.
Er eilte in den Käseladen, während die Kinder draußen blieben. Monsieur Jourdain, der Händler, würde es ihnen sehr verübeln, wenn sie seine Kunden vergraulten, vor allem jene, von denen man annehmen durfte, daß sie außergewöhnlich hohe Preise zahlten. Ich war ganz in der Nähe und beobachtete genau, was geschah.
Als der junge Mann aus dem Laden kam, sprangen etwa sechs Jungen auf ihn zu. Sie schlugen ihm die Käse aus den Händen und zerrten an seinem Rock. In einer Aufwallung von Verzweiflung schlug er nach ihnen. Ein Junge fiel hin und blieb ausgestreckt auf dem Pflaster liegen. Auf seiner Wange war Blut zu sehen.
Wütendes Geschrei erhob sich, und der Lakai, der wohl eingesehen hatte, daß er hoffnungslos unterlegen war, bahnte sich seinen Weg durch die Horde schreiender Kinder und rannte davon.
Ich ging rasch die Straße entlang und sah die Equipage auf dem Platz stehen. Der junge Mann rief dem Kutscher ein paar Worte zu und sprang hinten auf. In kürzester Zeit ratterte das Gefährt vom Platz. Etliche Leute waren aus ihren Häusern herbeigeeilt und beschimpften die Aristokraten mit Schmährufen. Steine flogen hinter der fliehenden Kutsche her, und ich war froh, als sie außer Sicht war.
Der Bäcker hatte mich erspäht. Er hatte seine Backstube verlassen, um gaffen zu kommen.
»Sind Sie wohlauf, Mademoiselle?« fragte er.
»Ja, danke.«

»Sie machen so ein verstörtes Gesicht.«
»Das war ja auch ziemlich erschütternd.«
»O ja. So etwas kommt vor. Kluge Leute sollten nicht mit ihren Kutschen übers Land fahren.«
»Wie können sie sonst vorwärtskommen?«
»Die Armen gehen zu Fuß, Mademoiselle.«
»Wenn aber jemand eine Kutsche hat ...«
»Es ist traurig, daß einige Kutschen besitzen, während andere laufen müssen.«
»Das ist immer so gewesen.«
»Das heißt aber nicht, daß es immer so bleiben wird. Das Volk ist der Gegensätze überdrüssig. Die Reichen sind zu reich ..., die Armen sind zu arm. Die Reichen scheren sich nicht um die Armen, doch bald, Mademoiselle, wird man sie dazu zwingen.«
»Und die Kutsche ..., wem gehörte sie?«
»Zweifellos einem Edelmann. Soll er sich seiner Kutsche erfreuen ..., solange er es noch kann.«
Gedankenverloren ging ich zum Haus zurück. In der kühlen Halle traf ich Madame Grémond.
»Madame le Brun hat sich wohl zurückgezogen?« fragte sie.
»Ja. Sie hat jetzt öfter das Bedürfnis, sich zu schonen. Ich bin froh, daß sie heute nachmittag nicht bei mir war. Es ist etwas Unerfreuliches geschehen.«
»Kommen Sie mit in meinen Salon und erzählen Sie es mir«, sagte sie. Es war kühl im Zimmer, die Jalousien waren herabgelassen, damit die Sonne nicht hereindrang. Ein wenig altmodisch, fand ich, und sehr dezent, mit schweren blauen Vorhängen und ein paar schönen Stücken aus Sèvres-Porzellan in der Glasvitrine. An der Wand hing eine verzierte Uhr aus Goldbronze. Madame besaß ein paar erlesene Gegenstände, stellte ich fest. Geschenke, so dachte ich, von einem Liebhaber – vielleicht vom Comte?
Ich berichtete ihr von dem Vorfall in der Stadt.
»Das kommt heutzutage des öfteren vor«, sagte sie. »Wenn eine

Equipage erscheint, wirkt sie wie ein rotes Tuch auf einen Stier. Eine elegante Kutsche verkörpert Reichtum. Ich habe die meine schon seit sechs Monaten nicht mehr benutzt. Es ist verrückt, doch es kommt mir so vor, als ob die Leute sie mißbilligen.« Sie blickte im Zimmer umher und schauderte. »Früher hätte ich so etwas nie für möglich gehalten. Die Zeiten haben sich geändert, und die Veränderung schreitet rasch voran.«

»Ist es denn noch sicher für uns, in die Stadt zu gehen?«

»Sie wird man nicht behelligen. Die Aristokraten sind es, gegen die man sich auflehnt. Frankreich ist kein glückliches Land. Überall sind Unruhen im Gange.«

»In England haben wir ebenfalls Schwierigkeiten.«

»Ach, die Welt wandelt sich. Wer begütert ist, wird in Zukunft vielleicht nichts mehr besitzen. Es gibt zuviel Armut in Frankreich. Das erzeugt Neid. Viele unserer reichen Leute tun eine Menge Gutes, doch viele sind müßig und richten großes Unheil an. Im ganzen Land regen sich zunehmend Zorn und Neid. Ich glaube, in Paris tritt das noch deutlicher zutage. Was Sie heute nachmittag gesehen haben, ist eine alltägliche Erscheinung.«

»Ich hoffe, ich erlebe so etwas nicht wieder. Mord lag in der Luft. Ich glaube, die hätten den unschuldigen jungen Diener fast umgebracht.«

»Sie hätten gesagt, er solle nicht für die Reichen arbeiten; so hätten sie einen guten Grund, ihn zu attackieren, denn er sei ein Feind des Volkes.«

»Das sind gefährliche Reden.«

»Es liegt Gefahr in der Luft, Mademoiselle. Da Sie erst kürzlich aus England kamen, wissen Sie nichts von diesen Geschehnissen. Bei Ihnen ist es gewiß ganz anders zugegangen. Haben Sie auf dem Lande gelebt?«

»Ja.«

»Und Sie haben Ihre Familie ..., Ihre Freunde ... zurückgelassen, um bei Ihrer Cousine zu sein?«

»Ja, ja. Sie brauchte jemanden, der sich ihrer annahm.«

Madame Grémond nickte mitfühlend. Ich merkte, daß sie mich auszuhorchen versuchte, darum erhob ich mich rasch. »Ich muß zu Madame le Brun. Sie wird sich fragen, wo ich so lange bleibe.«
Margot lag in ihrem Zimmer auf dem Bett, und Jeanne faltete Babykleider zusammen, die Margot ihr offensichtlich gezeigt hatte.
Margot sagte gerade: »Wo Pierre auch hinging, war Chon-Chon dabei. Wenn Pierre mit seiner Büchse auszog, folgte ihm der Hund auf den Fersen. Es war ein großes Gut, eines der größten im Lande.«
»Es muß einem sehr reichen Herrn gehört haben.«
»Ja, er war sehr reich. Pierre war seine rechte Hand.«
»Ein Herzog, Madame? Oder ein Graf?«
Ich machte mich bemerkbar: »Nun, wie geht es dir?«
»Ah, meine liebe Cousine, du hast mir ja so gefehlt!«
Ich nahm Jeanne die Babysachen ab und legte sie in eine Schublade.
»Danke, Jeanne«, sagte ich und bedeutete ihr mit einem Nicken, daß sie uns allein lassen möge. Sie knickste und ging hinaus.
»Du redest zuviel, Margot«, sagte ich.
»Was soll ich denn sonst tun? Herumsitzen und Trübsal blasen?«
»Du wirst noch einmal etwas ausplaudern.«
Ich hatte das Gefühl, daß jemand an der Tür horchte. Schnell ging ich hin und öffnete sie. Es war niemand da, aber ich bildete mir ein, laufende Schritte zu hören. Ich war sicher, daß Jeanne zu lauschen beabsichtigt hatte. Mir war sehr unwohl zumute.
Was ich an diesem Nachmittag in der Stadt erlebt hatte, setzte in meinem Innern eine Alarmglocke in Bewegung. Die Unruhen im Lande berührten uns zwar nicht persönlich, trotzdem hielt meine Besorgnis an.

Margots Niederkunft rückte näher. Das Baby wurde Ende August erwartet, und jetzt hatten wir Juli. Man hatte nach Madame

Legère, der Hebamme, geschickt. Sie war eine behäbige, gedrungene Frau, in tiefstes Schwarz gekleidet – der Lieblingsfarbe der meisten Frauen hier –, das ihre Wangen rosiger erscheinen ließ. Sie hatte lebhafte dunkle Augen und einen leichten Flaum auf der Oberlippe.
Sie befand den Zustand von Margot gut; das Baby lag genau, wie es sollte. »Es wird ein Junge«, sagte sie und fügte gleich hinzu: »Oder auch nicht. Ich verspreche gar nichts. Ich schließe es nur aus seiner Lage.«
Sie kam jede Woche einmal vorbei und vertraute mir an, meine Cousine sei eine ganz außergewöhnliche Dame, woraus ich schloß, daß Madame Legère für ihre Dienste, die sie Margot erwies, besser als gewöhnlich entlohnt worden war.
Ich spürte, daß man ein Geheimnis um uns witterte, was vermutlich nicht zu vermeiden war. Der neugierigen Blicke wurde ich mir mit zunehmender Deutlichkeit bewußt.
Ich habe jenen nachmittäglichen Vorfall vor Margot nicht erwähnt – ich hielt es für besser, wenn sie nichts davon wußte. Ich erinnerte mich, wie überstürzt ihr Vater am Abend der Soiree England verlassen hatte. Seitdem hatte ich einiges über diese *cause célèbre* erfahren, das Halsband der Königin Marie Antoinette, das traumhafte Schmuckstück, das aus den edelsten Diamanten der Welt gefertigt war. Ich wußte, daß Kardinal de Rohan, der sich dem Irrglauben hingab, Marie Antoinette würde seine Geliebte werden, wenn er ihr zu dem Halsband verhalf, verhaftet und dann freigesprochen worden war, und daß man aus seinem Freispruch schloß, die Königin sei schuldig.
Überall in Frankreich sprach man geringschätzig über die Königin. Man nannte sie verächtlich die Österreicherin und machte sie für die Schwierigkeiten im Lande verantwortlich. Man brauchte mir nicht zu erzählen, daß die Halsband-Affäre nicht ein Jota zum Frieden beigesteuert hatte. Sie war vielmehr wie ein Zündholz, das an trockenes Holz gehalten wurde. Welch ein merkwürdiges Leben – Spannungen auf den Straßen, wie ich sie

wahrgenommen hatte, als die Kutsche vorbeigerattert war, und dann Margot und ich in unserer seltsamen Abgeschiedenheit, während wir in diesen Monaten auf die Geburt des Kindes warteten.

Als wir einmal im Garten saßen, sagte Margot: »Manchmal fällt es mir schwer, weiter als bis zu diesem Ort zu denken, Minelle ..., über die Geburt des Babys hinaus. Danach werden wir beide heimkehren – entweder in das Château auf dem Lande oder in den Palast in Paris. Ich werde wieder schlank und rank sein. Das Baby wird man fortbringen. Es wird alles so sein, als wäre nichts geschehen.«

»Das ist gar nicht möglich«, sagte ich. »Wir werden immer daran denken. Besonders du.«

»Ich werde mein Baby ab und zu sehen, Minelle. Wir müssen es besuchen ..., du und ich.«

»Das wird man dir ganz bestimmt verbieten.«

»O ja, man wird es mir verbieten. Mein Vater hat gesagt: ›Wenn das Kind geboren ist, wird es zu guten Leuten in Pflege gegeben. Das werde ich arrangieren, und du wirst es nie wiedersehen. Du mußt vergessen, was geschehen ist. Du darfst nie wieder davon sprechen, doch du mußt es als eine Lehre betrachten. So etwas darf nie wieder vorkommen!‹«

»Er hat sich viel Mühe gemacht, um dir zu helfen.«

»Aber nicht, um mich zu retten, sondern um meinen Namen vor Schande zu bewahren. Manchmal muß ich darüber lachen. Ich bin nicht das einzige Mitglied der Familie, das einen Bastard hat. Nach dem anderen braucht man gar nicht weit zu suchen.«

»Du mußt vernünftig sein, Margot. Die Pläne deines Vaters wollen für dich zweifellos das Beste.«

»Und ich soll mein Kind nie wiedersehen!«

»Daran hättest du vorher denken sollen ...«

»Was verstehst du denn schon davon? Glaubst du, wenn du verliebt bist, wenn dich jemand in seine Arme schließt, daß du an ein Kind denkst?«

»Man sollte meinen, daß du mit einer solchen Möglichkeit rechnen mußtest.«
»Warte nur, Minelle, bis *du* verliebt bist.«
Ich machte eine ablehnende Geste, und Margot lachte. Dann räkelte sie sich schwerfällig in ihrem Sessel und fuhr fort: »Es ist so friedlich hier, findest du nicht? Auf dem Château oder in Paris geht es ganz anders zu. Mein Vater besitzt die luxuriösesten Domizile, die man sich nur denken kann, voll kostbarer Schätze, doch seit ich mit dir hier bin, weiß ich, daß ihnen das Wichtigste von allem fehlt: Friede!«
»Geistiger Friede«, stimmte ich zu. »Danach haben sich die Weisen zu allen Zeiten gesehnt. Erzähle mir mehr vom Leben in den Häusern deines Vaters!«
»Ich bin selten in Paris gewesen. Wenn meine Eltern dorthin zogen, bin ich meist auf dem Lande geblieben, wo ich den größten Teil meines Lebens verbracht habe. Das Château ist im dreizehnten Jahrhundert erbaut worden. Der große Turm – der Hauptturm, ist das erste, was man erblickt. In früheren Zeiten stand immer ein Posten auf dem Turm. Das war ein Mann, dessen Aufgabe es war, eine Warnung abzugeben, wenn sich ein Feind näherte. Wir haben auch heute noch einen Mann dort oben, und er verkündet durch Glockenläuten, wenn Gäste ankommen. Er gehört zu den Musikanten, und um sich die Zeit zu vertreiben, singt er oder komponiert Lieder. Abends steigt er herab, und oft singt er uns dann diese *chansons de guettes* vor, das sind Wächterlieder, die du gewiß kennst. Es ist eine alte Sitte, und mein Vater hält so viel wie möglich an alten Sitten fest. Er haßt diese modischen Bräuche, die überall aus dem Boden sprießen. Er sagt, die Leibeigenen fangen an, zu ihren Herren unverschämt zu werden.«
Ich schwieg und dachte an den jüngsten Vorfall in der Stadt.
»Eine ganze Anzahl Schlösser stammt aus viel späterer Zeit als unseres«, fuhr Margot fort. »François I. hat die Schlösser an der Loire erbaut, gut zwei Jahrhunderte, nachdem das unsere

errichtet worden war. Unseres ist natürlich restauriert und erweitert worden. Eine große Freitreppe, so alt wie die anderen Teile des Gebäudes, führt zu dem Trakt des Schlosses hinauf, den wir bewohnen. Oben an der Treppe befindet sich eine Plattform. Von hier aus pflegten die Schloßherren vor Jahren Recht zu sprechen. Mein Vater benutzt die Plattform heute noch, und wenn es unter den Leuten auf seinen Gütern Streit gibt, so werden sie auf die Plattform geladen, und mein Vater spricht das Urteil, genauso, wie es früher der Brauch war. Unten mündet die Treppe auf einen großen Innenhof. Dort pflegte man sich zu Turnieren und Duellen zu treffen. Jetzt halten wir dort im Sommer Spiele ab, und wenn es ein Fest gibt, so findet es dort statt. Oh, wenn ich darüber spreche, ersteht das alles so deutlich vor meinen Augen, und ich bekomme Angst, Minelle. Ich habe Angst, was geschehen wird, wenn wir von hier fortgehen.«

»Damit werden wir uns auseinandersetzen, wenn es soweit ist«, sagte ich.»Erzähle mir von den Menschen, die im Schloß leben.«

»Zunächst meine Eltern. Die arme Mama ist häufig krank, oder sie tut wenigstens so. Mein Vater haßt Krankheiten. Er glaubt nicht, daß sie tatsächlich existieren. Er behauptet, das bildeten sich die Leute nur ein. Die arme Mama ist sehr unglücklich. Das hängt damit zusammen, daß ich kein Junge bin und daß sie keine Kinder mehr bekommen kann.«

»Für einen Mann wie den Comte muß es eine große Enttäuschung sein, keinen Sohn zu haben.«

»Es ist wahnsinnig, Minelle, daß sie sich immer Söhne wünschen ..., immer nur Söhne. In unserem Land kann ein Mädchen nicht den Thron besteigen. So weit geht es bei euch in England nicht.«

»Nein. Wie ich dir erklärt habe, waren während zwei der größten Epochen englischer Geschichte Königinnen auf dem Thron, Elizabeth und Anne.«

»Ja, das gehört zu den wenigen Dingen, die ich aus deinem

Geschichtsunterricht behalten habe. Du hast dabei immer so ein grimmiges Gesicht gemacht – hast sozusagen die Fahne für unser Geschlecht geschwenkt.«
»Natürlich standen ihnen beiden zu ihrem Segen kluge Minister zur Seite.«
»Willst du nun eine Geschichtsstunde abhalten, oder willst du etwas über meine Familie erfahren?«
»Ich würde gerne mehr über deine Familie hören.«
»Ich habe dir von meinem Vater und meiner Mutter erzählt, und wie schlecht sie zusammenpassen. Die Heirat wurde arrangiert, als meine Mutter sechzehn und mein Vater siebzehn war. Vor der Hochzeit hatten sie sich kaum gesehen. Das ist der Lauf der Dinge in Familien wie der unseren, und man hielt das für eine höchst passende Verbindung. Dabei war sie es unpassend, wie sie nur sein konnte. Arme Mama! Um sie tut so mir leid. Mein Vater konnte sich schließlich anderweitig trösten.«
»Und hat er das getan?«
»Natürlich. Aber er hatte auch schon vor der Ehe seine Erfahrungen gemacht. Ich möchte nur wissen, warum er sich meinetwegen so aufregt. Er war ja gar nicht wirklich erschüttert. Wie ich schon sagte, nicht was ich getan hatte, war schlimm, sondern daß es herausgekommen ist. Für Dienstmädchen und Angehörige der unteren Klassen ist es ganz normal, einen oder zwei Bastarde zu bekommen (oft ist es sogar ihre Pflicht, wenn der Schloßherr Gefallen an ihnen findet), aber nicht, oh, ganz gewiß nicht, für die Tochter einer herrschaftlichen Familie. Siehst du, es gibt ein Gesetz für die Reichen und eines für die Armen – und dieses Mal kehrt es sich gegen uns.«
»Du sollst ernst sein, Margot. Ich möchte noch mehr über die Menschen im Schloß erfahren, bevor ich dorthin komme.«
»Gut. Darauf wollte ich gerade hinaus. Ich wollte dir von Etienne erzählen – dem Ergebnis der frühesten Proben von meines Vaters Können. Etienne lebt auf dem Château. Er ist der Sohn meines Vaters.«

»Du hast doch gesagt, er hätte keinen Sohn.«

»Wie dumm du bist, Minelle. Er ist der illegitime Sohn meines Vaters. Papa war erst sechzehn, als Etienne geboren wurde. Ich weiß nicht, wieso er es wagen kann, über mich zu richten. Es gibt nicht nur ein Gesetz für die Reichen und eines für die Armen, sondern auch eines für Männer und eines für Frauen. Ich wurde ein Jahr nach der Heirat meiner Eltern geboren. Meine Mutter hat furchtbar gelitten und wäre fast gestorben. Sie und ich haben jedoch die Strapazen meiner Geburt überlebt; die Folge aber war, daß es für sie lebensgefährlich wäre, noch ein Kind zu bekommen. Da sah sich also mein Vater – der bis dahin in seinem Leben alles bekommen hatte, was er sich wünschte, mit achtzehn Jahren Oberhaupt eines Adelsgeschlechtes – der Tatsache gegenüber, daß er nie einen Sohn haben würde. Und jeder Mann – besonders aber einer, der einen großen Namen zu erhalten hat – wünscht sich selbstverständlich einen Sohn, und nicht nur einen einzigen; denn er muß doppelt sichergehen.«

»Das muß ein schwerer Schlag für ihn gewesen sein.«

»Und außerdem hat er meine Mutter ja auch nicht geliebt. Ich habe immer gedacht, wenn sie ihm ein wenig die Stirn geboten hätte, so hätte er vielleicht eine bessere Meinung von ihr gehabt. Aber das hat sie nie getan. Sie ist ihm immer aus dem Weg gegangen, sie haben sich kaum gesehen. Die meiste Zeit verbringt sie in ihren Gemächern. Nou-Nou, ihre alte Kinderfrau, betreut sie und hütet sie wie ein feuerspeiender Drache. Sie wagt es, selbst gegen Papa aufzubegehren. Aber ich wollte dir von Etienne erzählen.«

»Ja, bitte erzähle von Etienne.«

»Ich war damals natürlich nicht dabei, aber ich habe es von den Dienstboten gehört. Man hielt es für eine ausgesprochen amüsante Angelegenheit, daß mein Vater schon in so früher Jugend seine Männlichkeit unter Beweis gestellt hatte. Etienne kam unter Fanfarenklängen zur Welt – bildlich gesprochen – und hat

seitdem stets eine überaus hohe Meinung von sich gehabt. Er ist aus dem gleichen Holz geschnitten wie mein Vater; kein Wunder, schließlich ist er ja sein Sohn. Als es nun hieß, daß meine Mutter keine Kinder mehr bekommen konnte und die Hoffnungen auf einen legitimen Sohn geschwunden waren, holte mein Vater Etienne ins Château, und er wurde wie ein legitimer Sohn behandelt. Er wurde als ein solcher erzogen und ist viel mit meinem Vater zusammen. Jedermann weiß, daß er ein Bastard ist, und das macht ihn wütend; doch er hofft, wenn schon nicht den Titel, so doch den Besitz zu erben. Er kann sehr launisch sein, und seine Wutausbrüche machen den Leuten angst. Sollte meine Mutter sterben und mein Vater wieder heiraten, ich weiß nicht, was Etienne da tun würde.«
»Ich kann mir vorstellen, was für eine Ungerechtigkeit das in seinen Augen wäre.«
»Der arme Etienne. Er ist das Abbild meines Vaters ..., aber nicht ganz. Du weißt, wie das bei Menschen ist, die nicht genau das sind, was sie sein wollen. Etienne überbetont seinen Adel, falls du verstehst, was ich meine. Ich habe ihn einen kleinen Jungen auspeitschen sehen, der ihn Bastard gerufen hat. Aber er ist sehr attraktiv. Die Mädchen in den Dienstbotenquartieren können das bekunden. Etienne ist durch und durch ein Graf, nur daß seine Mutter nicht mit seinem Vater verheiratet war. Und er legt großen Wert darauf, daß sich niemand dessen erinnern soll, was er selbst nicht vergessen kann. O ja, und dann ist da noch ... Léon.«
»Noch ein Mann?«
»Léons Fall liegt ganz anders. Léon hat es nicht nötig, kleine Jungen auszupeitschen. Er ist kein Bastard. Er ist im heiligen Stand der Ehe geboren. Seine Eltern waren Bauersleute, und es würde ihm nichts nützen, etwas anderes vorzugaukeln, denn jedermann weiß Bescheid. Léon hat aber die gleiche Erziehung genossen wie Etienne, und niemand, der es nicht weiß, würde in ihm einen Bauernsohn vermuten. Léon sieht wirklich nobel

aus, und er tritt auch so auf. Er würde nur lachen, wenn jemand ihn einen Bauern nennte. Wer Léon in seiner eleganten Samtjacke und in seinen Wildlederhosen sieht, der meint, er sei ein Edelmann. Wodurch natürlich bewiesen ist, daß der Einfluß der Umgebung, in der ein Mensch aufwächst, von stärkerem Einfluß ist als die Wirkung, welche allein die Tatsache der Abstammung auf ihn ausübt.«

»Das war schon immer auch meine Meinung. Doch erzähle mir mehr über Léon. Warum lebt er im Château?«

»Das ist fast eine romantische Geschichte. Er kam ins Château, als er sechs Jahre alt war. Ich war damals noch zu klein, um mich daran erinnern zu können. Es war nämlich kurz nach meiner Geburt, und mein Vater hatte gerade erfahren, daß meine Mutter keine Kinder mehr bekommen konnte. Er war sehr aufgebracht ..., verbittert über ein Schicksal, das ihn mit einer Frau vermählt hatte, die schon nach der Geburt ihres ersten Kindes – einer Tochter – unbrauchbar geworden war und dann noch die Unverschämtheit besaß, am Leben zu bleiben.«

»Margot!«

»Liebe Minelle, soll ich die Wahrheit sagen oder nicht? Wäre meine Mutter bei der Geburt gestorben, so hätte mein Vater nach einer angemessenen Wartezeit wieder geheiratet, und ich hätte zahlreiche Halbgeschwister und, was das allerwichtigste ist, Halbbrüder haben können. Dann wäre mein kleiner Fehltritt nicht so wichtig gewesen. Aber Mama lebte weiter ..., wie rücksichtslos von ihr ..., und Papa war eine Art Gefangener ...; von einem grausamen Schicksal geschlagen, saß er in der Falle, verheiratet mit einer Frau, mit der er nichts anfangen konnte.«

»So redet man nicht über seine Eltern.«

»Ach, erwarte bitte keine Märchen! Mein Vater ist ein holder Prinz, das versichere ich dir. Als er erfuhr, daß er an eine unfruchtbare Frau gefesselt war, stieg er auf sein Pferd und ritt so lange, bis es vor Erschöpfung umfiel. Das wilde Reiten ist wohl eine Art, seiner Wut Luft zu machen. Im Hause war man froh, ihn aus dem Weg zu haben, denn wehe dem, der ihn erzürnte. Die Leute nannten ihn den Teufel zu Pferde, und wenn sie ihn sahen, wichen sie ihm aus.«

Ich erschrak, denn dies war der Name, den ich ihm gegeben hatte, als ich ihn zum erstenmal erblickte. Er paßte haargenau zu ihm.

»Manchmal«, erzählte Margot weiter, »fuhr Papa in seinem Cabriolet aus. Er spannte die feurigsten Pferde aus seinen Stallungen davor und kutschierte selbst. Das war noch gefährlicher, als wenn er auf seinem Pferd ritt, und eines Tages raste er auf seine wilde und rücksichtslose Art durch das Dorf Lapine, das etwa zehn Kilometer vom Château entfernt liegt, und überfuhr dort ein Kind, das daraufhin starb.«

»Wie entsetzlich.«

»Ich glaube, es hat ihm leid getan.«

»Das möchte ich wohl hoffen.«

»Es hat ihn zur Besinnung gebracht, meine ich. Aber laß dir von Léon erzählen. Er ist der Zwillingsbruder des Jungen, der getötet wurde. Die Mutter ist fast wahnsinnig geworden. Sie vergaß, was sie ihrem Lehnsherrn schuldig war. Sie kam zum Schloß und versuchte, den Vater zu erdolchen. Es war ein leichtes für ihn, sie zu überwältigen. Er hätte sie wegen versuchten Mordes hinrichten lassen können, aber er hat es nicht getan.«

»Wie gut von ihm!« sagte ich ironisch. »Vermutlich hat er eingesehen, daß sie nur versucht hat, ihm heimzuzahlen, was er ihrem Kinde angetan hatte.«

»So ist es. Er sprach jedenfalls mit ihr. Er bedaure seine Tat zutiefst, sagte er, und er habe Verständnis für ihren Wunsch nach Vergeltung. Er wolle versuchen, es wiedergutzumachen. Das tote Kind hatte einen Zwillingsbruder. Und die Frau hatte ..., wie viele Kinder waren es doch gleich? Ich habe es vergessen. So um die zehn. Er wolle sie für den Verlust des Kindes durch eine Summe Geldes entschädigen, die dem entspräche, was ihr Sohn bis zu der Zeit verdient hätte, wenn er sechzig

Jahre alt wäre. Das war aber noch nicht alles. Er wolle den Zwillingsbruder des Jungen in sein Château aufnehmen und als ein Mitglied der Familie aufziehen. Auf diese Weise könne sich das schreckliche Unglück für die Familie zum Guten wenden.«
»Davon bin ich nicht überzeugt.«
»Dann, liebe Minelle, kann ich dir auch nicht helfen. Jedenfalls haben wir außer dem Bastard Etienne noch den Bauern Léon bei uns, und laß mich dir eines sagen: Hätte ich dir die Verhältnisse nicht geschildert, so würdest du dir keine Gedanken über die Herkunft der beiden machen.«
»Ihr führt ein ungewöhnliches Haus.«
Darüber mußte Margot lachen. »Bevor ich nach England kam und die wohlgeordneten Sitten auf Gut Derringham kennenlernte, wo alles Unangenehme nie erwähnt wird und man so tut, als existiere es gar nicht ..., bevor ich einen Blick in euer Schulhaus werfen konnte, wo das Leben so angenehm und einfach schien, da wußte ich gar nicht, aus was für einem ungewöhnlichen Hause ich kam.«
»Du hast nur die Oberfläche gesehen. Wir haben alle unsere Probleme. In diesem Schulhaus mit seinem angenehmen Leben erhob sich oft die Frage, ob wir unseren Unterhalt bestreiten konnten, und während meiner letzten Wochen dort ist diese Frage für mich zu einer brennenden Sorge geworden.«
»Ich weiß, und just diesem Zustand verdanke ich vielleicht deine Anwesenheit hier. Beweist das nicht, daß alles, was geschieht, auch sein Gutes hat? Hätte die Schule floriert, so hättest du sie nicht aufgegeben, und ich wäre allein. Ohne meines Vaters jugendlichen Leichtsinn wäre Etienne nicht im Château, und wäre Papa nicht wie ein Wilder durch Lapine gerast, würde Léon versuchen, der Erde seinen Lebensunterhalt abzuringen, und oft ginge er hungrig zu Bett. Ist das nicht ein tröstlicher Gedanke?«
»Deine Philosophie ist eine Lehre für uns alle, Margot!« Ich war beglückt, sie bei solch guter Laune zu sehen, doch die Erzäh-

lungen vom Schloß hatten sie ermüdet, und ich bedrängte sie, ihren Schlaftrunk, der aus einem Glas Milch bestand, zu nehmen und an diesem Abend nicht mehr zu reden.

2

Anfang August zog Madame Legère ein. Sie bewohnte ein kleines Zimmer neben Margot, und ihre Ankunft machte Margot und mir deutlich, daß unser Zwischenspiel sich seinem Ende näherte. Ich glaube, daß keine von uns dies herbeisehnte. Seltsam, diese Monate des Wartens hatten uns beiden viel bedeutet. Wir waren einander natürlich noch nähergekommen, und ich glaube, Margot war ebenso froh wie ich, daß wir uns danach nicht trennen würden. Ihre Reaktion auf den Verlust des Babys vermochte ich mir nicht vorzustellen. Seit die Geburt näherrückte, hatte sie regen Anteil an dem Kind bekundet, und ich fürchtete, daß sich mütterliche Liebe in ihr zu regen begann. Das war natürlich, aber gleichzeitig traurig, weil sie sich ja von dem Kind trennen mußte.

Während dieser Wartemonate hatte ich auf die Vergangenheit zurückgeblickt, und ich sehnte mich danach, mit meiner Mutter über die Zukunft sprechen zu können. Wenn ich bedachte, wie mein Leben im Schulhaus verlaufen wäre, so bereute ich nicht, was ich getan hatte. Ich stellte mir vor, wie unerfreulich sich alles entwickelt hätte, und daß ich mich in meiner Verzweiflung schließlich an die Mansers geklammert und Jim geheiratet hätte. Gleichzeitig jedoch fühlte ich, daß ich ins Dunkel gestürzt war und in eine unbekannte Zukunft trieb. Vor mir lag ein Abenteuer – das Château, der Comte, sein ungewöhnliches Hauswesen. Diese Aussicht verursachte eine kribbelnde Erregung in mir, während ich mich gleichzeitig der Wartezeit erfreute.

Madame Legère hatte Margot vollkommen in Beschlag genommen. Sie war ständig bei ihr, und suchten wir ihr einmal für kurze Zeit zu entfliehen, so dauerte es nicht lange, und die plumpe kleine Person kam herbeigeeilt und wollte wissen, was *Petite Maman* trieb.

Petite Maman amüsierte sich anfangs über diese Bezeichnung, doch nach ein paar Tagen erklärte sie, sie würde laut herausschreien, wenn Madame Legère nicht damit aufhöre. Doch Madame Legère setzte ihren Kopf durch. Sie zeigte deutlich, daß sie die führende Rolle innehatte, denn wäre dem nicht so, wie könnten wir dann sicher sein, daß das Baby ohne Komplikationen das Licht der Welt erblicken und *Petite Maman* dies ohne Unbill überstehen würde?

Es half nichts, wir mußten Madame Legère ertragen.

Sie liebte ein Gläschen Branntwein und hatte stets eine Flasche zur Hand. Ich hatte den Verdacht, daß sie ziemlich häufig ein Schlückchen nahm, da dies aber nie eine schlimme Wirkung zeigte, bestand kein Grund zur Besorgnis.

»Hätte ich so viele Flaschen Branntwein, wie ich Babys zur Welt gebracht habe«, sagte sie, »so wäre ich eine reiche Frau.«

»Oder ein Weinkaufmann. Oder der Trunksucht ergeben«, konnte ich mich nicht enthalten hinzuzufügen.

Sie wußte nicht, wie sie mich einschätzen sollte. Ich hatte sie von mir, der englischen Cousine, reden hören, als spräche sie von einem Feind.

Manchmal saß ich in meinem Zimmer und versuchte zu lesen, doch immer hörte ich Madame Legères durchdringende Stimme, und da ich inzwischen mit dem Akzent dieser Landschaft vertraut war, konnte ich den Gesprächen mit Leichtigkeit folgen. Jeanne war ebenfalls meistens anwesend und wetteiferte mit Madame Legère im Schwätzen, wobei Madame Legère, wohl im Hinblick auf ihre gehobene Stellung im Hause, meist als Siegerin hervorging. Ich empfahl Margot, die beiden hinauszuschikken, doch sie sagte, das Geschwätz amüsiere sie.

Es war ein heißer Nachmittag. Der August ging langsam zu

Ende. Es konnte jetzt nicht mehr lange dauern. Ich hatte mich fortwährend zu erinnern versucht, was letztes Jahr um diese Zeit gewesen war. Jetzt aber begann ich mir vorzustellen, was sich wohl heute in einem Jahr abspielen würde. Verschwommene Bilder tauchten vor meinem geistigen Auge auf ..., das große Château, die breite Steintreppe, die zu den Gemächern der Familie hinaufführte, der Haushalt, Margot, Etienne, Léon, der Comte.
Die schrillen Töne von Madame Legère rissen mich unsanft aus meinen Träumen.
»Ich habe schon ein paar wunderliche Fälle in meiner Laufbahn erlebt. Da war einer, also wissen Sie, der war schon *sehr* geheim. Damen und Herren ..., haha! Sage mir keiner, daß sie alle das sind, was sie vorgeben. Die sind hin und wieder nach Liebe verrückt ... und bleiben bei Gott nicht immer auf dem rechten Pfad – das kann ich Ihnen sagen! Das ist alles schön und gut, solange es keine Folgen hat. Aber soll ich mich über die Folgen beklagen? Diese kleinen Folgen sind es ja, denen ich mein Geschäft verdanke, meiner Seel! Und je größer der Skandal, um so besser das Geschäft. Ich wurde zuweilen fürstlich für meine Dienste entlohnt! Einmal hatte ich eine Dame ..., oh, das war eine sehr hochstehende Person ..., aber es wurde alles ganz geheimgehalten. Ich würde es Ihnen nie verraten, wer sie war, obwohl ich es mir denken kann.«
»Oh, Madame Legère«, quiekte Jeanne, »erzählen Sie's doch.«
»Wenn ich es erzählte, würde ich mein Vertrauen verwirken. Schließlich habe ich mir meinen Notgroschen zusammensparen können, weil ich Geheimnisse zu hüten weiß ... und weil ich die kleinen Süßen zur Welt bringe. Das war keine leichte Geburt damals ..., nicht so, wie ich sie liebe. Aber ich war natürlich da, und ich habe zu ihr gesagt: ›Alles wird gut, *Petite Maman,* die alte Legère ist ja bei Ihnen.‹ Damit wollte ich sie trösten, nicht wahr? Nun, wie das Baby geboren ist, da kommt eine Frau in einer Kutsche und nimmt das Kind weg. Arme *Petite Maman,*

sie wäre fast gestorben. Ja, bestimmt, wenn ich mich nicht um sie gekümmert hätte. Doch ich hatte meine Anweisungen. Ich mußte ihr sagen, ihr Baby sei gestorben, und so habe ich's ihr gesagt. Es hat ihr das Herz gebrochen, aber ich nehme an, es war besser so.«

»Und was ist aus dem Baby geworden?« fragte Margot.

»Darüber brauchen Sie sich keine Sorgen zu machen. Es wurde bestens untergebracht, darauf können Sie sich verlassen. Sehen Sie, die hatten ja Geld. Jede Menge hatten die. Sie wollten nur, daß *Petite Maman* schlank wie eine Jungfrau zu ihnen heimkehrte, um sich dann auch als solche auszugeben.«

»Hat sie denn daran geglaubt, daß das Baby tot war?« fragte Jeanne.

»Sie hat's geglaubt. Ich schätze, heute ist sie eine große Dame, mit einem reichen Edelmann vermählt, und ein Haufen Kinder springt in ihrem großen Haus herum. Nur wird sie von denen nicht viel sehen. Die werden von Kinderfrauen behütet.«

»Das scheint mir aber nicht recht zu sein«, meinte Jeanne.

»Natürlich ist es nicht recht, aber so ist es nun mal.«

»Aber ich wüßte gern, was aus dem Baby geworden ist«, warf Margot ein.

»Darüber brauchen Sie sich nicht den Kopf zu zerbrechen«, erwiderte Madame Legère beruhigend. »Babys, die unter solchen Umständen geboren werden, kommen immer in gute Hände. Schließlich haben sie blaues Blut, und auf dieses Blut halten die Aristokraten große Stücke.«

»Ihr Blut ist nicht anders als unseres«, protestierte Jeanne. »Mein Gaston sagt, daß das Volk dies eines Tages beweisen wird.«

»Solche Reden solltest du aber vor Madame Grémond lieber nicht hören lassen«, warnte Madame Legère.

»O nein. Sie hält sich ja selbst für eine von denen. Aber die Zeit wird kommen, und dann wird sie zeigen müssen, auf wessen Seite sie steht.«

»Was ist los mit dir, Jeanne?« fragte Margot. »Du ereiferst dich ja so.«
»Oh, das kommt daher, daß sie auf Gaston gehört hat. Sag Gaston lieber, er soll sich hüten. Leute, die zuviel reden, können leicht in Schwierigkeiten kommen. Was habt ihr nur gegen die Aristokraten? Sie haben wonnige Babys. Einige von meinen niedlichsten Babys waren adelig. Ich erinnere mich, wie einmal ...«
Mein Interesse erlahmte. Die Geschichte von dem Baby der adligen Dame, das man ihr gleich nach der Geburt fortgenommen hatte, ging mir nicht mehr aus dem Kopf. Ich fragte mich, wieviel Madame Legère von unserem Fall wußte. Dies war sicherlich ein Versuch gewesen, uns auf die Probe zu stellen. Wieviel mochte sie erraten haben? Und dann mußte ich über Jeannes Bemerkungen nachgrübeln. Es schien, daß das Leben hier von grollender Unzufriedenheit beherrscht wurde.

3

Ungefähr eine Woche später wurde ich durch Geräusche aus dem Nebenzimmer geweckt. Ich hörte, wie Madame Legère Jeanne Anweisungen erteilte.
Die Geburt von Margots Kind stand unmittelbar bevor.
Margot hatte Glück: Die Entbindung verlief weder langwierig noch beschwerlich. Am späten Vormittag erblickte ihr Sohn das Licht der Welt. Ich ging bald darauf zu ihr. Sie lag in ihrem Bett und war sehr müde und geschwächt, aber auch selig; und sie sah sehr jung aus.
Das Baby, in rote Leintücher gewickelt, lag in einer Wiege.
»Es ist überstanden«, sagte Margot matt. »Es ist ein Knabe – ein süßer Knabe.«
Ich nickte, zu gerührt, um sprechen zu können. »*Petite Maman*

muß jetzt ruhen«, sagte Madame Legère. »Wenn sie aufwacht, habe ich eine gute Suppe für sie ..., doch zuerst wird geschlafen.«

Margot schloß die Augen. Mir war sehr unbehaglich; ich fragte mich, wie ihr zumute sein würde, wenn die Zeit käme, da sie sich unweigerlich von dem Baby trennen mußte.

Jeanne folgte mir in mein Zimmer.

»Nun werden Sie bald fortgehen, Mademoiselle«, meinte sie.

Ich nickte. Ich hatte immer das Gefühl, daß ich mich vor diesen forschenden Augen in acht nehmen müßte.

»Werden Sie bei Madame und dem Baby bleiben?«

»Eine Weile«, war meine knappe Antwort.

»Er wird ein solcher Trost für sie sein, der Kleine, nach allem, was sie durchgemacht hat. Hat sie nicht noch eine Mutter oder einen Vater?«

Am liebsten hätte ich gesagt, ich hätte keine Zeit zu reden, doch ich fürchtete Verdacht zu erregen, wenn ich so kurz angebunden war.

»O ja.«

»Man hätte meinen können ...«

»Was?«

»Man hätte meinen können, ihre Eltern wünschten, daß sie zu ihnen käme.«

»Wir wollten sie von dort wegbringen«, sagte ich nur. »Jeanne, ich habe zu tun.«

»Sie hat sie einmal erwähnt ..., es ist ihr irgendwie entschlüpft. Es schien mir fast, als fürchte sie sich ein wenig vor ihrem Vater. Er muß ein sehr feiner Herr sein.«

»Ich bin sicher, daß du da einen falschen Eindruck gewonnen hast.«

Ich ging in mein Zimmer und schloß die Tür, doch als ich mich von Jeanne abwandte, sah ich einen Ausdruck über ihr Gesicht huschen – auf den herabgezogenen Lippen wurde fast so etwas wie ein Schmunzeln sichtbar.

Sie hatte einen Verdacht und versuchte mich auszuhorchen, genau wie Madame Legère.
Margot war indiskret gewesen. Sie hatte zu offenherzig geschwätzt. Wenn ich es mir recht überlegte, so mußte es schon sehr merkwürdig ausgesehen haben, als wir hierher gekommen waren. Für eine junge Witwe war es doch am natürlichsten, zu ihren Eltern zu gehen und dort ihr Kind zur Welt zu bringen, anstatt mit einer Cousine, die dazu noch Ausländerin war, einen entfernten Ort aufzusuchen.
Nun, bald würden wir unterwegs sein. Wieder fragte ich mich, was Margot tun würde, wenn die Zeit käme, da sie sich von dem Baby trennen mußte.

Zwei Wochen vergingen. Madame Legère blieb bei uns wohnen. Margot wollte es nicht zulassen, daß sie ihr Baby wickelte; sie wusch und versorgte es am liebsten selbst. Sie wolle den jungen Charles taufen, sagte sie, und so wurde er Charlot.
»Ich habe ihn nach meinem Vater genannt«, erklärte sie. »Er heißt Charles Auguste Fontaine Delibes. Der kleine Charlot hat viel Ähnlichkeit mit seinem Großvater.«
»Das kann ich aber gar nicht feststellen«, entgegnete ich.
»Oh, du kennst ja auch meinen Vater nicht sehr gut, nicht wahr? Er ist ein Mensch, der nicht leicht zu verstehen ist. Ich bin neugierig, ob Klein-Charlot so wird wie er, wenn er erwachsen ist. Welch ein Vergnügen, zu beobachten, wie ...«
Sie hielt inne, und ihr Gesicht legte sich in Falten. Ich wußte, daß sie sich weigerte zu glauben, daß man ihr das Baby bald fortnehmen würde.
Ich war jung und unerfahren und wußte nicht recht mit ihr umzugehen. Daher ließ ich sie zuweilen gewähren, als dürfte sie das Baby behalten und als blieben wir für immer hier. Was bevorstand, das wußte ich nur zu genau. Der Mann und die Frau, die uns herbegleitet hatten, würden binnen kurzem eintreffen, um uns abzuholen. Wir würden eine Reise antreten, das Baby

würde unterwegs seinen Pflegeeltern übergeben werden, danach würden Margot und ich unsere Reise zum Château fortsetzen.
Manchmal drängte es mich, sie daran zu erinnern.
»Ich werde ihn nicht ganz und gar aufgeben!« rief sie dann. »Ich werde zu ihm zurückkehren! Ich kann doch meinen kleinen Charlot nicht verlassen! Ich muß doch wissen, ob die Leute, bei denen er ist, ihn auch liebhaben, nicht wahr?«
Ich versuchte, sie zu beschwichtigen, doch ich fürchtete den Tag der Trennung.
Die Spannung im Hause war zu spüren. Alle erwarteten den Tag, an dem wir abreisen sollten. Es war nicht besonders angenehm, daß wir das Datum nicht genau wußten.
Wenn ich in die Stadt ging, erkundigten sich die Ladenbesitzer nach Madame: Die Ärmste, die ihren Gatten auf solche tragische Weise verloren hatte. Aber jetzt hatte sie ja das Baby. Das würde sie trösten. Und dazu noch ein Junge! Alle wußten, daß sie sich nach einem Knaben gesehnt hatte.
Ich fragte mich, wieviel diese Leute über uns wußten. Hier und da hatte ich Jeanne in den Läden schwätzen sehen. Wir waren das Tagesgespräch in der kleinen Stadt, und es schien mir, daß der Comte einen Fehler begangen hatte, indem er uns in ein so kleines Nest schickte, wo die Ankunft zweier Frauen wie wir ein bedeutendes Ereignis darstellte.
In der ersten Septemberwoche trafen unsere Hüter ein. Unsere Abreise sollte am Tage darauf erfolgen.
Es war vorüber. Die Reisekutsche stand vor unserer Tür. Monsieur und Madame Bellegarde – ein Cousin mit seiner Frau – würden uns nach Hause begleiten, so hieß es.
»Sie haben ja solch gütige Verwandte, Madame«, sagte Madame Legère. »Sie bringen Sie heim, und die Großeltern werden von dem kleinen Charlot entzückt sein!«
Alle hatten sich an der Haustür eingefunden: Madame Grémond, Madame Legère, dahinter Jeanne und Emilie. Diese

Gruppe prägte sich unauslöschlich in meinem Gedächtnis ein; und während der folgenden Monate sah ich häufig dieses Bild vor mir stehen.
Margot hielt das Baby, und ich sah, wie Tränen langsam ihre Wangen hinabrannen.
»Ich kann ihn nicht aufgeben, Minelle, ich kann es nicht«, flüsterte sie. Sie mußte es allerdings, und im Grunde ihres Herzens war ihr das auch bewußt.
Die erste Nacht verbrachten wir in einem Gasthof. Margot und ich bewohnten zusammen ein Zimmer; das Baby hatten wir bei uns. Wir konnten kein Augen zutun, Margot redete beinahe die ganze Nacht hindurch.
Sie hatte die unsinnigsten Einfälle: Wir sollten einfach weglaufen und das Baby behalten. Ich stimmte zunächst ihrem Vorschlag zu, um sie zu besänftigen, doch am Morgen sprach ich vernünftig mit ihr und sagte, sie solle aufhören, sich etwas vorzugaukeln.
»Wenn du dich nicht von deinem Baby trennen magst, dann hättest du eben abwarten müssen, bis du verheiratet bist, bevor du eins bekommst.«
»Kein anderes würde so sein wie mein kleiner Charlot«, weinte sie.
Sie liebte ihr Baby. Wie sehr wohl? fragte ich mich. Ihre Emotionen waren zwar flüchtiger Natur, nichtsdestotrotz war sie zur Zeit von einem tiefen Gefühl beseelt, und ich ahnte, daß ihr kein anderes menschliches Wesen jemals so viel bedeutet hatte wie ihr Kind.
Ich war froh über die kühle Zurückhaltung der Bellegardes – ergebene Diener des Comte. Sie hatten eine Aufgabe zu erfüllen, und die führten sie aus.
Margot sagte zu mir: »Ich werde Charlots Pflegeeltern sehen, und ich werde zurückkommen und Charlot besuchen. Wie stellen die sich das nur vor, daß mich irgend etwas von meinem Baby fernhalten könnte!«

Doch die Trennung war äußerst geschickt eingefädelt worden. Eines Abends hatten wir ein Gasthaus erreicht und waren, von der langen Tagesreise ermüdet, früh zu Bett gegangen und bald darauf eingeschlafen. Als wir am Morgen erwachten, war Charlot verschwunden.

Margot sah bestürzt und hilflos drein. Daß es sich so abspielen würde, hatte sie nicht erwartet.

Sie ging zu den Bellegardes, die ihr freundlich mitteilten, die Pflegeeltern des Kindes seien am Vorabend zum Gasthof gekommen und hätten das Baby mitgenommen. Sie brauche sich seinetwegen nicht zu ängstigen. Es sei in guten Händen und für sein ganzes Leben bestens versorgt. Nun müßten wir aber aufbrechen. Der Comte erwarte uns in den nächsten Tagen auf seinem Château.

Château Silvaine

1

Margot war wie gelähmt. Wenn ich zu ihr sprach, gab sie keine Antwort. Da Worte sie nicht trösten konnten, verhielt ich mich schweigsam.

Es fiel mir auf, daß sie sich während unserer Reise durch das Land die Ortsnamen merkte und sich gelobte, zurückzukommen, um Charlot zu finden.

Arme Margot – jetzt erst wurde ihr klar, daß das ganze Geschehen alles andere als ein großartiges Abenteuer war. Es hatte schlimme Augenblicke gegeben, etwa als sie entdeckte, daß sie ein Kind bekommen würde; doch selbst da hatte die Erregung einen Reiz für sie gehabt. Jetzt aber wurde sie von tiefer Niedergeschlagenheit über den Verlust ihres Kindes befallen, jetzt erfuhr sie, was es bedeute, wirklich unglücklich zu sein.

Den ersten Anblick des Château Silvaine werde ich nie vergessen. Es stand auf einer sanften Erhöhung, und sein mächtiger Turm war schon aus mehreren Meilen Entfernung zu sehen. Der große, festungsgleiche Bau mit seinen vier Ecktürmen und dem großen Wachtturm machte einen furchteinflößenden, bedrohlichen Eindruck, was sicherlich beabsichtigt war; denn im dreizehnten Jahrhundert hatte das Schloß eher als Festung denn als Wohnstätte gedient.

Beim Näherkommen entfaltete sich dann seine ganze Pracht.

Der Sänger im Wachtturm mußte uns gesichtet haben, denn als wir die Umfriedung des Schlosses erreichten, wurden wir von der Dienerschaft erwartet.

Wir befanden uns auf einem großen, gepflasterten Innenhof, und vor uns stieg die graue Marmortreppe auf, von der Margot mir erzählt hatte.
Margot wünschte den Dienern guten Tag, wobei einer erwiderte: »Willkommen im Château, Mademoiselle. Ich freue mich, Sie zu sehen.«
»Danke, Jacques«, sagte sie. »Erwartet mein Vater uns?«
»O ja, Mademoiselle. Er hat angeordnet, ihn sogleich von Ihrer Ankunft zu verständigen. Sie und die englische Mademoiselle möchten sich unverzüglich in den roten Salon begeben.«
Margot nickte. »Das hier ist meine englische Cousine, Mademoiselle Maddox.«
»Mademoiselle«, murmelte Jacques und machte eine tiefe Verbeugung.
Ich erwiderte seinen Gruß mit einer Neigung meines Kopfes, und Margot sagte: »Wir müssen zunächst in den roten Salon. Danach können wir unsere Zimmer aufsuchen.«
»Sollten wir uns nicht lieber erst waschen und umkleiden? Wir sind ziemlich schmutzig von der Reise.«
»Er hat gesagt, zuerst zum roten Salon«, gab Margot zu verstehen, und ich begriff, daß sein Wort Gesetz war.
»Wir werden nicht über die große Treppe hinaufgehen«, sagte Margot. »Sie ist nur ein Aufstieg zu dem Teil des Schlosses, den wir bewohnen – es gibt jedoch noch einen anderen Weg. Im Mittelalter war dies der einzige Aufgang, aber seither ist vieles im Schloß verändert worden, um größeren Komfort zu bieten, und wir können die neue Stiege benutzen.«
»Monsieur, Madame«, wandte sich Jacques an die Bellegardes, »Sie nehmen diesen Weg.«
Margot führte mich über den Hof zu einer Tür, durch welche wir eine Halle betraten. Diese war derjenigen in Derringham nicht unähnlich, doch waren die Möbel hier kunstvoller, und trotz Vergoldung und reichlichem Dekor wirkten sie zierlich. Margot und ich stiegen eine wundervoll geschwungene Treppe

hinauf, die von der Halle nach oben führte. Wir schritten einen Flur entlang, dann öffnete Margot eine Tür. Dies war der rote Salon. Noch nie hatte ich so schöne Möbel gesehen. Der Raum war überaus elegant, mit goldgesäumten Vorhängen aus roter Seide, zwei oder drei Sofas und mehreren vergoldeten Stühlen. Eine Vitrine mit Glaspokalen und Krügen fiel mir besonders auf. Das einzige, was dem Raum fehlte, war allerdings Gemütlichkeit. Alles schien zu erlesen und zu zerbrechlich, um dem Gebrauch zu dienen.

Ich war mir meiner von der Reise lädierten Verfassung wohl bewußt und fand es bezeichnend für den Comte, daß er uns keine Gelegenheit gab, uns für die Begegnung frisch zu machen. Das hatte in mir bereits Gefühle der Feindseligkeit gegen ihn geweckt, und ich war sicher, daß er mit Absicht so handelte, um uns zu erniedrigen.

Als er eintrat, begann mein Herz trotz meines Vorsatzes, mich nicht einschüchtern zu lassen, schneller zu schlagen. Er war schlicht gekleidet, aber alles, was er trug, war offenbar von allerbester Qualität. Die wollene Jacke hatte einen erstklassigen Schnitt, die Knöpfe waren aus purem Gold, die Spitzen an seinen Handgelenken und um seinen Hals von blendendem Weiß.

Er stand breitbeinig und mit hinter dem Rücken verschränkten Armen, und schaute abwechselnd von einer von uns zur anderen, ein schwaches Lächeln der Zufriedenheit auf den Lippen.

»So ..., unsere kleine Affäre wäre also vorüber«, sagte er.

Margot machte einen Knicks, während er sie teils belustigt, teils ungeduldig ansah.

Dann ließ er seine Augen auf mir ruhen.

»Mademoiselle Maddox, es ist mir ein Vergnügen.«

Ich neigte meinen Kopf. »Ich habe Ihnen zu danken«, sagte er, »daß Sie uns aus diesem widrigen Mißgeschick herausgeholfen haben. Ich glaube, alles ist so gut ausgegangen, wie wir nur erhoffen konnten.«

»Davon bin ich überzeugt«, erwiderte ich.

Er wies auf zwei Stühle und wählte für sich einen Platz mit dem Rücken zum Fenster, so daß sein Gesicht im Schatten lag und das Licht voll auf uns fiel. Das brachte mir meine alles andere als zufriedenstellende Erscheinung sofort wieder zu Bewußtsein.

»Jetzt wollen wir über das sprechen, was vor uns liegt. Diese kleine Geschichte ist vorbei, und wir wollen sie nie wieder erwähnen. Es ist, als hätte sie sich nie ereignet. Mademoiselle Maddox wird bei uns zu Besuch weilen. Ich denke, sie kann weiterhin als eine entfernte Cousine gelten. Wir hätten diese Verwandtschaft entdeckt, als ich in England war. Marguerite war indisponiert, und ihre englische Cousine hatte kürzlich ihre Mutter verloren. Sie haben sich gegenseitig getröstet, und in der Güte ihres Herzens erklärte sich Mademoiselle Maddox bereit, Marguerite auf eine kleine Reise zu begleiten. Sie hatten einen oder zwei Monate in einem abgeschiedenen Dorf im Süden verbracht, und nun verbringen sie ihre Zeit damit, sich gegenseitig ihre Muttersprache beizubringen. Wie erfolgreich, das wird sich zeigen. Mademoiselle, ich muß Ihnen ein Kompliment machen, wie gut Sie unsere Sprache beherrschen. Wenn Sie erlauben, Ihre Akzentuierung hat sich seit unserer letzten Begegnung erheblich gebessert. Ihre Grammatik war natürlich schon immer fehlerfrei; doch während viele Menschen unsere Sprache zu schreiben verstehen, können sie nur wenige sprechen. Sie sind darin eine Ausnahme.«

»Vielen Dank«, sagte ich.

»Und da Sie nun meine Cousine sind – wenn auch eine entfernte –, halte ich es nicht für angebracht, Sie weiterhin Mademoiselle Maddox zu nennen. Ich werde Cousine Minelle zu Ihnen sagen, und Sie nennen mich einfach Cousin Charles. Aber, aber, Sie wirken ja ganz verstört!«

»Es wird mir schwerfallen«, sagte ich leicht verlegen.

»Solch eine Lappalie! Ich hatte den Eindruck, Sie seien eine äußerst geschickte junge Frau, welche die schwierigsten Hindernisse zu meistern versteht, und nun schrecken Sie vor einem Namen zurück!«

»Es fällt mir schwer, mich als Verwandte eines ...« Ich machte eine weitausladende Geste und vollendete: »... solchen *Grandeurs* zu betrachten.«

»Es freut mich, daß Sie es von dieser Seite sehen. Dann werden Sie sich also glücklich fühlen, Mitglied einer Familie wie der unseren zu sein?«

»Ein solcher Anspruch steht mir nicht zu.«

»Aber er sei Ihnen von Herzen gegönnt.« Er erhob sich und trat auf uns zu, legte seine Hände auf meine Schultern und küßte mich feierlich auf die Stirn. »Cousine Minelle«, sprach er, »ich heiße Sie im Schoße der Familie willkommen.«

Ich errötete verlegen und spürte Margots erstaunten Blick auf mir. Der Comte nahm wieder Platz.

»Beschlossen und besiegelt«, sagte er. »Der Willkommenskuß – verbindlich wie mein Siegel auf einem Dokument. Wir sind Ihnen zu Dank verpflichtet, Cousine, nicht wahr, Marguerite?«

»Ich weiß nicht, was ich ohne Minelle angefangen hätte«, bekräftigte sie.

»So ...« Er machte eine Bewegung mit der Hand. »Wir werden Gäste hier im *Château* haben«, fuhr er fort, »und Sie werden als meine Cousine an den Empfängen teilnehmen.«

»Damit habe ich nicht gerechnet«, sagte ich. »Für eine solche Gesellschaft bin ich nicht richtig gerüstet.«

»Gerüstet, liebe Cousine? Meinen Sie geistig, oder was Ihre Garderobe anbelangt?«

»Geistig habe ich gewiß nicht gemeint«, erwiderte ich bissig.

»Es war nur ein Scherz; ich habe keinen Augenblick angenommen, daß Sie es so gemeint haben könnten. Ach, diese lästige Kleidersorge! Wir haben Schneiderinnen im Schloß. Ich könnte schwören, Cousine, daß Sie einen guten Geschmack haben. Ich

kann Sie mir« – wieder diese Handbewegung – »ganz exzellent gekleidet vorstellen. Sehen Sie, damit wäre nun alles geregelt.«
»Das finde ich keineswegs«, widersprach ich. »Ich bin hierher gekommen, um Marguerite Gesellschaft zu leisten, solange sie mich braucht. Ich dachte, ich erhielte eine Beschäftigung ...«
»Sie haben eine Beschäftigung. Aber nicht als Gesellschafterin, sondern als Cousine.«
»Als eine Art arme Verwandte?«
»Das hört sich traurig an. Eine Verwandte, ja, und vielleicht nicht so begütert wie mancher von uns ..., doch wir sind alle viel zu wohl gesittet, um Sie das fühlen zu lassen.«
Margot, welche diese Unterhaltung schweigend verfolgt hatte, stieß plötzlich hervor: »Ich muß Charlot bald besuchen!«
»Charlot?« fragte der Comte kühl. »Und wer ist Charlot?«
»Er ist mein Baby«, sagte Margot ruhig.
Das Gesicht des Comte verhärtete sich. Jetzt sah er grausam aus. *Le Diable* fürwahr, dachte ich.
»Habe ich mich nicht deutlich genug ausgedrückt, daß diese Angelegenheit vorüber ist und nie wieder erwähnt werden darf?«
»Glaubst du, ich kann einfach aufhören, an mein Baby zu denken?«
»Du kannst jedenfalls aufhören, davon zu sprechen.«
»Du tust gerade so, als wäre es ein *Ding* ..., nichts von Bedeutung, etwas, das man einfach beiseite schaffen kann, weil es Unannehmlichkeiten bereitet.«
»Und just das hat es ja auch getan.«
»Aber nicht mir! Ich will es haben! Ich habe es lieb!«
Er blickte entrüstet von Margot zu mir. »Es war vielleicht voreilig von mir, Sie zur Bewältigung dieser unglückseligen Affäre zu beglückwünschen.«
»Ich muß Charlot hin und wieder besuchen!« beharrte Margot trotzig.
»Habe ich nicht gesagt, daß die Angelegenheit erledigt ist?

Cousine Minelle, bringen Sie Marguerite in ihr Zimmer! Sie wird Ihnen das Ihre zeigen. Ich glaube, Ihre Räume liegen nebeneinander. Ich will von diesen Torheiten nichts mehr hören!«
»Papa!« Sie lief zu ihm hin und ergriff seine Hand. Er schob sie unwillig von sich.
»Hast du mich nicht verstanden! Geh, zeige deiner Cousine ihr Zimmer und bekämpfe deine Aufsässigkeit, bevor du mir wieder unter die Augen trittst!«
In diesem Augenblick haßte ich ihn. Seinen eigenen unehelichen Sohn hatte er in sein Haus aufgenommen, doch für die arme Margot empfand er kein Mitleid. Ich ging zu ihr und legte meinen Arm um sie. »Komm, Margot«, sagte ich, »wir wollen uns ausruhen. Wir sind müde von unserer Reise.«
»Charlot ... «, murmelte sie.
»Charlot ist in guten Händen, Margot«, versuchte ich sie zu beruhigen.
»Cousine Minelle«, sagte der Comte. »Ich habe befohlen, daß der Name des Kindes nicht erwähnt werden darf. Bitte denken Sie daran.«
Auf einmal konnte ich meiner Empfindungen nicht mehr Herr werden. Ich war müde von der Reise, und er hatte in mir ein Gefühl der Erniedrigung erweckt, indem er mir nicht gestattet hatte, mich vor dem Empfang zu waschen und umzukleiden; ihm dann von Angesicht zu Angesicht gegenüberzutreten und ihn mächtiger und bedrohlicher zu erleben, als ich ihn in Erinnerung hatte, das war zuviel für mich.
Ich stieß hervor: »Haben Sie denn keine menschlichen Gefühle! Hier steht eine Mutter vor Ihnen! Sie hat vor kurzem ein Kind geboren, und man hat es ihr entrissen!«
»Entrissen! Ich wußte nicht, daß es ihr entrissen wurde. Meine Befehle lauteten, es in aller Stille zu entfernen.«
»Sie wissen ganz genau, was ich meine!«
»Oh«, sagte er, »welch ein Melodram! ›Entrissen‹ klingt freilich viel effektvoller als ›still entfernt‹. Aus Ihrem Munde hört es sich

an, als hätte ein Tauziehen um diesen ... Bastard stattgefunden. Ich muß mich über Sie wundern, Cousine. Ich dachte, die Engländer seien beherrscht, und daß ich vieles von ihnen lernen könnte.«

»Von dieser Engländerin werden Sie höchstens lernen, daß sie Grausamkeit haßt.«

»Ihnen wäre es wohl lieber, die Zukunftsaussichten meiner Tochter wegen einer jugendlichen Torheit vernichtet zu sehen? Ich sage Ihnen, ich habe weder Kosten noch Mühe gescheut, um sie von dieser lächerlichen Affäre zu befreien. Ich habe Sie engagiert, weil ich glaubte, Sie verfügten über gesunden Menschenverstand. Ich fürchte, Sie werden mir mehr von dieser unabdingbaren Befähigung zeigen müssen, wenn Sie in meinen Diensten bleiben wollen.«

»Ich bin sicher, Sie werden mich höchst untauglich finden. In diesem Falle ist es wohl besser, wenn ich Ihre Dienste ohne zu zögern verlasse; denn falls Sie erwarten, daß ich Ihre Grausamkeit und Ungerechtigkeit stillschweigend gutheiße, so werde ich Sie enttäuschen müssen, dessen darf ich Sie versichern.«

»Vorlaut! Ungehorsam! Sentimental! Dies sind nicht die Tugenden, die ich bewundere.«

»Ich habe nicht damit gerechnet, Ihre Bewunderung zu erringen. Ich werde Sie so bald wie möglich verlassen. Doch für eine Nacht müssen Sie mir Obdach gewähren, das sind Sie mir unter diesen Umständen schuldig.«

»Selbstverständlich erhalten Sie Ihr Obdach für die Nacht. Woher kommt es nur, daß man den Völkern hestimmte Eigenschaften nachsagt? Die Engländer sind für ihr *sang-froid* berühmt. Was für eine falsche Interpretation ..., es sei denn, Sie sind keine typische Vertreterin Ihrer Nation.«

Margot umklammerte mich weinend. »Minelle, du darfst mich nicht verlassen! Ich lasse dich nicht fort! Papa, sie muß bleiben!« Dann zu mir: »Wir werden zusammen fortgehen. Wir werden Charlot finden.« Dann wieder zu ihrem Vater, indem sie ihn am

Ärmel zupfte: »Du darfst mir mein Baby nicht rauben! Ich werde es nicht aufgeben!« Ihr Weinen hatte sich in irres Gelächter verwandelt, das mir Angst einjagte.
Plötzlich schlug er sie ins Gesicht.
Einen Augenblick lang herrschte gespannte Stille. Im roten Salon schien die Zeit stillzustehen, und selbst die molligen halbnackten Damen, die auf dem Wandteppich ihre Possen trieben, schienen abzuwarten.
Der Comte brach das Schweigen: »Grausam, sagen Sie.« Dabei sah er mich an. »Meine Tochter zu schlagen! Ich halte es für die richtige Behandlung dieser Form von Hysterie. Sehen Sie, es hat sie beruhigt. Gehen Sie jetzt! Sprechen Sie mit ihr! Erklären Sie ihr, warum es so geschehen muß. Wir werden uns während der kommenden Wochen noch viel zu sagen haben.«
Ich fühlte ein Sausen in meinen Ohren. Er brach die Unterhaltung einfach ab und überging meine Drohung, abzureisen.
Aber zunächst mußte ich an Margot denken. Ich ergriff ihren Arm und sagte: »Komm, Margot, laß uns gehen. Zeige mir dein Zimmer ... und das meinige.«

Auf ihrem Bett liegend, erholte sich Margot von dem Zwischenfall, während ich mich in meinem Zimmer erfrischte. Hinter einem Vorhang befand sich eine Art Alkoven, wo man sich abseits vom Schlafraum waschen und ankleiden konnte; dort hatte ich kaltes Wasser vorgefunden. Mein Schlafzimmer war von der gleichen Eleganz wie jeder andere Raum im Schloß, dessen war ich sicher. Die Vorhänge waren in dem gleichen dunklen Blau wie die Gardinen vor dem Himmelbett gehalten. Auf dem Boden lag ein Aubusson-Teppich. Die zierlichen Möbel waren im Stil Louis XIV. gehalten, der im vergangenen Jahrhundert solcher Eleganz Vorschub geleistet und dessen Einfluß sich in ganz Frankreich verbreitet hatte. Am Spiegel des hübschen Ankleidetisches waren zu beiden Seiten Kerzen angebracht, die von vergoldeten Amoretten gehalten wurden. Davor stand ein

Stuhl mit weichem Brokatsitz ... blaßblau mit dunkelblauen Samtstreifen.
Ich hätte in solch erlesener Umgebung schwelgen können, wäre nicht meine Furcht gewesen, welche ganz allein dem Schloßherrn galt. In mir wuchs die Überzeugung, daß er mich aus einem ganz anderen Grunde hierher geholt hatte, und ich zweifelte nicht daran, daß dieser Grund unehrenhafter Natur war.
Die Franzosen waren Realisten. Sie waren weitaus ruchloser als wir. Natürlich nahmen sich auch englische Männer ihre Mätressen, und es gab auch dann und wann einen Skandal, den man später bedauerte – oder man tat wenigstens so. Das war zwar in gewisser Hinsicht Heuchelei, und doch schuf gerade diese Haltung eine moralische Gesellschaft. Die Könige von Frankreich dagegen hielten sich ihre Mätressen in aller Öffentlichkeit, und der Titel *maitresse en titre,* welcher der obersten von ihnen verliehen wurde, galt als eine Ehre. Das wäre in England ganz und gar unmöglich gewesen. Der gegenwärtige König von Frankreich hatte allerdings keine Mätresse, nicht, weil es sich für ihn nicht geziemt hätte, sondern weil er keinen Hang dazu besaß. Selbst seine leichtsinnige und frivole Gemahlin Marie-Antoinette hatte keine offiziellen Liebhaber. Es gab natürlich Geflüster, doch wer vermochte zu sagen, ob dieses auf Tatsachen oder bloßen Gerüchten beruhte. Der König und die Königin waren eben anders als ihre Vorgänger. Französische Edelmänner nahmen sich nach wie vor so selbstverständlich Mätressen, wie sie sich Ehefrauen nahmen, und niemand dachte deswegen schlecht von ihnen.
Ich war mir durchaus bewußt, daß der Comte ein besonderes Interesse an mir hatte, und dafür konnte es nur einen einzigen Grund geben.
Wie sehr wünschte ich, meine Mutter wäre bei mir. Ich stellte mir vor, wie ihre Augen beim Anblick des Luxus im Schloß glitzern würden; das Verhalten des Comte hätte sie jedoch abgeschreckt, und sicher würde sie mich so schnell wie möglich

von hier fortholen. Fast konnte ich, über den leeren Raum unserer Trennung hinweg, ihre Stimme vernehmen: »Du mußt fort von hier, Minella! Sobald du kannst ..., ohne Hast ..., geh fort!«

Sie hat recht, dachte ich, das ist es, was ich zu tun habe.

Hätte ich nur aufrichtig sagen können, daß ich ihm gleichgültig gegenüberstand, so hätte ich das Ganze als Herausforderung hingenommen. Es wäre mir ein Vergnügen gewesen, mich mit ihm anzulegen. Aber ich war von der erschreckenden Erkenntnis getroffen, daß dem eben nicht so war. Als er mich auf die Stirn geküßt hatte – ein Kuß unter Verwandten –, hatte ich eine Erregung verspürt, die niemand sonst hätte in mir erstehen lassen können. Ich dachte an Joel Derringham, den liebenswürdigen, freundlichen Joel. Ich war gerne mit ihm zusammen gewesen. Er verstand es, eine fesselnde Unterhaltung zu führen, er interessierte sich für so viele Dinge. Aber eine Erregung war das nicht gewesen. Als er seinem Vater demütig Gehorsam leistete und abreiste, hatte es mir keineswegs das Herz gebrochen; ich war lediglich über ihn enttäuscht gewesen.

Und nun war ich hier.

Ich wusch mich und zog eines von den Kleidern an, die meine Mutter bei der Schneiderin in der Hoffnung bestellt hatte, aus mir eine würdige Gefährtin für Joel Derringham zu machen. Im Schulhaus war mir das Gewand prächtig vorgekommen, in dieser Umgebung aber verblaßte es. Ich ging in Margots Zimmer. Sie lag noch immer auf ihrem Bett und starrte mit leerem Blick gegen die Decke, an der Amoretten ihren Schabernack trieben.

»O Minelle«, jammerte sie, »wie soll ich das nur ertragen.«

»Die Zeit heilt alle Wunden«, versicherte ich ihr.

»Er ist so grausam ...«

Ich verteidigte ihn: »Er denkt eben an deine Zukunft.«

»Weißt du, was sie mit mir vorhaben? Sie wollen mich mit jemandem verheiraten. Er wird nichts von Charlot erfahren, das wird ein schreckliches Geheimnis bleiben.«

»Nur Mut, Margot. Wenn du erst andere Kinder hast, wird alles wieder gut, da bin ich ganz sicher.«
»Du redest genau wie sie, Minelle.«
»Weil es die Wahrheit ist.«
»Minelle, geh nicht fort!«
»Du hast gehört, was dein Vater gesagt hat. Er ist nicht zufrieden mit mir.«
»Ich glaube, du gefällst ihm.«
»Aber du hast doch gehört, was er gesagt hat.«
»Ja, aber du darfst nicht fortgehen. Denk doch nur, wie allein ich hier ohne dich wäre. Dann würde ich auch nicht hierbleiben, Minelle, geh nicht! Wir werden Pläne machen.«
»Was für Pläne?«
»Wie wir Charlot finden. Wir werden den Weg unserer Reise zurückverfolgen. Wir werden ihn überall suchen ..., bis wir ihn finden.«
Ich erwiderte nichts. Mir war klar, daß sie ihren Phantasien nachhängen mußte, weil dies im Augenblick eine Hilfe für sie bedeutete, ein Strick, an dem sie sich aus ihrer Verzweiflung herausziehen konnte. Arme Margot. Ich wusch ihr das Gesicht und half ihr beim Ankleiden, wobei wir Pläne für unsere Suche nach Charlot schmiedeten – Pläne freilich, so glaubte ich, die sich niemals in die Tat umsetzen ließen.

Ein Diener führte mich zu den Gemächern von Madame la Comtesse, welche den Wunsch geäußert hatte, mich zu sehen. Sie lag auf einer Chaiselongue, und ich erinnerte mich an das eine Mal, als ich sie in der gleichen Haltung auf Gut Derringham gesehen hatte.
Auch hier gab es dieselben Möbel aus dem vergangenen Jahrhundert, in besonders zarten Farben gehalten, wie um dem geschwächten Gesundheitszustand der Comtesse zu entsprechen.
Sie war sehr blaß und sehr mager und glich fürwahr einer

Porzellanpuppe, die aussah, als würde sie zerbrechen, wenn man sie grob anfaßte. Ihr enganliegendes Gewand war aus blaß-lavendelfarbenem Chiffon, ihr dunkles Haar fiel in Locken auf die Schultern, und sie hatte große dunkle Augen, von langen Wimpern überschattet. Neben der Couch befand sich ein Tisch, auf dem Flaschen und ein paar Gläser standen.

Als ich das Zimmer betrat, eilte eine dicke, ganz in Schwarz gekleidete Frau auf mich zu. Nou-Nou, dachte ich. Sie sah wahrhaft furchterregend aus; ihre bernsteinfarbenen Augen gemahnten mich an die Augen einer Löwin, und sie machte auch den Eindruck einer solchen, die ihr Junges verteidigt – falls man diesen Ausdruck auf das zarte Porzellangeschöpf auf der Chaiselongue anwenden konnte. Nou-Nous Haut war gelblich, ihre Lippen waren gestrafft, konnten aber, wie ich später feststellen sollte, aus Zärtlichkeit für die Comtesse – und nur für diese – ganz sanft werden.

»Sie sind gewiß Mademoiselle Maddox«, sagte sie. »Die Comtesse wünschte Sie zu sehen. Sie dürfen sie aber nicht überanstrengen. Sie ermüdet so leicht.« Sie ging zu ihrer Herrin. »Die junge Dame ist da«, verkündete sie.

Eine kraftlose Hand streckte sich mir entgegen. Ich ergriff sie und beugte mich über sie, wie es hier der Brauch war.

»Bringe einen Stuhl für meine Cousine«, verlangte die Comtesse.

Nou-Nou gehorchte und flüsterte mir zu: »Nicht vergessen, Sie ermüdet sehr leicht.«

»Du kannst uns jetzt allein lassen, liebe Nouny«, sagte die Comtesse.

»Ich wollte ohnehin gerade gehen. Ich habe zu tun, wie Sie wissen.«

Sie ging hinaus, ein wenig widerstrebend, schien es mir. Ich konnte mir vorstellen, daß sie jedem grollte, der die Aufmerksamkeit ihrer geliebten Herrin auf sich zog.

»Der Comte hat mir erzählt, welche Rolle Sie gespielt haben. Ich möchte Ihnen danken. Er sagt, daß Sie als unsere Cousine gelten.«

»Ja«, erwiderte ich.

»Ich war ganz verzweifelt, als ich hörte, was Marguerite widerfahren war.«

»Eine traurige Affäre«, stimmte ich zu.

»Aber sie ist nun bereinigt ..., höchst zufriedenstellend, glaube ich.«

»Nicht für Ihre Tochter. Sie hat ihr Kind verloren.«

»Arme Marguerite. Es war sehr ungezogen von ihr. Ich fürchte, sie hat die Natur ihres Vaters geerbt. Ich hoffe inständig, daß sie keine derartigen Abenteuer mehr erleben wird. Sie sind vermutlich hier, um auf sie aufzupassen. Ich werde Sie Cousine Minelle nennen, und ich bin Cousine Ursule für sie.«

»Cousine Ursule«, wiederholte ich. Ihren Vornamen hörte ich jetzt zum ersten Mal.

»Anfangs wird es etwas schwierig sein«, meinte sie, »aber ein kleines Versehen, ein- oder zweimal, ist ja nicht schlimm. Ich halte mich die meiste Zeit in meinem Zimmer auf. Sie brauchen sich keine Sorgen zu machen, wenn Nou-Nou bei unseren Gesprächen zugegen ist. Sie weiß seit jeher alles, was in der Familie vorgeht. Diese Geschichte hier mißbilligt sie auch.« Für einen Augenblick kräuselten sich die Lippen der Comtesse zu einem Lächeln. »Sie hätte gern ein Baby hier gehabt. Nou-Nou liebt Babys. Sie hätte es gern gesehen, wenn ich ein Dutzend bekommen hätte.«

»Kinderfrauen sind immer so, glaube ich.«

»Nou-Nou jedenfalls. Sie ist bei mir geblieben, als ich geheiratet habe.« Ihr Gesicht verzog sich ein wenig, als erinnere sie sich an etwas Unangenehmes. »Das ist viele Jahre her. Seitdem bin ich fast dauernd krank gewesen.«

Die leichte Belebung in ihrem Gesicht war wieder verschwunden. Sie blickte auf den Tisch neben sich. »Ich möchte ein wenig von dem Magenlikör. Würden Sie mir ein Gläschen einschenken? Es ermüdet mich bereits, wenn ich nur den Arm hebe.«

Ich trat an den Tisch und suchte die Flasche heraus, die sie mir genannt hatte. Sie musterte mich scharf, und es kam mir so vor, als habe sie mich um den Magenlikör nur aus dem Grunde gebeten, damit ich näher an sie herankäme und sie mich genauer betrachten könne.

»Nur ein klein wenig, bitte«, sagte sie. »Nou-Nou macht ihn selbst. Sie ist sehr erfahren in der Bereitung von Mixturen. Alle sind aus ihren selbstgezogenen Kräutern gemacht. Diese hier enthält Engelwurz. Das ist gut gegen Kopfweh. Ich werde von Kopfschmerzen gemartert. Kennen Sie ein paar gute Arzneien, Cousine Minelle ..., irgendwelche Heilmittel?«

»Überhaupt keine. Glücklicherweise habe ich sie nie benötigt.«

»Nou-Nou beschäftigt sich damit, seit ich so krank geworden bin. Das war vor ungefähr siebzehn Jahren ...«

Sie hielt inne, und ich wußte, daß sie auf Margots Geburt anspielte, die sie ihrer Gesundheit und Kraft beraubt hatte.

»Nou-Nou zeigt mir alle Pflanzen, die sie verwendet. An Engelwurz werde ich mich stets erinnern. Früher nannten es die Ärzte ›Wurzel des Heiligen Geistes‹, weil es solch heilende Eigenschaften besitzt. Finden Sie das interessant, Mademoiselle ..., Cousine Minelle?«

»Ja. Ich finde jede Belehrung interessant.«

Sie nickte. »Basilikum ist ebenfalls gut gegen Kopfweh. Nou-Nou verwendet es auch. Wenn ich Beruhigung brauche, verabreicht sie mir eine Dosis davon. Es hat eine wundervolle Wirkung. Sie hat ein kleines Zimmer ganz in der Nähe, wo sie mit ihren Kräutern hantiert. Sie kocht auch für mich.« Die Comtesse blickte verstohlen über die Schulter. »Nou-Nou läßt es nicht zu, daß jemand anders als sie meine Mahlzeiten zubereitet.«

Ich hätte gern gewußt, was das heißen sollte, und einen Augenblick lang nahm ich an, die Comtesse wollte andeuten, daß der

Comte sich ihrer zu entledigen trachte. Ob diese Unterhaltung als eine Warnung für mich gedacht sei, fragte ich mich.
»Sie ist Ihnen wahrlich treu ergeben«, sagte ich.
»Es ist gut, eine treue Seele um sich zu haben«, erwiderte sie. Es schien ihr ein wenig schwerzufallen, sich von ihren Leiden abzuwenden. »Haben Sie den Comte seit Ihrer Ankunft schon gesehen?« erkundigte sie sich.
Ich bestätigte es.
»Hat er Marguerites Vermählung erwähnt?«
»Nein«, entgegnete ich leicht bestürzt.
»Er wird ihr etwas Zeit lassen, sich zu erholen. Es ist eine gute Verbindung. Der Bräutigam stammt aus einer der angesehensten Familien Frankreichs. Er wird eines Tages über Titel und Güter verfügen.«
»Soll Marguerite es jetzt schon erfahren?«
»Noch nicht. Würden Sie wohl versuchen, sie mit dem Gedanken vertraut zu machen? Der Comte sagt, Sie haben Einfluß auf sie. Er wird absoluten Gehorsam verlangen, aber es wäre angenehmer, wenn man sie davon überzeugen könnte, daß es zu ihrem Besten geschieht.«
»Madame, sie hat erst jüngst ein Kind geboren und es danach verloren.«
»Sie müssen mich Cousine Ursule nennen. Aber hat der Comte Ihnen denn nicht gesagt, daß die Angelegenheit behandelt werden muß, als hätte sie nie stattgefunden?«
»Ja, Cousine Ursule, aber ...«
»Ich denke, daran sollten wir festhalten. Der Comte liebt es nicht, wenn seinen Wünschen nicht entsprochen wird. Margot muß überzeugt werden ..., auch wenn allmählich vielleicht ..., aber andererseits nicht zu allmählich. Der Comte kann sehr ungeduldig werden, und gerade er möchte Marguerite möglichst bald vermählt sehen.«
»Ich halte es nicht für klug, das Gespräch bei ihrem jetzigen Zustand auf dieses Thema zu bringen.«

Die Comtesse zuckte die Achseln und sagte mit halbgeschlossenen Augen: »Ich fühle mich schwach. Rufen Sie Nou-Nou.«
Nou-Nou kam augenblicklich. Ich dachte mir, daß sie nicht weit von unserem Raum gestanden und unsere Unterhaltung belauscht hatte.
Sie maunzte vorwurfsvoll und sah mich an. »Sie haben sie ermüdet. Ist ja gut, *mignonne,* Nouny ist ja da. Jetzt trinken wir ein wenig Wasser von der Königin von Ungarn, hm? Das hat Sie noch immer gekräftigt. Ich habe es heute morgen zubereitet, es ist schön frisch.«
Ich ging zu meinem Zimmer zurück, dachte über die Comtesse und ihre ergebene Nou-Nou nach und war neugierig, welche merkwürdigen Menschen ich sonst noch in diesem Haushalt antreffen würde.

Gegen Abend hatte sich Margot ein wenig erholt. Sie kam in mein Zimmer, während ich mein Haar frisierte.
»Wir werden heute in einem der kleineren Speisezimmer zu Abend essen«, sagte sie. »Nur die Familie. Mein Vater wollte es heute abend unbedingt so haben.«
»Darüber bin ich sehr froh. Du weißt doch, Margot, ich bin auf ein Leben in diesem Maßstab nicht vorbereitet. Als ich mich einverstanden erklärte, hierher zu kommen, glaubte ich, als deine Gesellschafterin zu fungieren. Ich ahnte nicht, daß man mich in den Rang einer Cousine erheben und am Familienleben teilnehmen lassen würde.«
»Das kannst du getrost vergessen. Mit der Zeit werden wir dir ein paar Kleider beschaffen. Was du jetzt trägst, genügt für heute abend.«
Genügt! Es war das prächtigste Gewand, das ich besaß. Meine Mutter hatte am Ende doch recht gehabt, daß ich eine feinere Garderobe brauchte.
Margot führte mich in den intimen *salle à manger* ..., klein, aber sehr hübsch, und ebenso kostbar möbliert wie die übrigen

Räume, die ich bisher im Hause gesehen hatte. Der Comte befand sich bereits dort, und zwei junge Männer waren bei ihm.
»Ah«, sagte er, »meine Cousine Minelle. Ist es nicht ein großes Glück, daß meine Reise nach England mit einer Cousine belohnt wurde? Etienne, Léon, kommt, ich möchte euch meiner Cousine Minelle vorstellen.«
Die beiden jungen Männer verbeugten sich, und der Comte ergriff meinen Arm. Seine Finger begannen ihn liebevoll und sanft zu streicheln.
»Das hier, Cousine, ist Etienne. Er ist mein Sohn. Können Sie eine Ähnlichkeit erkennen?«
Etienne schien meine Antwort begierig zu erwarten. »Die Ähnlichkeit ist nicht zu leugnen«, sagte ich, und er lächelte mich an.
»Und das hier ist Léon. Ich habe ihn adoptiert, als er sechs Jahre alt war.«
Léon gefiel mir vom ersten Augenblick an. In seinen lachenden Augen lag etwas Anziehendes. Erst bei Tageslicht entdeckte ich, daß sie tiefblau waren – fast violett. Er hatte sehr dunkles, krauses Haar und trug keine Perücke. Seine Kleidung war gut, aber nicht besonders kostbar, im Gegensatz zu Etienne, der Lapislazuliknöpfe am Rock und einen oder zwei Diamanten im Jabot trug.
»Ich hatte gedacht«, sagte der Comte, »da dies Cousine Minelles erster Abend bei uns ist, sollten wir *en famille* soupieren. Halten Sie das nicht für eine gute Idee, Cousine?«
Es sei eine brillante Idee, bestätigte ich.
»Und da ist ja auch Marguerite. Du schaust besser aus, meine Liebe. Die Ferien haben dir gutgetan. Laßt uns Platz nehmen. Es kann gleich serviert werden. Cousine, hier neben mich. Marguerite, an meine andere Seite.«
Wir setzten uns gehorsam hin.
»Nun«, sagte der Comte, »sind wir unter uns und können uns unterhalten. Es kommt selten vor, daß wir keine Gäste haben,

Cousine. Aber da es unser erster Abend ist, habe ich mir gedacht, daß es so für Sie einfacher sei, uns alle kennenzulernen.«
Ich kam mir vor wie im Traum. Was bezweckte er damit? Er behandelte mich wie einen Ehrengast.
»Dies, meine liebe Cousine, ist eines der ältesten Schlösser im Lande«, eröffnete er mir. »In dem Labyrinth von Zimmern und Gängen können Sie sich leicht verlaufen. Nicht wahr, Etienne, Léon?«
»So ist es, Monsieur le Comte«, sagte Etienne.
»Sie sind alle schon seit vielen Jahren hier«, erklärte der Comte, »da kommt so etwas nicht mehr vor.«
Der Diener reichte das stark gewürzte Essen herum, aus dem ich mir eigentlich nichts machte. Ich war ohnehin nicht hungrig. Léon betrachtete mich interessiert über den Tisch hinweg. Sein warmes Lächeln hatte etwas Tröstendes für mich. Sein Gebaren war ganz anders als das von Etienne, der, so kam es mir vor, einen leichten Argwohn gegen mich hegte. Ich fragte mich, wieviel sie wohl von dem wußten, was geschehen war. Beide erschienen mir tiefgründige Persönlichkeiten; diesen Eindruck hatte ich wahrscheinlich deswegen, weil Margot mich bereits über ihre Herkunft aufgeklärt hatte. Etienne schien mehr Ehrfurcht vor dem Comte zu haben als Leon, dem etwas Kühnes und Sorgloses anhaftete. Der Comte sprach über das Schloß, über den alten Teil, der nur zu feierlichen Anlässen benutzt wurde.
»Einer von euch muß Minelle morgen im Schloß herumführen.«
»Gewiß«, sagte Etienne.
»Ich beanspruche die Ehre für mich«, warf Léon ein.
»Danke sehr«, erwiderte ich und lächelte ihm zu.
Etienne stellte Fragen über England, die ich, so gut ich konnte, beantwortete, während der Comte aufmerksam zuhörte.
»Du solltest mit unserer Cousine englisch sprechen«, sagte er. »Das gebietet die Höflichkeit. Kommt, laßt uns alle englisch sprechen.«

Dadurch wurde die Unterhaltung erheblich eingeschränkt, denn weder Etienne noch Léon verstanden sich in der fremden Sprache gewandt auszudrücken.
»Du bist so still, Marguerite«, rügte der Comte. »Ich möchte sehen, wie geschickt du die Sprache unserer Cousine beherrschst.«
»Margot spricht fließend Englisch«, sagte ich.
»Aber mit französischem Akzent! Warum um alles in der Welt fällt es unseren beiden Nationen so schwer, die Sprache der anderen zu erlernen? Können Sie mir das erklären?«
»Das liegt an unseren Mundbewegungen, die wir beim Sprechen machen. Die Franzosen benutzen Gesichtsmuskeln, welche die Engländer nie verwenden, und umgekehrt.«
»Ich bin sicher, Cousine, Sie wissen auf alles eine Antwort.«
»Das ist allerdings wahr«, ließ sich Margot vernehmen.
»Du hast also deine Sprache wiedergefunden.«
Margot errötete ein wenig. Ich fragte mich, warum der Comte jedesmal, wenn ich gerade anfing, Sympathie für ihn zu empfinden, diese mit einem Schlag zerstören mußte.
»Ich glaube nicht, daß sie ihr je abhanden gekommen war«, bemerkte ich mit einiger Schärfe. »Wie die meisten von uns verspürt auch Margot mal mehr und mal weniger Hang zur Konversation.«
»Du hast eine Verbündete, Marguerite. Das ist ein großes Glück für dich.«
»Ich habe es stets als ein Glück empfunden, Minelle zur Freundin zu haben.«
»Ein großes Glück«, sagte der Comte und sah mich dabei an.
Léon fragte in gebrochenem Englisch, wo wir unsere Ferien verbracht hätten.
Es entstand eine kurze Pause, dann erzählte ihm der Comte auf französisch, wir seien in einem kleinen Ort in der Nähe von Cannes gewesen.

»Etwa fünfzehn Meilen landeinwärts«, fügte er hinzu, und ich war schockiert, weil er so zungenfertig lügen konnte.
»Die Gegend kenne ich nicht besonders gut«, sagte Léon, »aber ich bin dort einmal durchgereist. Ich bin neugierig, ob ich den Ort kenne.« Er wandte sich an mich. »Wie hieß er denn?«
Ich hatte nicht damit gerechnet, so bald in eine bedrängte Lage zu geraten, aber es war mir klar, daß dies vielleicht nur die erste von vielen kommenden wäre.
Bevor ich etwas sagen konnte, kam mir der Comte zu Hilfe. »Das war Framercy ..., nicht wahr, Cousine? Ich muß gestehen, daß ich vorher noch nie davon gehört hatte.«
Ich antwortete nicht, und Etienne meinte: »Das muß ein sehr kleines Dorf gewesen sein.«
»Es gibt Tausende von solchen Orten. Sie liegen überall im Land verstreut«, sagte der Comte. »Jedenfalls hatten sie eine geruhsame Zeit, und die hat Marguerite nach ihrer Unpäßlichkeit nötig gehabt.«
»Heutzutage findet man in Frankreich nur noch selten ein friedliches Plätzchen«, meinte Etienne, wieder ins Französische fallend. »In Paris spricht man von nichts anderem als von dem Defizit.«
»Es tut mir leid«, wandte sich der Comte an mich, »daß Sie zu einer Zeit nach Frankreich kommen mußten, da sich das Land in einem so desolaten Zustand befindet. Wie anders war das doch zehn, fünfzehn Jahre früher gewesen. Es ist erstaunlich, wie schnell sich die Wolken zusammenballen können. Am Anfang ist nur ein schwacher Schatten am Horizont zu sehen, dann beginnt sich der Himmel zu verdunkeln. Es ist ganz langsam vor sich gegangen, aber einige von uns haben es seit langem kommen sehen. Mit jedem Monat wird die Lage ein wenig bedrohlicher.« Er zuckte die Achseln. »Worauf steuert Frankreich zu? Wer kann das sagen? Wir wissen lediglich, daß etwas im Kommen ist.«
»Man könnte es vielleicht verhindern«, schlug Etienne vor.

»Falls es nicht schon zu spät ist«, murmelte der Comte.
»Ich glaube, es *ist* zu spät.« Léons Augen blitzten plötzlich auf.
»Es hat zuviel Unvermögen, zuviel Armut und zu hohe Steuern im Lande gegeben, und wegen der hohen Preise für Lebensmittel haben viele Menschen hungern müssen.«
»Reiche und Arme hat es immer gegeben«, erinnerte ihn der Comte.
»Und heute sagen einige, daß es nicht immer so bleiben wird.«
»Das mögen sie ruhig sagen, doch was können sie schon tun, um es zu ändern?«
»Ein paar von diesen Hitzköpfen sind überzeugt, daß sie etwas tun können. Sie versammeln sich nicht nur in Paris, sondern überall im Lande.«
»Ein schäbiger Haufen«, sagte der Comte. »Pöbel ..., weiter nichts. Solange die Armee loyal bleibt, haben diese Leute keine Chance.« Er wandte sich stirnrunzelnd an mich. »Unruhen hat es seit Jahrhunderten immer wieder gegeben. Im vorigen Jahrhundert hatten wir einen großen König, Louis XIV., den Sonnenkönig, einen absoluten Herrscher, und niemand wagte es, seine Macht anzuzweifeln. Unter ihm war Frankreich führend in der Welt. In den Wissenschaften, in den Künsten und in der Kriegführung konnte sich kein Reich mit uns messen. Damals hat das Volk seine Stimme nicht erhoben. Dann kam sein Enkel Louis XV. ..., ein äußerst liebenswerter Mensch, doch er hat das Volk nicht verstanden. Als junger Mann war er als Louis der Vielgeliebte bekannt, denn er war höchst attraktiv. Doch mit der Zeit machten ihn seine Verschwendungssucht, sein Leichtsinn und seine Gleichgültigkeit gegenüber dem Willen des Volkes zu einem der meistgehaßten Herrscher, die Frankreich je gekannt hatte. Es gab Zeiten, da wagte er nicht durch Paris zu fahren, und er ließ sich eigens eine Straße bauen, damit er die Stadt umgehen konnte. Damals begann die Monarchie zu wanken. Jetzt haben wir einen guten und edlen, leider aber schwachen König. Gute Menschen sind nicht immer gute Herrscher. Sie

wissen, Cousine, daß Tugend und Stärke wundersame Genossen sind.«

»Das möchte ich bezweifeln«, sagte ich. »Wollen Sie leugnen, daß die Heiligen, die – oft auf qualvolle Weise – für ihren Glauben gestorben sind, es neben ihrer unbestrittenen Tugend an Stärke fehlen ließen?«

Einen Augenblick lang herrschte betretene Stille am Tisch. Margot sah besorgt aus. Da erkannte ich, daß es nicht üblich war, den Comte in seinen Ausführungen zu unterbrechen – oder ihm gar zu widersprechen.

»Fanatismus«, gab er zurück. »Wenn sie sterben, glauben sie in die Herrlichkeit einzugehen. Was bedeuten wenige Stunden der Qual gegen die ewige Glückseligkeit ..., oder was immer sie zu erlangen glauben? Um erfolgreich regieren zu können, muß man stark sein, und manchmal ist ein Handeln zweckmäßig, das unter Umständen den Moralkodex verletzen kann. Die wesentliche Eigenschaft eines Herrschers ist Stärke.«

»Ich würde sagen, Gerechtigkeit.«

»Meine liebe Cousine, Sie haben Ihre Geschichtskenntnisse aus Büchern gewonnen.«

»Wie soll man sie sonst erlangen, wenn ich fragen darf?«

»Durch Erfahrung.«

»Dafür ist das Leben zu kurz. Dürfen wir etwa eine Handlung nicht beurteilen, die wir nicht selbst erfahren haben?«

»Wenn wir klug sind, halten wir uns mit unserem Urteil zurück. Ich habe Ihnen vom König erzählt. Er ist keine majestätische Persönlichkeit, und unglücklicherweise war ihm seine Gemahlin kaum eine Hilfe.«

»Haben Sie gehört, wie man die Königin jetzt nennt?« fragte Etienne. »Madame Defizit.«

»Das Volk macht sie für das Defizit verantwortlich«, sagte Léon, »und das vielleicht zu Recht. Es heißt, ihre Schneiderrechnungen seien unermeßlich hoch. Ihre Roben, ihre Hüte, ihr extravaganter Kopfputz, ihre Lustbarkeiten in Petit Trianon, ihr sogenanntes Landleben auf Le Hameau, wo sie die Kuhmilch in eine Schüssel aus Sèvres-Porzellan melkt … – darüber wird überall in Paris geredet.«

»Und warum sollte sie sich ihre Wünsche nicht erfüllen?« wollte Margot wissen. »Sie hat nicht darum gebeten, nach Frankreich kommen zu dürfen. Sie ist gezwungen worden, Louis zu heiraten. Sie hat ihn vor der Vermählung nie gesehen.«

»Meine liebe Marguerite«, unterbrach sie der Comte eisig, »eine Tochter von Maria Theresia sollte es eigentlich als eine Ehre empfinden, einen Dauphin von Frankreich heiraten zu dürfen. Sie ist hier mit allem Respekt empfangen worden. Der verstorbene König war von ihr entzückt.«

»Das sah ihm ähnlich, von einem hübschen jungen Mädchen entzückt zu sein! Wir wissen alle, welche Vorliebe er für Mädchen hegte: je jünger, desto besser. Das ist durch den Skandal von Parc aux Cerfs hinlänglich bekannt geworden.«

Etienne sagte: »Das ist kein geeignetes Thema für die Abendtafel der Familie, Léon.«

Der Comte lenkte ein: »Unsere Cousine ist eine Frau von Welt. Sie versteht dergleichen.« Wieder wandte er sich an mich: »Unser verstorbener König hatte, als er älter wurde, eine nicht ungewöhnliche Leidenschaft für junge Mädchen, die ihm sein Kuppler verschaffen mußte. Er hielt sie sich in einem von einem Wildpark umgebenen Wohnsitz, daher der Name Parc aux Cerfs.«

»Es überrascht mich nicht, daß er nicht Louis der Vielgeliebte geblieben ist«, bemerkte ich.

»Er war ein charmanter Mann.« Der Comte lächelte mich herausfordernd an.

»Vielleicht verstehe ich unter Charme etwas anderes als Sie.«

»Liebe Cousine, diese Mädchen kamen aus dem Elend. Die Töchter von Edelleuten konnte er sich nicht nehmen. Sie kamen nicht unter Zwang, wurden nicht genötigt. Sie kamen freiwillig.

Manche wurden von ihren Eltern gebracht. Midinetten aus den Straßen von Paris ..., Mädchen mit wenig Hoffnung auf einen ehrlichen Lebensunterhalt. Viele von ihnen wären vielleicht dazu verdammt gewesen, ein unzüchtiges und gottloses Leben zu führen; einige hätten vielleicht Arbeit gefunden und sich geplagt, bis sie an Lungenentzündung gestorben wären oder ihr Augenlicht verloren hätten, da sie sich zu dicht über die Nadelarbeit gebeugt hatten. Ihr einziger Vorzug war ihre Schönheit ..., Rosen, auf einem Misthaufen erblüht. Man sah sie, pflückte sie und lehrte sie, den König zu ergötzen.«
»Und wenn er ihrer überdrüssig geworden war?« fragte ich.
»Er war ein dankbarer Mann. Er schenkte ihnen eine ansehnliche Mitgift, der Kuppler verschaffte ihnen einen Ehemann, und sie führten ein glückliches Leben. Nun, Cousine, meine liebe Advokatin der Tugend, sagen Sie mir eines: Was war besser für diese Mädchen – auf ihrem Misthaufen dahinzuwelken und zu sterben oder gegen ein kurzfristiges Abweichen vom Pfade der Tugend ein angenehmes, bequemes Leben einzutauschen und anschließend sogar noch gute Werke zu vollbringen?«
»Es kommt darauf an, wie hoch Sie die Tugend einschätzen.«
»Sie weichen vom Thema ab. Möchten Sie Ihren Körper lieber einem Ausbeuter als einem königlichen Gebieter verkaufen?«
»Ich kann nur sagen, es ist ein übles System, das Ihnen ermöglicht, eine solche Frage zu stellen.«
»Aber das System besteht nun einmal, und nicht nur in Frankreich.« Er blickte mich ernsthaft an. »Dieses System ist es, gegen das sich das Volk nun murrend erhebt.«
»Es wird sich alles wieder einrenken«, meinte Etienne. »Turgot und Necker sind nicht mehr da. Wir werden sehen, was Monsieur Calonne für uns tun kann.«
»Langweilen wir Mademoiselle Maddox nicht mit unserer Politik?« fragte Léon.
»Keineswegs. Ich möchte gern wissen, was vorgeht.«
»Was auch geschieht«, sagte Léon, »wir werden uns anpassen

müssen. Wenn eine Veränderung unvermeidlich ist, dann müssen wir uns an die Veränderung gewöhnen.«

»Ich lege keinen Wert auf eine Veränderung, die uns den Pöbel ins *Château* bringt«, brummte Etienne.

Léon zuckte die Achseln, und Etienne sagte ärgerlich: »Für dich mag es einfacher sein. Du dürftest besser als mancher andere in eine Bauernhütte passen.«

Am Tisch trat Stille ein. Der Comte blickte mit einem Ausdruck nachsichtiger Belustigung von Etienne zu Léon. Etiennes Gesicht war wutverzerrt, Léons dagegen unbekümmert.

»Aber natürlich«, meinte Léon leichthin. »Ich habe die Tage meiner Kindheit nicht vergessen. Ich war nicht unglücklich, als ich im Schmutz herumkroch, und bin sicher, ich könnte ohne große Schwierigkeiten dorthin zurückkehren. Ich habe das Glück, zwei verschiedene Welten zu kennen.«

Etienne schwieg. Ich fragte mich, wie oft es wohl zu Konflikten zwischen den beiden kam. Mir schien, daß Etienne, der so großen Wert auf seine Verwandtschaft mit dem Comte legte, über Léons Eindringen verärgert war, und daß Léon sich dessen zwar bewußt war, es ihm aber kaum etwas ausmachte.

Der Comte wechselte das Thema. Ich merkte, daß er es gewöhnt war, die Richtung der Unterhaltung bei Tisch zu bestimmen, und ich fragte mich, ob er es wohl gern hatte, derartige Stürme aufzuwühlen, um dann beobachten zu können, welche Wirkung sie hatten.

»Wir vermitteln Cousine Minelle einen armseligen Eindruck von unserem Land«, sagte er. »Laßt uns lieber von den Dingen reden, auf die wir mit Recht stolz sein können. Paris wird Ihnen gefallen, Cousine. Eine große kultivierte Stadt, die – das darf ich ohne zu prahlen behaupten – in der Welt nicht ihresgleichen hat. Ich habe dort ein Haus. Man bezeichnet es als Palast – aber das ist nur die ehemals übliche Bezeichnung für unsere großen Häuser. Es ist kein Palast in dem Sinne, wie Sie das Wort verstehen würden. Das Haus befindet sich seit nahezu dreihundert Jahren im Familienbesitz. Es wurde während der Regentschaft François I. errichtet, als in Frankreich einige der großartigsten Baukunstwerke der Welt entstanden. Sie werden gewiß unsere schönen Schlösser an der Loire besuchen, und es wird uns ein Vergnügen sein, Ihnen Paris vorzustellen.«

Er sprach dann von dem Kontrast zwischen dem Leben auf dem Lande und in der großen Stadt – und so ging die Mahlzeit zu Ende.

Eine solche Unterhaltung hatte ich ganz und gar nicht erwartet, und ich weiß, daß meine Mutter sie höchst schockierend gefunden hätte – dies war beileibe keine Konversation von der Art, wie sie an der Tafel der Derringhams in Anwesenheit von Damen geführt wurde. Aber ich hatte sie anregend gefunden.

Nach dem Abendessen begaben wir uns in einen anderen Salon. Der Comte trank Cognac und bestand darauf, daß ich ihn ebenfalls probierte. Er brannte mir in der Kehle, und ich hatte Angst, mehr als nur ein paar Schlückchen davon zu trinken. Ich wußte, daß dies den Comte in seinem Inneren amüsierte.

Als die bronzene Uhr zehn schlug, fand er, daß es Zeit für Marguerite sei, zu Bett zu gehen. Wir dürften nicht vergessen, daß sie an einer Unpäßlichkeit gelitten hatte. Er wünschte, daß sie ihre Gesundheit so schnell wie möglich wiedererlange. Also sagten wir gute Nacht, und Margot und ich gingen in unsere Zimmer.

Margot sagte: »Minelle, ich weiß nicht, wie ich es ertragen soll. Du weißt doch, was mir bevorsteht, nicht wahr? Sie suchen einen Ehemann für mich.«

»Noch nicht«, beschwichtigte ich sie. »Du bist noch zu jung.«

»Zu jung. Mit siebzehn ist man alt genug.«

»Das hast du allerdings bewiesen.«

»Mein Vater hat mich so merkwürdig angesehen, als er über den König und die Königin sprach, und als die Rede davon war, wie sie hierher gebracht wurde, um ihn zu heiraten. Ich weiß, daß das eine Warnung war.«

»Ich fand die Konversation etwas ungewöhnlich.«

»Du meinst *risqué*. All das Gerede über den Parc aux Cerfs. Ich glaube, es steckte eine Absicht dahinter. Mein Vater wollte damit sagen, daß ich keine unschuldige Jungfrau mehr bin, und daß er keine Torheiten mehr dulden werde. Ich muß nun tun, was man von mir verlangt, und alles sei zu meinem Besten – genau wie bei den Mädchen im Parc.«

»Ist die Konversation immer so, wenn Damen anwesend sind?«

Margot schwieg, und mein Unbehagen wuchs.

»Komm«, bat ich, »sage mir, was du denkst.«

»Mein Vater hat eindeutig eine Neigung zu dir gefaßt, Minelle.«

»Er hat wahrhaftig viel Aufhebens von meinem Empfang gemacht ..., und er scheint es zu genießen, mich Cousine zu nennen. Aber ich fand es merkwürdig, daß er die Unterhaltung in eine solche Richtung fließen ließ.«

»Das hat er mit Absicht getan.«

»Ich möchte wissen, warum.«

Margot schüttelte den Kopf, und ich verspürte ein heftiges Verlangen, mit meinen Gedanken allein zu sein. So sagte ich ihr gute Nacht und ging in mein Zimmer.

Das Stubenmädchen hatte die Kerzen angezündet, und in ihrem Licht sah das Zimmer bezaubernd aus. Nie hatte ich solchen Luxus gekannt. Ich dachte fortwährend an die Mädchen, die man aus den armseligen Gassen geholt und an einen Ort wie diesen gebracht hatte. Wie mochte ihnen zumute gewesen sein?

Ich setzte mich vor den Spiegel und nahm die Nadeln aus meinem Haar, so daß es auf meine Schultern fiel. Kerzenlicht schmeichelt bekanntlich der Schönheit, und ich sah schön aus. Meine Augen leuchteten vor Erregung, die sehr intensiv war, da Furcht sie färbte. Eine leichte Röte lag auf meiner Haut.

Ich blickte über die Schulter zur Tür. Zu meiner Erleichterung entdeckte ich einen Schlüssel. Ich stand sofort auf, um abzuschließen, doch da hörte ich Stimmen. Ich blieb stehen, meine Hand auf dem Schlüssel, bereit, ihn herumzudrehen. Schritte gingen an meiner Tür vorbei, und ich konnte der Versuchung nicht widerstehen, sie einen Spalt zu öffnen und hinauszuspähen. Ich erkannte von hinten Etienne und Léon, und ich vernahm deutlich ihre Worte.

»Aber wer ist sie?« fragte Léon gerade.

»Cousine!« Das war Etienne. »Das ist ein neuer Einfall. Sie ist die neue Mätresse, vermute ich.«

»Aber noch ist es nicht soweit, scheint es mir.«

»Sie wird es aber werden ..., und zwar bald. Das ist eine neue Art ..., eine Frau ins *Château* zu bringen.«

Ich schloß die Tür und drehte mit zitternden Fingern den Schlüssel um. Dann setzte ich mich wieder vor den Spiegel. Ein paar Augenblicke starrte ich entsetzt auf mein Bild. Dann sagte ich laut: »Du mußt so bald wie möglich fort von hier.«

Ich schlief kaum in dieser Nacht. Was ich da zufällig gehört hatte, war ein solch schwerer Schock für mich, daß ich mir einzureden versuchte, ich hätte die Herren mißverstanden. Doch soweit ich den Comte kannte, mußte ich einsehen, daß ihre Schlußfolgerungen durchaus logisch waren. Was sollte ich tun? Ich hatte alle Brücken hinter mir abgebrochen, indem ich die Möbel des Schulhauses verkauft und die Schule aufgelöst hatte. Ich hätte England nie verlassen dürfen; ich hätte erkennen müssen, warum der Comte ein solches Interesse an mir bekundete. Wußte ich denn nicht, was für ein Mensch er war? Doch sein Vorschlag, Margot zu begleiten, war mir vernünftig erschienen. Margot hatte jemanden gebraucht, der sich um sie kümmerte und ihr in ihrer schweren Zeit beistand; und ich schien für diese Aufgabe wie geschaffen. Ich hatte geglaubt, als ihre Gesellschafterin ins *Château* zu kommen und dort so zu leben, wie Gesellschafterinnen und Gouvernanten zu leben pflegen, deren Zimmer irgendwo zwischen den Dienstbotenquartieren und den Räumen der Herrschaft liegen. Ich hatte mir vorgestellt, daß mein inneres Gleichgewicht nach einem Jahr, wenn Margot geheiratet hätte, wiederhergestellt sei und ich genügend Geld

gespart und Erfahrungen gesammelt hätte, um nach England zurückzukehren, um eine Schule zu eröffnen, die auf Französischunterricht spezialisiert wäre.
Ich hatte gedacht, daß Joel Derringham bis dahin eine standesgemäße Ehe eingegangen sein würde, und nachdem Sir John und Lady Derringham erkannt hätten, daß die »kleine Verrücktheit« vorüber war, sie mir wieder Schülerinnen schicken würden.
Doch das Verhalten des Comte und die Bemerkungen, die ich belauscht hatte, gaben mir zu verstehen, daß ich fortmußte.
Als ich hörte, daß sich das Haus regte, erhob ich mich und schloß die Tür auf, und wie gerufen erschien eine Dienstmagd mit heißem Wasser. Ich wusch mich im Alkoven, kleidete mich an und ging zu Margots Zimmer hinüber.
Sie sah erholt aus und wirkte entschieden ruhiger, deshalb hielt ich es für das Beste, sogleich zur Sache zu kommen.
»Margot«, sagte ich, »ich finde, meine Stellung hier ist ziemlich unnormal.«
»Was?« rief sie aus.
»Ich meine, sie ist ungewöhnlich.«
»Was willst du damit sagen? Wie siehst du deine Stellung hier?«
»Das muß ich eben ergründen. Ich stellte mir vor, hierher als deine Gesellschafterin zu kommen, um dir in dieser schwierigen Zeit beizustehen und dich im Englischen zu unterrichten. Statt dessen werde ich zur Cousine und wie ein Gast behandelt.«
»Nun, der Schwindel mit der Cousine muß sein, und ich werde dich stets als Freundin betrachten, das weißt du doch.«
»Aber die anderen im Hause ...«
»Mein Vater, meinst du. Er ist nun einmal als exzentrisch bekannt. Im Augenblick amüsiert es ihn, dich zur Cousine zu machen. Morgen gefällst du ihm vielleicht als Gesellschafterin seiner Tochter, und dann wird er dich auch als solche behandeln.«
»Aber auf eine solche Aufnahme bin ich nicht vorbereitet. Du

mußt einsehen, Margot, daß ich nicht die Ausstattung besitze, um in einer solchen Gesellschaft aufzutreten.«

»Wenn du an Garderobe denkst, dem werden wir bald abhelfen. Du kannst ein paar von meinen Kleidern bekommen ... oder auch neue. Ich glaube, wir werden in Kürze nach Paris fahren, und dort können wir Stoffe kaufen.«

»Mir fehlen die Mittel dazu.«

»Das wird über ein Konto abgerechnet.«

»Ja, in deinem Falle ... und vielleicht bei Etienne und Léon. Ihr gehört zur Familie, ich nicht. Ich muß nach England zurückkehren, und ich möchte dir begreiflich machen, warum.«

In ihren Augen war Furcht zu sehen. »Minelle, bitte, ich flehe dich an, verlasse mich nicht! Wenn du gehst, bin ich allein ..., willst du das nicht einsehen?«

»In dieser Stellung kann ich nicht hierbleiben, Margot. Das ist entwürdigend.«

»Ich verstehe dich nicht. Erkläre es mir.«

Aber ich brachte es nicht über mich, ihr zu sagen; »Dein Vater hat vor, mich zu seiner Mätresse zu machen.« Das klang so dramatisch und absurd, und vielleicht hatte ich die Situation auch mißdeutet. Sicher hatten die beiden jungen Männer über mich geredet, aber sie konnten sich auch mit ihren Folgerungen geirrt haben.

Margot hatte meine Hände ergriffen. Ich fürchtete, sie bekäme wieder einen ihrer hysterischen Anfälle, die mich jedesmal so erschreckten; denn wenn sie von ihr Besitz ergriffen, sah sie wirklich wie eine Irre aus.

»Minelle, versprich mir ..., versprich mir ..., ich kann doch nicht dich *und* Charlot verlieren! Außerdem hatten wir vor, ihn zu suchen. Das würde mir ohne dich niemals gelingen. Versprich es mir! Ich lasse dich nicht freiwillig fort.«

»Ich gehe bestimmt nicht, ohne es dir zu sagen.« Schwach fügte ich hinzu: »Ich werde abwarten, was geschieht.«

Damit war sie zufrieden.

»Léon will mir das Schloß zeigen«, sagte ich mit einem Blick auf die Uhr. »Er erwartet mich in Kürze in der Bibliothek.«

»Sie ist neben dem Salon, wo wir gestern abend gespeist haben.«

»Margot, was hältst du von Etienne und Léon?«

»Was ich von ihnen halte? Nun, ich betrachte sie wohl als meine Brüder. Sie waren ja immer hier.«

»Du hast sie gern, nicht wahr?«

»Ja ..., in gewisser Weise schon. Léon hat mich immer verulkt, und Etienne ist so sehr von sich eingenommen. Etienne ist auf jeden eifersüchtig, dem Papa Beachtung schenkt. Für Léon dagegen spielt das keine Rolle. Das amüsiert Papa. Als er einmal wütend auf Léon war, hat er geschrien: ›Geh doch zurück in deine Bauernhütte!‹ Und Léon hatte seine Abreise vorbereitet. Damals war er etwa fünfzehn. Ich erinnere mich noch ganz genau. Es hat eine fürchterliche Szene gegeben. Mein Vater hat ihn geschlagen und in seinem Zimmer eingesperrt. Aber ich glaube, daß er Léon deswegen bewundert hat. Weißt du, als er Léons Zwillingsbruder getötet hat, da hat er sich geschworen, Léon eine gute Erziehung zu geben und ihn wie ein Mitglied der Familie zu behandeln, und wenn Léon gegangen wäre, so hätte Papa seinen Eid nicht halten können. Darum mußte Léon bleiben.«

»Aber das war doch gewiß auch in seinem Sinne.«

»Natürlich. Es hätte ihn sicherlich nicht gefreut, ins Elend zurückzukehren. Er versorgt seine Familie mit Lebensmitteln und Geld, und sie ist zum großen Teil von ihm abhängig.«

»Es freut mich, daß er die Seinen nicht im Stich läßt.«

»Das würde er nie tun. Mit Etienne verhält es sich allerdings anders. Er ist mit Vergnügen hier und ist selig, daß Papa ihn als seinen Sohn anerkennt. Nur, daß er unehelich ist, das verdrießt ihn freilich. Ich glaube, auch Papa findet das bedauerlich. Etienne hofft beständig, legitimiert zu werden.«

»Ist das möglich?«

»Ich glaube, es ließe sich irgendwie bewerkstelligen. Etienne wäre liebend gern der zukünftige Comte und Erbe. Ich glaube, Papa würde ihn auch zu seinem Erben machen, hätte er nicht im Sinne, sich wieder zu vermählen, falls Mama stürbe. Er ist noch nicht zu alt dafür; er war erst siebzehn, als er meine Mutter geheiratet hatte. Ich bin sicher, daß er die Hoffnung auf einen ehelichen Sohn noch nicht aufgegeben hat.«

»Wie entsetzlich für deine Mutter!«

»Sie haßt ihn, und er verachtet sie. Ich glaube, sie hätte Todesängste, wenn Nou-Nou nicht da wäre. Nou-Nou hat meinem Vater von jeher mißtraut. Natürlich gibt es in ihren Augen keinen, der gut genug für ihre *mignonne* Ursule wäre. Nou-Nou war ihre Amme, als sie ein Baby war, und du weißt, wie vernarrt Ammen in ihre Zöglinge sein können. Sie war auch meine Kinderfrau, aber ihr Liebling war stets meine Mutter; und als meine Mutter leidend wurde, hat Nou-Nou es sich nicht nehmen lassen, sie ganz allein zu pflegen. Für meinen Vater ist das befremdlich, denn Nou-Nou besteht darauf, alles zu kochen, was meine Mutter zu sich nimmt.«

»Wie beschämend für ihn! Ich möchte wissen, warum er Nou-Nou nicht entläßt.«

»Das Ganze belustigt ihn eben. Er scheint alle Menschen zu respektieren, die ihn belustigen und die es mit ihm aufnehmen …«

»Dann frage ich mich, warum ihr das nicht alle tut.«

»Das möchten wir ja, doch sobald man ihm dann gegenübersteht, wenn er wütend ist und wie der Teufel persönlich aussieht, verläßt einen der Mut. Mir geht es jedenfalls so, und auch Etienne. Bei Léon bin ich nicht so ganz sicher. Er hat sich ihm ein- oder zweimal widersetzt. Nou-Nou ist entschlossen, meine Mutter mit allen Mitteln zu verteidigen, auch wenn sie dafür sterben müßte.«

»Aber das hieße ja, daß er deiner Mutter nach dem Leben trachtet.«

»Er hat Léons Bruder getötet.«

»Das war ein Unfall.«
»Schon, aber er hat ihn immerhin getötet.«
Ich erschauerte. Stärker als je fühlte ich, daß ich nach Hause zurückkehren sollte.
Es war Zeit für meine Verabredung mit Léon in der Bibliothek, und ich ging hinunter. Ich war fassungslos, als ich statt dessen den Comte dort antraf. Er saß in einem Sessel und las ein Buch. Die Bibliothek mit ihrem großen Kronleuchter, den Wänden voller Bücher, der bemalten Decke und den hohen Fenstern mit ihren Samtvorhängen war imponierend. Doch in diesem Augenblick gewahrte ich nichts davon, ich sah nur den Comte.
»Guten Morgen, Cousine«, sagte er, indem er sich erhob. Er kam zu mir, ergriff meine Hand und küßte sie. »Frisch und schön wie der junge Morgen sehen Sie aus. Ich hoffe, Sie haben gut geschlafen.«
Ich zögerte ein wenig. »So gut, wie es in einem fremden Bett möglich ist – vielen Dank.«
»Ach, ich habe schon in so vielen fremden Betten geschlafen, daß es mir gar nichts mehr ausmacht.«
»Ich bin hier mit Léon verabredet. Er will mir das Schloß zeigen.«
»Ich habe ihn fortgeschickt und ihm gesagt, daß ich das an seiner Stelle übernehmen werde.«
»Oh!« Ich war bestürzt.
»Ich hoffe, es ist Ihnen nicht unangenehm, aber ich fand, daß ich Ihnen mein Schloß persönlich zeigen müßte. Ich bin nämlich recht stolz darauf, müssen Sie wissen.«
»Das ist nur natürlich.«
»Es befindet sich seit fünfhundert Jahren im Besitz meiner Familie. Das ist eine lange Zeit, nicht wahr, Cousine?«
»Eine sehr lange Zeit. Halten Sie es für nötig, diese Farce mit der ›Cousine‹ aufrechtzuerhalten, wenn wir allein sind?«
»Um die Wahrheit zu sagen, es gefällt mir, Sie als meine Cousine zu betrachten. Geht es Ihnen nicht auch so?«

»Ich halte diese Verwandtschaft für so abwegig, daß ich sie überhaupt nicht ernst nehme. Sie mochte angehen, solange Margot und ich in ...«

Er hob eine Hand. »Denken Sie daran, daß ich verboten habe, diese Angelegenheit zu erwähnen.«

»Das ist doch absurd, sie ist ja der Anlaß meines Hierseins.«

»Das war doch nur der Anfang ..., ein Eröffnungszug. Spielen Sie Schach, Cousine? Sicherlich ja, nicht wahr? Wenn nicht, werde ich es Ihnen beibringen.«

Ich erzählte ihm, daß ich es mit meiner Mutter gespielt hätte. Sie habe es von meinem Vater gelernt, doch sei ich nicht sicher, daß ich mich mit ihm im Spiel messen könne.

»Aber gewiß. Ich freue mich auf die Abende, wenn wir über dem Schachbrett geistig miteinander ringen werden. Doch nun wollen wir zu unserem Rundgang aufbrechen. Wir werden die große Treppe emporsteigen, um zu dem alten Teil des Schlosses zu gelangen.«

»Es wird mir ein Vergnügen sein«, sagte ich.

»Ich bin gewiß ein besserer Führer als Léon. Schließlich befindet sich das Schloß ja seit Jahrhunderten im Besitz meiner Familie, nicht wahr? Und obwohl Léon sein gegenwärtiger Wohlstand wie selbstverständlich erscheint, hat er doch niemals vergessen, wem er ihn verdankt. Mit Etienne ist es dasselbe. Es gibt Dinge im Leben, die man vergessen, und andere, an die man sich erinnern sollte. Ein weiser Mensch vermag dies wohl zu unterscheiden; denn nur so wird er glücklich. Und ist es nicht das Glück, wonach wir alle streben? Der weise Mensch ist der glücklichste. Sind Sie auch dieser Meinung, Cousine?«

»Ja, ich glaube schon.«

»Ich bin entzückt. Endlich haben wir ein Gebiet entdeckt, auf dem wir übereinstimmen. Trotzdem hoffe ich, dies wird nicht allzuoft der Fall sein. Ich würde es genießen, öfters mit Ihnen die Klingen zu kreuzen.«

Wir waren zu einem großen Innenhof gekommen. Der Comte

erzählte mir, daß hier – wie ich bereits von Margot vernommen hatte – die Reit- und Fechtturniere stattzufinden pflegten. »Sehen Sie sich diese Stufen an. Eindrucksvoll, nicht wahr? Wie ausgetreten der Stein ist. Tausende von Füßen sind im Laufe der Jahrhunderte darüber hingeschritten. Die Gäste pflegten die Treppe auf und ab zu promenieren; auf diese Weise verschaffte man sich frische Luft. Und während der Turniere setzte man sich auf die Stufen, um das Schauspiel zu verfolgen. Auf der Plattform saß meine Familie im Kreise erlauchter Gäste und sah von hier aus zu. Und auf derselben Plattform hielten sie Gericht, genau wie die Könige das tun, und verhängten Strafen über Missetäter, die man ihnen vorführte und die manchmal in den Kerker verbannt wurden, aus dem so mancher von ihnen nie wieder herauskam. Das waren grausame Zeiten, Cousine.«

»Wir wollen hoffen, daß es heutzutage auf der Welt weniger grausam zugeht«, sagte ich.

Er legte mir eine Hand auf die Schulter und erwiderte: »Dessen bin ich nicht sicher. Wir wollen hoffen, daß die große Katastrophe verhindert werden kann, denn Gott weiß, was aus uns wird, wenn sie eintritt.«

Er schwieg eine Weile und erzählte mir dann, daß sich die Bettler an den Tagen, da die Comtes von Silvaine ihre Turniere abhielten, an den Stützpfeilern der großen Treppe aufzustellen pflegten und reich beschert wurden.

»Von der Plattform geht es zum Hauptteil des alten Schlosses. Kommen Sie, Cousine, hier sind wir in der Halle.«

»Gewaltig«, sagte ich.

»Sie mußte so groß sein. Hier spielte sich das öffentliche Leben ab. Hier empfing der Schloßherr seine Botschafter, hier sprach er Recht über Missetäter, hier versammelte er seine Leibeigenen, hier rief er seine Lehnsmänner zusammen, wenn er in den Krieg zog.«

Ich erschauerte.

»Ist Ihnen kalt, Cousine?« Er berührte sanft meinen Arm, und als ich, so unauffällig ich konnte, beiseite zu treten suchte, bemerkte er es und lächelte schwach.

»Nein danke«, sagte ich. »Ich dachte nur gerade an all das, was sich im Laufe der Jahrhunderte ereignet haben muß. Es ist fast, als wäre etwas davon zurückgeblieben.«

»Sie haben Phantasie. Das freut mich. Sie werden hier im Schloß vieles finden, das Ihre Vorstellungskraft beflügelt.«

»Das werde ich mit Interesse wahrnehmen ...« Irgend etwas ließ mich hinzufügen: »... während meines kurzen Aufenthaltes.«

»Ihr Aufenthalt, liebe Cousine, wird nicht kurz sein, das hoffe ich jedenfalls.«

»Ich habe mich entschlossen fortzugehen, sobald Margot sich erholt hat.«

»Vielleicht findet sich ein anderer Grund, Sie hier festzuhalten.«

»Das bezweifle ich sehr. Ich bin zu der Überzeugung gekommen, daß mein Platz in England ist ..., um an einer Schule zu unterrichten. Das ist mein Beruf.«

»Wenn ich mir erlauben darf, diese Rolle paßt nicht zu Ihnen.«

»Das mögen Sie getrost sagen, aber Ihre Meinung ändert nichts an meinen Absichten.«

»Ich glaube, Sie sind zu klug, um übereilt zu handeln. Die Schule hat sich nicht ausgezahlt. Haben Sie sie deswegen nicht aufgegeben? Joel, dieser Feigling, hat Sie der Gunst seiner Familie beraubt und ist dann abgereist. Eine solche Handlung kann *ich* nur verachten.«

»So ist es ganz und gar nicht gewesen.«

Er zog die Brauen hoch. »Ich weiß, daß er sich zu Ihnen hingezogen fühlte, was ich durchaus verstehen kann, doch als Papa mit der Peitsche knallte und sagte: ›Geh!‹ – da ist er gegangen.«

»Wie alle Eltern, so erwartete auch Sir John Gehorsam von seinem Sprößling, denke ich.«

»Ihr galanter Joel war kein Kind mehr. Man hätte annehmen sollen, daß er sich widersetzen würde. Aber nein. Jemanden, der

sich in der Liebe als Feigling erweist, kann ich nicht bewundern.«
»Von Liebe war nie die Rede. Wir waren gute Freunde. Im übrigen ist mir dieses Thema zuwider. Würde es Ihnen etwas ausmachen, mit der Besichtigung des Schlosses fortzufahren?«
Er neigte seinen Kopf. »Es ist mein Wunsch, Ihnen gefällig zu sein«, sagte er. »Durch diese Halle geht es zu einer Art Salon. Dieser Raum und die Schlafkammer waren die wichtigsten Zimmer für den Gebieter und seine Gemahlin. Das Schloß ist als Festung erbaut worden, müssen Sie wissen. Die Bequemlichkeiten des täglichen Lebens waren nicht so wichtig wie die Befestigungsanlagen.«
»Der Salon ist ja so groß wie die Halle.«
»Ja, hier wurden die Gäste bewirtet. Man stellte Tische auf Gerüste, und auf dem Podium stand ein weiterer Tisch – der Speisetisch der Erhabenen. An ihm saßen der Schloßherr, seine Gemahlin und die höchsten Gäste. Nach dem Festmahl wurden die Tische beiseite geräumt, und die Gäste setzten sich rund um das große Feuer ..., hier in der Mitte ..., ein offenes Feuer.«
»Ich kann sie mir vorstellen, wie sie in der Runde saßen und sich Geschichten erzählten ...«
»Und ihre Lieder sangen. Die Spielleute kamen regelmäßig. Sie durchstreiften das Land und kehrten in Schlössern und großen Häusern ein, wo sie sich ihr Abendbrot ersangen. Sie arbeiteten hart, die armen Teufel, oftmals wurden sie schlecht bewirtet, manchmal wurde ihnen sogar die Belohnung nach ihrer Vorstellung verweigert.«
»Aber gewiß nicht in diesem Schloß.«
»Bestimmt nicht. Meine Vorfahren waren wild und zügellos, doch bei allen Geschichten, die ich von ihrer Ruchlosigkeit gehört habe, war nie von Gemeinheit die Rede. Sie waren Verschwender, in jeder Hinsicht rücksichtslos, aber nie habe ich von einer Weigerung gehört, jene zu entlohnen, die uns gedient haben. Der erhöhte Tisch, den Sie dort drüben sehen, stand

über den niedrigen Tischen, so daß wir auf unsere weniger bedeutenden Gäste herabschauen konnten. Wir haben diesen Teil des *Châteaus* unverändert gelassen und benutzen ihn nur zu feierlichen Anlässen. Ich lasse mich gern daran erinnern, wie meine Ahnen gelebt haben. Natürlich streuen wir heute keine Binsen mehr auf den Fußboden. Das war ein widerwärtiger Brauch! Da war *empimenter* häufig vonnöten. Ah, Cousine, Sie blicken verwirrt. Sie wissen nicht, was *empimenter* bedeutet? Geben Sie es zu. Letztlich habe ich obsiegt.«

»Obsiegt? Ich verstehe nicht, wieso Sie annehmen, daß ich mir einbilde, alles zu wissen.«

»Sie sind eben so geistreich, daß ich stets das Gefühl habe, Sie gehen aus jeder Herausforderung als Siegerin hervor.«

»Was soll dieses ... Gefecht ohne Waffen eigentlich?« fragte ich schroff.

»Das scheint zur Natur unserer Beziehung zu gehören.«

»Sie sind mein Dienstherr, und ich bin Ihre Untergebene – so sieht unsere Beziehung aus. Es ist meine Pflicht, Sie zufriedenzustellen, nicht zu fechten, zu stürmen oder ...«

»Ich habe Sie nur ein einziges Mal aus der Fassung gebracht, Cousine. Das war in den Tagen vor unserer Verwandtschaft, als Sie in meine Schlafkammer schlichen und dabei ertappt wurden. Da sahen Sie wie ein ungezogenes Kind aus, und ich muß gestehen, daß ich seit diesem Augenblick von Ihnen entzückt bin.«

»Sie sollten begreifen ...«

»O ja, ich begreife schon. Ich begreife vollkommen. Ich weiß, daß ich mit aller Sorgfalt vorgehen muß. Ich weiß, daß Ihnen eine Flucht vorschwebt. Welch eine Tragödie wäre das doch ... für mich ... und vielleicht auch für Sie! Nur keine Angst, kleine Cousine. Ich sagte Ihnen ja schon, daß ich aus einem Geschlecht tollkühner Männer stamme, doch rücksichtslos bin ich nur, wenn es die Umstände erfordern.«

»Dies scheint mir eine etwas abschweifige Unterhaltung, die da aus meiner Unkenntnis des Ausdrucks – hieß er *empimenter?* – entstanden ist.«

»Es war kaum wahrscheinlich, daß Sie dieses Wort kannten, denn es wird glücklicherweise heute kaum noch verwendet. Es bedeutet die Verbreitung von Wohlgeruch durch Verbrennen von Wacholderzweigen oder orientalischen Düften, und das geschah immer dann, wenn der Gestank der Binsen unerträglich wurde.«

»Es wäre gewiß einfacher gewesen, die Binsen zu entfernen.«

»Man wechselte sie hin und wieder aus, doch sie rochen so stark, daß ihre Dünste zurückblieben. Sehen Sie diese Truhen: Darin wurden unsere Schätze aufbewahrt ... Gold- und Silbergefäße und natürlich Pelze ..., Zobel, Hermelin und Feh. Waren die Truhen geschlossen, schauen Sie, so konnte man sie als Sitze benutzen, denn die Mauerbänke boten nicht genügend Platz für unsere Gäste. Viele hockten sich einfach auf den Boden, im Winter versammelten sie sich rund um das Feuer. Vom Salon aus betreten wir das Schlafgemach. Hier wurden viele meiner Vorfahren geboren.«

Unsere Schuhe klapperten auf dem Steinboden. Der Raum enthielt kein Bett, nur ein paar schwere Möbelstücke, die, so stellte ich mir vor, benutzt worden waren, bevor der neuere Teil des Schlosses erbaut wurde.

Von diesem Zimmer aus traten wir in verschiedene kleinere Kammern, alle spärlich möbliert; steinerne Wände und Fußböden.

»Das Heim eines mittelalterlichen Edelmannes«, sagte der Comte. »Es nimmt kaum wunder, daß wir uns mit der Zeit elegantere Domizile bauen mußten. Wir waren sehr stolz auf unsere Schlösser, das darf ich wohl sagen. Unter der Regentschaft von François I. blühte die Baukunst auf. Wir taten es dem König nach, wie Sie sehen. Er war den Künsten sehr zugetan. Von ihm stammt der Ausspruch: Menschen können einen König machen, aber nur Gott kann einen Künstler machen. Da er sich für

Architektur interessierte, kam es bei seinen Anhängern ebenfalls in Mode, sich dafür zu interessieren, und wir wetteiferten miteinander in der Errichtung schöner Häuser. Wir bauten, teils um mit unserem Reichtum zu prunken, teils um heimlichen Beschäftigungen nachzugehen. Deshalb hatten wir versteckte Zimmer und Geheimgänge, die niemand außer uns selbst kennen durfte – vielleicht werde ich sie Ihnen eines Tages zeigen. Eine hochstehende Dame ließ ihren Baumeister enthaupten, um sicherzugehen, daß er die geheimen Pläne ihres Hauses nicht weitergeben würde.«

»Eine drastische Maßnahme.«

»Aber wirksam, das müssen Sie zugeben. Ach, liebe Cousine, wie ergötzt es mich doch, Sie zu schockieren!«

»Ich fürchte, ich muß Ihr Vergnügen dämpfen, indem ich Ihnen sage, daß ich diese Geschichte nicht glaube.«

»Das sollten Sie aber. Der Schloßherr – und das bedeutet, sein ganzes unermeßliches Reich – ist der Gebieter. Seine Taten dürfen von seinen Untertanen nicht in Frage gestellt werden.«

»Dann kann ich nur hoffen, daß Sie nicht beabsichtigen, Ihre Macht auf solche Weise auszuüben.«

»Das dürfte davon abhängen, wie weit man mich dazu reizt.«

»Ich vermute, das Schloß beherbergte eine Menge Menschen«, sagte ich, um das Thema zu wechseln, was mir gewiß verübelt wurde, da nur der Comte zu entscheiden hatte, wann ein Gesprächsgegenstand erschöpft war.

Er hob seine Augenbrauen, und ich dachte schon, er wollte mich rügen, doch dann überlegte er es sich anders. »Eine große Menge«, sagte er. »Da waren zunächst die Junker, wie man sie nannte. Sie standen den verschiedenen Abteilungen des Hauswesens vor. Da gab es einen Junker für die Tafel, einen Kammerjunker, einen für den Weinkeller und so weiter. Sie stammten meist aus adeligen Familien und wurden hier auf ihren Eintritt in den Ritterorden vorbereitet. Man führte also einen großen Haushalt. Natürlich machten die Ställe einen wichtigen

Teil des Schlosses aus. Damals gab es noch keine Kutschen, sondern man hielt sich alle Arten von Pferden – Zugpferde, Zelter, und der Schloßherr selbst benutzte die edelsten Reitpferde. Als Gegenleistung für ihre Dienste erhielten die Junker ihre Ausbildung vom Schloßherrn, und sein Reichtum und sein Einfluß wurden an der Anzahl der Junker, die er unterwies, gemessen.«

»Obschon dieser Brauch nicht mehr besteht, halte ich Etienne und Léon in gewisser Hinsicht für die Junker von heute.«

»Man könnte sie so nennen. Sie erhalten eine noble Erziehung und erlernen die feine Lebensart. Und sie sind hier, weil ich ihren Eltern etwas schulde. Ja, man könnte sagen, dies sei etwas Ähnliches. Ah, hier ist noch eine Kammer, die ich Ihnen zeigen muß: *Chambre des Pucelles* – die Jungfernkammer.«

Ich blickte in den großen Raum. In einer Ecke stand ein Spinnrad, und die Wände waren mit Teppichen behangen.

»Die Teppiche haben die Jungfern angefertigt«, sagte der Comte. »Das Zimmer ist hell, wie Sie sehen. Sie müssen sich vorstellen, wie sie alle, die Köpfe über ihre Arbeit gebeugt, emsig mit der Nadel hantierten. Auch die Jungfern wurden in das Schloß aufgenommen. Sie mußten aus guter Familie stammen und ausgezeichnet mit der Nadel umzugehen verstehen. Der vortreffliche Umgang mit der Nadel wurde als unbedingt notwendig für eine gute Erziehung angesehen. Und Sie, Cousine, wie gut verstehen Sie sich auf Nadelarbeit?«

»An solcher Ausbildung mangelt es mir ganz und gar, fürchte ich. Ich nähe nur, wenn es unumgänglich ist.«

»Das freut mich. Das ständige Bücken über der Stickerei ist schlecht für die Augen und für die Haltung. Ich kann mir viele Beschäftigungen vorstellen, die einer Frau besser anstehen.«

»Was stellen die Szenen auf den Wandteppichen dar?«

»Irgendeinen Krieg zwischen den Franzosen und einem Feind ..., den Engländern wahrscheinlich. Das war das Übliche.«

»Und die Franzosen waren die Sieger, nehme ich an?«
»Selbstverständlich. Der Teppich wurde von französischen Frauen gefertigt. Die Völker machen es mit ihren Tapisserien genauso, wie sie es mit ihren Geschichtsbüchern machen. Es ist erstaunlich, wie die richtigen Worte – oder Bilder – eine Niederlage in einen Sieg verwandeln können.«
»Ich habe gelernt, daß die Engländer aus Frankreich vertrieben wurden, und niemand hat je versucht, das zu leugnen. Dasselbe lehrten meine Mutter und ich unsere Schülerinnen.«
»Sie sind eine sehr kluge Lehrerin, Cousine.«
Ich glaubte, er machte sich über mich lustig, trotzdem genoß ich dieses Erlebnis. Es gefiel mir sehr, seiner Stimme zuzuhören, sein Mienenspiel zu beobachten, das Anheben der feingezeichneten Brauen, die flinken Bewegungen der Lippen. Es machte mir Spaß, ihm zu zeigen, daß er, mochte er auch alle anderen im Haus kommandieren, nicht über mich gebieten konnte. Ich fühlte mich so belebt wie selten, und während der ganzen Zeit wußte ich, daß ich mich tollkühn verhielt und eigentlich nach allem, was man mich früher gelehrt hatte, lieber meine Abreise planen sollte.
»Die Gouvernante pflegte bei den Jungfern in ihrer Kammer zu sitzen«, fuhr der Comte fort. »Ich könnte mir *Sie* gut in dieser Rolle vorstellen. Ihr goldenes Haar fällt lose, vielleicht auch geflochten, und eine Flechte fällt auf Ihre Schulter. Sie schauen sehr streng, wenn die Mädchen einen falschen Stich machen und zuviel oder zu frivol plaudern, und trotzdem gefällt Ihnen ihr Geschwätz, das sich um all die Fehltritte dreht, die im Schloß – womöglich von hoher Stelle – begangen werden. Sie tadeln sie und hoffen doch, daß sie fortfahren, denn ich nehme an, Sie können sehr hinterlistig sein, Cousine.«
»Was führt Sie zu dieser Annahme?«
»Ich habe etwas entdeckt: Sie sagen, daß Sie vorhaben heimzukehren, und dabei wissen Sie die ganze Zeit lang, daß Sie hier

bleiben wollen. Sie schauen mich mißbilligend an, doch ich frage mich, wie tief Ihre Mißbilligung geht.«

Ich war erschüttert. Konnte es wahr sein, daß ich mich selbst betrog? Seit ich ihn kannte, schien ich in allem unsicher, insbesondere in bezug auf mich selbst. Meine Vernunft gebot mir, fortzugehen, bevor ich noch weiter in alles hineingezogen würde, und doch ... Vielleicht hatte er recht. Ich machte mir etwas vor. Ich redete mir ein, ich würde fortgehen, und dabei wußte ich, daß ich bleiben würde.

Ich sagte bissig: »Es steht mir nicht an, zu billigen oder zu mißbilligen.«

»Ich bin der Ansicht, daß Sie sich in meiner Gesellschaft wohl fühlen. Sie sprühen, Sie sind widerspenstig, es gefällt Ihnen, mich herauszufordern – kurz, ich habe die gleiche Wirkung auf Sie, die Sie auf mich haben, und darüber sollten wir uns freuen ..., statt dagegen anzukämpfen.«

»Monsieur le Comte, Sie irren sich gewaltig.«

»Und Sie irren sich, indem Sie die Wahrheit leugnen und mich Monsieur le Comte nennen, obwohl ich klar befohlen habe, daß Sie Charles zu mir sagen sollen!«

»Ich habe nicht angenommen, daß dies ein Befehl war, dem ich unbedingt Folge zu leisten hätte.«

»Alle Befehle sind dazu da, daß sie befolgt werden.«

»Aber ich bin keiner von Ihren Junkern. Ich kann schon morgen abreisen. Nichts kann mich hier festhalten.«

»Doch, Ihre Zuneigung zu meiner Tochter. Das Mädchen befindet sich in einem jämmerlichen Zustand. Solche hysterischen Ausbrüche wie gestern liebe ich ganz und gar nicht. Ich fühle mich dabei sehr unwohl. *Sie* können meine Tochter beruhigen. Sie können sie zur Vernunft bringen. Sie wird bald heiraten, das habe ich beschlossen. Ich möchte, daß Sie bei ihr bleiben ..., bis sie wohlbehalten vermählt ist. Danach dürfen Sie in Erwägung ziehen, uns zu verlassen. In der Zwischenzeit würde ich bestimmte Geldbeträge auf ein Konto einzahlen, damit Sie später genug Geld haben, um eine Schule zu gründen ..., vielleicht in Paris, wo Sie Englischunterricht erteilen können. Ich könnte Ihnen viele Schülerinnen schicken, so wie es Sir John in England getan hat. Es ist nicht mehr lange hin bis zur Vermählung. Marguerite hat bewiesen, daß sie reif für die Ehe ist. Ich weiß, daß Sie eine sehr vernünftige junge Frau sind. Zuviel verlange ich doch nicht von Ihnen, oder?«

»Ich muß erst einmal die Entwicklung abwarten. Ich kann nichts versprechen.«

»Aber Sie werden doch zumindest an unsere arme Marguerite denken.«

Das sei selbstverständlich, erwiderte ich.

Durch den alten Teil des *Châteaus* kamen wir zu dem Trakt, der dreihundert Jahre später erbaut worden war. Hier herrschte die Eleganz des sechzehnten und siebzehnten Jahrhunderts vor.

»Das hier werden Sie nach und nach kennenlernen«, sagte er. »Es lag mir nur daran, Ihnen den alten Teil des Schlosses persönlich zu zeigen.«

Der Rundgang war vorüber. Die Stimmung des Comte schien verändert, er war ein wenig verdrießlich geworden. Ich fragte mich, warum. Obgleich ich an seiner Gesellschaft Gefallen gefunden hatte, war ich erleichtert, nun allein zu sein, um über alles Gesagte nachdenken zu können; denn ich war überzeugt, daß hinter der Unterhaltung eine Menge Anspielungen verborgen waren.

2

Margot litt nicht nur seelisch, sondern auch körperlich unter ihrem Mißgeschick. Sie ermüdete schnell und grämte sich nach wie vor um ihr Baby. Es bestand kein Zweifel, daß sie mich brauchte. Sie tat mir leid, denn ich erkannte, daß sie sich unter ihren eigenen Angehörigen ein wenig verloren vorkam. Bei solchen Eltern war das kein Wunder, und ich empfand die Liebe und Klugheit meiner Mutter nur um so dankbarer – das war ein kostbareres Geschenk als alles, was der armen Margot mit ihrer edlen Abstammung und all dem Reichtum dieser Familie zuteil wurde. Und Etienne und Léon, obwohl in diesem Hause aufgewachsen, waren doch keine richtigen Brüder.

Nou-Nou zeigte Verständnis für Margots Zustand; sie gehörte zu den wenigen, die in das Geheimnis eingeweiht waren. Sie verordnete ein paar Tage Bettruhe und eine Diät, die auch ein paar von Nou-Nous eigenen Arzneien einschloß. Deren Heilwirkung schien im wesentlichen darin zu bestehen, Margot mehr Schlaf zu verschaffen. Ich war überzeugt, daß dies genau das Richtige für sie war, da sie erfrischt und besser aufgelegt erwachte.

Ich hatte dadurch viel Zeit für mich selbst, und sowohl Etienne als auch Léon bemühten sich redlich, liebenswürdig zu sein. Mit jedem von ihnen ritt ich aus, und dabei ereigneten sich Dinge, die mir im nachhinein bedeutungsvoll zu sein schienen.

Am Nachmittag desselben Tages, an dem der Comte mich durch den alten Teil des Schlosses geführt hatte, fragte mich Etienne, ob ich Lust hätte, mit ihm auszureiten. Er wolle mir die Landschaft zeigen, sagte er.

Ich war immer gern geritten – selbst auf der armen kleinen Jenny –, und des öfteren dachte ich sehnsüchtig an Dower zurück. Darum sagte ich bereitwillig zu, zumal ich mein elegantes Reitkostüm besaß, das meine Mutter für mich gekauft hatte, um Joel Derringham zu beeindrucken; ich war also bestens ausgestattet.

Auf die Frage, welches Pferd ich denn reiten solle, versicherte mir Etienne, daß sich in den Ställen genau das Richtige für mich finden würde. Er hatte recht. Wir wählten einen wunderschönen Rotschimmel.

»Nicht allzu lebhaft«, meinte Etienne. »O ja, ich weiß, daß Sie eine ausgezeichnete Reiterin sind, aber für den Anfang ...«

»Ich weiß gar nicht, wie Sie darauf kommen«, erwiderte ich. »Ich kann zwar reiten, aber nicht sehr gut.«
»Sie sind zu bescheiden, Cousine.«
Bei dem Wort »Cousine« mußte ich unwillkürlich lächeln. War ich die Cousine des Comte, dann mußte Etienne freilich wünschen, daß ich auch seine Cousine war. Allmählich fing ich an, Etienne zu begreifen.
Seine Manieren waren tadellos. Er half mir beim Aufsteigen und machte mir ein Kompliment über meine Ausrüstung. »Höchst elegant«, fand er.
»Das dachte ich zu Hause auch«, sagte ich, »aber hier bin ich mir nicht mehr so sicher. Merkwürdig, wie anders Kleider in einer neuen Umgebung wirken können.«
»Sie würden in jeder Umgebung reizend aussehen«, gab Etienne galant zurück.
Die Landschaft war schön; die Blätter an den Bäumen hatten herbstliche Färbung angenommen. Wir kanterten und galoppierten, und ich war froh, daß ich auf Dower so viel Übung im Reiten erlangt hatte. Etienne kümmerte sich rührend um mich, er behielt mich stets im Auge, und wenn er glaubte, daß ich mich nicht mehr halten könnte, war er gleich an meiner Seite, um sich zu vergewissern, daß mir nichts fehlte.
Auf dem Rückweg zum *Château* – wir waren nach meiner Schätzung etwa zwei Meilen davon entfernt – kamen wir zu einem Haus an einem Hohlweg, einem hübschen Gebäude aus grauem Stein, von Schlingpflanzen überwuchert, deren Blätter sich rötlich zu färben begannen, was die reizvolle Wirkung noch erhöhte.
Eine Frau stand am Tor, als hielte sie nach jemandem Ausschau. Ich war von ihrer wahrhaft leuchtenden Schönheit auf Anhieb gefesselt. Sie hatte dichtes rotes Haar und grüne Augen; sie war groß, zur Fülle neigend und sehr elegant.
»Ich muß Sie unbedingt Madame LeGrand vorstellen«, sagte Etienne.

»Das ist wohl der nächste Nachbar des *Châteaus.*«
»Da haben Sie recht«, antwortete Etienne.
Madame LeGrand hatte das Tor geöffnet. Wir stiegen ab, und Etienne half mir, indem er mein Pferd hielt. Anschließend band er beide Pferde an dem eigens dafür bestimmten Pfosten fest.
»Dies ist Mademoiselle Maddox«, sagte Etienne.
Madame LeGrand kam auf mich zu. Sie trug ein grünes Gewand, das ihr gut stand und zu ihren Augen paßte. Ein Reifen unter dem Rock betonte ihre schmale Taille, und der Stoff fiel in etliche Bahnen drapiert zu Boden, indem er sich zu beiden Seiten teilte und ein Unterkleid aus Satin in einer etwas dunkleren grünen Schattierung freigab. Ihr Haar war aufs sorgfältigste frisiert – hochgetürmt, nach der in Frankreich vorherrschenden Mode, welche die Königin eingeführt hatte, die ihrer hohen Stirn wegen eine aufgebauschte Frisur brauchte. Das Mieder der grünen Robe war tief ausgeschnitten und entblößte den weißen Hals und den Ansatz eines wohlgeformten, üppigen Busens. Madame LeGrand war eine auffallend schöne Frau.
»Ich habe bereits davon gehört, daß Sie auf dem *Château* weilen, Mademoiselle«, begrüßte sie mich, »und ich hoffe, Sie geben mir die Ehre, ein Glas Wein bei mir zu trinken.«
Ich antwortete, es sei mir ein Vergnügen.
»Kommen Sie in den Salon.«
Wir betraten eine kühle Halle, in der Blätter in den unterschiedlichsten Grüntönen arrangiert waren. Grün war eindeutig die Lieblingsfarbe von Madame LeGrand. Sie paßte zu ihr. Ihre grünen Augen mit den dichten schwarzen Wimpern waren sehr anziehend, besonders im Kontrast zu dem flammendroten Haar.
Der Salon war klein, vielleicht schien es mir auch nur so, weil ich mich bereits an die Räumlichkeiten im Schloß gewöhnt hatte. Im Vergleich zu den Zimmern im Schulhaus würde man den Salon groß nennen. Die Möblierung war ebenso elegant wie im Schloß, und edle Teppiche bedeckten den Boden. Das blasse

Grün der Vorhänge traf genau den Ton der Polsterkissen. Es war ein wahrhaft anmutiges Zimmer.
Der Wein wurde hereingebracht, und Madame LeGrand fragte mich, wie es mir auf dem *Château* meines Cousins gefiele.
Eine Weile zögerte ich. Ich konnte mich einfach nicht an den Gedanken gewöhnen, die Cousine des Comte zu sein. Ich antwortete, daß ich alles sehr interessant fände.
»Merkwürdig, daß Sie dem Comte und Margot erst neuerdings begegnet sind. Sie müssen doch von dieser Verwandtschaft gewußt haben.«
Ich hatte das Gefühl, daß sowohl Madame LeGrand als auch Etienne mich gespannt beobachteten.
»Nein«, sagte ich. »Es war eine Überraschung.«
»Wie interessant! Und wie sind Sie einander begegnet?«
Der Comte hatte einmal bemerkt, daß, wenn man eine Rolle spiele, es klug sei, sich so dicht wie möglich an die Wahrheit zu halten. »Das geschah zufällig, als der Comte mit seiner Familie im Hause von Sir John Derringham in England weilte.«
»Also befanden Sie sich zu der Zeit auch dort zu Besuch?«
»Nein. Ich war dort zu Hause. Meine Mutter hatte eine Schule.«
»Eine Schule? Wie ausgefallen!«
»Mademoiselle Maddox ist eine sehr gebildete junge Dame«, sagte Etienne.
»Das war keineswegs ausgefallen«, erwiderte ich scharf. »Meine Mutter war Witwe und mußte sich und ihre Tochter ernähren. Sie besaß das Talent zu unterrichten, und deshalb gründete sie eine Schule.«
»Und der Comte hat diese Schule entdeckt«, ergänzte Etienne. »Seine Tochter war dort Schülerin.«
»Ah, ich verstehe«, sagte Madame LeGrand. »Und dann hat er herausgefunden, daß Sie mit ihm verwandt sind.«
»Ja ..., so ähnlich war es.«
»Es muß doch fremdartig für Sie sein, von einer Schule ...

hierher zu kommen.« Sie wies mit einer Hand in Richtung des *Châteaus*.
»Das stimmt. Ich war sehr glücklich in der Schule. Solange meine Mutter lebte, waren wir leidlich zufrieden.«
»Wie traurig. Und dann sind Sie nach Frankreich gekommen?«
»Marguerite brauchte Erholung. Sie fühlte sich nicht wohl. Darum habe ich sie begleitet.«
»Und die Schule?«
»Die habe ich aufgegeben.«
»Also beabsichtigen Sie ..., endgültig hier zu bleiben?«
Ich fand, daß sie zu viele Fragen stellte, um höflich zu sein, und daß es töricht von mir war anzunehmen, daß ich sie alle beantworten müßte.
Kühl sagte ich: »Madame, ich habe noch keine bestimmten Pläne, so daß es mir nicht möglich ist, mich mit Ihnen darüber zu unterhalten.«
»Mademoiselle Maddox spricht sehr gut Französisch, nicht wahr, Etienne?«
Etienne lächelte mir zu. »Ich habe selten jemanden aus England gehört, der unsere Sprache so gut beherrscht.«
»Nur eine ganz winzige Andeutung von einem Akzent.«
»Aber das ist so charmant«, fügte Etienne hinzu.
Madame nickte, und ich fand, daß ich nun an der Reihe sei, Fragen zu stellen. »Sie haben ein bezauberndes Haus, Madame. Leben Sie schon lange hier?«
»Schon gut neunzehn Jahre.«
»Es ist wohl das dem *Château* am nächsten gelegene Haus.«
»Es liegt weniger als zwei Meilen davon entfernt.«
»Sie müssen glücklich sein, ein solch hübsches Anwesen Ihr eigen nennen zu dürfen.«
»Ich bin glücklich hier, aber es gehört mir nicht. Es ist, wie alles in der Umgebung, Eigentum des Comte Fontaine Delibes. Mademoiselle, sind Sie schon öfter in Frankreich gewesen?«
»Ich war noch nie hier, bevor ich mit Margot herkam.«

»Wie interessant.«

Ich wechselte das Thema. Wir sprachen über die Schönheit des Landes, über Ähnlichkeiten und Unterschiede im Vergleich zur englischen Landschaft. Die Unterhaltung verlief nun in üblichen Bahnen.

Nach einer Weile erhoben wir uns zum Gehen, und Madame LeGrand nahm meine Hände in die ihren und äußerte den Wunsch, ich möge Zeit finden, sie wieder zu besuchen.

»Etienne schaut zu meiner Freude häufig herein. Er muß Sie wieder mitbringen, Mademoiselle. Oder wenn Sie allein kommen mögen? Es würde mir ein Vergnügen sein.«

Ich dankte ihr für die Gastfreundschaft, während Etienne unsere Pferde losband.

Während wir aufstiegen sagte ich: »Was für eine schöne Frau.«

»Das finde ich auch«, antwortete er. »Aber ich bin vielleicht voreingenommen.«

Ich blickte ihn verwundert an. Er lächelte, und während er seine Augen fest auf mein Gesicht heftete, als wartete er gespannt auf meine Reaktion, fügte er hinzu: »Wären Sie darauf gekommen, daß sie meine Mutter ist?«

Bestürzt dachte ich sogleich an ihre Beziehung zum Comte. Ich fragte mich, ob sie und Etienne ihre Identität absichtlich vor mir verschwiegen hatten, damit Etienne mich auf diese Weise überraschen könne.

Ich war dankbar, daß es mir möglich war, meine Ruhe zu bewahren, indem ich der Bemerkungen meiner Mutter gedachte, daß eine englische Lady nie ihre Gefühle zeigen dürfe, und schon gar nicht, wenn sie aufgewühlt ist. War ich jetzt aufgewühlt? Ich war auf jeden Fall bestürzt. Ich sagte: »Sie sind gewiß sehr stolz auf Ihre schöne Mutter.«

»Ja«, erwiderte er.

War sie wohl immer noch die Mätresse des Comte? fragte ich mich. Sie bewohnte ein Haus nahe beim *Château* ..., sein Haus. Ob er sie hier besuchte? Ob sie ins *Château* kam?

Eigentlich ging mich das überhaupt nichts an, sagte ich grimmig zu mir selbst.

Tags darauf unternahm ich einen Spazierritt mit Léon. Mit ihm ließ sich zwangloser plaudern als mit Etienne. Er war ungehemmter, wirkte natürlicher.
Für ihn gab es keinen Grund, die Tatsache zu verheimlichen, daß er ein Bauernsohn war, und das gefiel mir an ihm.
Er besaß zwar nicht das gute Aussehen von Etienne, war aber dafür um vieles charmanter. Die tiefblauen Augen in seinem braunen Gesicht hatten etwas ungemein Fesselndes. Sein dunkles krauses Haar war kurzgeschnitten und lag wie eine Kappe auf seinem Kopf. Seiner gutsitzenden, aber praktischen Kleidung fehlten der Schick und die Eleganz von Etiennes Habit.
Léon ritt sein Pferd so gut, als sei er mit dem Tier verwachsen. Ich ritt dieselbe Rotschimmelstute, die ich bereits tags zuvor gehabt hatte. Ich war jetzt mit ihr etwas vertrauter, und sie gewiß auch mit mir.
Léon besaß ein fröhlicheres Naturell als Etienne – er war unbekümmerter. Wie Etienne machte auch er mir ein Kompliment über mein Reitkostüm. Wir unterhielten uns eine Weile über die Pferde. Ich erzählte ihm von Dower, daß ich es bedauerte, sie zurückgelassen zu haben, und daß ich davor auf Jenny geritten war.
Dann sprach ich zu ihm von meiner Mutter, und es fiel mir leicht, unbeschwert von ihr zu erzählen. Ich hatte die Gewißheit, daß er mich verstand, obgleich ich nicht sicher war, wieso ich dies nach einer so kurzen Bekanntschaft eigentlich annehmen konnte. Léons Natürlichkeit zog mich einfach an. Er war frei und offen, also durfte ich es ebenso sein.
»Was würde Ihre Mutter denken, wenn sie wüßte, daß Sie hier sind?« fragte er.
Ich zögerte. Ich wußte sehr wohl, daß sie den Comte von

Herzen verabscheuen würde. Aber sie hätte mit Freuden wahrgenommen, daß man mich im Schloß wie einen Gast behandelte.
Ich erwiderte: »Ich glaube, sie hätte mir zugestimmt, daß es klug war, die Schule aufzugeben … Ich steckte nämlich in ziemlichen Schwierigkeiten.«
»Und sie würde es vermutlich für *comme il faut* halten, daß Sie bei Ihren Verwandten wohnen?«
»Ich glaube, Marguerite war froh, mich bei sich zu haben«, antwortete ich ausweichend.
Er lächelte anzüglich. »Und der Comte ist ebenfalls froh – das zeigt er sehr deutlich.«
»Er erweist sich als zuvorkommender Gastgeber.«
Nach unserer vorhergehenden Offenheit errichtete diese Anspielung auf etwas, das ein Geheimnis bleiben mußte, vorübergehend eine Barriere zwischen uns.
Dann sagte Léon: »Ich habe gehört, daß Sie gestern bei Gabrielle LeGrand waren.«
»O ja.«
»Sie ist eine gute Freundin des Comte, was Ihnen zweifellos nicht entgangen ist.«
»Ich habe erfahren, daß sie Etiennes Mutter ist.«
»Ja. Sie ist seit Jahren mit dem Comte befreundet.«
»Ich verstehe«, sagte ich.
Mir fielen die Worte ein, die ich zwischen ihm und Etienne belauscht hatte, und ich dachte, daß er mich warnen wollte. Sie glaubten nicht an die Verwandtschaft – und das überraschte mich nicht. Für Léon schien festzustehen, daß der Comte mir in England begegnet war und Gefallen an mir gefunden hatte; daß er etwas mit mir plante und mich nach Frankreich gebracht hatte, um sein Vorhaben zu verwirklichen. Léon muß eine schlechte Meinung von mir gewonnen haben. Aber wie hätte ich ihm zu verstehen geben können, daß ich ausschließlich gekommen war, weil Margot mich brauchte?

»Ich vermute«, sagte er im Plauderton, »daß sich das Leben in England ganz anders abspielt als hier.«
»Natürlich ..., aber im Grunde ist es dasselbe.«
»Würde Ihr Sir John auch so vermessen sein, seine Mätresse gleich nebenan wohnen zu lassen? Was würde seine Gattin dazu sagen?«
Ich versuchte, mir meine Betroffenheit nicht anmerken zu lassen. »Nein, das wäre unmöglich. Sir John würde sich auf keinen Fall so betragen.«
»Hier bei uns ist das nichts Ungewöhnliches. Einige unserer Könige sind mit dem Beispiel vorangegangen.«
»Auch bei uns gab es Könige, die solche Sitten pflegten, allen voran Charles II.«
»Er hatte eine französische Mutter.«
»Es liegt Ihnen offenbar viel daran zu beweisen, daß Ihre Landsleute eine lockere Moral haben.«
»Ich glaube, wir legen verschiedene Maßstäbe an.«
»Das, was Sie meinen, gibt es ganz sicher auch in England, aber es vollzieht sich weniger öffentlich. Ob die Geheimhaltung eine Tugend ist, vermag ich nicht zu beurteilen. Aber ich glaube, daß sie den Betroffenen das Leben erleichtert.«
»Einigen gewiß.«
»Den Ehefrauen zum Beispiel. Es ist nicht gerade angenehm, die Untreue des Gatten unverhüllt vor Augen geführt zu bekommen. Wenn andererseits der Gatte und seine Geliebte sich öffentlich treffen, erspart ihnen das eine Menge Ausflüchte.«
»Ich sehe, Sie sind eine Realistin, Mademoiselle, und Sie sind viel zu aufrichtig und zu reizend, um sich je in derartige Machenschaften zu verstricken.«
O ja, das war eine unmißverständliche Warnung. Ich hätte beleidigt sein können, aber aus seinen Augen sprach echte Besorgnis, und ich fühlte mich unweigerlich zu ihm hingezogen.
»Sie dürfen gewiß sein, daß dies nie der Fall sein wird«, sagte ich entschlossen.

Sein Gesicht hellte sich auf, und ich konnte seine Gedanken lesen: Er glaubte, der Comte hätte seine Cousine entdeckt – oder falls diese Verwandtschaft erfunden war, daß ich nichts davon wüßte –, hätte sie als Gesellschafterin seiner Tochter eingeladen, und da sie in der prüden englischen Gesellschaft aufgewachsen war, ahnte sie nichts von seinen unlauteren Absichten. Léon hatte in jeder Hinsicht unrecht, aber er gefiel mir wegen seiner Besorgnis und seiner Anteilnahme.

Er schien seine Ängste, die ihn um meinetwillen plagten, zu verwerfen und nunmehr unseren Ritt zu genießen. In erfreulicher Offenheit begann er von sich zu erzählen.

Ein seltsames Schicksal, bei dem alles von einem einzigen Zufall abhing – dem Tod seines Zwillingsbruders, den der Comte verursacht hatte.

»Denken Sie nur«, sagte Léon, »ohne diesen Vorfall wäre mein Leben ganz anders verlaufen. Der arme kleine Jean-Pierre. Ich frage mich oft, ob er wohl zu mir herunterschaut und sagt: ›Du, das alles verdankst du nur mir.‹«

»Es war ein schreckliches Ereignis, und doch war es, wie Sie schon sagten, von Vorteil für Sie.«

»Wenn ich mein früheres Heim besuche, weiß ich erst, welch einen Vorteil dieses Ereignis – nicht nur für mich, sondern für die ganze Familie – gebracht hat. Sehen Sie, ich kann sie unterstützen. Der Comte weiß davon, und es gefällt ihm. Er hat meiner Familie auch eine Rente ausgesetzt. Sie besitzen das schönste Haus im Dorf und etliches Land. Sie haben ihr Auskommen und werden von ihren Nachbarn beneidet. Ich habe viele Leute sagen hören, an dem Tag, als Jean-Pierre überfahren wurde, habe Gott lächelnd auf meine Familie herabgeschaut.«

Mich schauderte ein wenig.

»Realismus, Mademoiselle. Das ist der stärkste Charakterzug der Franzosen. Wäre Jean-Pierre nicht just in jenem Augenblick auf die Straße gelaufen und unter die Pferde des Comte geraten, so hätte er mehr schlecht als recht mit seiner Familie gelebt, der es ebenso jämmerlich wie den anderen ergangen wäre. Sie müssen deren Schlußfolgerungen verstehen.«

»Ich denke an Ihre Mutter. Wie fühlt sie sich dabei?«

»Bei meiner Mutter ist das etwas anderes. Sie bringt jede Woche Blumen an sein Grab und hat immergrüne Sträucher gepflanzt, die jedermann sagen sollen, daß sein Andenken stets in ihrem Herzen bleibt.«

»Aber sie freut sich doch gewiß, wenn Sie zu ihr kommen.«

»Ja, doch das erinnert sie natürlich auch an meinen Zwillingsbruder. Die Leute reden heute noch genausoviel darüber wie damals, als es passierte. Sie schimpfen über den Comte und vergessen, was er für meine Familie getan hat. Das entspringt dem wachsenden Unmut gegen die Aristokratie. Alles, was man gegen sie vorbringen kann, ist willkommen.«

»Ich spüre das, seit ich in Frankreich bin, und ich hatte bereits vorher davon gehört.«

»Ja, es sind Veränderungen im Gange. Ich erfahre, was sich zusammenbraut, wenn ich meine Angehörigen besuche. Mir gegenüber können sie sich freier äußern als vor jemandem, der nicht aus ihren Kreisen stammt. Der Widerstand wächst von Tag zu Tag. Zuweilen ist er nicht berechtigt – aber Gott weiß, daß er in vielen Fällen seine Gründe hat. Es gibt so viel Ungerechtigkeit im Land. Das Volk ist mit seinen Herrschern unzufrieden. Manchmal frage ich mich, wie lange das noch so weitergehen kann. Es ist heutzutage gefährlich, allein durch die Dörfer zu fahren, es sei denn, man ist als Bauer verkleidet. So etwas ist mir vorher in meinem Leben noch nie begegnet.«

»Wie wird das enden?«

»Ach, meine liebe Mademoiselle, wir können nur abwarten und sehen, was geschehen wird.«

Als wir uns dem *Château* näherten, hörten wir das Getrappel von Pferdehufen. Ein Mann kam auf uns zugeritten. Er war groß, sehr schlicht gekleidet und trug keine Perücke über seinem vollen rötlichen Haar.

»Das ist ja Lucien Dubois«, rief Léon. »Lucien, lieber Freund, wie schön, Sie zu sehen.«

Der Mann hielt an und zog seinen Hut vor mir. Léon stellte mich ihm vor: Mademoiselle Maddox, eine Cousine des Comte, zur Zeit zu Besuch im Schloß.

Lucien Dubois sagte, er sei erfreut, meine Bekanntschaft zu machen, und fragte mich, wie lange ich bliebe.

»Das hängt von den Umständen ab«, erwiderte ich. »Mademoiselle ist Engländerin, doch sie spricht unsere Sprache wie eine Einheimische«, sagte Léon.

»Nicht ganz, fürchte ich«, gab ich zurück.

»Doch, wirklich ausgezeichnet«, meinte Monsieur Dubois.

»Sie sind gewiß auf dem Weg zu Ihrer Schwester«, vermutete Léon. »Ich hoffe, daß Sie eine Weile bleiben.«

»Wie Mademoiselle, möchte auch ich sagen, daß das von den Umständen abhängt.«

»Sie haben Madame LeGrand ja bereits kennengelernt«, wandte sich Léon an mich. »Monsieur Dubois ist ihr Bruder.«

Ich stellte eine gewisse Ähnlichkeit fest – das auffallend gute Aussehen, das eigentümliche Farbenspiel; allerdings waren die Augen dieses Mannes nicht so grün wie die seiner Schwester – oder er verstand sich nur nicht auf die Kunst, ihre Farbe zu unterstreichen.

Ich fragte mich, was er von der Beziehung seiner Schwester zum Comte halten mochte. Als Franzose billigte er sie vielleicht sogar. Mir kam der zynische Gedanke, daß die vornehme Stellung des Comte die Situation annehmbar machen mochte. Die Mätresse eines Königs zu sein war eine durchaus ehrenhafte Position, die Geliebte eines armen Mannes zu sein war dagegen schamlos. Ich wollte diese Unterscheidung nicht gelten lassen, und sollte dies auf meine Unreife und meinen Mangel an Realistik zurückzuführen sein, so war ich nur froh darüber.

»Nun, wir werden uns zweifellos bald sehen«, bemerkte Léon.

»Falls ich nicht mit einer Einladung ins Schloß beehrt werde, müssen Sie mich bei meiner Schwester besuchen«, erwiderte Monsieur Dubois, verbeugte sich vor uns und setzte seinen Weg fort.

»Das ist so ein Mensch, der mit dem Dasein unzufrieden ist«, sagte Léon.

»Warum?«

»Er glaubt, das Leben habe ihm nicht das zukommen lassen, was er verdient. Darüber klagen viele Menschen, werden Sie einwenden. Sämtliche Versager in der Welt geben dem Schicksal die Schuld für ihr Versagen.«

»›Nicht in den Sternen, in uns selbst liegt der Fehler‹, wie es ein großer Dichter ausgedrückt hat.«

»Es gibt eine Menge solcher Menschen, Mademoiselle. Neid ist das häufigste Laster auf der Welt. Er ist die Grundsubstanz jeder Todsünde. Der arme Lucien! Er hat wahrhaftig Grund zur Klage. Ich glaube, er hat der Familie Fontaine Delibes nie verziehen.«

»Was hat sie ihm denn angetan?«

»Es geht nicht um ihn persönlich, sondern um das, was seinem Vater widerfuhr. Jean-Christophe Dubois war in der Bastille eingekerkert und ist dort gestorben.«

»Aus welchem Grund wurde er eingesperrt?«

»Der Comte – der Vater des jetzigen – begehrte Jean-Christophes Frau, die Mutter von Lucien und Gabrielle. Sie war eine schöne Frau. Gabrielle hat ihr Aussehen geerbt. Nun gibt es da den sogenannten *lettre de cachet.* Einflußreiche Leute konnten sich ihn verschaffen und mit seiner Hilfe ihre Gegner ins Gefängnis bringen. Die Opfer haben den Grund ihrer Verhaftung nie erfahren. Der *lettre* genügte, um sie in den Kerker zu schaffen. Ein gemeines Verfahren. Die bloßen Worte *lettre de cachet* versetzen jedermann in Angst und Schrecken. Man ist einfach machtlos dagegen. Die Comtes Fontaine Delibes hatten natürlich immer gute Beziehungen zum Hofe und zum Parlament. Ihr Einfluß und ihre Macht waren – und sind – groß. Der Vater des gegenwärtigen Comte wollte diese Frau besitzen. Ihr Gatte weigerte sich und traf Anstalten, sie fortzuschaffen. Da kam eines Abends ein Bote mit einem *lettre de cachet* zu ihm. Jean-Christophe wurde nie wieder gesehen.«

»Wie grausam!«

»Die Zeiten sind grausam. Das ist ja der Grund, warum das Volk Änderungen herbeiführen will.«

»Dann ist es an der Zeit, daß etwas unternommen wird.«

»Man braucht länger als ein paar Wochen, um die Vergehen von Jahrhunderten auszumerzen. Jean-Christophe hatte einen Sohn und eine Tochter. Der Comte starb drei Jahre, nachdem er sich Jean-Christophes Frau genommen hatte, und Charles-Auguste wurde der neue Comte. Gabrielle war eine junge Witwe von achtzehn Jahren. Sie bat für ihren Vater um Gnade. Charles-Auguste war von ihrer Schönheit und Eleganz betört. Er war damals sehr jung und leicht zu beeindrucken. Doch es war zu spät. Jean-Christophe starb im Gefängnis, bevor seine Freilassung erwirkt werden konnte. Charles-Auguste verliebte sich aber in Gabrielle, und ein Jahr nach ihrer Begegnung wurde Etienne geboren.«

»Ich bin betroffen von der Dramatik, die mit dem Schloß verbunden zu sein scheint.«

»Wo die Comtes Fontaine Delibes sind, geht es immer dramatisch zu.«

»Wenigstens hat Gabrielle das Unrecht verwunden, das ihrem Vater widerfuhr.«

»Ja, aber bei Lucien ist es anders, könnte ich mir vorstellen. Ich habe oft den Eindruck, daß er einen tiefen Groll in sich birgt.«

Während wir zum *Château* ritten, mußte ich unaufhörlich an den armen Mann denken, der erbarmungslos dazu verdammt war, sein Leben im Kerker zu beschließen, weil ein anderer ihn aus dem Weg haben wollte. Ich schien von Intrigen und Dramen umgeben, die vorher jenseits meiner Vorstellungskraft lagen.

Margot rief mich in ihr Zimmer. Sie strahlte, und ich wunderte mich, wie ihre Stimmung von Niedergeschlagenheit in freudige Erregung umschlagen konnte.
Auf ihrem Bett lagen Stoffe. »Komm, sieh dir das an, Minelle!« rief sie aus. Ich begutachtete die Stoffe: einen modischen braunroten Samt mit Goldspitze und einen anderen in einer schönen Blauschattierung mit Silberspitze.
»Du wirst ein paar schicke Kleider bekommen«, bemerkte ich.
»Ich werde nur eines bekommen. Der andere Stoff ist für dich. Ich habe den blauen für dich ausgesucht. Das Silber paßt vorzüglich dazu. Wir veranstalten nämlich bald einen Ball, und mein Vater wünscht, daß ich so gut aussehe, wie es nur geht.«
Ich befühlte den blauen Samt und sagte: »Ein solches Geschenk kann ich nicht annehmen.«
»Sei nicht albern, Minelle. Du kannst doch nicht in deinen mitgebrachten Kleidern auf den Ball gehen.«
»Natürlich nicht. Aber es gibt eine andere Möglichkeit: ich bleibe dem Ball fern.«
Margot stampfte unwillig mit dem Fuß auf. »Das wird man dir nicht erlauben. Du mußt daran teilnehmen. Und aus diesem Grunde brauchst du ein Kleid.«
»Als ich diese Stellung antrat, wußte ich nicht, daß ich eine ... falsche Cousine darstellen sollte. Ich bin als deine Gesellschafterin hierhergekommen.«
Margot brach in Lachen aus. »Du bist bestimmt der erste Mensch, der sich beklagt, daß man ihn in seiner Stellung zu gut behandelt. Natürlich mußt du auf den Ball mitgehen. Ich brauche doch eine Anstandsdame, oder etwa nicht?«
»Du redest Unsinn. Wieso solltest du eine Anstandsdame auf einem Ball brauchen, den deine Eltern veranstalten?«
»Nicht beide Eltern. Ich glaube nicht, daß Mama teilnehmen wird. Sie wird, wie Papa sagt, beizeiten in Melancholie verfallen.«
»Das ist eine sehr unfreundliche Bemerkung, Margot.«

»Ach, hör doch auf, die zimperliche alte Schulmeisterin hervorzukehren! Die bist du doch längst nicht mehr.« Sie nahm den rotbraunen Samt, drapierte ihn um ihren Körper und stolzierte damit vor dem Spiegel auf und ab. »Ist er nicht prachtvoll? Sieh dir nur diese Farbe an! Die ist genau das Richtige für mich, findest du nicht auch, Minelle? Freut es dich nicht, mich fröhlicher zu sehen?«
»Ich staune, daß du dich so rasch ändern kannst.«
»Ich habe mich nicht wirklich verändert. In meinem Herzen trauere ich nach wie vor um Charlot. Die Traurigkeit sitzt tief in meinem Innern.« Sie deutete auf ihre Brust. »Aber ich kann nicht die ganze Zeit traurig sein, und ich habe doch mein Baby nicht weniger lieb, wenn ich Freude an einem Ball und an einem neuen Kleid habe.«
Sie schlang ihre Arme um mich, und wir schmiegten uns aneinander. Ich glaube, in diesem Augenblick war ich trotz meines Anscheins von Welterfahrenheit ebenso verwirrt wie Margot.
»Ich glaube nicht, daß ich das Gewand annehmen kann, Margot«, sagte ich schließlich.
»Warum nicht? Es gehört zu deinem Lohn.«
»Meinen Lohn erhalte ich ohnehin. Das hier ist etwas anderes.«
»Papa wird wütend sein, und dabei war er in letzter Zeit so gut gelaunt. Er hat mir ausdrücklich befohlen, für uns beide die Stoffe auszusuchen, und er hat die Farben selbst vorgeschlagen. Das ist bezeichnend für ihn. Ich bin sicher, daß er höchst ungehalten wäre, wenn ich etwas anderes auswählen würde, als er vorgeschlagen hat.«
»Ich glaube, es wäre ausgesprochen falsch von mir, das anzunehmen.«
»Annette, unsere Schneiderin, kommt heute nachmittag, um mit der Arbeit zu beginnen.«
Ich beschloß, den Comte aufzusuchen und meine Abreise vorzubereiten. Ich hatte zuviel über ihn und seine Lebensart erfahren, um mich in seinem Hause noch wohl fühlen zu können. Die

Erziehung eines ganzen Lebens konnte ich doch nicht in wenigen Monaten über Bord werfen. Überdies war ich überzeugt, daß die Lebensgrundsätze meiner Mutter nachahmenswerter waren als diejenigen, die man im *Château* befolgte.
Ich erfuhr, daß sich der Comte zu dieser Stunde gewöhnlich in der Bibliothek aufhielt, wo er nicht gestört zu werden wünschte. Ich aber beschloß, sein Mißfallen herauszufordern; denn wenn ich seinen Unwillen erregte, würde es einfacher sein, meine Abreise durchzusetzen.
Er schien allerdings weit davon entfernt, ungehalten zu sein, als er meiner ansichtig wurde. Augenblicklich erhob er sich, griff meine beiden Hände und zog mich in den Raum hinein. Dann stellte er mir einen Stuhl zurecht. Ich setzte mich. Er nahm erst Platz, nachdem er seinen Stuhl näher an den meinen herangerückt hatte.
»Welchem Umstand verdanke ich dieses Vergnügen?« fragte er.
»Ich glaube, es ist an der Zeit für eine Aussprache«, begann ich, doch so mutig und entschlossen ich vor meinem Eintritt auch war, schwand mir der Mut jetzt rasch dahin.
»Es gibt nichts, was mir willkommener wäre. Ich bin sicher, bei Ihrer Auffassungsgabe dürften Ihnen meine Gefühle für Sie nicht entgangen sein.«
»Bevor Sie fortfahren, lassen Sie mich Ihnen sagen, daß ich von Ihnen kein Ballkleid annehmen kann.«
»Warum nicht?«
»Weil …, ich finde es nicht …«
»Recht und schicklich!« Er hob die Brauen, und ich sah ein belustigtes Funkeln in seinen Augen. »Das müssen Sie mir erklären. Ich bin in solchen Dingen ganz unerfahren. Sagen Sie mir, was sich anzunehmen geziemt und was nicht.«
»Ich darf zum Beispiel meinen Lohn annehmen, weil er mir als Gesellschafterin Ihrer Tochter zusteht.«
»O ja, aber dann sind Sie eine Cousine geworden …, eine Verwandte. Selbstverständlich darf ein Mitglied der Familie einem

anderen ein Geschenk machen ..., und wieviel besser ist es doch, etwas Brauchbares zu schenken als irgendwelchen unnützen Tand.«
»Bitte, lassen Sie uns diese Farce vergessen, wenn wir allein sind.«
»Aber gern. Die Wahrheit ist, daß ich mich in Sie verliebt habe, und das wissen Sie ganz genau. Warum sollen wir uns also etwas vormachen.«
Ich erhob mich. Er war sogleich an meiner Seite und legte seine Arme um mich.
»Bitte lassen Sie mich gehen«, forderte ich mit fester Stimme.
»Zuerst müssen Sie mir sagen, daß auch Sie mich lieben können.«
»Ich finde das keineswegs komisch.«
»Ich schon, seltsamerweise, obgleich meine Gefühle zutiefst aufgewühlt sind. Sie amüsieren und bezaubern mich zugleich. Ich glaube, deswegen bin ich so erregt. Sie sind anders als alle, die ich je gekannt habe.«
»Wollen Sie mir eines gewähren?«
»Es wird mir ein Vergnügen sein, Ihnen jeden Wunsch zu erfüllen.«
»Dann nehmen Sie bitte wieder Platz und lassen Sie mich von *meinen* Gefühlen erzählen.«
»Ihrer Bitte wird selbstverständlich stattgegeben.«
Er nahm Platz, und auch ich mußte mich wieder setzen, weil meine Beine zitterten und ich fürchtete, er könnte merken, wie verwirrt ich war. Ich faltete meine Hände und sagte: »Ich stamme nicht aus Ihren Kreisen, Monsieur le Comte.«
»Charles«, verbesserte er tadelnd.
»Es ist mir unmöglich, Sie beim Vornamen zu nennen. Für mich sind Sie der Comte und werden es immer bleiben. Ich habe von Kind auf gelernt, daß es unterschiedliche Verhaltensweisen und verschiedene Moralvorstellungen gibt. Meine Weltanschauung

weicht in hohem Maße von der Ihren ab. Ich bin sicher, daß Sie mich äußerst langweilig finden würden.«

»Es gefällt mir, daß wir nie übereinstimmen. Das erhöht Ihren Charme.«

»Sie schlagen vor, ich soll Ihre Geliebte werden. Ich weiß, daß Sie viele Geliebte hatten und daß dieses Verhalten Ihrer Lebensart entspricht. Wollen Sie bitte verstehen, daß *ich* dergleichen niemals billigen kann, und aus diesem Grunde habe ich mich entschlossen, nach England zurückzukehren. Eigentlich hatte ich vor, so lange zu warten, bis Margot versorgt ist, aber nach Ihren Andeutungen bin ich der Meinung, daß dies nun nicht mehr möglich ist. Ich möchte unverzüglich mit den Reisevorbereitungen beginnen.«

»Ich fürchte, daß ich dem nicht zustimmen kann. Sie wurden eingestellt, damit Sie sich um meine Tochter kümmern, und ich erwarte, daß Sie Ihr Pfand einlösen.«

»Pfand! Was für ein Pfand?«

»Was ist es denn sonst? Etwa ein *Gentleman's Agreement?* Zur Abwechslung mal zwischen verschiedenen Geschlechtern? Sie können Marguerite jetzt nicht verlassen!«

»Sie würde es verstehen.«

»Wirklich? Sie haben ihren Ausbruch neulich abends erlebt. Aber warum sprechen wir von ihr? Lassen Sie uns von uns reden. Sie könnten Ihre Vorurteile überwinden. Ich würde Ihnen dabei behilflich sein. Sie hätten Ihre eigenen Einkünfte ... Sie sollen alles bekommen, was Sie sich nur wünschen.«

»Glauben Sie, mich mit Einkünften locken zu können?«

»Mit Einkünften vielleicht nicht ...«

Ich senkte meine Augen vor seinem unverschämten und leidenschaftlichen Blick. Ich hatte Angst vor ihm – oder vielleicht, wenn ich ehrlich war – vor mir selbst.

»Sagen Sie mir eines. Wenn ich in der Lage wäre, Ihnen die Ehe anzutragen, würden Sie es annehmen?«

Ich zögerte etwas zu lange. Dann antwortete ich: »Monsieur, ich kenne Sie nicht lange und gut genug ...«
»Und was Sie gehört haben, gereicht mir nicht immer zur Ehre, möchte ich behaupten.«
»Ich maße mir nicht an, Ihr Richter zu sein.«
»Und doch tun Sie genau das.«
»Nein, ich versuche nur zu sagen, daß wir völlig verschiedene Auffassungen vom Leben haben. Ich sollte zurückkehren.«
»Wohin?«
»Spielt das eine Rolle?«
»Für Sie dürfte das sogar eine große Rolle spielen. Können Sie mir verraten, was Sie tun wollen? Möchten Sie in Ihr Schulhaus zurück? Zu Master Joel, der eines Tages nach Hause zurückkehren wird? Das wird nur schwer möglich sein.«
»Ich habe etwas Geld ...«
»Aber nicht genug, mein tapferer Liebling. Ich sehe ein, ich bin zu schnell gewesen. Meine Erklärung kam zu früh. Sie haben mich um die Beherrschung gebracht. Ich habe mich weiß Gott lange genug im Zaum gehalten. Glauben Sie denn, ich bin aus Eis? Sie sind für mich bestimmt, das weiß ich seit dem Augenblick, als Sie in meine Schlafkammer traten und ich sah, wie Ihnen die Röte vom Hals bis zur Stirn stieg. Es gefällt mir, Sie verlegen zu machen, weil Sie dann im Nachteil sind. Ich streite gern mit Ihnen, ich liebe unsere Wortgefechte. In unseren Kämpfen könnten wir die höchsten Gipfel erklimmen. Ich denke oft daran. Seit ich Sie kenne, kann ich mich für niemanden sonst erwärmen.«
»Ich hoffe, daß das Ihren Damen keine Unannehmlichkeiten bereitet hat.«
»Ein wenig schon, wie Sie sich wohl vorstellen können«, sagte er mit einem Lächeln.
»Dann ist es Zeit für mich, zu gehen, damit das Gleichgewicht wiederhergestellt wird.«
Er brach in Lachen aus. »Liebste Minelle, oft denke ich, was für

ein Narr Joel doch war. Er hätte Ihnen einen Heiratsantrag machen sollen. Ich wünschte bei Gott, ich wäre dazu in der Lage. Könnte ich jetzt Ihre Hand nehmen und sagen: ›Werden Sie meine Frau‹, dann wäre ich der glücklichste Mann in ganz Frankreich.«

»Einstweilen sollten Sie sich lieber dazu beglückwünschen, daß Sie diese Möglichkeit nicht haben und deswegen vor einer solch törichten Handlung bewahrt bleiben.«

»Sie und ich ..., wir würden viel Spaß miteinander haben, das weiß ich. Ich kenne Frauen, die ...«

»Das brauchen Sie mir nicht zu versichern.«

»Ich ahne diese verborgenen Abgründe. O Minelle, meine Liebe, wir würden Söhne haben, Sie und ich! Sie sind geschaffen, Söhne zu gebären. Steigen Sie von Ihrem Podest herunter und seien Sie glücklich! Lassen Sie uns die Gelegenheit beim Schopf packen!«

»Ich kann mir dergleichen nicht länger anhören, ich finde es beleidigend. Ihre kranke Frau lebt unter diesem Dach.«

»Ihr macht das nichts aus. Sie will nichts weiter als ihrer ergebenen Hüterin, die sie darin noch bestärkt, ihre zahllosen Leiden klagen.«

»Wie ich sehe, sind Sie eine sehr mitleidige Natur!«

»Minelle ...«

Ich ging zur Tür, und er unternahm keinen Versuch, mich zurückzuhalten. Halb war ich erfreut darüber, halb betrübt. Ich hatte schreckliche Angst, er würde mich einfach in seine Arme schließen. Wenn er das täte, würde ich unweigerlich in den Bann seiner starken Anziehungskraft geraten, und ich konnte mir beinahe vorstellen, daß ich dann die Lehren meines ganzen Lebens von mir werfen könnte. Ein erschreckender Gedanke. Ich wußte, dies war der eigentliche Grund, weshalb ich fort mußte.

Ich rannte in mein Zimmer, schloß die Tür und setzte mich vor den Spiegel. Ich erkannte mich selbst kaum wieder. Meine

Wangen waren glühendrot, meine Haare zerzaust. Fast konnte ich den mißbilligenden Blick meiner Mutter sehen und ihre Warnung hören: »Ich an deiner Stelle würde jetzt gleich anfangen zu packen. Du bist in akuter Gefahr. Du kannst dieses Haus nicht schnell genug verlassen.«

Natürlich, sie hatte recht. Nach ihrer Auffassung war ich gedemütigt worden. Der Comte Fontaine Delibes hatte mir angetragen, seine Mätresse zu werden. Ich hätte dergleichen nie für möglich gehalten. Allerdings hätte ich auch nie geglaubt, daß ich eine solch heftige Versuchung in mir fühlen würde. Sie war es, die mir gebot fortzugehen.

Ich fing an, meine Kleider hervorzuholen und zusammenzulegen.

»Wo willst du denn hin?« fragte mein praktisches Ich.

»Ich weiß es nicht. Irgendwo werde ich ein Zuhause finden. Ich werde eine Stellung antreten. Außerdem habe ich etwas Geld. Vielleicht könnte ich nach Derringham zurückkehren und versuchen, eine Schule zu gründen und noch einmal von vorn anzufangen. Jetzt habe ich mehr Lebenserfahrung. Damit könnte ich Erfolg haben.«

Dann setzte ich mich nieder und bedeckte mein Gesicht mit den Händen. Mir war, als hüllte mich eine umfassende Traurigkeit ein.

Es klopfte an meiner Tür. Ohne meine Antwort abzuwarten, stürmte Margot herein. Ihr Gesicht war vor Schrecken verzerrt, als sie sich gegen mich warf.

»Minelle, wir müssen fliehen! Ich will nicht mehr hier bleiben, ich kann nicht! Ich will nicht!«

»Was meinst du damit? Was ist geschehen?«

»Mein Vater hat es mir soeben gesagt.«

Ich blickte sie verwundert an. Er mußte nach ihr geschickt haben, nachdem ich ihn verlassen hatte.

»Der Vicomte de Grasseville hat um meine Hand angehalten. Er stammt aus einer ebenso vornehmen Familie wie wir, und mein Vater ist mit der Heirat einverstanden. Auf dem Ball sollen wir uns verloben und dann innerhalb eines Monats heiraten. Ich will nicht! Mir ist so elend, Minelle. Mein einziger Trost ist, daß du hier bist.«

»Ich bleibe nicht mehr lange.«

»Nein? Weil du mit mir kommst, nicht wahr? Verstehe ich das so richtig?«

»Margot, ich muß es dir sagen. Ich habe vor wegzugehen.«

»Was? Weg von hier? Warum?«

»Ich fühle, daß ich zurückkehren muß.«

»Du willst *mich* also verlassen!«

»Es ist für mich besser, wenn ich gehe, Margot.«

»Oh!« Sie stieß einen langen Klagelaut aus und begann zu weinen. Sie wurde von Schluchzern geschüttelt und gab sich keine Mühe, sie zurückzuhalten. »Ich bin so unglücklich, Minelle. Wenn du hier bist, kann ich das Dasein ertragen. Wir können zusammen lachen. Du kannst nicht fortgehen! Ich lasse dich nicht fort!« Sie sah mich flehentlich an. »Wir werden Charlot zurückholen. Wir werden einen Plan aushecken. Du hast es versprochen ..., du hast es *versprochen*. Es kann doch nicht *alles* mißlingen. Wenn ich schon diesen Grasseville heiraten soll, dann mußt du wenigstens bei mir bleiben.«

Sie begann zu lachen, was mir jedesmal angst machte. Die Vermischung von Tränen und Gelächter konnte wirklich erschreckend sein.

»Hör auf, Margot«, schrie ich sie an, »hör auf!«

»Ich kann nichts dafür. Es ist so komisch ..., so komisch ...«

Ich packte sie bei den Schultern und schüttelte sie.

»Tragikomisch«, sagte sie, wurde jedoch ruhiger. Sie lehnte sich an mich und fuhr fort: »Du darfst jetzt noch nicht gehen, Minelle! Versprich es mir ..., versprich es ..., jetzt noch nicht!«

Um sie zu besänftigen, versprach ich es ihr: Ich würde noch

nicht gehen. Damit hatte ich mich verpflichtet, noch eine Weile dazubleiben.
Ich fragte mich, ob der Comte ihr die Neuigkeit mitgeteilt hatte, weil er von ihrer Wirkung wußte. Er war teuflisch gerissen, das wußte ich, und er verstand es sehr geschickt, seine eigenwilligen Methoden anzuwenden. Dieser Gedanke erschreckte mich, und doch sah ich mich auf eine merkwürdige Weise, die weder meine Mutter noch ich selbst gutheißen konnten, auch erheitert.

Die Schneiderin kam, doch ich weigerte mich, den blauen Stoff anzunehmen und mir etwas daraus nähen zu lassen. Margot war außer sich. »Du mußt auf den Ball kommen«, rief sie. »Du kannst mich doch nicht im Stich lassen. Man zwingt mir diesen Robert de Grasseville auf, und ich weiß, daß ich ihn hassen werde. Was soll ich tun? Ich kann es nur ertragen, wenn du kommst.«
»Ich habe kein passendes Kleid«, beharrte ich, »und ich bin fest entschlossen, ein solches Geschenk auf gar keinen Fall von deinem Vater anzunehmen.«
Sie schritt auf und ab, sprach von ihrer Sehnsucht nach Charlot, hielt mir vor, wie grausam das Leben sei. *Ich* wäre grausam. Ich müßte doch wissen, wie elend ihr zumute sei, und trotzdem wollte ich ihr nicht beistehen.
Ich versicherte ihr, alles zu tun, um ihr zu helfen.
»Alles?« fragte sie theatralisch.
»Alles, was auf redliche Weise möglich ist.«
Sie hatte eine Idee. Da ich so stolz sei, wolle sie mir eines von ihren alten Kleidern verkaufen. Wir könnten es ändern und modischer machen. Man könnte ein paar Bänder und Spitzen kaufen und ein neues Gewand daraus machen, und ich hätte die Befriedigung, es bezahlt zu haben.
Diese Überlegungen machten Margot sofort wieder fröhlich. »Stell dir nur vor, was Papa für ein Gesicht machen wird, wenn er dich sieht. O Minelle, das wird ein Spaß!«

Ihr zuliebe gab ich nach. Nein, das ist nicht wahr. Mir zuliebe. Auch ich wollte gern sehen, was für ein Gesicht er machen würde. Er glaubte, er hätte fürs erste gesiegt, aber ich würde ihm schon zeigen, daß dem nicht so war. Nichts würde ich von ihm annehmen; ich war entschlossen, ihm zu zeigen, daß ich seinen Vorschlag zutiefst verabscheute. Er sollte wissen, daß ich nur Margot zuliebe blieb. Sobald sie mit dem Vicomte vermählt war, würde ich gehen.
Ich wollte natürlich auch an dem Ball teilnehmen und wußte, daß er meine kühnsten Erwartungen übertreffen würde. Ich wollte den Comte und seine Gäste sehen. Vermutlich würde er sich trotz seiner Beteuerungen nicht herablassen, mich zu bemerken. Ich war neugierig, ob Gabrielle LeGrand auch kommen würde.
An dem Kleiderkomplott beteiligte ich mich mit Begeisterung. Außerdem hielt die Angelegenheit Margot bei guter Laune. Solange sie lachte und sich über mich lustig machte, während ich das eine oder andere Gewand aus ihrem Kleiderschrank anprobierte, dachte sie nicht an ihre Zukunft. Wir entschieden uns für ein einfaches Kleid aus blauer Seide. »Das ist genau deine Farbe«, sagte sie. Es hatte ein Unterkleid aus durchsichtigem Tüll, der mit goldenen und silbernen Sternen bestickt war, und einen tiefen Ausschnitt.
»Es hat mir nie gestanden«, erklärte Margot. »Wenn wir es ein wenig ändern, könnte es gehen. Für ein Ballkleid ist es vielleicht ein bißchen zu schlicht. Laß uns Annette rufen und sehen, was sie tun kann.«
Annette kam herein, begutachtete mich in dem Kleid und kniete sich, den Mund voller Stecknadeln, auf den Boden. Sie schüttelte den Kopf. »In der Taille zu weit, in der Länge zu kurz«, lautete ihr Urteil.
»Du wirst damit schon fertig werden, Annette. Du wirst es schaffen«, rief Margot und klatschte dabei in die Hände.
Annette schüttelte abermals den Kopf. »Unmöglich.«

»Annette-Pas-Possible!« rief Margot. »So heißt sie bei uns. Immer sagt sie zunächst unmöglich, und dann macht sie alles aufs vortrefflichste möglich.«
»Aber diesmal, Mademoiselle ...« Annettes Gesicht war tief bekümmert.
»Laß es an den Schultern aus, Annette«, gebot Margot. »Mademoiselle Maddox hat so hübsche Schultern ..., sie fallen so schön. Die müssen wir zur Geltung bringen. Und kannst du noch etwas von diesem Glitzerstoff holen? Wir könnten noch ein paar Ellen davon gebrauchen.«
»Ich glaube nicht, daß das möglich ist«, sagte Annette.
»Unsinn. Ich schwöre, du hast irgendwo noch etwas von diesem Stoff herumliegen. Du hebst doch immer alle Reste auf.«
So ging es weiter; Annette wurde immer bekümmerter, während Margot immer sicherer wurde, daß das Kleid ein Erfolg werden würde.
Und das wurde es auch. Ich war verblüfft, als ich es fertig sah – ein duftiges Gebilde aus Tüll und blauer Seide, sachverständig gebügelt und mit kostbarer Spitze verziert. Ich besaß ein Ballkleid, und würde es sich auch neben den anderen sehr schlicht ausnehmen, so war es immerhin ausreichend und würde mir ermöglichen, ohne allzu große Belastung meiner Börse und mit ungebeugtem Stolz auf den Ball zu gehen.
Der Ball sollte im alten Saal stattfinden, und der Comte würde seine Gäste oben auf der breiten Marmortreppe empfangen. Selbst für die Verhältnisse dieses Schlosses sollte es ein großartiges Ereignis werden, da doch die Verlobung der Tochter des Hauses bekanntgegeben und gefeiert würde. Margot tat mir leid. Welch eine Vorstellung, einem Mann zum ersten Mal im Leben zu begegnen, von dem es hieß: ›Dies ist dein zukünftiger Ehemann!‹ Wenn das Aristokratenart war, so war ich froh, nicht zu den Aristrokraten zu gehören.
In der Nacht, bevor der Ball stattfand, gab es eine Aufregung.

Es muß am frühen Morgen gewesen sein, als ich Stimmen auf der Treppe hörte. Ich öffnete meine Tür und lugte hinaus.
Das Geräusch kam aus den Räumen der Comtesse. Ich vernahm die Stimme des Comte, die sehr verdrossen klang: »Meine liebe Nou-Nou, das haben wir schon öfter gehabt. Du weißt, das sind nur ihre Nerven.«
»Nein, Monsieur le Comte, das ist etwas anderes. Sie hatte Schmerzen. Ich habe sie mit einer Arznei gelindert, aber die wird nicht lange wirken. Diesmal sind es echte Schmerzen, und ich möchte, daß die Ärzte nach ihr sehen.«
»Du weißt, du brauchst nur nach ihnen zu schicken.«
»Dann werde ich es unverzüglich tun.«
»Nou-Nou, du machst dir unnötige Sorgen, das weißt du doch selbst. Und mich zu dieser Stunde aufzuwecken ...«
»Ich kenne mein Mädchen. Wenn sich andere hin und wieder ein bißchen mehr Sorgen machen würden, ginge es ihr sicherlich viel besser.«
»Es ist nicht einzusehen, warum das ganze Haus an dieser *crise de nerfs* teilnehmen soll.«
»Es ist mehr als das.«
»Komm, Nou-Nou. Du weißt, daß übermorgen der Ball meiner Tochter stattfindet. Und ihre Mutter weiß das auch. Sie will nur die Aufmerksamkeit auf sich lenken.«
»Sie sind sehr hart, Monsieur le Comte.«
»Unter diesen Umständen muß ich das auch sein. Wenn du dich bei solchen Anlässen etwas weniger nachgiebig zeigtest, würde dergleichen vielleicht nicht so häufig vorkommen.«
»Ich werde also nach den Ärzten schicken.«
»Tu das, in Gottes Namen.«
Als mir bewußt wurde, daß ich lauschte, ging ich ein wenig beschämt in mein Zimmer zurück.
Arme Comtesse! Vernachlässigt und traurig, versuchte sie vielleicht durch ihr kränkliche Verfassung auf sich aufmerksam zu machen. Falls sie hoffte, ihren Gatten dadurch zu fesseln, so

wandte sie allerdings eine falsche Taktik an. Sie sollte lieber Geist zeigen ..., wie ich es getan hatte ...
Ich riß mich zusammen. Was hatte ich nur für Gedanken? Ich wurde mehr und mehr in die Affären dieser Familie hineingezogen. Bei einem Mann wie dem Comte, der mit einer Frau wie der Comtesse verheiratet war, konnte das zu schlimmen Verwicklungen führen. Obwohl ich dies wußte, ließ ich es zu, daß sich mein Leben immer mehr mit dem ihren verwob. Ich sah die Ärzte an diesem Tag kommen. Nou-Nou führte sie augenblicklich zu ihrer Herrin.
Der Comte befand sich nicht im Schloß, doch sie warteten auf ihn, um mit ihm zu sprechen.

Margot und ich verbrachten den Abend gemeinsam. Sie war nun, da sich die Aufregung um das Kleid gelegt hatte, weniger überschwenglich.
»Ich bin neugierig, wie Robert ist«, sagte sie unaufhörlich.
»Mir kommt es eigenartig vor, daß du ihn noch nie gesehen hast.«
»Es könnte sein, daß wir uns als Kinder einmal begegnet sind. Der Sitz seiner Familie liegt nördlich von Paris. Ich glaube, er hat uns einmal besucht, als wir in Paris waren; ein schrecklicher Junge. Er hat den ganzen *gâteau* aufgegessen und sich dann noch das Cremestückchen genommen, das ich mir bis zum Schluß aufgehoben hatte.«
»Kein sehr verheißender Anfang für eine Lebensgemeinschaft«, sagte ich, fügte aber hinzu: »Die Menschen verändern sich, wenn sie erwachsen werden. Aus den gräßlichsten Kindern können die charmantesten Leute werden.«
»Er hat bestimmt das ganze Gesicht voller Pickel.«
»Es ist gar nicht so schlecht, sich ein abstoßendes Bild von einem Menschen zu machen. Dann kann man nur noch angenehm überrascht werden.«
Jetzt lachte sie wieder. »Was du sagst, tut mir richtig gut. Du bist

so …, wie sagt man …, plausibel? Das gefällt Papa an dir. Du weißt doch, er hält sehr viel von dir.«

»Da ich von hier fortgehe, wenn du heiratest, spielt es kaum eine Rolle, was er von mir hält, nicht wahr?«

»Du kommst doch mit mir, oder nicht?«

»Nur so lange, bis ich meine eigenen Pläne gemacht habe. Ich kann doch nicht mein ganzes Leben in dieser Stellung verbringen, das mußt du einsehen.«

»Ich habe Pläne. Wenn ich verheiratet bin, hole ich Charlot zu mir.«

»Wie das?«

»Das mußt *du* dir ausdenken.«

»Ich wüßte nicht, wie ich das anfangen sollte.«

»Jetzt sprichst du wie Annette-Pas-Possible. *Alles* ist möglich …, wenn du es nur richtig anstellst. Und eines steht für mich fest: Ich will Charlot bei mir haben. Ich denke die ganze Zeit an ihn …, nun ja, fast die ganze Zeit. Woher soll ich wissen, was das für Leute sind, die ihn aufziehen? Denk doch nur …, er wird groß …, er spricht …«

»So bald wohl kaum.«

»Er wird zu einer anderen Frau Maman sagen.«

Ich merkte, daß sie nahe daran war, in einen neuen Anfall von Hysterie zu fallen, und gerade das wollte ich vermeiden. Also beschwichtigte ich sie, indem ich die lächerlichsten Pläne schmiedete, wie wir Charlot finden könnten. Wir würden in das Gasthaus gehen, wo man ihn uns fortgenommen hatte, wir würden die Leute ausfragen und die Spur finden, die zu ihm führt.

An diesem Spiel hatte sie soviel Freude, und wir trieben es eine ganze Weile und gingen dabei so sehr bis in alle Einzelheiten, daß Margot ernsthaft an die Möglichkeit glaubte und in unseren Plänen einigen Trost fand.

O ja, ich sah ein, daß sie mich brauchte.

3

Er sah phantastisch aus, wie er oben auf der Treppe stehend seine Gäste empfing. Neben ihm stand Margot, mit geröteten Wangen und sehr hübsch in ihrer rotbraunen Samtrobe anzuschauen. Als er mich sah, trat ein mildes Leuchten in seine Augen. Sein Blick umfaßte mein Kleid. Ich hatte recht gehabt: Im Vergleich zu den anderen war es sehr schlicht. Was ich jedoch nicht bedacht hatte, war, daß es durch eben diese Schlichtheit besonders hervorstach.

In meinem Schlafzimmer hatte ich mich recht schön gefunden. Ich hatte mein Haar gebürstet, bis es glänzte, und es war tatsächlich, wie meine Mutter gesagt hätte, die krönende Pracht meiner Erscheinung. Ich hatte es hochfrisiert, indem ich es der herrschenden Mode gemäß ein wenig aufgebauscht hatte. Eine einzige Locke ließ ich vorn über meine Schulter fallen. Ich wußte, daß ich das Beste aus meinem Aussehen gemacht hatte. Margot hatte mir noch ein winziges Schönheitspflästerchen aufgenötigt und es seitlich auf meine Schläfe aufgeklebt. »Dadurch wirken deine Augen größer und blauer«, sagte sie. »Außerdem ist es Mode.«

Ich erkannte mein Spiegelbild kaum wieder.

Was war das für eine illustre Gesellschaft! Der große Saal hatte gewiß schon manche Veranstaltung gesehen, aber, so glaubte ich, gewiß keine, die glanzvoller war als diese. Aus den herrschaftlichen Gewächshäusern waren Blumen hereingebracht worden, die in großen Kübeln auf der Empore und in Krügen, kostbar und farbenfroh arrangiert, auf Podesten standen. Von soviel Pracht fühlte ich mich ein wenig verwirrt. Nie hatte ich so phantastische Garderoben wie bei diesen Damen und Herren gesehen. An diesem Abend muß sich ein Vermögen an Juwelen im Schloß befunden haben. Musikanten hatten sich um die Empore gruppiert, und der Tanz unterschied sich in seiner eleganten Anmut sehr von unseren Tänzen daheim.

In meinem geänderten Gewand, dessen einzigen Schmuck die Kameenbrosche meiner Mutter bildete, welche von ihr wie ein kostbarer Schatz gehütet wurde und die sie höchstens zweimal in ihrem Leben getragen hatte, kam ich mir wie eine kleine Motte vor, die zwischen schillernden Libellen gefangen war.
Hättest du das Geschenk des Comte angenommen, so hättest du dich mit ihnen messen können, hielt ich mir vor. Aber das kam natürlich nicht in Frage. Wenn ich auch schon wie eine unscheinbare Motte aussah, so war ich doch wenigstens stolz darauf.
Léon entdeckte mich in der Menge und fragte mich, was ich von dem Ball hielte.
»Ich hätte nicht kommen sollen. Ich passe nicht hierher.«
»Warum denn nicht?«
Ich blickte auf mein Kleid. »Es ist bezaubernd«, versicherte er. »Die Leute sehen fast alle gleich aus. Sie folgen blindlings der Mode. Man kann sie kaum voneinander unterscheiden. Sie sind dagegen anders. Sie haben Ihren eigenen Stil, das gefällt mir.«
»Sie sind zu liebenswürdig.«
»Warum auch nicht? Wollen wir uns zu den Tänzern gesellen?«
»Ich habe in der Schule Tanzunterricht gegeben. Meine Mutter hatte es mich gelehrt. Aber das hier ist etwas ganz anderes.«
»Dann gehen wir eben hinein und tanzen für uns allein, wollen wir?«
Er paßte seine Schritte den meinen an. Ich hatte immer gern getanzt, und ich vergaß darüber die Dürftigkeit meiner Kleidung.
»Sind Sie schon dem zukünftigen Bräutigam begegnet?« fragte ich.
»Robert de Grasseville? Ja, ein netter Junge.«
»Ist er noch sehr jung?«
Achtzehn oder so.«
»Ich hoffe, daß Margot ihn mögen wird.«

»Vom Standpunkt der beiden Familien her ist es eine gute Verbindung. Ich meine, sie bekommt eine ansehnliche Mitgift, und er wird ihr ein gutes Leben ermöglichen. Es gilt als sehr wünschenswert, wenn diese reichen Familien sich vereinigen. Dadurch werden sie noch größer und mächtiger. Das wird die Hochzeit des Jahres. Margot ist natürlich der wichtigste Sproß der Familie. Nun wollen wir abwarten, wen man für Etienne erwählt.«

»Ich vermute, auch er wird eine vornehme Ehe eingehen.«

»Gewiß, aber es wird vielleicht einige Vorbehalte geben. Sie wissen doch, er ist ein uneheliches Kind. Ich glaube, seine Vermählung hat zu Unstimmigkeiten zwischen seiner Mutter und dem Comte Anlaß gegeben. Es kann sein, daß sich ihr Bruder Lucien jetzt hier aufhält, um eben diese Angelegenheit zu besprechen. Sie sind darauf aus, ihn legitimieren zu lassen, was der Comte gewiß auch veranlassen würde, wenn er den Glauben an einen ehelichen Sohn unterdessen aufgegeben hätte.«

»Und wie wollte er den zustande bringen?«

»Er wartet darauf, daß die Comtesse stirbt.«

Ich schauderte.

»Ja«, fuhr er fort, »das klingt gefühllos, aber wie ich bereits erwähnte, sind wir Realisten. Wir blicken den Tatsachen ins Auge ..., das gilt besonders für den Comte, dessen dürfen Sie sicher sein. Er wäre gern von der Comtesse erlöst, um ein gesundes junges Mädchen zu heiraten und Söhne zu bekommen.«

»Es ist abscheulich, so von der Comtesse zu sprechen, während sie hier im Schlosse krank liegt.«

»Knarrende Türen können ewig weiterknarren. Eben weil sie knarren, gibt man besonders sorgfältig auf sie acht, und darum halten sie länger als die anderen, auf die man nicht so gut aufpaßt.«

Ich konnte es nicht ertragen, daß von der Comtesse so gespro-

chen wurde, daher wechselte ich das Thema und sagte: »Dann wird also auch Etienne bald eine Braut haben.«
»O ja, aber für ihn kommen keine de Grassevilles in Frage. Es sei denn, er wird legitimiert. Wäre er als Erbe des Comte anerkannt, so stünden die Dinge ganz anders. Sehen Sie, deshalb verzögert sich seine Verheiratung. Wir waren eine Zeitlang der Meinung, der Comte würde Gabrielle heiraten, wenn er frei wäre, was die Sache wesentlich vereinfachen würde. Einstweilen wartet Etienne ab. Er möchte keine Braut, von der er nicht allzuviel erwarten kann, um nach der Hochzeit als Erbe eines großen Namens nebst allem, was damit zusammenhängt, festzustellen, daß er unter seinem Stande geheiratet hat.«
»Sie sind ein Zyniker. Und wie steht es mit Ihnen?«
»Ich bin ein freier Mann, Mademoiselle. Ich kann heiraten, wen ich will – vorausgesetzt, daß sie mich haben will –, und niemanden würde es kümmern ..., es sei denn, ich wollte eine Dame aus vornehmem Hause haben, falls sie mit mir einverstanden wäre. Dann gäbe es seitens ihrer Familie Schwierigkeiten. Ich bin sicher, daß das den Comte sehr erheitern würde. Doch jedermann kennt meine Herkunft. Das Glückskind eines Bauern. Keine wird mich aus einem anderen Grunde als aus Liebe heiraten wollen.«
Ich lachte. »Das dürfte auch auf mich zutreffen. Wissen Sie, ich glaube, wir sind in Wahrheit die Glückskinder.«
Ich spürte eine Berührung auf meiner Schulter. Ich blickte mich um. Neben uns stand der Comte.
»Danke, daß du dich um meine Cousine gekümmert hast, Léon«, sagte er. »Ich werde mich ihr jetzt selbst eine Weile widmen.«
Damit war Léon entlassen. Er verbeugte sich und ging.
Der Comte nahm meine Hand und musterte mein Kleid, während ein Lächeln über seine Lippen huschte.
»Ich sehe Sie, liebste Cousine, mit Ihrem Stolz geschmückt«, bemerkte er.

»Es tut mir leid, wenn Ihnen mein Kleid mißfällt«, erwiderte ich, »und wenn Sie meine Anwesenheit hier als unziemlich und unwillkommen betrachten ...«
»Es paßt nicht zu Ihnen, nach Komplimenten zu schielen. Sie wissen, kein anderer Gast ist in meinen Augen willkommener. Ich bin nur enttäuscht, weil wir soviel Zeit verlieren müssen.«
»Sie sprechen in Rätseln.«
»Welche Sie richtig und mit größter Leichtigkeit deuten können. Schauen Sie, wir könnten zusammensein, und doch unterwerfen wir uns dieser ..., würden Sie es Ritterlichkeit nennen?«
»Bestimmt nicht.«
»Wie dann?«
»Sinnlose Verfolgung von etwas, dessen Sie zweifellos bald überdrüssig würden.«
»Ich versichere Ihnen, daß ich ein unermüdlicher Jäger bin. Ich gebe niemals auf, bevor ich meine Beute habe.«
»Im Leben eines jeden Jägers muß einmal der Zeitpunkt kommen, da er die erste Niederlage erleidet. Jetzt ist dieser Augenblick gekommen.«
»Wollen wir wetten?«
»Ich wette nie.«
»Ich sähe Sie liebend gern in einer glanzvollen Robe, die ich für Sie hätte anfertigen lassen. Dies ist eines von Marguerites Kleidern, wie ich feststelle. Von ihr können Sie also annehmen, was von mir anzunehmen Sie verweigert haben?«
»Ich habe ihr das Kleid abgekauft.«
Er lachte laut auf, und ich bemerkte, daß mehrere Leute uns beobachteten. Ich konnte mir ihre anzüglichen Reden vorstellen. »Cousine? Wer ist diese Cousine?« Sie würden ebensolche Vermutungen über mich anstellen, wie ich sie aus dem Munde von Léon und Etienne gehört hatte.
»Es war nett von Ihnen, auf den Ball zu kommen«, sagte der Comte. »Ich bin überzeugt, daß Marguerite Sie dazu überredet hat.«

»Ich habe ihr gesagt, daß ich in Kürze abreisen würde.«
»Und sie hat Sie dazu gebracht, es sich anders zu überlegen. Braves Mädchen.«
»Ich werde bei nächster Gelegenheit gehen.«
»Ich denke, Sie haben vor, bei ihr zu bleiben, bis sie heiratet.«
»Sie hat mich darum gebeten, aber ich glaube, ich sollte lieber nach England zurückkehren.«
»Und das, nachdem wir uns alle so viel Mühe gegeben haben, daß Sie sich bei uns wohl fühlen?«
»Sie haben es mir unmöglich gemacht, länger hier zu bleiben.«
»Ach, grausame Cousine!« murmelte er. Dann sagte er: »Sie müssen Robert kennenlernen. Kommen Sie.«
Dieser Aufforderung folgte ich gern, und als ich einem jungen Mann mit einem sympathischen Lächeln in einem frischen Gesicht vorgestellt wurde, war ich angenehm überrascht. Nach Marguerites Beschreibung des gefräßigen kleinen Knaben hatte ich einen dicken, selbstsüchtigen Jüngling erwartet. Aber nein: Robert de Grasseville war groß und elegant, und was mir am meisten an ihm gefiel, war der liebenswürdige Ausdruck in seinem jungenhaften Gesicht.
Mir schien, daß er Margot und mir gegenüber, die wir uns beide gleich für ihn erwärmten, etwas schüchtern war. Er unterhielt sich eine Weile mit mir, vornehmlich über Pferde und Landschaft, und dann wurde Margot von ihrem Tanzpartner zu uns geführt.
Sie meinte: »Sie haben also unsere Cousine schon kennengelernt, Monsieur de Grasseville?«
Dies schien mir eine allzu förmliche Anrede, da sie doch bald heiraten sollten, aber sie war anscheinend korrekt. Er erwiderte, es sei ihm ein großes Vergnügen gewesen, mir zu begegnen.
Der Comte flüsterte mir zu: »Ich bedaure, Sie nun verlassen zu müssen. Wir werden uns später noch sehen.«
»Laßt uns zum Souper hineingehen«, schlug Margot vor. Dann wandte sie sich mir zu: »Die Verlobung wird während des

Essens verkündet. Minelle, du mußt mit uns kommen. Ihr ***müßt*** Freunde werden, du und Robert.«

Ich sah mit Erleichterung, daß sie mit Robert einverstanden war und darauf erpicht, ihn näher kennenzulernen. Natürlich konnte man nicht behaupten, daß sie sich auf den ersten Blick ineinander verliebt hätten – da hätte man zuviel erwartet –, aber wenigstens war keine gegenseitige Abneigung festzustellen.

Die Menschen strömten in die neue Halle, wo das Buffet aufgebaut war, und wieder überraschte mich die aufwendige Eleganz. Noch nie hatte ich Speisen so kunstvoll arrangiert gesehen. Alles war in verschwenderischer Fülle vorhanden, und die Diener und Lakaien in der farbenprächtigen Hauslivree der Fontaine Delibes wirkten wie ein Bestandteil der Szenerie. Der Wein stammte, wie mir bekannt war, von den Weingütern des Comte. Ich dachte an die hungernden Bauern, die in der Nähe lebten, und ich war froh, daß sie diese Tafel nicht sehen konnten. Dann schaute ich mich nach Léon um, neugierig, ob ihm der gleiche Gedanke gekommen war, doch ich konnte ihn nirgends entdekken. Aber Gabrielle konnte ich sehen und ihren Bruder. Sie sah sehr schön aus und trug eine prachtvolle Robe, zu auffallend für meinen Geschmack, die aber gut zu ihrer flammenden Schönheit paßte. Ich glaube, daß Etienne, der bei ihr stand, stolz auf sie war.

Wir setzten uns an einen Tisch neben einem Fenster, Robert, Margot, ich und ein junger Mann, ein Freund von Robert.

Die Unterhaltung war aufgelockert und ungezwungen, und mit einer neuen Welle der Erleichterung stellte ich fest, daß Margot ganz glücklich war. Nachdem sie sich erst einmal an den Gedanken gewöhnt hatte, daß über die Frage des Ehemannes für sie entschieden wurde – sie war schließlich so erzogen worden, daß sie wußte, dies akzeptieren zu müssen –, hätte sie keinem jungen Mann begegnen können, der charmanter wäre als Robert de Grasseville.

Während des Festmahls gab der Comte die Verlobung bekannt.

Die Verkündigung wurde mit Beifall bedacht, und Margot und Robert stellten sich an seiner Seite auf, um die Glückwünsche entgegenzunehmen. Ich blieb am Tisch sitzen und unterhielt mich mit meinem Begleiter. Wenige Minuten später ließ ein Geräusch mich herumfahren. Ich saß sehr nahe am Fenster und konnte draußen ein Gesicht erspähen ..., es schaute herein. Ich dachte, es wäre Léon.

Das Gesicht verschwand, und ich sah immer noch aus dem Fenster, als ein schwerer Stein das Glas zerschmetterte und in den Raum hineinflog.

Es wurde zuerst ganz still, bevor bestürzende Schreie und das Geräusch splitternden Glases und Geschirrs folgten.

Ich sprang erschrocken auf. Der Comte war ans Fenster geeilt und blickte hinaus. Dann rief er den Dienern zu:

»Das Gelände durchsuchen! Laßt die Hunde heraus!«

Ein paar Sekunden lang redeten alle durcheinander. Dann ergriff der Comte wieder das Wort: »Es ist offensichtlich nichts von Bedeutung. Irgendein Bösewicht wollte uns einen Streich spielen. Wir wollen weiterfeiern, als wäre dieser lästige Zwischenfall nicht geschehen.«

Das war wie ein Befehl, und ich stellte verblüfft fest, daß all diese Menschen ihm widerspruchslos zu gehorchen schienen.

Ich setzte mich wieder auf meinen Stuhl. Ich wußte, daß es sich um dieselbe Sache handelte: die Unzufriedenheit derer, denen die Mittel zu einem auskömmlichen Leben fehlten – der Zorn und der Neid auf jene, die in Extravaganzen schwelgten.

Mehr als alles andere aber verstörte mich der kurze Blick, den ich auf ein Gesicht geworfen hatte. Léon konnte das nicht gewesen sein.

Mein Tischherr sagte gerade: »Das wird allmählich zur Gewohnheit. Vorige Woche bei den DeCourcys ist dasselbe passiert. Ich war dort zum Essen eingeladen, und ein Stein wurde durchs Fenster geworfen. Das war allerdings in Paris.«

Ich sah Léon auf mich zukommen, und ich fühlte, wie mein Herz wild zu klopfen begann.
»Ein unerfreulicher Zwischenfall«, sagte er und ließ sich auf dem Stuhl mir gegenüber nieder.
Ich warf einen Blick auf seine Schuhe. Sie waren tadellos sauber. Er konnte unmöglich vor wenigen Minuten draußen gewesen sein. Es hatte tagsüber geregnet, und das Gras war noch naß; da wären sicherlich Spuren geblieben.
»Ich hoffe, Sie haben sich nicht erschreckt«, sagte er zu mir.
»Es geschah so plötzlich.«
»Sie waren nahe am Fenster. In der vordersten Schußlinie.«
»Wer könnte das getan haben?« wollte ich wissen und blickte ihm dabei voll ins Gesicht. »Wozu sollte das gut sein?«
»Vor ein paar Jahren hätte man gesagt, das sei irgendein Verrückter gewesen. Heute kann man das nicht mehr. Es ist eine Ausdrucksform der Wut des Volkes. Lassen Sie uns wieder in den alten Saal gehen. Dort wird getanzt.«
Ich verabschiedete mich von meinem Tischherrn und ging mit Léon zum alten Saal hinauf. Ich war erleichtert, daß ich mich geirrt hatte. Léon konnte es nicht gewesen sein.
Ich war froh darüber, denn ich begann ihn sehr zu mögen.

Ich hatte mich in mein Zimmer zurückgezogen. Mein Kleid lag auf meinem Bett, und das Haar fiel lose auf meine Schultern. Da klopfte es an meiner Tür.
Ich sprang auf. Einen angstvollen Augenblick lang dachte ich, es könne der Comte sein.
Margot kam herein.
»Ach, du bist schon ausgezogen«, sagte sie. »Aber ich muß unbedingt mit dir reden. Ich kann heute nacht bestimmt nicht schlafen.«
Sie setzte sich auf mein Bett.
»Was hältst du von ihm, Minelle?«
»Robert? Ich finde ihn charmant.«

»Ich auch. Komisch, nicht? Ich hatte gedacht, er wäre gräßlich. Du hast recht ..., aber du hast ja immer recht, nicht wahr? Das glaubst du jedenfalls. Wenn man sich ein abstoßendes Bild von jemandem macht, kann man nur angenehm überrascht werden. Aber er hätte mir ohnehin gefallen. Als ich mit ihm getanzt habe, da wünschte ich ..., oh, wie sehr wünschte ich mir ..., ich hätte mich nie in James Wedder verliebt.«

»Derartige Wünsche sind sinnlos. Es ist nun einmal geschehen, und du mußt es vergessen.«

»Glaubst du, daß ich das kann?«

»Nicht für immer. Hin und wieder wirst du daran zurückdenken.«

»Wenn man einen Fehltritt getan hat, so hat man ihn für alle Zeiten getan.«

»Aber es hat keinen Sinn, ewig darüber nachzugrübeln.«

»Weißt du, Minelle, ich glaube, ich könnte James Wedder sogar vergessen ..., wenn da nicht Charlot wäre. Was soll ich nur tun, Minelle? Soll ich es Robert erzählen?«

Ich schwieg. Was hätte ich ihr raten sollen? Woher konnte ich wissen, was für ihr Glück und das von Robert das Beste war? Dann entschloß ich mich zu einem Kompromiß. »Jetzt noch nicht, finde ich. Warte noch damit. Mit der Zeit werdet ihr einander verstehen lernen. Freundschaft, Liebe, Toleranz, das alles wird zwischen euch wachsen, und du wirst vielleicht ganz von selbst merken, wann der richtige Augenblick kommt, es ihm zu erzählen.«

»Und Charlot?«

»Er ist in guten Händen, dessen bin ich sicher.«

»Aber woher soll ich das wissen? Wenn ich ihn doch nur besuchen könnte.«

»Das ist unmöglich.«

»Du sprichst wie Annette. *Nichts* ist unmöglich. Ich werde bestimmt bald nach Paris gehen. Dort werde ich im Haus von Papa wohnen, und wir werden die Grassevilles empfangen. Dann komme ich wieder hierher zurück und werde heiraten. Du gehst mit mir nach Paris. Dort wird sich schon eine Gelegenheit finden.«

»Was meinst du damit?«

»Ich meine eine Gelegenheit, auf die Suche nach Charlot zu gehen. Wenn ich mich davon überzeugen könnte, daß es ihm gutgeht, daß er glücklich ist und daß die Leute gut zu ihm sind, dann wäre mir ganz anders zumute.«

»Aber wie willst du das anstellen? Du weißt doch gar nicht, wo er ist.«

»Das könnten wir herausbekommen. Du und ich ..., wir werden es schaffen, Minelle, bestimmt. Wir werden bei jemandem einen Besuch machen ..., bei der lieben alten Yvette, die Nou-Nou früher in der Kinderstube geholfen hat. Ich könnte sie besuchen, und du könntest mit mir kommen.«

»Man wird niemals zulassen, daß wir allein reisen.«

»Ich habe mir einen Plan ausgedacht. Wir könnten meine Zofe Mimi und den Diener Bessell mitnehmen. Mimi und Bessell lieben sich und möchten heiraten. Ich habe ihnen versprochen, daß sie mitgehen dürfen, wenn ich nach Grasseville ziehe, und daß sie dann heiraten können. Sie werden so miteinander beschäftigt sein ..., daß sie nicht viel merken werden. Ohnehin würden sie für mich alles tun.«

Ich hielt dies für einen aberwitzigen Plan, doch wie so oft, ließ ich Margot auch diesmal ihre Träume. Bei derlei Anlässen konnte sie leicht hysterisch werden; ich hatte beobachtet, daß dies fast regelmäßig geschah, wenn es Charlot betraf.

Bei Margot hätte ich nie tiefe mütterliche Gefühle vermutet, aber sie war wie stets unberechenbar. Ich vermutete, daß selbst diejenigen, die man sich bei oberflächlicher Betrachtung schwerlich als Mutter vorstellen konnte, sich wandelten, sobald sie ein Kind geboren hatten.

Margot war so eifrig in die Darlegung ihres Planes vertieft, daß

sie den Steinwurf durch das Fenster kaum der Erwähnung wert fand.
»Ach das«, sagte sie leichthin, »das passiert überall im Lande. Die Leute schenken dem kaum mehr Beachtung.«
Schließlich ging sie hinaus. Ich war müde, aber ich konnte lange nicht einschlafen, und dann hatte ich verschwommene gräßliche Träume, in denen sich Léons Gesicht haßverzerrt auf mich zu bewegte.

Der gesamte Haushalt war nun vornehmlich mit Vorbereitungen für Margots Hochzeit beschäftigt. Annette erklärte, sie würde noch wahnsinnig werden. Nie, nie könnte sie rechtzeitig fertig werden, verkündete sie. Die Stoffe hatten nicht die richtige Farbe, nichts paßte wie es sollte, Margots Garderobe wäre ein einziges Desaster. In der Zwischenzeit entstanden die Kleider, eines schöner als das andere.
Margot führte sie mir fröhlich vor. Sie wollte mir ein paar von ihren alten Kleidungsstücken überlassen, die Annette »aufmöbeln« könnte, wie sie es nannte. Ich kaufte ihr ein paar davon ab und nahm unter Annettes Anleitung die Änderungen selbst vor.
»Für Paris wirst du einiges zum Anziehen brauchen«, sagte Margot. Ihre Augen glänzten jedesmal, wenn sie die Reise erwähnte, und ich wußte, daß sie an ihren »Plan« dachte.
Wir ritten häufig zusammen aus: sie, Léon, Etienne und ich. Manchmal gesellte sich auch der Comte zu uns, und dann wußte er es stets so einzurichten, daß er die anderen aus dem Auge verlor und mit mir allein war. Man war sich über seine Absichten im klaren und suchte ihm wie gewöhnlich gefällig zu sein. Gegen die vier war ich machtlos, und so geschah es eben häufig, daß ich mit dem Comte allein war.
»Und so geht es weiter mit uns«, sagte er eines Tages zu mir. »Wir machen nicht gerade große Fortschritte, nicht wahr?«
»In welcher Hinsicht?«
»In Richtung auf das selige Ende, das uns beide erwartet.«

»Sie sind zum Spotten aufgelegt, wie ich sehe.«
»Ich bin stets in Hochstimmung, wenn ich mit Ihnen zusammen bin. Das ist ein gutes Omen für die Zukunft.«
»Es beweist jedenfalls, daß Sie gutgelaunt sein können, wenn Sie wollen.«
»Nein, nur wenn ich glücklich bin, und das liegt nicht immer in meiner Hand.«
»Ich hätte gedacht, daß ein Mann wie Sie Herr seiner Stimmungen sei.«
»Das habe ich nie gelernt. Vielleicht können Sie es mich lehren, denn Sie haben sich bewundernswert in der Gewalt. Hat es Sie beunruhigt, als am Abend des Balles der Stein durch das Fenster kam?«
»Ich bin furchtbar erschrocken.«
»Das war irgend so ein Bauernlump.«
»Haben Sie eine Ahnung, wer das gewesen sein könnte?«
»Jeder aus den umliegenden Dörfern hätte es sein können.«
»Ihre eigenen Vasallen?«
»Was für ein Ausdruck! Ja, es hätte gut einer von meinen Vasallen sein können. Ich würde sogar darum wetten.«
»Und das beunruhigt Sie.«
»Ein zerbrochenes Fenster ist eine Bagatelle. Das Beunruhigende ist, was dahintersteckt. Manchmal kommt es mir vor, als gerate das gesamte Gesellschaftsgefüge ins Wanken.«
»Können Sie nicht dazu beitragen, es zu festigen?«
Er schüttelte den Kopf. »Vor fünfzig Jahren hätte man etwas tun sollen. Vielleicht werden wir das hier überwinden. Mein Vaterland hat im Laufe der Jahrhunderte weiß Gott genug Schicksalsschläge überstehen müssen ..., das Ihre ebenso. Ihr Volk ist aber anders. Weniger leidenschaftlich. Es wäre gut möglich, daß man bei Ihnen erst einmal abwarten und sich fragen würde, was für Folgen eine Revolution hätte. Wir sind impulsiver. Sie sehen die Unterschiede zwischen unseren Völkern in uns beiden widergespiegelt. Sie sind ruhig, Sie verbergen Aufruhr in

Ihrem Inneren. Sie sind darin geübt. Ich nehme an, Ihre Mutter hat Sie gelehrt, daß es unschicklich sei, seine Gefühle zu zeigen. O Minelle, ich würde so viel darum geben, mit Ihnen fortgehen zu können ..., allein ..., an einen entfernten Ort ..., fort aus Frankreich ..., vielleicht auf eine Insel irgendwo inmitten eines tropischen Meeres, wo Sie und ich zusammen sein könnten ..., allein. Da könnte man so vieles tun ..., sich so vieles sagen ... Dort könnten wir in Frieden leben und uns lieben.«

Ich war von seiner Ernsthaftigkeit zutiefst gerührt. Er hatte recht: Ich *hatte* gelernt, meine Gefühle zu verbergen, wenn meine Einsicht es für klug hielt. »Ich bin sicher, daß Sie Ihrer Insel schon nach einer Woche überdrüssig wären, ja, ich glaube sogar, daß Sie es nicht einmal so lange aushalten würden«, sagte ich.

»Lassen wir es auf einen Versuch ankommen, und sehen wir zu, ob Sie recht haben. Wollen wir?«

»Eine solche Frage bedarf keiner Antwort. Sie müssen wissen, daß ich bald von hier fortgehen werde. Ich bleibe nur so lange, bis Margot sich eingelebt hat. Danach gehe ich nach England zurück.«

»Zurück in die Armut.«

»Vielleicht habe ich Glück. Ich stehe schließlich nicht ohne Beruf da.«

»Nein. Ich bin überzeugt, daß Sie mit allem Erfolg haben werden, was Sie sich in den Kopf setzen. Sie hätten die Schule weitergeführt, wenn dieser Tölpel Joel nicht gewesen wäre. So ein Narr! Vielleicht wird er eines Tages ahnen, was er versäumt hat, und kommt dann zurück und versucht es noch einmal. Ich möchte Ihnen eine Frage stellen, Minelle, und ich erwarte eine ernste Antwort. Ich weiß, daß Sie meine Lebensart mißbilligen. Glauben Sie mir, das ist lediglich eine Frage der Erziehung. Ich lebe, wie meine Vorfahren gelebt haben. Ich führe ihre Sitten fort. Sie sind anders aufgewachsen. Ihnen komme ich ausge-

sprochen sündhaft vor ..., unmoralisch und skrupellos, geben Sie es nur zu.«
»Ich gebe es zu«, sagte ich.
»Und doch, sagen Sie mir die Wahrheit, Minelle, Sie sind mir nicht ganz ungewogen, nicht wahr?«
Ich schwieg, daher fuhr er fort: »Kommen Sie, Sie werden doch keine Angst haben, die Wahrheit auszusprechen?«
»Ich glaube«, erwiderte ich, »wenn ein Mann einer Frau seine Bewunderung zeigt, schmeichelt er ihrer Eitelkeit so sehr, daß sie sich schwerlich einer Zuneigung zu jemandem erwehren kann, den sie – wenn sie aufrichtig ist – wegen seines guten Geschmacks bewundern muß. Keine Frau kann sich tief im Herzen selbst verachten.«
Er lachte wieder. »Bezaubernd wie immer, meine liebe Minelle«, sagte er. »Da ich Sie bewundere, habe ich also ein klein wenig Ihrer Achtung errungen. Sie kennen das Ausmaß meiner Bewunderung, also verdiene ich einen großen Teil Ihrer Zuneigung«
»Ich könnte Ihnen nie vertrauen«, sagte ich ernsthaft. »Sie haben so viele Frauen geliebt.«
»Erfahrung ist immer wertvoll – egal, auf welchem Gebiet –, und die meine lehrt mich, daß ich noch nie jemanden so geliebt habe, wie ich sie liebe.«
»Die augenblickliche Favoritin ist stets die meistgeliebte«, entgegnete ich.
»Sie sind eine Zynikerin.«
»Nein, ich habe nur gelernt, realistisch zu sein.«
»Das ist – wie das Leben so ist – manchmal dasselbe. Aber Sie beantworten mir meine Frage nicht. Ich habe eine Frau. Ich bin also nicht frei, um heiraten zu können. Wäre ich es aber ...«
»Sie sind aber nicht frei ...«
»Vielleicht werde ich es ... eines Tages sein. Ich bitte Sie mir zu sagen, wie Ihre Antwort ausfallen würde, wenn ich mit einem ehrenhaften Heiratsantrag vor Sie hintreten würde.«

»Das würden Sie nie tun, auch wenn Sie frei wären, da Sie einsehen müssen, daß eine Ehe zwischen uns höchst unpassend wäre.«

»Ich finde, es wäre die passendste, die je geschlossen wurde.«

»Was! Der noble Graf und die gescheiterte Schulmeisterin!«

»Er bedarf äußerst dringend des Unterrichts, den sie ihm erteilen soll.«

»Sie machen sich über mich lustig.«

»Nein«, sagte er ernst. »Ich möchte von Ihnen Bescheidenheit und Menschlichkeit lernen. Sie sollen mir die Freude an dem beibringen, was das wichtigste im Leben ist. Ich möchte, daß Sie mir zeigen, wie man glücklich ist.«

»Sie haben eine hohe Meinung von meinen Fähigkeiten.«

»Die ich, da bin ich sicher, richtig einschätze. Sie sehen, wie sehr ich Sie verehre. Ob Ihre Gefühle für mich wohl zunehmen, wenn Sie entdecken, was ich für Sie empfinde?«

»Ich bin mißtrauisch. Ich weiß, Sie verstehen sich meisterhaft darauf, von den Frauen zu bekommen, was Sie wollen. Es muß interessant sein, die verschiedenen Wege zu entdecken, wie man sie erobern kann.«

»Sie schätzen mich falsch ein. Im übrigen habe ich den Verdacht, daß Sie meiner Frage ausweichen. Sie sind mir also nicht abgeneigt?«

»Das müssen Sie doch wissen.«

»Ich habe den Eindruck, unsere Begegnungen, unsere Wortgefechte bereiten Ihnen Vergnügen?«

»Ja.«

»Aha. Jetzt habe ich Ihnen ein Zugeständnis abgerungen. Ich habe das Gefühl, daß Sie mir ständig auszuweichen versuchen und daß dies nur daran liegt, daß es mir verwehrt ist, Ihnen einen ehrenhaften Heiratsantrag zu machen, und weil Ihre Erziehung es Ihnen nicht erlaubt, irgendeinen andersgearteten Antrag anzunehmen. Ist das wahr?«

Wieder einmal zögerte ich etwas zu lange.
»Sie haben mir durch Ihr Schweigen geantwortet«, sagte er.
Seite an Seite galoppierten wir zum Schloß zurück.

4

»Cousine!«
Zart, kaum wahrnehmbar, schwebte die Stimme in der Abendluft zu mir herab. Ich hatte einen kurzen Spaziergang in den Schloßgärten gemacht. Als ich aufblickte, entdeckte ich über mir auf einem Balkon, ausgestreckt auf einer Chaiselongue, die Comtesse.
»Madame?« Ich blieb stehen und schaute nach oben.
Ihr blasses Gesicht sah auf mich herunter. »Darf ich Ihren Spaziergang unterbrechen? Ich würde mich gern mit Ihnen unterhalten.«
»Gewiß.«
»Kommen Sie herauf. Die Stufen führen direkt auf die Terrasse.«
Ich tat, wie sie geheißen. Dabei kam ich mir etwas verwirrt vor, was angesichts der Zuneigung, die ihr Gatte zu mir gefaßt hatte, kein Wunder war.
Ich stieg die steinernen Stufen hinauf. Wir befanden uns hier natürlich nicht im mittelalterlichen Teil des Schlosses, sondern in dem komfortablen, luxuriösen Trakt, der später angebaut worden war.
»Es war warm heute«, sagte die Comtesse. »Ich dachte, ein wenig frische Luft würde mir guttun.« Sie lächelte mich an. »Jemand, dem es so wohl ergeht wie Ihnen, muß Menschen, die ständig von ihrem Gesundheitszustand reden, doch sehr merkwürdig finden. Nehmen Sie Platz.«
Ich setzte mich. »Ich vermute, wer bei guter Gesundheit ist, der neigt dazu, dies als selbstverständlich hinzunehmen«, erwiderte ich.

»Genau. Welch ein Glück, wenn man sich nicht allzeit sorgen muß, welche Wirkung dies und jenes hat. Man sieht es Ihnen an, daß Sie sich guter Gesundheit erfreuen, Cousine. Sagen Sie mir, wie haben Sie sich hier eingewöhnt? Ich bin Ihnen dankbar für das, was Sie für meine Tochter tun.«

»Ich werde dafür bezahlt, Madame.«

»Aber ich darf wohl sagen, daß Sie es wirklich sehr gut machen.« Sie rekelte sich auf ihrer Couch. »Ich glaube, ich bekomme von der Luft Kopfschmerzen. Ich werde Nou-Nou bitten, einen heißen Umschlag vorzubereiten und mir ihn auf die Stirn zu legen. Sie weiß einen sehr guten Umschlag aus Jupiters Bart zu machen. Sie fragen sich gewiß, was das ist. Wenn man mit Nou-Nou zusammenlebt, lernt man unweigerlich alles über diese Dinge. Jupiters Bart ist eine ihrer speziellen Pflanzen, und wie so viele gilt auch sie als Zaubermittel gegen böse Mächte. Ich sehe, Cousine, Sie sind skeptisch. Glauben Sie nicht an bösen Wahn?«

»Kaum.«

»Es bedeutet nicht unbedingt, daß eine Hexe mit geheimnisvollen Beschwörungen im Spiel ist. Ein böser Wahn kann auf ganz natürliche Weise zustande kommen. Es gibt Menschen, die niemandem Gutes wollen. Man könnte sagen, sie haben eine üble Ausstrahlung.«

»Da könnte vermutlich etwas Wahres dran sein.«

»Es ist immer ratsam, solchen Menschen aus dem Wege zu gehen, finden Sie nicht auch, Cousine?«

Ich wünschte, sie würde mich nicht ›Cousine‹ nennen. Dieses Wort betonte sie mit einer gewissen Ironie. Sie mußte einen Hintergedanken haben bei dem Wunsch, mich zu sehen.

»Das wäre sicher das beste«, stimmte ich zu.

»Ich wußte, daß Sie meine Ansicht teilen würden. Sie sind eine verständige junge Frau. Margot spricht sehr viel von Ihnen. Sie hält Sie für die Quelle der Weisheit. Ich ..., hm ..., ich habe den Eindruck, daß mein Gemahl eine sehr hohe Meinung von Ihren Fähigkeiten hat.«

»Das ist mir nicht bekannt«, sagte ich.
»Wirklich? Die Meinung meines Gatten ist Ihnen nicht bekannt?«
»Ich ..., mir war seine Meinung über mich nicht bekannt.«
Sie lächelte träge. »Ich hatte das untrügliche Gefühl, daß er keinen Hehl daraus macht, wie anregend er Ihre Gesellschaft findet. Er liebt es, mit Frauen zusammen zu sein ..., vor allem wenn sie jung, hübsch und nicht dumm sind. Die meisten übersehen dabei, daß es sich bei ihm nur um eine flüchtige Neigung handelt.«
»Ich könnte die Stellung des Comte nie vergessen ..., ebensowenig wie die meine«, entgegnete ich scharf.
Sie betrachtete ihre zarten Hände. »Er ist trotz allem mein Ehemann. Wenn auch so manche Frau das vergessen mag, er kann es nicht außer acht lassen.«
»*Ich* werde es nie vergessen, Madame«, gab ich zurück.
Dabei fühlte ich mich unwohl, war verlegen und verärgert. Ich wollte ihr begreiflich machen, daß ihr Gemahl vor mir vollkommen sicher war.
»Ich sehe, Sie sind vernünftig«, bemerkte sie.
»Danke. Ich werde in Kürze nach England zurückkehren.«
»Ach!« Sie ließ einen langgezogenen Seufzer hören. »Das ist sehr klug von Ihnen, finde ich.« Sie schwieg ein paar Augenblicke, und ich hatte den Eindruck, daß sie bedauerte, so freiheraus gesprochen zu haben. Dann ging sie zu allgemeiner Konversation über: »Wie mir Margot erzählt hat, lebt man in England ganz anders als bei uns.«
»Ja, das stimmt.«
»Ich selbst komme nicht oft von hier weg«, fuhr sie fort. »Bei meinem Gemahl ist es natürlich etwas anderes. Ich habe selten erlebt, daß er so lange im *Château* bleibt wie jetzt ... Er ist ein rastloser Mensch. Zudem verbringt er notwendigerweise viel Zeit in Paris ..., während ich mit Nou-Nou hier bleibe.«
»Sie ist Ihnen eine große Stütze, soviel ich weiß.«

»Ich kann mir nicht vorstellen, was ich ohne sie tun würde. Sie ist meine Freundin, meine Gesellschafterin, mein Wachhund.« Die Comtesse winkte mit der Hand. »Wenn die Dunkelheit hereinbricht, bekomme ich Angst. Ich habe mich schon immer im Finstern gefürchtet. Sie auch, Cousine?«
»Nein«, gab ich zur Antwort.
»Sie sind mutig, das weiß ich. Ich habe Sie oft im Garten beobachtet ..., Sie und Margot. Und ich habe gesehen, wie Sie mit meinem Gatten vom Reiten zurückkamen. Gut, Margot wird bald heiraten, und Sie kehren nach England zurück. Das ist das beste, Cousine. Ich wünsche, daß Sie glückliche Erinnerungen an Ihre Erlebnisse in meiner Heimat bewahren, wenn Sie nach England zurückkehren.« Sie sah mich unverwandt an. Einen Augenblick zuvor hatte sie mich gemahnt, mich von ihrem Gatten fernzuhalten, wie es jede eifersüchtige Frau getan hätte. Jetzt aber hatte ihre Warnung einen anderen Sinn. Was hatte sie damit gemeint, daß Nou-Nou ihr Wachhund sei? Der Comte ist ein gefährlicher Mann, wollte sie mir zu verstehen geben. Nehmen Sie sich in acht vor ihm.
Das brauchte sie mir nicht erst zu sagen.
»Ja«, wiederholte sie, »Sie sollten in Ihre Heimat zurückkehren. Es ist nicht gut für Sie, hier zu sein. Oje!« Sie griff sich an den Kopf. »In meinem Kopf hämmert es. Gehen Sie hinein und suchen Sie Nou-Nou. Bitten Sie sie, den Umschlag mit Jupiters Bart herzurichten, ja?«
Damit war ich entlassen. Durch die Glastür betrat ich das Zimmer. Nou-Nou kam hereingeschlurft, und ich richtete ihr den Auftrag aus.
Sie schnatterte: »Hat sie Sie heraufgerufen? Sie weiß doch, daß Sprechen sie ermüdet. Und sie wollte unbedingt nach draußen. Ich wußte ja, daß es ihr nicht bekommen würde. Kopfschmerzen hat sie? Jupiters Bart wird sie bald davon befreien. Sie sind wohl über die Gartentreppe hinaufgekommen?«
Ich bejahte.

»Wenn Sie wollen, können Sie dort auch wieder hinuntergehen. Sagen Sie der Comtesse, ich habe den Umschlag im Handumdrehen fertig.«
Ich trat auf die Terrasse hinaus. Die Comtesse lag auf dem Rücken und hielt die Augen geschlossen, ein Zeichen, daß sie mir weiter nichts zu sagen hatte.
Ich bebte vor Zorn über die Erniedrigung. Solange ich bei der Comtesse war, hatte ich die Ungeheuerlichkeit ihrer Anspielungen gar nicht erfaßt. Zuerst hatte sie mich gewarnt, ihren Gatten in Ruhe zu lassen, weil er mit ihr verheiratet sei und sich nicht die Freiheit nehmen könne, mit mir herumzutändeln. Wie beleidigend! Als ob ich das nicht selbst wüßte! Dann war ihre Stimmung umgeschlagen, und sie hatte mich vor ihm gewarnt. Das war mir unheimlich. Als wäre eine finstere Macht in ihm, von der ich nichts wußte.
Ich war völlig fassungslos und stärker als je zuvor überzeugt, daß ich meine Abreise vorbereiten mußte.

Ich dachte sehr viel über die Comtesse nach. Wenn sie mir Unbehagen bereitete, so war sie meinetwegen erst recht beunruhigt. Vielleicht war der Klatsch bis zu ihr gedrungen. Ja bestimmt, da sie es für richtig gehalten hatte, mir eine zweifache Warnung zukommen zu lassen.
Sicher hatte sie recht. Ich sollte wirklich zusehen, schnell von hier fortzukommen. Ich hätte erst gar nicht so lange bleiben dürfen. Aber das hatte ich ja nur getan, weil Margot jedesmal so unglücklich war, wenn ich von meiner Abreise sprach. Jetzt wollte ich nicht mit Margot sprechen, da ich fürchtete, sie würde das Thema anschneiden. Margot war viel zu sehr in ihre eigenen Angelegenheiten vertieft, um sich über die Belange anderer unterhalten zu wollen.
Trotzdem hatte ich die Gewohnheit angenommen, ins Freie zu gehen, meistens in den Garten, um einsam an einem ruhigen Platz nachdenken zu können.

Solange ich bei der Comtesse war, hatte ich mich schuldig gefühlt. Dabei hatte ich überhaupt nicht dazu beigetragen, die Aufmerksamkeit des Comte auf mich zu lenken. Nou-Nou hatte eine Art, mich unter ihren buschigen Brauen hervor anzuschauen, als sei ich Isebel persönlich. Sie bestärkte mich in dem Gefühl, schleunigst abzureisen, und zwar noch vor Margots Hochzeit.

Das war eine unmögliche Situation, und hätte man sie mir vor einem Jahr als das Problem einer anderen geschildert, so hätte ich gesagt: »Es ist falsch, daß diese Frau bleibt. Jeder anständige Mensch würde sofort abreisen.«

Natürlich hätte ich das tun sollen. Meine Unterhaltung mit der Comtesse hatte mir das lebhaft deutlich gemacht.

Ich hatte die Umfriedung des Schlosses verlassen und befand mich nun in der Höhe von Gabrielles Haus. Seine Mätresse! Und sie wohnte ganz nahe beim *Château,* so daß sie sich bequem treffen konnten. Ich wurde rot vor Scham. Und das war der Mann, der meine Gedanken beschäftigte!

Ein Getrappel von Pferdehufen schreckte mich auf. Ich trat dicht an die Hecke, um einen Reiter vorbeizulassen. Etwas an ihm kam mir bekannt vor, doch ich konnte mich nicht darauf besinnen, was es war.

Gabrielles Haus kam in Sicht. Der Mann band sein Pferd an einem Torpfosten fest. Als ich mich näherte, drehte er sich um, und wir blickten uns gegenseitig in die Augen. Er machte ein leicht überraschtes Gesicht, und in diesem Augenblick wurde deutlich, daß wir beide glaubten, uns schon einmal begegnet zu sein.

Er öffnete das Tor und schritt den Pfad zum Haus entlang. Ich setzte meinen Weg fort. Auf einmal fing mein Herz bange zu klopfen an. Plötzlich wußte ich, wer der Mann war.

Es war Gaston – der Geliebte von Jeanne, der Dienerin von Madame Grémond.

Margot gegenüber erwähnte ich nichts davon, daß ich Gaston gesehen hatte. Das hätte sie nur aufgeregt. Ich versuchte sogar mich selbst zu überzeugen, daß ich mich geirrt hätte. Schließlich hatte ich Gaston nie richtig zu Gesicht bekommen, als wir bei Madame Grémond weilten. Vielleicht sah dieser Mann ihm nur ähnlich. Was hatte Gaston auch bei Madame LeGrand zu suchen gehabt? Überbrachte er Briefe von seiner Herrin? War es möglich, daß Madame Grémond und Madame LeGrand sich kannten? Natürlich war es möglich. Der Comte stellte das Verbindungsglied dar. Zwei entthronte Mätressen, die sich gegenseitig ihr Beileid bezeugten. Oder waren sie vielleicht gar nicht entthront? Ich sank von Tag zu Tag tiefer in den Sumpf.

Aber ich war mir natürlich nicht sicher und zog es vor zu glauben, daß ich mich geirrt hätte.

Während ich darüber grübelte, kam Etienne zu mir und teilte mir mit, seine Mutter habe den Wunsch geäußert, ich möge sie wieder einmal besuchen, und er fragte mich, ob es mir recht wäre, wenn er mich zu ihr begleitete.

Ich sagte, es sei mir ein Vergnügen, und ein paar Tage später ritt ich nachmittags mit ihm dorthin.

Ich wurde in den kostbar eingerichteten Salon geführt, wo Madame LeGrand mich erwartete, sehr elegant, doch etwas übertrieben in blaßblaue Seide und Spitze gekleidet.

»Mademoiselle Maddox«, rief sie mir herzlich zu. »Wie bezaubernd, Sie zu sehen. Es ist nett von Ihnen, daß Sie vorbeikommen.«

»Ich freue mich über die Einladung«, erwiderte ich, und wie schon oft, war ich froh über mein gut geschnittenes Reitkostüm, das meine Mutter für mich anfertigen ließ.

Als Etienne uns verließ, merkte ich, daß dies ein *Tête-à-tête* werden sollte. Madame LeGrand sagte, wir würden *le thé* trinken, da sie wüßte, wie sehr die Engländer ihn liebten.

»Haben Sie schon bemerkt, wie man in Frankreich den Engländern schmeichelt, indem man sie mehr und mehr kopiert? Aber das dürfte Ihnen hier nicht aufgefallen sein. In Paris kann man es gut beobachten. Dort hängen Schilder in den Geschäften ›Hier spricht man Englisch‹ und die Limonadenverkäufer bieten Punsch an, der, wie Sie wissen, aus England stammt. Die jungen Männer stolzieren in englischen Mänteln mit Capes umher. Die Frauen tragen englische Hüte, und man bemüht sich sogar, die Rennbahn in Vincennes wie Ihr Newmarket zu gestalten.«

»Das habe ich nicht gewußt.«

»Ich sehe schon, Sie müssen noch viel über Frankreich lernen. Es gibt jetzt auch schon diese Fuhrwerke mit den großen Rädern bei uns, die man hier ›Whiskies‹ nennt. Ich sage Ihnen, wir werden von Tag zu Tag englischer.«

»Das ist sehr interessant.«

»Sie werden es erleben, wenn Sie nach Paris kommen. Ich nehme an, daß Sie Marguerite dorthin begleiten werden.«

»Ja, das stimmt.«

»Das wird eine wirklich gute Heirat. Der Comte sagt mir, daß er sehr zufrieden sei. Eine Verbindung zwischen den Fontaine Delibes und den Grassevilles – besser hätte es kaum kommen können.«

Ein Lakai servierte den Tee. Die Livree war fast genau in den Hausfarben des *Châteaus* gehalten – nur etwas gedämpfter, nicht ganz so prächtig, mit Knöpfen aus Silber statt aus Gold. Ich mußte unwillkürlich über diese feinen Unterschiede schmunzeln.

»Mademoiselle lächeln? Trifft der Tee Ihren Geschmack?«

»Er ist ausgezeichnet, Madame.« Das stimmte, obwohl er anders schmeckte als unser heimischer Sud. Er wurde in kleinen Schälchen aus Sèvres-Porzellan serviert; dazu gab es Gebäck mit einer delikaten Cremefüllung.

»Ich finde, daß wir uns näher kennenlernen sollten«, sagte Gabrielle LeGrand. »Ich habe Sie natürlich auf dem Ball gesehen, aber bei solchen Anlässen kann man sich nur schwer unterhalten. War das nicht eine Schande …, dieser Steinwurf durch das Fenster? Ich möchte nicht in der Haut des Schuldigen stecken, wenn man ihn erwischt. Der Comte würde kaum Gnade walten lassen. Er kann unerbittlich sein.«

»Glauben Sie, daß man den Täter fassen wird?«

Léons Gesicht tauchte verschwommen vor mir auf, und ich ermahnte mich: Sei nicht albern. Es war ein Trugbild. Natürlich war es nicht Léon. Wie wäre das möglich gewesen? Er hätte doch niemals kurz danach so taufrisch im Ballsaal erscheinen können.

»Das bezweifle ich. Es sei denn, einer seiner Feinde verrät ihn. Dergleichen geschieht jetzt überall im Lande. Ich weiß nicht, wohin das führen soll. Gedenken Sie in Frankreich zu bleiben, Mademoiselle?«

»Ich werde noch eine Weile bei Marguerite bleiben, und sobald sie heiratet, kehre ich nach England zurück.«

Sie konnte ihre Erleichterung nicht unterdrücken. Schnell sagte sie: »Es muß wirklich eine Überraschung gewesen sein, als Sie Ihre Verwandtschaft mit der Familie des Comte entdeckt haben ..., wie weit entfernt sie auch immer sein mag.«

Ich antwortete nichts darauf, und sie fuhr fort: »Schildern Sie mir doch einmal genau, wer es war, der in die Familie eingeheiratet hat. Während all der Zeit, da ich die Fontaine Delibes kenne, hatte ich nie etwas von Verwandten in England gehört.«

»Da müssen Sie den Comte selbst fragen«, sagte ich.

»Ich sehe ihn heuzutage nicht mehr so oft.« Sie seufzte. »Es gab eine Zeit ... Seine Heirat war ein großer Fehler. Sie haben die Comtesse ja kennengelernt?«

»Ja«, erwiderte ich kühl. Ich fand es äußerst taktlos von ihr, so über die Ehe des Comte zu sprechen.

»Ich frage nur deswegen, weil ich weiß, daß sie sehr zurückgezogen lebt. Ich nehme an, sie bekommt nur wenige Menschen zu Gesicht. Die arme Ursule! Das hätte man sich doch damals denken können, wie unselig das enden würde. Er pflegte sich mir anzuvertrauen ..., fast bedenkenlos. Es hat ja keinen Sinn, unsere Beziehung zu verheimlichen, da sie doch für jedermann ersichtlich ist. Wir haben einen prächtigen Sohn ..., unseren Etienne. Und von ihr hat er nur Marguerite. Ich sage Ihnen im Vertrauen, er bedauert es bis heute, daß er nicht mich geheiratet hat.«

»Und warum hat er es nicht getan?« fragte ich frostig.

»Ich stamme zwar aus guter Familie, aber natürlich hält sie einem Vergleich mit der seinen nicht stand. Ich war Witwe.« Sie zuckte die Achseln. »Er war damals noch jung ... Wir waren beide sehr jung. Ich werde diese Zeit nie vergessen. Wir waren ja so verliebt!« Sie lachte. »Ich sehe, Sie sind ein wenig schokkiert. Die Engländer sprechen nicht so frei über diese Dinge wie wir. Ach, es war ein tragischer Fehler, und das hat der Comte immer aufs neue erfahren müssen.«

»Diese Kuchen sind köstlich, Madame. Sie müssen eine hervorragende Köchin haben.«

»Es freut mich, daß sie Ihnen schmecken. Sie sind das Lieblingsgebäck des Comte. Aber bei ihm kann man nie wissen, wie lange ihm etwas gefällt. Er hat einen unbeständigen Geschmack.«

»Sie sind so leicht«, sagte ich. »Man wird ganz süchtig danach.«

»Dann nehmen sie doch noch ein paar. Etienne ist auch ganz verrückt danach. Wir planen, ihn zu vermählen, aber er hat es gar nicht eilig damit.«

»Es ist niemals klug, bei bedeutenden Angelegenheiten übereilt zu handeln.«

»Eines Tages ..., wer weiß ..., Sie wissen ja, Etienne ist im *Château* aufgewachsen.«

»Ja, das ist mir bekannt.«

»Der Comte ist stolz auf ihn. Er ist ein gutaussehender junger Mann, finden Sie nicht auch?«

»Doch, er ist wirklich eine stattliche Erscheinung.«

»Wer vermag schon zu sagen, wie sich seine Zukunft eines Tages gestalten wird?«

»Die Zukunft ..., die kann niemand von uns voraussehen.«

Ich empfand ein gewisses schadenfrohes Vergnügen daran, ihr Vorhaben zu durchkreuzen, indem ich die Unterhaltung in allgemeine Bahnen lenkte, während Gabrielle versuchte, persönliche Themen anzuschneiden. Ich verstand ihre Beweggründe nur zu gut. Wie die Comtesse, wollte auch sie mich warnen, doch aus ganz anderem Grund. Ich glaubte, die Comtesse sorgte sich ein wenig um mich, während Gabrielle sich nur um sich selbst sorgte.

»Aber wir können schon etwas vorhersagen«, meinte sie. »Wenn man jemanden sehr lange kennt, so weiß man, wie diese Person unter gewissen Umständen handeln wird.«

Ich sagte, ich sei der Meinung, daß man zwar eine Vermutung anstellen könne, da aber die Menschen so unberechenbar seien, man nie sichergehen könne.

Gabrielle nickte. »Ich habe ein eigenartiges Leben geführt. Als blutjunge Witwe bin ich dem Comte begegnet. Ich kam zu ihm, um für meinen Vater um Gnade zu bitten, den der Vater des Comte ins Gefängnis werfen ließ. Der Comte konnte nichts mehr für uns tun. Mein Vater war im Gefängnis gestorben. Man hatte ihn beschuldigt ..., ich weiß nicht einmal wessen – er wußte es selbst nicht.«

»Ja«, sagte ich. »Ich habe von diesen entsetzlichen *lettres de cachet* gehört.«

»Ich glaube, der Comte bedauert es unter anderem auch deshalb, mich nicht geheiratet zu haben, weil er dadurch ein wenig von dem hätte wiedergutmachen können, was sein Vater dem meinen angetan hatte. Er hatte einmal gesagt, er wünschte, er hätte diese Gelegenheit noch einmal, und sollte sie sich ihm wirklich noch einmal bieten ...«

Ich nickte. »Es war ein schreckliches Unrecht, das Ihrem Vater widerfuhr.«

»Er ..., Charles-Auguste, ... ist ein seltsamer Mensch. Manchmal hat er Gewissensbisse. Nehmen Sie zum Beispiel Léon. Für ihn hat sich doch das Unglück, das seiner Familie zugestoßen

ist, wahrlich vorteilhaft ausgewirkt. Ich weiß, daß Etienne legitimiert werden wird. Das ist mehr oder weniger versprochen ..., vorausgesetzt natürlich, daß Charles-Auguste nicht noch einmal heiratet und einen ehelichen Sohn bekommt. Aber wie sollte ihm das möglich sein?«
»Das ist allerdings eine sehr verzwickte Angelegenheit«, sagte ich. »Wer kann schon wissen, wie das alles enden wird.«
»Und Sie werden uns bald verlassen und uns und unsere Probleme vergessen.« Ihre Augen glitzerten und schienen meine Gedanken zu lesen, als wollten sie mir gebieten fortzugehen.
Gabrielle nötigte mich, ihre Schätze zu bewundern. Das Prunkstück bildete eine Uhr in Form eines Schlosses aus Gold und Elfenbein.
»Ein Geschenk des Comte zur Geburt von Etienne«, erklärte Gabrielle. Dann zeigte sie mir weitere Kostbarkeiten – alles Geschenke des Comte.
»Ein sehr großzügiger Mann«, bemerkte sie, »gegenüber denen, für die er tiefe Gefühle hegt. Bedenken Sie, es gab einige, deren Regiment nur von kurzer Dauer war ... Sie wurden rasch entlassen und waren bald vergessen.«
»Wie traurig für sie«, sagte ich trocken, »es sei denn, sie waren froh, daß sie gehen konnten.«
Gabrielle blickte mich verwundert an. Es war ihr anzusehen, daß sie mich nicht verstanden hatte.
Ich war erlöst, als Etienne kam, um mich zum Schloß zurückzubegleiten.
Er sagte: »Wir werden einen Weg nehmen, den Sie gewiß noch nicht entdeckt haben, eine geheime Abkürzung vom Schloß zum Haus, die der Comte sich vor achtzehn Jahren anlegen ließ.«
Der Pfad führte vom Garten durch einen Wald, und ich war verblüfft, wie schnell wir beim Schloß anlangten.
»Warum wird er so selten benutzt?« fragte ich.
»Als er neu war, durften ihn auf Anordnung des Comte nur er

und meine Mutter benutzen. Die Leute haben sich daran gehalten, und das ist zur Gewohnheit geworden.«
Wir hatten die Schloßmauer erreicht und traten durch eine Pforte – schon waren wir auf dem Innenhof.

Am späten Nachmittag kam Nou-Nou in mein Zimmer. Sie klopfte einmal fest und entschieden an meiner Tür, und ohne meine Antwort abzuwarten, trat sie ein.
»Die Comtesse wünscht Sie zu sprechen«, sagte sie, wobei sie mich so verächtlich ansah, daß ich ein ganz unbehagliches Gefühl bekam, und das war wohl so beabsichtigt.
Ich stand auf.
»Nicht jetzt. Heute abend um acht Uhr.«
Ich erwiderte, daß ich mich zur festgesetzten Zeit einfinden würde.
»Verspäten Sie sich nicht. Ich möchte sie vor neun Uhr für die Nacht fertig machen.«
»Ich werde mich nicht verspäten«, versprach ich.
Sie nickte und ging weg.
Merkwürdiges altes Weib, dachte ich. Ein bißchen verrückt, wie alle Besessenen. In ihrem Fall handelte es sich allerdings um eine selbstlose Besessenheit. Ich versank in Grübeleien über die arme Nou-Nou, die Mann und Kind verloren hatte und sich an Ursule klammerte, um bei ihr Trost zu finden, was ihr zweifellos ausgezeichnet gelungen war.
Ich fragte mich, wie Ursules Jugend ausgesehen haben mochte, bevor sie krank geworden war, und wie sie mit ihrem jetzigen Leben in aller Weltabgeschiedenheit zufrieden sein konnte. Es war, als flüchtete sie sich in ein solches Leben, um sich ihrem Gatten zu entziehen. Wie mußte sie ihn hassen! Vielleicht war es eher Furcht als Haß. Was hatte er getan, um eine solche Angst bei ihr zu verursachen? Mir schien, daß Nou-Nou etwas wußte. Ich zweifelte nicht daran, daß Ursule ihr vertraute. Daß der Comte seine Gattin vernachlässigen würde, wenn sie ihn

nicht mehr interessierte, das wußte ich. Daß er sich hintergangen fühlte, weil sie ihm nicht zu dem ersehnten Sohn verholfen hatte, war verständlich. Daß er sich seine Mätressen in aller Öffentlichkeit hielt und sogar eine von ihnen nur einen Steinwurf vom Schloß entfernt wohnen ließ, das war eine Tatsache. Aber mußte seine Gemahlin sich deswegen vor ihm fürchten?

Es gab so vieles, was ich gern über Ursule erfahren hätte.

Ein paar Minuten vor acht begab ich mich auf den Weg zu ihrem Zimmer. Ich war ein wenig zu früh daran, und da ich wußte, wie kleinlich Nou-Nou im Hinblick auf Pünktlichkeit war, vertrieb ich mir die kurze Wartezeit, indem ich aus dem Korridorfenster blickte.

Punkt acht Uhr.

Ich ging zur Tür, die angelehnt war, und stieß sie auf; dann blickte ich hinein. Von der Terrassentür her wehte ein Luftzug herüber. Gerade noch konnte ich einen Blick auf den Rücken des Comte werfen, als er verschwand.

Ich war froh, daß ich nicht früher gekommen und ihm im Zimmer seiner Gemahlin begegnet war. Das wäre mir peinlich gewesen.

Auf Zehenspitzen schlich ich ans Bett.

»Madame«, setzte ich an und hielt gleich wieder inne. Die Comtesse lag auf ihre Kissen zurückgelehnt, die Augen halb geschlossen. Sie war zweifellos sehr schläfrig.

»Sie wollten mich sprechen, Madame?«

Mir war unbehaglich zumute, und ich fragte mich, warum sie unsere Verabredung nicht widerrufen hatte, wenn sie zu müde war, mich zu empfangen. Auf dem Tisch neben dem Bett befand sich die übliche Anordnung von Flaschen.

Auch ein Glas stand dabei. Ich nahm es in die Hand und roch daran, weil ich auf dem Boden den Rest irgendeiner Substanz entdeckt hatte. Die Comtesse mußte ihren Schlaftrunk zu sich genommen haben, bevor sie sich zurückzog. Aber sie hätte doch

wissen müssen, wie bald die Wirkung eintreten würde. Wie merkwürdig von ihr, ihn gerade dann einzunehmen, daß sie zu dem Zeitpunkt schlief, wo sie mich empfangen wollte.
Während ich dort so stand, vernahm ich eine Bewegung hinter mir. Nou-Nou kam herein. Sie starrte auf das Glas in meiner Hand.
»Ich sollte um acht bei Madame sein«, sagte ich, indem ich das Glas auf den Tisch zurückstellte.
Nou-Nou blickte auf die schlafende Frau, wobei sich ihr Gesichtsausdruck merklich veränderte. »Armes Lämmchen«, sagte sie. »Sie war völlig erschöpft. Er ist hier gewesen. Ich vermute, er hat sie so ermüdet ..., wie immer. Sie muß ganz plötzlich eingeschlafen sein.«
»Würdest du ihr ausrichten, daß ich hier gewesen bin ...«
Nou-Nou nickte.
»Vielleicht wird sie mich morgen sehen wollen.«
Nou-Nou erwiderte: »Wir werden abwarten, wie sie sich fühlt.«
»Gute Nacht«, sagte ich und ging hinaus.

Der nächste Tag prägte sich lebhaft in mein Gedächtnis ein.
Ich wachte wie gewöhnlich auf, als eine Zofe mir mein heißes Wasser hereintrug und in den Alkoven stellte. Dann wusch ich mich und nahm den Kaffee und das *brioche* zu mir, die mir ebenfalls aufs Zimmer gebracht worden waren.
Margot kam, wie sie es häufig tat, mit ihrem Tablett zu mir, und wir nahmen unser *petit déjeuner* gemeinsam ein.
Wir sprachen über die bevorstehende Reise nach Paris, und ich war froh, daß sie Charlot nicht erwähnte. Es war tröstlich festzustellen, daß der Gedanke an ihre herannahende Vermählung ihr wohltat.
Während wir plauderten, öffnete sich die Tür, und der Comte trat herein. Ich hatte ihn noch nie so erregt gesehen.
Er blickte uns eine nach der anderen an und sagte: »Marguerite, deine Mutter ist tot.«

Ich wurde von kalter Furcht gepackt und begann so stark zu zittern, daß ich Angst hatte, man würde es merken.
»Sie muß während der Nacht verstorben sein«, fuhr er fort. »Nou-Nou hat es soeben entdeckt.«
Er vermied es, mir in die Augen zu schauen, und ich bekam entsetzliche Angst.

Im ganzen Schloß herrschte gespannte Stimmung. Die Bediensteten flüsterten nur miteinander. Ich hätte gern gewußt, was sie wohl redeten.
Die Beziehung zwischen dem Comte und seiner Gattin war ihnen kein Geheimnis, und allen war sein Wunsch, sie loszuwerden, wohlbekannt.
Margot kam zu mir.
»Ich muß mit dir reden, Minelle«, sagte sie. »Es ist furchtbar. Sie ist tot. Das trifft mich so plötzlich. Sie war meine Mutter ..., aber ich habe sie kaum gekannt. Sie war anscheinend nie gern mit mir zusammen. Als ich klein war, habe ich immer geglaubt, ich sei die Ursache ihrer Krankheit. Und die arme Nou-Nou! Sie sitzt an Mamans Seite und schaukelt hin und her. Sie murmelt vor sich hin, und dann wirft sie sich ihre Schürze vors Gesicht. Alles, was ich verstehen kann, ist immer nur: ›Ursule Mignonne‹.«
»Margot, wie konnte das passieren?«
»Sie war doch stets anfällig gewesen, nicht wahr?« entgegnete Margot beinahe abwehrend.
»Vielleicht«, fuhr sie fort, »war ihre Krankheit schlimmer, als wir es annahmen. Wir haben geglaubt, daß sie sich die ganze Zeit *einbildete,* krank zu sein.«
Im Laufe des Tages trafen die Ärzte ein, und sie hielten sich lange Zeit mit dem Comte im Sterbezimmer auf.

Der Comte bat mich zu sich in die Bibliothek, und voller Vorahnungen ging ich zu ihm.

»Bitte, nehmen Sie Platz, Minelle«, sagte er. »Dies ist ein unerwarteter Schock.«
Ich vernahm diese Worte mit ungeheurer Erleichterung.
»Ich hatte stets den Verdacht, daß sich die Comtesse ihre Krankheit nur einbildete«, fuhr er fort. »Es scheint, ich habe ihr Unrecht getan. Sie war wirklich krank.«
»Was für eine Krankheit hatte sie denn?«
Er schüttelte den Kopf. »Die Ärzte stehen vor einem Rätsel. Sie sind nicht sicher, was ihren Tod verursacht hat. Nou-Nou ist zu verstört, um sprechen zu können. Sie ist seit Ursules Geburt bei ihr gewesen und war ihr vollkommen ergeben. Ich fürchte, dieser Schock ist zuviel für sie.«
Ich wartete, daß er fortfahren möge, doch ihm schienen die Worte zu fehlen.
Dann sagte er langsam: »Man wird eine Obduktion durchführen.«
Ich blickte ihn verwundert an.
»Das ist so üblich«, erklärte er, »wenn die Todesursache ungewiß ist. Die Ärzte sind allerdings der Meinung, daß sie an etwas gestorben ist, was sie eingenommen hat.«
»Das kann doch nicht wahr sein!« schrie ich auf.
»Sie sieht ganz friedlich aus«, sagte er. »So haben wir wenigstens die Gewißheit, daß sie nicht unter Qualen gestorben ist. Als ob sie in einen Schlaf gefallen wäre, aus dem sie nicht wieder erwachen wird.«
»Meinen Sie, eine Arznei hat ihr diesen Schlaf verschafft?«
»Das ist durchaus möglich. Nou-Nou ist zu verstört, um jetzt schon mit uns zu sprechen. Ich glaube, Ursule war es gewöhnt, vor dem Schlafengehen etwas einzunehmen.«
Seine Augen ließen nicht von meinem Gesicht ab. Sie funkelten lebhaft, und ich vermied es, ihn direkt anzusehen.
Mir war angst und bange.
»Mir steht eine ziemlich schwierige Zeit bevor«, sagte er. »Derlei Dinge können sehr unerfreulich sein. Man wird eine Menge

Vermutungen anstellen. Das ist immer so, wenn jemand plötzlich stirbt. Und die Umstände ...«
Ich nickte. »Nou-Nou wird wissen, ob Madame ein Schlafmittel genommen hat.«
»Nou-Nou dürfte es für sie zubereitet haben. Sobald sie fähig ist zu sprechen, werden wir sicher erfahren, wie das geschehen konnte.«
»Glauben Sie, daß die Comtesse ...«
»Daß sie es vorsätzlich getan hat? Nein, das glaube ich nicht. Ich glaube vielmehr, daß hier ein verhängnisvoller Fehler begangen wurde. Aber aus Mutmaßungen dürfen wir keine Schlüsse ziehen. Wie gesagt, dies kann unerfreulich werden, und ich würde es vorziehen, wenn Sie und Margot nicht dabei wären. Bereiten Sie sich auf Ihre Abreise nach Paris vor. Ich halte es für richtig, wenn Sie gleich nach der Obduktion aufbrechen.« Er hielt inne, um dann rasch fortzufahren: »Ich finde nämlich, daß Sie nicht länger hier bei mir bleiben sollten.« Er bedachte mich mit einem schwachen Lächeln, und ich wußte, was in seinem Kopf vorging. Seine Gemahlin war plötzlich gestorben, und seine Vorliebe für mich lag klar zutage. Ich erkannte, daß man uns beide verdächtigen würde. »Schicken Sie Marguerite zu mir«, setzte er hinzu. »Ich möchte sie davon verständigen, daß sie sich zum baldigen Aufbruch nach Paris bereithalten muß.«

Diese Woche war ein Alptraum. Überall kursierten Verdächtigungen, in deren Mittelpunkt ich stand. Ich fragte mich, was geschehen würde, wenn man den Comte des Mordes beschuldigte ... oder mich. Ich stellte mir die anklagenden Stimmen vor, die mich über meine Beziehung zu dem Comte ausfragen würden. Ich war doch seine Cousine, nicht wahr? Ob ich das bitte näher erläutern könnte?
Der Comte hatte sich besser in der Gewalt als ich. Er war zuversichtlich, daß sich eine Erklärung finden würde. Ich hatte

eine peinliche Szene mit Nou-Nou, die eines Abends in mein Zimmer kam, als ich gerade zu Bett gehen wollte.
Sie sah sehr elend aus. Seit dem Tod der Comtesse hatte sie gewiß nicht geschlafen. Ihre Augen lagen tief in den Höhlen, ihr Haar war nicht gekämmt; es war halb aufgesteckt, halb fiel es ihr in grauen Strähnen lose ins Gesicht.
Sie sagte: »Es steht Ihnen gut an, schuldig dreinzuschauen.«
Ich erwiderte: »Schuldig? Ich schaue weder schuldig drein, noch fühle ich mich so. Das solltest du wissen, Nou-Nou.«
»Es war das Schlafmittel«, sagte sie. »Das gab ich ihr immer, wenn sie nicht einschlafen konnte. Ich wußte ganz genau, wieviel sie davon brauchte. An diesem Abend hat sie die dreifache Dosis genommen. Die hätte nach einer Stunde wirken müssen ..., aber als ich hereinkam, da schlief sie schon ... Sie waren an dem Abend dort. Er war auch da gewesen. Sie beide ...«
»Sie schlief, als ich hereinkam, das weißt du doch. Es war Punkt acht Uhr.«
»Ich habe nicht genau gewußt, was da vorging. Ihr Schlafmittel stand an ihrem Bett. Jemand muß etwas hineingeschüttet haben, nicht wahr? Jemand, der sich hineingeschlichen hat ...«
»Ich sage dir doch, daß sie schlief, als ich kam ...«
»Ich kam hinein und fand Sie mit dem Glas in der Hand.«
»Das ist absurd. Ich war gerade erst ins Zimmer gekommen.«
»Es war noch jemand dort, jawohl. Und das wissen Sie genau.«
Ich spürte, wie mir das Blut in die Wangen schoß.
»Was ... willst du damit andeuten?«
»Es kam doch nicht von selbst ins Glas, wenn es niemand hineingetan hat, nicht wahr? Irgendwer hat es getan ..., jemand aus diesem Haus.«
Einen Augenblick lang war ich wie betäubt, so daß ich nichts erwidern konnte. Es ging mir nicht aus dem Kopf, daß ich den Comte hatte zur Verandatür hinausschlüpfen sehen. Wie lange war er bei der Comtesse gewesen? Lange genug, um ihr die

Medizin zu geben ..., um abzuwarten, daß sie sie trank? O nein, sprach ich zu mir selbst, das kann ich nicht glauben.
Ich stammelte: »Du kennst die Todesursache nicht. Sie ist bis jetzt nicht nachgewiesen.«
Ihre Augen glitzerten, und sie blickte mich ununterbrochen an. »Ich weiß«, sagte sie. Sie kam dicht zu mir heran, legte mir eine Hand auf den Arm und sah mir ins Gesicht. »Hätte sie nicht geheiratet, so würde sie jetzt noch leben. Sie wäre so gesund und munter, wie sie vor der Hochzeit war. Ich erinnere mich an die Nacht vor dieser Hochzeit. Es ist mir nicht gelungen, sie zu trösten. Oh, diese Ehen! Warum läßt man Kinder nicht Kinder bleiben, bis sie wissen, wie das Leben in Wirklichkeit ist!«
Trotz der entsetzlichen Angst, die nicht von mir wich, trotz der erschreckenden Erkenntnis, wie tief ich da hineingeraten war, tat mir Nou-Nou leid. Der Tod ihres geliebten Schützlings schien ihren Geist verwirrt zu haben. Sie war wie ausgelaugt und suchte jemanden, dem sie die Verantwortung zuschieben konnte. Sie haßte den Comte, und ihr giftiger Groll richtete sich in erster Linie gegen ihn, doch da ihr seine Zuneigung zu mir bekannt war, übertrug sie ihre Abneigung auch auf mich.
»Ach Nou-Nou«, sagte ich, indem ich mein ganzes Mitleid für sie in meine Stimme legte, was geschehen ist, tut mir so leid.«
Sie schaute mich verschlagen an. »Sie denken wohl, daß Sie es leichter haben werden? Sie denken vielleicht, da sie jetzt aus dem Weg ist ...«
»Nou-Nou!« schrie ich sie an. »Laß das boshafte Gerede!«
»Das Schicksal wird Sie strafen!« Sie fing zu lachen an, ein entsetzliches Gelächter, wie das Gackern eines Huhns. Dann hörte sie plötzlich auf.
»Sie und er haben ein Komplott geschmiedet ...«
»So etwas darfst du nicht sagen. Es ist absolut nichts Wahres dran. Komm, ich bringe dich in dein Zimmer zurück. Du mußt dich ausruhen. Es war ein schrecklicher Schock für dich.«

Plötzlich begann sie zu weinen ..., lautlos. Die Tränen strömten ihr übers ganze Gesicht.
»Sie war alles für mich«, sagte sie. »Mein Lämmchen, mein süßes Baby. Alles, was ich hatte. Nie hab' ich einen anderen Menschen liebgewonnen, immer nur meine kleine Mignonne.«
»Ich weiß«, sagte ich.
»Aber ich habe sie verloren. Sie ist nicht mehr da.«
»Komm, Nou-Nou.« Ich nahm ihren Arm und führte sie in ihre Kammer zurück.
Als wir dort angelangt waren, riß sie sich von mir los.
»Ich gehe zu ihr«, sagte sie und betrat das Zimmer, in dem der Leichnam der Comtesse lag.
Es folgten schwere Tage. Den Comte bekam ich kaum zu Gesicht. Er wich mir aus, und das war klug, denn man flüsterte allenthalben über ihn, und wahrscheinlich wurde dabei mein Name mit dem seinen verknüpft. Ich ritt mit Margot, Etienne und Léon aus, und als wir einmal nahe bei einem Dorf vorbeikamen, wurde ein Stein auf uns geworfen. Er traf Etienne am Arm, aber ich glaube, daß er mir gegolten hatte. »Mörderin!« rief eine Stimme.
Wir sahen eine Gruppe junger Männer und wußten, daß sie den Stein geschleudert hatten. Etienne war dafür, sie zu verfolgen, doch Léon hielt ihn zurück.
»Sei lieber vorsichtig«, riet Léon. »Das könnte einen Aufruhr in Gang setzen. Laß sie in Ruhe.«
»Man muß ihnen eine Lektion erteilen.«
»Wir müssen aufpassen«, sagte Léon, »daß sie nicht uns eine Lektion ertellen.«

Wir konnten das *Château* erst nach der Leichenschau verlassen, und aufgrund der Situation, in der sich der Comte befand, war größte Vorsicht geboten. Ich hatte schreckliche Angst, weil ich wußte, daß es für die Leute bereits feststand, daß er seine Frau getötet hatte.

Als ich erfuhr, daß ich bei der Leichenschau nicht erscheinen mußte, war ich unendlich erleichtert. Ich fürchtete, über die Gründe ausgefragt zu werden, warum ich nach Frankreich gekommen war, und mir war bange vor dem, was geschehen würde, wenn Marguerites Fehltritt ans Licht käme. Was würde Robert de Grasseville dazu sagen? Würde er sie dann noch heiraten wollen? Zuweilen hatte ich das Gefühl, es wäre besser für sie, ihm alles zu gestehen, doch andererseits hielt ich mich nicht für welterfahren genug, um zu wissen, ob das auch wirklich klug sei.

Der Comte kehrte zurück. Die Affäre war bereinigt, und man hatte als Todesursache eine Überdosis eines Schlafmittels, das einen großen Anteil an Opium enthielt, festgestellt. Man hatte festgestellt, daß die Comtesse an einem Lungenleiden gelitten hatte, und man erinnerte sich, daß ihre Mutter an demselben Leiden gestorben war. Die Ärzte hatten sie erst kürzlich aufgesucht und hatten mit Sicherheit behauptet, daß es sich bei der Comtesse um ein frühes Stadium dieses Leidens handelte. Falls sie dies gewußt hatte, so hatte sie auch gewußt, daß sie später große Schmerzen würde erdulden müssen. Da sie dies wußte, war es sehr wahrscheinlich, daß sie ihrem Leben freiwillig ein Ende gemacht hatte, indem sie eine Überdosis des Schlafmittels trank, das sie zuweilen in kleinen Mengen zu sich genommen hatte und das, in geringen Dosen verabreicht, zu einem erholsamen Schlaf verhalf.

Am Tage der Rückkehr des Comte stattete mir Nou-Nou wieder einmal einen Besuch in meinem Schlafzimmer ab. Sie schien sich an meiner Fassungslosigkeit zu weiden.

»So«, sagte sie, »Sie denken, die Angelegenheit ist erledigt, nicht wahr, Mademoiselle?«

»Dem Gesetz ist Genüge getan worden«, antwortete ich.

»Dem Gesetz! Und wer ist das Gesetz? Wer ist zu allen Zeiten das Gesetz gewesen? Er ..., er und seine Sippschaft! Ein Gesetz für die Reichen ..., eines für die Armen. Das ist der ganze Ärger.

Er hat seine Freunde ..., sie sitzen überall.« Sie trat näher an mich heran. »Er ist zu mir gekommen und hat mir gedroht. Er hat gesagt: ›Laß dein skandalöses Geschwätz, Nou-Nou, oder ich werfe dich hinaus! Und wohin würdest du dann wohl gehen, kannst du mir das sagen? Willst du, daß ich dich fortschicke ..., fort aus dem Zimmer, wo sie gelebt hat ..., fort von der Nähe ihres Grabes, wo du weinen und dich in deiner Trauer ergehen kannst?‹ Jawohl, das hat er gesagt. Und ich habe zu ihm gesagt: ›Sie waren dort! Sie sind ins Zimmer gekommen! Sie waren bei ihr! Und dann ist diese Frau gekommen, nicht wahr? Wollte sie nachschauen, ob Sie den Plan ausgeführt haben, den Sie gemeinsam ausgeheckt hatten? ... ‹«
»Hör auf, Nou-Nou«, sagte ich. »Du weißt, ich war gekommen, weil die Comtesse mich sprechen wollte. Du selbst hast es mir ausgerichtet. Sie schlief bereits, als er ging.«
»Sie haben ihn fortgehen sehen, nicht wahr? Sie sind hereingekommen ..., gerade als er hinausging. Höchst merkwürdig, das Ganze, möchte ich behaupten.«
»Es ist überhaupt nicht merkwürdig, Nou-Nou«, sagte ich streng. »Und das weißt du ganz genau.«
Sie machte ein erschrockenes Gesicht.
»Wieso sind Sie so sicher?«
»Weil ich eines weiß«, antwortete ich. »Der Urteilsspruch ist gefällt. Ich glaube daran, weil es sich nur so abgespielt haben kann.«
Sie brach in wildes Gelächter aus. Ich packte ihren Arm und schüttelte ihn.
»Nou-Nou, geh in dein Zimmer zurück. Versuche zu schlafen. Versuche zur Ruhe zu kommen. Es ist ein entsetzliches Unglück geschehen, aber es ist vorüber, und es hilft nichts, ständig darüber nachzugrübeln.«
»Für einige ist es vorüber«, sagte sie kummervoll. »Das *Leben* ist für einige vorüber ..., für *Mignonne* und ihre alte Nou-Nou. Andere mögen vielleicht denken, für sie fängt es gerade erst an.«

Ich schüttelte ärgerlich den Kopf, und sie setzte sich plötzlich hin und bedeckte ihr Gesicht mit den Händen.
Nach einer Weile ließ sie sich willig von mir in ihre Kammer zurückbringen.

Ich war es, die den Stein mit dem angehefteten Zettel fand. Er lag in dem Korridor vor meinem Schlafzimmer. Zuerst entdeckte ich das zerschmetterte Fenster, und dann lag dieser Gegenstand auf dem Boden.
Ich hob ihn auf. Es war ein schwerer Stein, an dem ein Stück Papier haftete. Darauf stand in unbeholfener Schrift: »Aristokrat! Du hast deine Frau ermordet. Aber es gibt ein Gesetz für die Reichen, eines für die Armen. Nimm dich in acht. Deine Zeit wird kommen.«
Ein paar entsetzliche Sekunden lang stand ich da, den Zettel in meiner Hand. Ich beschloß, daß niemand im Schloß diesen Zettel zu sehen bekommen sollte.
Ich legte den Stein auf den Boden zurück und nahm das Stück Papier mit in meine Schlafkammer. Ich strich es glatt und sah es mir genau an. Die Schrift war unbeholfen, aber es kam mir so vor, als habe sich jemand bemüht, den Eindruck hervorzurufen, daß er des Schreibens beinahe unkundig sei. Ich befühlte das Papier: festes, kräftiges Papier, ganz und gar nicht von der Art, wie es arme Leute zum Briefeschreiben benutzen würden. Es hatte einen leichten Blauschimmer, und zwar so blaß, daß es beinahe weiß erschien.
In meinem Zimmer stand ein Sekretär, welcher Briefbögen mit der Anschrift des Schlosses in eleganter Goldprägung enthielt. Das Papier, das an dem Stein haftete, wies die gleiche Struktur auf wie das Briefpapier, das man im Schloß benutzte. Der Zettel hätte ohne weiteres von einem solchen Blatt stammen können. Das mußte etwas zu bedeuten haben. War es möglich, daß jemand im Schloß ein erbitterter Feind des Comte war?
Wie immer in derartigen Situationen, gedachte ich meiner

Mutter. Ich konnte sie fast zu mir sprechen hören: »Geh fort! Du bist in Gefahr. Geh zurück nach England! Nimm eine Stellung als Gesellschafterin an ..., als Gouvernante ..., oder besser noch, gründe eine Schule ...!«
Sie hat recht, dachte ich. Ich lasse mich zu stark von dem Comte beeinflussen. Er hat mich irgendwie in seinen Bann gezogen. Ich habe versucht nicht zu glauben, daß er die tödliche Dosis in das Glas der Comtesse geschüttet hat, aber ich kann nicht behaupten, daß ich keinen Zweifel hege.
Margot stand in der Tür.
»Man hat schon wieder einen Stein durch ein Fenster geworfen«, verkündete sie. »Er liegt gleich hier draußen.«
Sie zeigte sich nicht sonderlich bewegt. Derartige Vorkommnisse wurden allmählich zu einer alltäglichen Erscheinung.

Der Comte schickte nach Margot und mir. Er sah älter und ernster aus als vor dem Tod seiner Gemahlin.
»Ich möchte, daß du morgen nach Paris aufbrichst«, sagte er. »Das halte ich für das Beste. Ich habe einen Brief von den Grassevilles erhalten. Sie möchten, daß du sie besuchst, aber ich ziehe es vor, daß du dich in meiner Pariser Residenz aufhältst. Du bist in Trauer. Die Grassevilles werden dich dort aufsuchen. Du kannst alles kaufen, was du brauchst.« Plötzlich wandte er sich zu mir. »Ich verlasse mich darauf, daß Sie auf Margot aufpassen.« Ich wußte nicht, ob ich ihm von dem Zettel erzählen sollte, der mit dem Stein durch das Fenster geflogen kam, aber ich spürte, daß dies seine Besorgnis nur vergrößern würde.
Ich ging in mein Zimmer, um meine Reisevorbereitungen zu treffen, nahm den Zettel aus der Schublade und betrachtete ihn. Was sollte ich damit anfangen? Zurücklassen konnte ich ihn nicht; aber was, wenn ich ihn mitnehmen und verlieren würde? Ich zerriß das Papier in Fetzen und brachte sie in die Halle hinunter, wo ein Kaminfeuer brannte. Ich warf die Fetzen ins

Feuer und sah zu, wie die Flammen an den geschwärzten Kanten hochzüngelten. Ein böswilliges Gesicht schien sich zu formen, und dabei mußte ich wieder an das andere denken, das ich am Abend des Balles draußen am Fenster erblickt hatte.

Léon! Und das Papier hätte vom Schloß stammen können!

Das war ganz und gar unmöglich. Niemals würde Léon den Menschen verraten, der soviel für ihn getan hatte. Die jüngsten Ereignisse hatten mich so aufgeregt, daß mir die Phantasie durchging.

Wir brachen früh auf – gleich nach der Morgendämmerung.

Der Comte kam auf den Innenhof hinunter, um uns zu verabschieden. Er hielt meine Hand fest in der seinen und sagte: »Passen Sie auf meine Tochter auf ..., und auch auf sich selbst.«

Dann fügte er hinzu: »Haben Sie Geduld.«

Ich wußte, was er damit meinte, und diese Bemerkung erfüllte mich mit Erregung und banger Erwartung.

Die wartende Stadt

1

Paris! Was für eine bezaubernde Stadt. Wie hätte ich sie genießen können, wäre ich unter anderen Umständen dort gelandet. Wenn ich mit meiner Mutter all die verschiedenen Orte auf der Welt aufzuzählen pflegte, die wir gern besucht hätten, dann hatte Paris stets ganz oben auf unserer Liste gestanden.

Paris war eine Königin unter den Städten, voller Schönheit und Häßlichkeit im einträchtigen Nebeneinander. Als ich den Stadtplan studierte, fand ich, daß die Seine-Insel, auf der die Stadt errichtet war, die Form einer Wiege hatte.

»Eine Wiege«, sagte ich. »Das hat etwas zu bedeuten. In dieser Wiege wurde die Schönheit aufgezogen. François I. hat mit seiner Liebe zu schönen Bauten, mit seiner Verehrung für Literatur, Musik und Kunst den schöngeistigsten Hof von ganz Europa begründet.«

»Das hört sich wahrhaftig wie eine Geschichtsstunde an!« beschwerte sich Margot. »Aber jetzt wird in dieser Wiege die Revolution großgezogen.«

Ich war verblüfft. Es lag ihr sonst gar nicht, ernsthaft zu reden.

»Die Steine, die ins *Château* geworfen wurden«, fuhr sie fort, »ich muß immerzu daran denken. Vor zehn Jahren hätten sie das nicht gewagt ..., und heute wagen *wir* nicht, etwas dagegen zu unternehmen. Da sind Veränderungen im Gange, Minelle. Man kann sie überall spüren.«

Und ob ich sie spüren konnte.

In den Straßen, wo sich die Massen drängten, wo die Verkäufer ihre Waren anpriesen – da hatte ich das Gefühl, in einer Stadt voller ungewisser Erwartungen zu sein.
Die Residenz des Comte lag inmitten anderer Domizile der Mitglieder des Adels in der Faubourg Saint-Honoré. Diese Häuser standen schon zwei- oder dreihundert Jahre dort; man wohnte zurückgezogen und elegant. Nicht weit entfernt, wie ich entdecken sollte, befand sich ein Labyrinth aus kleinen Straßen, in die man sich nicht hineintraute, sofern man nicht von mehreren starken Männern begleitet wurde – übelriechende enge Gassen mit Kopfsteinpflaster, wo dunkle Gestalten lauerten, die jeden Fremden als ein Opfer betrachteten.
Einmal gingen wir in Begleitung von Bessell und einem weiteren Diener dorthin. Margot hatte darauf bestanden. Hier gab es die »Straße der Frauen«, die mit lächerlich bemalten Gesichtern und in alles enthüllenden, berechnend tief ausgeschnittenen Kleidern vor den Türen saßen. Ich merkte mir die Straßennamen: Rue aux Fèves, Rue de la Jouverie, Rue de la Colandre, Rue des Marmousets. Hier lagen die »Straßen der Frauen« und die Straßen der Färber, und vor vielen Häusern standen große Bottiche, in denen die Farben gemischt wurden. Rote, blaue und grüne Farben rannen wie Miniaturflüsse die Straßen hinunter.
Mein Zimmer im Palast des Comte war gar noch eleganter als das Zimmer, welches ich im *Château* bewohnt hatte. Es bot einen Blick über hübsche Gärten, die von einer ganzen Schar von Gärtnern gepflegt wurden. Dort gab es Gewächshäuser, in denen exotische Blüten gediehen, mit denen die Räume geschmückt wurden.
Margots Zimmer befand sich neben dem meinen. »Das habe ich so arrangiert«, teilte sie mir mit. »Mimi wohnt im Vorzimmer, Bessell bei der Dienerschaft.«
Ich hatte bis dahin gar nicht mehr an unseren Plan gedacht, bei dem die beiden eine Rolle spielen sollten. Ich hatte ihn eigentlich

nie wirklich ernstgenommen, und Margot erwähnte ihn auch erst wieder, als wir schon zwei oder drei Tage in Paris weilten. Der Comte und die Comtesse de Grasseville machten gleich am ersten Tag ihre Aufwartung. Margot erwies sich als eine sehr anmutige Gastgeberin, stellte ich fest. Sie wandelte mit ihren Gästen in den Gärten umher, und sie gaben sich alle höchst würdevoll. Wir waren in Trauer, wie der Comte uns gemahnt hatte.

Ob dieser Umstand wohl eine Verschiebung der Hochzeit mit sich brächte, fragte ich mich, und ich kam zu dem Schluß, daß es wohl so sein mußte.

Ich wurde dem Comte und der Comtesse de Grasseville vorgestellt. Ihr Verhalten mir gegenüber war ein wenig distanziert, und ich hätte gern gewußt, ob ihnen wohl Gerüchte über meine Stellung im Hause des Comte zu Ohren gekommen waren.

Ich redete später mit Margot darüber.

Sie sagte, sie habe nichts bemerkt, und die Grassevilles hätten sehr freundlich von mir gesprochen. »Wir haben uns über die Hochzeit unterhalten. Von Rechts wegen sollten wir ein Jahr warten. Ich weiß nicht, ob wir das wirklich tun sollen. Zunächst werde ich jedenfalls so weitermachen, als gäbe es keine Verschiebung.«

Es gab Einkäufe zu erledigen, wobei Mimi und Bessell uns stets begleiteten. Manchmal gingen wir zu Fuß, und das war mein größtes Vergnügen. Für diese Unternehmungen zogen wir uns wie auf Verabredung sehr unauffällig an, ohne daß eine von uns dies erwähnte.

Den Gestank in den Gassen von Paris werde ich nie vergessen. Hier schien es mehr Schmutz zu geben als in jeder anderen Stadt. Dieser schwarze Schlamm voller Metallstücke durchlöcherte einem die Kleider, wenn man mit ihm in Berührung kam. Ich erinnerte mich, daß die alten Römer Paris »Lutetia« nannten, was soviel wie Stadt des Schlammes heißt. Auf den Straßen standen Jungen und fegten für die Fußgänger einen Übergang frei, sofern diese bereit waren, für einen solchen Dienst einen Sou zu opfern.

Ich liebte es, die Stadt zu beobachten, wenn sie morgens um sieben Uhr zum Leben erwachte, wenn die reinlich gekleideten Kontoristen auf dem Weg zu ihrer Arbeit waren und ein oder zwei Gärtner ihre Karren zum Markt schoben. Nach und nach nahm die Stadt ihre geschäftige, erregende Vitalität an. Ich sagte zu Margot, daß mich das an einen Vogelchor in der Frühe erinnerte. Erst rühren sich nur wenige, dann ein paar mehr, bis sich schließlich alle in einem einzigen Gesang vereinigen.

Margot brachte meiner Begeisterung wenig Verständnis entgegen. Sie kannte Paris schließlich seit langem, und viele Dinge, die einem vertraut sind, nimmt man irgendwann nicht mehr wahr.

Aber es war so spannend zu beobachten, wie der Tag bei den verschiedenen Gewerben begann: die Barbiere, von oben bis unten mit Mehl bestäubt, das sie zum Pudern der Perücken benutzten; aus den Limonadehandlungen kamen Kellner heraus, heißen Kaffee und Brötchen auf ihren Tabletts, um sie an die Leute aus der Nachbarschaft zu liefern, die sie am Vorabend bestellt hatten. Später erschienen die Mitglieder des Rechtsstandes, die in ihren flatternden Roben auf dem Weg zum *Châtelet* und den anderen Gerichtshöfen wie schwarze Krähen aussahen. In den feinen Kreisen pflegte man um drei Uhr zu dinieren, und es war spaßig anzusehen, wie vorsichtig die Dandys und die Damen – einige in Kutschen, andere zu Fuß – den Weg durch den Schmutz zu ihren Gastgebern zurücklegten. Zu dieser Stunde waren die Straßen von Lärm erfüllt, der während der Mittagspause erstarb, um dann gegen fünf Uhr wieder zu erwachen, wenn die Wohlhabenden sich auf den Weg zu den Theatern oder zu den Lustgärten machten.

Ich wollte einfach alles sehen, was Margot sehr kindisch fand. Sie wußte ja nicht, daß meinem Entschluß, soviel ich konnte von dieser erregenden, wundervollen Stadt kennenzulernen, das

Bedürfnis zugrunde lag, meine bange Sorge über das, was sich derweil im *Château* ereignen mochte, zu überdecken.
Wenn ich zurückblicke, kann ich nur froh sein, daß ich die Stadt noch so gesehen habe. Sie ist danach nie wieder ganz dieselbe geworden.
Wir gingen einkaufen. Was für eine Ansammlung von schönen Dingen hatten diese Läden zu bieten. Ihre Auslagen waren atemberaubend. Fertige Kleider, Stoffe, Umhänge, Mäntel, Muffs, Bänder, Spitzen. Es war eine Freude, sie zu betrachten. Die Hüte waren vielleicht das Auffälligste von allem. Der Mode folgend, welche die Königin eingeführt hatte, waren sie extravagant und übertrieben. Rose Bertin, die Hofschneiderin der Königin, nähte nur für eine auserwählte Kundschaft. Sie ließ sich gnädig herab, etwas für die Tochter des Comte Fontaine Delibes anzufertigen.
»Ich würde zu jemandem gehen, der dich äußerst beflissener bedient«, riet ich.
»Das verstehst du nicht, Minelle. Es bedeutet schon etwas, von Rose Bertin eingekleidet zu werden.«
So begaben wir uns also zum Maßnehmen zu ihr. Sie ließ uns zuerst eine Stunde warten, um uns dann mitteilen zu lassen, daß wir am nächsten Tag wiederkommen müßten.
Als wir draußen waren, fiel mir an der Ecke eine kleine Gruppe von Leuten auf. Sie murrten und beobachteten uns mit finsteren Blicken, als wir in die Kutsche stiegen.
Ja, Paris war wahrlich eine gärende Stadt. Aber ich war von ihrer Schönheit so geblendet und noch so beklommen von den Ereignissen im *Château,* daß mir entging, was ich unter anderen Umständen bemerkt hätte – und Margots Gedanken waren erst recht ganz woanders.
Ich stellte mit Befriedigung fest, daß man England große Achtung entgegenzubringen schien. Es war genauso, wie Gabrielle LeGrand es gesagt hatte. Die Geschäfte waren voll von Kleidern, die, wie behauptet wurde, aus englischen Stoffen gefertigt

waren. Schilder verkündeten, daß drinnen Englisch gesprochen wurde. In den Schaufenstern stand *Le Punch Anglais* zu lesen, und in sämtlichen Cafés konnte man *le thé* bestellen. Selbst die hochrädrigen Fuhrwerke waren den englischen nachgebaut und wurden »Whiskies« genannt.

Ich war amüsiert und, das muß ich gestehen, auch geschmeichelt. Und in den Läden bemühte ich mich keineswegs, die Tatsache zu verschleiern, daß ich, wie so viele der angebotenen Waren, von jenseits des Kanals stammte.

Eines Tages, beim Kauf eines schönen Satins, aus dem ein Kleid für Margots Aussteuer entstehen sollte, lehnte sich der Mann, der uns bediente, über den Ladentisch und fragte, indem er mich ernst anblickte: »Mademoiselle sind aus England?«

Ich bejahte.

»Mademoiselle sollten heimkehren«, sagte er. »Verlieren Sie keine Zeit.«

Ich sah ihn überrascht an, und er fuhr fort: »Der Sturm kann jeden Tag losbrechen. Heute, morgen, nächste Woche, nächstes Jahr. Und wenn er kommt, dann wird niemand verschont. Sie sollten umkehren, solange noch Zeit ist.«

Mich ergriff große Angst. Der Anzeichen gab es so viele, und jedermann um mich herum versuchte, sie zu übersehen, doch immer wieder kamen unangenehme Augenblicke, da man ihnen nicht ausweichen konnte.

Wir traten in den Sonnenschein hinaus und lenkten unsere Schritte zum Cour du Mai. Die Warnung des Verkäufers ging mir nicht aus dem Sinn, und mir schien, daß eine finstere Zukunft ihre Zeichen vorausschickte. Daran sollte ich hier auf dem Cour du Mai später noch denken.

Margot kam zu mir ins Zimmer. Ihre Augen funkelten, und ihre Wangen waren gerötet.

»Es ist alles arrangiert«, sagte sie. »Wir werden Yvette besuchen.«

»Wer ist Yvette?«
»Stell dich nicht absichtlich dumm, Minelle. Ich habe dir doch von Yvette erzählt. Sie hat früher mit Nou-Nou in der Kinderstube gearbeitet. Sie lebt auf dem Lande – nicht allzuweit von dort entfernt, wo ich Charlot verloren habe.«
»Meine liebe Margot, du gedenkst doch nicht etwa nach wie vor, ihn zu suchen?«
»Aber selbstverständlich. Glaubst du, ich würde ihn aufgeben, ohne zu erfahren, wie es ihm geht? Ich muß mich überzeugen, daß er wohlauf und glücklich ist ..., und daß er mich nicht vermißt.«
»Da er gerade ein paar Wochen alt war, als du von ihm getrennt wurdest, wird man kaum von ihm erwarten können, daß er dich erkennt.«
»Natürlich wird er mich erkennen. Ich bin seine Mutter.«
»Margot, sei doch nicht so töricht. Du mußt diese unselige Episode endgültig abschließen. Du hast Glück gehabt. Du hast einen Verlobten, den du sehr gern hast. Er wird lieb und gut zu dir sein.«
»Ach, spiele dich doch nicht als Orakel auf. Du bist nicht meine Schulmeisterin. Du hast versprochen, daß wir ihn suchen werden. Willst du etwa dein Gelöbnis brechen?«
Ich schwieg. Es stimmte, ich hatte es ihr versprochen, als ich glaubte, sie befände sich am Rande des Wahnsinns, aber ich hatte den Plan nie ernstgenommen.
»Ich habe alles vorbereitet«, erklärte sie. »Ich werde meine alte Kinderfrau Yvette besuchen, weil ich ihr mitteilen möchte, daß ich mit Robert verlobt bin. Mimi und Bessell werden uns begleiten. Wir reisen in der Kutsche. Wir werden in Gasthäusern absteigen und täglich eine kurze Strecke fahren, und da wir in jene Gegend zurückkehren, werde ich wieder Madame le Brun sein. Wir werden eine Art Maskerade veranstalten. Mimi habe ich erklärt, wegen des Skandals um den Tod meiner Mutter und wegen der Stim-

mung der Leute sei es besser, nicht als Tochter meines Vaters zu reisen. Warum sagst du nichts? Du sitzt nur da und machst ein mißmutiges Gesicht. Ich finde den Plan wunderbar.«
»Ich hoffe nur, daß du keine Dummheiten machst.«
»Warum glaubst du immerzu, ich würde Dummheiten anstellen?« wollte sie wissen.
»Weil du schon so viele gemacht hast«, gab ich zurück.
Doch ich sah, daß sie ihren Plan fest ins Auge gefaßt hatte und daß nichts sie zurückhalten konnte.

Möglicherweise, dachte ich, ist das gar kein so schlechter Einfall, denn wenn Margot mit eigenen Augen sähe, daß ihr Kind wohlbehütet war, würde vielleicht ihre Sehnsucht nach ihm nachlassen.
Margot hatte beschlossen, daß wir nach Petit Montlys fahren sollten, aber natürlich, ohne Madame Grémond zu besuchen. Selbst Margot sah ein, welch eine Torheit das wäre.
»Wir müssen unbedingt das Gasthaus finden, wo man uns Charlot weggenommen hat, und wir müssen die Leute in der Umgebung ausfragen«, sagte sie.
Ich erwiderte: »Das ist eine Jagd nach einer weißen Gans.«
»Auch weiße Gänse werden manchmal erlegt«, gab sie zurück. »Ich werde Charlot finden.«
Wir brachen zu unserer Reise auf, und innerhalb von drei Tagen legten wir ein hübsches Stück Weges zurück. Die Nächte verbrachten wir in Gasthäusern, die Bessell mit gutem Gespür aufzufinden verstand.
Madame le Brun, ihre Cousine, ihre Zofe und ihr Diener hatten sichtlich genügend Geld, um sich alles zu leisten, was sie sich wünschten, und aus diesem Grunde waren sie überall sehr willkommen.
Unglücklicherweise verlor eines unserer Pferde ein Hufeisen, so daß wir den nächsten Schmied aufsuchen mußten.

Dies ereignete sich aber kaum mehr als eine Meile vom Städtchen Petit Montlys entfernt.
Wir ließen die Kutsche bei dem Schmied stehen und wanderten ins Dorf, das mir von unserem Aufenthalt in Petit Montlys her bekannt war, zu einem Gasthaus.
Der Wirt war äußerst geschwätzig. Neuigkeiten machen in solchen Orten schnell die Runde, und er hatte bereits vernommen, daß wir in einer Kutsche angekommen waren, und warum sich unsere Weiterfahrt verzögerte.
»Das gibt mir eine Gelegenheit, Ihnen von dem Brot anzubieten, das meine Frau gebacken hat – frisch aus dem Ofen; und guten Käse und unsere selbstgemachte Butter dazu. Hätten Sie gerne heißen Kaffee? Ich kann auch *le Punch* servieren. *Mercier* ..., ein englisches Getränk, ebenso gut, wie man es in Paris serviert bekommt.«
Margot, Mimi und ich entschieden uns für Kaffee und warme Brötchen.
Bessell probierte den *mercier* und befand ihn für gut.
»Wie ist das Leben in Paris?« fragte der Wirt.
»Sehr angenehm, recht lebhaft«, gab Bessell zur Antwort.
»Ach, es ist lange her, seit ich dort war. Mademoiselle, ich bilde mir ein, Sie schon einmal gesehen zu haben.« Er sah mir offen ins Gesicht. »Sie sind Engländerin, nicht wahr?«
»Ja.«
»Haben Sie nicht zusammen mit Ihrer Cousine, die einen schmerzlichen Verlust erlitten hatte, bei Madame Grémond gewohnt?«
Ich blicke zu Margot, und sie platzte heraus: »Ja, das stimmt. Ich war es, die einen großen Verlust erlitten hatte. Ich hatte meinen armen Gatten verloren.«
»Madame, ich hoffe, daß es Ihnen nun besser geht.«
»Der Schmerz läßt mit der Zeit nach«, sagte Margot.
Da ich merkte, daß Mimi und Bessell ein wenig verwundert waren, schlug ich vor: »Wir sollten uns nicht allzu lange hier

aufhalten. Wir müssen weiter. Der Hufschmied wird inzwischen mit seiner Arbeit fertig sein.«

Wir traten in den Sonnenschein hinaus. Margot lachte, als wäre das, was soeben vorgefallen war, nichts weiter als ein gelungener Scherz. Mir war weniger fröhlich zumute.

Auf unserem Weg zur Schmiede kam eine junge Frau auf uns zugelaufen. »Sie sind's!« rief sie. »Ja, sie sind es. Madame le Brun und Mademoiselle Maddox.«

Es ließ sich nicht leugnen, wer wir waren, denn die Frau war Jeanne.

»Wie schön, Sie zu sehen, Madame, Mademoiselle«, sagte sie. »Wir haben oft von Ihnen gesprochen. Wie geht es dem Kleinen?«

»Es geht ihm gut«, antwortete Margot ruhig. »So ein wonniges Baby! Madame Legère findet, sie hätte noch nie ein niedlicheres gesehen.«

Wie dumm von uns, hierher zu kommen! Ich hätte wissen müssen, daß wir der Gefahr in die Arme laufen würden.

»Er ist jetzt wohl bei seiner Kinderfrau, möchte ich meinen«, fuhr Jeanne fort. »Ich hatte gehört, daß beim Hufschmied eine feine Kutsche stünde. Damen aus Paris, mutmaßte man. Ich hätte mir nie träumen lassen, daß Sie es waren.«

Ich legte Margot meine Hand auf den Arm. »Wir müssen weiter«, sagte ich.

»Werden Sie Madame Grémond besuchen?«

»Ich fürchte, nein«, erwiderte ich schnell. »Richte ihr unsere besten Grüße aus und sage ihr, daß wir es diesmal äußerst eilig haben. Wir haben uns verirrt, deshalb sind wir hierher geraten. Dann hat das Pferd unglücklicherweise ein Hufeisen verloren.«

»Wohin geht denn die Reise?« fragte Jeanne.

»Nach Parrefours.« Ich hatte den Namen einfach erfunden.

»Davon habe ich noch nie gehört. Welches ist die nächste größere Stadt?«

»Das müssen wir erst herausfinden«, antwortete ich. »Aber wir müssen jetzt wirklich zum Wagen zurück. Auf Wiedersehen.«
»Es war ein Vergnügen, Sie zu treffen«, sagte Jeanne. Ihre kleinen Affenäuglein nahmen alles in sich auf. Bessells Livree, Mimis hübschen Zofenmantel. Ich war froh, daß die Zeiten uns zwangen, uns bescheiden anzuziehen, so daß Margots Rang durch ihre Kleidung nicht allzu offen zutage trat.
Ganz erschöpft stiegen wir in die Kutsche, die auf uns wartete. Ich bemerkte Mimis sinnierende Augen, aber als gute Zofe erwähnte sie das Geschehene mit keinem Wort. Sie würde sich wohl später mit Bessell darüber unterhalten.
Margot ließ sich von der Begegnung nicht bedrücken. Sie würde sich später für Mimi eine Geschichte ausdenken – ob Mimi die glauben würde oder nicht, das war eine andere Sache. Die Ereignisse schienen jedenfalls eine Menge verraten zu haben.
Wir fanden das Gasthaus, wo wir mit Charlot gewesen waren. Der Wirt konnte sich an uns erinnern. Wir waren ihm im Gedächtnis geblieben – einmal, so vermutete ich, wegen mir, der Ausländerin; und dann führte natürlich die Tatsache, daß Margot mit einem Baby angekommen und ohne es fortgefahren war, zu ziemlich eindeutigen Schlüssen.
Margot sagte, sie wolle ein paar diskrete Fragen stellen, aber Margot und Diskretion vertrugen sich nun wirklich nicht miteinander. So suchte sie das Paar baldmöglichst aufzuspüren, welches das Baby mitgenommen hatte. Immerhin brachte sie in Erfahrung, daß diese Leute die Straße nach Süden genommen hatten, die zu der kleinen Stadt Bordereaux führt.
In Bordereaux gab es drei Gasthäuser, und wir versuchten es in allen dreien, doch ohne Erfolg. Wir lasen an den Wegweisern ab, daß es drei mögliche Wege gab, die das Paar von hier aus eingeschlagen haben konnte.
»Wir müssen sie alle ausprobieren«, bestimmte Margot.
Wir waren so erschöpft! Die Jagd war aussichtslos. Wie konnten

wir nur hoffen, das Baby zu finden? Aber Margot war dazu fest entschlossen.
»Wir können nicht länger unterwegs sein«, gab ich zu verstehen. »Ohnehin haben wir uns schon merkwürdig genug aufgeführt. Was werden sich nur Mimi und Bessell denken?«
»Das sind doch nur Bedienstete«, gab Margot hochmütig zurück. »Sie werden nicht dafür bezahlt, daß sie denken.«
»Außer wenn dies in deinem Interesse liegt, schätze ich! Sie ahnen bestimmt, was sich hier in Wirklichkeit abspielt. Hältst du wirklich für klug, was wir tun, Margot?«
»Es ist mir einerlei, ob es klug ist oder nicht. Ich will mein Baby finden!«
Und so ging es weiter mit unseren Querelen, die zu nichts führten.
Schließlich erinnerte ich Margot: »Du hast gesagt, daß wir einen Besuch bei deiner alten Kinderfrau Yvette machen wollen. Glaubst du nicht, es wäre angebracht, sie aufzusuchen, wenn dies schon als Zweck der Reise angegeben war?«
Sie meinte, sie wolle keine Zeit verlieren, aber am Ende überzeugte ich sie doch, daß es unklug wäre, diesen Besuch nicht zu machen. Wieder war mir, als hörte ich die mahnende Stimme des Comte zu mir sagen, es sei besser, immer auch ein paar Wahrheitsfäden dazwischenzuflechten, wenn man schon ein Lügennetz weben wolle.
Yvette bewohnte ein hübsches kleines Haus, von einem ummauerten Garten umgeben. Die Tore waren breit genug, um die Kutsche hindurchzulassen, und Yvette kam selbst an die Tür.
Sie hatte ein freundliches Gesicht und gefiel mir vom ersten Augenblick an, doch mir entging ihre unverhohlene Bestürzung nicht, als sie ihre Besucher erkannte.
Margot rannte zu ihr und warf sich ihr in die Arme.
»Meine Kleine«, sagte Yvette zärtlich. »Das ist aber eine Überraschung!«

»Wir waren hier in der Nähe, und da mußte ich einfach bei dir vorbeikommen«, sagte Margot.
»Ach ja ..., wen haben Sie besucht?« fragte Yvette.
Nun ..., also, eigentlich sind wir deinetwegen gekommen. Es ist schon so lange her, seit ich das letzte Mal hier war. Das hier ist Mademoiselle Maddox, meine Freundin ... und Cousine.«
»Cousine?« fragte Yvette. »Ich wußte gar nichts von dieser Cousine. Willkommen, Mademoiselle. Bitte kommen Sie herein. Oh, da sehe ich ja auch Mimi. Willkommen, Mimi.«
Doch ihr Unbehagen schien sich noch zu steigern.
»José wird sich um Mimi und Ihren Kutscher kümmern«, sagte Yvette. José war ihre Magd – eine Frau, so alt wie sie selbst. Mimi und Bessell gingen mit ihr, während Margot und ich Yvette ins Haus folgten. Es war ordentlich, sauber und gemütlich eingerichtet.
»Bist du hier glücklich, Yvette?« fragte Margot.
»Monsieur le Comte ist stets gütig zu jenen gewesen, die ihm treu gedient haben«, antwortete Yvette. »Als Sie mich nicht mehr brauchten und ich das *Château* verließ, da verschaffte er mir dieses Haus und versorgte mich mit einem Einkommen, so daß ich mir José leisten kann, die sich um mich kümmert. Wir leben sehr glücklich hier.«
Sie führte uns in ein freundliches Zimmer.
»Und Mademoiselle kommt aus England?«
Ich wunderte mich, woher sie das wußte, denn ich hatte es nicht erwähnt, und mein Akzent konnte es ihr nicht verraten haben, da ich bislang sehr wenig gesprochen hatte.
Mein Name vielleicht? So wie Margot ihn aussprach, klang er ganz und gar nicht englisch.
»Setzen Sie sich, mein liebes Kind, und Sie auch, Mademoiselle. Ich lasse Ihnen eine kleine Stärkung bringen, und Sie müssen unbedingt zum Essen bleiben. Es gibt Huhn, und José ist eine ausgezeichnete Köchin.«
Sie nahm eine Handarbeit von einem Stuhl.

»Machst du immer noch diese wundervollen Stickereien, Yvette?« Margot wandte sich mir zu. »Sie hat fast alle meine Kleider bestickt, nicht wahr, Yvette?«
»Ich habe schon immer gern Nadelarbeiten gemacht. Und wie ich höre, sind Sie verlobt?«
»Oh, dann weißt du es also schon? Wer hat es dir erzählt?«
Yvette zögerte. Dann sagte sie: »Der Comte möchte immer wissen, wie es mir geht, und er hat mich hin und wieder besucht.«
Das war ein Charakterzug, den ich bisher nicht bei ihm vermutet hatte. Ich erfuhr mit Vergnügen davon, und es erfüllte mich mit freudiger Erregung.
»Wir werden das Huhn gern mit dir zusammen essen, nicht wahr, Minelle?« sagte Margot.
Noch immer in Gedanken an den Comte und seine Sorge um jene, die unter seiner Obhut standen, stimmte ich fröhlich zu.
»Ich muß dir Yvettes herrliche Arbeiten zeigen«, fuhr Margot fort. Damit erhob sie sich aus ihrem Sessel, nahm die Stickerei, an der Yvette gearbeitet hatte, und reichte sie mir. »Schau! Dieser federleichte Stich. Was ist es, Yvette?« Sie hielt das Stück in die Höhe: es war ein Babyjäckchen.
Yvette errötete und sagte: »Ich mache es für eine Freundin.«
Margots Gesicht legte sich in Falten, wie immer, wenn sie an Babys erinnert wurde. Da dachte ich: Sie wird nie darüber hinwegkommen, ehe sie nicht ein zweites Kind hat.
Sie faltete das Jäckchen zusammen und legte es auf einen Stuhl. »Sehr hübsch«, sagte sie.
»Wie sieht es im *Château* aus?« fragte Yvette.
»Wie immer. O nein ..., man hat uns Steine ins Fenster geworfen. Nicht wahr, Minelle?«
Yvette schüttelte traurig den Kopf. »Manchmal glaube ich, die Leute sind wahnsinnig. Hier bekommen wir wenig davon zu spüren, aber man erzählt sich allerlei über Paris.« Dann sprach sie von alten Zeiten und gab kleine Anekdoten aus Margots

Kinderzeit zum besten. Sie empfand offensichtlich eine tiefe Zuneigung für Margot.
»Ich habe vom Tode Ihrer Mutter gehört«, sagte sie. »Das ist wirklich traurig. Die arme Madame! Nou-Nou ist doch sicher ganz verzweifelt. Sie war schon bei ihr, als sie noch ein Baby war. Ich kann das verstehen. Da wir selbst keine Babys haben, nehmen unsere Schützlinge den Platz in unserem Herzen ein, den sonst unser eigenes Kind ausgefüllt hätte. Das ist ein starkes Band. Ach, ich bin eine wunderliche alte Frau, aber ich habe kleine Babys immer gern gehabt. Seltsame Launen des Schicksals bescheren sie oft denen, die sie nicht wollen, und enthalten sie jenen vor, die sie sich wünschen. Arme, arme Nou-Nou. Ich kann mir ihren Kummer vorstellen.«
»Sie nimmt es sehr schwer«, sagte Margot. – »Was war das?«
Wir lauschten.
»Ich dachte, ich hörte ein Kind weinen.«
»Nein, nein«, sagte Yvette. »Wenn Sie mich jetzt entschuldigen wollen, ich gehe in die Küche und schaue nach, wie weit José mit dem Huhn ist. Wir kochen nämlich immer gemeinsam.«
Als sie die Tür öffnete, vernahmen wir das Weinen eines Kindes. Margot war sofort an Yvettes Seite.
»Du hast ein Baby hier!« schrie sie.
Yvette wurde feuerrot im Gesicht und begann zu stottern. »Ja vorübergehend. Ich versorge …«
Aber da war Margot schon auf der Treppe, und wenige Sekunden später stand sie oben und hielt ein Baby in ihren Armen. Ein triumphierendes Lachen lag auf ihrem Gesicht. Bevor Yvette es eingestanden hatte, wußte ich, daß wir Charlot gefunden hatten.

Strahlend brachte Margot ihn ins Zimmer. Sie setzte sich hin und hielt ihn auf dem Schoß. Er gluckste und strampelte und schien mit dem Leben zufrieden, ungeachtet der Tatsache, daß er noch wenige Augenblicke zuvor geschrien hatte.
»Oh, er ist ja so hübsch …, so hübsch«, hauchte Margot, und

sie hatte recht. Rundlich, wohlgenährt, zufrieden – genau so, wie man sich ein Baby wünschte.
Yvette sah Margot an und schüttelte langsam den Kopf. »Sie hätten nicht herkommen dürfen, mein Liebes«, sagte sie.
»Was, ich hätte meinen süßen Charlot nicht besuchen sollen!« rief Margot. »Oh, wie habe ich meinen kleinen Liebling vermißt! Und nun finde ich ihn hier! Yvette, du Heuchlerin! Hast du ihn auch gut gepflegt?«
»Aber natürlich. Glauben Sie, ich würde irgendein Baby nicht gut pflegen? Und ein Baby von Ihnen ist mir ganz besonders teuer. Der Comte hat zu mir gesagt: ›Ich weiß, daß du ihm die beste Sorgfalt angedeihen lassen wirst, denn es ist Marguerites Baby.‹ Aber ach, mein Liebes, jetzt, da Sie verlobt sind, hätten Sie niemals hierherkommen dürfen. Sehen Sie, es war doch das Beste, daß er zu mir kam. Ich weiß nicht, was der Comte nun sagen wird.«
»Das ist meine Sache«, befand Margot.
»Margot«, mahnte ich sie, »du mußt einsehen, daß Charlot nichts Besseres passieren konnte, als zu ihr zu kommen.«
Sie sagte gar nichts. Wenn sie Charlot in den Armen hielt, konnte sie an nichts anderes denken. Sie wollte ihn nicht lassen, und als er schlief und Yvette meinte, er müsse nun in sein Bettchen, da trug Margot ihn hinauf. Ich dachte mir, sie wollte mit ihm allein sein, und so blieb ich bei Yvette.
Yvette sagte zu mir. »Mademoiselle, ich weiß, Sie haben sich um Margot gekümmert. Der Comte hat mir alles erzählt. Er hat sehr herzlich von Ihnen gesprochen. Ich weiß nicht, was er sagen wird, wenn er erfährt, daß Sie hier gewesen sind.«
»Margots Gefühle sind völlig natürlich. Das muß er verstehen.«
Yvette nickte. »Es gibt noch etwas, das mir Sorgen macht. Man hat Erkundigungen eingezogen.«
»Erkundigungen? Welcher Art?«
»Über das Kind. José hört eine ganze Menge, was nicht bis zu mir dringt. Sie geht zum Markt in die Stadt. Früher habe ich sie

gescholten, weil sie eine solche Klatschbase ist, aber manchmal kann das einem nützlich sein. Es läßt sich natürlich nicht geheimhalten, daß wir ein Kind hier haben, und die Leute können sich denken, daß wir es für eine Person hohen Standes hüten. Die Anordnungen des Comte lauten, daß das Kind von allem das Beste erhalten soll, und obwohl ich auch schon vorher nicht arm war, so bin ich doch wohlhabender geworden, seitdem ich das Baby bei mir habe. So etwas fällt auf. José erzählte mir, daß ein Herr, der sich vergeblich als reisender Händler zu tarnen suchte und zweifellos ein Aristokrat war, Fragen gestellt habe. Er sei eindeutig an dem Kind interessiert und versuche, seine Herkunft herauszufinden.«

»Ich möchte wissen«, begann ich und hielt gleich wieder inne. Doch da Yvette eine Frau war, der ich instinktiv vertraute, zumal sie dem Comte lange Jahre gedient hatte und von ihm erwählt war, sich um das Kind zu kümmern, fuhr ich fort: »Könnte das Robert gewesen sein ..., Margots Bräutigam?«

»Daran hatte ich auch schon gedacht. Für jemanden, der herumforscht, dürfte es nicht schwierig gewesen sein, zu entdekken, daß ich früher im *Château* beschäftigt war. Der Comte ist ein überaus vornehmer Herr. Er hat mich zweimal aufgesucht, seit das Kind hierher gebracht wurde. Er ist ängstlich um das Wohl des kleinen Charlot besorgt und vergewissert sich gern persönlich, daß es dem Jungen gutgeht. Er kommt für seine Verhältnisse schlicht gekleidet, Mademoiselle, aber Sie wissen ja, daß es für einen solchen Mann unmöglich ist, seine jahrhundertealte Abstammung zu verbergen. Manchmal denke ich mit Schrecken daran, was die Zukunft bringen wird.«

»Das kann ich gut verstehen. Danke, daß Sie mir das alles erzählt haben.«

»Da ist noch etwas, Mademoiselle. José hört so allerlei. Eines Tages sagte sie, daß man vermute, der Comte sei der Vater des Kindes.«

»O nein! Bestimmt ...«

Sie blickte mich forschend an. »Sie waren bei Margot, als das Kind geboren wurde. Sie sind im *Château* gewesen. Sehen Sie ...«
Ich wurde rot, und es wurde mir heiß vor Empörung.
»Sie wollen doch nicht etwa andeuten, daß ich ...«
»Es kursieren eben solche Gerüchte. Ich weiß nicht, wie es dazu kam ..., aber Sie sehen ja, daß es durchaus möglich wäre.«
»Ja«, sagte ich, »möglich wäre es schon. Aber hätte der Comte seine Tochter mit einer Frau geschickt, die sein uneheliches Kind zur Welt bringen sollte?«
Yvette zog die Schultern hoch. »Das ist purer Unsinn. Aber das Baby ist hier. Ich war einst Kinderfrau im *Château,* und der Comte ist selbst hergekommen, um sich zu vergewissern, daß es dem Kind gutgeht. Die Leute zählen die Dinge zusammen und ziehen falsche Schlüsse daraus.« In meinem Kopf drehte sich alles. Das Gewirr von Intrigen, das sich um mich herum zusammenspann, schien kein Ende zu nehmen.
»Ich wollte, daß Sie gewarnt sind, Mademoiselle. Passen Sie auf Margot auf. Sie ist so impulsiv und hat stets gedankenlos gehandelt. Ich sähe sie so gern glücklich versorgt, und es scheint, daß sich jetzt die Chance dazu bietet. Die Grassevilles sind eine sehr feine Familie ..., ich meine, sie haben einen guten Ruf. Sie behandeln ihre Leute gut und zeigen sich sehr großzügig. Die Verbindung wäre ein Glück für Margot. Aber jetzt ist da die Sache mit dem Kind. Wie sehr wünschte ich, der kleine Charlot wäre Robert de Grassevilles Sohn und ehelich geboren.«
»Das wäre geradezu ideal, und wir bräuchten jetzt nicht hier zu sein.«
»Mademoiselle, ich sehe, daß Sie eine verständnisvolle junge Frau sind. Der Comte hat großes Vertrauen zu Ihnen. Passen Sie auf Margot auf. Möglicherweise gehen diese Erkundigungen von den Grassevilles aus, und wenn sie erfahren sollten, daß das Kind von Margot ist, würden sie die Heirat verhindern.«
»Ich halte es für klug, das vor Margot nicht zu erwähnen.«

»Wie froh bin ich, daß ich Gelegenheit hatte, mit Ihnen allein zu sprechen.«

»Wir können nur abwarten, was geschehen wird«, sagte ich. »Falls es Robert war, der diese Erkundigungen einholte, werden wir es bald wissen.«

Yvette nickte. »Sie sind also für den Fall vorbereitet, Mademoiselle, daß etwas fehlgehen sollte.«

Ich bejahte.

Margot kam ganz verzückt zu uns zurück.

»Er schläft fest. Oh, er ist der reinste Engel!«

Ich war besorgt, denn ich wußte, wie elend ihr zumute sein würde, wenn sie sich von ihm trennen mußte.

Wir verbrachten die Nacht bei Yvette, weil Margot darauf bestand, noch ein Weilchen bei ihrem Baby zu bleiben. Wir schickten Mimi und Bessell ins Gasthaus, wo sie die Nacht über blieben.

Margot und ich teilten uns ein Zimmer, und wir lagen lange wach und redeten.

»Was mache ich nun?« wollte sie wissen.

»Was das klügste ist, hoffe ich«, war meine Antwort.

»Ich weiß schon, was du sagen wirst. Ich soll Charlot hier lassen.«

»Er könnte es nirgends besser haben.«

»Wenn ich ein Kindermädchen brauchte, käme nur Yvette in Frage.«

»Er hat ja Yvette, und sie sorgt bestens für ihn. Charlot entbehrt nichts.«

»Außer seiner Mutter.«

»Unter den gegebenen Umständen ist es so das beste für ihn.«

»Du, du bist herzlos, Minelle. Manchmal könnte ich dich schlagen, weil du so eine kalte, präzise und logische Art hast, die ich um so mehr verabscheue, weil ich weiß, daß die meisten Menschen dir recht geben würden.«

»Natürlich habe ich recht. Du hast Charlot gefunden. Du hast die unschätzbare Befriedigung zu wissen, daß er in besten Händen ist. Du kannst ihn ab und zu besuchen. Was willst du noch mehr?«

»Daß ich ihn immer bei mir haben kann.«

»Dann hättest du eben warten müssen, bis er auf ehrenhafte Weise hätte geboren werden können.«

»Du hättest doch wohl nicht gewollt, daß ich James Wedder *heirate?«*

»Es wäre zwar keine standesgemäße Ehe gewesen, aber so, wie du dich betragen hast, hättest du auch bereit sein müssen, die Folgen auf dich zu nehmen. Dein Vater hat so viel für dich getan. Da mußt du dich jetzt auch seinem Wunsche fügen.«

»Ist das fair Robert gegenüber?«

»Dann erzähle ihm doch alles.«

»Du bist ganz schön verwegen. Er könnte mich zurückweisen.«

»Wenn das so ist, dann wäre es vielleicht sogar besser, zurückgewiesen zu werden.«

»Wie einfach ist es doch, die Probleme anderer Menschen zu lösen.«

Darin mußte ich ihr beipflichten.

So redeten wir die ganze Nacht, und gegen Morgen gab sie zu, daß sie glücklicher von dannen gehen würde, als sie gekommen war; denn sie wußte jetzt, daß sie zurückkommen könnte, wenn ihre Sehnsucht nach Charlot unerträglich würde.

Die Suche hatte ein befriedigenderes Ende genommen, als ich für möglich gehalten hatte. Margot hatte Charlot gefunden, und ich hatte erfahren, daß der Comte noch andere Charakterzüge besaß als die, welche er vor aller Welt zur Schau stellte. Er hatte sich um Yvette gekümmert, er hatte ihr ein auskömmliches Leben verschafft, und er war entschlossen, das Kind unter seine Obhut zu nehmen, wie sehr er dessen Geburt auch ablehnte. Er war also doch ein Mensch, der zarter Gefühle fähig war.

Ich war sehr glücklich in jener Nacht.

2

In Paris erwartete uns eine dringende Botschaft des Comte. Wir sollten unverzüglich zum *Château* zurückkehren. Da die Nachricht bereits zwei Tage alt war, machten wir uns sogleich auf den Weg.

Als wir zwei Tage später das *Château* erreichten, war der Comte alles andere als gut gelaunt. »Ich hatte Sie früher erwartet«, sagte er frostig. »Haben Sie meine Botschaft nicht erhalten?«

Ich erklärte ihm, daß wir einen Ausflug aufs Land gemacht hätten und erst vor zwei Tagen nach Paris zurückgekehrt wären, wo wir die Anordnung vorgefunden und unverzüglich befolgt hätten.

»Das war ein törichtes Unterfangen«, fuhr er mich an. »In diesen Zeiten macht man keine Vergnügungsreisen.«

Ich fragte mich, was er wohl sagen würde, wenn er wüßte, daß wir Yvette aufgesucht hatten.

Später, noch am gleichen Tag, ließ er mich zu sich rufen. Seine schlechte Laune war verflogen.

»Sie haben mir gefehlt«, sagte er einfach, und ich fühlte diese unwiderstehliche Erregung in mir aufsteigen, die nur er zu bewirken vermochte. »Große Sorgen bedrängten mich. Sie müssen wissen, Cousine, daß wir uns in schnellem Tempo auf eine schlimme Wende zubewegen. Nur ein Wunder kann uns noch retten.«

»Manchmal geschehen Wunder«, sagte ich.

»Es erfordert vom Menschen schon einiges Geschick, um sich an der Produktion eines göttlichen Wunders zu beteiligen, meine ich. Und in der heutigen Zeit, da unsere Herrscher Genialität dringend nötig hätten, haben sie uns leider nichts anderes als Unfähigkeit zu bieten.«

»Es kann doch nicht zu spät sein.«

»Das ist unsere einzige Chance. Halten Sie mir nicht vor, daß wir uns dies alles selbst zuzuschreiben hätten – das ist mir bekannt. Niemand weiß das besser als ich. Wir waren eine selbstsüchtige und uneinsichtige Klasse. Unser letzter König und seine Mätresse haben sich gesagt: nach uns die Sintflut. Ich höre den Donner schon ganz nahe. Wenn kein Wunder geschieht, wird die Sintflut bald über uns hereinbrechen.«

»Doch da man dies weiß, ist man vorgewarnt«

»Der König beruft die Generalversammlung ein. Er verlangt von den beiden reichsten Ständen des Landes, dem Klerus und dem Adel, Opfer zur Rettung des Vaterlandes. Wir befinden uns in einer explosiven Lage. Ich muß nach Paris reisen ..., morgen werde ich aufbrechen. Ich weiß nicht, wie lange ich fort sein werde und wann wir uns wiedersehen. Passen Sie auf sich auf, das müssen Sie mir versprechen.«

»Ja«, sagte ich.

»Und geben Sie auch auf Marguerite acht. Machen Sie keine Dummheiten, wie etwa Besuche bei Marguerites Kind.«

Mir stockte der Atem. »Sie wissen es also!«

»Meine liebe Cousine, ich habe meine Spione. Ich muß wissen, was um mich herum vorgeht, vor allem in meiner Familie. Ich kenne Sie: wie ich glauben Sie auch, daß es für Marguerite besser gewesen wäre, nicht zu erfahren, wo das Kind sich befindet. Andererseits respektieren Sie ihre mütterlichen Gefühle. Ich weiß, daß Sie Yvette besucht haben. Nun gut. Marguerite ist also im Bilde. Sie wird Charlot von Zeit zu Zeit besuchen, bis sie eines Tages jemand verrät und sie ihrem Gatten Rede und Antwort stehen muß. Sobald sie verheiratet ist, ist das ihre Angelegenheit ..., eine Sache, die sie mit ihrem Gatten ausmachen muß. Solange sie unverheiratet ist, habe ich mich um sie zu kümmern.«

»Mir scheint, daß Sie allwissend sind«, sagte ich.

»Es ist gut für Sie, wenn Sie mich so beurteilen.« Er lächelte, und die Zärtlichkeit dieses Lächelns verwandelte sein Gesicht und bewegte mich zutiefst. »Ich muß jetzt ernsthaft mit Ihnen reden, da es einige Zeit dauern kann, bis wir uns wiedersehen.

Ich begebe mich zu der Generalversammlung nach Paris. Eines müssen wir uns klar vor Augen halten: Das Volk kann sich jederzeit erheben. Vielleicht gelingt es uns, es zu zähmen ..., ich weiß es nicht. Aber wir wandeln auf Messers Schneide, Minelle. Darum spreche ich nun zu Ihnen. Sie sollten eigentlich wissen, welch tiefe Gefühle ich für Sie hege.«
»Nein«, erwiderte ich, »das weiß ich nicht. Ich weiß nur, daß Sie sich zu mir hingezogen fühlen, was mich überrascht. Ich weiß auch, daß Sie mich aus diesem Grunde hierher gebracht haben. Ich weiß außerdem, daß Sie für viele Frauen ähnliche Gefühle hegten. Nur das eine weiß ich nicht: wie tief Ihre Gefühle für mich sind.«
»Und das zu wissen bedeutet Ihnen viel?«
»Es ist für mich von allergrößtem Wert.«
»Ich durfte nicht zu Ihnen davon sprechen, solange meine Gemahlin lebte.«
Mir war übel vor Angst. Zweifel und Verdächtigungen überfielen meine Gedanken. Ich versuchte, gegen eine überwältigende Faszination anzukämpfen.
»Sie ist erst vor kurzem gestorben«, hörte ich mich sagen. »Sie sollten noch warten ...«
»Warten? Worauf? Bis ich tot bin? Mein Gott, Minelle, ist es Ihnen eigentlich klar, daß ich Sie vielleicht niemals wiedersehe! Sie kennen die Stimmung des Volkes. Sie haben die Steine gesehen, die man in unsere Fenster warf. Wäre dergleichen vor fünfzig Jahren geschehen, so hätte man den Schuldigen gefaßt, ausgepeitscht und ins Gefängnis geworfen.«
»Es kommt nicht überraschend, daß das Volk eine Veränderung wünscht.«
»Natürlich kommt es nicht überraschend. Denn hätte Gerechtigkeit geherrscht ..., Anteilnahme, Selbstlosigkeit, Sorge für die Armen ... Das wissen wir jetzt. Aber das Volk verlangt schon mehr. Es schreit nach Rache. Wenn es Erfolg hat, wird es keine Gerechtigkeit walten lassen. Dann wird der Spieß einfach um-

gedreht. Das Volk wird Vergeltung üben und uns alle umbringen. Das alles ist Ihnen bekannt. Die Skandale im Lande laugen uns aus. Alles ist düster, deprimierend, hoffnungslos und tragisch. Minelle, ich möchte von uns sprechen ..., von Ihnen und mir. Was immer geschieht, eines sollten Sie wissen: Meine Gefühle für Sie sind tief. Anfangs dachte ich, es sei nur ein oberflächliches Begehren ..., wie ich es so oft in meinem Leben für viele Frauen verspürt habe. Als Sie in Paris waren, hatte ich Angst um Sie. Ich wußte, daß ich keine glückliche Stunde mehr haben würde, falls ich Sie verlieren sollte. Ich möchte Sie fragen, ob Sie mich heiraten wollen.«

»Sie müssen doch wissen, daß das unmöglich ist.«

»Warum? Sind wir nicht beide frei?«

»Sie sind erst seit kurzem frei. Und die Umstände des Todes Ihrer Gattin ...«

»Glauben Sie denn dem Gerede der Leute? Liebste Minelle, jede ruchlose Tat, die sie uns anhängen können, ist ihnen willkommen. Man beschuldigt mich des Mordes an meiner Gattin.«

Ich blickte ihn flehend an.

»Sie etwa auch?« fuhr er fort. »Sie glauben also auch, ich hätte sie getötet! Sie denken, ich bin in ihr Schlafzimmer geschlichen, habe von Nou-Nous Arznei genommen und sie in Ursules Glas gegossen. Glauben Sie das?«

Ich konnte nicht sprechen. Mir war beinahe, als stände meine Mutter an meiner Seite. Ich, die ich sie so gut gekannt hatte, wußte, welche Argumente sie vorbringen würde: Nun, würde sie sagen, wenn du vermutest, daß er ein Mörder sei, wie kannst du dann in ihn verliebt sein?

Aber sie hätte diesen wilden Aufruhr in meinem Innern nie verstanden. Man braucht nicht unbedingt ein Idol, um es zu lieben. Man kann jemanden lieben, gleichgültig, was der Geliebte getan hat, und man kann ihn weiterhin lieben, gleichgültig, was er in Zukunft tun wird. Vielleicht war meine Liebe anders geartet als jene, welche meine Mutter und meinen Vater verbun-

den hatte. Mein Vater war ein ehrlicher, aufrechter Mann gewesen, ein rechtschaffener Kapitän zur See, dessen Sorge allein seiner Familie und seiner ehrenhaften Lebensführung galt. Nicht alle Männer aber waren wie er.
Der Comte betrachtete mich mit einem spöttischen Blick.
»Sie glauben es also«, sagte er. »Ich weiß, daß ich Sie heiraten möchte, und ich will es tun, bevor es zu spät ist. Ich bin nicht mehr der jüngste. Die Welt, die mir vertraut war, bricht vor mir zusammen. Ich spüre ein Verlangen, ein Drängen ...«
»Sie gestehen also, daß Sie Ihre Gattin getötet haben«, sagte ich.
»Nein, das tue ich keineswegs. Aber ich will bekennen, daß ich sie aus dem Weg haben wollte. Ich habe sie verachtet. Zuweilen habe ich sie gehaßt, vor allem, da sie zwischen Ihnen und mir stand. Vorher hatte ich eine vage Hoffnung auf eine Wiederheirat, um einen Sohn zu bekommen. Seit Sie hier sind, wünsche ich eine Vermählung auch aus anderen Gründen. Oft habe ich von einem friedlichen Dasein hier im *Château* geträumt ..., inmitten unserer heranwachsenden Kinder. Ich wußte, daß für Sie nur eine Ehe in Frage kam. Dann starb Ursule. Sie nahm eine Überdosis des Schlafmittels, weil sie an derselben Krankheit litt, an der ihre Mutter gestorben war – ein langwieriges, qualvolles Leiden. Glauben Sie mir nun?«
Ich konnte ihm nicht ins Gesicht schauen, da ich wußte, daß er mir meine Zweifel in den Augen ablesen würde und daß ich vielleicht in den seinen die Lügen erkennen konnte.
Ich dachte an seine rasante Fahrt durch das Dorf, und wie ein munterer kleiner Junge auf der Straße gespielt hatte ... – doch der Comte fuhr weiter und hinterließ einen zerquetschten Leichnam. Der Junge starb infolge einer Laune des Comte. Nun gut, er hatte den Bruder des Jungen zu sich genommen, um seine Familie zu entschädigen. Doch ..., gibt es eine Entschädigung für einen Toten?
Dann sagte ich langsam: »Ich verstehe Sie durchaus. Es gehört zu Ihrer Lebensart, diejenigen, die nicht zu Ihrer Klasse gehö-

ren, als Menschen von geringerem Wert zu betrachten. Wenn ich mir das richtig überlege, so finde ich, daß eine Veränderung notwendig ist.«

»Sie haben recht. Aber glauben Sie nicht alles, was Sie über mich hören. Wer den Neid der anderen erregt, ist stets von Gerüchten umgeben. Auch Sie sind dagegen nicht gefeit.«

»Wer sollte mich schon beneiden?«

»Viele Leute. Einigen sind meine Gefühle für Sie bekannt. Es ist nicht verwunderlich, daß man Sie deswegen beneidet. Das Gerede über mich gilt Ihnen genauso.«

»Ich bin überzeugter als je zuvor, daß ich nach England zurückkehren sollte.«

»Was! Davonlaufen! Das sinkende Schiff verlassen?«

»Mein Schiff ist es nicht.«

»Ich will Ihnen sagen, was die Leute reden. Man hat etwas von einem Kind gehört. Ich habe davon sprechen hören, es sei meins, und Sie wären die Mutter.«

Ich wurde purpurrot, und er fuhr beinahe spöttisch fort: »Da haben Sie es. Sehen Sie, es ist nicht klug, allen Gerüchten, die man hört, zu glauben.«

»Aber eine solch gemeine Geschichte …«

»Die meisten Gerüchte sind gemein. Lästermäuler bauen ihre Lügen auf einem Körnchen Wahrheit auf, und dadurch kann sich das Gerücht hartnäckig halten. Kluge Menschen glauben nie alles, was sie hören. Doch ich verschwende nur meine Zeit. Was macht es schon aus, wenn die Leute reden. Ich muß nach Paris und muß Sie hier zurücklassen. Minelle, geben Sie auf sich acht. Handeln Sie nicht überstürzt. Tun Sie, was ich Ihnen auftragen werde. Sie wissen, es ist zu Ihrem Besten.«

»Danke«, sagte ich.

Dann zog er mich zu sich und küßte mich, wie ich noch nie zuvor geküßt worden bin. Am liebsten wäre ich ewig in seinen Armen geblieben.

»Ach Minelle«, sagte er, »warum verleugnen Sie Ihr Herz?« Er ließ mich los. »Vielleicht, weil ich es sonst nicht besitzen könnte«, fuhr er fort, »denn dann wären Sie nicht Sie selbst. Außerdem ist es eine Herausforderung, müssen Sie wissen. Eines Tages werden Sie alle Vernunft vergessen und zu mir kommen, weil nichts ..., absolut nichts stark genug sein kann, diesem Drang zu widerstehen. Und genau das wünsche ich mir. Wie ich auch beschaffen bin, was für Sünden ich auch zuvor begangen habe, alles wird Ihnen gleichgültig sein. Sie werden mich lieben ..., *mich* ..., nicht um meiner Tugenden willen, da ich keine habe, sondern allein um meiner selbst willen. Ich muß Sie nun verlassen. Bevor der Tag erwacht, werde ich fort sein ..., aber eines Tages, Minelle ..., eines Tages ...«

Wieder küßte er mich, und er hielt mich so fest, als wolle er mich nie wieder fortlassen. Ich wußte, daß er recht hatte. Ich trieb schnell auf den Zustand zu, wo alles, was er getan hatte, alles, wessen er schuldig war, neben meinem ungeheuren Verlangen nach ihm verblassen würde.

Ich wandte mich um und verließ ihn hastig, aus Angst vor diesem Gefühlsaufruhr, den ich noch vor kurzer Zeit nicht für möglich gehalten hätte.

Ich verbrachte eine schlaflose Nacht, und als ich in der Dämmerung Geräusche vernahm, wußte ich, daß er es war, der aufbrach. Um ihn fortreiten zu sehen, trat ich an mein Fenster. Er drehte sich um, sah mich dort stehen und hob seine Hand zum Gruß.

Ich stand früh auf und war schon angekleidet, als das Mädchen mit meinem *petit déjeuner* hereinkam. Sie brachte mir einen Brief mit.

»Monsieur le Comte hat gesagt, daß der Brief für Sie sei«, sagte sie mit unverhohlener Neugier in den Augen.

Der Brief war auf demselben Schreibpapier geschrieben, das an den Stein geheftet, durch das Fenster geworfen worden war.

Meine Liebste!
Ich muß Ihnen ein paar Zeilen schreiben, bevor ich Sie verlasse. Geben Sie besonders gut auf sich acht und haben Sie Geduld. Eines Tages werden wir vereint sein. Ich habe Pläne für uns. Ich verspreche ihnen, daß alles gut wird.
Charles-Auguste

Ich las den Brief mehrere Male durch. Charles-Auguste. Seltsam, der Name klang mir fremd. In meinen Gedanken war er stets der Comte ... Graf Satan ..., der »Teufel zu Pferde«. So hatte ich ihn damals genannt, als ich ihn zum ersten Mal sah. Diese Namen paßten zu ihm, aber nicht Charles-Auguste. Natürlich hatte ich seit jenen Tagen, da ich ihn insgeheim als »Teufel zu Pferde« bezeichnet hatte, eine Menge über ihn erfahren. Gewiß, er war arrogant. Er war in dem Glauben erzogen, daß er und sein Stand die Besten waren. So war es jahrhundertelang gewesen. Sie nahmen sich, was sie wollten, und stand ihnen jemand dabei im Wege, so wurde er beseitigt. Diese Anschauungen waren tief in der Natur des Comte verankert. Ob sich das jemals ändern würde? Und doch hatte er auch Güte gezeigt. Hatte er nicht Léon aufgenommen und für ihn gesorgt? Er hatte dessen Familie für das Leid, daß er ihr zugefügt hatte, reichlich entschädigt. Er hatte sich um den kleinen Charlot gekümmert, hatte sich vergewissert, daß das Kind gut behütet sei, und hatte sogar Yvette besucht, um sich vom Wohlergehen des Knaben zu überzeugen.
Und was empfand er für mich? Hatte ich echte Zärtlichkeit gespürt? Wie tief mochte sie reichen! Unterschied sich seine Liebe zu mir wirklich von jener, die er für andere empfunden hatte? Was, wenn ich ihn heiratete und keinen Sohn gebären würde? Würde er mich mit einem Gift beseitigen? Also glaubte ich doch, daß er Ursule vergiftet hatte. Ihr Tod kam ihm doch sehr gelegen, nicht wahr? Sie war genau zum richtigen Zeitpunkt gestorben. Warum sollte sie, die ihr Leben lang verdrieß-

lich und leidend gewesen war, sich plötzlich entschlossen haben, diesem Dasein ein Ende zu bereiten?

Ich hielt ihn also des Mordes für fähig, und trotzdem wollte ich ihn. Ich wollte, daß wir uns liebten. Die Liebe zwischen Mann und Frau hatte ich mir bisher nur so vorstellen können, wie sie meine Mutter für meinen Vater empfunden hatte. Eine Frau sollte stets bewundernd zu ihrem Ehemann aufschauen. Aber ein Mann, der mehr Herzklopfen hervorruft als jeder andere, ein Mann, dessen Gesellschaft einem die höchste Wonne verschafft – der aber möglicherweise ein Mörder ist …?

Ich hätte so gerne mit meiner Mutter darüber gesprochen – doch würde sie noch leben, so wäre ich niemals in diese Situation geraten. Sie hätte meine Reise nach Frankreich von vornherein verhindert. Und würde sie hier sein, so hörte ich sie sagen: »Wir müssen unverzüglich nach England aufbrechen.«

Während ich so sinnierte, kam Margot mit ihrem *petit déjeuner* herein.

Ich warf den Brief des Comte hastig in eine Schublade, und Margot war so in ihre Gedanken versunken, daß sie mein Tun nicht bemerkte.

»Ich muß mit dir reden, Minelle«, sagte sie. »Es hat mir die ganze Nacht keine Ruhe gelassen. Ich habe kaum geschlafen.«

Ich hätte gern gewußt, ob sie die Abreise ihres Vaters bemerkt und gesehen hatte, wie er sich umwandte und mir zuwinkte. Doch das war kaum wahrscheinlich. Wenn Margot in ihre eigenen Angelegenheiten vertieft war, nahm sie von den Handlungen anderer Menschen keine Notiz.

»Ich war so schockiert«, sagte sie. »Das hätte ich nie von denen gedacht.«

»Von wem sprichst du?«

»Von Mimi und Bessell. Freilich, die Bediensteten sind heute ganz anders als früher. Das ist dir gewiß auch aufgefallen. Sie können sehr unverschämt sein. Aber Bessell …, und erst recht

Mimi. Das geht natürlich von Bessell aus. Ohne ihn hätte sie das niemals getan.«
»Was ist geschehen?« fragte ich und ich fühlte mein Herz sinken. Ich hatte es von Anfang an für unklug gehalten, die beiden in das Geheimnis einzuweihen.
»Mimi kam gestern abend zu mir und teilte mir mit, daß Bessell mich sprechen wolle. Da ahnte ich noch nicht, was das bedeutete. Ich dachte, es hinge mit den Pferden zusammen. Als er kam, war er irgendwie anders ..., gar nicht mehr der alte Bessell. Er stand da und machte ein recht unfreundliches Gesicht, und er entschuldigte sich nicht mal, daß er so einfach hereinkam. Er sagte, es gebe eine leerstehende Hütte auf unserem Besitz, und die möchte er haben, damit er und Mimi sofort heiraten können.«
»Aber das ist doch eine verständliche Bitte.«
»Ich habe ihm geraten, sich an den Oberaufseher zu wenden, aber er meinte, der sei ihnen nicht wohlgesinnt, deshalb käme er direkt zu mir. Er sagte, er habe von einem Freund, der auf den Grassevilleschen Gütern arbeitet, gehört, daß sich dort alle auf die Hochzeit freuten und daß alle hoffen, nichts werde sie verhindern können.«
Ich hielt den Atem an. »Ja, und was dann?«
»Er ließ durchblicken, daß er mit diesem Mann aus Grasseville und auch mit einigen anderen dort sehr gut befreundet sei. Sie bedauerten, daß sich die Hochzeit durch den Tod meiner Mutter verzögere.«
»Ach Margot«, sagte ich, »das gefällt mir nicht.«
»Mir auch nicht. Vor allem nicht die Art, wie er das gesagt hat. Nach unserer Reise habe er nachgedacht und sei zu dem Schluß gekommen, daß ich ihm gewiß behilflich sein würde, wegen der Hütte ein Wort einzulegen. Das würde die Sache bereinigen.«
»Das ist Erpressung!« rief ich aus. »Er will damit andeuten, daß er seinem Freund von der Reise erzählen würde, falls du ihm die

Hütte nicht verschafftest, ... und dieser Freund würde dafür sorgen, daß dieses Gerede bis zu der Familie vordringt.«
Margot nickte langsam.
»Da gibt es nur eines«, sagte ich zu ihr. »Einer Erpressung darfst du niemals nachgeben. Du mußt Robert aufsuchen, bevor er es von jemand anderem erfahren könnte. Du mußt ihm die Wahrheit sagen.«
»Wenn er wüßte, daß ich bereits ein Kind habe, würde er mich niemals heiraten.«
»Wenn er dich liebt, heiratet er dich trotzdem.«
Sie schüttelte den Kopf. »Nein, sicherlich nicht.«
»Nun gut, dann gibt es eben keine Hochzeit.«
»Aber ich will ihn heiraten.«
»Damals wolltest du James Wedder heiraten. Deswegen bist du ausgerissen.«
»Da war ich jung und töricht. Ich wußte ja gar nicht, was ich tat. Jetzt ist das etwas anderes. Ich bin erwachsen, ich habe ein Kind, ich habe Zukunftspläne ..., und die schließen Robert mit ein. Außerdem liebe ich Robert.«
»Um so mehr ist es ein Grund für dich, ihn nicht zu betrügen.«
»Du bist zuweilen sehr hart, Minelle.«
»Ich bemühe mich nur um dein Bestes.«
»Ich kann es Robert nicht erzählen. Übrigens habe ich Bessell bereits zugesagt, daß er die Hütte bekommt. Du brauchst gar nicht so schockiert dreinzuschauen. Ich habe gesagt, daß ich es für Mimi und ihre treuen Dienste tue. Ich werde Robert heiraten, die beiden werden hier bleiben, und ich werde sie nie wieder sehen.«
»Gewöhnlich ist das nicht die Art von Erpressern, Margot. Ihre erste Forderung dürfte kaum die letzte sein.«
»Sobald ich mit Robert verheiratet bin, werde ich es ihm sagen, aber nicht vorher. Ach, ich wünschte, die Hochzeit würde nicht verschoben.«

Ich blickte sie traurig an und spürte, wie sich die Ereignisse bedrohlich über uns zusammenbrauten.

Wir ritten nur noch in Begleitung eines Reitknechts aus. Der Comte hatte es so angeordnet. Ich merkte, daß mich neugierige Blicke trafen. Vordem wurde ich von dem Haß der Massen verschont. Ich war Ausländerin, und obgleich ich im Schloß lebte, hatte man anfangs geglaubt, ich nehme dort eine niedrige Stellung ein. Inzwischen hatte man die Meinung über mich geändert. Ich fragte mich, ob das Gerücht, daß ich ein Kind vom Comte hätte, bis zu ihnen gedrungen war.

Da wir viel Zeit innerhalb der Schloßmauern verbrachten, bekam ich Etienne und Léon häufiger als zuvor zu Gesicht. Sie hatten beide ihre Pflichten auf den Gütern wahrzunehmen, und selbst sie ritten nicht alleine aus.

Es war interessant, sich mit ihnen zu unterhalten und ihre Einstellung zur politischen Lage zu erfahren. Etienne war der Meinung, daß das alte Regime nicht zu erschüttern sei. Er brachte dem »Pöbelhaufen«, wie er das Volk nannte, nur höchste Verachtung entgegen. Man würde die Armee mobilisieren, falls das Volk einen Aufstand wagen sollte, und die Armee stand fest hinter dem König. Léon jedoch war gegenteiliger Ansicht.

Nach Beendigung einer Mahlzeit pflegten sie lange am Tisch zu sitzen und zu diskutieren.

»Im Augenblick hält die Armee zum König«, sagte Léon. »Aber sie kann sich ebensogut gegen ihn wenden, und wenn das geschehen sollte, dann wäre es das Ende.«

»Unsinn«, sagte Etienne. »Die Armee würde sich niemals illoyal verhalten, und selbst wenn sie es täte: Der Adel besitzt die Macht und das Geld.«

»Die Zeiten haben sich geändert, im Gegensatz zu dir«, gab Léon zurück. »Ich sage dir, im Palais Royale hat der Duc d'Orléans zur Meuterei aufgerufen. Er hat den Aufwieglern jede Unterstützung angeboten. Wohin man auch kommt, überall schreit man nach Freiheit, Gleichheit und Brüderlichkeit. Man murrt gegen die Königin und gegen den König. Etienne, du verschließest deine Ohren.«

»Und du verbündest dich stets mit den Bauern und nimmst sie viel zu wichtig.«

»Ich glaube, ich nehme sie so wichtig, wie sie es verdienen.«

So stritten sie, und ich hörte ihnen zu und bekam dadurch allmählich eine Vorstellung von der politischen Lage. Ich zweifelte nicht, daß sie mit jedem Tag gefährlicher wurde, und ich fragte mich ständig, wie es dem Comte in Paris ergehen mochte.

Eines Tages sagte Etienne zu mir: »Meine Mutter hegt den dringenden Wunsch, Sie möchten sie doch besuchen. Ich soll Ihnen die Einladung überbringen. Sie hat eine Porzellanarbeit erworben ..., eine zierliche Vase, die, wie es heißt, aus England stammen soll. Meine Mutter würde gern Ihr Urteil darüber erfahren.«

»Ich fürchte, ich verstehe nicht viel von Porzellan.«

»Wie dem auch sei, Sie möchte gern, daß Sie sich die Vase anschauen. Darf ich Sie morgen zu ihr begleiten?«

»Ja, das würde mich freuen.«

Am folgenden Tag war ich zur verabredeten Zeit bereit. Wir machten uns gegen halb vier auf den Weg.

Etienne meinte: »Wir nehmen am besten die Abkürzung, die ich Ihnen neulich gezeigt habe. Ich glaube, ich hatte Ihnen erzählt, daß der Comte den Weg vor Jahren anlegen ließ, um das Haus bequemer erreichen zu können. Jetzt ist er ein wenig überwuchert, da er heutzutage nur selten benutzt wird.«

Etienne hatte recht. Der Pfad war überwachsen, Äste und Zweige wuchsen an mehreren Stellen über ihm zusammen. Besonders jetzt im Sommer war das Gestrüpp sehr dicht.

Gabrielle erwartete uns.

»Es ist sehr lieb von Ihnen, mich zu besuchen«, sagte sie. »Ich kann es gar nicht erwarten, Ihnen meine Vase zu zeigen. Aber lassen Sie uns zuerst *le thé* nehmen. Ich weiß, wie sehr die Engländer ihn lieben.«

Sie führte mich in das elegante Zimmer, wo ich bereits bei anderer Gelegenheit mit ihr gesessen hatte. Während wir Tee tranken, fragte sie mich, ob mir mein Ausflug nach Paris gefallen habe.

Er sei höchst interessant gewesen, antwortete ich.

»Und haben Sie bemerkt, wie wir die Engländer nachahmen?«

»Mir ist aufgefallen, daß in den Geschäften eine Menge englischer Waren angeboten werden und daß vielerorts angeschlagen steht, man spreche Englisch.«

»Ach ja, jedermann trinkt heutzutage *le thé*. Es muß doch eine Genugtuung für Sie sein, Mademoiselle, daß Sie in unserem Lande einen solchen Einfluß haben.«

»Ich halte es für eine Modeerscheinung.«

»Halten Sie uns für ein wankelmütiges Volk?«

»Die Mode kommt und geht, das ist doch überall so, nicht wahr?«

»Ja, genau wie bei einem Mann mit seinen Mätressen. Sie kommen und gehen. Die klugen unter ihnen sind sich bewußt, daß im allgemeinen nichts von Dauer ist. Die Favoritin von heute kann morgen schon verstoßen werden. Ist der Tee nach ihrem Geschmack?«

»Ja«, versicherte ich ihr.

»Probieren Sie eines von diesen Küchlein. Etienne liebt sie sehr. Er ißt viel zu viele davon. Ich kann von Glück sagen, daß mein Sohn mich so häufig besucht. Mein Bruder kommt auch des öfteren. Wir sind eine sehr anhängliche Familie, und ich bin eine glückliche Frau. Auch wenn ich den Comte nicht heiraten konnte, so habe ich doch wenigstens meinen Sohn nicht verloren. Bei einer weniger starken Beziehung neigen die Männer dazu, ihre unehelichen Kinder im geheimen aufziehen zu lassen. Für die arme Mutter muß das sehr grausam sein, finden Sie nicht?«

Ich spürte, wie mir die Röte ins Gesicht schoß. Gabrielle mußte das Gerücht vernommen haben. Ob sie vermutete, daß der Comte einen Sohn habe, dessen Mutter ich sei?

»Auch ohne eigene Erfahrung kann man sich vorstellen, daß dergleichen für die Mutter schmerzlich sein muß«, erwiderte ich frostig. »Aber wäre sie klug gewesen, so hätte sie diesen Umstand berücksichtigen sollen, bevor sie sich in diese unerquickliche Lage brachte.«

»Nicht alle Frauen sind so hellsichtig, nicht wahr?«

»Offensichtlich nicht. Ich kann es nicht erwarten, Ihre Vase zu sehen.«

»Und ich kann es nicht erwarten, sie Ihnen zu zeigen.«

Doch mir schien, daß sie sich absichtlich lange beim Tee aufhielt, und es fiel mir auf, daß sie wiederholt auf die Uhr in Form des Châteaus blickte, welche ein Geschenk des Comte war. Auf diese Weise wollte sie mich wohl an die Zuneigung erinnern, die er für sie empfand.

Sie plauderte über Paris, das sie zweifelsohne liebte, und da ich von der Stadt so begeistert war und fand, daß mein Besuch dort viel zu kurz gedauert hatte, hörte ich interessiert zu.

Sie erzählte mir, daß ich *Les Halles* hätte sehen müssen, um das wahre Paris kennenzulernen. Sie schilderte mir den großen kreisförmigen Platz mit seinen sechs einmündenden Straßen und all den mit Waren überhäuften Marktbuden. Sie berichtete, daß jeden Montag auf dem Place de Grève Kleidung aus zweiter Hand verkauft wurde. Aus welchem Grunde diese Veranstaltung »Markt des Heiligen Geistes« hieß, vermochte Gabrielle allerdings nicht zu sagen.

»Es ist lustig anzuschauen, wie die Frauen die Kleidungsstücke betasten und sie sich gegenseitig wegschnappen«, erzählte Gabrielle. »Röcke, Mieder, Unterkleider, Hüte ..., das alles gibt es dort haufenweise. Man probiert die Kleider in aller Öffentlichkeit an, was eine Menge Lärm verursacht und höchst amüsant ist.«

So plauderte sie von Paris, bis sie schließlich die Vase bringen ließ: ein wunderschönes Stück – tiefblau, mit weißen Figurinen verziert. Ich glaubte, es sei Wedgwood-Porzellan, sagte ich. Gabrielle war sehr stolz darauf. Sie sei ein Geschenk von jemandem, der ihre Vorliebe für Gegenstände aus England kennte, und ich fragte mich, ob sie damit den Comte meinte.

Als ich sagte, ich müsse jetzt gehen, hielt sie mich mit neuerlichem Geplauder zurück, und ich kam zu dem Schluß, daß diese Frau nicht nur eifersüchtig, sondern auch schwatzhaft war.

»Ach«, sagte sie, »wenn man jung ist ... und unerfahren, dann glaubt man einfach alles, was einem erzählt wird. Man muß lernen, den Beteuerungen eines Liebhabers nicht allzuviel Wert beizumessen. Er verfolgt damit gewöhnlich nur einen Zweck. Aber ich habe einen Sohn, Mademoiselle, und der ist mir ein starker Trost.«

»Davon bin ich überzeugt«, sagte ich.

Sie lächelte mich an. »Ich weiß, Mademoiselle, daß *Sie* mich verstehen.«

Sie bedachte mich mit einem nahezu verschwörerischen Blick. Ich hatte das unangenehme Gefühl, daß sie von Charlots Existenz wußte. Ob sie wirklich der Meinung war, er sei mein Sohn?

»Ich finde, mit Ihnen läßt sich gut reden«, fuhr sie fort. »Ich weiß, wie einfühlsam Sie sein können. Der Comte und ich haben uns stets gut verstanden. Das glauben Sie mir doch?«

»Selbstverständlich, da Sie es mir sagen. Unter den gegebenen Umständen ist das doch nur natürlich.«

Sie setzte hinzu: »Er war so stolz, als unser Sohn auf die Welt kam. Er war immer ganz vernarrt in Etienne. Die Ähnlichkeit ist bestechend, finden Sie nicht auch? Er wünscht, er hätte sich von Anfang an durchgesetzt und mich geheiratet, hat er sich doch immer nach einem männlichen Erben gesehnt. Welch eine Tragödie, wenn Titel und Güter einem entfernten Cousin zufallen sollten. Das würde er niemals zulassen. Wir haben vereinbart zu heiraten, sobald sich die Gelegenheit dazu ergeben würde.«

»Sie meinen, sobald die Comtesse stürbe«, bemerkte ich eisig.

Sie senkte die Augen und nickte. »Falls nicht, so sollte Etienne legitimiert werden. Natürlich wäre es einfacher, wenn wir heirateten. Und nun ist sie tot, und ..., es ist nur noch eine Frage der Zeit.«

»So?«

»Aber ja. Mademoiselle, wir beide sind doch Frauen von Welt. Ich kenne den Comte sehr gut, ich kenne seine Vorliebe für attraktive junge Frauen. Und auf Ihre Art – eine recht ungewöhnliche Art – sind Sie attraktiv.«

»Danke«, sagte ich frostig.

»Es wäre unklug, seiner Aufmerksamkeit zu großen Wert beizumessen. Sie mögen vielleicht denken, ich sei anmaßend, aber angesichts meiner Beziehung zu dem Comte – ich kenne ihn schließlich schon seit Jahren – finde ich, daß ich Sie warnen muß. Sie sind Ausländerin, unsere Lebensart ist Ihnen fremd. Ich glaube, Sie könnten da in eine höchst fatale Lage geraten. Der Tod der Comtesse ..., Ihre Anwesenheit im *Château* ..., ich frage mich manchmal, ob der Comte das nicht arrangiert hat.«

»Arrangiert? Was?«

Sie hob die Schultern. »Sie werden nach England zurückkehren ...«

Ich stand auf. »Madame«, sagte ich, »falls Sie etwas andeuten möchten, so wollen Sie sich bitte deutlicher erklären.«

»Ja, lassen Sie uns offen sprechen. Nach einem Jahr – einer angemessenen Wartezeit – werden der Comte und ich heiraten. Unser Sohn wird legitimiert. Das unerquickliche Gerücht über den Tod der Comtesse wird aber nicht verstummen.«

»Man hat festgestellt, daß sie sich das Leben genommen hat.«

»O ja, aber wir müssen uns mit dem Gerücht abfinden, Mademoiselle. Es liegt im Interesse des Comte, daß Sie von hier fortgehen. Sie werden Marguerite begleiten ..., oder vielleicht nach England zurückkehren. Die Leute werden sagen, daß eine Engländerin hier eine Weile gelebt hat. Sie hoffte, den Comte zu heiraten, und die Comtesse ist ganz plötzlich gestorben ...«

»Wollen Sie damit zu verstehen geben, daß ich ... Das ist ..., das ist völlig unhaltbar!«
»Gewiß. Aber immerhin, Sie sind hierher gekommen. Sie waren mit dem Comte befreundet. Sie haben sich Hoffnungen gemacht, das ist unverkennbar. Sehen Sie, da liegt die Begründung für das Gerede.«
»Madame«, sagte ich, »ich finde diese Unterhaltung sinnlos und beleidigend. Sie müssen mich entschuldigen, ich wünsche das Gespräch augenblicklich zu beenden.«
»Das tut mir leid. Ich dachte, Sie sollten die Wahrheit erfahren.«
»Guten Tag, Madame.«
»Ich verstehe Ihre Empörung durchaus. Man hat Sie ungerecht behandelt. Der Comte treibt ein grausames Spiel, fürchte ich. Er benutzt die Menschen für seine Zwecke.«
Ich wandte mich kopfschüttelnd ab.
Sie sagte: »Sie müssen auf Etienne warten. Er wird Sie zurückbegleiten.«
»Ich gehe jetzt. Leben Sie wohl.«
Fassungslos und zitternd begab ich mich zum Stall hinaus. Ich wollte einen möglichst großen Abstand zwischen mich und diese Frau bringen. Ihre Anspielungen waren nicht nur beleidigend, sie waren geradezu beängstigend.
Wie konnte sie es wagen anzudeuten, der Comte habe mich hierher gebracht, damit ich den Sündenbock abgebe. Er habe seine Frau getötet, um Gabrielle heiraten zu können, und das habe er so angestellt, daß mir die Schuld daran zugeschoben werde.
Das war unfaßbar. Hirngespinste einer eifersüchtigen Frau. Konnte ich nach den Vorgängen, die sich zwischen ihm und mir abgespielt hatten, an seiner Ernsthaftigkeit zweifeln? Er hatte nie geleugnet, ein Sünder zu sein. Er hatte viel auf sich geladen, aber niemals würde er mich so arg hintergehen, so skrupellos ausnutzen, wie Gabrielle es angedeutet hatte. Und doch ..., ich war so mißtrauisch! Ich war in eine Welt verschlagen worden,

die ich, von einer gottesfürchtigen Mutter mit einhelligen Vorstellungen von Gut und Böse erzogen, nicht begreifen konnte. Wie lange hatte die Affäre zwischen den beiden gedauert? Oder bestand sie gar noch fort? Fand er Gabrielle immer noch anziehend? Die Gesellschaft, aus der ich stammte, hatte eine ganz andere Vorstellung von Ethik und Moral. Bei den höheren Ständen gab es allerdings ähnliche Zustände wie in Frankreich. Der älteste Sohn des Königs, Prinz George, war wegen seiner Amouren berüchtigt, ebenso seine Brüder. Innerhalb der Aristokratie spielten sich viele Skandale ab. Ich bin jedoch sicher, daß die Menschen, die wie meine Mutter lebten und dachten, sich eines glücklicheren Daseins erfreuten. Warum hielt man bloß einfache Leute für weniger gescheit als die Angehörigen der feinen Kreise? Sie waren doch glücklicher. Und da jedermann nach dem Glück strebt, mußten doch diejenigen die Klugen sein, die es zu finden und zu bewahren verstanden.
In quälende Gedanken vertieft, schritt ich den Pfad entlang und gelangte zu der Stelle, wo das Gestrüpp am dichtesten wucherte. Ich weiß nicht, was mich darauf brachte, aber ich war mir auf einmal auf unangenehme Weise bewußt, daß ich beobachtet wurde. Ob es das Knacken eines Zweiges oder eine gewisse Vorahnung war, das vermochte ich nicht zu sagen; aber in diesem Augenblick waren alle meine Sinne hellwach. Ich hatte das Gefühl, das mich jemand beobachtete und verfolgte ..., und zwar aus einem üblen Grunde.
»Sie dürfen niemals allein ausgehen!« So lautete der ausdrückliche Befehl des Comte. Ich hatte ihn mißachtet. Nein, das stimmte nicht ganz; Etienne hatte mich ja zu seiner Mutter begleitet, und er sollte mich eigentlich dort wieder abholen, was er ohne Zweifel auch getan hätte, wäre ich nicht, über die Anspielungen seiner Mutter erzürnt, vorzeitig allein aufgebrochen.
Fifine, meine Stute, trabte gemächlich dahin. Auf diesem Pfad zu galoppieren, wäre ein gefährliches Unterfangen gewesen, da

das Tier sich mühsam den Weg suchen und aufpassen mußte, nicht über eine knorrige Wurzel zu stolpern oder sich in einem Gewirr von Farnkraut zu verfangen.
»Was ist das, Fifine?« flüsterte ich.
Sie bewegte sich behutsam vorwärts.
Ich blickte mich um. Die Bäume standen so dicht nebeneinander, daß es beinahe dunkel war. Es war ganz still – plötzlich ein Geräusch ..., ein Stein löste sich ..., es war jemand in meiner Nähe ..., ganz, ganz nahe. An diesem Tag war mir das Glück gewogen. Ich beugte mich vor, um Fifine zur Eile anzutreiben, und gerade in diesem Augenblick pfiff eine Kugel an der Stelle vorbei, wo noch vor wenigen Sekunden mein Kopf gewesen war.
Ich zauderte keinen Augenblick. Ich stieß Fifine meine Hacken in die Flanken und sagte: »Los, Fifine!« Es hätte dieses Befehls nicht bedurft; sie spürte die Gefahr ebenso wie ich.
Jetzt achteten wir nicht mehr auf die Unebenheiten des Weges. Wir mußten demjenigen entkommen, der mich töten wollte. Es konnte kein Zweifel bestehen, daß dies seine Absicht war; denn es folgte ein zweiter Schuß, aus größerer Entfernung zwar, dessen Ziel aber eindeutig ich war.
Mit ungeheurer Erleichterung erreichte ich die Stallungen. Ein Reitknecht kam heraus und nahm mir Fifine ab. Ich hielt es für das klügste, ihm nichts zu sagen. Meine Beine zitterten so heftig, daß ich kaum gehen konnte.
Ich suchte mein Zimmer auf und warf mich aufs Bett.
Ich starrte gegen den Baldachin. Jemand hatte versucht, mich zu töten. Warum? Jemand hatte mir hinter den Büschen aufgelauert. Wer hatte es gewußt, daß ich bei Gabrielle zu Besuch war? Etienne? Ich erinnerte mich, daß Léon zugegen gewesen war, als Etienne mir die Einladung überbracht hatte. Ich hatte Margot von der Einladung erzählt. Aber auch die Dienstboten hätten es wissen können.
Hatte wirklich jemand auf der Lauer gelegen? Wenn ich mich

nicht plötzlich zu Fifine vorgebeugt hätte, so läge ich jetzt tot am Wegesrand.

Margot steckte den Kopf zur Tür herein. »Minelle, wo bist du? Ich habe dich kommen hören.« Dann entdeckte sie mich. »Was ist dir? Du siehst ja so aus, als wärest du einem Gespenst begegnet.«

Meine Zähne klapperten noch immer, als ich sagte: »Jemand hat soeben versucht, mich umzubringen.«

Margot setzte sich auf mein Bett und starrte mich an.

»Was? Wann? Wo?«

»Auf dem schmalen Pfad zwischen dem Haus von Gabrielle LeGrand und dem *Château*. Nach halbem Weg merkte ich, daß jemand hinter mir her schlich. Wie gut, daß ich es gemerkt habe. Ich beugte mich gerade vor, um Fifine anzutreiben, als eine Kugel an meinem Kopf vorbeipfiff.«

»Das kann nur jemand gewesen sein, der auf Vogeljagd war.«

»Ich glaube, daß es jemand war, der mich töten wollte. Es folgte ein zweiter Schuß, und der galt eindeutig mir.«

Margot war bleich geworden.

»So«, sagte sie, »man ist es also leid, uns Steine ins Fenster zu werfen. Jetzt hat man beschlossen, uns umzubringen.«

»Ich glaube, es war jemand, der mich aus dem Weg räumen wollte.«

»So ein Unsinn. Wer würde dir etwas antun wollen?«

»Das«, sagte ich mit schwankender Stimme, »muß ich herausfinden.«

Ein Anschlag auf das eigene Leben ist eine erschütternde Erfahrung, und der Schock ist weitaus nachhaltiger, als man anfangs annimmt.

Margot, besorgt und erschrocken, hatte die Nachricht verbreitet. Wir sprachen bei Tisch darüber.

Etienne meinte, genau wie Margot: »Sie haben Steine gegen Gewehre vertauscht.

Léon war nicht überzeugt. »Sie haben keine Waffen. Wenn sie einen Aufstand planten, so kämen sie mit Sensen und Heugabeln bewaffnet – nicht mit Gewehren. Woher sollten sie die auch nehmen? Sie haben nicht einmal Geld genug, um Brot zu kaufen ..., geschweige denn Gewehre.«

»Trotzdem«, erwiderte Etienne, »hätte sich einer von ihnen ein Gewehr beschaffen können.«

»Aber warum ausgerechnet Mademoiselle?«

»Man hält sie eben für eine von uns«, antwortete Etienne.

So fuhren sie mit ihren Mutmaßungen fort, und ich konnte Etienne nur beipflichten. Jemand hatte sich ein Gewehr verschafft. Hätte es nicht ein Diener aus der Waffenkammer stehlen können? So, wie Bessell und Mimi sich verhalten hatten, war mir klar, daß selbst jene, denen wir blindlings vertraut hatten, uns nicht freundlich gesinnt waren.

Im Hause breitete sich heimlich eine Veränderung aus. Die Dienstboten wußten von dem Anschlag auf mein Leben und das schien ihnen von Bedeutung zu sein: ein Signal für den Stimmungsumschwung. Die Zeit des Steinewerfens war vorüber, die Leute waren nun zu wirkungsvolleren Aktionen bereit. Im Haus herrschte eine Spannung, wie ich sie vorher nur außerhalb der Mauern wahrgenommen hatte.

Traf ich Mimi, so schlug sie die Augen nieder, als schämte sie sich, und das war wohl auch der Fall. Bessell war da anders. Er legte ein nahezu gehässiges Benehmen an den Tag, als wollte er sagen: Ihr müßt es euch jetzt zweimal überlegen, bevor ihr mir einen Befehl erteilt. Ich weiß nämlich eine Menge.

Aber mehr noch als alles andere bedrückte mich Nou-Nou.

Die meiste Zeit sonderte sie sich ab und hielt sich in den Zimmern auf, die sie mit der Comtesse bewohnt hatte. Sie ließ nicht zu, daß man irgend etwas in diesen Räumen anrührte. Die Dienstboten berichteten, daß sie zu der Comtesse spreche, als wäre diese noch dort. Als ich Nou-Nou gelegentlich zu Gesicht bekam, schaute sie mich mit starren Augen an, als nehme sie

mich gar nicht wahr. Der Tod der Comtesse hätte sie um den Verstand gebracht, hieß es.
Léon und Etienne waren voller Besorgnis wegen dem, was mir widerfahren war.
Etienne gab sich die Schuld daran. »Ich hätte bei Ihnen sein müssen, um Sie zum *Château* zurückzubringen«, sagte er. »Ich dachte, Sie würden länger bleiben.«
Ich konnte ihm nicht erklären, daß ich die Anspielungen seiner Mutter dermaßen beleidigend gefunden hatte, daß mir nichts anderes übrigblieb, als zu gehen.
Ich sagte nur: »Die Schüsse wären wahrscheinlich auch aus dem Gebüsch gefeuert worden, wenn Sie bei mir gewesen wären.«
»Das glaube ich auch«, pflichtete er mir bei. »Der Anschlag hat natürlich nicht Ihnen persönlich gegolten, es war damit vielmehr jeder gemeint, der kein Bauer ist. Doch wäre ich dort gewesen, so hätte ich den Schurken durch die Büsche verfolgt und geschnappt. Sie müssen vorsichtig sein, Sie dürfen nie mehr unbegleitet ausgehen.«
Léon war gleichermaßen besorgt. Als ich einmal allein im Garten spazierte, sprach er mich an: »Ich möchte mit Ihnen reden, Minelle.«
Während wir uns vom Schloß entfernten, fuhr er fort: »Ich glaube, Sie sind noch immer in Gefahr.«
»Meinen Sie die Schüsse?«
Er nickte.
»Etienne meint, sie hätten nicht mir persönlich gegolten. Vermutlich sind wir alle in Gefahr.«
»Das Gewehr gibt mir Rätsel auf«, sagte Léon. »Hätte man einen Stein – oder selbst ein Messer – nach Ihnen geworfen, so hätte ich das eher verstanden. Ich habe nicht den Eindruck, daß das nur die Stimmungslage der Zeit ist.«
»Und was *ist* Ihr Eindruck?«
»Ich meine, Sie sollten keine Zeit mehr verlieren, nach England zurückzukehren. Ich wünschte, ich könnte Sie begleiten.« Er

blickte mich herausfordernd an. »Liebe Minelle, Sie sollten sich nicht in all dies hineinziehen lassen.« Er ruderte mit den Armen. »Das ist alles so ..., so widerwärtig.«
»Aber wer hätte die Absicht, mich zu töten? Hier kennt mich doch niemand persönlich.«
Léon zog die Schultern hoch. »Es hat einen Todesfall im *Château* gegeben, und infolgedessen hört man unerfreuliche Gerüchte.«
»Glauben Sie denn nicht, daß sich die Comtesse das Leben genommen hat?«
Wieder hob er die Schultern. »Ihr Tod kam jemandem sehr gelegen. Der Comte ist jetzt frei, was er sich seit langem ersehnt hat. Wir wissen nicht, was genau geschehen ist. Vielleicht werden wir es nie erfahren, aber die Leute reden eben. Ich sage Ihnen, man wird noch jahrelang über den Tod der Comtesse sprechen, und die Gerüchte werden nicht verstummen. So entstehen Legenden. Lassen Sie sich da nicht hineinziehen. Gehen Sie fort. Sie passen nicht in diese morsche Gesellschaft.«
»Ich habe versprochen, bei Margot zu bleiben.«
»Sie wird ihr eigenes Leben führen, und Sie leben das Ihre. Sie verstricken sich in Angelegenheiten, die Sie gar nicht begreifen. Sie bilden sich Ihr eigenes Urteil über die Menschen, aber lassen Sie sich eins gesagt sein: Nicht alle Menschen sind rechtschaffen.« Er lächelte mich offenherzig an. »Ich möchte Ihr Freund sein ..., Ihr guter Freund. Ich hege eine große Bewunderung für Sie und würde mit Ihnen nach England gehen; aber leider habe ich hier meine Pflichten. Sie aber müssen gehen, da Sie in Gefahr sind. Die Schüsse waren eine Warnung, die man nicht in den Wind schlagen darf. Das Glück war einmal auf Ihrer Seite, was sich rasch ändern kann.«
»Sagen Sie mir, was Sie wissen. Wer könnte mich töten wollen?«
»Ich weiß nur, daß man jeden ..., *jeden* verdächtigen muß, bis man seine Unschuld festgestellt hat.«
»Sie wissen etwas!«
»Ich weiß nur dies. Sie sind eine nette und charmante junge

Dame, die ich bewundere und die ich gern in Sicherheit wüßte. Solange Sie hier sind, befinden Sie sich in Gefahr. Bitte kehren Sie nach England zurück. Noch ist es Zeit, morgen kann es schon zu spät sein.«

Ich schaute ihm ins Gesicht. Aus diesen lebhaften blauen Augen sprach echte Besorgnis, und auch sein Lächeln war nicht so fröhlich wie sonst. Ich mochte ihn wirklich sehr gern und wollte ihm sagen, daß es mir leid tat, einmal vermutet zu haben, es wäre sein Gesicht gewesen, das ich gesehen hatte, als der Stein in den Saal geworfen wurde.

Dann überkam mich entsetzliche Unsicherheit. Léon hatte selbst gesagt: Trauen Sie niemandem. Niemandem. Nicht Léon, nicht Etienne, ja nicht einmal dem Comte.

Er blickte mich sehnsuchtsvoll an und sagte sanft: »Vielleicht ..., wenn das hier vorüber ist ..., komme ich zu Ihnen nach England. Dann könnten wir reden ..., über so viele Dinge.«

Margot war auf das höchste beunruhigt.

»Jetzt stelle dir nur vor, die Kugeln hätten dich getroffen. Was wäre dann aus mir geworden?«

Ich konnte mich eines Lächelns nicht erwehren. Diese Bemerkung war bezeichnend für Margot.

Doch sie ängstigte sich nicht nur um ihrer selbst willen, sondern auch meinetwegen. Ich spürte, wie ihre Blicke gespannt auf mir ruhten.

»Der Vorfall hat dir Angst eingejagt. Du siehst verändert aus.«

»Ich werde darüber hinwegkommen.«

»Ich möchte schwören, daß du letzte Nacht nicht gut geschlafen hast.«

»Ich habe vor mich hin gedämmert, halb wach, halb träumend. Ich sah mich wieder dort auf dem Pfad und glaubte im Gebüsch ein Gesicht zu sehen.«

»Wessen Gesicht?« fragte sie begierig.

»Nur so ein Gesicht ...«

Das stimmte nicht ganz. Ich hatte das Gesicht schon zuvor gesehen. Es war das Gesicht, das ich am Abend des Balles erblickt hatte. Léons Gesicht ..., und doch wieder nicht. Es war, als hätte ein mutwilliger Maler Léons Gesicht mit ein paar Strichen verschmiert – als hätte er Zorn, Neid und das Verlangen, Böses zu tun, hineingezeichnet. Es war dem Léon, den ich kannte, so unähnlich, daß es mir schwerfiel, die beiden Gesichter miteinander in Verbindung zu bringen. Léon war stets freundlich und während unserer Unterhaltungen zutiefst besorgt gewesen. Ich wußte, daß er mehr Geduld besaß als Etienne. Er hatte Verständnis für das Anliegen des Volkes, aber wenn er auch der Meinung war, daß man dem Volk weitgehend entgegenkommen sollte, so glaubte er andererseits nicht an die Notwendigkeit der Zerstörung der Gesellschaftsordnung. Mir schien, Léon begriff die Nöte des Volkes besser als jeder andere.
Margot sprach viel von Charlot und freute sich, ihn ausfindig gemacht zu haben. Sie war geradezu in euphorischer Stimmung. Es sei gut, sagte sie, daß sie Bessells wahre Natur erkannt habe. Sie glaubte, daß Mimi keine Schuld treffe. Das sei der Einfluß von Bessell gewesen. Margot aber würde froh sein, wenn sie die beiden vom Halse hätte.
»Wie lange dauert die Trauerzeit?« fragte sie.
»In England ein Jahr, glaube ich. In Frankreich dürfte es genauso sein.«
»Ein Jahr ..., eine so lange Zeit.«
»Ich halte es für überflüssig, eine Zeit zum Trauern festzusetzen«, bemerkte ich wehmütig. »Wenn man einen geliebten Menschen verliert, so trauert man sein Leben lang um ihn, nicht so tief wie am Anfang natürlich, aber ich glaube nicht, daß man ihn je vergessen kann.«
»Du denkst an deine Mutter. Welch ein Glück, daß du so eine gute Mutter hattest, Minelle.«
»Aber wäre sie nicht so gewesen, wie sie war, wäre sie nicht so gut, so lieb und verständnisvoll gewesen, dann würde ich sie

jetzt nicht so schmerzlich vermissen. Manchmal höre ich sie mir noch Ratschläge erteilen.«

»Das tut sie vielleicht auch wirklich. Möglicherweise war sie es, die dir riet, den Kopf zu senken, und hat dir so das Leben gerettet.«

»Wer weiß?«

»Minelle, du siehst erschöpft aus«, meinte Margot. »So kenne ich dich ja gar nicht. Du bist sonst immer zehnmal stärker als wir anderen alle. Du solltest schlafen gehen und versuchen, keine Gesichter im Gebüsch mehr zu sehen.«

Ich fühlte mich wirklich müde, aber ich zweifelte, daß ich schlafen könnte.

Da ich jedoch allein sein wollte, wünschten wir uns gute Nacht, und Margot ging in ihr Zimmer.

Ich lag sehr müde im Bett und konnte doch nicht schlafen. Jeden Augenblick jenes Nachmittags rief ich mir ins Gedächtnis zurück, von dem Moment an, als ich Gabrielle Lebewohl gesagt hatte, bis zu dem Zeitpunkt, als ich zum Stall des Schlosses geritten war. Wieder verspürte ich die bebende Angst und das aufsteigende Entsetzen, da mich jemand zu töten versuchte.

Erschreckt fuhr ich auf, als ich ein Geräusch an meiner Tür vernahm. Mein Herz hämmerte wild. Ich starrte in furchtsamer Erwartung zur Tür – ein Zeichen, daß ich mich wirklich in einem erbärmlichen Zustand befand.

Margot kam herein. Sie hielt ein Glas in der Hand.

»Hier, für dich, Minelle«, sagte sie und stellte es neben das Bett. »Nou-Nous Arznei. Damit wirst du sicherlich gut schlafen. Ich habe sie mir von Nou-Nou geben lassen.«

Ich schlug die Augen nieder und dachte an den Comte, der in Ursules Zimmer gegangen war und die Flasche von Nou-Nous Vorrat genommen hatte. War es so gewesen? Hatte er Ursule die Medizin gegeben, bevor ich ihn zur Terrassentür hinausgehen sah? Aber selbst wenn er das getan hätte, wäre sie nicht so schnell eingeschlafen; sie schlief ja schon fast, als ich hereinkam. Und Nou-Nou war sicherlich nicht weit entfernt gewesen. Was hatten sie sich während dieses letzten Gespräches zu sagen gehabt? Hatte Ursule sich das Leben genommen? Würde ich es je erfahren? War es möglich, daß er ... – ich wollte diesen Gedanken nicht zu Ende denken. Doch was wußte ich eigentlich von ihm? Diese ungeheure Faszination, die er auf mich ausübte, schläferte meinen gesunden Menschenverstand ein, und ich ersann immer neue Rechtfertigungen, um ihn zu entlasten.

Margot blickte mich fragend an. »Du träumst ja. Siehst du immer noch Gesichter? Trink das hier, und morgen wird es dir besser gehen.«

»Ich nehme es später«, sagte ich. »Bleibe noch ein Weilchen bei mir.«

»Du brauchst Schlaf«, sagte sie entschieden und stellte das Glas auf den Tisch neben meinem Bett. Dann setzte sie sich auf den Stuhl an meinem Ankleidetisch. Dort standen drei Kerzen, von denen jedoch nur zwei brannten.

»Nur zwei Kerzen?« sagte Margot. »Es ist düster hier.«

»Eine ist erloschen, als du die Tür öffnetest.«

»Das macht nichts, solange noch die anderen brennen. Sonst würde das nämlich Tod bedeuten. Eine Magd hat erzählt, daß in der Nacht, als meine Mutter starb, drei Kerzen in ihrem Zimmer erloschen sind, eine nach der anderen.«

»Du wirst doch nicht an solche Ammenmärchen glauben, Margot!«

»Niemand glaubt daran, bis sie sich als wahr erweisen.«

»Manche Menschen sind sehr abergläubisch.«

»Vor allem diejenigen, die etwas zu befürchten haben ..., See- und Bergleute zum Beispiel, Menschen, die gefährlich leben.«

»Wir alle leben gefährlich.«

»Aber nicht so augenfällig. Schau, jetzt ist schon wieder eine Kerze erloschen.«

»Du hast sie ausgeblasen.«

»Nein.«

»Zünde sie wieder an!«
»O nein, das bringt Unglück. Wir müssen abwarten, ob die dritte auch noch erlischt.«
»Hier ist ein Luftzug.«
»Du mußt aber auch für alles eine logische Erklärung finden!«
»Das ist keine so üble Angewohnheit.«
»Und du glaubst nicht an die Legende von den Kerzen?«
»Natürlich nicht.«
Ein paar Augenblicke lang war es still, bis Margot sagte: »Ich habe das Gefühl, daß bald etwas geschehen wird. Glaubst du, daß wir Charlot besuchen können?«
»Auf gar keinen Fall. Du siehst doch, was für ein Mißgeschick uns der erste Besuch beschert hat.«
»Mißgeschick! Ich habe schließlich mein Baby gefunden! Ach so, du denkst an den gräßlichen Bessell. Nun gut, ich habe ihn zufriedengestellt. Mimi schämt sich seinetwegen. Sie bemüht sich übereifrig, mir zu Diensten zu sein.«
»Mir gefällt das nicht, Margot.«
»Wenn nur diese Wartezeit nicht wäre. So etwas Albernes. Als ob meine Trauer um meine Mutter größer würde, weil meine Hochzeit verschoben wurde. Minelle, du Ärmste, du siehst so müde aus. Ich sage dir jetzt gute Nacht. Nimm deinen Trank und schlafe gut.«
Sie ging und schlug die Tür mit einem Knall hinter sich zu – und da erlosch die dritte Kerze. Ich hatte mich über den Aberglauben lustig gemacht, und doch konnte ich einen Schauder nicht unterdrücken. Einen Moment lang befand ich mich in völliger Finsternis, doch sobald sich meine Augen an das Dunkel gewöhnt hatten, nahmen die vertrauten Gegenstände Gestalt an. Ich blickte auf das Glas neben meinem Bett, nahm es in die Hand, setzte es jedoch nicht an meine Lippen.
Die Comtesse war an einer Medizin gestorben. Jemand hatte versucht, mich zu töten. Hatte mir aber diesen Trank nicht

Margot gebracht? Und ich wußte, daß sie mir niemals etwas Böses antun würde.
Ich stieg aus dem Bett, ging mit dem Glas ans Fenster und schüttete den Inhalt hinaus. Ich wollte nicht, daß Margot auf den Gedanken kam, daß ich einer Medizin, die sie mir gebracht hatte, nicht traute.
Obwohl ich todmüde war, konnte ich nicht schlafen. Mein Körper sehnte sich nach Schlaf, doch mein Geist war nicht bereit, ihn zu gewähren.
Ich lag in meinem Bett, und die Gedanken kreisten mir im Kopf herum. Die Turmuhr schlug zwölf und später eins.
Vielleicht hätte ich den Schlaftrunk doch nehmen sollen, aber jetzt war es zu spät.
Ich dämmerte ein, schlief aber nicht richtig. Meine Sinne waren viel zu hellhörig. Plötzlich war ich ganz wach. Ich hörte Schritte im Flur – vor meiner Tür hielten sie an. Langsam öffnete sich die Tür.
Ich dachte zuerst, es sei ein Gespenst – so befremdlich war die Gestalt, die in mein Zimmer trat: eine graue Figur in der Dunkelheit. Haare quollen ihr über die Schulter. Eine Frau.
An meinem Bett blieb sie stehen und blickte auf mich herab. Sie nahm das Glas und roch daran. Dann beugte sie sich vor und sah, daß ich sie beobachtete.
»Nou-Nou«, schrie ich. »Was tust du hier?«
Sie blinzelte und schien verwirrt. Sie sagte: »Was tun *Sie* hier?«
Ich stieg aus dem Bett und raffte meinen Schlafrock um mich.
»Nou-Nou«, fragte ich sanft, »was ist denn? Was willst du von mir?«
Mit zitternden Fingern zündete ich die drei Kerzen an.
»Sie ist fort«, sagte Nou-Nou. »Sie kommt nie wieder. Manchmal glaube ich, daß ich sie höre. Ich folge ihrer Stimme. Sie lockt mich an die seltsamsten Plätze …, aber nie ist sie dort.«
Arme Nou-Nou. Der Tod ihres geliebten Schützlings hatte ihr wahrhaftig den Verstand geraubt.

»Du mußt wieder zu Bett gehen«, sagte ich. »Du solltest eines von deinen Schlafmitteln nehmen.«
»Sie hat eines genommen und ist daran gestorben.«
»Weil sie zuviel davon genommen hat. Du darfst nicht grübeln. Sie war doch krank, nicht wahr? Du weißt, wie krank sie war.«
»Sie wußte es aber nicht!« schrie Nou-Nou gellend. »Sie hat nicht gewußt, wie schlimm die Krankheit ist.«
»Vielleicht doch ..., und deshalb hat sie ...«
»*Er* hat sie getötet. Seit der Geburtsstunde des kleinen Mädchens hat er angefangen, sie umzubringen. Er wollte sie aus dem Weg haben, und das hat sie gewußt. Sie haßte ihn ..., und er haßte sie. Ich haßte ihn auch. In dieser Familie hat es eine Menge Haß gegeben ..., und er hat sie zu einem für ihn günstigen Zeitpunkt umgebracht.«
»Nou-Nou, es kann zu nichts Gutem führen, wenn du ständig darüber grübelst. Vielleicht war es so das beste für sie.«
»Das beste für sie!« Ihr Gelächter wurde ein schrilles Gakkern. »Das beste für *ihn*!« Sie durchbohrte mich mit ihrem Blick. »Und das beste für Sie ..., glauben Sie nicht? Aber seien Sie sich nicht zu sicher. Er ist der leibhaftige Teufel. Von ihm kann Ihnen nichts Gutes widerfahren.«
»Du weißt nicht, was du redest, Nou-Nou. Geh bitte wieder in dein Zimmer.«
»Sie waren wach, als ich hereinkam«, sagte sie plötzlich. Die Wildheit fiel von ihr ab und machte einer gewissen Verschlagenheit Platz, die noch unheimlicher als ihre Hysterie war.
Ich nickte.
»Eigentlich hätten Sie schlafen müssen.«
»Dann hätte ich ja nicht mit dir reden können.«
»Ich bin nicht hergekommen, um mit Ihnen zu *reden*.«
»Und warum bist du gekommen?«
Sie gab keine Antwort. Dann sagte sie: »Ich suche sie. Wo ist sie? Man hat sie in der Gruft begraben, doch ich glaube, dort ist sie nicht.«

»Sie hat jetzt ihren Frieden, Nou-Nou.«

Nou-Nou schwieg. Ich sah, wie ihr die Tränen langsam die Wangen hinabrannen.

»Meine kleine *mignonne,* mein Vögelchen.«

»Gräme dich nicht mehr. Du mußt versuchen, dich damit abzufinden. Sie war krank. Mit der Zeit hätte sie unsägliche Schmerzen erdulden müssen.«

»Wer hat Ihnen das erzählt?« fragte sie lauernd.

»Ich habe es so gehört.«

»Das sind seine Märchen ..., *seine* Rechtfertigungen.«

»Nou-Nou, geh bitte zu Bett.«

»Drei Kerzen«, sagte sie, wandte sich um und blies sie eine nach der anderen aus. Bevor sie die letzte verlöschen ließ, drehte sie sich noch einmal zu mir um, und die Gehässigkeit in ihrem Blick ließ mich zurückweichen.

Darauf schritt sie zur Tür, die Hand wie eine Schlafwandlerin vor sich hingestreckt.

Die Tür schloß sich. Ich sprang aus dem Bett und stellte zu meiner Erleichterung fest, daß sich die Tür verriegeln ließ. Ich schob den Riegel vor und fühlte mich in Sicherheit.

Ich legte mich wieder ins Bett und fragte mich, warum Nou-Nou gekommen war. Hätte ich ihre Arznei genommen, so würde ich jetzt schlafen. Was wäre dann geschehen?

Wie sehr sehnte ich mich nach Schlaf! Wie sehr wünschte ich den quälenden Gedanken zu entfliehen, die, ohne zu einem Ergebnis zu gelangen, in meinem Kopfe kreisten! Ich brachte nur eine einzige Schlußfolgerung zustande: Hier in der Nähe lauert Gefahr – besonders für mich. Von wem ging sie aus? Und warum?

Ich lag wach und wartete auf die Dämmerung; erst mit dem trostvollen Licht fand ich endlich Schlaf.

3

Drei Tage später schickte der Comte uns einen Boten. Margot und ich sollten sofort nach Paris aufbrechen.

Ich ging ohne Bedauern. Die stetig steigende Spannung im *Château* wurde allmählich unerträglich. Ich fühlte mich beobachtet, und immer, wenn ich allein war, ertappte ich mich dabei, wie ich verstohlen über die Schulter blickte – so unsicher war ich.

Der Befehl zum Aufbruch kam daher wie eine Erlösung.

An einem heißen Junitag machten wir uns auf den Weg. Eine unheilverkündende Stille lag in der Luft. Es war schwül, und es donnerte.

Die Stadt hatte nichts von ihrem Zauber eingebüßt, obwohl die Hitze nach der frischen Landluft schier unerträglich war.

Mir fielen sofort die zahllosen Soldaten in den Straßen auf – Angehörige der Schweizer und der Französischen Garde, welche die Leibwache des Königs bildeten. An den Straßenecken standen Leute, doch nie in großen Gruppen; sie unterhielten sich mit ernster Miene.

Die Cafés, denen ein köstlicher Duft gerösteten Kaffees entströmte, waren überfüllt. Die Leute strömten auf die Straßen, wo man Tischchen unter geblümten Sonnenschirmen aufgestellt hatte. Man plauderte lebhaft miteinander.

Der Comte erwartete uns mit einiger Ungeduld in der Faubourg Saint-Honoré.

Er ergriff meine Hände und hielt sie fest.

»Ich habe gehört, was geschehen ist«, sagte er. »Das war entsetzlich für Sie. Ich habe unverzüglich nach Ihnen geschickt. Sie dürfen nicht mehr ins *Château* zurück, bevor ich auch dorthin zurückkehre.«

Erst dann schien er Margot zu bemerken.

»Ich habe Neuigkeiten für dich«, wandte er sich an sie. »Du wirst nächste Woche heiraten.«

Wir waren beide so verblüfft, daß wir kein Wort herausbrachten.
»Im Hinblick auf die Zustände« – der Comte gestikulierte vielsagend mit den Händen – »sind die Grassevilles und ich übereingekommen, daß die Hochzeit nicht verschoben werden soll. Es muß natürlich eine Trauung in aller Stille werden. Ein Priester wird sie hier vornehmen. Danach wirst du nach Grasseville ziehen, und Minelle wird dich begleiten ..., vorläufig ..., bis sich irgend etwas arrangieren läßt.«
Margot war aufs angenehmste überrascht, und als wir unsere Zimmer aufsuchten, um den Reisestaub abzuwaschen, kam sie sogleich zu mir.
»Endlich!« rief sie aus. »Das alberne Warten war ja auch sinnlos, nicht wahr? Nun werden wir von hier fortgehen, und mein Vater kann mir nichts mehr befehlen.«
»Das wird dann dein Ehemann übernehmen.«
Sie lachte schelmisch. »Robert? Niemals. Ich glaube, ich werde mit Robert sehr gut auskommen. Ich habe Pläne.«
Mir war nicht ganz wohl dabei. Gewöhnlich waren Margots Pläne tollkühn und gefährlich.
Der Comte bat mich zu sich, und wir trafen uns in der Bibliothek.
»Als ich von dem Vorfall erfuhr, war ich außer mir vor Sorge«, sagte er. »Ich mußte einen Vorwand finden, um Sie hierher zu bringen.«
»Und darum haben Sie die Hochzeit Ihrer Tochter arrangiert?«
»Diese Lösung schien mir so gut wie jede andere.«
»Sie greifen zu drastischen Mitteln, um Ihren Willen durchzusetzen.«
»Ach was. Es ist an der Zeit, daß Margot heiratet. Sie braucht einen Ehemann. Die Familie Grasseville ist bei den Leuten sehr beliebt ..., obwohl man nie wissen kann, wie lange diese Popularität andauern wird. Henri de Grasseville war wie ein Vater zu seinen Lehnsleuten, und es läßt sich schwer vorstellen, daß sie sich gegen ihn wenden könnten. Und doch, bei ihrer augenblicklichen Stimmung wäre das durchaus möglich. Treue gilt heut-

zutage nicht als eine erstrebenswerte Eigenschaft beim Volk. Man neigt eher zu Groll und Mißgunst als zu Dankbarkeit. Trotzdem würde es mich beruhigen, Sie in Grasseville zu wissen.«

»Es ist sehr gütig von Ihnen, sich solche Mühe zu machen.«

»Ich habe wie gewöhnlich nur meinen eigenen Vorteil im Sinn«, erwiderte er trocken. »Erzählen Sie mir ausführlich, was sich neulich auf dem Pfad zugetragen hat.«

Ich schilderte ihm den Vorfall, und er meinte: »Das war ein Bauer, der einfach auf jemanden vom Schloß schießen wollte, und zufällig waren Sie es. Wie ist er aber an ein Gewehr gekommen? Wir achten darauf, daß dem Pöbel keine Schußwaffen in die Hände fallen, denn das wäre verhängnisvoll.«

»Verschlimmert sich denn die Situation noch weiter?« fragte ich.

»Sie verschlimmert sich immerzu. Mit jedem Tag rückt die Katastrophe ein Stückchen näher.« Er blickte mich mit ernster Miene an. »Ich denke die ganze Zeit an Sie. Ich träume von dem Tag, da wir zusammen sein werden. Nichts ..., absolut nichts darf dem im Wege stehen.«

»Es steht dem aber sehr viel im Wege«, entgegnete ich.

»Und was wäre das?«

»Ich kenne Sie doch gar nicht richtig«, antwortete ich. »Manchmal sind Sie wie ein Fremder für mich. Einmal verblüffen Sie mich, und ein anderes Mal kann ich Ihre Handlungen im voraus erraten.«

»Das würde ein aufregendes Leben für Sie sein. Eine Entdekkungsreise. Nun zu meinen Plänen: Marguerite wird heiraten, und Sie werden mit ihr gehen. Ich werde Sie in Grasseville besuchen, und zu gegebener Zeit werden Sie meine Frau werden.«

Ich erwiderte nichts darauf. Nou-Nou fiel mir ein, wie sie an meinem Bett stand, und ich mußte an die Anspielungen von Gabrielle LeGrand denken. Er hätte Ursule getötet, meinte sie, da er nicht länger darauf warten wollte, sie, Gabrielle, zu hei-

raten. Er wünschte sich einen ehelichen Sohn. Gabrielle hatte ihm den Sohn geschenkt, es bedurfte nur noch seiner Legitimierung, und diese ließe sich vereinfachen, wenn sie heirateten. Gabrielle zufolge war es die Absicht des Comte, mir die Rolle des Sündenbocks zuzuspielen. War es möglich, daß er den Schuß auf mich abgegeben hatte, ... oder angeordnet hatte, auf mich zu schießen?
Wie konnte ich nur so etwas glauben? Das war absurd. Und doch warnte mich mein Instinkt.
Er umarmte mich und sprach meinen Namen mit allergrößter Zärtlichkeit aus. Ich wehrte mich nicht. In seinen Armen hätte ich ewig bleiben und aller Vernunft den Rücken zukehren mögen.

Es war, als berge Margot ein Geheimnis in sich, so kostbar, daß sie es nicht einmal mir anvertrauen konnte.
Ich staunte, wie leicht sie sich ihrer Sorgen entledigen und sich so aufführen konnte, als hätte sie nie Kummer erfahren. Es freute mich, daß sie so vernünftig war, Mimi nicht mitzunehmen. Louise, die neue Zofe, war mittleren Alters und trat Mimis Nachfolge mit Freuden an. Gleichzeitig aber war Margot über das Gebaren von Bessell und Mimi hinweggegangen, als seien keinerlei Folgen zu befürchten. Ich wünschte, ich könnte ebenso denken.
Wir verbrachten eine geschäftige Woche, vornehmlich mit Einkäufen, und wieder einmal schlug mich die aufregende Stadt in ihren Bann. Jeden Mittag um zwei Uhr konnte ich von meinem Fenster aus beobachten, wie die Wohlhabenden in ihren Kutschen zu ihren Verabredungen fuhren. Das war wahrlich sehenswert, denn der Kopfputz der Damen nahm nahezu lächerliche Formen an. Einige trippelten mit zierlichen Schritten daher und balancierten auf ihren Köpfen diese Gebilde, die vom Paradiesvogel bis zum Schiff unter vollen Segeln alles darstellen konnten. Diese Leute suchten den Adel zu imitieren, was in

diesen Tagen ein gefährliches Unterfangen war. In Häusern wie dem des Comte wurde um sechs Uhr diniert, was einem Zeit ließ, gegen neun Uhr ein Theater oder die Oper zu besuchen. Um diese Stunde bekam die Stadt ein ganz anderes Gesicht.

Einmal sahen wir uns in einem privaten Theater eine vorzügliche Aufführung von Beaumarchais' ›Die Hochzeit des Figaro‹ an. Der Comte meinte, man sollte das Stück in dieser bewegten Zeit lieber nicht aufführen, da es viele hintergründige Anspielungen auf die dekadente Gesellschaft enthalte: eine Freude für jene, die eben diese Gesellschaft vernichten wollten. Er war nachdenklich und verstimmt, als wir in die Residenz zurückkehrten. Er hatte eine Menge zu tun, und höfische Angelegenheiten riefen ihn häufig fort. Es war rührend, daß er bei alledem noch Zeit fand, Vorkehrungen für meine Sicherheit zu treffen, obgleich ich natürlich nicht glaubte, daß er die Vermählung seiner Tochter nur zu diesem Zwecke in die Wege geleitet hatte.

Robert de Grasseville und seine Eltern trafen mit wenigen Bediensteten in Paris ein.

In ihrer Erregung sah Margot so schön aus, daß ich annehmen mußte, sie sei wirklich verliebt. Mochten ihre Empfindungen auch oberflächlicher Natur sein, so waren sie doch von größter Wichtigkeit für sie.

Die Trauung fand in der oben im Gebäude gelegenen Hauskapelle statt. Den Luxus der Wohnräume hinter sich lassend, stieg man eine Wendeltreppe hinauf und betrat ein völlig anderes Milieu.

Es war kalt dort oben. Der Fußboden war gepflastert. Vor einem Altar mit einem kostbar bestickten Tuch waren sechs Kirchenstühle aufgestellt, und über allem thronte eine mit glitzernden Steinen verzierte Madonnenstatue.

Die Zeremonie dauerte nicht lange, und strahlend traten Margot und Robert aus der Kapelle.

Unmittelbar danach setzten wir uns zu Tisch, der Comte am Kopf der Tafel, sein junger Schwiegersohn zu seiner Rechten,

Margot zu seiner Linken. Ich saß neben Roberts Vater, Henri de Grasseville.
Die beiden Familien waren mit der Verbindung sichtlich zufrieden. Henri de Grasseville flüsterte mir zu, man könne sehen, daß das junge Paar verliebt sei, und das freue ihn sehr. »In Familien wie der unseren müssen die Ehen häufig auf diese Weise vereinbart werden«, sagte er. »Dabei kommt es oft vor, daß die Partner nicht zusammenpassen. Natürlich gewöhnen sie sich mit der Zeit meist aneinander. Man heiratet jung und muß noch viel lernen, und so lernt der eine vom anderen. Diese Ehe hat einen glücklichen Anfang genommen.«
Ich stimmte mit ihm überein, daß das junge Paar glücklich sei, aber ich konnte nicht umhin, mir vorzustellen, was Robert wohl empfinden würde, wenn er von Margots Erfahrungen gewußt hätte. Ich hoffte inbrünstig, daß alles gutginge.
»Man wird gut daran tun, Paris bald zu verlassen«, fuhr Henri de Grasseville fort. »Bei uns in Grasseville geht es friedlich zu. Dort gab es bisher keinerlei Anzeichen von Unannehmlichkeiten.«
Ich fand ihn sehr charmant. Kein Mann hätte dem Comte unähnlicher sein können. Henri de Grasseville hatte etwas Unschuldiges an sich. Er machte den Eindruck, als hielte er von jedermann nur das Beste. Ich blickte über den Tisch in das recht verdrießliche Gesicht des Comte, der dreinsah wie einer, der sein Leben mit der Suche nach allen Arten von Abenteuern verbracht hatte und dessen Idealismus erschüttert war, wenn nicht gar gebrochen. Meine Lippen verzogen sich unwillkürlich zu einem Lächeln, und in diesem Augenblick schaute er zu mir herüber, ertappte mich dabei, wie ich ihn beobachtete, und ein spöttischer, fragender Ausdruck trat in seine Augen.
Nach Beendigung des Mahles versammelten wir uns alle im Salon, und der Comte meinte, er hielte es für klug, wenn wir uns ohne Verzögerungen auf den Weg nach Grasseville machten.

»Man kann nie sicher sein, ob nicht im nächsten Augenblick die Unruhen losbrechen«, sagte er. »Es bedarf nur eines geringen Anstoßes, um sie auszulösen.«
»Ach, Charles-Auguste«, lachte Henri de Grasseville, »du übertreibst.«
Der Comte zuckte die Achseln. Er war entschlossen, seinen Willen durchzusetzen.
Er kam zu mir und flüsterte mir zu: »Ich muß Sie allein sprechen, bevor Sie aufbrechen. Gehen Sie in die Bibliothek. Ich folge gleich nach.«
Henri de Grasseville blickte auf die Wanduhr. »Wenn wir heute noch fort wollen, sollten wir uns in einer Stunde auf den Weg machen. Ist jedermann damit einverstanden?«
»Ja«, antwortete der Comte für uns alle.
Ich begab mich sogleich in die Bibliothek. Er war kurz darauf bei mir.
»Meine liebste Minelle«, sagte er. »Sie fragen sich wohl, warum ich Sie schon so bald fortschicke.«
»Ich sehe ein, daß es sein muß.«
»Der arme Henri! Er hat wenig Ahnung von der Lage der Dinge. Er wohnt auf dem Lande, und weil die Schafe weiterhin blöken und die Kühe nach wie vor muhen, glaubt er, nichts habe sich verändert.«
»Das ist doch eine tröstliche Philosophie.«
»Ich sehe, daß Sie zum Diskutieren aufgelegt sind. Sie werden sagen, er sei ein glücklicher Mensch. Er hat seinen Glauben, daß alles gut ist, daß Gott über uns wacht und daß alle Menschen Unschuldslämmer sind. Eines Tages wird es für ihn ein böses Erwachen geben. Aber bis dahin war er wenigstens glücklich, werden Sie sagen. Ich hätte Lust, mich mit Ihnen darüber zu unterhalten, aber uns bleibt wenig Zeit. Minelle, Sie haben nie gesagt, daß Sie mich lieben.«
»Ich spreche nicht so leichtfertig über solche Gefühle wie Sie, der Sie so viele Frauen geliebt haben. Ich wage zu behaupten,

daß Sie zu den Frauen auch dann von Liebe gesprochen haben, wenn Sie weiter nichts als eine flüchtige Leidenschaft für sie empfanden.«

»Und wenn Sie es mir sagen würden, dann dürfte ich also vollkommen und unverbrüchlich Ihrer Liebe sicher sein?«

Ich nickte.

Er zog mich an sich und sagte: »Mein Gott, Minelle, wie sehne ich mich nach diesem Tag. Wann ..., Minelle?«

»Ich muß mir noch über so vieles Klarheit verschaffen.«

»Also lieben Sie mich nicht so, wie ich bin.«

»Ich muß erst wissen, wie Sie sind, bevor ich Sie lieben kann.«

»Aber eines steht fest: Sie mögen meine Gesellschaft, das weiß ich. Sie finden mich nicht abstoßend. Sie haben mich gern in Ihrer Nähe. Sie strahlen, wenn Sie mich ansehen. Das war von Anfang an so. Damit haben Sie sich verraten.«

»Mein Leben verlief so anders als das Ihre. Ich muß mich an veränderte Zustände gewöhnen, und ich weiß nicht, ob es mir gelingen wird.«

»Minelle, hören Sie die Sturmglocken läuten? Mein ganzes Leben lang habe ich innerlich gehört, was damals in der Bartholomäusnacht in dieser Stadt geschehen war. Das war vor zweihundert Jahren ..., vor zweihundertsiebzehn, um genau zu sein. Einige haben es damals kommen sehen. Es hat seit Wochen in der Luft gelegen, bevor es zu dem entsetzlichen Massaker kam. Und so ist die Situation auch jetzt ..., doch die Bartholomäusnacht war harmlos gegen das, was uns bevorsteht. Die Glocken sagen uns: Lebt euer Leben ..., lebt es jetzt ..., denn morgen seid ihr vielleicht nicht mehr imstande dazu. Warum weisen Sie mich zurück, da doch jede Nacht meine letzte sein kann?«

Ich fürchtete mich und klammerte mich an ihn. Doch dann dachte ich: Das ist eine List, um mich zum Nachgeben zu bewegen. Und das bewies mir endgültig, welcher Natur meine Gefühle für ihn waren.

Wahrscheinlich liebte ich ihn, falls Liebe den Wunsch bedeutete, mit jemandem zusammen zu sein, mit ihm zu reden, seine Arme um sich zu spüren, lieben zu lernen, ihm alles zu geben. Ja, das war die Wahrheit. Und doch konnte ich ihm nicht vertrauen. Ich wußte, daß er in der Liebe erfahren war, ich dagegen ein Neuling. Ich mußte erst noch alles lernen, während er aufgrund seiner beträchtlichen Erfahrungen bereits alles wußte ..., vor allem auch, wie man jemanden überlistete.

»So«, sagte er zärtlich, »ich bin Ihnen also nicht gleichgültig?«

Ich machte mich von ihm los, sah ihn dabei nicht an, aus Angst, die Herrschaft über meinen Verstand zu verlieren.

»Ich habe Ihre Familie liebgewonnen«, erwiderte ich. »Zuweilen war ich in Ihrer Gesellschaft, und Margot war mir stets eine Freundin. Aber ich muß unsere unterschiedliche Lebensart und unsere verschiedene Moralauffassung berücksichtigen. Da gibt es eine Menge abzuwägen.«

Er sah mich aus halbgeschlossenen Augen an.

»Ja, Sie sind in einer anderen Gesellschaft aufgewachsen, aber Sie sind eine Abenteuerin, Minelle. Sie wollen sich doch nicht in Ihrem kleinen Reich abkapseln, ohne jemals andere Welten kennenzulernen. Ihre Natur kam zum Vorschein, als Sie damals in die Zimmer auf Gut Derringham spähten. Das schickte sich ganz und gar nicht für ein wohlerzogenes kleines Mädchen.«

»Ich bin inzwischen erwachsen geworden.«

»O ja, Sie haben sich verändert. Sie sehen die Welt mit anderen Augen an. Sie haben erfahren, daß man Männer und Frauen nicht fein säuberlich nach Gut und Böse trennen kann ... Nicht wahr, Minelle?«

»Natürlich. Niemand ist durch und durch gut, und niemand ist durch und durch schlecht.«

»Selbst ich nicht?«

»Selbst Sie nicht.« Ich dachte daran, wie er sich um Yvette gekümmert und sich vergewissert hatte, daß Charlot gut behütet war.
»Woran fehlt es also?«
»Ich bin mir nicht sicher.«
»Noch immer nicht?«
»Ich brauche Zeit.«
»Genau daran mangelt es uns. Ich gebe Ihnen alles auf der Welt, nur keine Zeit.«
»Aber Zeit ist das einzige, um das ich bitte. Ich muß mir noch über so vieles Gewißheit verschaffen.«
»Sie denken an Ursule.«
»Wenn man erwägt, einen Mann zu heiraten, der bereits verheiratet war, so ist es schwierig, nicht an sie zu denken.«
»Sie brauchen ihretwegen nicht eifersüchtig zu sein.«
»Ich dachte auch weniger an Eifersucht.«
»Woran denn sonst? Guter Gott, ich glaube gar, Sie denken, ich hätte sie getötet. Halten Sie mich dessen für fähig?«
Ich blickte ihm fest ins Gesicht und antwortete: »Ja.«
Er starrte mich unbewegt eine oder zwei Sekunden an, und dann brach er in Lachen aus. »Und trotzdem ... ziehen Sie es in Betracht, mich zu heiraten?«
Ich zögerte, und er fuhr fort: »Aber natürlich ziehen Sie es in Betracht. Weshalb würden Sie sonst um Zeit bitten? Ach Minelle, so klug und doch so einfältig. Sie müssen die prüde Seite Ihrer Natur überzeugen, daß es durchaus *comme il faut* sein kann, einen Mörder zu ehelichen! O Minelle, meine Liebe, wieviel Vergnügen wird uns diese prüde Seite von Ihnen bereiten!«
Er drückte mich an sich, und ich lachte mit ihm – ich konnte einfach nicht anders. Ich erwiderte seine Küsse auf meine unerfahrene Art und wußte, daß er davon entzückt war.
Die Uhr auf dem Schreibpult tickte ungeduldig, als wollte sie uns eindringlich an die Vergänglichkeit der Zeit gemahnen.

Der Comte spürte das und ergriff meine Hände.
»Wenigstens weiß ich es nun«, sagte er. »Das läßt mich hoffen. Ich muß eine Zeitlang in Paris bleiben, das werden Sie verstehen. Gefährliche Männer stellen sich gegen den König und bedrängen das Volk, die Monarchie mit allem, was sie verkörpert, zu stürzen. Der gefährlichste von allen ist der Duc d'Orléans, der Nacht für Nacht im Palais Royale den Aufstand predigt. Nach dem, was ich erfahren habe, werde ich keine Ruhe finden, bevor ich Sie nicht auf dem Lande in Sicherheit weiß … Gehen Sie mit Margot, passen Sie auf sie auf. Sie braucht Sie, Minelle.«
Er küßte mich sehnsuchtsvoll, zärtlich, und dann verließ ich ihn.

Château Grasseville

1

Nördlich von Paris gelegen, überragte das schöne Schloß Grasseville einen stillen Marktflecken. Der Ort strahlte eine ausgesprochen fröhliche Atmosphäre aus. Es war, als seien Neid, Bosheit und Haß, die sonst überall herrschten, hier vorübergegangen.

Hier legten die Männer die Hand an die Mützen und die Frauen knicksten, als wir vorbeifuhren. Ich bemerkte, daß Henri und Robert de Grasseville vielen von ihnen Grüße zuriefen und sich nach dem Wohlbefinden ihrer Familien erkundigten. Da konnte ich verstehen, warum der drohende Sturm weit entfernt schien. Henri de Grasseville hatte der Vermählung zugestimmt, obwohl die Sitte von der Braut eine längere Trauerzeit verlangt hätte. Doch ich vermutete, daß der Comte auf der vorzeitigen Hochzeit bestanden hatte, und Henri gehörte zu den Menschen, die anderen keinen Wunsch abschlagen können.

Margot war von ihrer Ehe begeistert. Sie vertraute mir an, daß sie Robert in tiefer Liebe zugetan sei. Die beiden schienen unzertrennlich, und es war offenkundig, daß sie sich liebten. Trotzdem fand Margot hin und wieder Zeit, in mein Zimmer zu kommen. Unsere Gespräche waren so sehr Teil unseres Lebens geworden, daß ich wirklich glaubte, sie würden ihr fehlen, sollten sie jemals aufhören.

Eines Tages kam sie herein und streckte sich in dem Lehnstuhl vor dem Spiegel aus, um sich zufrieden darin zu betrachten. Sie sah wirklich sehr hübsch aus.

»Es ist wundervoll«, verkündete sie. »Robert hätte sich nie träumen lassen, daß es eine Person wie mich gebe. Ich glaube, ich bin für die Ehe wie geschaffen, Minelle.«
»Davon bin ich überzeugt.«
»Du dagegen bist für die Schule geboren. Das ist dein *métier.*«
»Oh, vielen Dank! Was für eine aufregende Sache!«
Sie lachte. »Robert wundert sich über mich. Er hatte natürlich erwartet, daß ich zurückschrecken würde, ihn zunächst abweisen, um mich dann schließlich in Demut zu ergeben.«
»Was du gewiß nicht getan hast.«
»Bestimmt nicht.«
»Margot, er ahnt doch nicht ...«
Sie schüttelte den Kopf. »Er ist der goldigste Unschuldsengel, der je geboren wurde. Auf einen solchen Gedanken würde er nie kommen. Niemand würde dir und mir dieses phantastische Abenteuer glauben.« Ihr Gesicht legte sich plötzlich in Falten. »Aber ich denke natürlich immer noch an Charlot.«
»Du solltest dich damit trösten, daß er bei Yvette ist und es nirgends besser haben könnte.«
»Ich weiß. Aber er ist *mein* Kind.«
Sie seufzte. Ihre Hochstimmung war ein wenig getrübt. Doch ich war sicher, daß ihr Entzücken über ihre Ehe ihre Sehnsucht nach Charlot gemildert hatte.
In Grasseville konnte man ohne Vorbehalte allein ausreiten. Niemand dachte an Gefahr. Margot und ich begaben uns zum Einkaufen in das kleine Städtchen, und in jedem Laden wurden wir mit dem allerhöchsten Respekt begrüßt. Man wußte natürlich, daß wir vom *Château* kamen und daß Margot die zukünftige Comtesse sei.
Grasseville war wie eine Oase inmitten der Wüste. Waren wir ermüdet, so ließen wir uns vor einer *pâtisserie* unter fröhlichen bunten Sonnenschirmen nieder, tranken Kaffee und aßen dazu die köstlichsten kleinen Cremetörtchen, die ich je probiert hatte. *Le thé* war noch nicht bis nach Grasseville gedrungen, und hier

wurde auch nicht Englisch gesprochen – ein weiteres Zeichen dafür, fand ich, daß sich hier nichts verändert hatte. Die Fabel, daß ich eine Cousine sei, wurde aufrechterhalten, und bald war ich in der Stadt als *Mademoiselle La Cousine Anglaise* bekannt. Man bewunderte meine Sprachkenntnis, und wenn ich dort saß, plauderte ich gar bereitwilliger als Margot, die viel zu sehr in ihre eigenen Angelegenheiten vertieft war, um sich für die Affären anderer Leute zu interessieren. Wie liebte ich den Duft frischgebackenen Brotes und heißen Kaffees, der am frühen Morgen die Straßen erfüllte! Zu gern sah ich dem Bäcker zu, wenn er mit seinem langen, zangenähnlichen Gerät die Brotlaibe aus dem Ofen zog. Ich liebte die Markttage, wenn die Waren auf Handkarren oder auf von alten Eseln gezogenen Wagen herbeigeschafft wurden: Obst, Gemüse, Eier, piepsende Küken. Es machte mir Spaß, an den Ständen einzukaufen – hier eine Borte, dort ein Stück süßes Konfekt, hübsch eingewickelt und mit einem farbigen Band verschnürt. Ich konnte der Versuchung, etwas zu kaufen, nie widerstehen. Sicher bedeuteten Margot, ich und die Dienstboten, die uns begleiteten, ein gutes Geschäft, und deshalb waren wir stets willkommen.

In den Läden hier ging es anders zu als in den großen Städten. Einkaufen war eine zeitraubende Angelegenheit, und es war üblich, daß man sehr lange überlegte, bevor man auch nur die geringste Kleinigkeit erstand. Ein übereilter Kauf wurde mit Stirnrunzeln bedacht, weil er sowohl den Verkäufer wie den Kunden um ein großes Vergnügen brachte.

Einer meiner Lieblingsläden war das Geschäft eines Kolonialwarenhändlers und Drogisten, der viele wohlduftende Waren feilbot. Dort gab es Zimt, Öle, Farben, Cognac, Kräuter aller Arten (die zum Trocknen von den Deckenbalken herabhingen), Konfitüren, Pfeffer, Gifte wie Arsen und Aqua fortis und natürlich den allgegenwärtigen Knoblauch. Im Laden waren hochlehnige Stühle aufgestellt, so daß man sich hinsetzen und mit dem

Besitzer plaudern konnte, der sich häufig auch als Arzt betätigte und den Leuten Ratschläge gab, was sie gegen diese oder jene Krankheit nehmen sollten.
Welch ein vergnügliches Erlebnis war es doch, an diesen warmen, sonnigen Tagen in der Stadt herumzuwandern und mit den Menschen, denen man begegnete, zu scherzen! Kein Wölkchen trübte den blauen Himmel, keine Spur war zu sehen von dem, was sich am Horizont zusammenballte.
Nur selten kam eine Kutsche durch das Städtchen gerattert. Solche Tage prägten sich dem Gedächtnis ein. Einmal saß ich auf dem Marktplatz, als ein Wagen in die Stadt kam. Die Insassen stiegen aus und suchten das Wirtshaus auf, um sich zu erfrischen. Ich betrachtete sie: Edelleute nach Kleidung und Gehabe, wachsam, unsicher, wie man sie empfangen würde. Sie gingen in den Gasthof – zwei Männer und eine Frau, dicht gefolgt von zwei Lakaien für den Fall, daß es Unannehmlichkeiten geben sollte. Auf dem Wirtshausschild stand *Le Roi Soleil.* Und in all seinem Glanz blickte Louis hoheitsvoll auf die Straße hinunter.
Ich blieb sitzen und wartete, bis die Leute wieder herauskamen, gestärkt vom Wein und von dem *Crème*kuchen, für den ich so schwärmte.
Als die drei miteinander sprachen, schnappte ich ein paar Brocken auf.
»Welch ein liebliches Plätzchen! Wie in alten Zeiten …«
Die Kutsche rollte davon. Der Staub, den sie aufwirbelte, legte sich wieder. Man hatte unsere Oase entdeckt.
Nachdenklich ging ich zum Schloß zurück, und ich war noch nicht lange dort, als Margot zu mir kam. Sie sprühte vor Erregung, und daran erkannte ich, daß sie wieder einmal einen Plan ausgeheckt hatte.
»Es ist etwas Wundervolles im Gange!« verkündete sie.
Einen Augenblick lang glaubte ich, sie wolle mir sagen, daß sie schwanger sei. Doch dazu war es noch zu früh. Ihre nächsten

Worte verblüfften und erschreckten mich. »Charlot kommt hierher!«
»Was?«
»Mach doch nicht so ein erstauntes Gesicht. Ist es nicht die natürlichste Sache von der Welt? Sollte ich mein Baby etwa nicht bei mir haben?«
»Du hast es Robert erzählt, und er hat zugestimmt ...«
»Es Robert erzählt? Glaubst du, ich bin von Sinnen? Ich habe es Robert natürlich nicht erzählt. Als ich in der Bibel las, hatte ich einen Einfall, eine göttliche Eingebung. Gott hat mir den Weg gewiesen.«
»Darf ich an diesem göttlichen Geheimnis teilhaben?«
»Du kennst doch die Geschichte von Moses im Binsenkörbchen. Ein *süßes* kleines Baby. Seine Mutter hatte ihn in ein Körbchen gelegt und versteckt ..., genau wie ich meinen kleinen Charlot verstecken werde.«
»Was hat das mit Moses zu tun?«
»Diese Geschichte hat mich auf den Gedanken gebracht. Ich weiß, daß Yvette mir helfen wird. Und du mußt mir ebenfalls dabei helfen. *Du* wirst ihn nämlich finden.«
»Ich weiß nicht, wovon du redest, Margot.«
»Das kannst du freilich nicht wissen, wenn du mich ständig unterbrichst. Also der Plan ..., er ist ja *so* gut ..., er kann gar nicht fehlgehen ... Der Plan sieht vor, daß Yvette das Baby aussetzt ..., nicht im Schilf, denn das haben wir ja nicht hier, ... sondern einfach außerhalb des Schlosses. Charlot wird in einem Körbchen liegen und reizend aussehen. Jemand wird ihn finden, und dazu habe ich dich auserwählt. Du wirst ihn ins Schloß bringen und sagen: ›Ich habe ein Baby gefunden. Was machen wir mit ihm?‹ Ich werde dir Charlot entreißen und ihn vom ersten Augenblick, da ich seiner ansichtig werde, in mein Herz schließen. Ich werde Robert anflehen, daß ich das Baby behalten darf, und in seiner gegenwärtigen Verfassung wird er mir nichts abschlagen. So werde ich Charlot zu mir holen.«

»Das kannst du nicht tun, Margot.«
»Warum nicht? Sag mir, warum nicht?«
»Schon so ist es schlimm genug, aber das wäre zweifacher Betrug.«
»Und wäre es hundertfacher Betrug – es ist mir einerlei, wenn ich nur Charlot bei mir haben kann.«
Ich überlegte. Ich konnte mir vorstellen, wie es ablaufen würde. Es könnte gelingen. Ein einfacher, aber doch genialer Plan. Margot hatte allerdings nicht bedacht, daß Bessell und Mimi bereits wußten, daß sie ein Kind hatte.
Ich sagte: »Du gehst immer größere Wagnisse ein.«
»Minelle«, entgegnete sie theatralisch, »ich bin eine Mutter.«
Ich schloß meine Augen und vergegenwärtigte mir den Ablauf. Der Plan sah jemanden vor, der das Kind finden sollte – und das war ich. Es war zu riskant, dem Zufall die Auswahl einer anderen Person zu überlassen.
»Yvette ...«, setzte ich an.
»Ich habe alles mit Yvette abgesprochen.«
»Und sie ist einverstanden?«
»Du darfst nicht vergessen, daß Charlot *mein* Baby ist.«
»Ja, aber sie hatte sich verpflichtet, ihn, den Anordnungen deines Vaters gemäß, von dir fernzuhalten.«
»Es ist mir einerlei, was mein Vater befohlen hat. Charlot ist mein Sohn, und ich kann ohne ihn nicht leben. Und außerdem ist der Plan damit noch nicht zu Ende. Denk an die Mutter in der Bibel.«
»Ja?«
»Sie verdingte sich als Amme des Babys bei der Prinzessin. Nun, so werde ich es auch mit Yvette machen. Ich werde für das Baby eine Kinderfrau anstellen müssen, und dabei wird mir meine alte Amme Yvette einfallen, die, welch seltener Zufall, gerade in der Nähe weilt. Sie wollte mich gerade besuchen. Das ist wie ein Fingerzeig Gottes.«
»Das sind verdächtig viele Zufälle auf einmal.«

»Das Leben ist voller Zufälle, und dieser Zufall ist doch nur ein ganz kleiner. Yvette kommt also, sie liebt das Baby auf den ersten Blick, und wenn ich sage: ›Yvette, du mußt die Kinderfrau des goldigen kleinen Findelknaben sein, den ich als meinen Sohn adoptiert habe und nach meinem Vater Charlot nennen werde ...‹«
»Vielleicht möchte dein Gatte, daß er nach ihm benannt wird.«
»Das werde ich ablehnen. ›Nein, lieber Robert‹, werde ich sagen, ›deinen Namen soll *unser* erstgeborener Sohn erhalten.‹«
»Margot, du hast ein erstaunliches Geschick im Betrügen.«
»Das ist eine hilfreiche Gabe, um einem das Leben zu erleichtern.«
»Ehrlichkeit wäre weitaus löblicher.«
»Soll ich allen Ernstes zu Robert sagen: ›Ich hatte bereits einen Liebhaber, bevor ich dich kannte. Ich gedachte, ihn zu heiraten, und Charlot ist das Ergebnis.‹? Du willst doch nicht, daß ich Robert so etwas antue.«
»Margot, du bist unverbesserlich. Ich kann nur hoffen, daß der Plan gelingt.«
»Und ob er gelingen wird! Dafür werden wir schon sorgen. Deine Rolle ist einfach. Du sollst Charlot finden.«
»Wann?«
»Morgen früh.«
»Morgen!«
»Eine Verzögerung hätte doch keinen Sinn. Geh morgen in der Frühe hinunter. Yvette wird ihn nicht verlassen, bevor sie dich sieht. Sie wird sich im Gebüsch verstecken. Du wirst nicht schlafen können, darum willst du ein wenig frische Luft schnappen. Du gehst in den Park, und da hörst du ein Baby schreien. Du findest den Korb. Der wonnige Charlot blickt zu dir auf und lächelt. Du schließt ihn sogleich in dein Herz und überredest mich, ihn zu behalten.«
»Und bedarf es dazu großer Überredungskünste?«
»Ich werde mich mit meinem Gemahl beraten müssen. Viel-

leicht vergieße ich ein paar Tränen, doch ich glaube, daß er mir meinen Wunsch bereitwillig erfüllen wird. Er wird Charlot gern haben, da er sich nach einem Baby sehnt.«

»Die Kinder anderer Leute sind einem Manne nicht so willkommen wie seine eigenen. Und er wird doch nicht erfahren, daß Charlot dein Baby ist?«

»Um Himmels willen, nein!«

»Es wundert mich, daß Yvette sich damit einverstanden erklärt hat, da sie doch im Dienste deines Vaters steht.«

»Yvette weiß eben, daß ich ohne Charlot nicht glücklich werden kann, und wenn sie als seine Kinderfrau hier ist …, verstehst du?«

»Vollkommen.«

»Dann laß uns also den Plan ausführen.«

Ich überlegte …

Ich durchdachte das Vorhaben nach allen Seiten und mußte zugeben, daß es gelingen konnte, vorausgesetzt, daß alles sich genauso abspielen würde, wie wir es uns ausgedacht hatten.

Der Plan reizte mich trotz meiner beträchtlichen Bedenken. Aber schließlich verlief alles, seit ich von Charlots Existenz – schon vor seiner Geburt – erfahren hatte, mit beachtlichen Schwierigkeiten.

An einem strahlenden Morgen stand ich kurz vor sechs auf, schlüpfte in meine Schuhe, zog einen Mantel an und spazierte zum Gebüsch. Yvette war bereits dort. Sie trug den Korb und stellte ihn, als ich näherkam, mit unendlicher Sorgfalt zwischen die Sträucher.

Es war beinahe genau so, wie Margot es erzählt hatte; denn Charlot schlug die Augen auf und schenkte mir einen solch verständnisvollen Blick und ein solch vergnügtes Lachen, als wäre er sich der Verschwörung voll bewußt.

Ich trug den Korb ins Schloß. In der Halle blieb ein Lakai vor Verwunderung mit offenem Munde stehen.

»Jemand hat ein Kind im Gebüsch ausgesetzt«, sagte ich. Er war sprachlos und schaute Charlot nur ungläubig an. Mit einer Hand berührte er das Tuch, worin das Baby eingehüllt war, und die glitzernde Goldtresse an seinen Manschetten weckte sogleich Charlots Interesse. Er streckte sein rundliches Händchen aus, um danach zu greifen, doch der Lakai sprang zurück, als befände sich statt des Babys eine Schlange im Korb.
»Er beißt nicht«, sagte ich und merkte im gleichen Augenblick, daß ich das Geschlecht des Kindes verraten hatte.
Charlot lachte vergnügt, als machte er sich über uns beide lustig.
»Mademoiselle, was werden Sie mit ihm anfangen?«
»Ich glaube, ich muß erst Madame fragen«, antwortete ich. »Die Entscheidung liegt bei ihr.«
Und da erschien auch schon Madame auf der Treppe, bereit, ihre Rolle zu spielen.
»Was gibt es?« verlangte sie zu wissen, ein wenig zu herrisch, wie ich fand. »Cousine, wieso bist du zu dieser frühen Morgenstunde auf und störst uns alle?«
Als wüßte sie von gar nichts – so genau hatte sie sich auf ihre Rolle in diesem Drama vorbereitet, das weiß Gott alles andere als eine Komödie war!
»Margot«, sagte ich, »ich habe ein Baby gefunden.«
»Was hast du gefunden? Ein Baby? Welch ein Unsinn! Soll das ein Scherz sein? Wo hättest du wohl ein … Aber da ist es ja! Was soll das bedeuten?«
Ihre Augen funkelten, ihre Wangen waren gerötet. Sie genoß diesen Auftritt. Er war gefährlich, doch das erhöhte nur ihr Vergnügen.
»Ein Baby!« rief sie. »Wirklich, Cousine? Wo hast du das Baby gefunden! So ein kleiner Liebling. Ist es nicht wonnig?«
Sie spielte ihre Rolle besser als ich, wußte ich doch, welche Überwindung es sie kostete, Charlot ›es‹ zu nennen.
Margot wandte sich dem Diener zu. »Findest du nicht, daß dies

ein *hübsches* Kind ist, Jean?« Der Lakai sah bestürzt drein, und Margot fuhr ungeduldig fort: »*Ich* habe jedenfalls nie ein niedlicheres Kind gesehen.«

Sie beugte sich über den Korb. Charlot betrachtete sie mit ernster Miene.

»Ich finde, der Name ›Charlot‹ würde zu ihm passen, meinst du nicht auch, Cousine?«

»Das könnte durchaus ein Name für ihn sein«, stimmte ich zu.

»Von nun an heißt er Charlot. Ich muß ihn meinem Gatten zeigen. Er wird mit Entzücken vernehmen, daß wir ein Baby haben.«

Robert war heruntergekommen, um nach Margot zu sehen. Er stand auf der Treppe, und mir fiel auf, wie jung er doch wirkte, und wie wenig er von der wahren Natur des Mädchens wußte, das er geheiratet hatte.

Margot lief auf ihn zu und schlang ihre Arme um ihn. Er lächelte sie an. Zweifellos liebte er sie sehr.

»Was ist geschehen, meine Liebste?« fragte er.

»Robert, es hat sich etwas Wundervolles ereignet. Minelle hat ein Baby gefunden.«

Der arme junge Mann blickte verwirrt, was durchaus verständlich war.

Margot sagte weiter: »Ja, er lag im Gebüsch. Er muß dort ausgesetzt worden sein. Minelle hat ihn heute früh gefunden. Ist er nicht goldig?«

»Wir müssen seine Eltern ausfindig machen«, sagte Robert.

»O ja«, unterbrach sie ihn ungeduldig. »Später ..., vielleicht. Sieh doch nur, so ein kleiner Liebling. Schau, wie zutraulich er ist.«

Sie nahm Charlot in die Arme, und Robert betrachtete sie zärtlich, wobei er zweifelsohne an die Kinder dachte, die sie haben würden.

Die Neuigkeit verbreitete sich wie ein Lauffeuer im Schloß. Der Comte und die Comtesse eilten herbei, um das Kind in Augenschein zu nehmen. Mit Nachsicht sahen sie, wie entzückt Margot von ihm war. Sie dachten wohl, daß Margot trotz allem eine gute Mutter werden würde, was eine beruhigende Vorstellung für sie sein mußte; denn bevor das Baby ins Haus kam, hatte niemand Margot mit hingebungsvoller Mutterschaft in Verbindung gebracht.

Im *Château* schien sich alles um das Baby zu drehen. Der Comte meinte, daß man die Eltern bald finden würde. Irgend jemand mußte doch wissen, wessen Kind das war. Es war höchst merkwürdig, fand die Comtesse, daß es sich um einen offenbar gutgepflegten Knaben handelte. Er mußte etwa ein Jahr alt sein. Man brauchte sich nur seine Kleider anzuschauen. Die stammten nicht aus einem armen Hause.

Sie war nicht so sicher wie der Comte, daß man die Eltern finden würde.

Mehrere Tage lang stellte man Erkundigungen an, und die ganze Stadt wußte bald von dem Baby oben im *Château.* Der Comte war der Meinung, jemand habe das Land plötzlich verlassen müssen – da die Zeiten so stürmisch waren – und hätte das Baby in der Nähe des *Châteaus* zurückgelassen, weil man wußte, daß sich die Grassevilles seiner annehmen würden. Die Comtesse war anderer Ansicht. Sie glaubte nicht, daß Eltern ihr Kind einfach zurücklassen könnten. Ihrer Meinung nach hatte eine arme Mutter die Babykleider bei ihrer Herrschaft gestohlen und das Kind beim *Château* ausgesetzt, in der Hoffnung, es werde es dort gut haben.

Was sie auch denken mochten, Charlot blieb jedenfalls, und Margot nahm ihn zum Ergötzen ihrer neuen Familie in ihre Obhut. Ihre Erregung über die Anwesenheit des Babys und das Entzücken, mit dem sie es umsorgte, versetzten jedermann in Erstaunen, und bald hatten alle den Kleinen ins Herz geschlossen. Möglicherweise besaß Charlot einen einzigartigen Charme. Er hatte das herrische Wesen seiner Mutter und die abenteuerliche Natur seines Vaters geerbt. Und Margot brachte

besuchten sich nicht mehr gegenseitig wie einst. Dem Comte und der Comtesse de Grasseville lag nichts an aufwendigen Gesellschaften, da soviel über die Armut im Lande geredet wurde. Ich glaube, daß der Comte und seine Comtesse ohnehin das einfachere Leben bevorzugten.

Yvette und ich saßen also häufig zusammen, oder wir gingen in den Gärten spazieren, wo es leichter war, unbelauscht zu plaudern. Ich glaube, wir fürchteten beide, durch ein einziges Wort die wahre Geschichte, wie Charlot ins *Château* gelangt war, zu verraten.

Es dauerte nicht lange, bis Yvette von der Vergangenheit zu erzählen begann.

Die aufregendsten Jahre ihres Lebens hatte sie im Château Silvaine verbracht. »Mit dreizehn Jahren kam ich dorthin«, berichtete sie. »Es war meine erste Stellung als Kindermädchen unter der Aufsicht von Madame Rocher ..., das ist Nou-Nou. Sie war bei Comtesse Ursules Geburt ins Schloß gekommen und ist seither immer bei ihr geblieben. Sie hat Madame Ursule verehrt. Um sie drehte sich Nou-Nous ganzes Leben. Nou-Nou war kurze Zeit verheiratet gewesen – mit einem Monsieur Rocher. Er hatte einen Unfall, bevor Nou-Nous Kind zur Welt kam. Ihr Mann starb, und sie verlor außerdem ihr Kind. Deshalb ist sie zu Ursule gekommen, und es hieß, daß sie ohne Ursule den Verstand verloren hätte. Sie übertrug ihre ganze Liebe auf das Kind ihres Dienstherrn. Eine traurige Geschichte.«

»Die arme Nou-Nou!«

»Sie war Ursules Amme, und sie pflegte zu sagen: ›Dieses Kind ist ein Teil von mir.‹ Sie konnte es kaum ertragen, wenn sie das Kind nicht sah, und sie suchte Ursule vor jeglichen Schwierigkeiten zu bewahren. Das war nicht gut für das Kind. Als sie klein war, drohte Ursule uns allen, es Nou-Nou zu erzählen, falls jemand von uns sie belästigen sollte. Nou-Nou unterstützte sie noch darin, und dadurch war Ursule damals ein recht unleidliches kleines Mädchen. Doch das gab sich mit der Zeit. Mit etwa sechs oder sieben Jahren kehrte sie sich von Nou-Nou ab ..., allerdings nicht völlig, dazu standen sie sich zu nahe. Ursule erstickte bei der übertriebenen Fürsorge. So etwas kann vorkommen.«

Ich pflichtete ihr bei. »Was für eine Frau war Ursule?«

»Vor ihrer Heirat war sie ein ganz normales junges Mädchen, das sich vor allem für Bälle und Kleider interessierte. Erst nach der Hochzeit hatte sie sich verändert.«

»Wie lange warst du bei ihr?«

»Bis vor etwa sechs Jahren. Margot wuchs heran, und man konnte auf eine Kinderfrau verzichten. Margot bekam eine Gouvernante, und später ging sie nach England, wie Sie ja wissen. Damals erhielt ich vom Comte das Haus und genügend Geld, um davon gut zu leben und mir eine Dienerin zu halten.«

»Eines Tages wirst du zurückkehren.«

»Ja, wenn Charlot älter ist, hoffe ich.«

»Hast du das *Château* ungern verlassen?«

Sie schwieg, und ihre Augen verschleierten sich. »Ja«, sagte sie dann, »es war schmerzlich fortzugehen. Es gab eine einzige große Freundschaft in meinem Leben.«

Ich brannte darauf, von dieser großen Freundschaft zu erfahren, fand es aber unhöflich, sie danach zu fragen. Ich wartete ab, und sie fuhr bald fort.

»Unsere Freundschaft entstand ganz allmählich. Meine Freundin war eine gutherzige, aber ein wenig herrschsüchtige Person. Das lag an ihrer Erziehung.«

»Meinst du Ursule?«

»Ja. Ich hatte irgend etwas angestellt ... Was es war, habe ich inzwischen vergessen, aber sie war beleidigt. Wie üblich rief sie: ›Ich sag's Nou-Nou.‹ Ich muß aufsässiger Laune gewesen sein, denn ich erwiderte: ›Nur zu, du kleines Klatschmaul, sag's ihr doch.‹ Da hat sie mich nur angestarrt. Ich erinnere mich, daß ihr kleines Gesicht dunkelrot vor Zorn war. Sie muß damals acht Jahre alt gewesen sein ..., ja, sie war acht, ich erinnere mich genau. Sie rannte zu Nou-Nou, die natürlich wie ein Engel mit einem Flammenschwert über mich herfiel, um ihren Liebling zu beschützen. Ich sagte: ›Ich bin es leid, mir alles von diesem verwöhnten Balg gefallen zu lassen.‹ – ›Dann‹, sagte Nou-Nou, ›packst du am besten deine Sachen und verschwindest.‹ – ›Gut‹, schrie ich, ›ich gehe!‹, obwohl ich nicht wußte, wohin. Nou-Nou aber wußte genau, in welcher Zwangslage ich mich befand. ›Und wo willst du hin?‹ fragte sie. Ich antwortete: ›Einerlei, alles ist besser als das ewige Getue um ein albernes, verhätscheltes Kind und seine vernarrte alte Amme.‹ – ›Hinaus‹, schrie Nou-Nou. Als Kinderfrau bei den Brousseaus war Nou-Nou eine Autorität. Madame und Monsieur Brousseau liebten ihre Tochter abgöttisch und ließen Nou-Nou freie Hand, wenn Nou-Nou also befahl, ich sollte gehen, so konnte ich bei keiner übergeordneten Person Berufung einlegen.

Während ich meine spärlichen Habseligkeiten in eine Blechkiste packte und mich fragte, was um alles in der Welt aus mir werden sollte, erkannte ich die Hoffnungslosigkeit meiner Lage und überließ mich der Verzweiflung. Ich vergrub den Kopf in meinen kümmerlichen Schätzen und schluchzte jämmerlich. Auf einmal spürte ich, daß mich jemand beobachtete, und als ich den Kopf hob, erblickte ich Ursule. Ich sehe sie heute noch so vor mir stehen, blaue Bänder in ihren braunen Locken, in einem weißen bestickten Kleid, das ihr bis zu den Fesseln hinabreichte. Sie war ein sehr hübsches Kind mit großen braunen Augen und dichtem glattem Haar, das Nou-Nou allabendlich hingebungsvoll auf Lockenwickler drehte.

Ich erinnere mich noch, wie sie zu Nou-Nous Füßen saß, während diese geschickt die Wickler eindrehte und dabei Lieder aus ihrer bretonischen Heimat sang oder mit eintöniger Stimme Legenden und Geschichten erzählte. Als Ursule mich in jenem Augenblick ansah, ging etwas zwischen uns vor. Staunend erkannte ich, daß es dem Kind wirklich leid tat, ein solches Unwetter heraufbeschworen zu haben. Bis dahin hatte ich sie nur für ein kleines Balg gehalten, das ausschließlich an sich selbst dachte. Aber nein, so unempfindsam war sie gar nicht. Wie sie mir später erzählte, regte sich damals in ihr ein Gefühl für mich. Sie wußte nicht, was das war; sie wußte nur, daß sie mich nicht gehen lassen wollte. Gebieterisch wie immer, sagte sie: ›Pack nichts mehr in deine Kiste!‹ Und mit verblüffender Umsicht nahm sie die Sachen heraus und legte sie in die Schubladen zurück. Nou-Nou kam herein, und als sie mich noch immer auf dem Boden knien sah, meinte sie: ›Los, Mädchen, es wird Zeit für dich.‹ Darauf hob meine kleine Heldin auf ihre unnachahmliche Art den Kopf und sagte: ›Sie geht nicht, Nou-Nou! Ich wünsche, daß sie bleibt!‹ – ›Sie ist ein unartiges und aufsässiges Mädchen‹, sagte Nou-Nou. ›Ich weiß‹, entgegnete Ursule, ›aber ich wünsche, daß sie bleibt.‹ – ›Aber, mein kleiner Liebling, sie hat dich doch eine kleine Petze geschimpft.‹ – ›Nun ja, das bin ich ja auch, Nou-Nou. Ich petze doch wirklich. Ich will, daß sie bleibt!‹ Die arme Nou-Nou war ganz verstört, aber das Wort ihres kleinen Lieblings war selbstverständlich Gesetz.«

»Seit jenem Tag verhielt sie sich also anders?«

»Nicht sofort. Es ging auf und ab mit unserer Freundschaft. Aber im Gegensatz zu Nou-Nou gab ich ihr niemals nach, und gerade das gefiel ihr, glaube ich. Außerdem war ich viele Jahre jünger als Nou-Nou. Ich war ungefähr fünfzehn, als Ursule acht war. Damals war das ein großer Altersunterschied. Später, als wir älter wurden, machte das nicht mehr so viel aus. Von jenem Tage an zeigte sie Interesse an mir. Zwar war sie nach wie vor Nou-Nous ›kleines Herzblatt‹, und sie war ständig mit ihr zusammen, doch stahl sie sich jetzt öfters fort, um mich zu besuchen. Sie faßte mit der Zeit erstaunlich viel Vertrauen zu mir. Anfangs war Nou-Nou ein wenig eifersüchtig, aber sie erkannte bald, daß ihre Beziehung zu ihrem Liebling ganz andersgeartet war als die meine. Sie liebte Ursule so sehr, daß sie bereitwillig alles guthieß, was ihrem Herzblatt Vergnügen verschaffte.

Ich hatte Geschmack für Kleider. Zwar fertigte ich sie nicht selbst an, dazu hatten wir ja die Näherinnen, aber ich verstand, sie zu verschönern und ihnen eine besondere Note zu geben, daß sie von den anderen abstachen. Ursule wollte mich bei allen Anproben dabeihaben. Sie bestand darauf, daß ich sie bei ihren Einkäufen in die Stadt begleitete.

Das war aber nicht alles: Sie fragte mich häufig um Rat, auch wenn sie ihn nur selten befolgte. Wir wurden echte Freundinnen, was zwischen einer Dienstmagd und der Tochter des Hauses durchaus unüblich war.

Die Eltern Brousseau waren, wie gesagt, sehr wohlwollend. Yvette sei ein gutes Mädchen, meinten sie. Sie kümmere sich auf eine Art um Ursule, wie Nou-Nou es nicht könnte. Und so wuchsen wir wie zwei Geschwister zusammen auf.«

»Das also war die stärkste Freundschaft deines Lebens. Weswegen bist du aber fortgegangen?«

»Ich habe den Comte verärgert, als ich Ursule anstachelte, sich gegen ihn aufzulehnen, und weil ich ihm meine Meinung ins Gesicht sagte. Er fand, daß Marguerite keine Kinderfrau mehr nötig hätte. Und so schickte er mich fort.«

»Es wundert mich, daß Ursule das zuließ.«

Yvette schürzte die Lippen. »Durch die Heirat hatte sich alles völlig verändert. Vom ersten Augenblick an flößte er ihr Furcht ein.«

»Und obwohl er dir dein Haus geschenkt und dir ein bequemes Leben ermöglicht hat, hast du ihn nicht gern?«

»Ihn gernhaben!« Sie lachte. »Ich möchte wissen, ob wohl irgend jemand den Comte gern hat. Die Leute fürchten ihn. Manche respektieren seinen Reichtum und sein Ansehen. Viele aber hassen ihn. Diejenigen, die sich auf flüchtige Liebesabenteuer mit ihm eingelassen haben, werden vielleicht sagen, sie hätten ihn geliebt. Aber *gern* haben!«

»Und du gehörst zu denen, die ihn hassen?«

»Ich würde jeden hassen, der Ursule das angetan hätte, was er ihr zugefügt hat.«
»War er denn grausam zu ihr?«
»Hätte sie ihn nicht geheiratet, so würde sie heute noch leben.«
»Du willst doch nicht behaupten, daß er ... sie getötet hat?«
»Meine liebe Mademoiselle, genau das behaupte ich.«
Ich schüttelte den Kopf, und sie legte ihre Hand auf die meine. Danach sprach sie nicht mehr, und unser *tête-à-tête* war für diesen Tag beendet.
Ich dachte ernsthaft über Yvettes Worte nach. Sie schien ein Geheimnis zu verbergen, und dieses mußte ich herausfinden. Ihren Andeutungen entnahm ich, daß es mit dem Comte zusammenhing. Ich schauderte bei dem Gedanken an ihren Gesichtsausdruck, als sie behauptet hatte, er hätte Ursule getötet.
Wäre er an meiner Seite gewesen, so hätte ich bereitwillig geglaubt, es könne nicht wahr sein; war er jedoch nicht bei mir, konnte ich die Tatsachen ruhiger abwägen. Ich mußte mit Yvette reden. Wenn ich über Ursules Natur besser Bescheid wüßte, wäre ich vielleicht in der Lage, etwas Licht in die Angelegenheit zu bringen.
Margot bat mich, in der Stadt ein paar Bänder zu einem Kleidungsstück für Charlot zu kaufen.
Ich machte mich allein auf den Weg. Es war nie die Rede davon gewesen, daß wir tagsüber in Grasseville eine Begleitung benötigten, und dies war nicht das erste Mal, daß ich allein in die Stadt ging.
Das Château Grasseville – bei weitem nicht so grandios wie das Château Silvaine – glich eher einem prächtigen Landsitz, der den Namen *Château* kaum verdiente. Die Familie besaß vierzig Meilen weiter nördlich ein weiteres Schloß – weitaus größer als dieses –, doch das hier war ihr bevorzugter Wohnsitz. Mit seinen vier Türmen und seinen grauen Mauern überragte es, auf einem abgelegenen Hügel erbaut, die ganze Stadt.

Es war am späten Vormittag. Die Sonne stieg langsam höher. In wenigen Stunden würde es sehr heiß sein.
Auf meinem Weg in die Stadt riefen mir mehrere Leute einen Gruß zu. Eine Frau auf einem Korbstuhl erkundigte sich nach dem Befinden des Kleinen. Ich sagte ihr, daß Charlot wohlauf sei.
»Das arme Würmchen! Einfach ausgesetzt. Ich würde einer Mutter den Hals umdrehen, Mademoiselle, die ihr Baby verläßt. Jawohl, das würde ich tun, einfach so, wie Monsieur Berray seinen Hühnern die Hälse umdreht.«
»Niemand könnte es besser haben als Charlot, Madame.«
»Das weiß ich. Und die junge Madame ... Sie ist die geborene Mutter. Das ist schnell gegangen bei ihr, wie? Erst wenige Wochen verheiratet ...«
Sich an ihrem Korbstuhl festhaltend, kippte sie gefährlich hin und her.
»Madame ist nun einmal in Babys vernarrt«, sagte ich.
»Gott segne sie.«
Ich ging weiter. Es gab kaum jemanden, der sich nicht nach dem Baby erkundigte.
Eine geraume Zeit verbrachte ich mit dem Aussuchen der Bänder und beschloß anschließend, vor dem Heimweg eine Tasse Kaffee und eine dieser köstlichen kleinen Cremeschnitten zu mir zu nehmen.
Ich setzte mich an einen Tisch unter der blauen Markise, und Madame Durand, die mir den Kaffee brachte, plauderte eine Weile über das Baby, welches das große Glück hatte, ausgerechnet vor den Toren des *Château* ausgesetzt zu werden.
Nachdem sie mich verlassen hatte, grübelte ich wieder über Yvettes Worte nach, und fragte mich, warum sie einen solch heftigen Haß gegen den Comte hatte. Nou-Nou hegte die gleichen Empfindungen für ihn. Das lag sicherlich an seinem Verhalten Ursule gegenüber. Ich wußte so wenig von ihr. Ich hatte sie für eine verdrießliche Hypochonderin gehalten, aber ein

derartiger Charakterzug paßte kaum zu einer Frau, die eine so tiefe Verehrung genoß. Bei Nou-Nou, die ihr eigenes Kind verloren hatte, war das verständlich. Bei Yvette aber lagen die Dinge anders. Sie war eine verständige Frau, fähig, sich ihre eigene Meinung zu bilden, und wenn diese eine tiefe Freundschaft mit der Tochter ihres Dienstherrn verband, so mußte es mit dieser Tochter etwas Besonderes auf sich haben.
Jeder Gedanke an den Comte und seine Affären versetzte mich über kurz oder lang in völlige Verwirrung.
Während ich, durch die blaue Markise vor der Sonne geschützt, dort saß, meinen Kaffee schlürfte und meinen *gâteau* genoß, hatte ich das merkwürdige Gefühl, daß ich beobachtet wurde. Seltsam, daß ich dies ausgerechnet an einem strahlenden, sonnigen Vormittag im Herzen der Stadt verspürte. So unauffällig wie möglich drehte ich mich um und bemerkte ein paar Tische weiter einen Mann, der daraufhin den Kopf wandte und vor sich hin starrte. Mir war, als wäre ich ihm bereits früher einmal begegnet. Das war auf unserem Weg von Paris nach Grasseville gewesen. Er hatte sich in einem Gasthaus aufgehalten, wo wir die Nacht verbracht hatten. Ich erkannte ihn an der Eigenart wieder, wie sein Kopf auf den Schultern saß. Er hatte einen auffallend kurzen Hals und zog die Schultern ein wenig hoch. Er trug eine dunkle Perücke und einen großen Hut, dessen Krempe sein Gesicht teilweise verdeckte – solche Hüte waren gang und gäbe. Rock und Reithosen waren von demselben undefinierbaren Braun wie der Hut. Der Mann sah nicht anders aus als viele Leute, denen man in Städten und Dörfern gewöhnlich begegnete; durch seine Kleidung wäre er gewiß nicht aufgefallen. Ich erkannte ihn eben nur an der Art, wie er den Kopf auf den Schultern trug.
Gewiß bildete ich mir nur ein, daß er sich für mich interessierte. Es sei denn, er hätte vernommen, daß ich vom *Château* kam und die Cousine der jungen Madame war, welche jüngst das ausgesetzte Baby adoptiert hatte.

Immerhin verursachte mir der Mann ein leichtes Unbehagen. Seit jenem Erlebnis auf dem Pfad war ich stets auf der Hut.
Als ich aufstand und mich auf den Weg machte, dachte ich immer noch an den Mann mit der dunklen Perücke. Merkwürdig, daß er sich in dem gleichen Gasthaus aufgehalten hatte, in welchem wir übernachtet hatten. Aber vielleicht wohnte er dort. Ich mußte mich unauffällig nach ihm erkundigen.
Ich ging zu dem Kurzwarenladen zurück, um Spitzen zu kaufen, die ich dort zuvor gesehen hatte. Ich trat aus dem Laden und ging an der *pâtisserie* vorbei.
Der Mann saß nicht mehr an seinem Tisch.
Ich verließ die Stadt und machte mich auf den Weg zum *Château*. Als ich den Hügel erreicht hatte, blickte ich zurück. Der Mann folgte mir in diskreter Entfernung.
Nachdenklich ging ich zum *Château* hinauf.

Es war nicht schwierig, Yvette zu veranlassen, von Ursule zu sprechen. Sie saß im Garten, eine Näharbeit in den Händen, und ich gesellte mich zu ihr.
»Wir sollten das hier genießen, solange es noch möglich ist«, sagte sie.
»Du meinst diesen Frieden?«
Sie nickte. »Ich frage mich, wie es in Paris zugehen mag. Es muß sehr heiß dort sein. Merkwürdig, wie die Hitze die Gemüter erregt. Abends geht das Volk auf die Straßen. Die Leute versammeln sich beim Palais Royale, halten Reden, stoßen Flüche und Drohungen aus.«
»Die Regierung wird vielleicht eine Lösung finden. Ich glaube, der Comte nimmt dort an den Ratsversammlungen teil.«
Yvette schüttelte den Kopf. »Der Haß sitzt zu tief und ist mit Mißgunst vermischt. Man kann kaum etwas tun. Wenn sich der Pöbel erhebt, möchte ich nicht als Mitglied der Aristokratie in seine Hände fallen.«
Ich erschauerte bei dem Gedanken an ihn, wie er, arrogant und

würdevoll, in seinem Schloß allmächtig schien. Auf den Straßen von Paris würde das allerdings anders sein.

»Jetzt kommt die Abrechnung«, sagte Yvette. »Der Comte Fontaine Delibes ist ein despotischer Herrscher gewesen. Sein Wort war Gesetz. Es ist an der Zeit, daß seinesgleichen gestürzt wird.«

»Warum hat Ursule ihn geheiratet?« fragte ich.

»Das arme Kind hatte doch keine Wahl.«

»Ich denke, die Brousseaus haben sie vergöttert.«

»Das schon, aber sie erstrebten die bestmögliche Vermählung für sie. Eine großartigere hätte es nirgends geben können – abgesehen vom Königshof. Sie wünschten ihr alle Ehren. Das Glück, so glaubten sie, würde sich von selbst einstellen. Sie würde in einem herrlichen *Château* zu Hause sein und einen großen Namen tragen als Gemahlin eines Mannes, der bekanntermaßen in Paris wie auf dem Lande eine wichtige Rolle spielte. Daß er der leibhaftige Teufel war, schien nicht im geringsten von Bedeutung.«

»War er denn wirklich so schlimm?« Meine Frage klang beinahe flehend in dem sehnlichen Wunsch, Yvette möge irgend etwas Gutes über ihn sagen.

»Als sie heirateten, war er noch jung an Jahren – nur etwa ein Jahr älter als sie –, aber er war bereits ein alter Sünder. So einer ist mit vierzehn schon mannesreif. Sie mögen es vielleicht nicht glauben, aber ich versichere Ihnen, daß er in diesem Alter bereits seine Erfahrungen hatte. Zur Zeit seiner Vermählung war er achtzehn. Da hatte er schon eine feste Mätresse. Sie kennen sie.«

»Ja. Gabrielle LeGrand.«

»Und diese hatte ihm einen Sohn geboren. Sie wissen ja, wie Etienne ins *Château* kam. Können Sie sich etwas Niederträchtigeres vorstellen, als den Sohn einer anderen Frau ins Haus zu bringen, um vor der eigenen Ehefrau zu prahlen, nur weil sie unfähig ist, weitere Kinder zur Welt zu bringen?«

»Ich gebe zu, daß es herzlos ist.«

»Herzlos, jawohl. Er hat kein Herz. Für ihn hat es nie wichtigere Ziele gegeben als die egoistische Erfüllung seiner Wünsche.«
»Man sollte doch meinen, mit solchen Eltern, mit Nou-Nou und mit dir hätte Ursule sich weigern können, ihn zu heiraten.«
»Sie kennen ihn doch.« Sie bedachte mich mit einem schiefen Blick, und ich fragte mich, welche Gerüchte ihr wohl über den Comte und mich zu Ohren gedrungen waren. Sie hatte gewiß etwas gehört, denn es war eindeutig, daß sie mich warnen wollte. »Er besitzt einen gewissen Charme, eine Art diabolischen Zauber, dem die meisten Frauen nicht widerstehen können. Sich mit ihm einzulassen ist wie Gehen auf Treibsand, der in seiner Schönheit zum Wandern verlockt. Doch schon beim ersten Schritt beginnt man zu versinken, und sofern man nicht über das Geschick und die Kraft verfügt, sich rasch zu befreien, ist man verloren.«
»Glaubst du wirklich, jemand kann durch und durch böse sein?«
»Ich glaube, es gibt Menschen, die sich in ihrer Macht sonnen, welche sie über andere ausüben. Sie thronen hoch über allen. Nur ihre Bedürfnisse, ihre Wünsche allein sind ihnen wichtig. Die müssen befriedigt werden, ohne Rücksicht darauf, wem dadurch Leid zugefügt wird.«
»Er hat nach deiner Entlassung für dich gesorgt«, erinnerte ich sie.
»Damals glaubte ich, das sei aus Güte geschehen. Später kam mir der Gedanke, daß er eigennützige Gründe dafür gehabt haben könnte.«
»Was für Gründe?«
»Er wollte mich womöglich aus dem Weg haben.«
»Warum?«
»Vielleicht führte er mit Ursule etwas im Schilde.«
»Du meinst doch nicht etwa ...«
»Meine liebe Mademoiselle, es überrascht mich, daß eine junge Frau mit Ihrem gesunden Menschenverstand sich dermaßen täuschen läßt. Aber Sie sind freilich nicht die erste. Meine arme

kleine Ursule! Ich erinnere mich genau an den Abend, als man sie rufen ließ. Sie ging in den Salon hinunter und wurde ihm vorgestellt. Der Ehekontrakt war bereits aufgesetzt. O ja, es sollte eine einzigartige Verbindung werden! Die Brousseaus sind eine uralte Familie, doch im Laufe der Jahrhunderte hatten sie einiges von ihrem Reichtum eingebüßt. Seine Familie dagegen hatte den ihren bewahrt. Die Brousseaus gewannen also einen ebenbürtigen Schwiegersohn nebst unermeßlichem Reichtum und Ansehen. Sie brauchten Geld, und das Heiratsabkommen ging weit über die Höhe der Mitgift hinaus, welche sie für ihre Tochter hätten bereitstellen müssen. Es war eine überaus vorteilhafte Verbindung – beide Seiten waren zufrieden.«

»Und Ursule?«

»Er hat sie verzaubert ..., wie schon so viele andere Frauen. Sie kam anschließend zu mir ..., sie ist ja immer zu mir gekommen. Zu Nou-Nou ging sie wie ein Kind, das sich wehgetan hatte und getröstet werden will. Mir aber vertraute sie ihre wahren Probleme an. Sie war betört. ›Yvette‹, sagte sie, ›nie habe ich jemanden kennengelernt, der wie er ist. Er ist unvergleichlich.‹ Sie wandelte wie im Traum umher. Sie war ja so unschuldig. Sie besaß überhaupt keine Erfahrung. Das Leben war für sie ein romantischer Traum.«

»Und was hieltest du von ihm?«

»Ich kannte ihn damals noch nicht. Ich gestand ihm all den Charme zu, mit dem er sie so bezaubert hatte. Erst später sollte ich seinen Lebenswandel kennenlernen. Wir beide, Nou-Nou und ich, fanden, daß er ihrer würdig sei. Doch diese Illusion wurde uns bald zerstört.«

»Wie bald?«

»Sie verbrachten die Flitterwochen auf einem seiner Landsitze, Villers Brabante, einem hübschen Haus – zwar klein, aber entzückend in die ländliche Umgebung eingefügt ..., ganz friedlich ..., der ideale Ort für Flitterwochen ..., vorausgesetzt natürlich, daß man den idealen Ehemann hat. Er aber war alles andere als das.«

»Wie konntest du das wissen?«

»Man brauchte Ursule nur anzuschauen. Nou-Nou und ich waren nach Silvaine gezogen und erwarteten dort ihre Rückkehr. Zum ersten Mal war Nou-Nou von Ursule getrennt. Sie verhielt sich wie eine Henne, die ihr Küken verloren hatte – war ganz außer sich. Sie stieg zu dem Wächter auf den Turm, um nach ihnen Ausschau zu halten. Und dann kamen sie zurück ... Ein Blick in das Gesicht von Ursule, und wir wußten Bescheid. Sie war ganz verstört. Das arme Kind, niemand hatte sie über das Leben aufgeklärt ..., und schon gar nicht über ein Leben mit einem solchen Mann. Sie war verstört und verängstigt. Innerhalb von zwei Wochen hatte sie sich völlig verändert.«

»Er war ja selbst noch so jung«, brachte ich zu seiner Verteidigung vor.

»Jung an Jahren, alt an Erfahrungen. Er muß wohl festgestellt haben, daß sie ganz anders war als die leichtfertigen Frauenzimmer, die er bis dahin gekannt hatte. Ich glaube, sie war bei ihrer Rückkehr bereits schwanger, denn bald darauf wurde es offensichtlich. Das war eine weitere schwere Prüfung für sie. Sie fürchtete sich davor, ein Kind zu bekommen. Damals standen wir uns näher als je zuvor. ›Es gibt Dinge, über die ich mit Nou-Nou nicht reden kann‹, sagte sie zu mir, und sie erzählte mir, wie sie ihn enttäuscht hatte, wie sehr sie sich sehnte, allein zu sein, wie anders sie sich die Ehe vorgestellt hatte. Während der Monate des Wartens saßen wir beisammen, und sie schilderte mir ihre ›Heimsuchung‹, wie sie es nannte. Und nun stand ihr eine weitere bevor: die Geburt ihres Kindes. ›Er muß unbedingt einen Sohn haben, Yvette‹, sagte sie. ›Wenn dieses Kind ein Knabe wird, werde ich das niemals wieder durchmachen. Wird es aber ein Mädchen ...‹ Sie schauderte und klammerte sich zitternd an mich. Von da an haßte ich ihn.«

»Aber so etwas sollte man doch eigentlich von einer Ehe erwarten. Das Schlimme war vielleicht, daß Ursule nicht aufgeklärt war.«

»Immer finden Sie eine Entschuldigung für ihn. Arme Ursule! Sie war ja vor Marguerites Geburt so krank. Nou-Nou fürchtete, daß sie es nicht überstehen würde. Doch wir hatten die besten Ärzte, die beste Hebamme, und schließlich kam der Tag, an dem das Kind geboren wurde. Nie werde ich ihr Gesicht vergessen, als man ihr mitteilte, daß es ein Mädchen war. Sie war sehr, sehr krank, und die Ärzte meinten, es sei lebensgefährlich für sie, noch ein Kind zu bekommen. ›Sie darf keinesfalls weitere Anstrengungen unternehmen, Kinder zu bekommen‹, sagten die Ärzte. Nou-Nou und ich schrien erleichtert auf. Es war, als sei unser Liebling uns zurückgegeben worden.«

»Der Comte muß sehr enttäuscht gewesen sein.«

»Er war außer sich vor Wut. Er gewöhnte sich an, auszureiten oder zu fahren, wobei er sich wie ein Verrückter aufführte. Er befand sich in einem Dilemma. Er verfluchte den Tag, an dem er geheiratet hatte. Er war mit einem kranken Weib geschlagen, hatte eine Tochter und keinen Sohn. Sie haben gewiß gehört, daß er einen Jungen getötet hat.«

»Ja, Léons Zwillingsbruder.«

»Das war glatter Mord.«

»Er hat es nicht mit Absicht getan. Es war ein Unfall. Er hat die Familie dafür entschädigt. Wir wissen, was er für Léon getan hat.«

»Das hat ihn nichts gekostet. Er ist ein … ruchloser Mensch. Dann holte er Etienne ins *Château* …, seinen unehelichen Sohn …, um ihr zu zeigen, wenn sie ihm keine Söhne schenken konnte, so konnten es eben andere. Das war sehr grausam.«

»Hat es sie verletzt?«

»Sie hat einmal zu mir gesagt: ›Es macht mir nichts aus, Yvette, solange ich mich nicht fügen muß. Von mir aus kann er zwanzig uneheliche Söhne hier haben, solange ich mich nicht bemühen muß, ihm einen ehelichen zu schenken.‹ Sie sehen, wie skrupellos er ist. Er schert sich so wenig um die Gefühle seiner Gattin, daß er Etienne ins Haus bringt. Etienne und seine Mutter machen sich Hoffnungen, daß Etienne legitimiert und zum Erben des Comte ernannt wird; der aber hält die beiden im ungewissen und amüsiert sich über sie.«

»Jeder Betroffene kann einem leid tun«, sagte ich.

Yvette sah mich streng an und schüttelte wie in Verzweiflung den Kopf.

Ich fuhr fort: »Immerhin hatte Ursule ihre Tochter.«

»Sie hat sich nie viel aus Marguerite gemacht. Das Kind hat sie stets an die Geburt und an alles, was sie erlitten hatte, erinnert.«

»Das war doch nicht Marguerites Schuld«, hielt ich ihr entgegen. »Ich finde es nur natürlich, daß eine Mutter sich um ihr Kind kümmert.«

»Marguerite bewies schon bald, daß sie recht gut auf eigenen Füßen stehen konnte. Auch Nou-Nou zeigte wenig Interesse an dem Kind. So fiel mir die Pflege zu. Ich hatte Marguerite gern. Sie war solch ein fröhliches kleines Ding, lebhaft, eigensinnig, impulsiv ..., nun, sie hat sich nicht sehr verändert.«

»Es wundert mich, daß sie Ursule so gleichgültig war.«

»Ursule war zu dieser Zeit gänzlich teilnahmslos. Kurz nach Marguerites Geburt traf sie ein neuer Schock: es starb ihre Mutter. Sie hat sehr an ihrer Mutter gehangen, und ihr Tod war ein schwerer Schlag für Ursule.«

»Demnach kam er unerwartet.«

Yvette schwieg eine Weile, bevor sie sagte: »Ihre Mutter hat sich das Leben genommen.«

Mir stockte der Atem.

»Ja«, fuhr Yvette fort, »das war für uns alle ein schlimmer Schock. Wir wußten nicht, daß sie krank war. Sie hatte lange Zeit über ihre Schmerzen geschwiegen, doch als sie stärker wurden, ließen sie sich nicht mehr verheimlichen. Als sie erfuhr, daß man nichts dagegen tun konnte, nahm sie eine Überdosis eines Schlafmittels.«

»Genau wie ... Ursule«, murmelte ich.
»Nein«, sagte Yvette bestimmt. »Nicht wie Ursule. Ursule hätte sich nie das Leben genommen. Sie war tief religiös und glaubte an ein Leben nach dem Tode. Sie pflegte zu mir zu sagen: ›Was immer wir hier auch erdulden, Yvette, es ist nur vorübergehend. Wir müssen ausharren, und je größer das Leid, um so größer das Frohlocken, sobald wir unsere Ruhe haben. Meine Mutter hatte Qualen und hätte wohl noch mehr gelitten, und das konnte sie nicht ertragen. Ach, hätte sie doch nur ausgehalten!‹ Dann ergriff sie meine Hände und sagte: ›Hätte ich es doch nur gewußt. Hätte ich nur mit ihr reden können ...‹«
»Und doch, als ihr dann Ähnliches widerfuhr ...«
»Sie hatte keine starken Schmerzen, das weiß ich.«
»Du warst doch gar nicht im *Château«,* warf ich ein.
»Wir schrieben uns jede Woche. Sie breitete ihr Herz vor mir aus. Sie meinte, unsere Briefe würden mehr als unsere Gespräche enthüllen. Schriftlich sind wir uns noch näher gekommen, denn auf dem Papier kann man seine Meinung viel genauer ausdrücken. Als ich von ihr fort war, erfuhr ich mehr über sie als zuvor. Daher weiß ich, daß sie niemals Hand an sich gelegt hätte.«
»Wie ist sie aber dann gestorben?«
»Jemand hat sie ermordet«, sagte Yvette.

Ich ging in mein Zimmer, da ich nicht mehr über Ursules Tod sprechen wollte. Ich wollte Yvettes Behauptung, der Comte habe seine Gattin getötet, einfach nicht wahrhaben.
Yvette hatte mit diesen Gesprächen die Absicht, mich zu warnen. Sie stellte mich jenen Frauen gleich, die, vom Comte fasziniert, ihn eine Weile lang amüsierten und dann von ihm verstoßen wurden ... Eine Reihe unbedeutender Affären, einige etwas wichtiger als andere, so etwa die eine, der er Etienne verdankte.
Und doch, trotz aller Anzeichen konnte ich dergleichen von ihm

nicht glauben. Ich wußte zwar von seinen Abenteuern – hatte er je ein Geheimnis daraus gemacht? –, doch ich war überzeugt, daß unsere Beziehung anders geartet war.
Zeitweise meinte ich alles vergessen zu können, was vorher gewesen war. Alles! Auch Mord? Doch ich mochte nicht glauben, daß er seine Gattin ermordet hatte. Er hatte Léons Bruder getötet – eine unbesonnene Tat, aber das war etwas ganz anderes als vorsätzlicher Mord.
Während ich so grübelte, schaute Margot zur Tür herein. Sie wirkte niedergeschlagen.
»Stimmt etwas nicht?« fragte ich und richtete mich von meinem Bett auf. Margot setzte sich auf den Stuhl beim Spiegel und blickte mich stirnrunzelnd an.
»Was ist geschehen? Charlot ...?«
»Er ist so wonnig wie immer.«
»Was dann?«
»Ich habe ein Schreiben bekommen. Eine Frau hat es Armand überreicht und ausdrücklich verlangt, es soll mir oder dir übergeben werden.«
»Ein Schreiben? Armand?«
»Bitte wiederhole nicht alles, was ich sage. Das macht mich verrückt.«
»Wieso gibt eine Frau Armand ein Schreiben?«
»Sie muß gewußt haben, daß er vom *Château* kommt.«
Wir hatten den Diener Armand vom Château Silvaine mit hierhergebracht. Etienne hatte ihn uns als einen zuverlässigen Mann empfohlen.
»Wo ist der Brief?« fragte ich.
Margot reichte mir ein Blatt Papier, und ich las:

Es wäre gut, wenn eine von Ihnen Dienstag morgen um 1o Uhr zum Café des Fleurs kommen könnte. Es würde Ihnen leid tun, wenn Sie es versäumten. Ich weiß alles über das Baby.

Ich starrte Margot an. »Wer um alles in der Welt könnte das sein?«
Sie schüttelte unwillig den Kopf. »Ach Minelle, was sollen wir nur tun? Diese Nachricht ist noch schlimmer als die Sache mit Bessell und Mimi.«
»Für mich sieht es so aus«, sagte ich, »als wäre es dasselbe wie bei Bessell und Mimi.«
»Aber hier ... in Grasseville. Ich habe Angst, Minelle.«
»Jemand versucht, dich zu erpressen.«
»Woher willst du das wissen?«
»Aus dem Ton des Schreibens. ›Es würde Ihnen leid tun ...‹ Jemand hat etwas erfahren und will für sich etwas herausholen.«
»Was soll ich nur tun?«
»Könntest du Robert nicht die Wahrheit sagen?«
»Bist du verrückt? Das könnte ich niemals tun ..., jedenfalls jetzt noch nicht. Er hält mich für so vollkommen, Minelle.«
»Früher oder später wird er seinen Irrtum erkennen. Besser also früher.«
»Wie hart du sein kannst.«
»Warum schickst du nicht jemand anderen?«
»Jemand anderen! Hier steht ausdrücklich ›eine von Ihnen‹. Damit bist du ebenso gemeint wie ich.«
»Dann solltest *du* hingehen, finde ich.«
»Das geht nicht. Robert will mit mir ausreiten.«
»Sag es ab.«
»Mit welcher Entschuldigung? Es geht nicht. Er würde wissen wollen, warum ...«
Ich zögerte. Aber andererseits bildete ich mir ein, dieser heiklen Situation besser gewachsen zu sein als Margot. Schließlich ging die Angelegenheit auch mich etwas an. Ich war während jener schicksalhaften Zeit bei Margot gewesen. In Gedanken versuchte ich mir vorzustellen, wer der Briefschreiber wohl sein könne. Madame Grémond ..., jemand aus dem Haus ...? Vielleicht einer, dem Bessell und Mimi etwas erzählt hatten, der gesehen

hatte, was sie erreicht hatten, und der sich ähnliche Vorteile erhoffte.

Als ich schließlich erklärte, daß ich gehen würde, fiel mir Margot um den Hals. Sie wüßte ja, daß sie sich stets auf mich verlassen könne, frohlockte sie.

Ich mahnte: »Hör zu. Es ist noch nichts erledigt, es hat alles gerade erst begonnen. Ich glaube, du mußt dich damit abfinden, daß du die Angelegenheit wirst Robert erzählen müssen, um den Erpressern den Boden zu entziehen. Du kannst nie wissen, wann Bessell und Mimi neue Forderungen stellen werden.«

»Ach Minelle, ich habe solche Angst. Aber du weißt schon, wie du mit ihnen umgehen mußt.«

»Es gibt nur eine richtige Art, mit Erpressern umzugehen: man muß sie auffordern, ihre Drohungen ruhig wahrzumachen.«

Sie schüttelte den Kopf. In ihren Augen war echte Furcht. Ich hatte sie sehr gern, und ich sah mit Freuden, wie glücklich sie mit Robert war. Oft mußte ich lachen, wenn ich daran dachte, auf was für eine listige Art sie ihr Baby ins Haus gebracht hatte. Aber jetzt befanden wir uns in einer verzwickten Lage, und ein Geheimnis, das man mit anderen teilen mußte, konnte natürlich Gefahren heraufbeschwören.

Margots Art, alles auf meine Schultern abzuwälzen, beeindruckte mich. Ich war sicher, daß sie mit Robert einen vergnügten, glücklichen Morgen verbringen würde. Sie konnte ganz im Augenblick aufgehen, was in gewisser Hinsicht vielleicht ein Segen war, jedoch die Sorge für die Zukunft außer acht ließ.

Fünf Minuten vor zehn kam ich am Café des Fleurs an. Damit Madame sich nicht wunderte, bestellte ich wie üblich meinen Kaffee und den *gâteau,* obwohl ich nicht den geringsten Appetit verspürte. Mit einem leichten Schreck bemerkte ich den Mann mit der dunklen Perücke und den hochgezogenen Schultern. Das ist der Erpresser, dachte ich. Er hatte mich also wirklich beobachtet! In einiger Entfernung nahm er Platz, und obwohl

er in meine Richtung blickte, tat er so, als ob er mich nicht bemerkte.
Eine Frau kam auf mich zu. Emilie! Madame Grémonds Dienstmagd, die stille Schwester der schwatzhaften Jeanne. Das hätte ich mir denken können. Ich hatte diesen dünnen Lippen und diesen blassen Augen, die mich nie aufrichtig angesehen hatten, immer mißtraut.
»Mademoiselle sind überrascht?« fragte sie mit einem unangenehmen Lächeln.
»Nicht besonders«, erwiderte ich. »Was hast du mir zu sagen? Sag es bitte schnell, und dann fort mit dir!«
»Ich werde gehen, wann es mir paßt, Mademoiselle. Nicht Sie geben hier den Ton an; denken Sie daran. Wir müssen uns rasch einigen. Ich weiß, daß die Mutter des Kindes nicht Madame le Brun, sondern Madame de Grasseville ist, ehemals Mademoiselle Fontaine Delibes, Tochter des großen Comte.«
»Du hast dir ja wirklich viel Mühe gegeben«, sagte ich im scharfen Ton. »Schade, daß es nicht für eine edlere Sache war.«
»Es war nicht schwierig«, meinte sie mit einem Anflug von Bescheidenheit. »Wir alle wußten, daß Madame Grémond eine gute Freundin des Comte Fontaine Delibes war. Sie war ja sehr stolz darauf. Er besuchte sie auch zuweilen. Wir glaubten, Madame le Brun sei eine von seinen Mätressen, und das Baby sei von ihm. Dann brachte Gaston Briefe zu Madame LeGrand ..., sie und Madame Grémond hielten nämlich Kontakt miteinander. Zwei Damen im Unglück ..., beide jedoch nicht ganz und gar verstoßen.« Emilie kicherte. Wie ich ihr käsiges Gesicht haßte! »Dabei hat Gaston Sie gesehen, und er lungerte in der Gegend herum, bis er einen Blick auf Madame de Grasseville erhaschte. Er erfuhr von ihrer bevorstehenden Heirat, und damit wäre sozusagen die Katze aus dem Sack. Gaston und Jeanne benötigen eine Kleinigkeit, um ein Heim zu gründen, und ich hätte gern ein wenig für meine alten Tage. Für den Anfang verlangen wir jeder tausend Franc, und wenn wir die

nicht bekommen, gehe ich zum Schloß und erzähle dem Gemahl der Madame die ganze Geschichte.«
»Du bist ein skrupelloses und boshaftes Weib!«
»Wer wäre in meiner Stellung wohl nicht skrupellos, wenn es um dreitausend Franc geht?«
»Machst du oft solche Sachen?«
»Eine so gute Gelegenheit bietet sich mir nicht oft, Mademoiselle. Madame de Grasseville hat zuviel geredet. Sie hat uns so manchen Anhaltspunkt gegeben. Meine Schwester hat sehr genau zugehört, und dann haben wir alles mit Gaston besprochen. Wäre Madame die Mätresse des Comte gewesen, so hätten wir uns nicht getraut. Aber nun haben wir es ja nicht mit dem Comte zu tun, nicht wahr, sondern mit Monsieur de Grasseville.«
»Ich werde dafür sorgen, daß Madame Grémond erfährt, was für Leute sie beschäftigt.«
»Wenn wir erst unser Vermögen haben ... Was macht uns das dann schon aus? Madame Grémond wird sich hüten. Die Zeiten sind nicht günstig für solche Damen wie sie ... und wie Sie. Heute muß man sich genau überlegen, wie man die Leute behandelt. Kommen Sie, bringen Sie morgen das Geld, und alles ist in Ordnung.«
»Bis zur nächsten Forderung?«
»Vielleicht wird es zu keinen weiteren Forderungen kommen.«
»Das ewig gleiche Versprechen des Erpressers, das natürlich niemals eingehalten wird.«
Emilie zuckte die Achseln. »Madame wird ihre Entscheidung treffen müssen. Sie muß schließlich ihrem Gatten gegenübertreten. Ich bin neugierig, wie er es aufnehmen wird, wenn er erfährt, daß er den kleinen Bastard seiner Gattin aufzieht.«
Ich hätte ihr am liebsten ins Gesicht geschlagen, wären wir nicht in einem Café gewesen. Ich bildete mir ein, daß der Mann mit der Perücke uns beobachtete und versuchte, uns zu belauschen. Ich stand auf. »Ich werde deine Forderung Madame mitteilen«,

sagte ich. »Aber vergiß nicht, daß Erpressung ein Verbrechen ist.«
Sie grinste mich an. »Wir alle müssen uns in acht nehmen, nicht wahr? Und wir sollten alle versuchen, uns gegenseitig zu helfen.«
Ich ging und fühlte, wie ihre Augen mir folgten; und auch die Blicke des Mannes mit der dunklen Perücke waren zu spüren. Darauf eilte ich zum *Château.* Als ich den Hügel erreicht hatte, drehte ich mich um. Der Mann folgte mir weiter unten in Richtung auf das *Château.* Doch ich war so mit Emilie beschäftigt, daß ich kaum einen Gedanken an ihn verschwendete.

Wir diskutierten zu dritt über Emilies Drohung: Yvette, Margot und ich. Yvette und ich waren einer Meinung. Es gab nur einen Weg, die Angelegenheit aus der Welt zu schaffen: Margot mußte sich ihrem Gatten anvertrauen. Gäbe sie Emilies Forderung erst einmal nach, so würden deren noch viele folgen.
»Man wird dich nie mehr in Frieden lassen«, gab ich ihr zu verstehen. »Du kannst nie wissen, ob sie nicht im nächsten Augenblick schon mit neuen Forderungen auftaucht.«
»Ich kann es Robert nicht erzählen«, jammerte Margot. »Das würde alles zerstören.«
»Was könntest du denn sonst tun?« wollte ich wissen.
»Es auf sich beruhen lassen. Gar nicht darauf eingehen.«
»Dann erzählt sie es vielleicht. Wenn er es schon erfahren soll, dann doch wohl besser von dir.«
»Ich könnte ihr das Geld geben.«
»Das wäre die allergrößte Torheit«, sagte Yvette.
Margot weinte und tobte; sie erklärte, daß sie es nie Robert erzählen würde. Warum man sie nicht in Frieden ließe, verlangte sie zu wissen. Hätte sie nicht schon genug gelitten?
»Schau, Margot«, sagte ich, »wenn du es ihm beichtest, wird er vielleicht Verständnis zeigen, und das würde die Angelegenheit ein für allemal bereinigen. Stell dir doch nur einmal vor, wie

glücklich du ohne die Last dieses Geheimnisses leben könntest. Denke doch nur an all die vielen Menschen, die sich entschließen könnten, dich zu erpressen. Bessell und Mimi waren ja nur der Anfang.«
»Und gerade denen habe ich vertraut«, klagte Margot.
»Das beweist, daß Sie niemandem trauen können«, meinte Yvette. »Minelle hat recht. Robert ist gütig, und er liebt Sie.«
»Vielleicht nicht genug, um dies zu ertragen«, wandte Margot ein.
»Ich glaube schon«, sagte ich.
»Woher willst du das wissen?«
»Ich weiß, daß ihr beide glücklich seid, und er wird sicherlich nicht wünschen, daß sich daran etwas ändert.«
»Aber es *wird* sich etwas ändern. Er hält mich für so wunderbar ..., so anders als andere Mädchen ...«
Sie tobte, schloß sich in ihrem Zimmer ein, kam dann zu mir und verlangte, mit mir zu reden. Wir besprachen alles noch einmal. Ich erinnerte sie, daß Emilie am nächsten Tag bei der *pâtisserie* sein würde.
»Laß sie doch nur kommen!« schrie Margot.
Während der Abendmahlzeit war sie mit Robert so fröhlich, als hätte sie nicht die geringsten Sorgen. Allerdings, so fand ich später, wirkte sie ein wenig zu fröhlich.
Ich verbrachte eine schlaflose Nacht und malte mir die Ereignisse des folgenden Tages aus. Am frühen Morgen kam Margot zu mir. Sie strahlte. Sie hatte es gewagt und unseren Rat befolgt. Sie hatte Robert erzählt, daß Charlot ihr Sohn sei.
»Und er liebt mich immer noch«, jubelte sie.
Ich war so erleichtert, daß ich nicht sprechen konnte.
»Er war ziemlich bestürzt«, erklärte sie. »Aber nachdem er sich an den Gedanken gewöhnt hatte, meinte er, er wäre froh, daß ich Charlot hierher gebracht habe. Ich würde unseren Kindern gewiß eine gute Mutter sein, sagte er. Du siehst, Minelle, daß ich unser Problem gelöst habe.«

»Unseres?«
»Du bist doch ebenso beteiligt wie ich.«
»Meine Rolle läßt sich doch kaum mit der deinen vergleichen. Aber lassen wir das. Ich bin ja so froh. Welch ein Glück für dich, daß du Robert hast. Ich hoffe, daß du das zu schätzen weißt.«

Ich genoß meine Verabredung mit Emilie in vollen Zügen. Sie wartete bei der *pâtisserie*, und die Vorfreude ließ sie bei meinem Anblick erstrahlen.
»Haben Sie das Geld mitgebracht?« fragte sie lauernd. »Geben Sie es her!«
»Du bist zu voreilig«, gab ich zurück. »Ich habe das Geld *nicht* mitgebracht. Jetzt kannst du schnurstracks zum *Château* gehen und nach Monsieur de Grasseville fragen. Erzähle ihm getrost, was du über seine Gattin weißt. Er wird kurzen Prozeß mit dir machen, wenn du ihm eine Nachricht überbringst, die er längst kennt.«
»Das glaube ich nicht.«
»Es ist aber wahr.«
»Ich hab's aber ganz anders gehört.«
»Bist du vielleicht in der Lage, zu erfahren, was zwischen einer Frau und ihrem Ehemann vorgeht?«
Sie schien fassungslos. »Natürlich lügen Sie!«
»Das ist nicht meine Art.«
»Das mag schon sein, aber hin und wieder finden Sie Ausflüchte. Sie haben uns weiß Gott an der Nase herumgeführt. Madame le Brun ..., ihr verunglückter Gatte ..., ertrunken, nicht wahr? Eine hübsche Geschichte. Sie konnten damals lügen, und jetzt lügen Sie auch.«
»Da gibt es nur eines: Frage im *Château* nach Monsieur de Grasseville. Er wird dir gewiß eine Unterredung gewähren. Doch es könnte dich dort jemand erwarten, auf den du nicht gefaßt bist. Also verschwinde von hier, solange du dich noch in Sicherheit befindest!«

»Glauben Sie nur nicht, Mademoiselle, daß ich es dabei bewenden lasse. Ich werde die Wahrheit herausfinden, und dann weiß ich, was zu tun ist.«

»Ich rate dir, sei auf der Hut. Es gibt nichts Abscheulicheres als einen Erpresser. Lebewohl. Ich warne dich, lasse dich hier nie wieder blicken.«

Blaß erhob sich Emilie, bedachte mich mit einem gehässigen Blick und sagte: »Eines Tages wird die Rache unser sein. Die Zeit wird kommen, da sich alles ändern wird. Über kurz oder lang werde ich Ihresgleichen an den Laternen hängen sehen.«

Erhobenen Hauptes schritt sie von dannen. Ihre Worte hatten mir einen Schauder über den Rücken gejagt. Mein Triumphgefühl war verflogen. Ich war so in meine Gedanken vertieft, daß ich nachzusehen vergaß, ob der Mann mit der dunklen Perücke mir folgte.

3

Die Atmosphäre im Hause hatte sich nach Margots Enthüllungen zwangsläufig verändert. Zwar bemühte sich Margot, so fröhlich wie immer zu sein, doch sie war ängstlich, und Robert war bedrückt. Ihr Bekenntnis war natürlich ein Schock für ihn gewesen.

Margot war überaus liebevoll zu ihm, und er schätzte das durchaus, doch ich ertappte ihn dabei, wie er Charlot höchst verwundert betrachtete, als könne er dessen Geschichte nicht recht glauben.

»Er wird sich daran gewöhnen«, meinte Yvette, »und da so viele skrupellose Menschen davon wußten, wäre es ihm auf die Dauer nicht verborgen geblieben. Da ist es schon besser, daß er es von ihr erfahren hat. Welch ein Glück für sie, einen solch gütigen Ehemann zu haben. Im Gegensatz zu ihrer Mutter ...«

Das brachte uns wieder auf Ursule, und da dieses Thema für mich einen unwiderstehlichen Reiz besaß, forderte ich Yvette zu weiteren Offenbarungen heraus.

»Soviel ich weiß, verbrachte sie die meiste Zeit in ihrem Zimmer«, sagte ich. »Wie dachten die Leute darüber? Es gab doch sicher eine Menge gesellschaftlicher Veranstaltungen im *Château*?«

»Anfangs hat sie auch daran teilgenommen. Sie spielten den Leuten das verliebte Paar vor, doch dann fing sie an, Krankheiten vorzuschützen. Nach Marguerites Geburt fühlte sie sich schwach, und sie hat die Gesundheit und Kraft nie ganz wiedererlangt.«

»Aus der Krankheit machte sie eine Art Kult, nicht wahr?«

»Das stimmt. Zuweilen war Ursule geradezu kindisch. Wollte sie einer Verpflichtung entgehen, so sagte sie: ›Ach, ich habe solches Kopfweh.‹ Und Nou-Nou erwiderte: ›Ich hole Ihnen etwas Melissengeist oder meinen Majoransirup‹, worauf Ursule kopfschüttelnd meinte: ›Nein, Nouny. Ich brauche deine Kräutersäfte nicht. Ich will nur bei dir sein, dann wird mein Kopfweh vergehen.‹ Das hörte Nou-Nou natürlich gern. Sie sonnte sich in dem Glauben, ihr kleines Mädchen fühlte sich allein durch ihre Anwesenheit besser. Allmählich wurde mir klar, daß Ursules Krankheiten vorwiegend seelischer Natur waren und ihr lediglich als Vorwand dienten. Nou-Nou und ich haßten den Comte so sehr, daß wir stets danach trachteten, Ursule vor ihm zu retten, und wir sagten ihm, sie fühlte sich nicht wohl und könnte unmöglich mit ihm zusammen sein.«

»Es ist eine gefährliche Gepflogenheit, sich krank zu stellen. Man täuscht eine Krankheit vor, um vor etwas zu fliehen, und ehe man es sich versieht, ist man *wirklich* krank.«

»Da mögen Sie recht haben. Im Laufe der Jahre kränkelte sie ständig, obwohl ihr nichts Bestimmtes fehlte. Er verachtete sie deswegen. Er hielt sie für eine Simulantin, die sie in gewisser

Hinsicht ja auch war. Und doch waren ihre Krankheiten meiner Meinung nach echt. Sie wollte sich nie von ihrem Zimmer entfernen.«

»Kann man es ihm da verübeln, wenn er sich anderweitig umschaute?«

»Ich verüble es ihm«, sagte Yvette grimmig. »Ich weiß mehr als Sie, das können Sie mir glauben.«

Wir schwiegen eine Weile, und dann begann sie: »Eines Tages …« Ich wartete ab, doch sie fügte nur hinzu: »Ach, lassen wir das.«

»Was wolltest du sagen?«

»Ich habe alle ihre Briefe aufbewahrt. Sie schrieb mir regelmäßig jede Woche …, sechs Jahre lang. Wenn sie mir schrieb, ließ sie ihren Gefühlen freien Lauf. Manchmal erhielt ich mehrere Briefe auf einmal. Die hat sie dann numeriert, damit ich sie in der richtigen Reihenfolge las.« Ihre nächsten Worte raubten mir den Atem: »Aus ihren Briefen wußte ich von Ihnen. Sie hat mir erzählt, daß Sie ins *Château* gekommen waren …, und welche Wirkung Sie auf den Comte ausübten … und er auf Sie.«

»Ich wußte gar nicht, daß sie mich so genau zur Kenntnis nahm.«

»Wenn sie sich auch fast nur in ihrem Zimmer aufhielt, so wußte sie doch, was im *Château* vorging.«

»Und was hat sie über mich geäußert?«

Yvette schwieg.

Ein Bote des Comte brachte Briefe für den Comte de Grasseville, für Margot und auch einen für mich.

Ich zog mich in mein Schlafzimmer zurück, um ihn zu lesen.

Meine Liebste!
Es ist mir eine große Beruhigung, zu wissen, daß Sie in Grasseville sind. Ich wünsche, daß Sie dort bleiben, bis ich Sie holen oder nach Ihnen schicken werde. Ich weiß nicht, wann das sein wird, aber Sie dürfen sicher sein, daß ich keine Zeit verlieren werde. Die Lage in Paris spitzt sich rasch zu. Es ist an verschiedenen Orten zu Tumulten gekommen, so daß jetzt die Ladenbesitzer ihre Geschäfte verbarrikadieren. Das Volk marschiert mit der Trikolore durch die Straßen. Die augenblicklichen Helden des Tages sind Necker und der Duc d'Orléans ..., aber das kann sich morgen schon ändern. Zuweilen ersehne ich eine Konfrontation zwischen dem König und dem Adel einerseits sowie Danton, Desmoulins und den übrigen andererseits. Ich kann mir nicht vorstellen, was Orléans mit ihnen anstellt. Ich glaube, er bildet sich ein, daß man ihn zum König krönen wird. Ich bin dagegen der Meinung, daß es nach dem Sturz dieser Monarchie keine Krone mehr geben wird.
Meine liebe Minelle, wie sehr wünsche ich, mit Ihnen über diese Dinge zu reden. Für mich gibt es nur einen Lichtblick in dieser finsteren Welt: Daß ich eines Tages mit Ihnen vereint sein werde.

Charles-Auguste

Ich las den Brief mehrere Male durch. Mir wurde vor Glück ganz warm. Wenn ich einen Brief von ihm in Händen hielt, konnte nichts, was ich über ihn erfuhr, meine Gefühle für ihn beeinflussen.
An jenem Abend hatte ich mich zeitig zurückgezogen. Beim Souper wurde geschwiegen. Die Eltern Grasseville waren durch die Neuigkeiten aus Paris sichtlich verstört. Robert war ohnehin bedrückt. Man konnte schließlich nicht von ihm erwarten, daß er frohlockend aufnahm, seine Frau habe bereits ein Kind von einem anderen Mann. Er brauchte Zeit, um diese erschütternde

Enthüllung zu verkraften. Auf Margot hatte ihr Vater seit jeher eine dämpfende Wirkung ausgeübt. Ich fragte mich, was er ihr wohl diesmal geschrieben hatte.

Ich saß an meinem Ankleidetisch und bürstete mein Haar, als es an meiner Tür klopfte. Auf mein »Herein« trat Yvette ins Zimmer. Sie hielt ein Bündel Papiere in der Hand.

»Ich hoffe, ich störe Sie nicht«, sagte sie.

»Aber nein.«

»Ich möchte Ihnen etwas zeigen.«

Ich wußte, was sie in der Hand hielt.

»Ursules Briefe«, sagte ich.

»Ihre letzten. Sie muß sie kurz vor ihrem Tode geschrieben haben. Der Bote brachte sie mir an ihrem Todestag, ohne daß jemand von uns wußte, was inzwischen geschehen war.«

»Warum möchtest du sie mir zeigen?«

»Ich glaube, es steht einiges darin, was Sie wissen sollten.«

»Wenn du wirklich möchtest, daß ich sie lese ...«

»Ich glaube, es ist wichtig.« Sie legte das Päckchen auf den Ankleidetisch. »Gute Nacht«, setzte sie hinzu und ließ mich allein.

Ich zündete die drei Kerzen in dem Leuchter neben meinem Bett an und legte mich hin. Auf meine Kissen gestützt, begann ich das Bündel Briefe aufzuschnüren. Sie waren mit den Nummern eins, zwei und drei versehen.

Etwas in mir sträubte sich dagegen, diese Briefe zu lesen, die nicht für mich bestimmt gewesen waren. So begierig ich auch war, etwas über Ursule zu erfahren, ihre Briefe las ich nur widerwillig. Wenn ich ehrlich war, mußte ich mir eingestehen, daß dieser Widerwille eher der Furcht vor dem, was sich mir enthüllen würde, als dem Sinn für korrektes Handeln entsprang. Ich fürchtete mich vor dem, was ich über den Comte lesen würde.

Ich öffnete den ersten Brief.

Ich las:

Meine liebe Yvette!
Es tut mir so wohl, Dir zu schreiben. Unsere Briefe sind mir, wie Du weißt, eine Quelle des Trostes. Es ist, als ob ich mit Dir persönlich redete; Du weißt ja, wie gern ich stets mit Dir alles besprochen habe.
Das Leben ist so gleichförmig. Nouny bringt mir mein petit déjeuner, *zieht die Vorhänge zurück, vergewissert sich, daß die Sonne mich nicht belästigt und daß ich vor Durchzug geschützt bin. Marguerite ist von ihrem langen Auslandsaufenthalt zurückgekehrt. Sie hat eine* sogenannte *Cousine mitgebracht. Das ist ein neuer Einfall von ihm. Er hat seine Mätressen zuvor nie als Cousinen bezeichnet. Diese hier ist eine Engländerin. Marguerite hat sie in England kennengelernt: ein großes, gutaussehendes Mädchen mit einer Fülle wunderschönen Haares und ungewöhnlich tiefblauen Augen. Sie scheint über ein ausgeprägtes Selbstbewußtsein und über eine gewisse Unabhängigkeit zu verfügen und ist nicht im geringsten frivol. Ich war äußerst überrascht, denn sie ist ganz und gar nicht sein Typ. Ich habe sie beobachtet, als sie mit Marguerite im Garten spazierte. Man erfährt ja so viel über die Menschen, wenn sie sich nicht bewußt sind, daß man sie beobachtet. Er ist ganz verändert. Es kommt mir so vor, als wäre es ihm diesmal ernst. Gestern nachmittag plagten mich unangenehme Schmerzen. Nouny war sehr besorgt, und sie bestand darauf, daß ich mich ihrer Mistelkur unterzog. Sie hielt mir einen Vortrag über ihre Kräuter, den ich sicherlich schon sechshundertmal zu hören bekommen habe: Daß die Druiden gerade dieser Pflanze die Heilung sämtlicher Leiden zugeschrieben haben, und daß sie sogar imstande sei, zur Unsterblichkeit zu verhelfen. Immerhin beruhigte mich Nounys Medizin, und ich schlief fast den ganzen Nachmittag.*
Ihn habe ich zuletzt vor einer Woche gesehen. Er stattet mir geflissentlich seine Pflichtvisiten ab. Es wundert mich, daß

er sich überhaupt dazu aufrafft. Ich habe Angst vor diesen Besuchen. Es wäre gewiß kein Verlust, wenn er sie einstellen würde.
Doch ich wollte Dir berichten, was diesmal anders an ihm war. Gewöhnlich sitzt er im Sessel und läßt seine Augen ständig zur Uhr schweifen. Er kann seine Verachtung nicht verbergen. Sie spricht aus seinen Augen, aus seiner Stimme und aus der ungeduldigen Art, wie er im Sessel sitzt.
Nouny erzählte ihm von meinen Schmerzen. Du weißt ja, wie sie mit ihm umgeht … Sie macht ihn für alles verantwortlich, was mit mir geschieht. Würde ich mir in den Finger schneiden, so würde sie ihm die Schuld daran geben. Und plötzlich meinte ich etwas in seinen Augen wahrzunehmen – … sie wurden nachdenklich.
Das hat etwas mit diesem Mädchen zu tun. Sie ist wirklich höchst ungewöhnlich. Sie war Lehrerin. Ich erinnere mich, von ihr gehört zu haben, als ich neulich in England weilte. Welch eine schreckliche Zeit! Er hatte darauf bestanden, daß wir diese Reise machten, da wir Marguerite besuchen mußten. Du weißt, daß ich mich die ganze Zeit nicht wohl fühlte und unter der Trennung von Nouny litt. Sie war ganz außer sich, als ich zurückkam, und dann verordnete sie mir alle möglichen Tinkturen, um mich von der Besudelung durch fremde Mächte zu reinigen!
Also dieses Mädchen … Er mußte ihr dort begegnet sein; Marguerite besuchte eine Schule, die von der Mutter des Mädchens geleitet wurde. Sie spricht übrigens ausgezeichnet Französisch.
Ich habe ihn einmal mit ihr im Garten gesehen, natürlich nur aus der Ferne, aber es lag etwas in seinen Gesten, in seinem Gehabe … Ich glaube vielleicht doch nicht, daß sie seine Mätresse ist …, noch nicht. Als ich die beiden im Garten sah, mußte ich so lachen, daß Nouny fürchtete, ich

bekäme einen hysterischen Anfall. Ich dachte nämlich an Gabrielle LeGrand.
Wir führen ein absonderliches Familienleben. Nun, was kann man bei einem solchen Oberhaupt auch anderes erwarten!
Es tut mir immer so gut, Dir zu schreiben, Yvette. Ohne Deine Briefe wäre ich einsam. Ich fühle mich manchmal so müde und komme mir vor wie jemand, an dem das Leben vorbeiläuft. Aber eigentlich liebe ich das Leben so sehr.
Ich harre ungeduldig auf Neuigkeiten von Dir, Yvette, und Du darfst nicht glauben, daß Einzelheiten mich langweilen. Daß José die potage verbrannt hat und daß die Vögel die Pflaumenernte ruiniert haben, das interessiert mich ebenso brennend. Ich möchte eben gerne etwas über die andere Seite des Lebens erfahren. Hier komme ich mir stets vor wie in einem Drama. Darum erscheint mir das stille Leben so liebenswert. Schreibe bald, liebe Yvette.

Gute Nacht,
Ursule

Ich faltete den ersten Brief zusammen. Mein Herz klopfte wie wild. Schon jetzt wußte ich, daß die Briefe sehr aufschlußreich sein würden. Ich schaute mich selbst mit den Augen einer anderen an, die mich unbemerkt beobachtet hatte.
Ich öffnete den zweiten Brief.
Ich las:

Meine liebe Yvette!
Ich habe mich einer weiteren Mistelkur unterzogen. Nouny flattert, halb mißbilligend, halb zufrieden, wie ein aufgescheuchtes Huhn umher – sie mißbilligt die Schmerzen und ist zufrieden mit der Kur.
Sie hat mit ihm über mich gesprochen und möchte, daß die Ärzte kommen. Sie ist ganz durcheinander. Ich weiß, was in

ihrem Kopf vorgeht: Sie denkt an meine Mutter. Man hat mir zwar nie die ganze Wahrheit über ihren Tod erzählt, aber ich weiß, daß sie sich aus Angst vor der Zukunft das Leben genommen hatte. Ich vernehme stets Gerüchte, auch wenn man sich noch so sehr bemüht, sie von mir fernzuhalten. Ich habe mich oft schlafend gestellt, während ich den Dienstboten zuhörte. Ich glaube, sie fürchten, daß, wenn ich zuviel erführe, ich eines Tages genauso handeln könnte, da ich krank bin. Wenn Nouny mich wirklich kennt, dann weiß sie auch, daß ich mir niemals das Leben nehmen würde. Ich glaube, man muß sein Erdenlos geduldig ertragen, sei es auch noch so schwer. Nouny macht sich schreckliche Sorgen, was einst aus mir werden wird, wenn sie einmal nicht mehr da ist. Dann lache ich sie aus, und sie regt sich furchtbar auf. Ich kann sie dann nur besänftigen, indem ich ihr beteuere, daß sie mir unentbehrlich sei. Ich erklärte mich damit einverstanden, daß die Ärzte kommen.
Er wird gewiß sagen: »Alles Einbildung«, doch was kümmert mich das? Ich bin sicher, daß seine Gefühle für die Lehrerin nicht der üblichen Art sind. Diesmal scheint es sich nicht einfach um eine Frau, sondern um die Frau schlechthin zu handeln. Für wie lange, das steht auf einem anderen Blatt, aber zur Zeit ist er zweifelsohne von ihr ganz besessen. Nouny ist sehr verärgert. Sie haßt das Mädchen. Marguerite ist aber in diese sogenannte Cousine ganz vernarrt. Sie sind häufig zusammen. Die Mär von der Cousine ist eine bequeme Art, sie ohne viele Erklärungen im Château *unterzubringen. Wie Du Dir denken kannst, erregt die Anwesenheit des Mädchens bei gewissen Leuten beträchtlichen Groll.*
Wenn ich mir vorstelle, daß Gabrielle LeGrand wie eine riesige Spinne darauf lauert, ihre Fliege zu fangen, muß ich so lachen, daß Nouny ihre »Weiberstreu« hervorholt. Das ist ihr Mittel gegen Hysterie. Ich wüßte nur zu gern, was Ga-

brielle von unserer jungen Dame hält. Doch was tut das schon zur Sache, solange ich hier bin? Gabrielle tröstet sich mit dem Gedanken, daß ich eines Tages meinen Leiden erliegen werde. Sie und ihr duldsamer Etienne! Ein Sohn ..., die Hoffnung der Familie. Ach Yvette, welch eine Beleidigung für unser Geschlecht! Wir sind unerwünscht. Wäre Marguerite ein Knabe geworden, wer weiß, wie anders unser Leben dann verlaufen wäre. Wie viele Frauen auf Erden mögen wohl verstoßen worden sein, weil sie keinen Sohn bekommen konnten. Doch ich habe Glück gehabt. Viele bekommen ein Kind nach dem anderen ... Töchter, und immer wieder Töchter ..., dazwischen Fehlgeburten. Davon bin ich verschont geblieben. Die Erfahrungen von damals möchte ich nie wieder erleben. Du weißt, was für ein Mann er ist. Er braucht die Frauen so notwendig wie die Luft zum Atmen. Er kann ohne sie nicht leben. Um so außergewöhnlicher ist diese Affäre mit der Schulmeisterin. Natürlich kann das nicht ewig währen ..., diese Leidenschaft für eine einzige Frau. Seltsam genug, daß er überhaupt dazu fähig ist.

Nouny würde es nie zugeben, aber das Mädchen scheint ein recht liebenswertes Geschöpf zu sein. Sie besitzt eine angeborene Würde und hat kein vornehmes Getue. Sie ist streng erzogen worden und weist ihn vermutlich zurück, da ihre Erziehung es ihr nicht gestattet, sich auf flüchtige Liebesabenteuer mit ihm einzulassen. Nun, wir werden sehen. Heute waren die Ärzte bei mir. Sie haben mich zur Ader gelassen und mir unzählige Fragen gestellt. Danach hatten sie eine lange Besprechung mit Nouny. Er war nicht zugegen, was den Ärzten seltsam vorgekommen sein muß. Er hielt das Ganze für eine Farce. Und das war es ja auch. Es diente nur dazu, Nouny zu beschwichtigen. Sie ging mit ernster Miene umher, verordnete mir Ruhe und fragte mich ständig, ob ich Schmerzen hätte. Ich tat ihr den Gefallen und

schützte leichte Schmerzen vor, auf daß sie ihre Mistelkur anwenden konnte.
Gute Nacht. Ich gehe jetzt zu Bett.

Ursule

Ein Brief war noch übrig. Schon jetzt sah ich, daß Ursule eine ganz andere Persönlichkeit war. Sie war beileibe nicht die verdrießliche Leidende, als die ich sie mir vorgestellt hatte. Sie haßte lediglich die Ehe. Ich glaube, sie hätte die Ehe mit jedem Mann gehaßt. Es mangelte ihr an Leidenschaft und mütterlichem Instinkt. Und doch war sie nicht ohne Gefühl. Sie empfand etwas für Nou-Nou und Yvette. Sie wollte nur nicht am Leben teilnehmen und zog es vor, ihre Tage in ihrem Zimmer zu verbringen und das Verhalten der anderen zu beobachten.
Ich entfaltete den letzten Brief.

Meine liebe Yvette!
Plötzlich enthüllt sich mir das ganze Drama, das sich hier abspielt. Es ist, als seien auf einmal alle zum Leben erwacht. Ich glaube, wir befinden uns am Rande einer Revolution. Ich habe die Zeitungen gelesen. Ich weiß, daß die Lage viel ernster ist, als wir es wahrhaben wollen. Ich frage mich, was aus unserem Land werden wird. Als Nouny ein Nickerchen machte, plauderte ich mit einem Mädchen. In Nounys Anwesenheit hätte sie sich nie zu reden getraut. Du weißt ja, alles Unangenehme muß von mir ferngehalten werden. Von dem Mädchen erfuhr ich, daß es überall im Lande zu Aufständen gekommen ist. Ich bemerkte, daß das Mädchen dabei eine gewisse Befriedigung an den Tag legte. Während sie sprach, blickte sie auf mein Négligé, als würde es ihr eines Tages zufallen, wenn der richtige Augenblick käme. Das war sehr deprimierend, und ich fragte mich, was wohl mit mir *geschähe, wenn diese Wende käme. Kannst Du Dir vorstel-*

len, daß jemand ihm *sein* Château *fortnimmt? Ich nicht. Mit einem einzigen Blick würde er sie besiegen.*
Er verzehrt sich nach wie vor nach dieser Schulmeisterin, doch sie bleibt abweisend. Vielleicht tut sie es aus Berechnung, um seine Begierde zu steigern, doch ich bin mir nicht sicher. Ich glaube, sie ist ziemlich klug. Soviel ich von Marguerite gehört habe, ist sie die Quelle der Weisheit. Stets heißt es, Minelle dies, Minelle das. Minelle, so heißt unsere Lehrerin, so nennt sie jedenfalls Marguerite. Der Name klingt französisch, doch die junge Dame ist durch und durch Engländerin, auch wenn sie unsere Sprache perfekt und fast akzentfrei spricht.
Er möchte mich aus dem Weg haben. Seit langem ist das sein Wunsch, aber niemals war er so inbrünstig wie jetzt. Wenn ich aus dem Weg sage, so meine ich nicht einfach aus den Augen, sondern aus der Welt. Diese plötzliche Erkenntnis traf mich wie ein Schock, denn wie Du weißt, ist er ein Mann, der nicht ruhen wird, bis er erreicht hat, was er will. Ich, die ich all diese Jahre so dahingelebt habe – was man ja kaum als Leben bezeichnen kann –, finde mich auf einmal mitten in einer Intrige. Du siehst, Yvette, daß es einige gibt, die mich aus dem Weg haben wollen.
Und dann Gabrielle ..., seit Jahren wartet sie voller Ungeduld auf meinen Tod ... – und doch wünscht sie gleichzeitig, ich möge am Leben bleiben. Wenn ich stürbe, würde er wohl wieder heiraten; aber würde Gabrielle die Auserwählte sein? Sie hat bewiesen, daß sie fähig ist, einen Sohn zu gebären. Etienne, dieser Hüne eines Fontaine Delibes, ist der lebende Beweis dafür. Die arme Gabrielle befindet sich wahrhaft in einer Zwickmühle! Wäre der Comte frei, so könnte er sie heiraten, aber würde er es auch tun? Ich weiß, daß sie ihm all die Jahre eine treu ergebene Mätresse war, doch traditionsgemäß erwählt ein Mann, der frei ist, wieder zu heiraten, nicht seine alternde Mätresse zur Frau. Er sucht sich

ein junges Mädchen. Da sitzt sie nun, unsere geduldige Gabrielle. Was mag sie empfinden, da sie mit ansehen muß, wie unsere junge Schulmeisterin ihren Liebhaber einfängt? Und wie steht es mit Etienne?
Dann wäre da noch Léon. Am Abend, als der Ball stattfand, habe ich eine Entdeckung gemacht, die Léon betrifft. Ich weiß viel mehr, als die Leute glauben, da ich Léons Familie stets Nahrung, Kleidung und sogar Geld geschickt habe. Ich fühlte eine gewisse Verantwortung, weil ja meine Unfähigkeit, einen Sohn zu bekommen, meinen Gatten zu dieser rasenden Fahrt veranlaßt hat, bei der es zu diesem entsetzlichen Unfall kam. Einmal monatlich schicke ich meinen Diener Edouard zu Léons Leuten. Er unterhält sich mit ihnen und erzählt mir anschließend einiges über sie. Dann am Abend des Balles ..., da geschah etwas. Léon weiß darüber Bescheid. Ich bin jetzt zu müde, um Dir das alles zu schreiben. Es ist eine lange Geschichte ..., also gedulde Dich bis zum nächsten Mal. Léon aber ängstigt sich, weil er nicht weiß, was ich tun werde.
Oft frage ich mich, wie dieses Drama enden wird. Das sonst so langweilige Leben ist plötzlich aufregend geworden, und ich kann es kaum erwarten, was als nächstes geschehen wird.
Ich habe stets Anteil am Schicksal der Menschen genommen, auch wenn ich am liebsten Zuschauerin sein möchte. Ich möchte mich nicht selbst in die Arena begeben, welche durch die Ehe für mich besonders abstoßend geworden ist.
Doch es gibt auch Lichtblicke in meinem Leben ... Dir zu schreiben zum Beispiel ..., zu entdecken, was die Menschen treiben. Und das ist auf einmal ungeheuer aufregend geworden.
Ich erwarte mit Spannung, was als nächstes geschieht. Morgen schreibe ich Dir ausführlicher.

Gute Nacht, Ursule

Der Brief fiel mir aus der Hand. Ich schaute auf das Datum. Er war am Abend vor ihrem Tode geschrieben worden. Jetzt wußte ich, warum Yvette mir die Briefe unbedingt hatte zeigen wollen. Sie wollte mir beweisen, daß es unmöglich war, daß Ursule sich das Leben genommen hatte.

In dieser Nacht fand ich wenig Schlaf. Ich lag wach und grübelte über das Gelesene nach.

Ich brachte Yvette die Briefe bei der nächsten Gelegenheit zurück.

»Sie haben sie gelesen?« fragte sie.

Ich nickte.

»Haben Sie festgestellt, wann der letzte geschrieben worden ist?«

»Ja, am Abend vor ihrem Tode. Sie muß ihn unmittelbar vor Einnahme der tödlichen Dosis geschrieben haben.«

»Finden Sie, daß das der Brief einer Frau ist, die Selbstmord im Sinn hat?«

»Nein.«

»Das läßt nur einen einzigen Schluß zu. *Er* hat sie getötet.«

Ich schwieg, und sie fuhr fort: »Er wollte sie aus dem Weg haben. Sie hat das gewußt. In ihrem Brief hat sie es deutlich ausgedrückt.«

»Ich kann es nicht glauben. Bei der Leichenschau …«

»Meine liebe Minelle, Sie kennen die Macht des Comte nicht. Die Ärzte würden alles aussagen, was er von ihnen verlangt.«

»Ich traue ihnen mehr Aufrichtigkeit zu.«

»Sie haben keine Ahnung von dem Lauf der Dinge. Jemand erzürnt eine hochgestellte Persönlichkeit. Kurz darauf erhält er einen *lettre de cachet* und taucht nie wieder auf.«

Ich schwieg. Yvette legte ihre Hand auf meinen Arm. »Wenn Sie klug sind«, sagte sie, »kehren Sie unverzüglich nach England zurück und vergessen, daß Sie ihm begegnet sind.«

»Ich meine, ich sollte bei Margot bleiben …, hier …, hier bei euch allen.«

»Und wenn der Comte kommt und Sie holen will, was dann? Vielleicht wird er Ihnen einen Heiratsantrag machen. Würden Sie einen Mörder heiraten?«
»Es gibt keine Beweise ...«
»Haben Sie die Beweise nicht in dem Brief gefunden? Sie haben doch gelesen, was sie kurz vor ihrem Tode geschrieben hat. Er hatte nach den Ärzten geschickt, damit sie irgendein erfundenes Leiden feststellen.«
»Nou-Nou hatte sie rufen lassen, nicht er. Wenn er sich ihrer entledigen wollte, warum hat er es dann nicht schon früher getan?«
»Weil er Sie nicht kannte.«
»Aber er wollte doch wieder heiraten. Er wünschte sich einen Sohn.«
»Solange er keine geeignete Frau gefunden hatte, war er bereit, es dem Schicksal zu überlassen und, wenn nötig, Anstalten für Etiennes Legitimierung zu treffen.«
»Du hast zu viele Vermutungen.«
»Stellen Sie sich denn absichtlich blind?«
Sie hatte recht: Ich stellte mich absichtlich blind. Die Briefe lieferten den eindeutigen Beweis. Noch am Abend vor ihrem Tode hatte Ursule ihren Lebenswillen bekundet.
Noch nie in meinem Leben war mir so elend zumute gewesen.

Die Tage vergingen, einer heißer als der andere. Jeden Morgen, wenn ich erwachte, galt mein erster Gedanke dem Comte. Immer wieder führte ich mir vor Augen, wie er sich in ihr Schlafgemach schlich und Nou-Nous Schrank öffnete. Sämtliche Arzneien waren fein säuberlich mit Nou-Nous Handschrift etikettiert. Er träufelte die Flüssigkeit in das Glas ..., die doppelte ..., die dreifache Dosis ... Das bedeutete den sicheren Tod. Was sollte ich tun? Er würde mir niemals die Wahrheit sagen, auch wenn ich ihn darum bat. Er war ein geübter Lügner. Oder würde er mir die Wahrheit sagen und mich zu überzeugen versuchen, daß, was immer er getan hatte, für unsere Beziehung ohne Bedeutung sei? Ob er damit recht hätte? Könnte ich diese Prüfung bestehen – oder würde ich feige davonlaufen?

Genau das aber sollte ich tun. In der ersten Hitze meiner Leidenschaft könnte ich vielleicht alles vergessen; aber würde ich auf die Dauer ein Leben mit einem Mörder ertragen?

In meinen Träumen ging meine Mutter mit mir ins Gericht, und dann verwandelte sie sich in Yvette und sagte: »Kehre heim! Zögere nicht länger!«

Eine Woche, nachdem ich diese Briefe gelesen hatte, geschah etwas, das mich fast glauben machte, daß meine Mutter – mit göttlichem Beistand – ihre Hand im Spiel hatte.

Wieder einmal grübelte ich in meinem Zimmer nach, was ich tun sollte, als Margot hereinstürmte.

»Besuch!« rief sie. »Du mußt gleich mit herunterkommen. So eine Überraschung!«

Ich dachte sofort an den Comte. »Wer ist es?« wollte ich wissen.

»Das verrate ich dir nicht. Komm und sieh selbst. Es ist eine Überraschung.«

Ich zweifelte, ob die Ankunft des Comte von Margot als eine Überraschung bezeichnet worden wäre. Gewiß hätte sie bei ihr keine derartige Wirkung hervorgerufen. Ich betrachtete mich im Spiegel.

»Du bist schön genug«, versicherte Margot. »Du hast auch gar keine Zeit, dich umzukleiden. Komm jetzt.«

Ich ging also mit ihr und traf zu meiner höchsten Verwunderung Joel Derringham an. Staunend starrte ich ihn an, und er nahm meine Hände in die seinen.

»Sie scheinen überrascht, mich zu sehen«, sagte er.

»Ihr Besuch kommt völlig unverhofft.«

»Ich bin von Italien nach Südfrankreich gereist, und ich hatte von zu Hause erfahren, daß Sie in Frankreich weilen. So kam ich auf den Gedanken, dem Comte und seiner Familie meine Aufwartung zu machen. Im *Château* berichtete man mir von Margots Heirat und daß Sie mit ihr nach Grasseville gegangen waren. Und nun bin ich hier.«

»Ich hoffe, Sie werden ein Weilchen bleiben«, sagte Margot, ganz die Schloßherrin.

»Wie gütig von Ihnen, mir Ihre Gastfreundschaft anzubieten. Ich werde mit Vergnügen die Einladung annehmen.«

»Minelle«, gebot Margot, »du wirst unseren Gast unterhalten, während ich veranlassen werde, daß man sein Zimmer herrichtet. Wünschen Sie eine Erfrischung, Joel? Wir speisen um sechs.«

»Ich habe in einem Gasthaus etwas zu mir genommen, vielen Dank. Ich kann bis sechs warten.«

Wir setzten uns, und als wir allein waren, blickte er mir tief in die Augen. »Wie schön, Sie wiederzusehen«, sagte er.

»Seit unserer letzten Begegnung hat sich viel ereignet«, erwiderte ich ziemlich hilflos.

»O ja. Es tat mir leid, daß ich so plötzlich abreisen mußte.«

»Ich verstehe.«

»Wieso haben Sie England verlassen?«

»Nach dem Tode meiner Mutter ging die Schule nicht mehr so recht. Es schien mir eine gute Lösung, mit Margot zu gehen, als sich mir diese Gelegenheit bot.«

Er nickte. »Sie haben sich kaum verändert, Minella. Ich weiß, der Tod Ihrer Mutter war ein schwerer Schlag für Sie.«

Er seufzte leise, und mir wurde bewußt, daß ich ihm soeben zu verstehen gegeben hatte, daß seine plötzliche Abreise mich nicht sonderlich getroffen hatte.

»Sie war eine großartige Frau«, sagte er. »Mein Vater hat oft von ihr gesprochen.«

Aber doch nicht so großartig, dachte ich, daß ihre Tochter seines Sohnes für würdig gehalten wurde. Nicht, daß ich ihn

genommen hätte, beteuerte ich mir stolz. Aber wie hätte es meine Mutter gefreut, wenn eine solche Verbindung zustande gekommen wäre.
»Hat Ihnen die Rundreise Freude gemacht?« fragte ich.
»Sie ist noch nicht beendet.«
»Ich glaubte, Sie befänden sich auf dem Heimweg.«
»Keineswegs. Ich hatte nur gehört, daß Sie sich in Frankreich aufhalten, und ich wünschte sehr, Sie zu sehen. Dieses Land ist ein brodelnder Hexenkessel, übervoll an Unzufriedenheit.«
»Ich weiß, ich weiß. Wenn man hier lebt, bekommt man es deutlich zu spüren.«
»Dies ist nicht gerade der sicherste Ort auf Erden für eine junge Engländerin.«
»Das ist wohl wahr.«
»Sie dürfen nicht hier bleiben. Ich verstehe nicht, warum der Comte keine Anstalten für Ihre Rückkehr nach England getroffen hat.«
Ich sagte nichts.
Margot kam zurück. »Ich werde Ihnen Ihr Zimmer zeigen. Man wird sich auch um Ihren Diener kümmern. Ich freue mich ja so, daß Sie gekommen sind. Und Minelle freut sich auch – dessen bin ich sicher.«
Sie bedachte mich mit einem verschwörerischen Blick, bevor sie ihn in sein Zimmer führte.
Ich zog mich in mein Zimmer zurück. Die Begegnung mit Joel hatte mich zutiefst aufgewühlt. Erinnerungen an zu Hause erwachten. Ich sah meine Mutter wieder ganz deutlich vor mir, wie sie mir mit erregt flackernden Augen die elegante Reitausstattung zeigte, die auf dem Bett ausgebreitet lag.
Es dauerte nicht lange, da erschien Margot. Sie setzte sich auf ihren Lieblingsstuhl vor dem Spiegel.
»Er sieht besser aus als je zuvor«, platzte sie heraus. »Findest du nicht auch?«

»Er galt schon immer als gutaussehend.«
»Ein höchst liebenswerter junger Mann. Ich habe ein besonderes Interesse an ihm, da ich ihn einst habe ehelichen sollen.«
»Bist du froh, daß es nicht dazu gekommen ist?«
»Was *er* wohl zu Charlot gesagt hätte? Ich glaube, er wäre nicht so nachsichtig wie Robert gewesen, was meinst du?«
»Ich habe keine Ahnung.«
»Du liebe Güte! Da fällt mir ein, er war ja an *dir* interessiert. War das nicht der Grund, warum er so eilig fortgeschickt wurde?«
»Das liegt lange zurück.«
»Aber nun hat er durch sein Erscheinen die Vergangenheit zu neuem Leben erweckt. Ich mag ihn. Robert wird gewiß eifersüchtig sein, wenn er erfährt, daß ich einst für Joel bestimmt war. Aber dann erzähle ich ihm, für wen Joel in Wahrheit schwärmt. Ich glaube, er ist allein deinetwegen hergekommen.«
»Unsinn.«
»Das klingt aber nicht sehr überzeugend. Ich denke, du hältst immer soviel auf Ehrlichkeit und Logik. *Natürlich* ist er deinetwegen hergekommen.« Sie wurde auf einmal ganz ernst.
»O Minelle, das ist genau das richtige, wirklich. Wenn er dich mit nach England nehmen will, dann solltest du mit ihm gehen.«
»Willst du mich loswerden?«
»Wie gemein, so etwas zu sagen! Du weißt, ich lasse dich nur ungern fort. Ich denke dabei aber nicht an mich.«
»Eine ganz neue Erfahrung für dich.«
»Unterlasse bitte diese albernen Scherze! Es ist mir ernst. Die Lage hier bei uns ist schlimm. Es kann jede Minute zur Explosion kommen. Was glaubst du, was hier vorgeht? Was wird aus meinem Vater? Ich weiß, was er für dich empfindet ..., und du für ihn. Du bist eine Närrin, Minelle! Du kennst ihn nicht. Ich

habe dir von Anfang an gesagt, daß er den Teufel im Leibe hat. Er taugt für keine Frau.«
»Margot, hör auf!«
»Nein. Ich mache mir Sorgen um dich. Ich habe dich gern. Ich möchte, daß du glücklich bist ..., so wie ich. Du sollst erfahren, was es heißt, einen *guten* Mann zu heiraten. Wenn du Joel Derringham ehelichst, erwartet dich ein schönes Leben, das weißt du doch selbst.«
»Sollten wir nicht abwarten, bis er mich fragt? Das hat er noch nicht getan, wie du weißt, und er hat vor nicht allzulanger Zeit deutlich gezeigt, daß er es vorzieht, auf Reisen zu gehen.«
»Das lag an seiner Familie. Die hat komische Vorstellungen.«
»Aber er muß doch einverstanden gewesen sein.«
»Natürlich, weil er es gewöhnt ist, zu gehorchen. Jetzt ist er erwachsen und hat es sich anders überlegt.«
»Du bist wieder einmal zu voreilig, Margot. Er stattete lediglich alten Freunden einen Besuch ab. Lassen wir es dabei bewenden, ja?«
Margot ergriff meine Hand und küßte mich liebevoll auf die Wange.
»Ich weiß, daß ich selbstsüchtig und flatterhaft bin, aber es gibt ein paar Menschen, die ich liebe. Charlot, Robert und dich, Minelle. Ich möchte, daß du glücklich bist. Ich werde nach England kommen, und unsere Kinder werden zusammen in den Gärten von Derringham spielen. Du besuchst mich in Grasseville, und wenn wir alt sind, werden wir über die vergangenen Zeiten plaudern und dabei herzhaft lachen. Und in der Erinnerung durchleben wir sie noch einmal. Ich bin froh, daß Joel gekommen ist.«
Sie küßte mich sanft auf die Wange und lief aus dem Zimmer.

Joel und ich ritten zusammen aus. Wir sprachen von alten Zeiten, und das erfüllte mich mit einem bittersüßen Heimweh. Ich dachte an jene glücklichen Tage zurück, als ein neues Band für ein Kleid noch von großer Bedeutung war, und ich sah meine Mutter und mich auf unserem winzigen Rasen sitzen und über die Zukunft reden.

»Ich weiß, wie sehr sie Ihnen fehlt«, sagte Joel. »Es war klug von Ihnen fortzugehen, doch leider sind Sie zu einer ungünstigen Zeit in dieses Land gekommen. Wären Sie aber im Schulhaus geblieben, so wären Sie ewig von traurigen Erinnerungen umgeben gewesen.«

»Wann kehren Sie nach Hause zurück?«

»Vielleicht schon früher, als ich beabsichtigt hatte.«

»Ihrer Familie ist es gewiß nicht recht, daß Sie sich ausgerechnet jetzt in Frankreich aufhalten.«

»Nein. Ich kenne verschiedene Leute, die in aller Eile aus diesem Land abreisen. In dieser entlegenen Gegend ahnen Sie ja nicht, wie rasch sich die Lage zum Schlimmeren wendet. Ich glaube, der Hofstaat löst sich rapide auf. Die Leute erfinden Ausflüchte, um Versailles verlassen zu können.«

»Das hört sich verhängnisvoll an.«

»Allerdings. Minella, Sie müssen nach England zurückkehren.«

»Wo sollte ich denn hin?«

»Sie könnten mit mir kommen.«

Ich hob die Augenbrauen und fragte: »Wohin?«

»Seit ich fortging, habe ich immer wieder darüber nachgedacht. Ich war ein Narr. Ich weiß nicht mehr, warum ich gegangen bin. Monatelang habe ich mich das immer wieder gefragt. Ich habe versucht, mich durch neue Interessen abzulenken, aber vergebens. Minella, seit ich Sie das letzte Mal sah, habe ich Tag für Tag an Sie gedacht. Ich bitte Sie, meine Frau zu werden.«

»Und Ihre Familie?«

»Sie wird sich damit abfinden. Meine Eltern sind nie sehr streng gewesen. Sie wünschen vor allem, daß ich glücklich bin.«
Ich schüttelte den Kopf. »Das wäre nicht klug. Man würde mich nicht akzeptieren.«
»Meine liebe Minella, das würden wir innerhalb von einer Woche überwinden.«
»Ich möchte nicht, daß man mich nur stillschweigend duldet.«
»Wenn das der einzige Grund Ihres Zögerns ist ...«
»Es ist nicht der einzige.«
»Aber warum dann noch ...?«
»In einem solchen Fall, da man die Verbindung als unpassend bezeichnen würde ...«
»Unpassend! So ein Unsinn!«
»Ihre Eltern waren da aber anderer Meinung. Lassen Sie uns den Tatsachen ins Auge schauen, Joel. Wir würden in den kleinen Ort zurückkehren, wo ich jahrelang als Tochter der Schulmeisterin gelebt habe. Ich war sogar die Lehrerin der Kinder Ihrer Freunde und Nachbarn. So etwas vergißt man in einem kleinen Ort nicht so leicht. Ich bin gebildeter als Ihre Schwestern, aber das zählt nicht. Sie sind die Töchter von Sir Joel Derringham, dem Freiherrn und Gutsbesitzer. Ich dagegen bin die Tochter einer Schulmeisterin. In einer solchen Gesellschaft bedeutet das eine unüberbrückbare Kluft.«
»Wollen Sie mir etwa weismachen, daß sich eine Frau mit Ihrem Geist durch eine solch törichte Konvention von ihren Wünschen abschrecken läßt?«
»Sicherlich nicht, wenn ihre Wünsche stark genug wären.«
»Damit wollen Sie sagen, daß Sie mich nicht lieben.«
»Sie drücken das so unfreundlich aus. Ich habe Sie sehr gern. Es ist mir eine Freude, Sie wiederzusehen, aber eine Ehe ist eine ernste Angelegenheit ..., für ein ganzes Leben. Ich meine, Sie handeln überstürzt. Sie sehen in mir eine Jungfrau in Not. Ich bin hier gestrandet, und die Revolution schleicht heran. Wohin kann ich gehen? Sie wollen mich retten auf die Art und Weise

eines mittelalterlichen Ritters. Das ist sehr lobenswert, aber es reicht nicht aus, um eine Ehe zu gründen.«

»Sie können mir nicht vergeben, daß ich fortgegangen bin. Wäre ich geblieben ..., hätte ich meinen Eltern getrotzt ..., dann wären Sie anders eingestellt.«

»Wer weiß? Es ist seither so viel geschehen.«

»Waren Sie traurig, als ich ging?«

»Ja, ich war traurig. Auch ein wenig verletzt, aber es war keine tiefe Wunde.«

»Ich möchte vorschlagen, daß wir sofort heiraten ..., hier in Frankreich. Dann kehren wir nach England zurück ..., als Mann und Frau.«

»Sie sind sehr mutig, Joel. Wie könnten Sie dann Ihren Eltern gegenübertreten?«

»Sie geben sich alle Mühe, mich zu verletzen. Ich verstehe. Ich habe Ihnen wehgetan, als ich fortging. Aber glauben Sie mir, ich habe es zutiefst bedauert. Sie müssen meinen Standpunkt verstehen, Minella. Fast mein ganzes Leben habe ich bei meinen Eltern verbracht, abgesehen von der Zeit auf der Universität. Wir sind eine einträchtige Familie. Jeder versucht, die Wünsche des anderen zu berücksichtigen. Als mein Vater mich beschwor, fortzugehen und eine Weile über alles nachzudenken, da habe ich ihm selbstverständlich gehorcht, obwohl es mein innigster Wunsch war zu bleiben. Das werden Sie verstehen, wenn Sie meinen Vater kennen. Wenn ich Sie nun als meine Frau mit zurückbringe, so wird er Sie willkommen heißen, weil es *mich* glücklich macht. Er bewundert Sie seit langem. Er wird Sie liebgewinnen, Minella. Bitte lassen Sie sich nicht von der Vergangenheit beeinflussen. Verzeihen Sie mir, was ich getan habe. Aber erst dadurch weiß ich nun sicher, was ich will. Ich bin ein übervorsichtiger Mensch und handele selten gedankenlos. Da ich zum ersten Mal verliebt war – und es wird auch das letzte Mal sein –, war ich mir meiner Gefühle nicht sicher. Erst als ich fortging und mit mir selbst ins reine kam, habe ich begriffen, daß es mein sehnlichster Wunsch ist, Sie zu heiraten. Ich möchte mit Ihnen nach Derringham zurückkehren und wünsche, daß wir dort unser Leben gemeinsam verbringen.«

Während er sprach, war es, als stünde meine Mutter neben ihm. Fast konnte ich den Jubel in ihren Augen und die Freudentränen auf ihren Wangen sehen.

»Nun, Minella?« fragte er sanft.

»Es geht nicht«, sagte ich. »Es ist zu spät.«

»Wie meinen Sie das ..., zu spät?«

»Ich meine, nichts ist mehr so, wie es war.«

»Wenn ich Sie gefragt hätte, bevor ich fortging ..., wäre dann alles anders?«

»Das Leben steht nicht still, nicht wahr? Ich passe nicht mehr nach Derringham. Vor wenigen Tagen ahnte ich nicht einmal, daß ich Sie jemals wiedersehen würde. Und dann kommen Sie und sagen: ›Heiraten Sie mich.‹ Sie verlangen von mir, daß ich mich nach wenigen Minuten entscheide, mein Leben zu ändern.«

»Ich verstehe«, sagte er. »Ich hätte mit dem Antrag warten sollen, bis Sie sich wieder an mich gewöhnt haben. Gut, Minella, warten wir also. Lassen Sie sich ein paar Tage Zeit. Denken Sie an unsere gemeinsamen Ritte und Spaziergänge und an all die Dinge, über die wir gesprochen haben. Erinnern Sie sich?«

»Ja, das waren schöne Tage.«

»Es werden noch viele schöne Tage folgen, meine Liebe. Wir kehren dorthin zurück, wohin wir beide gehören. Wir werden beisammen sein. Wir sehen die Jahreszeiten kommen und gehen, und jedes Jahr bringt uns einander näher. Erinnern Sie sich, wie gut wir uns von Anfang an verstanden haben? Minella, dies hätte sich Ihre Mutter mehr als alles auf der Welt gewünscht.«

Ich war zutiefst gerührt. Er hatte recht. Sie, die immer nur das Beste für mich wollte, hatte sich dies verzweifelt gewünscht. Ich erinnerte mich, wie sie die Mitgifttruhe geplündert hatte, um

mir Kleider zu kaufen. Fast konnte ich sie vergnügt flüstern hören: »Am Ende war es doch nicht vergebens.«
Um ihretwillen sollte ich es mir überlegen.
Er bemerkte mein Zaudern und frohlockte: »Ja, Minella, wir brauchen Zeit, um darüber nachzudenken. Aber, meine Liebste, warten Sie nicht zu lange. Wir befinden uns hier auf einem Vulkan. Ich werde erst beruhigt sein, wenn wir an Bord eines Schiffes sind und sicher an englischen Ufern landen.«
Ich war froh, daß ich ihm nicht spontan geantwortet hatte. Ich wollte allein sein, um nachzudenken.
Ich war nicht in Joel verliebt. Ich hatte ihn zwar gern, achtete ihn, vertraute ihm, verstand ihn. Ich sah das Leben vor mir, das ich an seiner Seite führen sollte. Er würde der vollkommene Ehemann sein, genau der Mann, den meine Mutter für mich erwählt hätte.
Und der Comte? Liebte ich ihn denn? Ich wußte es nicht. Ich wußte nur, daß er mich mehr erregte als alles auf der Welt. Vertraute ich ihm? Achtete ich ihn? Wie konnte ich einen Mann achten, den ich des Mordes an seiner Ehefrau verdächtigte? Verstand ich ihn? Woher konnte ich wissen, was in seinem absonderlichen Hirn vorging? Und was für ein Leben würde mir mit ihm bevorstehen? Die Worte seiner Gattin fielen mir ein. Er begehrte mich leidenschaftlich, doch wie lange würde das andauern? Ich dachte an seine Mätresse, die wie eine Spinne auf die Fliege lauerte. Und im Hintergrund dies geplagte Land, wo jeden Augenblick das große Morden ausbrechen konnte. Was würde dann dem Comte und seiner Familie widerfahren?
Ich dachte an die friedlichen grünen Weiden Englands, an die Wälder, wo im Frühjahr die Glockenblumen unter den Bäumen einen blauen Schleier bildeten. Ich dachte an die Schlüsselblumen und Veilchen in den Hecken, an das Nüssesammeln im Herbst, und eine Welle von Heimweh überflutete mich. Ich dachte daran, wie wir Weidenkätzchen gepflückt und die Vasen

damit gefüllt hatten, und wie ich mit meinen Schülerinnen aufs Land gewandert war, um sie in Botanik zu unterrichten.
Joel rief all diese Erinnerungen in mir wach, und meine Mutter schien lebendiger denn je.
Er drückte meine Hand und sagte: »Liebe Minella, denken Sie darüber nach, denken Sie daran, was es für uns beide bedeuten würde.«
Sein Gesicht war voller Güte. Wie ähnlich er seinem Vater war, dachte ich. Wenn er mich als seine Frau mit heimbrachte, so würden Sir John und Lady Derringham mich nicht weniger herzlich willkommen heißen, das wußte ich jetzt.
Wenn nur der Comte nicht gewesen wäre. Wäre ich ihm nie begegnet, so hätte ich nicht länger gezögert.

An den folgenden zwei Tagen befand ich mich ständig in Joels Gesellschaft. Er sprach nicht über die Heirat. Wir gingen zusammen spazieren und unterhielten uns über alle möglichen Themen: die Krankheit des englischen Königs, die Zügellosigkeit seines Sohnes, des Prinzen von Wales, die Verdrossenheit der Engländer über die königliche Familie, den Unterschied zwischen der Unzufriedenheit daheim und in Frankreich.
»Wir haben ein anderes Temperament«, sagte Joel. »Ich glaube nicht, daß es in England zur Revolution kommen könnte. Auch dort gibt es Gegensätze zwischen arm und reich, Ressentiments, gelegentlich Aufstände ..., doch es herrscht eine ganz andere Atmosphäre. Hier aber naht das Unheil, Minella. Man kann es spüren ..., bald wird es hereinbrechen. Louis ist der denkbar schlechteste König in der heutigen Zeit. Das ist schade, denn er ist ein guter Mensch. Aber er ist schwach. Er ist gütig, hat Verständnis für das Volk, aber er ist zu lethargisch. Er glaubt, alle Menschen sind so wohlmeinend wie er. Armes Frankreich! Und dann die Königin, die arme Marie Antoinette. O ja, man wirft ihr eine abnorme Verschwendungssucht vor. Aber sie war ja noch ein Kind, als sie vom strengen Regiment ihrer unnachsich-

tigen Mutter hierherkam und der verhätschelte Liebling des ausschweifenden französischen Hofes wurde. Das ist ihr natürlich zu Kopf gestiegen, und sie war zu unbesonnen, um zu verstehen, welches Unheil sie anrichtete. Was jetzt kommt, das ist unvermeidlich, und es wird Frankreich nichts Gutes bringen. Der Pöbel wird den Kopf jedes einzelnen Aristokraten fordern, dessen er habhaft werden kann – gleichgültig, ob es sich um einen Feind des Volkes handelt oder nicht. Mißgunst ist die heftigste Leidenschaft der Welt, und bald werden die zerlumpten Massen gegen den Edelmann im Schloß ziehen.«

Ich hörte mit Unbehagen zu und dachte dabei unentwegt an den Comte.

Joel liebte es, nach Einbruch der Dunkelheit mit mir umherzuwandern, um mir den Sternenhimmel zu zeigen – dort flimmerten Arkturus und Kapella, und Joel deutete auf den Mars, der auffallend rot am Horizont stand und wie ein Vorzeichen wirkte. Wieder genoß ich das Beisammensein mit Joel, der niemals langweilig war. Wir diskutierten, wir widersprachen uns, und verstanden uns doch vortrefflich.

Das Regime des Schreckens

1

Es war kurz nach dem Mittagsmahl. Um diese Zeit hielten fast alle im Hause ihre Siesta, eine Gepflogenheit, der ich mich niemals anzuschließen pflegte.

Es klopfte an meine Tür. Ich öffnete. Draußen stand der Diener Armand. »Mademoiselle«, sagte er, »ich habe eine Botschaft von meinem Herrn erhalten.«

Sein Herr? Das mußte der Comte sein. Armand war ja vom *Château* mit uns hierher gekommen.

»Ja?«

»Monsieur le Comte wünscht sich mit Ihnen zu treffen, und ich soll Sie zu ihm bringen.«

»Wann?«

»Jetzt gleich, Mademoiselle. Er wünscht, daß wir möglichst unbemerkt aufbrechen. Es soll nämlich niemand wissen, daß er sich in der Nähe aufhält.«

»Er ist in Grasseville?«

»Er erwartet Sie außerhalb der Stadt, Mademoiselle. Ich habe Ihre Stute bereits gesattelt.«

»Laß mir einen Augenblick Zeit, damit ich mich umkleiden kann.«

»Ja, Mademoiselle, aber ich bitte Sie, sich zu beeilen, und lassen Sie niemanden wissen, wohin Sie gehen. So lauten die Anordnungen des Comte.«

»Du kannst auf mich zählen, Armand.« Ich fühlte diese Erregung in mir aufsteigen.

Er ging. Ich schloß die Tür und kleidete mich hastig um. Auf dem Weg zu den Stallungen begegnete ich glücklicherweise keiner Menschenseele.

Armand schien erleichtert, als er mich erblickte. »Ich hoffe, Mademoiselle ...«

»Schon gut. Niemand hat mich gesehen.«

»Gottlob.«

Er half mir in den Sattel, und wir ritten zusammen davon.

Ich merkte kaum, welchen Weg wir einschlugen, so sehr war ich von der Aussicht eingenommen, den Comte zu sehen. Alle meine Überlegungen der letzten Tage wurden auf den Kopf gestellt. Wie hatte ich nur in Erwägung ziehen können, den einen Mann zu ehelichen, wenn der Gedanke an einen anderen mich in solch aufregende Verwirrung stürzte? Wir kamen in eine Gegend, die ich noch nicht kannte. Die Landschaft wurde hügelig, und wir mußten uns unseren Weg durch wildwucherndes Unterholz bahnen. Ein- oder zweimal hielt Armand abrupt an.

Er schien zu lauschen. Im Wald war nichts zu hören außer dem leisen Plätschern eines Baches und dem Summen einer vorüberfliegenden Biene. Armand nickte, anscheinend zufrieden, und gab seinem Pferd die Sporen. Wir gelangten zu einem kleinen Haus mitten im Wald. Die Mauern waren von Efeu überwuchert, der Garten völlig verwildert.

»Ist dies unser Ziel?« fragte ich erstaunt.

Armand bejahte.

»Folgen Sie mir, Mademoiselle. Wir binden die Pferde hinter dem Haus an.«

Wir ritten um das Haus herum. Wer immer hier leben mochte, er hatte den Garten länger als ein Jahr nicht gepflegt. Ich sah mich suchend nach dem Pferd des Comte um, konnte es aber nirgends entdecken.

Es war ein düsterer Ort, und ich scheute mich instinktiv abzusteigen.

»Warum mag der Comte einen derartigen Platz ausgewählt haben?« fragte ich.
Armand zuckte die Achseln, als wollte er sagen, es sei nicht seine Sache, die Befehle des Comte in Frage zu stellen, sondern sie zu befolgen.
Er band sein Pferd an einen Pfosten und kam zu mir, um mir beim Absteigen behilflich zu sein. Ich verspürte einen plötzlichen Drang, meinem Pferd die Sporen zu geben und davonzupreschen. Der Ort verhieß nichts Gutes. Ob das daran lag, daß ich in den letzten Tagen so oft an das friedliche Derringham gedacht hatte?
Armand band mein Pferd neben dem seinen an.
»Armand«, fragte ich, »du kommst doch mit hinein?«
»Aber gewiß, Mademoiselle.«
»Es ist so unheimlich hier.«
»Ja, das liegt an den wuchernden Sträuchern. Dadurch wirkt alles so düster. Drinnen sieht es anders aus.«
»Wem gehört das Haus?«
»Dem Comte Fontaine Delibes, Mademoiselle.«
»Merkwürdig, daß er hier ein Haus besitzt. Es liegt nicht auf seinem Grund und Boden.«
»Das war einst eine Jagdhütte. Derlei Anwesen besitzt er überall im Lande.«
Zu meiner Rechten erhob sich ein Erdhügel. »Hier hat jemand vor kurzem gegraben«, sagte ich.
»Ich weiß nicht, Mademoiselle.«
»Aber schau doch nur.«
»Ja, es sieht so aus. Lassen Sie uns hineingehen.«
»Nein, erst möchte ich das genauer betrachten. Schau, da ist ein Loch. Es sieht aus wie« – ein kalter Schauder durchfuhr mich –, »es sieht aus wie ein Grab.«
»Vielleicht wollte jemand einen Hund vergraben.«
»Für einen Hund ist es reichlich groß«, sagte ich.
Armand hatte meinen Arm ergriffen und zog mich zur Tür. Er

nahm einen Schlüssel aus der Tasche, und nachdem er die Tür geöffnet hatte, versetzte er mir einen sanften Stoß. Ich stand in einer finsteren Diele. Eine entsetzliche Vorahnung überkam mich.

Die Tür fiel ins Schloß. »Armand«, sagte ich. »der Comte würde doch wohl kaum an einen solchen Ort kommen. Wo ist denn sein Pferd? Falls er schon hier ist ...«

»Er ist vielleicht noch nicht eingetroffen.«

Ich blickte Armand scharf an. Es war irgendeine Veränderung mit ihm vorgegangen. Ich hatte ihn zuvor kaum beachtet. Er war eben nur der Diener gewesen, der mit uns vom *Château* gekommen war. Jetzt aber blickte er unfreundlich, ja hinterhältig drein. Unsinn, dachte ich. Einbildung. Er hat jahrelang in Diensten des Comte gestanden. Das hatte ich einmal in Margots Gegenwart sagen hören, und sie hatte dem nicht widersprochen. Er war ein treuer Diener des Comte. Die Atmosphäre an diesem Orte spielte meiner Phantasie einen Streich – und dazu draußen das Loch, das wie ein Grab aussah. Jemand war vor kurzem hier gewesen, um es auszuheben.

Armand packte meinen Arm, als fürchtete er, ich würde versuchen zu entkommen. Für einen Diener legte er ein seltsames Benehmen an den Tag.

Er stieß mich vorwärts. Ich glaubte, ein Geräusch im Haus zu hören. Ich sah mich um. Alles war mit einer Staubschicht bedeckt. Es sah aus, als wohnte niemand in diesem Haus. Wer aber hatte das Loch im Garten gegraben?

Ich merkte, daß Armand schwer keuchte, und plötzlich ergriff mich eine entsetzliche Angst. Ich war hierher gebracht worden, weil man mich umbringen wollte. Das Grab im Garten war für mich bestimmt. Man hatte mich in eine Falle gelockt, und ich war blindlings hineingetappt. Wie viele Gedanken können einem innerhalb weniger Sekunden durch den Kopf jagen! Der Comte hatte einen Diener beauftragt, mich hierher zu bringen. Warum? Um mich zu töten? Mich in jenem Loch im Garten zu verscharren ..., verlassen ..., vergessen. Warum? Er liebte mich doch. Das hatte er jedenfalls gesagt. Liebte er mich wirklich? Wer konnte das wissen? Er hatte den Teufel im Leib, das hatte ich oft genug von ihm sagen hören. Er wollte Ursule aus dem Weg haben und hatte sie getötet. Er wollte vielleicht Gabrielle heiraten, die ihm bereits einen Sohn geschenkt hatte. Und ich? Mich brauchte er als Sündenbock. Verschwand ich, so würde man sagen, das sei die Strafe dafür, daß ich Ursule die tödliche Dosis ins Glas geschüttet hatte. Nou-Nou würde diese Annahme bestätigen. Der Comte wäre von jeglichem Verdacht frei. Oh, was für ein Unsinn! Doch er hatte nach mir geschickt. Ich befand mich an einem unheimlichen Ort, wo ich instinktiv fühlte, daß ich dem Tod ins Angesicht blickte.

Ich sah mich nach einer Fluchtmöglichkeit um. Plötzlich öffnete sich eine Tür. Ich wandte mich ab. Meine Augen wollten ihn nicht sehen. Ich konnte es nicht ertragen, daß meine Traumwelt zusammenbrach. Wenn ich schon sterben mußte, so wollte ich in Ungewißheit sterben. Ich weigerte mich zu glauben, daß sich die Warnungen so vieler Menschen bewahrheitet hatten.

Armand war mit einem Satz hinter mir. Ich hob die Augen. In der Tür stand eine Gestalt ... Sie kam mir seltsam vertraut vor. Ich konnte gerade noch den kurzen Hals, den Hut mit der Krempe und die dunkle Perücke wahrnehmen, bevor der Mann vorwärts sprang und mich an sich riß. Dann folgte ein blendender Blitz, und ich lag auf dem Boden. Irgendwo spürte ich einen quälenden Schmerz ..., dann versank alles: das finstere Haus, der unheimliche Mann, der mich so lange verfolgt hatte, meine entsetzlichen Vermutungen und mein Bewußtsein.

Als ich die Augen öffnete, lag ich in meinem alten Schlafgemach im Palast Delibes. Ich spürte einen krampfhaften Schmerz in meinem Arm, der, wie ich jetzt merkte, bandagiert war.

Ich versuchte, mich aufzurichten, aber mir schwindelte, und ich sank auf meine Kissen zurück.

»Bleiben Sie ganz ruhig liegen«, sagte eine Stimme. »Das ist besser für Sie.«
Ich kannte die Stimme nicht, aber sie klang besänftigend.
Meine Kehle war ausgedörrt, und sogleich wurde eine Tasse an meine Lippen gehalten. Ich trank ein wenig. Es schmeckte süß und tat mir wohl.
»So ist es besser«, sagte die Stimme. »Bleiben Sie jetzt still liegen. Es könnte schmerzen, wenn Sie sich bewegen.«
»Was ist mit mir geschehen?« fragte ich.
»Versuchen Sie zu schlafen«, erhielt ich zur Antwort, und ich fühlte mich so matt, daß ich der Stimme gehorchte.
Als ich aufwachte, sah ich eine Frau an meinem Bett.
»Fühlen Sie sich besser?« Es war dieselbe Stimme wie vorher.
»Ja, danke. Wie bin ich hierhergekommen?«
»Das wird Ihnen der Comte erklären. Er sagte, daß er benachrichtigt werden möchte, sobald Sie aufwachen.«
»Ist er denn hier?« Plötzlich war mir ganz fröhlich zumute.
Schon war er an meinem Bett. Er küßte meine unverletzte Hand.
»Gottlob habe ich Périgot geschickt, um auf Sie aufzupassen. Er hat seine Sache gut gemacht.«
»Was hatte das alles zu bedeuten?«
»Sie waren dem Tode nahe, mein Liebling. Dieser Schurke hätte Sie umgebracht ..., und wir hätten davon nie erfahren. Er hätte Ihnen ins Herz oder durch den Kopf geschossen und Sie an jenem gottverlassenen Ort begraben. Warum sind Sie mitgegangen?«
»Mit Armand? Er wollte mich doch zu Ihnen bringen.«
»Mein Gott, wenn ich nur Hand an ihn legen könnte! Aber ich werde seiner schon habhaft werden, das verspreche ich Ihnen.«
»Armand stand doch aber in Ihren Diensten ...«
»In Etiennes Diensten, soviel ich weiß. Wenn man bedenkt, daß mein eigener Sohn ... Was tut der Mensch nicht alles für Titel, Geld, Güter ... Und wenn ich nie mehr einen Sohn haben werde, Etienne wird nichts von meinem Vermögen erben.«

»Glauben Sie, Armand hat mich auf Etiennes Geheiß dorthin gebracht, um mich zu töten?«
»Es muß so gewesen sein. Armand ist verschwunden. Als er gewahr wurde, daß jemand im Hause war, um seinen Anschlag zu vereiteln, hat er sich auf dem schnellsten Wege davongemacht.«
»Und dieser Périgot?«
»Ein guter Mann. Er hat auf Sie achtgegeben.«
»Ein Mann mit einem kurzen Hals und einer dunklen Perücke?«
»Von seiner Perücke weiß ich nichts, aber, da Sie es erwähnen, glaube ich, daß er einen kurzen Hals hat.«
»Sie haben ihn also geschickt, um mich zu bewachen?«
»Selbstverständlich habe ich jemanden zu Ihrer Bewachung ausgeschickt. Es hat mir nicht gefallen, daß man neulich auf dem Pfad auf Sie geschossen hat. Périgot hat gute Arbeit geleistet. Er ist Armand zu dem Haus gefolgt, sah ihn das Grab ausheben und ahnte, was geschehen sollte. Als er Sie zusammen Grasseville verlassen sah, beeilte er sich, vor Ihnen das Haus zu erreichen. Wäre Périgot nicht gewesen, so hätte Armand Sie getötet. So aber traf die Kugel nur Ihren Arm. Périgot ist bekümmert, daß er Armand nicht überwältigt hat, bevor dieser den Schuß abfeuerte; aber da er im Hause wartete, konnte er nicht mehr tun. Falls jemals wieder normale Zustände herrschen, werde ich Périgot das, was er für mich getan hat, mit Ländereien und Geldzuwendungen entgelten.«
»Armand!« murmelte ich. »Warum Armand?«
»Er muß es für Etienne getan haben. Sie waren mehr als Herr und Diener. Es war Etienne – möglicherweise auf Anweisungen seiner Mutter. Aber ich werde herausfinden, wer den Mordanschlag auf dem Pfad arrangiert hat. Dadurch bin ich wachsam geworden und zu jeder möglichen Vorsichtsmaßnahme entschlossen. Ich wußte, wenn ich jemanden trauen konnte, dann Périgot. Ich werde ihn rufen lassen, damit Sie Ihrem Lebensretter persönlich danken können.«

Périgot kam ins Zimmer. Ohne seinen hohen Hut und die Perücke sah er viel jünger aus, der kurze Hals war weniger auffallend.

Er machte eine Verbeugung, und ich sagte: »Ich danke Ihnen, daß Sie mir das Leben gerettet haben.«

»Mademoiselle«, erwiderte er, »ich bedaure, daß ich es nicht geschafft habe, daß Sie völlig unversehrt geblieben sind. Wahrscheinlich ist es mir nicht gänzlich gelungen, unsichtbar zu bleiben.«

»Auch ich habe Sie wahrgenommen. Wie hätten Sie auch sonst so fachkundig auf mich achtgeben können?«

Der Comte sagte: »Wir beide sind dir dankbar, Périgot. Das werden wir dir nie vergessen.«

»Es ist mir eine Pflicht und ein Vergnügen, ihnen zu dienen, Monsieur le Comte. Ich hoffe, daß das noch viele Jahre so bleiben wird.«

Der Comte war sichtlich gerührt, und ich fühlte, wie all meine Ängste von mir wichen. Ich fragte mich, warum ich jemals an ihm gezweifelt hatte – aber diese Wirkung übte seine Gegenwart freilich stets auf mich aus.

Nachdem Périgot gegangen war, setzte sich der Comte an mein Bett, und wir unterhielten uns. Was vorgefallen war, lasse keine Mißdeutungen zu, meinte er. Etienne hatte seit langem gehofft, legitimiert und zum Erben von Besitz und Titel eingesetzt zu werden. Und dazu wäre es auch gekommen, wenn kein ehelicher Sohn mehr geboren würde. »Meine Gefühle für Sie waren denen natürlich nicht verborgen geblieben, und sie hatten Angst. Etienne vermutete zu Recht, daß ich beabsichtige, Sie zu heiraten, und wenn wir einen Sohn bekämen – und das haben wir doch vor, nicht wahr? –, so würden seine Hoffnungen zunichte. Deswegen stellten Sie eine Bedrohung dar. Das leuchtet Ihnen doch ein?«

»Wo ist Etienne jetzt?«

»Er hat sich im *Château* um die Ländereien gekümmert. Armand wird sich zu ihm begeben haben, um ihn vom Mißlingen ihres Planes zu unterrichten. Ich bezweifle aber, daß er sich jetzt noch im *Château* aufhält, denn er kann sich denken, daß ich genau weiß, was er getan hat. Er wird nie mehr wagen, mir unter die Augen zu treten. Das ist das Ende für Etienne. Es bleibt nur noch eines zu tun: Wir sollten unverzüglich heiraten.«

Ich stieß einen Protestschrei aus. Ich dachte an meine Gespräche mit Joel. Hatte ich ihm auch nicht mein Jawort gegeben, so hatte ich ihn doch auch nicht abgewiesen. Konnte ich mich da unversehens einem anderen Mann zuwenden und ihn heiraten? Bei diesem Gedanken regten sich neuerliche Ängste und Zweifel in mir. Der Comte war über Etiennes Mordversuch an mir entsetzt, aber wie stand es um den Tod von Ursule? War sie denn nicht gestorben, weil sie seinen Wünschen im Wege stand, genau so, wie ich Etienne im Wege zu stehen schien?

»Warum nicht?« fragte er grimmig.

»Ich bin noch nicht soweit«, erwiderte ich.

»Was ist denn das für ein Unsinn?«

»Das ist überhaupt kein Unsinn, sondern höchst vernünftig. Ich muß erst sicher sein.«

»Sicher? Sie meinen, Sie sind sich nicht sicher?«

»Es gibt unendlich viel zu bedenken, bevor man sich auf ein solch ernsthaftes Wagnis wie die Ehe einläßt.«

»Meine liebste Minelle, bei einer Heirat gibt es nur eines zu bedenken, nämlich, ob zwei Menschen sich lieben. Ich liebe Sie. Zweifeln Sie daran?«

»Es könnte durchaus sein, daß wir unter Liebe nicht dasselbe verstehen. Ich wünsche mir, daß Sie bei mir sind; ich wünsche, mit Ihnen vereint zu sein ...; aber ich bin nicht sicher, ob man das Liebe nennen darf.«

»Wie denn sonst?«

»Miteinander leben, sich respektieren und verstehen, das ist wichtig, nicht die Erregung des Augenblicks. Das Begehren ist von Natur aus vergänglich. Bevor ich heirate, möchte ich Gewißheit haben, daß mein Ehemann meinen Kindern ein guter Vater sein wird, daß er meine sittliche Einstellung teilt, daß er ein Mann ist, zu dem ich aufschauen und dem ich vertrauen kann.«

»Sie stellen hohe Ansprüche«, sagte er. »Die Schulmeisterin muß unbedingt ihre Bewerber einer Prüfung unterziehen.«

»Das mag schon sein. Und wahrscheinlich ist die Schulmeisterin für einen Mann, der es liebt, auf der Suche nach immer neuen Abenteuern umherzuschweifen, nicht die richtige Frau.«

»Ich bin der Meinung, daß sie genau die Richtige für ihn ist. Lassen Sie uns mit diesem Unsinn aufhören. Ich werde einen Priester kommen lassen, und in wenigen Tagen sind wir getraut.«

»Ich brauche Zeit«, beharrte ich.

»Sie enttäuschen mich, Minelle. Ich hatte geglaubt, auch Sie seien eine Abenteuerin.«

»Da sehen Sie, daß ich recht habe. Schon sind Sie von mir enttäuscht.«

»Eine Enttäuschung durch Sie ist mir lieber als jedes Vergnügen durch eine andere Frau.«

»Das ist doch lächerlich.«

»Spricht man so zu seinem Herrn und Meister?«

»Ich weiß, daß mein stolzes Wesen sich niemals beugen wird. Wie klug tue ich doch daran, dies alles zu bedenken, bevor ich mich kopfüber in eine Ehe stürze, die sich möglicherweise als ein Desaster herausstellen wird.«

»Aber ein aufregendes Desaster.«

»Um das Desaster zu vermeiden, werde ich auf die Aufregung gern verzichten.«

»Sie bezaubern mich ..., wie immer.«

»Ich weiß gar nicht warum, da ich nie mit Ihnen übereinstimme.«

»Zu viele Menschen sind meiner Meinung gewesen. Das langweilt mich.«

»Ich prophezeie Ihnen, daß ständiger Widerspruch bald ebenso langweilig für Sie sein würde.«

»Bitte Minelle, versuchen Sie es mit mir. Hören Sie, meine Liebe, vielleicht ist es bald schon zu spät. In den Vorstädten ist man zum Aufstand gegen uns bereit. Lassen Sie uns das Leben genießen, solange wir es noch können.«

»Es mag sich gegen Sie erheben, wer will, ich brauche Zeit.«

Er saß noch lange an meinem Bett. Wir sprachen nicht mehr viel, aber er flehte mich schweigend an. Ich schwankte. Ich hätte liebend gern gesagt: »Ja, laß uns heiraten. Wir wollen eine Weile glücklich sein.« Aber ich konnte die Spaziergänge und Gespräche mit Joel und vor allem die Erinnerung an meine Mutter nicht vergessen.

Dann fragte ich plötzlich: »Weiß man in Grasseville, wo ich bin?«

Er bejahte. Er habe ihnen eine Nachricht geschickt.

»Danke. Sie hätten sich gewiß Sorgen gemacht.«

Ich schloß die Augen und stellte mich schlafend. Ich wollte nachdenken, aber meine Gedanken kreisten immer nur um die ewig gleiche Frage.

Es war der vierzehnte Juli – dieses Datum würde man in Frankreich nie wieder vergessen. Mein Arm war noch verbunden, aber ansonsten ging es mir recht wohl; die Wunde brauchte eben ihre Zeit, um zu heilen.

Tags zuvor hatte sich die Stadt in unheilvolles Schweigen gehüllt. Es war heiß und schwül, und ich hatte den Eindruck, daß eine große Bestie sprungbereit lauerte.

Auch ich fühlte eine große Spannung in mir. Innerhalb kurzer Zeit waren zwei Anschläge auf mein Leben erfolgt. Derlei Heimsuchungen gehen nicht spurlos an einem vorüber.

Ich wollte eine Weile allein sein. Darum zog ich einen leichten Mantel über und ging hinaus. Auf meinem Weg durch die engen Gassen spürte ich verstohlene Blicke. Mitglieder der königlichen Wachen schritten unruhig umher. Aus der Ferne vernahm ich Gesang.

Jemand packte mich an Arm. »Minelle, sind Sie verrückt?«

Es war der Comte. Er trug einen schlichten braunen Mantel und einen hohen Hut mit einer Krempe, wie ich ihn bei Périgot gesehen hatte. Die Menschen hüteten sich, auf den Straßen durch gute Kleidung aufzufallen.

»Sie hätten nicht ausgehen dürfen. Ich habe Sie gesucht. Wir müssen sofort umkehren.«

Er zog mich dicht an die Mauer, als eine Gruppe junger Männer – anscheinend Studenten – vorbeilief. Ihre Worte machten mich schaudern: *»À bas les aristocrates! À la lanterne!«*

Ich zitterte, nicht um mich, sondern um ihn. So bescheiden er sich auch kleiden mochte, er konnte seine Herkunft nicht verschleiern, und niemand würde ihn länger für jemand anderen halten, als der er war.

»Wir kehren sofort um«, sagte er.

Bevor wir die Faubourg Saint-Honoré erreichten, brach ein Höllenlärm los – ganz Paris war auf einmal wie verrückt. Auf den Straßen wurde getobt und geschrien. Die Menschen rannten hin und her, gesellten sich dem Pöbel zu, sangen und riefen: *»À la Bastille!«*

»Sie marschieren zum Gefängnis«, sagte der Comte. »Herrgott, jetzt ist es soweit.«

Wir kamen heil in der Faubourg Saint-Honoré an.

»Sie müssen Paris unverzüglich verlassen«, sagte er. »Hier sind Sie nicht länger in Sicherheit. Wechseln Sie so schnell wie möglich Ihre Kleider und kommen Sie zum Stall hinunter.«

Ich gehorchte. Er erwartete mich ungeduldig. Er hatte angeordnet, daß alle, die fort konnten, das Haus verlassen sollten, und zwar nicht gemeinsam, sondern nach und nach. Es durfte nicht auffallen, daß sie fortgingen.

Wir beide ritten nach Süden und erreichten am Abend das *Château*.

In der Halle sagte er traurig zu mir: »Sie haben zu lange gezögert. Die Revolution hat begonnen. Sie müssen sogleich nach England aufbrechen. Sprechen Sie um Gottes willen nicht französisch, sonst hält man Sie gar noch für eine Französin und eine Feindin des Volkes.«
»Und Sie? Werden Sie auch nach England fliehen?«
Er schüttelte den Kopf. »Dies ist nur der Anfang. Wer weiß, vielleicht ist noch Zeit, das bröckelnde Regime zu retten. Ich darf das sinkende Schiff nicht verlassen, Minelle. Ich habe hier zu tun. Ich kehre nach Paris zurück und suche den König und seine Minister auf. Vielleicht ist noch nicht alles verloren. Aber Sie müssen sogleich aufbrechen. Ich bestehe darauf.«
»Sie meinen ..., ich soll Sie verlassen?«
Einen Augenblick lang trat ein so zärtlicher Ausdruck in sein Gesicht, daß er kaum mehr der Mann zu sein schien, als den ich ihn kannte. Er drückte mich an sich und küßte mich aufs Haar. »Dumme Minelle«, sagte er. »Zaudernde Minelle. Jetzt müssen wir uns Adieu sagen. Sie gehen, und ich muß bleiben.«
»Ich bleibe hier«, sagte ich.
Er schüttelte den Kopf.
»Das lasse ich nicht zu.«
»Sie schicken mich also fort?«
Er zögerte einen Augenblick, und ich sah, wie seine Gefühle miteinander rangen. Wenn ich blieb, so würden wir ein Liebespaar, das wußte er nun, denn so pflegen die Menschen in verzweifelten Situationen zu handeln, wenn der Tod sie rasch ereilen kann. Sie klammern sich an das, was das Leben noch zu gewähren hat. Doch wenn ich blieb, war ich in Gefahr.
Mit fester Stimme sagte er: »Ich werde sofort Anstalten für Ihre Abreise treffen. Périgot hat bewiesen, daß man ihm vertrauen kann. Er wird Sie nach Calais begleiten. Sie werden noch heute abend aufbrechen.«

Das also war das Ende. Ich war unfähig gewesen, mich zu entscheiden, und nun hatte die Revolution für mich entschieden.

Es war dunkel geworden. Ich rüstete mich zum Aufbruch. Mein Pferd stand im Stall bereit.
»Ich finde keinen Frieden, solange Sie hier sind«, sagte er. »Mit Périgot als Führer haben Sie gute Aussichten zu entkommen. Vergessen Sie nicht, sprechen Sie nicht französisch, wenn es nicht unbedingt notwendig ist. Betonen Sie Ihre Nationalität. Die Leute haben nichts gegen Ausländer. Dies ist ein Bürgerkrieg, ein Krieg zwischen Franzosen und Franzosen.«
Ich stritt mit ihm. Ich wollte bleiben. Ich war zweimal dem Tode nahe gewesen. Ich war bereit, Gefahren auf mich zu nehmen, wenn ich ihn nur nicht verlassen mußte.
»Welche Ironie«, sagte er. »Als wir nicht in Gefahr schwebten, da haben Sie gezaudert. Sie wollten Gewißheit, nicht wahr? Sie haben mir nicht getraut. Es ist inzwischen nichts weiter geschehen, was dieses Vertrauen rechtfertigen könnte …, und doch sind Sie bereit, Ihr Leben aufs Spiel zu setzen, um bei mir zu bleiben. Ach, meine verdrehte Minelle!«
Ich konnte nur noch flehen: »Lassen Sie mich bleiben! Oder kommen Sie mit mir nach England.«
Er schüttelte den Kopf. »Ich kann hier nicht fort. Ich kann meine Landsleute nicht im Stich lassen. Frankreich ist mein Vaterland. Ich muß hier bleiben und für das kämpfen, was ich für Recht halte. Hören Sie, Minelle, wenn das hier vorüber ist, hole ich Sie zu mir.«
Traurig schüttelte ich den Kopf.
»Sie glauben mir nicht? Sie glauben, bis dahin habe ich Sie vergessen? Ich will Ihnen eines sagen: Was auch in Zukunft geschehen mag …, was auch in der Vergangenheit geschehen ist …, ich liebe Sie. Sie sind die einzige Frau für mich …, und wenn Sie es auch noch nicht wissen …, ich bin der einzig wahre Mann für Sie. Wie unterschiedlich ist unser beider Dasein ver-

laufen! Wir haben nach gegensätzlichen Moralvorstellungen gelebt. Sie sind als gute Christin erzogen. Ich ..., nun ja, ich bin in einer dekadenten Gesellschaft aufgewachsen. Ich habe mir nie überlegt, ob ich ein Recht habe, mich so zu verhalten, wie ich es tat. Erst nachdem ich ein Kind getötet hatte, fing ich an, mir Gedanken über mich selbst zu machen – doch meine Umwelt war stärker als ich. Erst durch Sie habe ich mich verändert. Sie haben mir alles in einem neuen Licht gezeigt. Sie haben mich gelehrt, das Leben mit Ihren Augen zu sehen. Ich hungere nach mehr Lektionen, kleine Schulmeisterin, und nur Sie können sie mir erteilen.«

»Dann bleibe ich hier. Ich werde Sie heiraten und bei ihnen bleiben.«

»Würde ich Sie jetzt ehelichen, so würden Sie die Comtesse Fontaine Delibes werden. Das wäre kein guter Name in dem neuen Frankreich. Gott weiß, was sie uns antun werden ..., aber ihre Rache wird bitter und grausam sein, dessen bin ich sicher. Sie dürfen jetzt auf gar keinen Fall eine von uns werden. Ihnen bleibt nur ein Weg offen: Sie müssen fort. Für alles andere ist es zu spät. Kommen Sie, wir verschwenden kostbare Zeit. Leben Sie wohl, meine Liebste. Nein, *au revoir.* Wir werden uns wiedersehen.«

Ich klammerte mich an ihn. Endlich war ich mir sicher: Ich gehörte zu ihm. Ich wollte ihn nicht verlassen.

»Périgot wartet auf uns im Stall. Sie dürfen nicht länger zögern.«

Er legte seinen Arm um mich, und wir traten in die warme Abendluft hinaus.

Ich wußte sofort, daß etwas nicht stimmte, als wir uns den Ställen näherten. Ich spürte wachsame Augen, eine Bewegung, ich vernahm ein schweres Keuchen. Er bemerkte es auch. Sein Griff wurde fester, als er mich hastig zu den Stallungen zog. Da ertönte plötzlich ein Ruf.

»Hier ist er! Ergreift ihn!«

Als der Comte mich von sich stieß, flammte auf einmal eine

Fackel auf. Da sah ich den Pöbel: Zwanzig oder dreißig Männer scharten sich um uns, ihre Augen brannten vor wilder Erregung. »Gehen Sie in den Stall«, flüsterte er mir zu.
Ich rührte mich nicht von der Stelle. Ich konnte ihn doch nicht verlassen. Und dann bot sich mir ein Anblick, von dem mir ganz übel wurde: Das Gesicht ihres Anführers war mir vertraut: Léon. Ich konnte ihn in dem flackernden Licht kaum erkennen. Seine Augen waren wild vor Haß, sein Mund verzerrt. Wie sehr unterschied er sich von dem höflichen, freundlichen Menschen, als den ich ihn gekannt hatte!
»Hängt ihn auf!« rief eine Stimme.
»Hängen? Das wäre eine zu große Gnade.«
Sie marschierten auf den Comte zu. Ich sah ihn fallen ..., und Léon war dabei.
Ich verstand nicht, was Léon sagte, aber er gab ihnen die Befehle.
Sie brachten ihn fort. Mir war übel vor Angst und Grauen. Ich zitterte vor Elend.
O Gott, dachte ich, er hat recht. Es ist zu spät.

2

Périgot trat an meine Seite. »Mademoiselle, wir müssen gehen ..., rasch.«
»Nein«, sagte ich, »ich gehe nicht fort.«
»Aber wir können nichts mehr tun.«
»Was werden sie mit ihm machen?«
»Überall im Lande bringen sie seinesgleichen um, Mademoiselle. Es war sein Wunsch, daß Sie unverzüglich nach England aufbrechen. Hier ist nicht der rechte Ort für Sie.«
Ich schüttelte den Kopf.
»Ich gehe nicht, solange ich nicht weiß, was mit ihm geschehen ist.«

Traurig sagte Périgot: »Mademoiselle, wir können nichts tun. Wir müssen seinen Wunsch befolgen.«
»Ich bleibe hier, bis ich Gewißheit habe«, sagte ich entschlossen.

Ich ging ins *Château* und suchte mein Zimmer auf. Ich setzte mich erschöpft nieder, meine Gedanken waren bei ihm. Was würden sie mit ihm machen? Welche Strafe würden sie für Jahrhunderte der Ungerechtigkeit, wie sie es nannten, verhängen? Sein Verbrechen bestand darin, daß er zu den Unterdrükkern gehörte. Jetzt waren die anderen am Zuge.
Er hatte alles versucht, um mich zu retten. All seine Gedanken hatten mir gegolten. Wäre er nicht mit mir zum *Château* zurückgekehrt, so wäre er jetzt in Paris gewesen.
Was konnte ich nur tun? Warten, nichts als warten.
Wohin hatten sie ihn gebracht? Wo war er jetzt?
Ich wagte nicht, daran zu denken.
Léon war ein Verräter. Ich hatte Léon gern gehabt. Es war unglaublich, daß er derjenige war, der den Pöbel zum Comte geführt hatte. Er war im *Château* aufgewachsen, war dort ernährt, gekleidet, erzogen worden. Und während der ganzen Zeit hatte er einen solchen Groll genährt, daß er sich bei der ersten Gelegenheit gegen seinen Wohltäter wandte. Aber der Comte hatte seinen Zwillingsbruder getötet, und das hatte ihm dessen Familie nie vergeben. All die Jahre mußten sie auf Rache gesonnen haben, und Léon hatte seine wahren Gefühle so geschickt zu verbergen gewußt, daß er uns alle getäuscht hatte.
Also war es doch Léon gewesen, den ich am Abend des Balles gesehen hatte. Ich hätte gewarnt sein müssen. Aber damals wollte ich es nicht glauben und hatte mir eingeredet, ich müsse mich geirrt haben.
Doch was hatte es jetzt für einen Sinn, darüber nachzugrübeln? Nur eines war von Bedeutung: Was geschah mit dem Mann, den ich liebte?

Ich schaute zum Fenster hinaus. In der Ferne flackerte ein Licht. Ich strengte meine Augen an. Ob er jetzt dort war? Sie würden ihn töten. Ich hatte die Mordlust in ihren Augen gesehen ..., den Haß auf jene, die alle Reichtümer besaßen, die sie begehrten.
Ich glaube, in diesem Augenblick erstarb etwas in mir. Das Dasein hatte mir eine Chance geboten – zu lieben, leidenschaftlich zu leben, auch wenn es gefährlich war –, ich hatte sie vertan. Meine puritanische Erziehung hatte mir nicht erlaubt anzunehmen, was das Leben mir bot. Ich wollte Gewißheit ... und verlor damit meine Chance.
Was nun hereinbrach war unvermeidlich. Aber wir hätten wenigstens eine Weile zusammenleben können.
Jemand war in mein Zimmer getreten. Ich drehte mich heftig um und erblickte Nou-Nou.
»Jetzt haben sie ihn also geholt«, sagte sie. »Sie haben den Comte ...«
Ich nickte.
»Gott sei ihm gnädig. Die sind nicht in der Stimmung, Milde walten zu lassen.«
Ich brach hervor: »Die sind wahnsinnig. Sie sehen wie die Wilden aus. Und das sind seine eigenen Leute ..., sie haben auf seinem Grund und Boden gelebt, haben seine Großzügigkeit genossen ...«
»Das sind gefährliche Reden«, sagte sie.
»Es ist aber wahr!« rief ich aus. »Nou-Nou, was wird mit ihm geschehen?«
»Sie werden ihn höchstwahrscheinlich hängen«, sagte sie ungerührt.
»Nein!«
»Doch. Sie hängen die Aristokraten an den Laternen auf, habe ich gehört. Sie haben die Bastille gestürmt. Für den Comte gibt es kein Entrinnen. Ich bin froh, daß meine Ursule das nicht mehr erleben muß. Die Frauen werden nämlich nicht verschont, müssen Sie wissen.«

Ich konnte ihren Anblick nicht ertragen. Sie war so ruhig, beinahe schadenfroh.

»O ja«, fuhr sie fort, »es war gut, daß sie rechtzeitig von uns ging. Das hier hätte sie nicht überstanden.«

Ich wollte Nou-Nou nicht ansehen, wollte ihr nicht zuhören. Ich wollte mit meinem Kummer allein sein.

Sie aber setzte sich neben mich und legte ihre kalte Hand auf die meine. »Jetzt werden Sie nie mit ihm vereint sein, nicht wahr? Sie werden niemals an seiner Seite liegen und genießen, was sie verabscheut hat. Ihre Mutter war genauso. Manche Frauen sind eben so. Sie sollten nicht heiraten. Aber sie wachsen unwissend auf ..., und dann trifft sie plötzlich die Erkenntnis, und sie finden es unerträglich. So war meine kleine Ursule. Sie war so ein fröhliches Kind ..., wie gern hat sie mit Puppen gespielt ..., sie hat ihre Puppen geliebt. ›Kleine Mama‹ haben wir sie genannt. Und dann ... hat man sie mit ihm vermählt. Jeder andere wäre besser gewesen. Sie war ganz wie ihre Mutter ..., in jeder Hinsicht ..., jawohl, in jeder Hinsicht.«

Ich wünschte, sie würde gehen. Ich konnte an nichts anderes denken – nur an ihn. Was stellten sie mit ihm an? Er würde mehr unter der Schmach als unter physischem Schmerz leiden, das wußte ich. Ich mußte daran denken, wie ich ihn zum ersten Mal gesehen hatte. Den »Teufel zu Pferde« hatte ich ihn genannt. So Stolz, so furchterregend, so unbezwingbar war er mir erschienen.

»Jetzt kann ich endlich die Wahrheit sagen«, vernahm ich von Nou-Nou. »Ich bin schon manches Mal nahe daran gewesen. Sie haben ihn verdächtigt, nicht wahr? Jedermann hat ihn verdächtigt – auch Sie. Ja, einige dachten sogar, Sie hätten Ihre Hand im Spiel gehabt. Er hatte einen Grund, nicht wahr? Er war an sie gefesselt ..., und sie konnte ihm keinen Sohn schenken. Und dann kam eine junge, gesunde Frau ..., Sie, Mademoiselle. Und alle haben gewartet, nicht wahr? Ich mußte lachen, wenn ich an Gabrielle LeGrand dachte. Welch ein Schlag für sie. Dabei hätte sie doch wissen können, daß nicht sie diejenige sein würde ..., selbst wenn er frei gewesen wäre. Aber sie gibt die Hoffnung nicht auf. Dabei hatte er längst mit ihr gebrochen.«

»Bitte, Nou-Nou«, sagte ich, »ich bin sehr müde.«

»Ja, Sie sind müde, und ihn haben sie geholt, nicht wahr? Sie werden keine Gnade kennen. Er selbst hat auch keine Gnade geübt, nicht wahr? Jetzt baumelt er gewiß schon an einer Laterne, vielleicht sogar auf seinem eigenen Grund und Boden.«

»Hör auf, Nou-Nou!«

»Ich habe ihn gehaßt«, sagte sie finster. »Ich habe ihn gehaßt, weil er Ursule das angetan hatte. Sie war entsetzt, wenn er zu ihr kam.«

»Du hast zugegeben, daß es mit jedem anderen Mann dasselbe gewesen wäre.«

»Ein anderer hätte sich vielleicht rücksichtsvoller gezeigt.«

»Nou-Nou, würdest du mich bitte allein lassen.«

»Erst, wenn ich Ihnen alles erzählt habe. Sie müssen mich anhören. Sie müssen die Wahrheit erfahren. Ich habe ihre Mutter gut gekannt. Sie war gut zu mir. Sie hat mich aufgenommen; als ich meinen Mann und mein Kind verloren hatte. Sie hat mir Ursule in die Arme gelegt und gesagt: ›Das ist jetzt dein Baby, Nou-Nou.‹ Und da habe ich weniger um mein eigenes Baby getrauert. Ihre Mutter war eine kranke Frau. Sie war wie Ursule ..., träge ..., außerstande, viel zu tun. Und dann begannen die Schmerzen. Sie hat entsetzlich gelitten. Und weil sie die Qualen nicht mehr ertragen konnte, hat sie sich das Leben genommen. Ursule wäre es ebenso ergangen. Sie war ihrer Mutter so ähnlich. Ich mußte es schließlich wissen, nicht wahr? Sie hatte Schmerzen ..., keine schlimmen ..., leichte, wie ihre Mutter sie anfangs gehabt hatte – und ich rief die Ärzte. Die sagten, sie leide an derselben Krankheit, an der ihre Mutter gestorben war. Ich wußte, wie der weitere Verlauf der Krankheit wäre.«

Jetzt konnte sie meiner vollen Aufmerksamkeit sicher sein. Ich starrte sie fassungslos an.
»Ja«, fuhr sie fort, »sie hätte leiden müssen, wenn sie länger gelebt hätte. Aber nie hätte sie sich von alleine das Leben genommen. Das hat sie entschieden abgelehnt. Sie hat oft darüber gesprochen. ›Nou-Nou‹, pflegte sie zu sagen, ›es hat keinen Sinn, auf halbem Wege aufzugeben. Wenn man das tut, wird man wiederkehren, und alles beginnt noch einmal von vorn.‹ Ich konnte den Gedanken nicht ertragen, daß meine kleine Ursule würde leiden müssen. Also sorgte ich dafür, daß es ihr erspart blieb ...«
»*Du*, Nou-Nou, du hast sie getötet!«
»Ja, um sie vor den Qualen zu retten«, sagte Nou-Nou beherrscht. »So, und jetzt denken Sie: Sie ist eine Mörderin, Sie denken, man sollte mich holen und an einer Laterne aufhängen oder auf die Guillotine schicken.«
»Ich weiß, daß du es aus Liebe getan hast«, sagte ich.
»Ja, ich habe es aus Liebe getan. Mein Leben ist leer, seit sie fort ist. Aber eines tröstet mich: Dort, wo sie jetzt ist, braucht sie keine Schmerzen zu erleiden.«
»Du hast geduldet, daß man annahm ...«
Ein listiges Leuchten trat in ihre Augen. »Daß *er* sie getötet hat? Ja. Er hat es ja auch getan ..., in Gedanken hat er sie tausendmal getötet. Er wollte sie aus dem Weg haben, aber er hat es nicht gewagt, sie umzubringen. Das habe ich getan, ich, die ich sie auf ewig bei mir haben wollte!«
Weinend bedeckte sie ihr Gesicht mit den Händen.
»Meine Kleine. Sie lag so friedlich da. Ich wußte, sie würde ohne Schmerzen entschlummern. Keine Schmerzen ..., nie wieder. Keine Angst mehr vor ihm – es wäre vorüber. Mein Baby, jetzt ist sie glücklich.«
»Ach, Nou-Nou.« Ich wollte meinen Arm um sie legen.
Sie stieß mich zurück. »Sie werden ihn nie besitzen!« sagte sie boshaft. »Es ist alles vorüber.«

Sie erhob sich und schlurfte zur Tür. Dort blieb sie stehen und blickte zu mir zurück.
»Gehen Sie heim«, sagte sie. »Vergessen Sie, was hier geschehen ist ... wenn Sie können.« Sie tat einen Schritt ins Zimmer zurück und heftete ihre wilden Augen auf mich. »Auch *Sie* sind in Gefahr. Heute abend hat man Sie verschont, aber Sie sind eine von ihnen, denken Sie daran.« Ihre Lippen verzerrten sich zu einem boshaften Grinsen. »Die Cousine ... aus der gleichen Sippe. Jetzt werden Sie sehen, was es heißt, einer solchen Familie anzugehören. Heute abend waren sie hinter dem großen Fisch her. Sie wollen Blut fließen sehen ..., das Blut der Söhne, der Töchter, der Nichten, der Neffen, der *Cousinen* von Aristokraten ...«
Sie wandte sich ab und murmelte im Gehen: »Sie werden kommen. Sie werden auch Sie holen ...«
Damit ging sie hinaus und ließ mich allein.
Ich war von ihrer Enthüllung wie betäubt. Ich hatte ihm Unrecht getan und würde ihn wahrscheinlich nie um Verzeihung bitten können.
Was geschah jetzt mit ihm? Verzweifelt versuchte ich, meine Phantasie zu zügeln, doch diese vom wilden Blutrausch verzerrten, nach Rache dürstenden Gesichter gingen mir nicht aus dem Sinn.
Sie hatten ihn geholt. Nou-Nous Worte klangen mir noch in den Ohren: »Sie werden auch Sie holen.«

Am Fenster sitzend erwartete ich den Morgen. Was sollte ich denn tun? Ich wußte es nicht. Wohin hatten sie ihn gebracht? Was war mit ihm geschehen? Vielleicht war er schon ...
Ich wollte nicht wahrhaben, was geschehen war. Ich ertappte mich, wie ich mit Gott zu feilschen begann: »Laß mich ihn sehen ..., nur ein einziges Mal. Laß mich ihm sagen, daß ich nun weiß, daß ich ihm Unrecht getan habe. Laß mich ihm sagen, daß

ich ihn liebe ..., daß ich ihn immer geliebt habe, daß ich nur zu unerfahren war, zu sehr an meine Herkunft gebunden, um es zu erkennen. Nur ein einziges Mal ... Laß mich ihn nur einmal sehen.«

Es wäre ihm nicht recht gewesen, daß ich noch hier war. Ich hätte mit Périgot fortgehen sollen. Aber ich konnte nicht. Ich konnte nur an ihn denken. Meine eigene Sicherheit schien ohne Bedeutung. Wenn sie ihn töten würden, dann sollten sie auch mich töten.

Aus der Ferne drangen Rufe zu mir. Ich blickte aus dem Fenster. Durch die Bäume schimmerten Lichter ..., Fackeln näherten sich dem *Château*.

Jetzt vernahm ich ihre Stimmen. War es Einbildung, oder verstand ich das Wort »Cousine«?

Sie sangen.

Dann waren Schritte vor meiner Tür zu hören. Leichte, rennende Schritte. Stimmen flüsterten. Die Dienerschaft. »Sie holen die Cousine.«

Ich trat wieder ans Fenster. Jetzt hörte ich es deutlich: *»À bas la cousine. À la lanterne.«*

Meine Kehle war ganz trocken. Es war also soweit. Der Pöbel wollte mich holen, wie er ihn geholt hatte. Das war der Preis, den ich entrichten mußte. Ich hatte mich auf ein falsches Spiel eingelassen. Um Margots willen hatte ich mich als ihre Cousine ausgegeben, und später hatte ich es geduldet, daß die Täuschung aufrechterhalten wurde. Dieser Betrug konnte mich nun mein Leben kosten.

Ich wollte nicht sterben. Ich wollte leben, mit meinem Geliebten zusammen sein, mit ihm alt werden.

Von unten drang entsetzlicher Lärm zu mir herauf. Ich schloß die Augen, und diese von Habgier, Neid, Haß und Bosheit entstellten Gesichter schienen über mich herzufallen.

Das Licht der Fackeln erhellte mein Zimmer. Im Spiegel erhaschte ich einen Blick auf eine Frau mit wahnsinnigen Augen, in der ich mich kaum wiedererkannte. Nur noch wenige Sekunden …

Es hämmerte an meiner Tür. Ich lehnte mich mit aller Kraft dagegen.

»Öffnen Sie …, schnell!« Es war Périgot.

Ich drehte den Schlüssel herum. Périgot ergriff meinen Arm und zog mich in den Korridor. Er rannte mit mir eine endlose Wendeltreppe hinauf.

Wir erreichten den Wachtturm. Périgot berührte eine getäfelte Wand: das Holz glitt zurück. Vor uns lag eine Höhlung.

»Gehen Sie da hinein«, sagte Périgot. »Hier dürften Sie in Sicherheit sein. Man wird das *Château* durchsuchen, doch dieses Versteck dürfte kaum jemand kennen. Ich komme wieder, wenn sie fort sind.«

Die Täfelung schloß sich. Ich befand mich in völliger Finsternis.

Ich hörte, wie sie in den Wachtturm kamen, hörte ihr Gelächter und ihre gemeinen Drohungen. Was würden sie tun, wenn sie mich fänden?

Immer wieder vernahm ich das Wort »Cousine«. Meine Gedanken schweiften zu friedlicheren Tagen zurück, als meine Mutter noch lebte und man es nicht für möglich gehalten hatte, daß ich einst ein Opfer der Revolution in Frankreich werden sollte. Cousine … – Damit hatte alles angefangen. Wäre ich nicht als Margots Cousine nach Frankreich gekommen …

Nein, beteuerte ich mir, trotz aller Gefahr und Todesdrohungen, ich würde es genauso wieder tun. Ich bereue nichts …, bis auf meine Zweifel an dem Comte. »Der Teufel zu Pferde«: Diese Worte sprach ich jetzt zärtlich vor mich hin. *Mein* Teufel. Ich wünschte mir nichts mehr vom Leben, außer bei ihm zu sein, und ich würde alles hingeben für die Stunden, die ich mit ihm verbracht hatte. Er liebte mich, und ich liebte ihn, und dafür würde ich mein Leben opfern.

Ich erwartete jeden Augenblick, daß sich die Wand öffnen würde. Sie würden die Geheimtür finden. Eng zusammengekauert erwartete ich das grausige Ende.

Dann erkannte ich, daß der Lärm langsam erstarb. War ich gerettet?

Ich wartete Stunde um Stunde in der stillen Finsternis. Dann kam Périgot. Er hatte Decken und Kerzen mitgebracht.

»Sie werden eine Weile hier aushalten müssen«, sagte er. »Der Pöbel ist blutrünstig. Sie haben das *Château* geplündert und einige Wertsachen mitgenommen. Gottlob haben sie kein Feuer gelegt. Ich habe sie überzeugen können, daß Sie geflohen sind, als der Comte geholt wurde. Da haben einige von ihnen Pferde aus den Ställen geholt und sich an die Verfolgung gemacht. Morgen oder übermorgen werden sie aufgeben, da es noch andere gibt, die sie fassen wollen. Sie müssen hierbleiben, bis ich Sie fortschaffen kann. So bald wie möglich bringe ich Sie nach Grasseville.«

»Périgot, jetzt verdanke ich Ihnen zum zweitenmal mein Leben.«

»Der Comte würde es mir nie verzeihen, wenn ich zuließe, daß Ihnen ein Leid geschähe.«

»Sie sprechen von ihm, als sei er ...«

»Mademoiselle«, sagte er ernst, »der Comte hat es stets verstanden, sich aus allen Schwierigkeiten herauszuwinden. Das wird ihm auch diesmal gelingen.«

»Ach Périgot, wie wäre das möglich?«

»Das wissen nur Gott und der Comte, Mademoiselle. Aber es muß gelingen. Es *wird* gelingen.«

Périgots Worte erhellten die Finsternis meines Verstecks mehr, als die Kerzen es vermochten.

Irgendwie brachte ich die Nacht in meinem Gefängnis hinter mich. Ich lag auf meinen Decken und dachte an den Comte. Sicher hatte Périgot recht. Er würde sich herauswinden.

Périgot kam früh am nächsten Morgen. Er brachte etwas zu essen, aber ich rührte nichts an.

Er sagte, daß er zwei Pferde im Stall bereithalten würde. Gott sei Dank hatte der Pöbel sie nicht alle mitgenommen. Er erklärte mir, wir müßten uns nach Einbruch der Dunkelheit hinunterschleichen, da er nicht wüßte, wem er trauen könnte. Ich müßte versuchen, etwas zu essen, und mich bereithalten, wenn der Augenblick des Aufbruchs käme.

Erst am folgenden Abend kam Périgot wieder in den Turm. Ich wußte, daß er mich tagsüber nicht aufsuchen konnte, um keinen Verdacht zu erregen.

»Sie werden sofort aufbrechen«, flüsterte er. »Geben Sie acht. Sprechen Sie nicht. Wir müssen unbemerkt zu den Stallungen gelangen.«

Ich trat aus meinem Versteck, und Périgot schob die Täfelung vor. »Jetzt müssen wir die Wendeltreppe hinunter. Ich gehe voran. Folgen Sie mir vorsichtig.«

Ich nickte und wollte etwas sagen, doch er legte die Finger an die Lippen. So stiegen wir die Wendeltreppe hinab.

Im Hauptteil des *Châteaus* mußten wir besonders wachsam sein; wir konnten ja nicht wissen, ob mich nicht irgend jemand verraten würde. Périgot ging behutsam voran, und ich folgte ihm. Der Weg schien endlos, doch schließlich waren wir draußen, und nach dem dumpfen Loch hinter den Mauern des Wachtturms wirkte die kalte Nachtluft wie ein Rausch.

Und dann ..., mein Herz tat einen entsetzten Sprung – denn als wir den Stall betreten hatten, kam ein Mann auf uns zu.

Das ist das Ende, dachte ich. Doch dann erkannte ich ihn.

»Joel!« schrie ich auf.

»Pst«, flüsterte Périgot. »Es ist alles bereit.«

»Kommen Sie, Minella«, sagte Joel und half mir in den Sattel.

»Ihr englischer Freund wird Sie in Sicherheit bringen, Mademoiselle«, eröffnete mir Périgot. »Ich habe Nachrichten vom Comte. Sie haben ihn nicht getötet.«

»Oh ..., Périgot! Ist das wahr? Sie wissen ...«

Er nickte. »Sie haben ihn nach Paris gebracht. Er befindet sich in der Conciergerie.«
»Aber wer dorthin kommt ..., den erwartet der sichere Tod.«
»Noch ist der Comte nicht tot, Mademoiselle.«
»Gottlob. Ich danke Ihnen, Périgot. Wirklich. Wie kann ich Ihnen jemals ...«
»Machen Sie schnell«, drängte Périgot. »Und verlieren Sie nicht den Mut.«
»Kommen Sie, Minella«, sagte Joel abermals.
Wir verließen den Stall, und ich ritt an Joels Seite davon.

Wir ritten die Nacht hindurch, bis Joel vorschlug, den Pferden eine Rast zu gönnen. Es fing soeben an zu dämmern, als wir zu einem Wald gelangten und die Pferde an einem Bach tränkten. Danach band Joel sie an, und wir lehnten uns gegen einen Baum und sprachen miteinander.
Er erzählte mir, wie besorgt er war, als ich plötzlich verschwunden war, und wie erleichtert er die Botschaft des Comte aufnahm, daß ich in Paris sei. Darauf war Joel nach Paris geritten und hatte dort im Palast erfahren, wo ich mich befand.
Er war in der Absicht, mich nach Grasseville zurückzubringen, zum *Château* gekommen. Margot hatte beschlossen, sich mit ihrem Gatten und Charlot nach England zu begeben. Sie wollte nicht ohne mich gehen, und Joel stimmte ihr aus vollem Herzen zu, daß wir Frankreich so bald wie möglich verlassen müßten.
Im *Château* hatte er erfahren, was sich zugetragen hatte. Er und Périgot waren überzeugt, daß ihn die göttliche Vorsehung just zu diesem Zeitpunkt hierhergeführt hatte. Sie waren übereingekommen, daß Joel und ich sogleich aufbrechen sollten.
»In Paris ist die Hölle los«, sagte er. »Sie malen sich dort aus, was sie mit gewissen Leuten anstellen wollen, wenn sie ihnen in die Hände geraten.«
»Wurde ... der Name des Comte erwähnt?«
»Sein Name ist bestens bekannt.«

Ich erschauerte. »Und er ist in ihrer Gewalt«, murmelte ich. »Sie haben ihn geholt. Léon, dieser gemeine Verräter, hat sie zu ihm geführt.«
»Gottlob haben sie nicht Hand an Sie gelegt.«
»Périgot hat mich gerettet ..., wie schon einmal.«
»Er ist ein treuergebener Diener.«
»Ach Joel«, jammerte ich, »Sie haben ihn in die Conciergerie gebracht. Man nennt dieses Gefängnis den Vorraum des Todes.«
»Aber er lebt«, erinnerte mich Joel. »Etienne ist auch dort. Wie ich hörte, wurde er mit Armand dorthin gebracht.«
»Dann sind sie jetzt dort vereint. Ich hatte solche Angst, daß der Pöbel den Comte umgebracht hat.«
»Nein. Périgot meint, er ist eine zu wichtige Person für einen einfachen Tod. Darum hat man ihn nach Paris gebracht.«
Mir war übel vor Furcht. Sie hatten ihn in die Conciergerie gebracht, in den Vorraum des Todes. Seine Hinrichtung würde ein großes Spektakel werden. An ihm würden sie beweisen, daß es keine Gnade für Aristokraten gab, die dem Volk in die Hände fielen. Doch da er noch lebte, faßte ich ein wenig Mut.
»Ich muß nach Paris«, sagte ich zu Joel.
»Nein, Minella. Wir gehen nach Grasseville. Wir müssen dieses Land auf der Stelle verlassen.«
»Sie müssen gehen, Joel, aber ich bleibe in Paris. Solange er lebt, möchte ich in seiner Nähe sein.«
»Das ist doch Wahnsinn«, sagte Joel.
»Vielleicht. Aber das ändert nichts an meinem Entschluß.«
Wie nachsichtig war Joel mit mir! Wie genau er alles begriff! Wenn ich Paris nicht verlassen konnte, so wollte er auch bleiben. Er ersparte sich nichts. Um meinetwillen begab er sich hundertmal in Gefahr. Er hatte einen Freund in der Rue Saint-Jacques, und dort wollten wir wohnen. Es war eine bescheidene Unterkunft, in der Nähe der Buchhandlungen und der Häuser im Stil des siebzehnten Jahrhunderts. Hier lebten viele Studenten, und

in den dunklen Kleidern, die Joel für uns erstand, erregten wir keinen Verdacht.

Es tat weh, zu sehen, wie diese einst so prächtige und schöne Stadt vom Pöbel entwürdigt wurde. Doch zu wissen, daß sich der Mann, den ich liebte, in den Händen derer befand, die keine Gnade walten lassen würden, das war ein solch unendlich tiefer Schmerz, daß ich ihn kaum verwinden konnte.

Der kreischende Pöbel zog mit seinen roten Mützen durch die Straßen. Am schlimmsten waren die Nächte. Ich lag schaudernd in meinem Bett, denn ich wußte, daß wir am Morgen die leblosen Körper an den Laternen baumeln sehen würden ..., zuweilen grauenhaft verstümmelt.

»Wir sollten jetzt fortgehen«, sagte Joel beständig. »Wir können nichts mehr tun.«

»Aber ich kann nicht ..., solange ich nicht weiß, daß er tot ist.«

Oft begab ich mich zum Cour du Mai und beobachtete die vorüberziehenden Karren. Dort stand ich mitten in der faszinierten Menge und hörte die Jubelrufe, wenn wieder ein Adeliger weggeschleppt wurde, ohne Perücke, den Schädel kahl rasiert, ungebeugt, hochmütig.

Ich war dort, als Etienne vorüberkam, hoheitsvoll, ohne ein Zeichen von Furcht, bis zum Ende stolz auf seine noble Abkunft. Um diese zu verteidigen, hatte er mich sogar zu töten versucht.

Ich dachte: Heute ist Etienne dran. Wird es morgen sein Vater sein?

Es war Nacht ..., eine grauenhafte Nacht. Die Rufe der Menschen drangen durch mein Fenster.

Plötzlich hämmerte es gegen die Haustür. Ich zog ein Kleid über und trat ins Stiegenhaus. Joel stand bereits auf der Treppe.

»Bleiben Sie, wo Sie sind!« gebot er.

Ich gehorchte. Er stieg die Treppe hinab. Ich hörte ihn mit jemandem sprechen, und dann kam ein Mann mit ihm herauf.

Er trug einen Mantel und hatte seinen Hut tief über die Augen gezogen.
»Léon!« schrie ich, und eine solche Welle der Empörung überspülte mich, daß ich ihn nur wortlos anstarren konnte.
»Überrascht es Sie, mich zu sehen?« fragte er.
Da fand ich die Sprache wieder. »Wie können Sie es wagen, hierher zu kommen! Sie haben ihn verraten! Er hat Sie aufgenommen, hat Sie erzogen, ernährt …«
Léon hob eine Hand. »Sie machen sich ein falsches Bild von mir«, sagte er. »Ich bin gekommen, weil ich versuchen will, ihn zu befreien.«
Ich lachte bitter auf. »Ich habe Sie an dem Abend gesehen, als man ihn holte.«
»Ich denke«, schlug Joel vor, »wir sollten irgendwohin gehen, wo wir uns in Ruhe unterhalten können. Kommen Sie in mein Zimmer.«
Ich schüttelte den Kopf. »Ich will mit diesem Menschen nicht reden. Das ist nur ein Trick, Joel. Sein Rachedurst ist mit dem Comte noch nicht gestillt.«
Joel hatte uns in sein Zimmer geführt. »Kommen Sie, setzen Sie sich«, forderte er mich sanft auf.
Ich nahm Platz, Joel setzte sich neben mich, Léon gegenüber. Er blickte mich ernst an. »Ich möchte Ihnen helfen«, sagte er. »Ich habe Sie stets sehr geschätzt.« Er versuchte zu lächeln. »Sie sollen wissen, daß ich bereit bin, eine Menge für Sie zu tun. Ich gehe ein großes Wagnis ein, aber dies sind riskante Zeiten. Wer heute lebt, kann morgen schon tot sein.«
»Ich will mit Ihnen nichts zu schaffen haben«, sagte ich. »Ich weiß, wer Sie sind. Ich habe Sie gesehen, als Sie am Abend des Balles den Stein ins Fenster geworfen haben; aber ich wollte meinen Augen nicht trauen und dachte, ich hätte es mir nur eingebildet. Jetzt weiß ich, daß es keine Einbildung war …, denn Sie waren dabei, als sie ihn geholt haben. Sie waren der Anführer der Meute. Sie haben sie zu ihm geführt. Ich habe die Grausam-

keit und den Haß in Ihren Augen gesehen, und diesmal war es keine Sinnestäuschung.«
»Und trotzdem haben Sie sich getäuscht. Ich sehe, ich muß Sie von meiner Loyalität gegenüber dem Comte überzeugen.«
»Und wenn Sie die ganze Nacht reden, es wird Ihnen nicht gelingen.« Ich wandte mich an Joel: »Schicken Sie ihn fort! Er ist ein Verräter!«
»Wir haben nicht viel Zeit«, sagte Léon. »Geben Sie mir ein paar Minuten Zeit, damit ich alles erklären kann; denn wenn Sie den Comte retten wollen, brauchen Sie meine Hilfe.«
Joel blickte mich an. »Ich habe ihn gesehen«, sagte ich. »Daran gibt es keinen Zweifel.«
»Sie haben mich nicht gesehen«, erklärte Léon. »Sie haben meinen Zwillingsbruder gesehen.«
Ich lachte auf. »Das kann nicht wahr sein. Der ist doch tot. Er ist unter die Pferde des Comte geraten.«
»Mein Bruder war verletzt ..., schwer verletzt. Niemand rechnete damit, daß er je genesen würde. Aber er ist nicht gestorben.«
»Das glaube ich nicht«, sagte ich.
»Aber es ist die Wahrheit.«
»Wo ist er dann all die Jahre gewesen?«
»Als feststand, daß er genesen würde, fürchteten meine Eltern, daß es mit den Wohltaten vom *Château* vorbei sein würde. Ihr größter Wunsch aber war, einen gebildeten Sohn zu haben. Sie liebten ihre Kinder und hätten es nicht ertragen, wenn man mich vom *Château* fortgeschickt hätte. Deshalb arrangierten sie den ›Tod‹ meines Bruders. Sie ließen einen Sarg für ihn anfertigen, und er legte sich hinein. Doch als er zugenagelt wurde – mein Onkel war der Sargschreiner, das hat die Sache vereinfacht –, da war mein Bruder bereits unterwegs in ein anderes Dorf, fünfzig Meilen entfernt. Und dort ist er bei meinen Verwandten aufgewachsen.«
»Eine unglaubliche Geschichte«, sagte ich mißtrauisch.

»Und trotzdem ist sie wahr. Wir waren eineiige Zwillinge. Wenn man uns nebeneinander sieht, kann man uns vielleicht unterscheiden ..., aber meistens werden wir verwechselt. Mein Bruder war nicht bereit, dem Comte zu vergeben. Er leidet bis zum heutigen Tage an den Folgen des Unfalls: er hinkt. Die gegenwärtige Situation bietet ihm die Chance, auf die er sein Leben lang gewartet hat. Er war kaum dreizehn Jahre alt, da begann er bereits, Unzufriedenheit unter den Bauern zu schüren. Er ist klug, auch wenn er ungebildet ist. Er ist gerissen, kühn und zu allem imstande, wenn es sich um die Rache an der verhaßten Klasse handelt; und darunter ist einer, den er vor allen anderen haßt.«

Léon war so ernst und erzählte seine Geschichte so glaubhaft, daß mein Mißtrauen allmählich schwand. Ich warf einen Blick auf Joel, welcher Léon aufmerksam beobachtete.

»Lassen Sie uns Ihren Plan hören«, sagte Joel.

»Mein Bruder gilt als einer der Vertreter des Volkes. Er war für die Gefangennahme des Comte und für dessen Verbringung nach Paris verantwortlich. Der Comte ist im ganzen Land als ein hoher Aristokrat bekannt. Für die Leute wird es ein großer Triumph, wenn sie ihn auf einem Karren durch die Straßen ziehen können. An diesem Tag wird sich eine große Menschenmenge bei der Guillotine versammeln.«

Ich sagte schnell: »Und wie sieht Ihr Plan aus?«

»Ich will versuchen, ihn aus der Conciergerie herauszuholen.«

»Unmöglich«, rief Joel.

»Beinahe«, erwiderte Léon. »Aber wenn man sorgsam und geschickt zu Werke geht ..., dann könnte es gelingen. Doch Sie müssen wissen, daß wir alle dabei unser Leben riskieren.«

»Wir riskieren unser Leben hier ohnehin«, sagte ich ungeduldig.

»Aber vielleicht wollen Sie dieses Risiko nicht auf sich nehmen. Wenn man uns erwischt, so bedeutet das nicht einfach Tod ..., sondern einen grausamen Tod. Der Zorn des Volkes kann sich bis zur Raserei steigern, und dann wehe Ihnen.«

»Ich würde alles tun, um ihn zu retten«, beteuerte ich. Dann blickte ich Joel an und fügte hinzu: »Joel, Sie dürfen sich nicht daran beteiligen.«

»Ich fürchte«, ließ sich Léon vernehmen, »daß ich auf Ihre Hilfe zählen muß.«

»Wenn Sie dabei sind, Minella, dann bin ich selbstverständlich bei Ihnen«, sagte Joel bestimmt. »Wir wollen hören, was zu tun ist.«

»Wie gesagt«, fuhr Léon fort, »mein Bruder gehört zu den Anführern der Revolution. Er ist überall in Frankreich beim Volk bekannt und geschätzt. Einige fürchten ihn wegen seiner Unbarmherzigkeit, denn er würde niemanden schonen, welcher der Revolution entgegenarbeitet. Sie haben ihn von mir nicht unterscheiden können, als Sie ihn bei dem Pöbel sahen. Am Abend des Balles haben Sie mich zu sehen geglaubt. Wenn nun mein Bruder zur Conciergerie ginge und den Gefangenen zu sehen verlangte, und wenn er dann mit ihm herauskäme, um ihn in ein anderes Gefängnis zu bringen, so könnte er das ungehindert tun.«

Allmählich begriff ich, was er vorhatte.

»Sie wollen also zur Conciergerie gehen und sich als Ihr Bruder ausgeben?«

»Ich könnte es versuchen. Ich könnte seinen Gang und seine Stimme nachahmen. Ob es mir gelingt, das steht freilich dahin. Wenn man uns entdeckt, wird uns der Pöbel in Stücke reißen.«

»Warum wollen Sie das tun?« fragte ich.

Er zuckte die Achseln. »Man lebt heutzutage gefährlich. Sehen Sie mich an ..., ich stehe zwischen zwei Welten. Ich stamme aus dem Volke, aber aufgrund meiner Erziehung gehöre ich zu den Aristokraten. Mir traut niemand ... Sie haben es selbst bewiesen. Ich muß mich für die eine oder die andere Seite entscheiden, und ich hatte stets eine Schwäche für aussichtslose Fälle.

Der Comte war immerhin so etwas wie ein Vater für mich ..., wenn er auch hoch über mir stand und sich selten herabließ, von mir Notiz zu nehmen. Doch ich war stolz darauf, unter seinem Schutz zu stehen. Ich gelobte mir, wie er zu werden. Er war mein großes Vorbild. Ich kann nicht dulden, daß ein solcher Mann der Guillotine zum Opfer fällt. Mein Leben lang hat es geheißen: ›Tu dies, tu das. Der Comte wünscht es.‹ Jetzt wird mir die Gelegenheit geboten, vor den Comte zu treten und zu sagen: ›Tun Sie das. Ich, Léon, Ihr bäuerlicher Schützling, habe es in der Hand, Ihnen das Leben zu retten.‹ Was für eine Genugtuung! Und dann noch etwas: Ich habe ihn wirklich gern ..., wie Sie, Mademoiselle Minelle. Ich hatte Etienne in Verdacht und habe mich selbst verflucht, weil ich nicht zur Stelle war, um Sie zu retten. Jetzt habe ich die Gelegenheit.«

»Sind Sie ganz sicher, daß Sie es tun wollen?«

»Vollkommen sicher. Hören Sie zu. Ich werde ins Gefängnis gehen. Ich werde den gleichen Mantel wie mein Bruder tragen. Ich werde die rote Mütze aufsetzen. Ich werde mit seiner Stimme sprechen und sein Hinken nachahmen, so daß uns niemand wird unterscheiden können. Ich werde sagen, daß der Tag der Hinrichtung des Comte festgesetzt sei und daß es ein Freudentag werden soll, ein Symbol für den Sieg der Revolution. Aus diesem Grunde soll der Comte auf einem Karren durch Paris gefahren werden. Er soll in ein anderes Gefängnis überführt werden, und es sei die Aufgabe von Jean-Pierre Bourron, meinem Bruder, ihn an diesen geheimen Ort zu bringen. Draußen wird mein Einspänner warten.« Er wandte sich an Joel. »Sie werden mein Kutscher sein. Sobald wir im Wagen sind, fahren Sie mit größter Geschwindigkeit davon. Minelle, Sie warten am Quai de la Mégisserie; dort holen wir Sie ab und fahren dann weiter, so schnell wir können. An der Stadtgrenze wird eine Kutsche mit frischen Pferden stehen. Damit fahren Sie nach Grasseville, von wo aus Sie Ihre Reise an die Küste fortsetzen können.«

»Bei sorgfältiger Planung könnte es vielleicht gelingen«, meinte Joel.
»Sie dürfen sicher sein, daß ich mir das alles genauestens überlegt habe. Sind Sie bereit, mir beizustehen?«
Ich blickte Joel an. Was erwarteten wir nur von ihm? Er war nach Frankreich gekomnen, um mich nach Hause zu holen und um meine Hand anzuhalten, und nun muteten wir ihm zu, sein Leben zu wagen – vielleicht sogar eines schrecklichen Todes zu sterben –, damit ich meine Zukunft an der Seite eines anderen Mannes verbringen könnte.
Aber er wäre nicht Joel gewesen, wenn er gezögert hätte. Fast konnte ich meine Mutter hören: »Siehst du, ich hatte recht. Er wäre dir ein so guter Ehemann geworden.«
»Selbstverständlich müssen wir den Comte befreien«, sagte Joel. Ich liebte ihn beinahe wegen seiner Gelassenheit dem Schicksal gegenüber.
»Also«, sagte Léon, »kommen wir zu den Einzelheiten. Wenn der Plan gelingen soll, muß alles bis ins kleinste genau ablaufen. Erst wenn Sie auf englischem Boden stehen, sind Sie in Sicherheit.«
Wir drei blieben die ganze Nacht zusammen. Immer wieder überlegten wir jede Einzelheit. Léon führte uns noch einmal das Risiko vor Augen, das wir eingingen, und er schärfte uns ein, daß wir dieses Unternehmen nur wagen durften, wenn wir bereit waren, die schrecklichen Folgen eines eventuellen Fehlschlages zu tragen.

Ich hatte sie im Einspänner davonfahren sehen: Joel als Kutscher, Léon in Kleider gehüllt, wie sie sein Bruder mit Vorliebe trug, die rote Mütze auf dem Kopf.
Ich begab mich zu meinen Platz am Quai de la Mégisserie. Am Abend waren viele Menschen auf den Straßen, doch wir wagten es nicht, unseren Befreiungsversuch bei Tage zu bewerkstelligen. Ich hatte mich bemüht, wie eine alte Frau auszusehen.

Mein Haar war unter meiner Kapuze verborgen, und mit gebeugtem Rücken schlurfte ich durch die Straßen. Diese Straßen hatten am Abend etwas Erschreckendes. Man war nie sicher, wann man vor dem nächsten grauenvollen Anblick stehen würde. Die Läden waren verbarrikadiert. Viele waren leergeplündert. Überall konnte jederzeit Feuer ausbrechen. Kinderbanden sangen *»Ça ira«*.

Dies war vielleicht mein letzter Abend hier. Hoffentlich. Ich weigerte mich, einen Fehlschlag in Betracht zu ziehen.

Die Wartezeit erschien mir wie eine Ewigkeit. Ich mußte bereit sein. Ich sollte sofort in den Einspänner steigen, sobald er neben mir anhielt. Wenn er binnen einer Stunde nicht käme, sollte ich mich zu unserem Quartier in der Rue Saint-Jacques begeben und dort warten. Wenn ich bis zum Morgen nichts hörte, sollte ich Paris verlassen und mich nach Grasseville durchschlagen, wo Margot und Robert auf mich warteten, um mit mir nach England abzureisen.

Nie, niemals werde ich diese angstvollen Minuten vergessen, als ich dort im Herzen des revolutionären Paris stand. Ich roch das Blut auf den Straßen und die Leichen im Fluß. Als ich eine Uhr neun schlagen hörte, wußte ich, daß, wenn alles gutgegangen war, sie jetzt unterwegs sein würden.

Wie grausam ist doch die Phantasie. Ich versank in quälende Grübeleien. Ich malte mir tausend Schrecknisse aus und bildete mir ein, daß unser Plan niemals gelingen könnte. Man würde ihn gewiß aufdecken. Er war zu gewagt, zu gefährlich.

Ich wartete und wartete. Wenn sie nicht bald kamen, mußte ich zur Rue Saint-Jacques zurückgehen.

Ein Mann mit einem böse schielenden Blick sprach mich an. Ich eilte davon, jedoch ängstlich bedacht, mich nicht zu weit zu entfernen. Eine Gruppe Studenten marschierte die Straße hinunter. Wenn der Einspänner jetzt käme, würden sie vielleicht versuchen, ihn an der Weiterfahrt zu hindern.

»O Gott«, betete ich, »laß es gelingen. Ich würde alles dafür geben, was ich habe, um ihn wiederzusehen.«
Plötzlich, ein Geräusch von rollenden Rädern. Es war der Einspänner, der in wilder Fahrt auf mich zukam.
Léon stieg aus und half mir hinein.
Ich sah meinen Geliebten. Seine Hände waren gefesselt. Sein Gesicht war bleich, und auf seiner linken Wange war eine blutige Schramme. Doch er lächelte mich an.
Noch nie im Leben war ich so glücklich gewesen – und würde es auch nie wieder sein – wie in jenem Augenblick am Quai de la Mégisserie.

Und nachher ...

Unsere Flucht war geglückt.
Léon verließ uns, sobald wir aus der Stadt waren. Er fuhr mit dem Einspänner nach Paris zurück.
Joel, der Comte und ich wurden in Grasseville von Robert und Margot erwartet. Innerhalb von wenigen Tagen waren wir in England, und dort wurde ich die Comtesse Fontaine Delibes. Mein Gemahl war sehr krank, und es währte einige Wochen, bis ich ihn gesundgepflegt hatte. Die Derringhams erwiesen sich als hilfreiche Freunde.
Charles-Auguste – ich konnte mich nie so recht an diesen Namen gewöhnen, und in Gedanken blieb er für mich immer der Comte – war kein reicher und mächtiger Mann mehr, aber er war auch nicht mittellos. Er besaß Geld in verschiedenen Teilen der Welt, was uns ein auskömmliches Leben auf einem kleinen Gut in der Nähe von Derringham ermöglichte. Mein Ehemann war der geborene Gutsherr, und bis unser erstes Kind – ein Sohn – zur Welt kam, hatten wir unseren Landbesitz beträchtlich vermehrt.
Im Charakter hatte er sich kaum verändert. Er war nach wie vor arrogant, herrschsüchtig, unberechenbar; doch da er der Mann war, in den ich mich verliebt hatte, hätte ich ihn gar nicht anders haben mögen. Das Leben mit ihm war nicht einfach – das hatte ich auch nicht erwartet. Er schimpfte heftig über den Pöbel, und ich erkannte, daß die Zeit im Gefängnis ihre untilgbaren Spuren an ihm hinterlassen hatte. Er war verbittert. Er würde niemals ganz zufrieden sein, bevor er nicht wieder in Frankreich war und seinen Besitz zurückerworben hatte. Er liebte sein Vaterland mit

unveränderter Leidenschaft und war entschlossen, eines Tages zurückzukehren.
Margot bekam wieder einen Sohn, und es machte mich glücklich, daß sie Robert seine Großzügigkeit so vergelten konnte – mit einem Geschenk, nach dem er sich am meisten sehnte. Die Art, wie sie Charlot ins Haus gebracht hatte, amüsierte den Comte. Sie sei eben ganz und gar seine Tochter, sagte er nicht ohne Stolz. Roberts Eltern haben die Wahrheit nie erfahren. Es hätte sie nur verstört, meinte Margot.
Charlot entwickelte sich zu einem kräftigen, gesunden Jungen. Ich fragte mich zuweilen, was aus seinem Vater geworden sein mochte, und später hörte ich von einem Knecht, daß er im Norden des Landes lebte, wo es ihm recht gut ginge.
Joel hat nicht geheiratet. Seinetwegen hatte ich ein schlechtes Gewissen.
Er war so gütig und hilfsbereit. Ohne ihn hätten wir meinen Gatten niemals aus der Conciergerie herausgebracht.
Am Tag, als der König von Frankreich hingerichtet wurde, waren wir sehr traurig, und als die Königin ihm kurz darauf folgte, schien uns dies das Ende der alten Lebensform.
Ich glaube, daß ich mich sehr verändert habe. Charles-Auguste meint: »Die Schulmeisterin hat sich zurückgezogen, aber ab und zu kommt sie hervor. Sie wird uns bis an unser Lebensende im Zaum halten.«
Meine Ehe war nicht auf Rosen gebettet, wie man so schön zu sagen pflegt. Wir haben eine Unzahl von Kämpfen ausgefochten. Charles-Auguste hat einen unbeugsamen Willen, und er haßt es, wenn man sich ihm entgegenstellt; ich aber bin eine Frau, die ihre eigenen Ansichten nie unterdrücken kann, wenn sie sich im Recht glaubt. So sind denn Stürme in unserem Leben unvermeidlich. Doch das haben wir auch erwartet.
Als Charles-Auguste für kurze Zeit nach Frankreich zurückkehrte, um nach seinen Gütern zu sehen, tat ich alles, was in meiner Macht stand, um seine Reise zu verhindern. Da er dabei blieb,

war ich entschlossen, mit ihm zu gehen. Er verbot es zwar, ich aber ging trotzdem. Ich folgte ihm, setzte auf dem gleichen Schiff über und erwartete ihn bereits in dem Gasthaus, in dem er abzusteigen beabsichtigte.

Sein Zorn war unermeßlich. Wie heftig haben wir uns gestritten! Er hatte es abgelehnt, mich mitzunehmen, weil die Reise gefährlich werden könnte. Aus demselben Grund hatte ich mich geweigert zurückzubleiben. Wie jeder da versuchte, den anderen zu überzeugen! Einmal siegte er, einmal ich.

Ich erinnere mich, wie wir uns in diesem alten Gasthaus in Calais geliebt haben, nachdem wir schließlich über unseren Zorn in Lachen ausgebrochen waren.

Kein Zweifel: Wir waren füreinander geschaffen.

So gingen die Jahre dahin.

Die Revolution war vorüber, und die Emigranten kehrten allmählich zurück.

Léon erwarb sich Verdienste in der Armee Napoleons.

Das neue Regime war auch nicht erfolgreicher als das alte. Man sah, daß es immer Menschen geben würde, die nach dem Besitz anderer strebten. Und Mißgunst, Haß, Bosheit sowie Gleichgültigkeit sollten wohl auf ewig bestehen.

Wir kehrten zum *Château* zurück, das wundersamerweise unversehrt geblieben war. Welch schauriges Entzücken, diese Stufen zur Plattform zu erklimmen und in Gedanken zurückzublicken ..., zurück und immer weiter zurück ...!

Margot, Robert und ihre drei Kinder kamen zusammen mit Charles-Auguste, unseren beiden Söhnen und mir nach Frankreich. Und das Leben ging weiter ..., auch wenn nicht immer friedlich. Es gab Krieg zwischen unseren beiden Ländern; denn nachdem ein neues Frankreich aus der Asche geboren war, versuchte es, unter dem korsischen Abenteurer die Welt zu erobern. Wir diskutierten und stritten und waren selten einer Meinung über die Lage. Ich hielt zu meinem Vaterland, Charles-Auguste zu dem seinen.

Einmal sagte er zu mir: »Du hättest Joel Derringham heiraten sollen, weißt du. Ihr hättet euch bestens verstanden. Stell dir nur vor, wie leicht das Leben dann für dich gewesen wäre.«

»Ist das dein Ernst?« fragte ich.

Er schüttelte den Kopf und sah mich mit diesem belustigten Blick an, der mir nun so vertraut war und den ich zum erstenmal wahrgenommen hatte, als ich die Tür seines Schlafgemachs geöffnet und er mich beim Hineinspähen ertappt hatte.

»Das wäre für jemanden von deinem Temperament wohl zu eintönig und zu einfach gewesen. Du wärest eine Dame wie hundert andere geworden. Du wärest charmant und liebenswürdig gewesen, aber im Innern hättest du dich gelangweilt. Hast du dich jemals gelangweilt, seit du mich geheiratet hast? Komm, sag mir die Wahrheit.«

»Nein. Aber ich war oft außer mir, oft maßlos erzürnt. Und nicht selten habe ich mich gefragt, warum ich bei dir blieb.«

»Und wie lautete die Antwort auf diese überaus wichtige Frage?«

»Die Antwort lautete, daß ich nur darum bei dir blieb, weil ich die unglücklichste Frau auf Erden würde, falls ich dich verließe.«

Da lachte er. Und als er mich an sich zog und festhielt, wurde er ganz sanft.

»Welche Freude!« rief er aus. »Endlich sind wir einer Meinung!«